O REVERSO DA MEDALHA

OBRAS DO AUTOR PUBLICADAS PELA EDITORA RECORD

As areias do tempo
Um capricho dos deuses
O céu está caindo
Escrito nas estrelas
Um estranho no espelho
A herdeira
A ira dos anjos
Juízo final
Lembranças da meia-noite
Manhã, tarde & noite
Nada dura para sempre
A outra face
O outro lado da meia-noite
O plano perfeito
Quem tem medo de escuro?
O reverso da medalha
Se houver amanhã

INFANTOJUVENIS
Conte-me seus sonhos
Corrida pela herança
O ditador
Os doze mandamentos
O estrangulador
O fantasma da meia-noite
A perseguição

MEMÓRIAS
O outro lado de mim

COM TILLY BAGSHAWE
Um amanhã de vingança (sequência de Em busca de um novo amanhã)
Anjo da escuridão
Depois da escuridão
Em busca de um novo amanhã (sequência de Se houver amanhã)
Sombras de um verão
A senhora do jogo (sequência de O reverso da medalha)
A viúva silenciosa
A fênix

Sidney Sheldon

O REVERSO DA MEDALHA

50ª EDIÇÃO

tradução de **A.B. PINHEIRO DE LEMOS**

EDITORA RECORD
RIO DE JANEIRO • SÃO PAULO
2024

CIP-BRASIL. CATALOGAÇÃO NA FONTE
SINDICATO NACIONAL DOS EDITORES DE LIVROS, RJ

S548p
50ª ed.

Sheldon, Sidney, 1917-2007
  O reverso da medalha / Sidney Sheldon; tradução de A. B.
Pinheiro de Lemos. – 50ª ed. – Rio de Janeiro: Record, 2024.

Tradução de: Master of the game
ISBN 978-85-01-09400-1

1. Romance americano. I. Lemos, A. B. Pinheiro de
(Alfredo Barcellos Pinheiro de), 1938-. II. Título.

11-0293

CDD: 813
CDU: 821.111(73)-3

Título original em inglês:
MASTER OF THE GAME

Copyright © 1984 by Sidney Sheldon Family Limited Partnership

Texto revisado segundo o novo Acordo Ortográfico da Língua Portuguesa.

Todos os direitos reservados. Proibida a reprodução, no todo ou em parte, através de quaisquer meios. Os direitos morais do autor foram preservados.

Direitos exclusivos de publicação em língua portuguesa somente para o Brasil adquiridos pela
EDITORA RECORD LTDA.
Rua Argentina, 171 – Rio de Janeiro, RJ – 20921-380 – Tel.: (21) 2585-2000, que se reserva a propriedade literária desta tradução.

Impresso no Brasil

ISBN: 978-85-01-09400-1

Seja um leitor preferencial Record.
Cadastre-se no site www.record.coml.br
e receba informações sobre nossos
lançamentos e nossas promoções.

EDITORA AFILIADA

Atendimento e venda direta ao leitor:
sac@record.com.br

Para meu irmão,
Richard
o Coração-de-Leão

Meus agradecimentos
à Srta. Geraldine Hunter,
por sua interminável paciência
e assistência no preparo deste livro.

"E se irrompe uma paixão dominante no peito,
Engole o resto, como a serpente de Aarão."

— Alexander Pope,
Ensaio sobre o Homem, Epístola II

"Os diamantes resistem a golpes de tal maneira que um martelo de ferro pode se rachar em dois e a própria bigorna pode ficar abalada. Essa força invencível, que desafia as duas forças mais violentas da Natureza, o ferro e o fogo, pode ser quebrada por sangue de carneiro. Mas deve ser embebida em sangue que seja fresco e quente; mesmo assim, muitos golpes são necessários."

— Plínio, o Velho

PRÓLOGO

Kate

1982

Capítulo 1

O GRANDE SALÃO DE baile estava apinhado de fantasmas familiares que vinham ajudar a comemorar o aniversário dela. Kate Blackwell observava-os se misturarem com as pessoas de carne e osso. Em sua mente, a cena era como uma fantasia de sonho, com os visitantes de outros tempos e outros lugares deslizando pela pista de dança, com os convidados que de nada desconfiavam, os homens de *black tie* e as mulheres de longo. Havia uma centena de pessoas na festa em Cedar Hill House, em Dark Harbor, Maine. *Sem contar os fantasmas*, pensou Kate Blackwell, ironicamente.

Era uma mulher pequena e esguia, com um porte altivo, que a fazia parecer mais alta do que era. Tinha um rosto que não se podia esquecer. Uma estrutura óssea orgulhosa, olhos castanho-claros e um queixo obstinado, uma mistura dos ancestrais escoceses e holandeses. Tinha cabelos lisos, agora brancos, mas outrora uma cascata preta exuberante. Contra as dobras graciosas do vestido marfim de veludo, a pele possuía a suave transparência que a velhice às vezes traz.

Não me sinto com 90 anos, pensou Kate Blackwell. *Para onde foram todos os anos?* Ela ficou observando os fantasmas que dançavam. *Eles sabem. Estavam presentes. Foram uma parte desses anos, uma parte da minha vida.* Ela viu Banda, uma expressão radiante no rosto preto orgulhoso. E lá estava o seu David, o querido David, alto, jovem e bonito, como parecia quando ela se apaixonara. E estava lhe sorrindo. Ela pensou: *Em breve, meu querido, muito em breve.* Ela gostaria que David pudesse ter vivido para conhecer o bisneto.

Os olhos de Kate esquadrinharam o salão até avistarem-no. Ele estava parado perto da orquestra, observando os músicos. Era um garoto de beleza extraordinária, com quase oito anos, louro, usando um casaco de veludo preto e calça de *tartan.* Robert era uma réplica do trisavô, Jamie McGregor, o homem no quadro por cima da lareira de mármore. Como se sentisse os olhos da bisavó cravados nele, Robert virou-se. Kate chamou-o com um aceno dos dedos, o diamante perfeito, de 20 quilates, que o pai encontrara numa praia arenosa há quase cem anos, faiscando ao brilho do candelabro de cristal. Kate ficou observando com prazer enquanto Robert se esgueirava entre os dançarinos.

Eu sou o passado, pensou Kate. *Ele é o futuro. Meu bisneto vai assumir um dia a Kruger-Brent International.* O menino chegou e ela se afastou para o lado, a fim de que ele pudesse sentar-se.

— Está gostando do seu aniversário, bivó?

— Estou, sim. Obrigada, Robert.

— É uma orquestra sensacional. O maestro é terrível.

Kate ficou confusa por um momento, mas logo o rosto se desanuviou.

— Presumo que está querendo dizer com isso que ele é muito bom.

Robert sorriu.

— Isso mesmo. Você nem parece ter 90 anos.

Kate Blackwell soltou uma risada.

— Aqui entre nós, não me sinto com 90 anos.

Ele pôs a mão sobre a dela e ficaram sentados, num silêncio contente, a diferença de 82 anos proporcionando uma afinidade confortável. Kate virou o rosto para observar a neta dançando. Ela e o marido formavam indubitavelmente o casal mais bonito no salão.

A mãe de Robert viu o filho e a avó sentados juntos e pensou: *Que mulher incrível! Não envelhece. Ninguém poderia imaginar tudo o que ela já passou.*

A música parou e o maestro disse:

— Senhoras e senhores, é com prazer que lhes apresento o jovem Mestre Robert.

Robert apertou a mão da avó, levantou-se e encaminhou-se para o piano. Acomodou-se, com uma expressão compenetrada, e os dedos começaram a correr pelo teclado. Tocou Scriabin e foi como o luar ondulando sobre a água.

A mãe ficou escutando e pensou: *Ele é um gênio. Vai crescer e se tornar um grande músico. Não era mais o seu bebê. Pertenceria ao mundo.* Quando Robert acabou de tocar, os aplausos foram entusiásticos e genuínos.

O jantar fora servido antes, lá fora. O jardim grande e formal estava festivamente decorado, com lanternas, fitas e balões. Os músicos tocavam no terraço, enquanto mordomos e criadas circulavam entre as mesas, silenciosos e eficientes, providenciando para que os copos Baccarat e os pratos Limoges nunca ficassem vazios. Foi lido um telegrama do Presidente dos Estados Unidos. Um ministro do Supremo Tribunal fez um brinde a Kate. O governador fez um discurso de louvor:

— ... Uma das mulheres mais extraordinárias da história desta nação. As doações de Kate Blackwell a centenas de obras de caridade no mundo inteiro se tornaram lendárias. A Fundação Blackwell tem contribuído para a saúde e bem-estar dos povos de mais de 50 países. Parafraseando o falecido Sir Winston Churchill, podemos dizer: "Nunca tantos deveram tanto a uma só pessoa." Tenho o privilégio de conhecer Kate Blackwell...

Uma ova que me conhece!, pensou Kate Blackwell. *Ninguém me conhece. Ele parece estar falando sobre alguma santa. O que diriam todas essas pessoas se conhecessem a verdadeira Kate Blackwell? Gerada por um ladrão e sequestrada antes de completar um ano de idade. O que pensariam se eu lhes mostrasse as cicatrizes de balas em meu corpo?*

Ela virou a cabeça e olhou para o homem que certa ocasião tentara matá-la. Os olhos de Kate se deslocaram além dele e foram se fixar num vulto nas sombras, usando um véu para ocultar o rosto. Sobrepondo-se a uma trovoada distante, ela ouviu o governador terminar o discurso e apresentá-la. Levantou-se, contemplou os convidados. Quando falou, a voz era firme e forte:

— Já vivi por mais tempo que qualquer um de vocês. Como diriam os jovens de hoje, "isso não é grande coisa". Mas fico contente por ter chegado a esta idade, caso contrário não estaria aqui com todos vocês, meus queridos amigos. Sei que alguns vieram de países distantes para ficarem comigo nesta noite e devem estar cansados da viagem. Não seria justo esperar que todos tenham a minha energia.

Houve uma explosão de risos e aplausos.

— Obrigada por tornarem esta noite tão memorável. Jamais a esquecerei. Para aqueles que desejam se retirar, seus aposentos já estão prontos. Para os outros, haverá um baile. — Houve outra trovoada. — Sugiro que todos entremos, antes que sejamos surpreendidos aqui fora por uma das nossas famosas tempestades do Maine.

O JANTAR E O BAILE estavam agora encerrados, os convidados haviam se retirado e Kate estava a sós com seus fantasmas. Sentou-se na biblioteca, resvalando para o passado. Sentiu-se de repente deprimida. *Não restou ninguém para me chamar de Kate,* pensou ela. *Todos já se foram.* O mundo dela encolhera. Não fora Longfellow quem dissera que "as folhas da memória produzem um farfalhar de lamento no escuro"? Ela estaria em breve entrando no escuro, mas não por enquanto. *Ainda tenho de fazer a coisa mais importante da minha vida,* pensou Kate. *Seja paciente, David. Estarei com você em breve.*

— Vovó...

Kate abriu os olhos. A família entrara na sala. Ela fitou um a um, os olhos como uma câmera implacável, nada perdendo. *Minha família,* pensou Kate. *Minha imortalidade. Um assassino, uma caricatura e um psicótico. A vergonha dos Blackwells. Todos os anos de esperança, angústia e sofrimento acabaram produzindo isso?*

A neta aproximou-se dela.

— Está se sentindo bem, vovó?

— Estou um pouco cansada, crianças. Acho que vou deitar.

Ela se levantou e encaminhou-se para a escada. Houve uma violenta trovoada nesse momento e a tempestade desabou, a chuva batendo contra as janelas como rajadas de metralhadora. A família ficou observando, enquanto a velha chegava ao alto da escada, um vulto empertigado e orgulhoso. Houve o clarão de um relâmpago e, segundos depois, veio o estrondo ensurdecedor. Kate Blackwell virou-se para fitá-los. Ao falar, foi com o sotaque de seus ancestrais:

— Na África do Sul, costumávamos chamar isso de uma *donderstorm.*

O passado e o presente começaram a se fundir novamente. Ela avançou através do corredor para o seu quarto, cercada por fantasmas familiares e confortadores.

LIVRO PRIMEIRO

Jamie

1883-1906

Capítulo 1

— POR DEUS, É uma verdadeira *donderstorm*! — gritou Jamie McGregor.

Ele crescera em meio às tempestades terríveis de Highlands, as terras altas escocesas, mas nunca testemunhara algo tão violento. O céu da tarde fora subitamente oculto por enormes nuvens de areia, transformando o dia em noite num instante. O céu poeirento era iluminado por relâmpagos — *weerlig*, como chamavam os africânderes — que fustigavam o ar, seguindo-se a *donderslag*, a trovoada. E, depois, o dilúvio. Lençóis de chuva se abatiam sobre o exército de barracas e cabanas de telhado de zinco, convertendo as ruas de terra de Klipdrift em córregos incontroláveis de lama. O céu explodia em trovoadas, uma depois da outra, como disparos de artilharia em alguma guerra celestial.

Jamie McGregor afastou-se rapidamente para o lado, no momento em que uma casa de tijolos crus desmoronou na lama. Perguntou-se se a cidade de Klipdrift conseguiria sobreviver.

Klipdrift não chegava a ser realmente uma cidade. Era mais um povoado extenso de lona, uma massa fervilhante de barracas, cabanas e carroças, nas margens do Rio Vaal, habitado por sonhadores desvairados atraídos à África do Sul de todas as partes do mundo pela mesma obsessão: diamantes.

Jamie McGregor era um dos sonhadores. Acabara de completar 18 anos, um rapaz bonito, alto e louro, com surpreendentes olhos castanho-claros. Exibia uma inocência atraente, uma ansiedade de agradar que era fascinante. Possuía um temperamento jovial e uma alma transbordando otimismo.

Viajara mais de 12 mil quilômetros, desde a fazenda de seu pai, em Highlands, até Edimburgo, Londres, Cidade do Cabo e agora Klipdrift. Renunciara a seus direitos na fazenda em que trabalhava com o pai e os irmãos. Mas Jamie McGregor não estava arrependido. Sabia que seria recompensado mais de 10 mil vezes. Deixara a segurança da única vida que sempre conhecera e viera para aquele lugar distante e desolado porque sonhava em se tornar rico. Jamie não tinha medo do trabalho árduo, mas as recompensas de lavrar a pequena fazenda de solo rochoso ao norte de Aberdeen eram escassas. Trabalhava do amanhecer ao pôr do sol, com os irmãos, a irmã Mary, a mãe e o pai. Mas tinham muito pouco para mostrar como resultado de tanto empenho. Jamie fora certa ocasião a uma feira em Edimburgo e vira as coisas lindas e maravilhosas que o dinheiro podia comprar. O dinheiro servia para tornar a vida mais fácil quando se estava bem de saúde e para cuidar de todas as necessidades quando se ficava doente. Jamie vira em demasia amigos e vizinhos viverem e morrerem na miséria.

Podia recordar sua emoção quando ouvira falar pela primeira vez da grande descoberta de diamantes na África do Sul. O maior diamante do mundo fora encontrado ali, solto na areia. Comentava-se que toda a região era uma fabulosa arca do tesouro, esperando para ser aberta.

Jamie transmitira a notícia à família depois do jantar, numa noite de sábado. Estavam sentados em torno da mesa, que ainda não fora tirada, na cozinha tosca de madeira, quando Jamie anunciou, a voz tímida e, ao mesmo tempo, orgulhosa:

— Vou para a África do Sul encontrar diamantes. Partirei na próxima semana.

Cinco pares de olhos se fixaram nele, como se tivesse enlouquecido de repente.

— Vai procurar diamantes? — indagou o pai. — Deve estar doido, rapaz. Tudo isso não passa de invenção... uma tentação do demônio para manter os homens afastados de um dia de trabalho honesto.

— Por que não conta para a gente onde vai arrumar o dinheiro para a viagem? — perguntou o irmão Ian. — Fica quase no outro lado do mundo. Você não tem dinheiro para chegar lá.

— Se eu tivesse dinheiro, não precisaria ir procurar diamantes, não é mesmo? — disse Jamie. — Ninguém por lá tem dinheiro. Serei igual a todos os outros. E tenho inteligência e saúde para trabalhar. Não vou fracassar.

A irmã, Mary, interveio na conversa:

— Annie Cord vai ficar desapontada. Espera casar com você um dia, Jamie.

Jamie adorava a irmã. Ela era mais velha. Tinha apenas 24 anos, mas parecia já estar com 40. Jamais possuíra uma única coisa bonita, em toda a sua vida. *Vou mudar isso*, prometeu Jamie a si mesmo.

Em silêncio, a mãe pegou a travessa com os restos do fumegante *haggis*, o prato de miúdos de carneiro cortados, condimentado e cozido no estômago do animal, levando para a pia de ferro.

Mais tarde, naquela noite, ela aproximou-se da cama de Jamie. Gentilmente, pôs a mão no ombro de Jamie, sua força fluindo para o filho.

— Faça o que tem de fazer, filho. Não sei se existem diamantes por lá. Mas se houver, você vai encontrar. — Ela pegou uma bolsa velha de couro. — Economizei algumas libras. Não precisa dizer nada aos outros. Deus o abençoe, Jamie.

Ao partir para Edimburgo, ele levava 50 libras.

FOI UMA ÁRDUA jornada até a África do Sul e Jamie McGregor levou quase um ano para realizá-la. Arrumou um emprego como garçom num restaurante de trabalhadores em Edimburgo, até acrescentar outras 50 libras à bolsa de couro. Seguiu então para Londres. Ficou aturdido com o tamanho da cidade, as multidões imensas, o barulho e os ônibus puxados por cavalos, que corriam numa velocidade de quase dez quilômetros por hora. Havia cabriolés por toda parte, transportando lindas mulheres, de chapéus imensos e saias rodadas, elegantes sapatos de cano alto, com botões. Ele contemplava espantado as mulheres desembarcarem de cabriolés e carruagens para fazer compras em Burlington Arcade, uma estonteante cornucópia de prataria, cristais, vestidos, peles, louça e lojas de boticários, apinhadas de vidros e jarros misteriosos.

Jamie encontrou alojamento na Fitzroy Street, 32. Custava dez xelins por semana, mas era o mais barato que pôde encontrar. Ele passava os dias no porto, procurando um navio que o levasse à África do Sul. De noite, percorria a cidade de Londres, conhecendo lugares maravilhosos. Foi numa noite assim que viu Edward, o Príncipe de Gales, entrando num restaurante perto de Covent Gardens por uma porta lateral, acompanhado por uma linda jovem. Ela usava um chapéu florido e Jamie pensou que ficaria muito bem em sua irmã.

Jamie compareceu a um concerto no Palácio de Cristal, construído para a Grande Exposição, em 1851. Visitou Drury Lane e, aproveitando um intervalo, esgueirou-se para o interior do Savoy Theater, o primeiro prédio público britânico dotado de iluminação elétrica. Algumas ruas eram iluminadas pela eletricidade. Jamie soube que era possível falar com uma pessoa no outro lado da cidade através de uma máquina nova e maravilhosa, o telefone. Jamie tinha certeza de que estava contemplando o futuro.

Apesar de todas as inovações e atividades, a Inglaterra estava mergulhada numa crescente crise econômica naquele inverno. As ruas estavam apinhadas de desempregados e famintos, havia manifestações coletivas e brigas constantes. *Tenho de escapar daqui*, pensava Jamie. *Afinal, vim a Londres para escapar da miséria.* No dia seguinte, Jamie foi contratado como camaroteiro do *Walmer Castle*, que estava de partida para a Cidade do Cabo, na África do Sul.

A VIAGEM MARÍTIMA demorou três semanas, com escalas na Madeira e Santa Helena, para o reabastecimento de carvão, o combustível usado. Foi uma viagem difícil e turbulenta, em pleno inverno. Jamie ficou mareado quase desde o momento em que o navio zarpou. Mas jamais perdeu a jovialidade, pois cada dia que passava mais o aproximava de sua arca do tesouro. O clima mudou quando o navio aproximou-se da linha do equador. Milagrosamente, o inverno foi se transformando em verão. Ao chegarem perto da costa africana, os dias e noites tornaram-se quentes e sufocantes.

O *Walmer Castle* chegou à Cidade do Cabo de madrugada, avançando cuidadosamente pelo canal estreito que separava a grande colônia de leprosos em Robben Island do território continental. E foi ancorar em Table Bay.

Jamie estava no tombadilho antes do nascer do sol. Ficou observando, fascinado, enquanto o nevoeiro do amanhecer se dissipava, revelando o espetáculo magnífico de Table Mountain, assomando por cima da cidade. Chegara finalmente.

NO MOMENTO EM que o navio atracou no cais, o convés foi invadido por uma horda de pessoas de aparência estranha, como Jamie jamais vira. Havia agentes de todos os hotéis, pretos, amarelos, pardos e vermelhos se oferecendo freneticamente para carregar bagagens, garotos correndo de um lado para outro, vendendo jornais, doces e frutas. Cocheiros de cabriolés, mestiços, indianos e negros gritavam ansiosamente, querendo ser contratados pelos viajantes. Homens empurrando carrocinhas pelo cais apregoavam suas mercadorias. Imensas moscas pretas zumbiam pelo ar. Marujos e carregadores abriam caminho pela multidão, enquanto passageiros tentavam em vão manter juntas e à vista as suas malas. Era uma babel de vozes e ruídos. As pessoas falavam numa língua que Jamie nunca ouvira.

— *Yulle kom van de Kaap, neh?*

— *Het julle mine papa zyn wagen gezien?*

— *Wat bedui'di?*

— *Huistoe!*

Ele não entendia uma só palavra.

A CIDADE DO CABO era totalmente diferente de tudo o que Jamie já vira. Não havia duas casas iguais. Ao lado de um vasto armazém, com dois ou três andares de altura, de tijolos ou pedra, havia uma pequena cantina de ferro galvanizado, depois uma joalheria com vitrines de vidro e uma quitanda, em seguida uma tabacaria quase em ruínas.

Jamie sentia-se fascinado pelos homens, mulheres e crianças que atravancavam as ruas. Viu um cafre usando a calça justa axadrezada do 78º Regimento de Highlands, tendo como blusão um saco, com aberturas cortadas para os braços e a cabeça. O cafre caminhava atrás de dois chineses, de mãos dadas, ambos usando batas azuis, os rabichos cuidadosamente enrolados por baixo dos chapéus de palha cônicos. Havia corpulentos fazendeiros bôeres, de rosto vermelho, cabelos clareados pelo sol, as carroças carregadas de batata, milho e legumes. Homens vestidos em calças e casacos marrons de belbutina, com chapéus de feltro de aba larga na cabeça e cachimbos compridos de barro na boca, seguiam à frente de suas *vraws,* trajadas de preto, o rosto coberto por um véu também, caindo de um chapéu de pala de seda preta. Lavadeiras indianas, com imensas trouxas de roupa suja na cabeça, passavam por soldados de túnica e capacete vermelhos. Era um espetáculo fascinante.

A primeira coisa que Jamie fez foi procurar uma pensão barata que lhe fora recomendada por um marujo do navio. A senhoria era uma viúva de meia-idade, atarracada, de seios fartos. Ela fitou Jamie atentamente e sorriu.

— *Zoek yulle goud?*

Ele corou.

— Desculpe, mas não entendo.

— Inglês, hem? Veio procurar ouro? Diamantes?

— Diamantes, madame.

Ela puxou-o para o interior da casa.

— Vai gostar daqui. Tenho tudo o que é conveniente para rapazes como você.

Jamie ficou imaginando se ela seria uma das conveniências. Esperava que não.

— Sou a Sra. Venster — disse ela, recatadamente. — Mas meus amigos me chamam de Dee-Dee. — Ela sorriu, exibindo um dente de ouro na frente, antes de acrescentar: — Tenho o pressentimento de que vamos nos tornar muito bons amigos. Pode me pedir qualquer coisa.

— É muita gentileza sua — murmurou Jamie. — Pode me dizer onde conseguir um mapa da cidade?

COM O MAPA NA MÃO, Jamie saiu para explorar a cidade. Num lado, ficavam os subúrbios para o interior de Rondebosch, Claremont e Wynberg, estendendo-se por cerca de 15 quilômetros, em meio a pequenas plantações e vinhedos. No outro, ficavam os subúrbios à beira-mar de Sea Point e Green Point. Jamie percorreu as áreas residenciais mais ricas, passando pela Strand Street e Bree Street, admirando as casas grandes, de dois andares, com os telhados planos e as fachadas de estuque, os terrenos subindo desde a rua. Andou por muito tempo, até que finalmente foi compelido a entrar por causa das moscas, que pareciam ter uma vendeta pessoal contra ele. Eram imensas, pretas e atacavam em enxames. Ao voltar para a pensão, Jamie descobriu que o quarto estava cheio de moscas. Cobriam as paredes, a mesa e a cama. Foi procurar a senhoria.

— Sra. Venster, não se pode fazer nada com as moscas que estão em meu quarto? Elas estão...

A senhoria soltou uma risada e beliscou gentilmente o rosto de Jamie.

— *Myn magtib.* Acabará se acostumando com as moscas. Vai ver só.

Os CUIDADOS SANITÁRIOS na Cidade do Cabo eram primitivos e insuficientes. Quando o sol se punha, um vapor fétido cobria a cidade, como uma manta. Era insuportável. Mas Jamie sabia que teria de suportar. Precisava de mais dinheiro antes de partir. Haviam-no advertido:

— Não poderá sobreviver nos campos de diamantes sem dinheiro. Eles cobram até pelo ar que se respira.

No segundo dia na Cidade do Cabo, Jamie encontrou um emprego como condutor de uma parelha de cavalos para uma firma de entregas. No terceiro dia, começou a trabalhar num restaurante, lavando pratos, depois do jantar. Vivia das sobras de comida, que reunia e levava para a pensão. Mas o gosto era estranho e ele sonhava com os pratos que a mãe fazia, o bolo de aveia, o pão quentinho, saindo do forno, a canja com pedaços de alho-poró. Não se queixava no entanto, nem para si mesmo, pelos sacrifícios que fazia, tanto na alimentação como no conforto, com o objetivo de aumentar seu capital. Fizera uma opção e nada poderia detê-lo, nem o trabalho extenuante, nem o ar fétido que respirava, nem as moscas que o mantinham acordado durante a maior parte da noite. Sentia-se desesperadamente solitário. Não conhecia ninguém naquele lugar estranho, sentia saudade dos amigos e da família. Jamie gostava de ficar sozinho, mas a solidão total que experimentava ali era uma angústia permanente.

O dia encantado finalmente chegou. Tinha na bolsa a quantia espetacular de 200 libras. Estava pronto. Deixaria a Cidade do Cabo na manhã seguinte, a caminho dos campos de diamantes.

AS RESERVAS PARA as carroças de passageiros que seguiam para os campos de diamantes em Klipdrift eram feitas pela Inland Transport Company, numa pequena estação de madeira, perto do cais. Quando Jamie chegou, às sete horas da manhã, a estação já estava tão apinhada que ele nem conseguiu se aproximar. Havia centenas de aventureiros disputando os lugares nas carroças. Tinham vindo de lugares tão distantes como a Rússia, América, Austrália, Alemanha e Inglaterra. Gritavam em uma dúzia de línguas diferentes, exigindo que os bilheteiros atormentados arrumassem um lugar qualquer. Jamie ficou observando quando um corpulento irlandês saiu furioso da estação para a calçada, quase brigando para atravessar a multidão.

— Com licença — disse Jamie, aproximando-se dele. — O que está acontecendo lá dentro?

— Nada — resmungou o irlandês, com visível irritação. — As malditas carroças já estão lotadas para as próximas seis semanas. — Ele percebeu a expressão consternada no rosto de Jamie e acrescentou: — E isso não é o pior, rapaz. Os malditos pagãos estão cobrando 50 libras por cabeça.

Mas que absurdo!

— Deve haver outro meio de se alcançar os campos de diamantes.

— Só há duas maneiras. Pode-se usar o Expresso Holandês ou ir a pé.

— O que é Expresso Holandês?

— Uma carroça. Leva uma hora para percorrer três quilômetros. Desse jeito, os malditos diamantes já terão acabado quando se chegar lá.

Jamie McGregor não tinha a menor intenção de ficar retido ali até que os diamantes acabassem. Passou o resto da manhã procurando um outro meio de transporte. E acabou encontrando, pouco antes do meio-dia. Estava passando por um estábulo com uma placa na frente informando que era a ESTAÇÃO POSTAL. Resolveu entrar, atendendo a um súbito impulso. O homem mais magro que ele já vira estava ajeitando sacos de correspondência numa charrete. Jamie observou-o por um momento e depois disse:

— Desculpe incomodar, mas pode me informar se levam correspondência para Klipdrift?

— Levamos. É o que estou carregando agora.

Jamie sentiu uma repentina onda de esperança.

— Aceitam passageiros?

— Às vezes. — O homem levantou o rosto e estudou Jamie por um instante. — Quantos anos você tem?

Que pergunta mais estranha!

— Dezoito. Por quê?

— Não aceitamos ninguém com mais de 21 ou 22 anos. Goza de boa saúde?

Uma pergunta ainda mais estranha.

— Sim, senhor.

O homem magro empertigou-se.

— Então acho que pode ir. Partirei dentro de uma hora. A passagem custa 20 libras.

Jamie mal podia acreditar em sua sorte.

— Isso é maravilhoso! Vou buscar minha mala e...

— Nada de mala. Só terá espaço para uma camisa extra e uma escova de dentes.

Jamie examinou a charrete mais atentamente. Era pequena, de construção tosca. Era afundada no meio, sendo a correspondência ali empilhada. Por cima, havia um espaço estreito e apertado, onde uma pessoa podia sentar-se, de costas para o cocheiro. Seria uma viagem das mais desconfortáveis.

— Negócio fechado — disse Jamie. — Vou buscar a camisa e a escova de dentes.

Quando Jamie voltou, o cocheiro estava atrelando um cavalo à charrete aberta. Havia dois rapazes parados ali perto. Um deles era baixo e moreno, o outro era um sueco alto e louro. Os dois entregaram dinheiro ao cocheiro.

— Ei, espere um pouco! — gritou Jamie para o cocheiro. — Você disse que *eu* ia!

— Todos vão — respondeu o cocheiro. — Podem embarcar.

— Nós três?

— Isso mesmo.

Jamie não tinha a menor ideia de como o cocheiro esperava que os três coubessem na pequena charrete. Mas de uma coisa tinha certeza: estaria naquela charrete no momento da partida. Jamie apresentou-se aos dois companheiros de viagem.

— Sou Jamie McGregor.

— Wallach — disse o homem baixo e moreno.

— Pederson — respondeu o sueco.

Jamie acrescentou:

— Não acham que temos muita sorte por descobrirmos esse meio de transporte? É ótimo que os outros não saibam.

Ao que Pederson explicou:

— Ora, McGregor, todo mundo sabe dos carros postais. Acontece apenas que não são muitos os que cabem ou estão desesperados o bastante para viajar neles.

Antes que Jamie pudesse perguntar o que ele estava querendo dizer com aquilo, o cocheiro interveio:

— Vamos embora.

Os três rapazes espremeram-se no assento, com Jamie no meio, um se comprimindo contra o outro, os joelhos apertados, as costas contra o encosto de madeira do assento do cocheiro. Não havia espaço para se mexer ou mesmo respirar. *Não é tão ruim assim,* pensou Jamie, procurando se consolar.

— Segurem-se! — gritou o cocheiro.

Um momento depois, eles estavam correndo pelas ruas da Cidade do Cabo, a caminho dos campos de diamantes de Klipdrift.

Nas carroças, a viagem era relativamente confortável. As carroças que transportavam passageiros para os campos de diamantes eram espaçosas, com toldos de lona para proteger do sol causticante de inverno. Cada carroça acomodava uma dúzia de passageiros e era puxada por uma parelha de cavalos ou mulas. Havia água e comida nas estações de muda e a viagem levava dez dias.

O carro de correspondência era diferente. Jamais parava, a não ser para a mudança de cavalo e cocheiro. A velocidade era de pleno galope, pelas estradas esburacadas, campos e trilhas de carroças. Não havia molas e cada solavanco era como o coice de um cavalo. Jamie rangia os dentes e pensava: *Posso aguentar até pararmos para a noite. Comerei e dormirei um pouco, estarei recuperado pela manhã.* Mas quando a noite chegou, houve apenas uma parada de dez minutos para mudança de cavalo e cocheiro, antes que partissem de novo, a pleno galope.

— Quando vamos parar para comer? — perguntou Jamie.

— Não vamos parar — resmungou o cocheiro. — A viagem é direta. Estamos levando a correspondência, seu moço.

Eles seguiram viagem pela noite afora, percorrendo estradas poeirentas e esburacadas, iluminadas pelo luar, o pequeno carro sacudindo-se ao subir pelas encostas e descer pelos vales, aos solavancos nas áreas planas. Cada centímetro do corpo de Jamie estava machucado e dolorido dos solavancos constantes. Ele sentia-se exausto, mas era impossível dormir. Cada vez que começava a cochilar, era despertado bruscamente por um solavanco. O corpo estava cheio de cãibras, dormente, mas não havia espaço para se esticar. Estava faminto, o estômago embrulhado do movimento constante. Não tinha ideia de quantos dias ainda se passariam antes que fizesse a próxima refeição. Era uma viagem de quase mil quilômetros e Jamie McGregor não tinha ideia se conseguiria sobreviver até o final. Nem tinha certeza se queria sobreviver.

Ao final do segundo dia e noite, o sofrimento se transformara em agonia. Os companheiros de viagem de Jamie estavam no mesmo estado lamentável, não mais eram sequer capazes de se queixarem. Jamie compreendia agora por que a companhia exigia que os passageiros fossem jovens e saudáveis.

Quando o dia seguinte amanheceu, eles entraram no Great Karroo, onde o verdadeiro sertão começava. Estendendo-se pelo infinito, o monstruoso *veld* era uma paisagem plana e assustadora, sob um sol implacável. Os passageiros estavam oprimidos pelo calor, poeira e moscas.

De vez em quando, através do miasma de calor, Jamie avistava grupos de homens se arrastando a pé. Havia também cavaleiros solitários e dezenas de carroças, puxadas por 18 ou 20 bois, conduzidas por cocheiros e *voorlopers*, com seus *sjamboks*, os chicotes de tiras compridas de couro, gritando:

— *Trek! Trek!*

As carroças imensas estavam carregadas com 500 quilos de mercadorias, barracas, equipamento de escavação, fogões a lenha, farinha de trigo, carvão, lampiões a óleo. Levavam café e arroz, açúcar e vinho, uísque, botas e velas procedentes de Belfast, mantas. Constituíam a linha vital de abastecimento para os caçadores de fortuna em Klipdrift.

FOI SÓ DEPOIS que o carro de correspondência cruzou o Rio Orange que começou a haver uma transformação na terrível monotonia do *veld*. Os arbustos foram se tornando gradativamente mais altos, o verde aparecendo. A terra era mais vermelha, o capim ondulava à brisa, surgiram algumas árvores espinhentas, ainda baixas.

Vou conseguir, pensou Jamie, já completamente atordoado. *Vou conseguir.*

E ele sentiu que a esperança começava a se insinuar pelo seu corpo cansado.

Já fazia quatro dias e noites que estavam em viagem incessante quando finalmente chegaram aos arredores de Klipdrift.

O jovem Jamie McGregor não sabia o que esperar, mas a cena com que se depararam seus olhos cansados e injetados era diferente de tudo o que poderia ter imaginado. Klipdrift era um vasto panorama de barracas e carroças, alinhadas nas ruas principais e nas praias do Rio Vaal. Os caminhos de terra enxameavam de cafres, inteiramente nus, a não ser pelos casacos coloridos, e garimpeiros barbados. Eram açougueiros, padeiros, ladrões, professores. No centro de Klipdrift, barracos de madeira e ferro serviam como lojas, cantinas, salões de sinuca, casas de pasto, escritórios de compra de diamantes e salas de advogados. Numa esquina ficava o decrépito Royal Arch Hotel, uma longa sucessão de quartos sem janelas.

Jamie saltou do carro e no mesmo instante caiu no chão, as pernas dormentes recusando-se a mantê-lo de pé. Ficou estendido ali, a cabeça girando, até encontrar forças suficientes para se levantar. Cambaleou na direção do hotel, abrindo caminho pela multidão turbulenta que atravancava as calçadas e ruas. O quarto que lhe deram era pequeno, cheio de moscas, quente e abafado. Mas tinha um catre. Jamie caiu em cima dele, completamente vestido, adormecendo no mesmo instante. Dormiu por 18 horas.

JAMIE ACORDOU COM o corpo incrivelmente rígido e dolorido. Mas a alma transbordava de exultação. *Estou aqui! Consegui!* Com uma fome voraz, ele saiu em busca de comida. O hotel não servia, mas havia um restaurante pequeno e apinhado no outro lado da rua. Ali, ele devorou um robalo frito, um peixe grande parecido com o lúcio; *carbonaatje,* fatias finas de carneiro metidas num espeto e grelhadas num fogo de lenha; e *koeksister* como sobremesa, um pastel frito encharcado em calda.

O estômago de Jamie, há tanto tempo sem comida, começou a reagir com sintomas alarmantes. Ele resolveu deixá-lo descansar um pouco, antes de continuar a comer. Concentrou sua atenção no ambiente. Em todas as mesas ao redor, garimpeiros discutiam febrilmente o assunto que a todos obcecava: diamantes.

— Ainda restam uns poucos diamantes em torno de Hopetown, mas o veio em New Rush...

— Kimberley está com uma população maior que Joburg...

— Já soube da descoberta em Dutoitspan na semana passada? Dizem que há mais diamantes do que um homem pode carregar...

— Descobriram um veio novo em Christiana. Vou para lá amanhã...

Então era verdade! Os diamantes estavam por toda parte. O jovem Jamie sentia-se tão excitado que mal terminou de tomar a imensa caneca de café. Ficou aturdido com a conta. Duas libras e três xelins por uma refeição! *Terei de ser bastante cauteloso,* pensou ele, saindo para a rua apinhada e ruidosa. Uma voz por trás dele disse:

— Ainda está querendo enriquecer, McGregor?

Jamie virou-se. Era Pederson, o rapaz sueco que fizera a viagem com ele no carro de correspondência.

— Claro que sim.

— Então vamos para o lugar em que os diamantes estão. — Ele apontou. — O Rio Vaal fica nessa direção.

Começaram a andar.

Klipdrift ficava numa depressão, cercada de morros. Até onde Jamie podia ver, tudo era árido, sem um arbusto sequer em qualquer parte. A poeira vermelha se elevava densa pelo ar, tornando difícil a respiração. O Rio Vaal ficava a meio quilômetro de distância. Ao se aproximarem, o ar ficou mais frio. Centenas de garimpeiros se espalhavam pelas duas margens do rio, alguns escavando em busca de diamantes, outros peneirando, vários separando pedras em mesas improvisadas e cambaias. O equipamento variava de instrumentos científicos a velhas tinas e baldes. Os homens estavam queimados de sol, barbados e vestidos rudemente, numa estranha variedade de camisas de flanela, sem colarinho, coloridas e listradas, calças de belbute e botas de borracha, culotes e perneiras, chapéus de feltro de aba larga ou capacetes de fibra. Todos usavam cintos de couro largos, com bolsos para diamantes ou dinheiro.

Jamie e Pederson aproximaram-se da beira do rio e ficaram observando um rapaz e um homem mais velho empenhando-se em remover uma pedra imensa, a fim de poderem escavar ao redor. As camisas de ambos estavam encharcadas de suor. Ali perto, outra dupla despejava cascalho num carrinho, a fim de ser peneirado. Um dos garimpeiros despejava água na bateia, a fim de remover o limo. As pedras grandes eram em seguida levadas para uma mesa improvisada, onde eram examinadas com a maior excitação.

— Parece fácil — comentou Jamie, sorrindo.

— Não conte com isso, McGregor. Estive conversando com alguns dos garimpeiros que já estão aqui há bastante tempo. Acho que caímos num conto do vigário.

— Como assim?

— Sabe quantos garimpeiros existem por aqui, todos acalentando a esperança de enriquecer? Vinte mil! E não há diamantes para todos. Mesmo que houvesse, estou começando a me perguntar se vale a pena. Você assa no inverno, fica gelado no verão, encharcado com as malditas *donderstormen*, sofre com a poeira, as moscas e o fedor. Não pode tomar um banho direito nem arrumar uma cama decente, não há nenhum dispositivo sanitário nesta maldita cidade. Homens se afogam no Rio Vaal todas as semanas. Alguns casos são acidentais, mas já me disseram que para a maioria é apenas um meio de escapar deste inferno. Não consigo entender por que essas pessoas continuam a insistir.

— Pois eu sei. — Jamie olhou para o rapaz esperançoso, de camisa suja. — Todos continuam por causa da próxima pá e do que pode trazer.

Ao voltarem para a cidade, no entanto, Jamie teve de admitir que Pederson estava certo, pelo menos em parte. Passaram por carcaças de bois, carneiros e cabras, deixadas para apodrecer perto das barracas, ao lado de valas imensas, que serviam como banheiros. O mau cheiro era terrível. Pederson observava-o.

— Para onde vai agora?

— Arrumar algum equipamento.

No CENTRO DA cidade havia uma loja com uma placa suja pendurada na frente, informando: SALOMON VAN DER MERWE, ARMAZÉM GERAL. Um preto alto, mais ou menos da idade de Jamie, estava descarregando uma carroça diante da loja. Tinha ombros largos, era musculoso, um dos homens mais bonitos que Jamie já vira. Os olhos eram pretos, o nariz aquilino, o queixo forte. Havia nele uma extrema dignidade, uma serena indiferença. Levantou uma caixa pesada de madeira, cheia de rifles, ajeitou no ombro. Ao virar-se, escorregou numa folha caída de um engradado de repolho. Instintivamente, Jamie estendeu o braço para ampará-lo. O preto não reconheceu a presença de Jamie. Virou-se e entrou na loja. Um garimpeiro bôer que estava ali perto informou, com evidente aversão:

— Esse é Banda, da tribo barolongo. Trabalha para o Sr. Van der Merwe. E não entendo por que ele conserva esse negro arrogante. Os malditos bantos pensam que são os donos da terra.

O interior da loja estava fresco e escuro, um conforto agradável para quem vinha da rua quente e ofuscante. O ar estava impregnado de odores exóticos. Jamie teve a impressão que cada palmo de espaço estava atulhado de mercadorias. Ele foi andando peja loja, assombrado. Havia instrumentos agrícolas, cervejas, latas de leite e vasos de barro com manteiga, cimento, estopins e pólvora, louça de barro, móveis, armas de fogo, artigos de armarinho, óleo, tinta e verniz, toucinho e frutas secas, selas e arreios, vermífugo e sabão, açúcar, chá e tabaco, rapé e charutos... Uma dúzia de prateleiras estava atravancada de alto a baixo com camisas e mantas de flanela, sapatos, bonés de pala e selas. *Quem possui tudo isso*, pensou Jamie, *só pode ser um homem rico*. Uma voz suave disse atrás dele:

— Em que posso servi-lo?

Jamie virou-se e deparou com uma moça. Calculou que ela devia ter 15 anos. Tinha um rosto atraente, de ossos salientes, em formato de coração, nariz arrebitado e olhos verdes. Os cabelos eram escuros e encaracolados. Contemplando o corpo da moça, Jamie chegou à conclusão de que ela devia estar mais próxima dos 16 anos.

— Sou um garimpeiro — anunciou Jamie. — Estou aqui para comprar equipamento.

— O que vai precisar?

Por algum motivo, Jamie sentiu a necessidade de impressionar a moça.

— Eu... hã... sabe... o de sempre.

Ela sorriu, com um brilho malicioso nos olhos.

— O que significa o de sempre, senhor?

— Bom... — Jamie hesitou. — Uma pá.

— E isso é tudo?

Jamie percebeu que a moça estava zombando. Ele sorriu e confessou:

— Para dizer a verdade, sou novo nessas coisas. Não sei o que vou precisar.

Ela retribuiu o sorriso, com o sorriso de uma mulher.

— Depende do lugar em que vai trabalhar, Sr...

— McGregor. Jamie McGregor.

— Sou Margaret van der Merwe.

A moça olhou nervosamente para os fundos da loja.

— Prazer em conhecê-la, Srta. Van der Merwe.

— Acabou de chegar?

— Isso mesmo. Cheguei ontem, pelo carro postal.

— Alguém devia tê-lo avisado. Já houve passageiros que morreram na viagem.

Havia raiva nos olhos dela. Jamie sorriu.

— Não posso culpá-los. Mas estou bem vivo, obrigado.

— E agora pretende sair em busca de *mooi klippe.*

— *Mooi klippe?*

— É a nossa palavra holandesa para diamantes. Seixos bonitos.

— Você é holandesa?

— Minha família é da Holanda.

— Sou da Escócia.

— Dá para perceber. — Os olhos dela tornaram a se desviar para os fundos da loja, cautelosamente. — Há realmente diamantes por aqui, Sr. McGregor. Mas deve escolher com cuidado o lugar onde vai procurá-los. A maioria dos garimpeiros está perdendo o seu tempo. Quando alguém faz um achado, os outros disputam as sobras. Se quer ficar rico, precisa achar o seu próprio depósito de diamantes.

— E como se pode fazer isso?

— Meu pai pode ajudá-lo. Ele sabe de tudo. E estará livre dentro de uma hora.

— Voltarei então mais tarde. Obrigado, Srta. Van der Merwe.

— Jamie tornou a sair para o sol, dominado por uma sensação de euforia, as dores e angústias inteiramente esquecidas. Se Salomon van der Merwe o aconselhasse sobre o melhor lugar em que encontrar diamantes, Jamie não poderia fracassar. Levaria vantagem sobre todos os outros. Ele soltou uma risada, pela alegria pura de ser jovem e estar vivo, a caminho da fortuna.

JAMIE DESCEU PELA rua principal, passando por um ferreiro, um salão de bilhar e meia dúzia de bares. Avistou uma placa diante de um hotel de aparência decrépita e parou. A placa dizia:

R-D MILLER, BANHOS QUENTES E FRIOS.
ABERTO TODOS OS DIAS
DAS 6 DA MANHÃ ÀS 8 HORAS DA NOITE,
COM OS CONFORTOS DE UM VESTIÁRIO LIMPO

Jamie pensou: *Quando foi a última vez que tomei um banho? Tomei um banho de balde no navio. Isso foi...* Ele pensou nos banhos de tina semanais que tomava na cozinha de sua casa. Pôde ouvir a mãe gritando: "Não se esqueça de lavar direito lá embaixo, Jamie."

Ele virou-se e entrou na casa de banho. Havia duas portas de entrada, uma para homens e outra para mulheres. Jamie passou pela porta dos homens, encaminhando-se para o idoso atendente.

— Quanto custa um banho?

— Dez xelins por um banho frio, 15 pelo quente.

Jamie hesitou, mas a ideia de um banho quente, depois da longa viagem, era quase irresistível.

— Frio — murmurou ele.

Não podia se dar ao luxo de desperdiçar dinheiro daquela maneira. Precisava comprar o equipamento de garimpagem. O atendente entregou-lhe uma pequena barra de sabão amarelo de lixívia e uma toalha de rosto já puída, apontando:

— Por ali, companheiro.

Jamie entrou numa sala pequena que continha apenas uma banheira de ferro galvanizado no meio e alguns tarugos de madeira na parede. O atendente começou a encher a banheira com um balde grande de madeira.

— Tudo pronto, moço. Pode pendurar as roupas nos tarugos.

Jamie esperou que o atendente se retirasse e depois despiu-se. Olhou para o corpo coberto de fuligem e pôs um pé na banheira. A água estava fria, conforme o anunciado. Ele rangeu os dentes e mergulhou o corpo, ensaboando-se vigorosamente, da cabeça aos pés. A água estava escura quando finalmente saiu da banheira. Enxugou-se da melhor forma possível com a toalha velha e começou a vestir-se. A calça e a camisa estavam duras de poeira e ele detestou ter de vesti-las. Compraria uma muda de roupa. O pensamento fê-lo lembrar-se do pouco dinheiro que tinha. E estava outra vez com fome.

Saindo da casa de banho, Jamie foi avançando pela rua apinhada até um bar chamado Sundowner. Pediu uma cerveja e almoço. Costeletas de cordeiro com tomates, chouriço com salada de batata e picles. Enquanto comia, ficou escutando, transbordando de esperança, as conversas ao seu redor.

— Ouvi dizer que encontraram uma pedra perto de Colesberg com 21 quilates. E se existia um diamante por lá, então certamente vai se encontrar muito mais...

— Houve um novo achado de diamantes em Hebron. Estou pensando em ir até lá...

— Vai bancar o tolo. Os diamantes maiores estão no Rio Orange...

No balcão, um freguês barbado, de camisa de flanela listrada, sem colarinho, calça de belbute, estava tomando uma mistura de cerveja e gengibirra num copo grande.

— Fiquei limpo em Hebron — confidenciou ele ao homem por trás do balcão. — Estou precisando arrumar mais dinheiro para uma nova expedição.

O *bartender* era um homem alto, corpulento, calvo, com nariz quebrado e olhos de fuinha. Ele soltou uma risada.

— Quem não precisa? Por que acha que estou aqui, cuidando do bar? Assim que tiver dinheiro bastante, também vou partir pelo Orange à procura de diamantes. — Ele limpou o balcão com um pano sujo. — Mas vou lhe dizer o que pode fazer, moço. Procurar Salomon van der Merwe. É o dono do armazém geral e de metade da cidade.

— E de que forma ele poderá me ajudar?

— Se ele for com a sua cara, pode lhe dar o dinheiro para a expedição.

O freguês fitou-o atentamente.

— Acha mesmo?

— Sei que ele já fez isso com alguns homens. Você entra com o trabalho, ele entra com o dinheiro. E dividem tudo, meio a meio.

Os pensamentos de Jamie McGregor dispararam. Imaginara que as 120 libras que lhe restavam seriam suficientes para comprar o equipamento e alimentos necessários para sobreviver. Mas os preços de Klipdrift eram espantosos. Já verificara que um saco de 50 quilos de farinha de trigo australiana na loja de Van der Merwe custava cinco libras. Uma garrafa de cerveja custava cinco xelins. Meio quilo de açúcar custava um xelim. Os biscoitos eram vendidos a três xelins por meio quilo e a dúzia de ovos frescos saía por sete xelins. Com esses preços, seu dinheiro não duraria muito. *Em casa, podíamos viver durante um ano com o dinheiro que aqui mal dá para pagar três refeições*, pensou Jamie. Mas se ele conseguisse obter o apoio de um homem rico, como o Sr. Van der Merwe... Jamie pagou a refeição e voltou apressadamente para o armazém.

Salomon van der Merwe estava por trás do balcão, tirando os rifles do caixote de madeira. Era um homem baixo, o rosto fino e macilento, emoldurado por costeletas. Os cabelos eram cor de areia, os olhos pretos e pequenos, o nariz abatatado, os lábios murchos. *A filha deve ter saído à mãe*, pensou Jamie.

— Com licença, senhor...

Van der Merwe levantou o rosto.

— *Ja?*

— Sr. Van der Merwe? Meu nome é Jamie McGregor, senhor. Sou da Escócia. Vim procurar diamantes.

— *Ja?* E daí?

— Soube que às vezes ajuda alguns garimpeiros.

Van der Merwe resmungou:

— *Myn Magtig!* Quem anda espalhando essas histórias? Ajudei alguns garimpeiros e todos começam a pensar que sou Papai Noel.

— Consegui economizar 120 libras — disse Jamie, ansiosamente. — Mas já percebi que não vai dar para comprar muita coisa aqui. Sairei em busca de diamantes com apenas uma pá, se não houver outro jeito. Mas calculo que minhas chances seriam muito maiores se tivesse uma mula e equipamento apropriado.

Van der Merwe estudava-o atentamente, com seus olhinhos pretos.

— *Wat denk ye?* O que o leva a pensar que pode encontrar diamantes?

— Viajei pela metade do mundo para chegar aqui, Sr. Van der Merwe. E não vou embora enquanto não ficar rico. Se existem diamantes por aqui, então vou encontrá-los. Se me ajudar, nós dois ficaremos ricos.

Van der Merwe soltou um grunhido, virou as costas a Jamie e continuou a descarregar os rifles. Jamie ficou parado ali, constrangido, sem saber o que mais dizer. Quando Van der Merwe tornou a falar, sua pergunta pegou Jamie completamente desprevenido:

— Chegou até aqui na carroça de passageiros, *ja?*

— Não. Vim pelo carro postal.

O velho virou-se para estudar novamente o rapaz. E, finalmente, disse:

— Vamos conversar.

CONVERSARAM A RESPEITO durante o jantar, na sala nos fundos da loja que servia como residência dos Van der Merwes. Era um cômodo pequeno, usado como cozinha, sala de jantar e quarto, com uma cortina separando duas camas. A metade inferior das paredes era feita de lama e pedras, a metade superior com caixas de papelão que outrora haviam servido de embalagem em mercadorias. Um buraco quadrado, onde um pedaço da parede fora cortado, servia como janela. Quando chovia, podia ser fechado com um pedaço de madeira. A mesa de jantar consistia em uma tábua comprida, estendida sobre dois engradados de madeira. Um caixote grande, virado de lado, servia como armário. Jamie compreendeu que Van der Merwe não era um homem desprendido em matéria de dinheiro.

A filha de Van der Merwe deslocava-se de um lado para outro, em silêncio, aprontando o jantar. De vez em quando, ela lançava olhares rápidos para o pai. Em nenhum momento, porém, olhou para Jamie. *Por que ela está tão assustada?*, pensou Jamie. Depois que sentaram à mesa, Van der Merwe começou:

— Vamos fazer uma prece. Nós lhe agradecemos, Senhor, pelas benesses que recebemos de Suas mãos. Agradecemos por perdoar os nossos pecados e nos mostrar o caminho do bem, livrando-nos das tentações da vida. Agradecemos por uma vida longa e proveitosa e por castigar todos aqueles que O ofendem. Amém. — E sem fazer sequer um intervalo para respirar, ele acrescentou para a filha: — Passe-me a carne.

O jantar era frugal: um pouco de carne de porco, três batatas cozidas e um prato de nabos. As porções que ele serviu a Jamie foram pequenas. Os dois homens falaram pouco durante a refeição e Margaret não disse absolutamente nada. Quando terminaram de comer, Van der Merwe disse:

— Estava ótimo, filha. — Havia orgulho em sua voz. Ele virou-se para Jamie. — Vamos tratar de negócios, *ja?*

— Sim, senhor.

Van der Merwe pegou um cachimbo de barro comprido em cima do armário improvisado. Encheu-o com tabaco de cheiro adocicado de uma pequena bolsa e depois acendeu. Os olhos penetrantes esquadrinharam Jamie intensamente, através dos anéis de fumaça.

— Os garimpeiros aqui em Klipdrift são uns idiotas. Há diamantes de menos e garimpeiros demais. Um homem pode se matar de trabalhar por aqui durante um ano inteiro sem encontrar nada, a não ser *schlenters.*

— Eu... infelizmente não conheço a palavra, senhor.

— Diamantes dos tolos. Não valem nada. Está me entendendo agora?

— Sim, senhor... Acho que sim. Mas qual é a solução, senhor?

— Os griquas.

Jamie ficou em silêncio, sem entender.

— É uma tribo africana que vive ao norte daqui. Eles encontram diamantes... e dos grandes... me trazem algumas vezes, trocam por mercadorias. — O holandês baixou a voz para um tom de conspiração. — Sei onde eles acham os diamantes.

— Mas não poderia ir até lá pessoalmente, Sr. Van der Merwe?

Van der Merwe suspirou.

— Não. Não posso deixar a loja. Todos me roubariam. Preciso de alguém que possa ir até lá e me trazer alguns diamantes. Quando encontrar o homem certo, vou lhe fornecer todo o equipamento de que poderá precisar. — Ele fez uma pausa, aspirando fundo do cachimbo. — E lhe direi onde estão os diamantes.

Jamie levantou-se de um pulo, o coração disparado.

— Sr. Van der Merwe, eu sou o homem que está procurando. Pode estar certo disso, senhor. Trabalharei noite e dia. — A voz dele estava impregnada de emoção. — Vou-lhe trazer mais diamantes do que poderá contar.

Van der Merwe observou-o em silêncio, pelo que pareceu uma eternidade a Jamie. E quando finalmente falou, disse apenas uma palavra:

— *Ja.*

JAMIE ASSINOU o contrato na manhã seguinte. Estava escrito em africâner.

— Terei de lhe explicar tudo — disse Van der Merwe. — Está escrito aqui que somos sócios, eu entro com o capital e você com o trabalho. Partilhamos tudo meio a meio.

Jamie olhou para o contrato na mão de Van der Merwe. No meio de todas aquelas palavras estrangeiras incompreensíveis, podia reconhecer apenas uma quantia: *duas libras*. Jamie apontou.

— O que significa isso, Sr. Van der Merwe?

— Significa que, além de possuir a metade dos diamantes que encontrar, ainda vai receber duas libras extras para cada semana que trabalhar. Embora eu tenha certeza que os diamantes estão por lá, é possível que não encontre coisa alguma, rapaz. E isso lhe dará pelo menos alguma coisa por seu trabalho.

O homem estava sendo mais do que justo.

— Obrigado, senhor, muito obrigado.

Jamie estava com vontade de abraçá-lo. Van der Merwe acrescentou:

— E agora vamos tratar de equipá-lo.

FORAM NECESSÁRIAS duas horas para escolher o equipamento que Jamie levaria: uma pequena barraca, saco de dormir, utensílios de cozinhar, duas peneiras e uma bateia, uma picareta, duas pás, três baldes, uma muda de meia e de roupas de baixo. Havia um machado, uma lanterna e óleo de parafina, fósforos e sabão. Havia também latas de comida, carne seca, frutos, açúcar, café e sal. Finalmente, estava tudo pronto. O criado preto, Banda, ajudou silenciosamente Jamie a guardar tudo na mochila. O negro imenso não fitou Jamie nos olhos em momento nenhum, também não disse uma única palavra. *Ele não fala inglês*, concluiu Jamie. Margaret estava na loja, servindo os fregueses. Mas se sabia que Jamie estava ali, não deixou transparecer. Van der Merwe aproximou-se de Jamie e disse:

— Sua mula está lá na frente. Banda vai ajudar a carregá-la.

— Obrigado, Sr. Van der Merwe. Eu...

Van der Merwe consultou um pedaço de papel, coberto de cifras.

— Tudo isso vai lhe custar 120 libras.

Jamie ficou aturdido.

— Mas... mas... Isso é parte do contrato. Nós...

— *Wat bedui'di?* — O rosto fino de Van der Mèrwe estava dominado pela raiva. — Espera que eu lhe dê tudo isso, uma excelente mula, faça-o meu sócio e lhe pague duas libras por semana ainda por cima? Se está esperando alguma coisa a troco de nada, então veio ao lugar errado.

Ele começou a descarregar uma das mochilas. Jamie apressou-se em dizer:

— Não! Por favor, Sr. Van der Merwe. Eu... eu apenas não compreendi. Está tudo certo. Tenho o dinheiro.

Ele pegou a bolsa e despejou em cima do balcão o que restava de suas economias. Van der Merwe hesitou.

— Está bem — ele acabou dizendo, relutantemente. — Talvez tenha sido um mal-entendido, hem? Esta cidade está repleta de trapaceiros. Preciso tomar cuidado com as pessoas com quem faço negócios.

— Sim, senhor. Claro que deve.

Em sua afobação, ele entendera mal o acordo. *Tenho sorte de ele me dar outra chance*, pensou Jamie. Van der Merwe meteu a mão no bolso e tirou um mapa pequeno, desenhado a mão, todo amarrotado.

— Aqui está onde vai encontrar o *mooi klippe*. Ao norte daqui, em Magerdam, na margem norte do Vaal.

Jamie estudou o mapa atentamente, sentindo que o coração batia mais depressa.

— Quantos quilômetros até lá?

— Por aqui medimos a distância pelo tempo. Com a mula, você deve cobrir o percurso em quatro ou cinco dias. Ao voltar, terá que vir mais devagar, por causa do peso dos diamantes.

Jamie sorriu.

— *Ja.*

Ao sair de novo para a rua principal de Klipdrift, Jamie McGregor já não era mais um turista. Era um garimpeiro, a caminho da fortuna. Banda acabara de carregar os suprimentos no lombo de uma mula de aparência frágil, amarrada no poste diante da loja.

— Obrigado — disse Jamie, sorrindo.

Banda virou-se e fitou-o nos olhos. Depois afastou-se, em silêncio.

Jamie pegou as rédeas da mula e disse:

— Vamos embora, companheira. Está na hora de encontrar os *mooi klippe*.

E foram seguindo para o norte.

AO CAIR DA NOITE, Jamie acampou à beira de um córrego. Descarregou, deu água e alimentou a mula, serviu-se de charque, damascos secos e café. A noite estava repleta de ruídos estranhos. Ele ouvia os grunhidos, uivos e passos de animais selvagens, passando perto da água. Estava desprotegido, cercado pelos mais perigosos animais do mundo, numa terra estranha e primitiva. Tinha um sobressalto a cada ruído. Esperava ser atacado a qualquer momento por presas e garras saltando em cima dele, emergindo subitamente da escuridão. A mente começou a vacilar. Pensou em sua cama confortável em casa, no conforto e segurança que sempre encarara como um fato consumado. Teve um sono irrequieto, os sonhos dominados por leões e elefantes furiosos atacando, por homens imensos e barbados tentando lhe arrancar um enorme diamante.

Ao amanhecer, Jamie despertou e descobriu que a mula estava morta.

Capítulo 2

JAMIE NÃO PODIA acreditar. Procurou por algum ferimento, imaginando que a mula fora atacada por algum animal selvagem durante a noite. Mas nada havia. A mula morrera enquanto dormia. *O Sr. Van der Merwe vai me responsabilizar por isso,* pensou Jamie. *Mas quando eu aparecer com os diamantes, não fará a menor diferença.*

Não havia como voltar. Ele teria de continuar até Magerdam sem a mula. Ouviu um barulho no ar e olhou para cima. Imensos abutres pretos começavam a circular lá no alto. Jamie estremeceu. Trabalhando o mais depressa possível, ele rearrumou o equipamento, decidindo o que deixaria ali. Depois, guardou tudo o que podia numa mochila e partiu. Ao olhar para trás, cinco minutos depois, os abutres haviam coberto o corpo do animal morto. Só era visível uma orelha comprida. Jamie acelerou os passos.

Era dezembro, verão na África do Sul. A jornada pelo *veld*, sob o sol imenso, cor de laranja, era horrível. Jamie partira de Klipdrift com passos vigorosos e coração leve. Contudo, à medida que os minutos foram se transformando em horas e as horas em dias, os passos tornaram-se mais lentos e o coração foi perdendo o ânimo. Até onde a vista podia alcançar, o *veld* se estendia como uma planície monótona e hostil, sob o sol ardente. Parecia não haver fim para a paisagem pedregosa e desolada.

Jamie acampava sempre que encontrava um olho-d'água. Dormia com os sons noturnos ameaçadores dos animais ao redor. Os sons não mais o incomodavam. Constituíam a prova de que existia vida naquele inferno árido, faziam com que se sentisse menos solitário. Houve uma manhã em que deparou com uma família de leões. Ficou observando a distância, enquanto a leoa se aproximava do companheiro e dos filhotes, levando um pequeno impala entre as poderosas mandíbulas. Largou o impala diante do macho e afastou-se, enquanto ele se alimentava. Um filhote temerário adiantou-se e cravou os dentes no corpo do impala. Com um movimento rápido, o macho levantou uma pata e jogou o filhote para longe, matando-o instantaneamente. Depois, voltou a se alimentar. Quando acabou, o resto da família teve permissão para se aproximar e devorar o que restava do banquete. Jamie afastou-se do local cautelosamente e continuou a andar.

Levou quase duas semanas para atravessar o Karroo. Mais de uma vez, esteve prestes a desistir. Não tinha certeza se conseguiria acabar a jornada. *Sou um idiota. Deveria ter voltado a Klipdrift para pedir outra mula ao Sr. Van der Merwe. Mas ele não iria cancelar o contrato? Não, fiz o que era certo.*

E, assim, Jamie continuou em frente, um passo de cada vez. Avistou um dia quatro vultos a distância, avançando em sua direção. *Estou delirando*, pensou Jamie. *É uma miragem.* Mas os vultos chegaram mais perto e o coração de Jamie começou a bater mais forte, alarmado. *Homens! Há vida humana aqui!* Ele ficou imaginando que talvez tivesse esquecido como falar. Experimentou a voz no ar da tarde e teve a impressão de que pertencia a alguém morto há muito tempo. Os quatro homens alcançaram-no, garimpeiros voltando a Klipdrift, cansados e derrotados.

— Olá — disse Jamie.

Os homens acenaram com a cabeça. E um deles disse:

— Não há nada pela frente, garoto. Está perdendo seu tempo. É melhor voltar.

E eles se foram.

JAMIE FECHOU A MENTE a tudo que não fosse a desolação uniforme à sua frente. O sol e as moscas pretas eram insuportáveis, não havia onde se esconder. Havia algumas figueiras-do-inferno, mas os galhos tinham sido desfolhados pelos elefantes. A pele clara de Jamie ardia terrivelmente, ele sentia-se quase sempre tonto. Cada vez que respirava, os pulmões davam a impressão de que iam explodir. Não estava mais andando, mas sim cambaleando, pondo um pé na frente, seguindo sempre em frente, sem pensar. Uma tarde, com o sol castigando-o implacavelmente, tirou a mochila e arriou no chão, cansado demais para dar outro passo. Fechou os olhos e sonhou que estava num cadinho gigantesco, o sol era um diamante imenso e ardente, a comprimi-lo, a derretê-lo. Acordou de madrugada, tremendo de frio. Forçou-se a comer um pouco de carne de charque e a beber alguns goles da água morna. Sabia que tinha de levantar e continuar em frente antes que o sol tornasse a nascer, enquanto a terra e o céu ainda estavam frescos. Bem que tentou, mas o esforço era demais. Seria muito mais fácil apenas ficar estendido ali para sempre, sem jamais dar outro passo. *Vou dormir mais um pouco*, pensou Jamie. Mas uma voz interior lhe disse que nunca mais tornaria a despertar. Encontrariam seu corpo ali, como já acontecera com centenas de outros. Lembrou-se dos abutres e pensou: *Não... não o meu corpo, não os meus ossos*. Lentamente, dolorosamente, forçou-se a levantar. A mochila estava tão pesada que não conseguiu levantá-la. Jamie recomeçou a andar, arrastando a mochila em sua esteira. Não podia lembrar quantas vezes caiu na areia quente e tornou a levantar, cambaleando. Houve um momento em que gritou ao céu que antecedia o amanhecer:

— Sou Jamie McGregor e vou conseguir. Vou viver. Está me ouvindo, Deus? Vou viver...

Havia vozes ressoando em sua cabeça.

Vai procurar diamantes? Deve estar doido, filho. Tudo isso não passa de invenção... uma tentação do demônio para manter os homens afastados de um dia de trabalho honesto.

Por que não conta para a gente onde vai arrumar o dinheiro para a viagem? Fica quase no outro lado do mundo. Você não tem dinheiro para chegar lá.

Sr. Van der Merwe, eu sou o homem que está procurando. Pode estar certo disso, senhor. Trabalharei noite e dia. Vou lhe trazer mais diamantes do que poderá contar.

E ele estava liquidado antes mesmo de ter começado. *Você tem duas opções*, disse Jamie a si mesmo. *Pode continuar ou pode ficar aqui e morrer... e morrer.. e morrer...*

As palavras ecoaram interminavelmente em sua cabeça. *Você pode dar mais um passo*, pensou ele. *Vamos, Jamie. Mais um passo. Mais um passo...*

Dois dias depois, Jamie chegou cambaleando à aldeia de Magerdam. As queimaduras de sol há muito que estavam infeccionadas e sangue e pus escorriam pelo corpo. Os olhos estavam inchados, quase completamente fechados. Desmaiou no meio da rua, um monte de roupas amarfanhadas a manter o corpo junto. Quando garimpeiros compadecidos tentaram tirar-lhe a mochila, Jamie lutou com eles, recorrendo à pouca força que ainda lhe restava, gritando em delírio:

— Não! Tirem as mãos dos meus diamantes! Tirem as mãos dos meus diamantes!

Ele despertou num cômodo pequeno e vazio, três dias depois, inteiramente nu, a não ser pelas ataduras que lhe cobriam o corpo. A primeira coisa que avistou, ao abrir os olhos, foi uma mulher rechonchuda, de meia-idade, sentada ao seu lado, no catre.

— Rrrr...

A voz era um rangido ininteligível, ele não conseguia pronunciar uma só palavra.

— Vá com calma, meu querido. Esteve muito doente.

A mulher levantou-lhe gentilmente a cabeça enfaixada e deu-lhe água numa caneca de estanho. Jamie conseguiu soerguer-se, apoiado num cotovelo.

— Onde... — ele engoliu em seco, tentou outra vez. — Onde estou?

— Está em Magerdam. Sou Alice Jardine. Esta é a minha pensão. Você vai ficar bom. Precisa apenas de um bom descanso. E agora volte a se deitar.

Jamie lembrou-se dos estranhos que haviam tentado lhe arrancar a mochila e foi invadido pelo pânico.

— Minhas coisas... onde...

Ele tentou se levantar, mas a voz gentil da mulher deteve-o:

— Está tudo a salvo, filho. Não se preocupe.

Ela apontou para a mochila, num canto do quarto. Jamie tornou a se recostar no lençol branco e limpo. *Cheguei aqui. Consegui. Agora, tudo vai dar certo.*

ALICE JARDINE ERA uma verdadeira bênção, não apenas para Jamie McGregor, mas também para metade de Magerdam. Na cidade mineira, repleta de aventureiros, todos partilhando o mesmo sonho, ela os alimentava, tratava e encorajava. Era uma inglesa que viera para a África do Sul com o marido, quando ele decidira renunciar a seu emprego de professor em Leeds e aderir à corrida dos diamantes. Ele morrera de febre três semanas depois de chegarem. Ela resolvera ficar. Os mineiros haviam se tornado os filhos que nunca tivera.

Ela manteve Jamie na cama por mais quatro dias, alimentando-o, trocando os curativos, ajudando-o a recuperar as forças. No quinto dia, Jamie já estava pronto para se levantar.

— Quero que saiba que estou profundamente grato, Sra. Jardine. Não posso lhe pagar nada. Ainda não. Mas um dia, muito em breve, eu lhe darei um diamante grande. É uma promessa de Jamie McGregor.

Ela sorriu diante da determinação daquele rapaz tão bonito. Ele ainda estava dez quilos mais magro e os olhos castanhos continuavam povoados pelo horror de tudo por que passara. Mas havia nele uma tremenda força, uma determinação que era impressionante. *Ele é diferente dos outros*, pensou a Sra. Jardine.

VESTINDO ROUPAS LIMPAS, Jamie saiu para explorar a cidade. Era Klipdrift em escala menor. Havia as mesmas barracas e carroças, as ruas poeirentas, as lojas de construção frágil, a multidão de garimpeiros. Ao passar por um bar, Jamie ouviu o maior estrépito lá dentro e entrou. Uma multidão barulhenta estava concentrada em torno de um irlandês de camisa vermelha.

— O que está acontecendo? — perguntou Jamie.

— Ele vai molhar seu achado.

— Vai o quê?

— Ele ficou rico hoje e vai pagar para todo mundo. O uísque hoje será por sua conta.

Jamie entrou na conversa de diversos garimpeiros soturnos sentados em torno de uma mesa redonda.

— De onde você é, McGregor?

— Escócia.

— Não sei quais foram as histórias que andaram lhe contando na Escócia, mas não há diamantes suficientes nesta maldita terra para pagar as despesas.

Conversaram sobre outros acampamentos: Gong Gong, Forlorn Hope, Delports, Poormans Kopje, Sixpenny Rush...

Todos os garimpeiros contavam a mesma história: meses e meses de trabalho árduo, removendo pedregulhos, escavando a terra dura, agachando-se na margem dos rios, peneirando a terra à procura de diamantes. A cada dia, uns poucos diamantes eram encontrados, não o bastante para tornar um homem rico, mas o suficiente para manter seus sonhos. O clima da cidade era uma estranha mistura de otimismo e pessimismo. Os otimistas estavam chegando; os pessimistas estavam partindo.

Jamie sabia de que lado estava.

Ele aproximou-se do irlandês de camisa vermelha, agora de olhos turvos de tanto beber. Mostrou-lhe o mapa de Van der Merwe. O homem examinou-o rapidamente e devolveu a Jamie.

— Não vale nada. Toda essa área já foi explorada. Se eu fosse você, procuraria em Bad Hope.

Jamie não podia acreditar. Fora o mapa de Van der Merwe que o levara até ali, o grande depósito de diamantes que o faria rico. Outro garimpeiro aconselhou:

— Vá para Colesberg. É lá que estão encontrando diamantes, filho.

— Gilfillans Kop... é esse o lugar para se garimpar.

— Se quer minha opinião, deve tentar Moonlight Rush.

NAQUELA NOITE, AO jantar, Alice Jardine disse:

— Jamie, qualquer lugar vale tanto quanto outro. Escolha um deles, comece a escavar e reze para encontrar alguma coisa. Isso é tudo o que esses supostos conhecedores estão fazendo.

DEPOIS DE UMA noite insone de dúvidas, Jamie decidiu esquecer o mapa de Van der Merwe. Contra os conselhos de todos, resolveu seguir para o leste, ao longo do Rio Modder. Despediu-se da Sra. Jardine na manhã seguinte e partiu.

Caminhou por três dias e duas noites. Ao chegar a um lugar que parecia apropriado, armou sua pequena barraca. Havia pedras imensas nas margens do rio. Usando galhos grossos como alavanca, Jamie deslocou-as, a fim de alcançar o cascalho que havia por baixo.

Escavou do amanhecer ao pôr do sol, procurando pela argila amarela ou o solo azul diamantífero que indicaria um caldeirão. Mas a terra era árida. Escavou por uma semana inteira, sem encontrar uma única pedra. Ao final da semana, resolveu seguir adiante.

Um dia, quando procurava um local que lhe parecesse propício, avistou ao longe o que parecia ser uma casa prateada, refulgindo ao sol. *Estou ficando cego*, pensou Jamie. Ao chegar mais perto, porém, descobriu que estava se aproximando de uma aldeia. Todas as casas pareciam feitas de prata. Multidões de indianos, homens, mulheres e crianças, enxameavam pelas ruas. Jamie ficou espantado. As casas, rebrilhando ao sol, eram feitas de latas de geleia alisadas e pregadas sobre os toscos barracos. Ele seguiu em frente. Uma hora depois, quando olhou para trás, ainda podia ver o clarão da aldeia. Era uma visão que jamais esqueceria.

Jamie continuou seguindo para o norte. Acompanhava a margem do rio, onde os diamantes podiam estar, escavando incessantemente, até que os braços se recusavam a levantar a pesada picareta. Peneirava então o cascalho, com a bateia manual. Ao escurecer, ele adormecia num instante, como se estivesse drogado.

Ao final da segunda semana, tornou a subir pelo rio, ao norte de um pequeno povoado chamado Paardspan. Parou perto de uma curva do rio e comeu um pouco de *carbonaatje*, assado num espeto, por cima de um fogo de lenha. Tomou um chá quente e depois sentou-se diante da barraca, contemplando as estrelas faiscando no vasto céu. Há duas semanas que não falava com um ser humano e a solidão começava a corroê-lo. *Que diabo estou fazendo aqui?*, pensou ele. *Sentado no meio dessa vastidão desolada, como um maldito idiota, matando-me de quebrar pedras e de escavar a terra? Estava muito melhor na fazenda. Se não encontrar nenhum diamante até sábado, voltarei para casa.* Ele levantou os olhos para as estrelas indiferentes e gritou:

— Estão me ouvindo, suas desgraçadas?

Santo Deus, pensou ele, *estou perdendo o juízo.*

JAMIE ESTAVA SENTADO, deixando a areia escorrer lentamente entre os dedos. Uma pedra grande ficou entre os dedos e ele contemplou-a por um momento, antes de jogá-la longe. Já vira mil pedras sem valor como aquela nas últimas semanas. Como fora mesmo que Van der Merwe as chamara? *Schlenters.* Mas havia alguma coisa diferente naquela pedra, que tardiamente atraiu a atenção de Jamie. Ele se levantou e foi pegá-la. Era muito maior que as outras e de um formato estranho. Jamie removeu um pouco da terra, esfregando-a contra a perna da calça. Examinou-a mais atentamente. Parecia um diamante. A única coisa que fazia Jamie desconfiar de seus sentidos era o tamanho. Era quase do tamanho de um ovo de galinha. *Oh, Deus, se isso for um diamante...* Ele sentiu de repente a maior dificuldade em respirar. Pegou o lampião e começou a vasculhar o terreno ao seu redor. Em 15 minutos, encontrou mais quatro pedras iguais. Nenhuma era tão grande quanto a primeira, mas bastavam para enchê-lo com uma emoção intensa.

Ele já estava de pé antes do amanhecer, escavando como um louco. Por volta do meio-dia, já encontrara mais meia dúzia de diamantes. Passou a semana seguinte escavando febrilmente e encontrando outros diamantes. À noite, enterrava-os num lugar seguro, onde não poderiam ser encontrados por quem passasse. Havia novos diamantes a cada dia. À medida que via sua fortuna se acumular, Jamie experimentava uma alegria indescritível. Somente a metade daquele tesouro lhe pertencia, mas era o suficiente para torná-lo rico, muito além do que se permitira imaginar, mesmo nos sonhos mais delirantes.

Ao final da semana, Jamie fez um mapa do local, delimitando os limites da sua área de exploração com a picareta. Desenterrou o tesouro, guardou-o cuidadosamente no fundo da mochila e voltou para Magerdam.

A PLACA NA frente do pequeno prédio informava: AVALIADOR DE DIAMANTES.

Jamie entrou no escritório, uma sala pequena, sem qualquer ventilação. Foi dominado por um súbito sentimento de apreensão. Ouvira dezenas de histórias de garimpeiros que haviam encontrado diamantes, para depois descobrirem que não passavam de pedras sem valor. *E se ele estivesse enganado? E se...*

O avaliador estava sentado por trás de uma mesa cheia de coisas, no pequeno escritório.

— Em que posso servi-lo?

Jamie respirou fundo.

— Gostaria que avaliasse estas pedras, por favor.

Sob o olhar atento do avaliador, Jamie começou a pôr as pedras em cima da mesa. Quando acabou, havia um total de 27 pedras e a expressão do avaliador era de espanto.

— Onde... onde encontrou tudo isso?

— Eu lhe direi depois que me confirmar se são mesmo diamantes.

O avaliador pegou a pedra maior e examinou-a com uma lupa de joalheiro.

— Deus do céu! — exclamou ele. — Este é o maior diamante que já vi!

Jamie percebeu que estivera prendendo a respiração até aquele momento. Sua vontade era gritar de alegria.

— Onde... — balbuciou o homem — ... onde encontrou esses diamantes?

— Encontre-se comigo na cantina dentro de 15 minutos — respondeu Jamie, sorrindo. — Vou dizer lá.

Jamie pegou os diamantes, guardou-os nos bolsos e saiu. Encaminhou-se para o escritório de registro de áreas de exploração, na mesma rua, dois prédios adiante.

— Quero registrar uma área de exploração — disse ele. — Em nome de Salomon van der Merwe e Jamie McGregor.

Ele passara por aquela porta como um camponês pobre e saía como um multimilionário.

O avaliador estava na cantina, esperando, quando Jamie McGregor entrou. Era evidente que já espalhara a notícia, porque houve um silêncio súbito e respeitoso. Havia uma única pergunta tácita, na mente de todos. Jamie foi até o balcão e disse ao homem que estava por trás:

— Vim aqui para molhar o meu achado. — Ele virou-se em seguida e anunciou para a multidão: — Paardspan.

ALICE JARDINE ESTAVA tomando uma xícara de chá quando Jamie entrou na cozinha. O rosto dela se iluminou de satisfação ao vê-lo.

— Jamie! Graças a Deus que você voltou são e salvo! — Ela percebeu a aparência desgrenhada e o rosto corado do rapaz. — As coisas não correram muito bem, não é mesmo? Mas não tem importância. Tome uma xícara de chá comigo e garanto que vai se sentir melhor.

Sem dizer nada, Jamie meteu a mão no bolso e tirou um diamante grande. Colocou-o na mão da Sra. Jardine, dizendo:

— Estou cumprindo minha promessa.

Ela ficou olhando para o diamante em silêncio, por um longo tempo, os olhos azuis ficando marejados de lágrimas.

— Não, Jamie, não... — A voz dela era extremamente suave. — Não o quero. Será que não entende, menino? Isso estragaria tudo...

JAMIE MCGREGOR VOLTOU a Klipdrift em grande estilo. Trocou um dos diamantes menores por um cavalo e uma charrete, anotando cuidadosamente o que gastara, a fim de que o sócio não tivesse qualquer prejuízo. A viagem de volta a Klipdrift foi tranquila e confortável. Ao pensar no inferno por que passara ao fazer a mesma viagem na ida, Jamie foi dominado por uma sensação de espanto. *Essa é a diferença entre os ricos e os pobres*, pensou ele. *Os pobres seguem a pé, os ricos viajam em carruagens.*

Ele bateu de leve no cavalo com o chicote e foi seguindo satisfeito, pelo *veld* às escuras.

Capítulo 3

KLIPDRIFT NÃO MUDARA, mas Jamie McGregor estava diferente. As pessoas ficaram observando-o quando entrou de charrete na cidade e foi parar diante do armazém de Van der Merwe. Não era apenas o bom cavalo e a charrete que atraíam a atenção dos transeuntes, mas também o ar de júbilo do rapaz. Já o tinham visto antes, em outros garimpeiros que haviam ficado ricos. Proporcionava-lhes um renovado sentimento de esperança para si mesmos. Todos recuaram e observaram Jamie saltar da charrete. O mesmo preto imenso estava ali. Jamie sorriu-lhe.

— Olá! Estou de volta!

Banda prendeu as rédeas no poste sem dizer nada e entrou na loja.

Jamie seguiu-o.

Salomon van der Merwe estava servindo um freguês. O pequeno holandês levantou os olhos e sorriu. Jamie compreendeu que, de alguma forma, Van der Merwe já tomara conhecimento da notícia. Ninguém podia explicar, mas um novo achado de diamantes corria pelo continente com a velocidade da luz.

Quando terminou de servir o freguês, Van der Merwe acenou com a cabeça para os fundos da loja.

— Vamos até lá, Sr. McGregor.

Jamie seguiu-o. A filha de Van der Merwe estava no fogão, preparando o almoço.

— Olá, Margaret.

Ela corou e desviou os olhos.

— Muito bem, soube que temos boas notícias! — exclamou Van der Merwe.

O holandês estava radiante. Sentou-se à mesa e empurrou o prato para o lado, abrindo um espaço à sua frente.

— Isso mesmo, senhor.

Orgulhoso, Jamie tirou uma bolsa de couro do bolso do casaco e despejou os diamantes sobre a mesa da cozinha. Van der Merwe ficou olhando, fascinado, depois pegou um a um, saboreando cada um, deixando o maior para o fim. Finalmente, guardou os diamantes numa bolsa grande de camurça e levou-a para um cofre de ferro grande que havia no canto. Pôs a bolsa no cofre e trancou-o.

Quando falou, havia um tom de profunda satisfação em sua voz:

— Trabalhou bem, Sr. McGregor. Muito bem mesmo.

— Obrigado, senhor. E isso é apenas o começo. Há outras centenas de diamantes por lá. Nem me atrevo a pensar no quanto valem.

— E fez o registro da área de exploração?

— Sim, senhor. — Jamie meteu a mão no bolso e tirou a ficha de registro. — Está registrado nos nomes dos dois.

Van der Merwe estudou o registro por um momento e depois guardou-o no bolso.

— Você merece uma gratificação. Fique esperando aqui. — Ele encaminhou-se para a porta que levava à loja. — Venha comigo, Margaret.

Ela seguiu-o, submissa. Jamie pensou: *Ela é como uma gatinha assustada.* Van der Merwe voltou poucos minutos depois, sozinho.

— Aqui está.

Ele abriu uma bolsa e contou cuidadosamente 50 libras. Jamie fitava-o, perplexo.

— Para que isso, senhor?

— É para você, filho. O seu dinheiro.

— Eu... eu não compreendo.

— Trabalhou durante 24 semanas. A duas libras por semana, dá 48 libras. E estou lhe dando mais duas libras, como gratificação. Jamie soltou uma risada.

— Não preciso de uma gratificação. Tenho minha parte nos diamantes.

— Sua parte nos diamantes?

— Sim, senhor. A minha metade. Somos sócios.

Van der Merwe fitou-o nos olhos.

— Sócios? De onde foi que tirou essa ideia?

— De onde... — Jamie olhava fixamente para o holandês, atordoado. — Temos um contrato.

— É verdade. Já o leu?

— Não, senhor. Está escrito em africâner. Mas disse que éramos sócios, meio a meio.

O homem mais velho sacudiu a cabeça.

— Não me entendeu direito, Sr. McGregor. Não preciso de sócios. Estava trabalhando para mim. Eu equipei-o e mandei-o procurar diamantes para mim.

Jamie podia sentir que a raiva começava a fervilhar dentro dele. — Não me deu nada. Paguei 120 libras pelo equipamento.

O velho deu de ombros.

— Não perco o meu tempo valioso com discussões. Vamos fazer uma coisa: Eu lhe dou mais cinco libras e damos tudo por quitado. Acho que estou sendo muito generoso.

Jamie explodiu, num acesso de fúria:

— Não vamos dar nada por quitado! — Em sua raiva, o sotaque escocês voltou a predominar. — Tenho direito a metade da área de exploração. E vou conseguir, pois fiz o registro em meu nome também.

Van der Merwe sorriu.

— Então tentou me trapacear. Posso mandar prendê-lo por isso. — Ele jogou o dinheiro em cima da mesa. — E agora pegue o seu salário e saia daqui.

— Vou lutar!

— Tem dinheiro para pagar um advogado? Todos os advogados desta região me pertencem, rapaz.

Isso não está acontecendo comigo, pensou Jamie. *É um pesadelo.* A agonia por que passara, as semanas e meses de deserto escaldante, o trabalho físico extenuante, do amanhecer ao anoitecer... tudo lhe voltou de repente. Quase morrera e agora aquele homem estava tentando roubá-lo, tirar o que lhe pertencia por direito. Ele fitou Van der Merwe nos olhos.

— Não deixarei que escape impune depois de fazer uma coisa dessas comigo. Ficarei em Klipdrift, contarei a todos aqui o que você fez. Vou receber de qualquer maneira a minha parte nos diamantes.

Van der Merwe procurou se desviar da fúria nos olhos castanho-claros.

— É melhor procurar um médico, rapaz — murmurou ele. — Acho que o sol derreteu seus miolos.

Num segundo, Jamie estava diante de Van der Merwe. Levantou o holandês, manteve-o na altura de seus olhos.

— Vou fazê-lo se arrepender do dia em que me conheceu.

Ele largou Van der Merwe, jogou longe o dinheiro que estava em cima da mesa e saiu.

O SUNDOWNER SALOON achava-se quase deserto quando Jamie McGregor entrou, pois a maioria dos garimpeiros estava a caminho de Paardspan. Jamie estava dominado pela raiva e desespero. *É inacreditável,* pensava ele. *Num momento sou tão rico quanto Creso, no instante seguinte estou completamente sem dinheiro. Van der Merwe é um ladrão e vou descobrir um meio de puni-lo.*

Mas como? Van der Merwe estava certo. Jamie nem mesmo podia contratar um advogado para defendê-lo. Era um estranho ali, enquanto Van der Merwe era um membro respeitado da comunidade. A única arma que Jamie tinha era a verdade. Daria um jeito para que todos na África do Sul soubessem o que Van der Merwe fizera. Smit, o *bartender*, cumprimentou-o.

— Seja bem-vindo de volta. É tudo por conta da casa, Sr. McGregor. O que vai querer?

— Um uísque.

Smit serviu uma dose dupla e pôs o copo em cima do balcão. Jamie tomou de um só gole. Não estava acostumado a beber e o uísque queimou-lhe a garganta e o estômago.

— Outro, por favor.

— Já vai. Sempre falei que os escoceses podem beber mais que qualquer um.

O segundo uísque desceu mais fácil. Jamie lembrou que fora o *bartender* quem aconselhara a um garimpeiro que fosse procurar Van der Merwe, em busca de ajuda.

— Sabia que o velho Van der Merwe é um patife? Ele está tentando roubar os meus diamantes.

Smit mostrou-se consternado.

— É verdade mesmo? Mas que coisa terrível! Lamento profundamente saber disso.

— Mas ele não vai escapar impune. — A voz de Jamie estava engrolada. — Metade daqueles diamantes me pertence. Ele é um ladrão e vou cuidar para que todos saibam.

— Tome cuidado — advertiu o *bartender*. — Van der Merwe é um homem importante nesta cidade. Se vai lutar contra ele, precisará de ajuda. E conheço justamente o homem que poderá ajudá-lo. Ele odeia Van der Merwe tanto quanto você. — O homem olhou ao redor, a fim de certificar-se de que ninguém poderia ouvir, antes de acrescentar: — Há um velho estábulo no final da rua. Promoverei o encontro. Apareça por lá às dez horas da noite.

— Obrigado — disse Jamie, sentindo-se imensamente grato.
— Não o esquecerei.
— Às dez horas. No velho estábulo.

O ESTÁBULO ERA uma estrutura desconjuntada, construída às pressas e de qualquer maneira, o telhado de folha de flandres corrugada, perto da rua principal, à beira da cidade. Jamie chegou ali às dez horas. Estava escuro e ele foi tateando, cuidadosamente. Não podia ver ninguém lá dentro. Entrou e disse:

— Olá!

Não houve resposta. Jamie avançou, lentamente. Podia divisar os contornos de cavalos se mexendo nas baias, irrequietos. E depois ouviu um som às suas costas. Ao começar a virar-se, uma barra de ferro acertou em suas costas, derrubando-o. Um porrete atingiu-lhe a cabeça, uma mão imensa levantou-o e manteve-o, enquanto punhos e botas malhavam o seu corpo. O espancamento pareceu durar toda uma eternidade. Quando a dor se tornou intensa demais e ele não pôde mais aguentar, perdendo os sentidos, jogaram água fria em seu rosto. Os olhos de Jamie se entreabriram. Teve a impressão de reconhecer o empregado de Van der Merwe, Banda. A surra recomeçou. Jamie pôde sentir as costelas quebrando. Alguma coisa se abateu sobre sua perna e ouviu o ranger de osso esmigalhado.

Foi nesse momento que tornou a perder os sentidos.

SEU CORPO PARECIA estar pegando fogo. Alguém raspava seu rosto com uma lixa. Jamie tentou em vão levantar a mão em protesto. Fez um esforço para abrir os olhos, mas não conseguiu, de tão inchados que estavam. Permaneceu deitado, cada fibra do corpo protestando de dor, enquanto procurava se lembrar onde estava. Mudou de posição e recomeçaram a lixar-lhe o rosto. Levantou a mão, às cegas, sentiu areia. O rosto em carne viva estava encostado na areia quente. Lentamente, cada movimento constituindo uma terrível agonia, ele conseguiu soerguer-se, ficar de joelhos. Tentou ver alguma coisa, através dos olhos inchados. Mas pôde apenas divisar imagens nebulosas. Estava em algum lugar no meio do Karroo ínvio, inteiramente nu. Era de manhã, ainda cedo, mas ele já podia sentir o sol ardendo em seu corpo. Tateou ao redor, às cegas, procurando por comida ou uma lata com água. Não havia nada. Haviam-no deixado ali como morto. *Salomon van der Merwe. E Smit, é claro.* Jamie ameaçara Van der Merwe, que o punira com a mesma facilidade com que se castiga um garotinho. *Mas ele vai descobrir que não sou mais um garotinho,* prometeu Jamie a si mesmo. *Deixei de ser. Sou um vingador. Eles vão pagar. E vão pagar caro.* O ódio que o dominava deu-lhe forças para sentar. Era uma tortura respirar. Quantas costelas lhe haviam quebrado? *Devo tomar cuidado para que não perfurem os pulmões.* Jamie tentou levantar-se, mas caiu no mesmo instante, soltando um grito de dor. A perna direita estava quebrada, virada num ângulo anormal. Não podia andar.

Mas podia rastejar.

JAMIE McGREGOR NÃO tinha a menor ideia do lugar em que estava. Deveriam tê-lo levado para algum lugar distante das trilhas mais usadas, onde seu corpo não seria encontrado, a não ser pelos carniceiros do deserto, as hienas e os abutres. O deserto era um vasto ossuário. Já vira os ossos de homens que haviam sido devorados pelos animais. Não restara um único fragmento de carne nos esqueletos. No mesmo momento em que pensava nisso, Jamie ouviu o barulho de asas lá em cima, o silvo estridente dos abutres. Foi invadido pelo terror. Estava cego. Não podia vê-los. Mas podia sentir o cheiro.

Começou a rastejar.

PROCUROU CONCENTRAR-SE na dor. O corpo estava todo dolorido, cada movimento provocava ondas de intensa agonia. Se por acaso se mexesse de uma determinada maneira, a perna quebrada produzia uma dor lancinante. Se mudava ligeiramente de posição, a fim de atenuar a dor na perna, podia sentir as costelas raspando uma na outra. Não podia suportar a tortura de ficar imóvel, não podia suportar a tortura de se mexer.

Continuou a rastejar.

Podia ouvir os abutres circulando lá em cima, esperando por ele, com uma paciência primitiva e interminável. A mente começou a vaguear. Estava na igreja em Aberdeen, impecavelmente vestido, no traje dominical, sentado entre os irmãos. A irmã Mary e Annie Cord usavam lindos vestidos brancos de verão. Annie Cord olhava para ele e sorria. Jamie começou a se levantar para ir ao encontro dela, mas os irmãos contiveram-no e começaram a beliscá-lo. Ondas de dor lhe percorriam o corpo e ele estava novamente rastejando pelo deserto, nu, o corpo todo quebrado. Os gritos dos abutres estavam agora mais altos, impacientes.

Jamie tentou forçar os olhos a se abrirem, a fim de verificar se os abutres estavam muito perto. Nada pôde ver, a não ser objetos vagos e tremeluzentes, que em sua imaginação aterrorizada transformaram-se em hienas e chacais. O vento transformou-se no bafo quente e fétido dos animais a lhe acariciar o rosto.

Continuou a rastejar, pois sabia que os animais o atacariam, no momento em que parasse. Estava ardendo em febre, a dor era demais, o corpo era castigado pela areia quente. Mesmo assim, não podia desistir, não enquanto Van der Merwe estivesse impune... não enquanto Van der Merwe estivesse vivo.

Ele perdeu toda a noção do tempo. Calculou que percorrera mais de um quilômetro. Na verdade, avançara menos de 10 metros, rastejando em círculo. Não podia ver onde estivera ou para onde estava indo. Concentrou sua mente em apenas uma coisa: Salomon van der Merwe.

Resvalou para a inconsciência, de onde foi despertado por uma agonia terrível, insuportável. Alguém estava lhe esfaqueando a perna. Jamie levou um segundo para recordar onde se encontrava e o que estava acontecendo. Entreabriu um olho inchado. Um enorme abutre preto estava atacando sua perna, arrancando selvagemente sua carne, comendo-o vivo, com o bico afiado. Jamie viu os olhinhos pretos e o rufo sujo em torno do pescoço. Sentiu o odor fétido do pássaro. Tentou gritar, mas nenhum som saiu de sua boca. Freneticamente, sacudiu-se para a frente, sentindo o fluxo quente de sangue a escorrer de sua perna. Podia ver as sombras dos imensos pássaros ao seu redor, aproximando-se para liquidá-lo. Sabia que a próxima vez em que perdesse os sentidos seria a última. No instante em que parasse, os abutres estariam novamente devorando-lhe a carne. Continuou a rastejar. A mente começou a vaguear, em delírio. Ouviu o barulho das asas dos abutres se aproximando, formando um círculo ao seu redor. Estava agora fraco demais para afugentar os pássaros. Não lhe restavam forças para resistir. Ele parou de se mexer e ficou imóvel na areia escaldante.

Os abutres se adiantaram para o banquete.

Capítulo 4

SÁBADO ERA DIA de mercado na Cidade do Cabo e as ruas ficavam apinhadas, as pessoas procurando comprar os melhores produtos pelos menores preços, encontrando-se com amigos e amantes. Bôeres e franceses, soldados em uniformes coloridos, mulheres inglesas com saias de babados e blusas franzidas, todos se misturavam diante das barracas armadas nas praças da cidade, em Braameonstein, Park Town e Burgersdorp. Havia de tudo à venda: móveis, cavalos, carruagens, frutas frescas. Podia-se comprar vestidos e tabuleiros de xadrez, carne ou livros em uma dúzia de línguas diferentes. Aos sábados, a Cidade do Cabo era uma feira ruidosa e movimentada.

Banda caminhava lentamente pela multidão, tomando cuidado para não encontrar os olhos dos brancos. Era perigoso demais. As ruas estavam cheias de pretos, indianos e mestiços, mas era a minoria branca que dominava. Banda odiava os brancos. Aquela era sua terra e os brancos eram os *uitlanders*. Havia muitas tribos no sul da África: os basutos, zulus, bechuanas, os matabelês. Todos eram bantos. A palavra banto vinha de *abantu... o povo*. Mas os barolongos, a tribo de Banda, constituíam a aristocracia. Banda lembrava das histórias que a avó lhe contava do grande reino preto que outrora dominava a África do Sul. O reino deles, a terra deles. Agora, no entanto, estavam escravizados por um punhado de chacais brancos. Os brancos haviam-nos empurrado para territórios cada vez menores, até que a liberdade deles ficara consideravelmente restrita. Agora, a única maneira pela qual o preto podia sobreviver era pelo *slim*, bancando o subserviente por fora, mas astucioso e matreiro por dentro.

Banda não sabia qual era a sua idade, pois os nativos não tinham certidões de nascimento. As idades eram medidas pelas histórias tribais: guerras e batalhas, nascimentos e mortes de grandes chefes, cometas, tempestades terríveis e terremotos, a viagem de Adam Kok, a morte de Chaka e a revolução da matança de gado. Mas o número de seus anos não fazia a menor diferença. Banda sabia que era o filho de um chefe e estava destinado a fazer alguma coisa por seu povo. Os bantos haveriam de se levantar em rebelião e voltariam a dominar a terra que lhes pertencia, graças a ele. O pensamento de sua missão fê-lo andar mais empertigado por um momento, até que sentiu os olhos de um branco fixados nele.

Banda seguiu apressadamente para o leste, na direção dos arredores da cidade, o distrito reservado aos pretos. As casas grandes e as lojas atraentes foram gradativamente cedendo lugar a barracos com telhados de zinco e cabanas. Ele entrou por uma rua de terra, olhando para trás, a fim de certificar-se que ninguém o seguia. Chegou a um barraco de madeira, olhou ao redor pela última vez, bateu duas vezes na porta e entrou. Uma mulher preta muito magra estava sentada numa cadeira no canto do cômodo, costurando um vestido. Banda acenou com a cabeça para ela e foi para o quarto nos fundos.

Olhou para o corpo estendido no catre.

SEIS SEMANAS ANTES, Jamie McGregor recuperara a consciência e se descobrira numa enxerga, numa casa estranha. A memória voltara-lhe no mesmo instante. Estava novamente no Karroo, o corpo todo quebrado, impotente. Os abutres...

Banda entrara nesse momento no pequeno quarto e Jamie compreendera que ele estava ali para matá-lo. Van der Merwe soubera de alguma forma que Jamie ainda estava vivo e mandara seu criado para terminar de liquidá-lo.

— Por que seu amo não veio pessoalmente? — balbuciara Jamie.

— Não tenho amo.

— Van der Merwe. Não foi ele quem o mandou?

— Não. Ele mataria a nós dois, se soubesse.

Aquilo não fazia sentido.

— Onde estou? Quero saber onde estou.

— Cidade do Cabo.

— Isso é impossível!

— Mas está.

— Como cheguei aqui?

— Eu o trouxe.

Jamie ficou aturdido, fitando os olhos pretos por um longo momento, antes de voltar a falar:

— Por quê?

— Preciso de você. Quero vingança.

— O que você...

Banda chegara mais perto.

— Não é para mim. Não me importo comigo. Van der Merwe estuprou minha irmã. Ela morreu ao dar à luz o filho dele. Minha irmã tinha apenas 11 anos.

Jamie se recostara na cama, atordoado.

— Santo Deus!

— Desde o dia em que ela morreu que venho procurando um homem branco para me ajudar. Encontrei-o naquela noite no estábulo, onde ajudei a espancá-lo, Sr. McGregor. Nós o levamos para o Karroo. Recebi a ordem de matá-lo. Disse aos outros que você estava morto e voltei para buscá-lo assim que pude. Quando cheguei, quase já era tarde demais.

Jamie não fora capaz de reprimir um tremor que lhe percorrera o corpo. Pudera sentir novamente o cheiro fétido do abutre a lhe bicar a carne.

— Os abutres já estavam começando a se banquetear. Levei-o para a carroça e escondi-o na casa da minha gente. Um dos nossos curandeiros cuidou de suas costelas, consertou a perna quebrada e tratou dos ferimentos.

— E depois disso?

— Uma carroça com os meus parentes estava partindo para a Cidade do Cabo. Nós o levamos junto. Estava fora de si na maior parte do tempo. Cada vez que dormia, eu ficava com medo que não tornasse a acordar.

Jamie fitara nos olhos o homem que quase o assassinara. Tinha de pensar. Não confiava naquele homem... e, no entanto, ele lhe salvara a vida. Banda queria se vingar de Van der Merwe por intermédio dele. *Pode servir aos dois*, concluíra Jamie. Mais do que qualquer coisa no mundo, Jamie queria que Van der Merwe pagasse pelo que lhe fizera.

— Está certo — dissera Jamie a Banda. — Encontrarei um meio de fazer Van der Merwe pagar pelo que fez a nós dois.

Pela primeira vez, um tênue sorriso aparecera no rosto de Banda.

— Ele vai morrer?

— Não — respondera Jamie. — Ele vai viver.

NAQUELA TARDE, Jamie deixou a cama pela primeira vez. Sentiu-se tonto e fraco. A perna ainda não estava totalmente curada e claudicava um pouco ao andar. Banda fez menção de ajudá-lo.

— Deixe-me. Posso aguentar sozinho.

Banda ficou olhando, enquanto Jamie andava cautelosamente pelo quarto.

— Eu gostaria de ter um espelho — disse Jamie.

Devo estar horrível, pensou ele. *Há quanto tempo não faço a barba?* Banda voltou com um espelho pequeno e Jamie se contemplou. Parecia um estranho total. Os cabelos haviam se tornado brancos como a neve. A barba era branca, cheia e desgrenhada. O nariz estava quebrado e um fragmento de osso o empurrara para o lado. O rosto envelhecera 20 anos. Havia sulcos profundos nas faces encovadas, uma cicatriz lívida cortando o queixo. Mas a mudança maior estava nos olhos. Eram olhos que haviam testemunhado sofrimento demais, sentido demais, odiado demais. Ele abaixou o espelho, lentamente.

— Vou dar uma volta — disse Jamie.

— Lamento, Sr. McGregor, mas não é possível.

— Por que não?

— Os brancos não aparecem nesta parte da cidade, assim como os pretos nunca vão aos lugares dos brancos. Meus vizinhos não sabem que você está aqui. Nós o trouxemos esta noite.

— E como vou sair daqui?

— Eu o levarei esta noite.

Pela primeira vez, Jamie começou a compreender o quanto Banda arriscara por ele. Constrangido, ele disse:

— Não tenho dinheiro. Preciso de um trabalho.

— Arrumei um emprego no porto. Estão precisando de homens por lá. — Ele tirou algum dinheiro do bolso. — Tome aqui.

Jamie pegou o dinheiro.

— Eu lhe pagarei tudo.

— Vai pagar com a vingança por minha irmã.

ERA MEIA-NOITE quando Banda levou Jamie para fora do barraco. Jamie olhou ao redor. Estava no meio de uma favela, uma selva de barracos de ferro corrugado, já todo enferrujado, tábuas apodrecidas e pedaços de sacos. O chão, lamacento de uma chuva recente, exalava um cheiro fétido. Jamie ficou pensando como pessoas tão orgulhosas como Banda podiam suportar passar suas vidas num lugar como aquele.

— Não há alguma...

— Não fale, por favor — sussurrou Banda. — Meus vizinhos são muito curiosos.

Ele levou Jamie para fora da favela e apontou.

— O centro da cidade fica nessa direção. Eu o verei no estaleiro.

JAMIE FOI PARA a mesma pensão em que ficara ao chegar da Inglaterra. A Sra. Venster estava por trás da mesa.

— Preciso de um quarto — disse Jamie.

— Pois não, senhor. — Ela sorriu, revelando o dente de ouro. — Sou a Sra. Venster.

— Sei disso.

— Ora, como poderia saber uma coisa dessas? — indagou ela, coquete. — Seus amigos andaram lhe contando histórias?

— Não se lembra de mim, Sra. Venster? Estive aqui no ano passado.

Ela contemplou atentamente o rosto coberto de cicatrizes, o nariz quebrado e a barba branca. Não houve o menor sinal de reconhecimento.

— Jamais esqueço de um rosto, meu caro. E nunca antes vi o seu. Mas isso não significa que não vamos ser bons amigos, não é mesmo? Meus amigos me chamam de Dee-Dee. Qual é o seu nome, amor?

E Jamie ouviu-se dizer:

— Travis... Ian Travis.

JAMIE FOI PROCURAR um emprego no porto na manhã seguinte. O atarefado capataz lhe disse:

— Precisamos de gente forte. O problema é que você pode ser um pouco velho para esse tipo de trabalho.

— Tenho apenas 19 anos... — Jamie parou de falar abruptamente, lembrando-se do rosto que vira no espelho. — Experimente-me.

Ele começou a trabalhar como estivador, a nove xelins por dia, carregando e descarregando os navios que entravam no porto. Soube que Banda e outros estivadores pretos ganhavam apenas seis xelins por dia. Na primeira oportunidade, Jamie puxou Banda para um lado e lhe disse:

— Precisamos conversar.

— Não aqui, Sr. McGregor. Há um armazém abandonado no final das docas. Irei encontrá-lo lá quando o turno terminar.

Banda já estava esperando quando Jamie chegou ao armazém abandonado.

— Fale-me de Salomon van der Merwe — pediu Jamie.

— O que quer saber?

— Tudo.

Banda cuspiu.

— Ele veio para a África do Sul diretamente da Holanda. Pelas histórias que ouvi, a mulher dele era feia, mas rica. Ela morreu de alguma doença. Van der Merwe pegou o dinheiro e foi para Klipdrift, onde abriu o armazém. Ficou rico roubando os garimpeiros.

— Da mesma maneira como me roubou?

— Essa é apenas uma das maneiras que ele usa. Os garimpeiros que encontram diamantes vão procurá-lo em busca de dinheiro para ajudá-los a explorar a mina. Antes que eles percebam, Van der Merwe já é dono de tudo.

— Ninguém tentou reagir?

— Como é possível? O secretário da municipalidade está a soldo dele. A lei determina que uma concessão está cancelada se passar 45 dias sem que seja explorada. O homem avisa Van der Merwe e ele trata de aproveitar. Há outro expediente que ele costuma usar. As concessões devem ser delimitadas com estacas apontadas para cima. Se as estacas caem, qualquer um pode reivindicar a concessão. Quando encontra uma concessão que lhe agrada, Van der Merwe manda alguém até lá durante a noite e pela manhã reivindica a área.

— Santo Deus!

— Ele tem um trato com Smit, o homem do bar. Smit encaminha os garimpeiros que parecem uma boa perspectiva para Van der Merwe. Os garimpeiros assinam contratos de sociedade. Se encontram diamantes, Van der Merwe fica com tudo. Se os homens criam problemas, ele tem uma porção de arruaceiros a seu soldo, obedecendo cegamente as ordens.

— Isso eu já sabia — comentou Jamie, sombriamente. — E que mais?

— Ele é um fanático religioso. Está sempre rezando pelas almas dos pecadores.

— E a filha dele?

Ela devia estar envolvida de alguma forma.

— A Srta. Margaret? Ela tem pavor do pai. Se algum dia olhar para um homem, Van der Merwe matará os dois.

Jamie virou as costas, foi até a porta e ficou olhando para a enseada. Tinha muito em que pensar.

— Voltaremos a conversar amanhã.

FOI NA CIDADE do Cabo que Jamie começou a perceber o profundo abismo entre pretos e brancos. Os pretos não tinham direitos, exceto os poucos que lhes eram concedidos pelos que estavam no poder. Eram mantidos em enclaves, verdadeiros guetos, de onde só podiam sair a fim de trabalhar para os brancos.

— Como vocês conseguem aguentar? — perguntou Jamie a Banda um dia.

— O leão faminto esconde as suas garras. Mudaremos tudo isso um dia. O branco aceita o preto porque os músculos dele são necessários. Mas deve aprender a aceitar também seu cérebro.

Quanto mais ele nos acua contra um canto, mais nos teme, pois sabe que um dia poderá haver discriminação e humilhação ao inverso. E ele não pode suportar essa possibilidade. Mas nós sobreviveremos, por causa de *isiko*.

— Quem é *isiko*?

Banda sacudiu a cabeça.

— Não é um *quem*, mas sim um *quê*. É difícil explicar, Sr. McGregor. *Isiko* é as nossas raízes. É o sentimento de pertencer a uma nação que deu seu nome ao grande Rio Zambeze. Gerações atrás, meus antepassados entravam nus nas águas do Zambeze, tangendo suas manadas. Os mais fracos pereceram, vítimas das águas turbulentas ou de crocodilos famintos. Mas os sobreviventes emergiram das águas mais fortes e mais viris. Quando um banto morre, o *isiko* exige que os membros da família se retirem para a floresta, a fim de que o resto da comunidade não tenha de partilhar a aflição. *Isiko* é o desdém sentido por um escravo que se encolhe de medo, a convicção de que um homem pode olhar qualquer outro na cara, que não vale mais nem menos que qualquer outro homem. Já ouviu falar de John Tengo Jabavu?

Ele pronunciou o nome com reverência.

— Não.

— Pois vai ouvir falar, Sr. McGregor. Pode estar certo de que vai ouvir.

E Banda mudou de assunto.

JAMIE COMEÇOU a sentir uma crescente admiração por Banda. No começo, havia alguma cautela entre os dois homens. Jamie tinha de aprender a confiar num homem que quase o matara. E Banda tinha de aprender a confiar num inimigo natural... um homem branco. Ao contrário da maioria dos pretos que Jamie conhecera, Banda era instruído.

— Em que escola você estudou? — perguntou Jamie.

— Em nenhuma. Tenho trabalhado desde que era bem pequeno. Minha avó ensinou-me. Ela trabalhava para uma mestre-escola bôer. Aprendeu a ler e escrever, a fim de poder me ensinar. Devo tudo a ela.

FOI NUMA TARDE de sábado, depois do trabalho, que Jamie ouviu falar pela primeira vez do Deserto da Namíbia, na Grande Namaqualândia. Ele e Banda estavam no armazém abandonado no porto, partilhando um guisado de impala que a mãe de Banda preparara. Era saboroso e a tigela de Jamie logo ficou vazia. Ele estendeu-se sobre alguns sacos, a fim de continuar a interrogar Banda.

— Quando conheceu Van der Merwe?

— Quando trabalhei na praia de diamantes no Deserto da Namíbia. Ele é dono da praia, com dois sócios. Acabara de roubar a sua parte de algum garimpeiro pobre e estava lá em visita.

— Se Van der Merwe é tão rico, por que ele ainda trabalha no armazém?

— O armazém é a isca. É assim que ele atrai novos garimpeiros. E vai ficando cada vez mais rico.

Jamie pensou como se deixara enganar facilmente. Como fora um rapaz ingênuo e confiante! Podia ver o rosto oval de Margaret ao dizer-lhe: *Meu pai pode ajudá-lo.* Ele pensara que Margaret ainda era uma criança até perceber os seios... e Jamie se levantou de repente, um sorriso no rosto. Alteou os cantos dos lábios no sorriso, fazendo com que a cicatriz no rosto ondulasse.

— Conte-me como foi trabalhar para Van der Merwe.

— No dia em que ele apareceu na praia com a filha... ela devia ter então 11 anos... a menina ficou cansada de esperar sentada na areia e resolveu entrar na água. Foi apanhada pelo repuxo das ondas. Pulei na água e tirei-a. Eu era um garoto na ocasião, mas pensei que Van der Merwe fosse me matar.

Jamie ficou espantado.

— Por quê?

— Porque eu tinha passado os braços pela menina. Não porque eu fosse preto, mas porque era homem. Ele não suporta a ideia de qualquer homem tocando em sua filha. Alguém finalmente acalmou-o, lembrando que eu salvara a vida dela. Ele me levou para Klipdrift como seu criado. — Banda hesitou por um momento, mas acabou acrescentando: — Minha irmã foi me visitar dois meses depois. — A voz dele estava perfeitamente controlada.

— Tinha a mesma idade que a filha de Van der Merwe.

Não havia nada que Jamie pudesse dizer. Depois de algum tempo, Banda rompeu o silêncio:

— Eu devia ter ficado no Deserto da Namíbia. Era um trabalho fácil. Rastejávamos pela praia, recolhendo diamantes e pondo em pequenas latas de geleia.

— Espere um pouco. Está querendo dizer que os diamantes estão espalhados por cima da areia?

— Isso mesmo, Sr. McGregor. Mas esqueça o que está pensando. Ninguém pode chegar lá perto. As ondas do mar chegam a ter dez metros de altura. Eles nem mesmo se dão ao trabalho de vigiar a praia. Muitas pessoas já tentaram chegar lá pelo mar. Foram mortas pelas ondas ou pelos recifes.

— Deve haver algum outro meio de entrar.

— Não há. O Deserto da Namíbia se estende até a praia.

— E como é a entrada para o campo de diamantes?

— Há uma torre de guarda e uma cerca de arame farpado. No lado de dentro da cerca, há guardas armados com cachorros, que podem matar um homem num instante. E eles possuem uma nova espécie de explosivo, chamada mina de terra. Estão enterradas por todo o campo. Quem não tiver um mapa das minas vai acabar morrendo numa explosão.

— E esse campo de diamantes é muito grande?

— Estende-se por 55 quilômetros.

Cinquenta e cinco quilômetros de diamantes espalhados sobre a areia...

— Puxa vida!

— Não é o primeiro a ficar atraído pelos diamantes de Namíbia e não será o último. Já recolhi o que restou de muitas pessoas que tentaram entrar de barco e foram destroçadas pelos recifes. Já vi o que as tais minas podem fazer com um homem que dá um passo errado. E já observei os cachorros rasgarem a garganta de um homem. Esqueça, Sr. McGregor. Trabalhei lá. Não há meio de entrar e não há meio de sair... isto é, sair vivo.

JAMIE NÃO CONSEGUIU dormir naquela noite. Via incessantemente 55 quilômetros de areia salpicada de enormes diamantes, pertencendo a Van der Merwe. Pensou no mar e nos recifes pontiagudos, nos cães ferozes prontos para matar, nos guardas e nas minas. Não tinha medo do perigo, não tinha medo de morrer. Só tinha medo de morrer antes de se vingar de Salomon van der Merwe.

NA SEGUNDA-FEIRA SEGUINTE, Jamie foi a uma loja de cartografia e comprou um mapa da Grande Namaqualândia. Lá estava a praia, no Oceano Atlântico, entre Lüderitz ao norte e o estuário do Rio Orange ao sul. A área estava marcada em vermelho: SPERRGEBIET — Proibido.

Jamie examinou cada detalhe da região no mapa, por várias vezes. Havia cinco mil quilômetros de oceano entre a África do Sul e a América do Sul, sem nada para deter as ondas, de tal forma que toda a sua fúria se abatia sobre os recifes mortíferos da praia. Cerca de 55 quilômetros ao sul, havia uma praia aberta. *Deve ser o lugar de onde os pobres coitados partem de barco para velejar até a zona proibida,* concluiu Jamie. Examinando o mapa, ele pôde compreender por que a praia não era vigiada. Os recifes tornavam qualquer desembarque impossível.

Jamie concentrou sua atenção na entrada por terra para o campo de diamantes. Segundo Banda, a área era cercada com arame farpado e patrulhada 24 horas por dia por guardas armados. Na entrada propriamente dita, havia uma torre de guarda constantemente guarnecida. E mesmo que alguém conseguisse passar pela torre de guarda e entrar no campo de diamantes, ainda haveria as minas e os cães de guarda. No dia seguinte, quando se encontrou com Banda, Jamie perguntou:

— Disse que havia um mapa das minas no campo?

— No Deserto da Namíbia? Os supervisores têm mapas e conduzem os homens para o trabalho. Todo mundo anda em fila indiana, a fim de não explodir. — Os olhos dele se encheram com uma recordação. — Um dia, meu tio andava na minha frente e tropeçou numa pedra. Caiu por cima de uma mina. Não restou o suficiente dele para se levar para a família.

Jamie estremeceu.

— E há também o *mis* marinho, Sr. McGregor. Nunca viu um *mis* de verdade se não esteve em Namíbia. Vem do mar e sopra por todo o deserto até as montanhas, escondendo tudo. Quando se é apanhado no meio de um *mis*, não se pode nem se mexer. Os mapas das minas de nada adiantam, porque não se pode ver nada. Todo mundo fica sentado, imóvel, até o *mis* passar.

— E quanto tempo dura?

Banda deu de ombros.

— Às vezes algumas horas, às vezes alguns dias.

— Já viu algum mapa das minas, Banda?

— Os mapas são muito bem guardados. — Uma expressão preocupada estampou-se no rosto de Banda. — Vou dizer outra vez, Sr. McGregor: ninguém consegue escapar ao que está pensando. De vez em quando os trabalhadores tentam roubar um diamante. Há uma árvore especial para enforcá-los. É uma lição para que os outros não tentem roubar a companhia.

A coisa parecia de fato impossível. Mesmo que se conseguisse entrar no campo de diamantes de Van der Merwe, não haveria como sair. Banda estava certo. Ele teria de esquecer.

NO DIA SEGUINTE, Jamie perguntou a Banda:

— Como Van der Merwe impede que os trabalhadores levem diamantes ao saírem?

— Eles são revistados. Ficam nus e todos os buracos do corpo são verificados. Já vi trabalhadores cortarem as pernas e tentarem esconder diamantes. Alguns furam os dentes de trás e metem diamantes dentro. Os homens já tentaram todos os recursos possíveis. — Banda fitou Jamie nos olhos. — Se quer viver, é melhor esquecer esse campo de diamantes.

Jamie bem que tentou. Mas a ideia insistia em voltar, provocando-o. Os diamantes de Van der Merwe estavam lá na areia, esperando. *Esperando por ele.*

A SOLUÇÃO OCORREU a Jamie naquela noite. Mal podia conter a sua impaciência até que se encontrou com Banda. Sem qualquer preâmbulo, Jamie foi logo dizendo:

— Fale-me dos barcos que tentaram alcançar a praia.

— O que está querendo saber a respeito deles?

— Que espécie de barcos eram?

— Todos os tipos que se pode pensar. Uma escuna. Um rebocador. Uma lancha a motor grande. Embarcações a vela. Quatro homens tentaram num bote a remo. Enquanto eu trabalhava lá, houve meia dúzia de tentativas. Os recifes destroçaram todos os barcos. E todos os homens morreram afogados.

Jamie respirou fundo.

— Alguém já tentou numa balsa?

Banda ficou surpreso.

— Numa balsa?

— Isso mesmo. — A excitação de Jamie era cada vez maior. — Pense nisso. Ninguém jamais conseguiu chegar à praia porque os fundos de seus barcos foram destroçados pelos recifes. Mas uma balsa vai deslizar por cima dos recifes e chegar à praia. E pode sair da mesma maneira.

Banda fitou-o em silêncio por um longo tempo. Quando falou, o tom de sua voz estava diferente:

— É uma ideia, Sr. McGregor...

COMEÇOU COMO UM jogo, uma possível solução para um problema insolúvel. Quanto mais Jamie e Banda conversavam a respeito, no entanto, mais excitados ficavam. O que começara como uma conversa ociosa, começou a assumir os contornos definidos de um plano de ação. Como os diamantes estavam sobre a areia, não haveria necessidade de qualquer equipamento. Poderiam construir a balsa, com uma vela, na praia livre a 65 quilômetros de *Sperrgebiet*, partindo à noite, sem serem observados. Não havia minas na praia desguarnecida, os guardas só patrulhavam para o interior. Os dois homens poderiam percorrer a praia livremente, pegando todos os diamantes que pudessem carregar.

— Podemos partir de volta antes do amanhecer — disse Jamie. — E estaremos com os bolsos cheios de diamantes de Van der Merwe.

— Como sairemos?

— Da mesma maneira como vamos chegar. Remaremos a balsa por cima dos recifes para o mar aberto, içaremos a vela e iremos para longe de lá.

DIANTE DOS ARGUMENTOS convincentes de Jamie, as dúvidas de Banda começaram a se dissipar. Ele ainda tentou encontrar falhas no plano. Cada vez que levantava uma objeção, porém, Jamie sempre tinha uma solução. O plano podia dar certo. O melhor de tudo era a sua simplicidade, o fato de que não exigia qualquer dinheiro para a execução. Somente muita coragem.

— Tudo o que precisamos é de um saco grande para pôr os diamantes — comentou Jamie.

O entusiasmo dele era contagiante. Banda sorriu.

— Vamos levar dois sacos grandes.

ELES LARGARAM SEUS empregos na semana seguinte, embarcando numa carroça para Port Nolloth, a aldeia costeira a 65 quilômetros da área proibida para onde se encaminhavam.

Saltaram em Port Nolloth e inspecionaram o local. A aldeia era pequena e primitiva, com cabanas, barracos de lata e umas poucas lojas, com uma praia branca que parecia se estender pelo infinito. Não havia recifes ali e as ondas se desmanchavam suavemente na praia. Era um local perfeito para lançarem a balsa.

Não havia hotel, mas Jamie conseguiu alugar um quarto nos fundos do pequeno armazém. Banda arrumou uma cama no quarteirão preto da aldeia.

— Temos de encontrar um lugar para construir nossa balsa em segredo — disse Jamie a Banda. — Não podemos permitir que alguém comunique às autoridades o que estamos fazendo.

Encontraram naquela tarde um armazém velho e abandonado.

— Aqui está perfeito — decidiu Jamie. — Vamos começar a fazer a balsa.

— Ainda não — disse Banda. — Vamos esperar mais um pouco. Compre uma garrafa de uísque.

— Para quê?

— Você vai ver.

NA MANHÃ SEGUINTE, Jamie foi procurado pelo guarda do distrito, um homem corpulento, de cara vermelha, o nariz grande coberto pelas veias quebradas que denunciavam um beberrão.

— Bom-dia — disse ele a Jamie. — Soube que temos um visitante. Achei que devia passar para cumprimentá-lo. Sou o Guarda Mundy.

— E eu sou Ian Travis.

— Está seguindo para o norte, Sr. Travis?

— Para o sul. Meu criado e eu estamos a caminho da Cidade do Cabo.

— Já estive lá. Uma cidade grande demais, com muito barulho.

— Concordo plenamente. Posso lhe oferecer um drinque?

— Nunca bebo quando estou de serviço. — O Guarda Mundy fez uma pausa, tomando uma decisão. — Desta vez, porém, posso abrir uma exceção.

— Isso é ótimo.

Jamie pegou a garrafa de uísque, imaginando como Banda descobrira. Despejou dois dedos de uísque num copo sujo de guardar escovas de dentes e entregou ao guarda.

— Obrigado, Sr. Travis. Onde está o seu copo?

— Não posso beber — disse Jamie, com uma cara triste. — Tive malária. É por isso que estou a caminho da Cidade do Cabo. Preciso de cuidados médicos. Vou passar alguns dias aqui para descansar. Viajar é muito árduo para mim.

O guarda estudou-o atentamente.

— Parece bastante saudável.

— Devia me ver quando os calafrios começam.

O copo do guarda estava vazio. Jamie despejou mais uísque.

— Obrigado. Espero que não se importe que eu beba. — Ele terminou a segunda dose de um só gole e levantou-se. — Tenho de ir. Disse que vai embora com seu criado dentro de um ou dois dias, não é mesmo?

— Assim que eu me sentir mais forte.

— Então voltarei a procurá-lo na sexta-feira.

Jamie e Banda começaram a construir a balsa naquela noite, no armazém abandonado.

— Alguma vez já construiu uma balsa, Banda?

— Para dizer a verdade, Sr. McGregor, não.

— Eu também não. — Os dois homens se fitaram. — Será que é muito difícil?

ELES ROUBARAM QUATRO barris vazios de madeira, cada um com capacidade para 50 galões de óleo. Os barris estavam atrás do armazém da aldeia. Formaram um quadrado com os barris. Pegaram em seguida quatro engradados vazios e colocaram sobre os barris. Banda estava em dúvida.

— Não está me parecendo uma balsa.

— Ainda não acabamos.

Não havia tábuas disponíveis e por isso fizeram a camada superior com qualquer coisa que puderam arrumar: galhos de árvore, folhas grandes de *marula*. Prenderam tudo com cordas de cânhamo grossas, fazendo os nós com uma precisão meticulosa. Ao terminarem, Banda examinou a balsa atentamente.

— Ainda não está me parecendo uma balsa.

— Vai parecer melhor depois que partirmos — garantiu Banda.

Fizeram um mastro com um galho grande, encontraram dois galhos largos para servirem de remo.

— Só precisamos agora de uma vela. E temos de arrumá-la o mais depressa possível. Seria melhor partir esta noite. O guarda Mundy irá me procurar amanhã.

Foi Banda quem arrumou a vela. Apareceu ao final da tarde com um pedaço enorme de tecido azul.

— Isso serve, Sr. McGregor?

— Está perfeito. Como conseguiu?

Banda sorriu.

— Não me pergunte. Já estamos bastante encrencados.

Fizeram uma vela quadrada com um pau por baixo. A balsa finalmente estava pronta.

— Partiremos às duas horas da madrugada, quando toda a aldeia estiver dormindo — disse Banda. — É melhor descansarmos até lá.

Mas nenhum dos dois foi capaz de dormir. Estavam dominados pela excitação da aventura em que se lançariam.

ENCONTRARAM-SE NO armazém abandonado às duas horas da madrugada. Havia uma ansiedade em ambos, um medo que não podiam manifestar. Estavam se lançando a uma jornada que os deixaria muito ricos ou os levaria à morte. Não haveria qualquer resultado intermediário.

— Está na hora — anunciou Jamie.

Deixaram o armazém. Não havia movimento em parte alguma. A noite estava serena, com um vasto dossel estrelado. A lua era apenas uma lasca no céu. *Isso é ótimo*, pensou Jamie. *Não haverá muita claridade para nos verem*. O horário deles era complicado pelo fato de precisarem deixar a aldeia à noite, a fim de que ninguém pudesse observar a partida, e chegarem à praia de diamantes na noite seguinte, para poderem penetrar no campo e voltarem em segurança ao mar antes do amanhecer.

— A corrente de Benguela deve nos levar até o campo de diamantes ao final da tarde — disse Jamie. — Mas não podemos chegar lá com a luz do dia. Teremos de permanecer fora de vista, no mar, até o anoitecer.

Banda assentiu.

— Podemos nos esconder numa das pequenas ilhas perto da costa.

— Que ilhas?

— Há dezenas de ilhas... Mercury, Ichabod, Plum Pudding...

Jamie lançou-lhe um olhar aturdido.

— *Plum Pudding?* Ilha do Pudim de Passas?

— Há também uma Ilha do Rosbife.

Jamie pegou o seu mapa todo amarrotado e examinou-o.

— Não constam deste mapa.

— São ilhas de guano. Os ingleses recolhem os excrementos dos pássaros para usar como fertilizante.

— Alguém vive nessas ilhas?

— Não dá. O mau cheiro é terrível. Há lugares em que o guano tem 30 metros de espessura. O governo usa turmas de desertores e condenados para recolhê-lo. Alguns morrem na ilha e os corpos simplesmente são abandonados lá.

— É lá que vamos nos esconder — decidiu Jamie.

Trabalhando em silêncio, os dois abriram a porta do armazém e tentaram levantar a balsa. Era pesada demais. Esforçaram-se em arrastá-la, mas em vão.

— Espere aqui — disse Banda.

Ele afastou-se apressadamente. Meia hora depois, Banda voltou com um tronco grande e redondo.

— Vamos usar isto. Suspenderei um lado e você mete o tronco por baixo.

Jamie ficou impressionado com a força de Banda, quando o preto levantou um dos lados da balsa. Rapidamente, Jamie meteu o tronco por baixo. Juntos, levantaram a parte traseira da balsa, empurrando-a facilmente por cima do tronco redondo. Quando o tronco saía pela traseira da balsa, eles repetiam o processo. O trabalho era extenuante. Ao chegarem à praia, estavam encharcados de suor. A operação exigira muito mais tempo do que Jamie previra. Estava quase amanhecendo agora. Tinham de partir antes que os aldeões levantassem e os descobrissem, comunicando o que estavam fazendo. Rapidamente, Jamie prendeu a vela e inspecionou a balsa, a fim de certificar-se de que tudo estava em ordem. Tinha a impressão inquietante de que estava esquecendo alguma coisa. Compreendeu de repente o que o estava incomodando e soltou uma risada. Banda ficou perplexo.

— O que é tão engraçado?

— Antes, quando saí à procura de diamantes, levava uma tonelada de equipamentos. Agora, estou levando apenas uma bússola. Parece fácil demais.

Banda disse baixinho:

— Acho que não será esse o nosso problema, Sr. McGregor.

— Está na hora de você começar a me chamar de Jamie.

Banda sacudiu a cabeça, espantado.

— Veio mesmo de um país distante. — Ele sorriu, exibindo os dentes muito brancos e regulares. — Ora, que diabo... só podem me enforcar uma vez. — Ele saboreou o nome na ponta da língua e depois pronunciou-o em voz alta: — Jamie...

— Vamos logo buscar aqueles diamantes.

EMPURRARAM A BALSA da areia para a água rasa e embarcaram, começando a remar. Levaram alguns minutos para se ajustarem aos movimentos bruscos e repentinos da estranha embarcação. Era como viajar numa imensa rolha de cortiça a balançar. Mas ia funcionar. A balsa estava reagindo com perfeição, deslocando-se para o norte na correnteza rápida. Jamie hasteou a vela e seguiu para o mar aberto. Quando os aldeões despertaram, a balsa já estava muito além do horizonte.

— Conseguimos! — gritou Jamie.

Banda sacudiu a cabeça.

— Ainda não. — Ele pôs a mão na corrente fria de Benguela.

— Estamos apenas começando.

Continuaram a seguir para o norte, passando pela Baía Alexander e pelo estuário do Rio Orange, sem encontrarem qualquer sinal de vida, além de bandos de cormorões voltando para casa e vários flamingos. Embora houvesse a bordo latas de carne e arroz frio, além de frutas e dois cantis com água, eles estavam nervosos demais para comer. Jamie recusou-se a permitir que sua imaginação se detivesse nos perigos que teria pela frente. Mas Banda não podia evitá-lo. Já estivera na praia de diamantes. Podia lembrar os guardas brutais, sempre armados, os cães ferozes e implacáveis, as minas terríveis, que destruíam por completo o corpo de um homem. Não podia imaginar como se deixara levar àquela aventura insana. Olhou para o escocês e pensou: *Ele é o maior idiota que já conheci. Se eu morrer, terá sido por minha irmã caçula. Por que ele estará morrendo?*

Os tubarões apareceram por volta do meio-dia. Havia meia dúzia, as barbatanas cortando a água ao se aproximarem velozmente da balsa.

— Tubarões de barbatana preta — anunciou Banda. — São comedores de homens.

Jamie ficou observando as barbatanas chegarem mais perto da balsa.

— O que vamos fazer?

Banda engoliu em seco, nervosamente.

— Para ser sincero, Jamie, esta é a primeira experiência desse tipo que tenho.

Um tubarão chocou-se com a balsa, quase virando-a. Os dois homens se seguraram no mastro para não caírem. Jamie pegou um remo e cutucou o tubarão. Um momento depois, o remo foi partido ao meio. Os tubarões estavam agora cercando a balsa, nadando em círculos lentos, os corpos enormes se roçando, bem perto da pequena embarcação. Cada vez que um tubarão batia na balsa, esta se inclinava perigosamente. Ia virar a qualquer momento.

— Temos de nos livrar deles antes que nos afundem.

— E com o que vamos nos livrar deles? — indagou Banda.

— Dê-me uma lata de carne.

— Deve estar brincando. Uma lata de carne não vai satisfazê-los. Eles querem comer é a gente!

Houve outro solavanco e a balsa inclinou-se ainda mais.

— A lata! — gritou Jamie. — Pegue logo!

Um segundo depois, Banda pôs uma lata na mão de Jamie. A balsa estava quase emborcando.

— Abra a metade! Depressa!

Banda tirou o canivete do bolso e abriu metade da tampa da lata. Jamie pegou a lata. Tateou com os dedos a beira irregular e afiada do metal.

— Segure firme! — advertiu Jamie.

Ele ajoelhou-se na beira da balsa e esperou. Quase no mesmo instante, um tubarão aproximou-se da balsa, a boca enorme escancarada, revelando as longas fileiras de dentes pontiagudos. Jamie visou os olhos. Com toda a sua força, segurando a lata com as duas mãos, passou o metal cortado pelo olho do tubarão, rasgando-o. O tubarão ergueu o corpo imenso e por um instante a balsa ficou completamente inclinada. A água em torno deles ficou de repente tingida de vermelho. Houve um tumulto gigantesco, com os tubarões atacando o membro ferido do cardume. A balsa foi esquecida. Jamie e Banda ficaram observando os tubarões destroçarem a vítima impotente, enquanto a balsa se afastava cada vez mais. Os tubarões finalmente desapareceram da vista deles. Banda respirou fundo e disse baixinho:

— Um dia vou contar essa história aos meus netos. Você acha que eles acreditarão?

Os dois riram, até as lágrimas escorrerem por seus rostos.

AO FINAL DAQUELA tarde, Jamie consultou o relógio de bolso.

— Devemos chegar à praia de diamantes por volta da meianoite. O nascer do sol é às 6:15. Isso significa que teremos quatro horas para pegar os diamantes e duas horas para voltar ao mar e nos afastarmos. Quatro horas serão suficientes, Banda?

— Cem homens não poderiam viver por tempo bastante para gastar o que você pode pegar naquela praia em quatro horas.

Só espero que vivamos por tempo suficiente para podermos pegar o que tem lá...

ELES SEGUIRAM PELO resto daquele dia para o norte, levados pelo vento e pela correnteza. Ao cair da noite, uma pequena ilha surgiu diante deles. Parecia não ter mais que 200 metros de circunferência. Ao se aproximarem da ilha, o cheiro de amônia tornou-se mais forte, trazendo lágrimas aos olhos deles. Jamie pôde compreender por que ninguém vivia ali. O mau cheiro era terrível. Mas seria um lugar perfeito para se esconderem até que fosse noite fechada. Jamie ajustou a vela e a pequena embarcação foi bater contra a praia rochosa da ilha baixa. Banda prendeu a balsa rapidamente e eles desembarcaram. A ilha estava coberta pelo que parecia ser milhões de pássaros. Havia cormorões, pelicanos, mergulhões, pinguins e flamingos. O ar era tão fétido que se tornava difícil respirar. Eles deram meia dúzia de passos e logo estavam afundados até as coxas no guano.

— Vamos voltar para a balsa — balbuciou Jamie.

Sem dizer nada, Banda seguiu-o.

Ao se virarem, alguns pelicanos alçaram voo, revelando um espaço aberto no chão. Havia três homens caídos ali. Não havia como determinar há quanto tempo estavam mortos. Os cadáveres haviam sido perfeitamente preservados pela amônia no ar. Os cabelos tinham adquirido uma coloração vermelha intensa.

Um minuto depois, Jamie e Banda estavam de volta à balsa, saindo para o mar.

PERMANECERAM AO LARGO da costa, de vela arriada, esperando.

— Ficaremos por aqui até a meia-noite. E depois seguiremos até a praia.

Continuaram sentados em silêncio, ambos se preparando para o que iriam enfrentar. O sol estava baixo no horizonte a oeste, pintando o céu poente com as cores fortes de um pintor louco. E, de repente, foram envolvidos pela escuridão.

Esperaram mais duas horas e depois Jamie içou a vela. A balsa começou a se deslocar para oeste, na direção da praia invisível. Lá em cima, as nuvens se entreabriram e um tênue luar estendeu-se pela água. A balsa aumentou de velocidade. Ao longe, os dois homens divisaram a débil mancha da costa. O vento passou a soprar mais forte, enfunando a vela, empurrando a balsa na direção da praia, a uma velocidade cada vez maior. Não demorou muito para que pudessem divisar claramente os contornos da terra, que parecia um gigantesco parapeito de rocha. Mesmo a distância, era possível ver e ouvir as ondas enormes que explodiam como trovoadas contra os recifes. Era uma cena aterradora de longe e Jamie se perguntou como seria de perto. Descobriu-se sussurrando subitamente:

— Tem certeza que o lado da praia não é vigiado?

Banda não respondeu. Apontou para os recifes à frente. Jamie entendeu. Os recifes eram mais mortíferos que qualquer armadilha que o homem pudesse imaginar. Eram os guardiães do mar e jamais relaxavam em sua vigilância, jamais dormiam. Ali ficavam, pacientemente, esperando que a presa se aproximasse. *Mas nós seremos mais espertos*, pensou Jamie. *Vamos flutuar por cima.*

A balsa levara-os até aquele ponto. Continuaria a levá-los pelo resto do percurso. A praia parecia agora se aproximar deles rapidamente. Começaram a sentir o movimento das ondas gigantescas. Banda segurava-se firmemente ao mastro.

— Estamos indo muito depressa.

— Não se preocupe — disse Jamie. — Abaixarei a vela quando chegarmos mais perto. Isso vai reduzir a velocidade. E passaremos por cima dos recifes sem a menor dificuldade.

O impulso do vento e das ondas aumentava cada vez mais, impelindo a balsa contra os recifes. Jamie calculou apressadamente a distância restante e concluiu que as ondas haveriam de empurrá-los até a praia, mesmo sem a ajuda da vela. Tratou de arriá-la. Mas o impulso não foi reduzido. A balsa estava agora inteiramente ao sabor das ondas imensas, fora de controle, arremessada de uma crista gigantesca para outra. Sacudia-se tão violentamente que os homens precisavam se segurar com as duas mãos. Jamie já esperava que o acesso fosse difícil, mas estava totalmente despreparado para a fúria do turbilhão que enfrentavam. Os recifes assomavam diante deles, com uma definição apavorante. Podiam ver as ondas se despejando sobre os recifes pontiagudos, explodindo em gêiseres imensos e furiosos. Todo o sucesso do plano dependia de conseguirem ultrapassar intactos os recifes, a fim de que pudessem escapar pelo mesmo caminho de acesso. Sem isso, estavam praticamente perdidos.

Estavam agora quase em cima dos recifes, impelidos pela força espantosa das ondas. O rugido do vento era ensurdecedor. A balsa foi subitamente levantada bem alto por uma onda enorme e arremessada contra os recifes.

— Segure-se, Banda! — gritou Jamie. — Estamos passando!

A onda gigantesca levantou a balsa como se fosse um palito e começou a levá-la para a praia, por cima dos recifes. Os dois homens agarravam-se à balsa por suas vidas, resistindo aos movimentos bruscos e violentos, que ameaçavam arremessá-los na água. Jamie olhou para baixo e vislumbrou os recifes afiados como navalhas. Mais um momento e estariam passando por cima deles, chegando sãos e salvos à laguna.

Houve um ranger súbito e terrível nesse instante, quando um recife pegou um dos barris por baixo da balsa, destruindo-o. A balsa teve um solavanco brusco e depois outro. O vento e as ondas furiosas, assim como os recifes vorazes, estavam brincando com a balsa como se fosse um brinquedo, jogando-a para a frente e para trás, girando-a incontrolavelmente pelo ar. Jamie e Banda sentiram que a madeira fina começava a se rachar por baixo de seus pés.

— Pule! — gritou Jamie.

Ele mergulhou por um lado da balsa e uma onda gigantesca levantou-o, arremessando-o na direção da praia como uma catapulta. Foi inteiramente envolvido por um elemento que era poderoso além da imaginação. Não tinha qualquer controle sobre o que estava acontecendo. Era uma parte da onda. Estava por cima dele, por baixo, dentro dele. O corpo se contorcia, virava, os pulmões pareciam prestes a estourar. Luzes começaram a explodir em sua cabeça. Jamie pensou: *Estou me afogando*. E seu corpo foi lançado para a praia de areia. Jamie ficou estendido ali, ofegante, tentando recuperar o fôlego, enchendo os pulmões com o ar marinho. O peito e as pernas estavam esfolados do atrito com a areia, as roupas estavam rasgadas. Lentamente, ele sentou-se e olhou ao redor, à procura de Banda. Avistou-o a 10 metros de distância, agachado, vomitando a água que engolira. Jamie levantou-se e cambaleou até ele.

— Você está bem?

Banda assentiu. Respirou fundo, o corpo todo estremecendo, olhou para Jamie.

— Não sei nadar.

Jamie ajudou-o a se levantar. Viraram-se para olhar os recifes. Não havia qualquer sinal da balsa. Fora completamente destroçada pelo oceano turbulento. Haviam chegado à praia dos diamantes.

Mas não tinham como sair.

Capítulo 5

POR TRÁS DELES estava o oceano furioso. À frente, estava o deserto ininterrupto, estendendo-se da praia aos contrafortes das montanhas distantes, purpúreas e escarpadas, da cordilheira de Richterveld, um mundo de precipícios, *canyons* e picos pontiagudos, iluminado pelo débil luar. Na base das montanhas ficava o Vale Hexenkessel, o "caldeirão das feiticeiras", um lugar desolado, em que os ventos ficavam aprisionados, turbilhonando furiosamente. Era uma paisagem primitiva e devastada, que remontava aos princípios do tempo. A única indicação de que o homem já pisara naquele lugar era uma placa pintada toscamente e metida na areia. Ao luar, eles leram o que estava escrito:

VERBODE GEBIED
SPERRGEBIET

Proibido.

Não havia como escapar pelo mar. A única direção que lhes restava era o Deserto da Namíbia.

— Teremos de tentar atravessá-lo e correr os riscos — disse Jamie.

Banda sacudiu a cabeça.

— Os guardas vão atirar em nós à primeira vista ou então nos enforcar. E mesmo que tenhamos sorte bastante para passar pelos guardas e cães, não há como passar pelas minas. Estamos perdidos. Não havia medo nele, apenas uma aceitação resignada do seu destino. Jamie olhou para Banda e sentiu um profundo arrependimento. Trouxera o companheiro para aquela situação, mas Banda não se queixara uma única vez. Mesmo agora, sabendo que não havia como escapar, Banda não emitia qualquer palavra de censura.

Jamie virou-se e olhou para a muralha de ondas furiosas arremetendo contra a praia. Pensou que era um milagre que tivessem conseguido chegar até a praia. Eram duas horas da madrugada, faltavam quatro horas para o amanhecer, quando seriam descobertos, ambos ainda estavam inteiros. *Não vou desistir agora de jeito nenhum*, pensou Jamie.

— Vamos começar a trabalhar, Banda.

Banda piscou os olhos, aturdido.

— Fazendo o quê?

— Viemos aqui para buscar diamantes, não é mesmo? Pois vamos pegá-los.

Banda fitou o homem desvairado, com os cabelos brancos grudados no crânio, a calça encharcada pendendo em farrapos em torno das pernas.

— De que está falando?

— Não disse que eles nos matariam à primeira vista? Pois eles podem nos matar ricos ao invés de pobres. Um milagre trouxe-nos até aqui. Talvez um milagre nos possibilite sair. E se conseguirmos escapar, não pretendo partir de mãos vazias.

— Está doido — murmurou Banda.

— Se não estivesse, não estaríamos aqui.

Banda deu de ombros.

— Está certo. Não tenho mesmo qualquer outra coisa a fazer até nos descobrirem.

Jamie tirou a camisa em farrapos. Banda compreendeu e fez a mesma coisa.

— Onde estão os diamantes imensos de que falou?

— Estão por toda parte — garantiu Banda, acrescentando logo, um instante depois: — Assim como os guardas e os cães.

— Vamos nos preocupar com eles depois. Quando eles costumam vir até a praia?

— Assim que começa a clarear.

Jamie pensou por um momento.

— Há alguma parte da praia a que eles costumem não ir? Algum lugar em que possamos nos esconder?

— Não há qualquer parte da praia que eles não patrulhem, não há lugar em que se possa esconder uma mosca.

Jaime pôs a mão no ombro de Banda.

— Vamos começar logo.

Jamie observou Banda ficar de quatro e começar a avançar lentamente pela areia. Os dedos iam peneirando a areia. Em menos de dois minutos, ele parou e levantou uma pedra.

— Encontrei um!

Jamie também se abaixou e começou a procurar. As duas primeiras pedras que encontrou eram pequenas. A terceira devia pesar mais de 15 quilates. Ele ficou sentado a contemplá-la por um longo momento. Era inacreditável que tamanha fortuna pudesse ser recolhida tão facilmente. E tudo pertencia a Salomon van der Merwe e seus sócios. Jamie recomeçou a se mover.

Nas três horas seguintes, os dois homens encontraram mais de 40 diamantes, variando de dois a 30 quilates. O céu a leste estava começando a clarear. Era o momento em que Jamie planejara partir, embarcando na balsa, passando por cima dos recifes e escapando. Era inútil pensar nisso agora.

— Vai amanhecer em breve — disse Jamie. — Vamos ver quantos diamantes mais conseguimos encontrar.

— Não vamos viver para gastar o que encontramos. Você quer morrer muito rico, não é mesmo?

— Não quero morrer de qualquer forma.

Recomeçaram a busca, recolhendo febrilmente um diamante depois do outro. Era como se estivessem dominados pela loucura. As pilhas de diamantes aumentavam, até que havia 60 diamantes, no valor do resgate de um rei, em suas camisas rasgadas.

— Quer que eu leve tudo? — perguntou Banda.

— Não. Podemos ambos...

Jamie compreendeu de repente o que Banda estava pensando. O que fosse encontrado com os diamantes morreria mais devagar, mais dolorosamente.

— Levarei tudo, Banda.

Ele pôs todos os diamantes no que restava de sua camisa, dando um nó meticuloso. O horizonte estava agora cinzento, o leste se matizava com as cores do sol nascente.

O que vamos fazer agora? Era essa a questão. E qual era a resposta? Podiam ficar parados ali e morrer ou podiam se encaminhar para o deserto e morrer.

— Vamos embora.

Jamie e Banda começaram a se afastar do mar, lentamente, lado a lado.

— Onde começam as minas?

— A cerca de 100 metros daqui. — Ao longe, um cachorro latiu. — Acho que não precisaremos nos preocupar com as minas. Os cachorros estão vindo nesta direção. O turno da manhã está prestes a começar.

— Quanto tempo vai demorar até eles nos alcançarem?

— Quinze minutos. Talvez dez.

O dia já raiara quase por completo. O que antes eram contornos vagos e indefinidos transformavam-se em pequenas dunas e montanhas distantes. Não havia qualquer lugar onde se esconder.

— Quantos guardas há em cada turno?

Banda pensou por um momento.

— Uns dez.

— Dez guardas não são muitos para uma praia tão grande.

— Um guarda seria suficiente. Eles têm armas e cachorros. Os guardas não são cegos e nós não somos invisíveis.

Os latidos estavam mais perto agora. Jamie disse:

— Sinto muito, Banda. Não deveria tê-lo metido nisso.

— Não me meteu.

E Jamie entendeu o que ele estava querendo dizer.

Podiam ouvir vozes gritando a distância. Chegaram a uma pequena duna.

— E se nos enterrássemos na areia, Banda?

— Isso já foi tentado. Os cachorros nos encontrariam e nos abririam a garganta. Quero que minha morte seja rápida. Vou deixar que eles me vejam e depois começarei a correr. E eles atirarão em mim. Não quero ser apanhado pelos cachorros.

Jamie pegou o braço de Banda e apertou.

— Podemos morrer, mas não vamos correr ao encontro da morte. Eles que tenham algum trabalho para nos liquidar.

Já podiam distinguir as palavras a distância. Alguém gritava:

— Mais depressa, seus miseráveis preguiçosos! Sigam-me... mantenham-se em fila... Todos vocês tiveram uma boa noite de sono... e agora vamos trabalhar um pouco...

Apesar de suas palavras corajosas, Jamie descobriu que estava recuando para longe da voz. Virou-se e tornou a olhar para o mar. *Será que o afogamento era um meio mais fácil de morrer?* Ele observou os recifes afiados enfrentarem as ondas furiosas. E, subitamente, avistou mais alguma coisa, além das ondas. Não entendeu o que era.

— Banda, olhe...

Lá longe, no mar, uma impenetrável muralha cinzenta estava se aproximando, soprada pelos fortes ventos de oeste.

— É o *mis*! — exclamou Banda. — Aparece duas ou três vezes por semana.

Enquanto eles falavam, o *mis* chegou mais perto, como uma gigantesca cortina cinzenta, encobrindo o horizonte, ocultando o céu. As vozes também estavam mais perto.

— *Den dousant!* É o maldito *mis*! Vamos mais devagar. Os patrões não vão gostar...

— Temos uma chance! — disse Jamie, sussurrando agora.

— Que chance?

— O *mis*! Eles não poderão nos ver.

— Isso de nada ajuda. Vai acabar se dissipando, mais cedo ou mais tarde. E quando isso acontecer, ainda estaremos aqui. Se os guardas não podem passar pelas minas com o *mis*, nós também não podemos. Tente passar desse jeito e não avançará dez metros antes de morrer numa explosão. Está esperando um dos seus milagres?

— Exatamente!

O CÉU POR cima deles escurecia rapidamente. O *mis* estava mais perto, cobrindo o mar, prestes a engolfar a praia. Exibia uma aparência fantástica, ameaçadora, avançando inexoravelmente. Mas Jamie pensou: *Vai nos salvar!* Uma voz gritou subitamente:

— Ei, vocês dois! O que estão fazendo aí?

Jamie e Banda se viraram. A cerca de 100 metros de distância, no alto de uma duna, estava um guarda uniformizado, empunhando um rifle. Jamie olhou para a praia. O *mis* se aproximava bem depressa.

— Venham até aqui os dois! — gritou o guarda, levantando o rifle. Jamie ergueu os braços e gritou:

— Torci o pé. Não posso andar.

— Fiquem onde estão! — ordenou o guarda. — Estou indo para aí! — Ele baixou o rifle e começou a avançar. Um rápido olhar para trás indicou que o *mis* já alcançara a praia.

— Corra! — sussurrou Jamie.

Ele virou-se e saiu correndo para a praia. Banda estava logo atrás dele.

— Parem!

Um segundo depois, eles ouviram o estampido do rifle e a areia logo à frente explodiu. Continuaram a correr, ao encontro da muralha escura de nevoeiro. Outro tiro de rifle foi disparado, desta vez mais perto, depois outro. No momento seguinte, os dois homens estavam mergulhados na total escuridão. O *mis* marinho envolveu-os, enregelando-os, sufocando-os. Era como estar sepultado em algodão. E era impossível ver qualquer coisa.

As vozes soavam agora abafadas e distantes, ecoando no *mis*, vindo de todas as direções. Podiam ouvir vozes se chamando:

— Kruger! Sou eu, Brent! Pode me ouvir?

— Estou ouvindo, Kruger!

— São dois homens! — gritou a primeira voz. — Um branco e um preto. Estão na praia. Espalhe seus homens por lá. *Skiet hom!* Atirem para matar!

— Segure-se a mim — sussurrou Jamie.

Banda pegou-lhe o braço.

— Para onde está indo?

— Vamos sair daqui.

Jamie ergueu a bússola até o rosto. Mal podia vê-la. Virou-a, até apontar para leste.

— Por aqui.

— Espere um pouco. Não podemos andar. Mesmo que não esbarremos num guarda ou num cachorro, vamos acabar pisando numa mina.

— Você disse que havia um intervalo de 10 metros antes das minas começarem. Vamos nos afastar da praia.

Começaram a se encaminhar para o deserto, lentamente, hesitantes, cegos numa terra desconhecida. Jamie calculava os metros pelos passos. Sempre que tropeçavam na areia, tratavam de recuperar o equilíbrio e seguiam em frente. A cada poucos passos, Jamie parava e conferia a direção pela bússola. Parou de repente, ao calcular que já haviam percorrido quase 100 metros.

— Deve ser por aqui que as minas começam. Há algum padrão na colocação delas? Lembra de alguma coisa que possa nos ajudar?

— Só rezar — respondeu Banda. — Ninguém jamais conseguiu passar por essas minas, Jamie. Estão espalhadas por todo o campo, enterradas a 15 centímetros de profundidade. Teremos de ficar aqui até o *mis* se dissipar e depois nos entregarmos.

Jamie prestou atenção às vozes que ricocheteavam em torno deles.

— Kruger! Mantenha-se em contato pela voz.

— Certo, Brent.

— Kruger...

— Brent...

Eram vozes desencarnadas, chamando-se no nevoeiro escuro. A mente de Jamie era um turbilhão, sondando desesperadamente todos os possíveis meios de fuga. Se ficassem onde estavam, seriam mortos no instante em que o *mis* se dissipasse. Se tentassem avançar pelo campo minado, morreriam inevitavelmente numa explosão.

— Alguma vez viu as minas? — sussurrou Jamie.

— Ajudei a enterrar algumas.

— O que as faz detonar?

— O peso de um homem. Qualquer coisa acima de 40 quilos é suficiente para fazê-las explodir. Dessa maneira, não matam os cachorros.

Jamie respirou fundo.

— Banda, talvez eu tenha encontrado uma maneira de sairmos daqui. Talvez não dê certo. Quer arriscar comigo?

— Em que está pensando?

— Vamos atravessar o campo minado rastejando. E assim distribuiremos o peso do corpo por toda a areia.

— Oh, Deus!

— O que acha?

— Acho que fui um louco por sequer sair da Cidade do Cabo.

— Vai comigo?

Jamie mal podia divisar o rosto de Banda, ao seu lado.

— Não me resta outra opção, não é mesmo?

— Pois então vamos embora.

Cautelosamente, Jamie estendeu-se sobre a areia. Banda fitou-o por um momento, depois respirou fundo e fez a mesma coisa. Vagarosamente, os dois começaram a rastejar pela areia, na direção do campo minado.

— Ao se mover — sussurrou Jamie — não faça pressão com as mãos ou as pernas. Use o corpo inteiro.

Não houve resposta. Banda estava totalmente concentrado em permanecer vivo.

ESTAVAM NUM VAZIO cinzento e sufocante, que tornava impossível ver qualquer coisa. A qualquer momento poderiam esbarrar num guarda, num cachorro ou numa das minas. Jamie tratou de afastar tais pensamentos da mente. O avanço era agora angustiosamente lento. Os dois homens estavam sem camisa e a areia lhes roçava o peito e a barriga ao se arrastarem. Jamie estava consciente de que tudo era contra eles. Mesmo que conseguissem atravessar o campo minado sem explodirem nem levarem um tiro, ainda teriam de enfrentar a cerca de arame farpado e os guardas armados na torre da entrada. E não havia como prever por quanto tempo o *mis* iria perdurar. Podia se dissipar a qualquer instante, deixando-os expostos.

Continuaram a rastejar, avançando sempre, até perderem por completo a noção do tempo. Os centímetros pareciam metros, os metros se transformavam em quilômetros. Não tinham a menor ideia do tempo em que estavam rastejando. Eram obrigados a manter a cabeça perto do chão e os olhos, ouvidos e narinas ficavam cheios de areia. A respiração exigia um tremendo esforço. A distância, soava o eco constante das vozes dos guardas:

— *Kruger... Brent... Kruger... Brent...*

Os dois homens paravam para descansar e verificar a bússola a cada poucos minutos. Depois, recomeçavam a rastejar, na jornada interminável. Havia uma tentação quase irresistível de avançar mais depressa. Mas isso significaria comprimir a areia com mais força e Jamie podia visualizar os fragmentos de metal explodindo por baixo dele, rasgando-lhe a barriga. Manteve o mesmo ritmo lento. De vez em quando, podiam ouvir vozes ao redor. Mas as palavras eram abafadas pelo nevoeiro e se tornava impossível determinar de onde vinham. *O lugar é muito grande*, pensou Jamie, esperançoso. *Não vamos esbarrar em ninguém.*

Emergindo subitamente do nada, um vulto peludo saltou em cima dele. Aconteceu tão depressa que Jamie foi apanhado inteiramente desprevenido. Sentiu os dentes do imenso alsaciano cravando-se em seu braço. Largou a camisa com os diamantes e tentou entreabrir as mandíbulas do cachorro. Mas tinha apenas uma das mãos livre e logo compreendeu que seria impossível. Sentiu o sangue quente escorrer pelo braço. O cachorro estava cravando os dentes com mais força agora, silencioso e letal. Jamie sentiu que começava a desfalecer. Ouviu um baque surdo, depois outro. As mandíbulas do cachorro afrouxaram, os olhos ficaram meio vidrados. Em meio à dor intensa, Jamie viu Banda batendo com o saco de diamantes no crânio do cachorro. O animal ganiu uma vez e depois ficou imóvel.

— Você está bem? — balbuciou Banda, ansiosamente.

Jamie não podia falar. Ficou imóvel, esperando que as ondas de dor se atenuassem. Banda rasgou um pedaço da calça e amarrou em torno do braço de Jamie, até estancar o sangue.

— Temos de continuar a avançar — avisou Banda. — Se havia um cachorro por aqui, deve haver mais.

Jamie assentiu. Lentamente, deslizou o corpo para a frente, resistindo à dor terrível do braço, que latejava violentamente.

Depois, não se lembrou de nada do resto da jornada. Estava semiconsciente, um autômato. Alguma coisa além dele orientava seus movimentos. *Braços para a frente, puxe... Braços para a frente, puxe... Braços para a frente, puxe...* Era interminável, uma odisseia de agonia. Era Banda quem controlava a bússola agora. Em determinado momento, Jamie começou a rastejar na direção errada e Banda gentilmente virou-o. Estavam cercados por guardas, cachorros e minas, somente o *mis* os mantinha a salvo. Continuaram a avançar, rastejando por suas vidas, até que chegou o momento em que nenhum dos dois tinha forças para se mexer por mais um centímetro sequer.

E dormiram.

Quando abriu os olhos, Jamie descobriu que alguma coisa mudara. Estava estendido na areia, o corpo rígido e dolorido, tentando recordar onde estava. Podia ver Banda adormecido, a dois metros de distância. E tudo lhe voltou de repente. A balsa nos recifes... o *mis*... Mas alguma coisa estava errada. Jamie sentou-se, tentando descobrir o que era. E sentiu um calafrio no estômago. *Podia ver Banda! Era isso o que estava errado. O nevoeiro estava se dissipando.* Jamie ouviu vozes nas proximidades. Esquadrinhou atentamente ao redor, através do tênue nevoeiro a se dissipar. Haviam rastejado quase até a entrada do campo de diamantes. Lá estava a torre de guarda e a cerca de arame farpado de que Banda falara. Cerca de 60 trabalhadores pretos estavam se encaminhando para o portão. O turno deles terminara e o seguinte chegava para o trabalho. Jamie ficou de joelhos, aproximou-se de Banda, sacudiu-o. Banda sentou-se, instantaneamente desperto. Olhou para a torre de guarda e o portão.

— Santo Deus! — balbuciou ele, incrédulo. — Quase conseguimos!

— Nós conseguimos! Dê-me esses diamantes!

Banda entregou-lhe a camisa.

— O que você...

— Siga-me.

— Os guardas armados no portão vão perceber logo que não somos daqui — sussurrou Banda.

— É justamente com isso que estou contando.

Os dois homens encaminharam-se para os guardas, esgueirando-se pela fila de trabalhadores que saíam e a fila dos que chegavam, todos se cumprimentando, trocando gracejos.

— *Vocês* vão trabalhar até não poderem mais! Mas nós aproveitamos o *mis* para uma soneca!

— Como foi que arrumaram esse *mis*, seus sortudos?

— Deus nos escuta, mas não dá a menor atenção a vocês. E sabem por quê? Porque vocês não prestam...

Jamie e Banda chegaram ao portão. Dois imensos guardas armados estavam do lado de dentro, orientando os trabalhadores que saíam para um pequeno barraco de teto de zinco, onde seriam meticulosamente revistados. *Eles ficam inteiramente nus e cada buraco do corpo é cuidadosamente inspecionado.* Jamie apertou com mais força ainda a camisa esfarrapada em sua mão. Abriu caminho entre a fila de trabalhadores e aproximou-se de um guarda.

— Com licença, senhor. Com quem precisamos falar para arrumar um emprego aqui?

Banda fitava-o fixamente, paralisado pelo medo. O guarda virou-se para olhar Jamie.

— Que diabo está fazendo do lado de dentro da cerca?

— Viemos procurar trabalho. Ouvi dizer que há vaga para um guarda e meu criado pode trabalhar na procura de diamantes. Pensei...

O guarda contemplou os dois vultos esfarrapados, de aparência suspeita.

— Saiam daqui!

— Não queremos sair — protestou Jamie. — Precisamos de trabalho e fui informado...

— Esta é uma área proibida, moço. Não viu a placa? E agora saiam os dois logo daqui!

Ele apontou para uma carroça grande que estava parada do lado de fora da cerca, enchendo-se com os trabalhadores que haviam terminado o turno.

— Aquela carroça os levará a Port Nolloth. Se querem emprego, podem se candidatar no escritório da companhia lá.

— Obrigado, senhor — disse Jamie.

Ele fez sinal para Banda e os dois passaram pelo portão, a caminho da liberdade. O guarda lançou-lhes um olhar furioso, murmurando:

— Idiotas...

DEZ MINUTOS DEPOIS, Jamie e Banda estava a caminho de Port Nolloth. Levavam diamantes que valiam meio milhão de libras.

Capítulo 6

A CARRUAGEM LUXUOSA entrou na poeirenta rua principal de Klipdrift, puxada por dois velhos cavalos baios. Era guiada por um homem esguio, de aparência atlética, os cabelos brancos como a neve, barba e bigode branco. Vestia um terno cinza elegante, camisa pregueada e um alfinete de diamante na gravata preta. Usava uma cartola cinzenta e no dedo mínimo havia um anel, com um diamante grande e faiscante. Parecia ser um estranho na cidade, mas não era.

Klipdrift mudara consideravelmente desde que Jamie McGregor a deixara, um ano antes. Era o ano de 1884 e Klipdrift passara de um acampamento para uma cidade de verdade. Fora concluída a ferrovia ligando a Cidade do Cabo a Hopetown, com um ramal estendendo-se até Klipdrift. Isso acarretara uma nova onda de imigrantes. A cidade estava ainda mais apinhada do que Jamie podia recordar, mas as pessoas pareciam diferentes. Ainda havia muitos garimpeiros, mas havia também homens de terno, matronas bem-vestidas entrando e saindo das lojas. Klipdrift adquirira uma pátina de respeitabilidade.

Jamie passou por três novos salões de dança e meia dúzia de bares novos. Passou também por uma igreja e uma barbearia recentemente construídas, por um hotel amplo que tinha o nome de Grand. Parou diante de um banco e saltou, jogando as rédeas negligentemente para um garoto nativo.

— Dê água aos cavalos.

Jamie entrou no banco, e disse ao gerente, em voz bem alta:

— Quero fazer um depósito de 100 mil libras em seu banco.

A NOTÍCIA ESPALHOU-SE rapidamente, como Jamie sabia que aconteceria. Ao deixar o banco e entrar no Sundowner Saloon, ele já era o alvo de grande interesse. O interior do bar não mudara. Estava apinhado e olhos curiosos acompanharam Jamie, enquanto ele se encaminhava para o balcão. Smit acenou com a cabeça, na maior deferência.

— O que deseja, senhor?

Não havia o menor indício de reconhecimento no rosto do *bartender*.

— Uísque. O melhor que tiver.

— Sim, senhor. — Smit serviu o uísque. — É novo na cidade?

— Sou, sim.

— Está apenas de passagem?

— Não. Ouvi dizer que esta é uma boa cidade para um homem que está querendo investir em negócios.

Os olhos de Smit se iluminaram.

— Não poderia encontrar um lugar melhor! Um homem com 100... um homem com muito dinheiro pode se dar muito bem aqui. E para ser franco, senhor, posso lhe prestar algum serviço.

— É mesmo? Como?

Smit inclinou-se para a frente, baixando a voz para um tom de conspirador:

— Conheço o homem que dirige esta cidade. Ele é o presidente do Conselho Municipal e chefe do Comitê de Cidadãos. É o homem mais importante desta parte do país. O nome dele é Salomon van der Merwe.

Jamie tomou um gole do uísque.

— Nunca ouvi falar dele.

— É o dono do armazém geral, no outro lado da rua. Pode arrumar-lhe bons negócios. Vale a pena conhecê-lo.

Jamie McGregor tomou outro gole.

— Mande-o vir até aqui.

Smit olhou para o diamante grande do anel e para o alfinete de gravata de Jamie.

— Sim, senhor. Posso informar qual é o seu nome?

— Ian Travis.

— Pois não, Sr. Travis. Tenho certeza de que o Sr. Van der Merwe vai querer conhecê-lo. — Ele serviu outra dose de uísque.

— Tome isso enquanto espera. É por conta da casa.

Jamie ficou sentado, tomando o uísque, consciente de que todos no bar o observavam. Alguns homens já haviam partido de Klipdrift bastante ricos, mas ninguém com uma riqueza tão evidente jamais chegara ali antes. Era algo novo na experiência de todos.

Smit estava de volta 15 minutos depois, acompanhado por Salomon van der Merwe.

Van der Merwe aproximou-se do estranho de barba branca, estendeu-lhe a mão e sorriu.

— Sou Salomon van der Merwe, Sr. Travis.

— Ian Travis.

Jamie ficou esperando por um lampejo de reconhecimento, um sinal qualquer de que Van der Merwe encontrara nele algo familiar. Mas não houve qualquer reação. *E por que deveria haver?*, pensou Jamie. Nada restava do rapaz ingênuo e idealista de 18 anos que ele fora. Smit conduziu os dois homens a uma mesa no canto. Assim que sentaram, Van der Merwe disse:

— Soube que está querendo fazer alguns investimentos em Klipdrift, Sr. Travis.

— É possível.

— Talvez eu possa ajudá-lo. É preciso tomar cuidado. Há muitas pessoas desonestas por aqui.

Jamie fitou-o nos olhos.

— Tenho certeza disso.

Era irreal ficar sentado ali, mantendo uma conversa cortês com o homem que lhe roubara uma fortuna e depois tentara assassiná-lo. O ódio que sentia contra Van der Merwe o consumira durante o último ano. O desejo de vingança era a única coisa que o sustentava, a força que o mantinha vivo. E, agora, Van der Merwe estava prestes a sentir a vingança terrível.

— Se não se importa que eu pergunte, Sr. Travis, quanto está planejando investir?

— Em torno de 100 mil libras, para começar. — Jamie falou em tom de indiferença e observou Van der Merwe umedecer os lábios. — E, depois, talvez mais 300 ou 400 mil.

— Hã... deve se dar muito bem com um investimento assim. Desde que tenha a orientação certa, é claro. Tem alguma ideia do setor em que está querendo investir?

— Pensei em verificar a situação por aqui, a fim de descobrir quais são as melhores oportunidades.

— Está sendo muito sensato — declarou Van der Merwe, acenando com a cabeça. — Não gostaria de jantar comigo esta noite, a fim de podermos discutir mais calmamente as melhores oportunidades? Minha filha é uma excelente cozinheira. E seria uma honra recebê-lo.

Jamie sorriu.

— O prazer será todo meu, Sr. Van der Merwe. — *Não faz ideia do quanto vou gostar*, pensou Jamie.

Já começara.

A VIAGEM DO campo de diamantes da Namíbia à Cidade do Cabo transcorrera sem qualquer incidente. Jamie e Banda seguiram para uma pequena aldeia no interior. Ali, um médico cuidara do braço de Jamie. Depois, pegaram carona numa carroça que seguia para a Cidade do Cabo. Fora uma viagem penosa, mas eles estavam indiferentes ao desconforto. Na Cidade do Cabo, Jamie registrara-se no Royal Hotel, na Plein Street, "frequentado por sua Alteza Real, o Duque de Edimburgo". Fora conduzido à suíte real.

— Quero que me mande o melhor barbeiro da cidade — dissera Jamie ao gerente. — E, depois, quero um alfaiate e um sapateiro.

— Pois não, senhor.

É incrível o que o dinheiro pode fazer, pensara Jamie.

O PRIMEIRO BANHO na suíte real fora maravilhoso. Jamie ficara recostado na água quente, deixando que o cansaço se esvaísse do corpo fatigado, recordando os acontecimentos incríveis das últimas semanas. Fora apenas algumas semanas antes que ele e Banda haviam construído a balsa? Parecia que fora há muitos anos. Jamie pensara na balsa, levando-os até a *Sperrgebiet,* os tubarões, as ondas violentas, os recifes destroçando a balsa. O *mis,* o lento rastejar sobre as minas, o imenso cachorro em cima dele... Os gritos abafados que ressoariam para sempre em seus ouvidos: *Kruger... Brent... Kruger... Brent...*

Mas, acima de tudo, ele pensara em Banda. Seu amigo. Ao chegarem à Cidade do Cabo, Jamie exortara:

— Fique comigo.

Banda sorrira, exibindo os lindos dentes brancos.

— A vida é muito monótona com você, Jamie. Vou procurar um pouco de emoção em outros cantos.

— O que pretende fazer agora?

— Graças a você e seu plano espetacular e fácil de passar flutuando com uma balsa por cima dos recifes, vou comprar uma fazenda, arrumar uma mulher e ter uma porção de filhos.

— Está certo. Vamos procurar o avaliador, a fim de que eu possa lhe dar a sua parte nos diamantes.

— Não, Jamie. Não quero.

Jamie franzira o rosto.

— Do que está falando? Metade dos diamantes lhe pertence. Você está milionário.

— Olhe para a minha pele, Jamie. Se eu me tornasse um milionário, minha vida não valeria nada.

— Pode esconder alguns dos diamantes. Pode...

— Tudo o que preciso é do suficiente para comprar uma fazenda e dois bois, que trocarei por uma mulher. Dois ou três diamantes pequenos poderão me proporcionar tudo o que desejo. O resto é seu.

— Isso não é possível. Você não pode me dar a sua parte.

— Claro que posso, Jamie. Porque você vai me dar Salomon van der Merwe.

Jamie fitara Banda em silêncio por um longo tempo, antes de murmurar:

— Prometo.

— Então vamos nos despedir, meu amigo.

Os dois trocaram um aperto de mão.

— Voltaremos a nos encontrar — dissera Banda. — E na próxima vez, veja se arruma alguma coisa realmente emocionante para podermos fazer.

Banda se afastara, com três diamantes pequenos no bolso.

JAMIE ENVIARA PARA os pais uma ordem de pagamento bancária, no valor de 20 mil libras, comprara a melhor carruagem que pudera encontrar e uma excelente parelha, voltando então a Klipdrift.

Chegara o momento para a vingança.

NAQUELA NOITE, quando entrou na loja de Van der Merwe, Jamie McGregor foi invadido por uma sensação tão desagradável e violenta que teve de parar para recuperar o controle. Van der Merwe saiu apressadamente dos fundos da loja. O rosto dele abriu-se num grande sorriso quando deparou com Jamie.

— Sr. Travis! Seja bem-vindo!

— Obrigado, Sr... hã... desculpe, mas não me lembro do seu nome.

— Van der Merwe... Salomon van der Merwe. E não precisa pedir desculpas. Os nomes holandeses são mesmo difíceis de lembrar. O jantar está pronto. Margaret!

Ele conduziu Jamie à sala dos fundos. Nada mudara. Margaret estava no fogão, cuidando de uma frigideira, de costas para eles.

— Margaret, este é o convidado de quem falei... Sr. Travis.

Margaret virou-se.

— Como tem passado?

Não houve o menor lampejo de reconhecimento.

— Prazer em conhecê-la — disse Jamie, acenando com a cabeça.

A sineta da porta da loja tocou, anunciando um freguês. Van der Merwe disse:

— Com licença. Voltarei num instante. Por favor, fique à vontade, Sr. Travis.

Ele se retirou apressadamente. Margaret levou uma terrina fumegante, com carne e legumes, para a mesa. Foi buscar o pão no forno.

Jamie ficou observando-a. Ela se tornara uma mulher, com uma sensualidade reprimida, algo de que carecia antes.

— Seu pai me disse que é uma excelente cozinheira.

Margaret corou.

— Eu... eu espero que também ache, senhor.

— Faz muito tempo que não provo uma boa comida caseira. Estou aguardando ansiosamente a oportunidade.

Jamie pegou uma travessa grande das mãos de Margaret e colocou-a na mesa. Margaret ficou tão surpresa que quase deixou a travessa cair. Nunca ouvira falar de um homem que se mostrasse disposto a ajudar nos trabalhos de mulher. Ela levantou os olhos para o rosto dele, surpresa. Um nariz quebrado e uma cicatriz estragavam o que poderia ter sido um rosto muito bonito. Os olhos eram castanho-claros, irradiando inteligência e um brilho ardente. Os cabelos brancos indicavam que não era mais um rapaz. Apesar disso, havia nele algo de muito jovem. Era alto, forte e... Margaret virou o rosto bruscamente, constrangida com o olhar dele. Van der Merwe voltou apressadamente, esfregando as mãos.

— Fechei a loja — anunciou ele. — Vamos sentar e desfrutar um bom jantar.

Jamie ficou com o lugar de honra na mesa. Van der Merwe disse:

— Vamos fazer uma oração.

Todos fecharam os olhos. Furtivamente, Margaret tornou a abrir os seus, a fim de poder continuar a examinar o elegante estranho, enquanto o pai murmurava:

— Somos todos pecadores a seus olhos, Senhor. Devemos ser punidos. Dê-nos a força para suportar nossas provações neste mundo, a fim de podermos desfrutar depois os frutos do paraíso, quando formos chamados. Obrigado, Senhor, por ajudar aqueles entre nós que merecem prosperar. Amém.

Salomon van der Merwe começou a servir. Desta vez, as porções que serviu a Jamie foram mais que generosas. Conversaram enquanto comiam:

— É a primeira vez que vem para estas bandas, Sr. Travis?

— É, sim — respondeu Jamie.

— Pelo que soube, não trouxe a Sra. Travis.

— Não existe nenhuma Sra. Travis. Jamais encontrei alguém que me quisesse.

Jamie sorriu, enquanto Margaret pensava: *Que mulher poderia recusá-lo?* Ela baixou os olhos, com receio de que o estranho pudesse ler seus pensamentos pecaminosos.

— Klipdrift é uma cidade de grandes oportunidades, Sr. Travis. Oportunidades magníficas.

— Estou disposto a acreditar nisso.

Jamie olhou para Margaret, que corou.

— Se não é muito pessoal, Sr. Travis, posso perguntar-lhe como adquiriu sua fortuna?

Margaret ficou embaraçada com as perguntas indelicadas do pai, mas o estranho parecia não se importar.

— Herdei de meu pai — disse Jamie, calmamente.

— Mas tenho certeza que possui muita experiência nos negócios.

— Infelizmente, não tenho quase nenhuma. Vou precisar de muita orientação.

Van der Merwe estava exultante.

— Foi o destino que nos reuniu, Sr. Travis. Tenho alguns negócios lucrativos... muito lucrativos. Posso quase garantir que sou capaz de dobrar o seu dinheiro em poucos meses. — Ele inclinouse e afagou o ombro de Jamie. — Tenho o pressentimento de que este é um grande dia para nós dois.

Jamie limitou-se a sorrir.

— Está hospedado no Grand Hotel?

— Isso mesmo.

— É criminosamente caro. Mas suponho que um homem da sua posição...

A expressão dele era radiante. Jamie disse:

— Fui informado que os campos ao redor são muito aprazíveis. Seria pedir demais que deixasse sua filha me levar amanhã para mostrar a região?

Margaret sentiu que seu coração parava por um instante. Van der Merwe franziu o rosto.

— Não sei... Ela...

Era uma regra rígida de Salomon van der Merwe a de jamais permitir que um homem ficasse a sós com a filha. No caso do

Sr. Travis, no entanto, ele concluiu que não haveria mal algum em abrir uma exceção. Com tanta coisa em jogo, não queria parecer descortês.

— Posso dispensar Margaret da loja por um curto período. Quer mostrar a região ao nosso hóspede, Margaret?

— Se assim deseja, pai.

— Então está combinado — disse Jamie, sorrindo. — Podemos partir às dez horas da manhã?

DEPOIS QUE O estranho alto e elegante se retirou, Margaret tirou a mesa e lavou a louça, completamente atordoada. *Ele deve pensar que sou uma idiota.* Ela repassou interminavelmente toda a sua contribuição à conversa. Nada. Ficara inteiramente muda. Por que isso acontecera? Já não servira centenas de homens na loja sem bancar a idiota rematada? É claro que nenhum deles a fitara da mesma maneira que Ian Travis. *Todos os homens têm um pacto com o demônio, Margaret. Não vou permitir que eles corrompam sua inocência.* A voz do pai ressoava na mente dela. Poderia ser aquilo? A vertigem e tremedeira que sentira quando o estranho a fitara? Ele estaria corrompendo a sua inocência? O pensamento provocou um tremor delicioso que lhe percorreu o corpo. Ela olhou para a travessa que enxugara três vezes e sentou-se à mesa. Gostaria que a mãe ainda estivesse viva.

A mãe teria compreendido. Margaret amava o pai, mas às vezes tinha a sensação opressiva de que era uma prisioneira. Preocupava-a o fato do pai nunca ter permitido que um homem se aproximasse dela. *Nunca vou me casar,* pensou Margaret. *Ou pelo menos enquanto ele não morrer.* Os pensamentos rebeldes acarretaram um sentimento de culpa. Ela foi apressadamente para a loja, onde o pai estava por trás de uma escrivaninha, trabalhando em suas contas.

— Boa-noite, pai.

Van der Merwe tirou os óculos de aros de ouro e esfregou os olhos, antes de levantar os braços para dar um abraço de boanoite na filha. Margaret não entendeu por que sentiu o impulso de desvencilhar-se rapidamente.

Sozinha, na alcova fechada por uma cortina que lhe servia de quarto, Margaret contemplou seu rosto no espelho redondo e pequeno pendurado na parede. Não tinha ilusões sobre a sua aparência. Não era bonita, mas era atraente. Olhos bonitos. Malares salientes. Um bom corpo. Ela chegou mais perto do espelho. O que Ian Travis vira quando a contemplara? Margaret começou a despir-se. E sentiu que Ian Travis estava no quarto com ela, observando-a, os olhos a queimá-la. Tirou a calça de musselina e a camisola, ficou nua diante dele. As mãos dela subiram lentamente para acariciar a curva dos seios, sentiu que os mamilos endureciam. Os dedos deslizaram pela barriga, as mãos dele se entrelaçaram com as suas, descendo também. As mãos dele estavam agora entre as suas pernas, tocando gentilmente, afagando, apertando, cada vez com mais força, mais depressa, até que ela foi dominada por um turbilhão frenético de sensações, explodindo por fim dentro dela. E Margaret caiu na cama, balbuciando o nome dele.

PARTIRAM NA CARRUAGEM de Jamie. Ele ficou mais uma vez espantado com as mudanças que haviam ocorrido. Onde antes existia apenas um mar de barracas, havia agora casas de aparência sólida, de madeira, os telhados de ferro corrugado ou colmo.

— Klipdrift parece uma cidade próspera — comentou Jamie, enquanto percorriam a rua principal.

— Imagino que deve parecer interessante para um recém-chegado — disse Margaret.

E ela pensou: *Sempre odiei esta cidade, até agora.* Deixaram a cidade e seguiram na direção dos acampamentos de garimpeiros, ao longo do Rio Vaal. As chuvas sazonais haviam transformado a região num jardim enorme e colorido, com o exuberante arbusto do Karroo, urzes e diosmas, como não havia em qualquer outro lugar do mundo. Ao passarem por um grupo de garimpeiros, Jamie perguntou:

— Diamantes grandes foram encontrados recentemente?

— Alguns. Cada vez que uma notícia assim se espalha, centenas de novos garimpeiros vêm para cá. A maioria volta pobre e desolada. — Margaret sentia que devia adverti-lo contra os perigos que existiam ali. — O pai não gostaria de me ouvir dizer isso, mas acho que é um negócio horrível, Sr. Travis.

— Para alguns, provavelmente. Para alguns.

— Planeja ficar aqui por algum tempo?

— Isso mesmo.

Margaret sentiu-se exultante.

— Isso é ótimo! — E, depois, ela apressou-se em acrescentar: — O pai ficará satisfeito.

PASSEARAM DURANTE toda a manhã. Paravam de vez em quando e Jamie conversava com garimpeiros. Muitos reconheciam Margaret e falavam respeitosamente. Ela era simpática e cordial, o que não deixava transparecer quando o pai estava por perto.

— Todos parecem conhecê-la — comentou Jamie.

Margaret corou.

— É porque eles fazem negócios com o pai. Ele é o fornecedor da maioria dos garimpeiros.

Jamie não fez qualquer comentário. Estava muito interessado em tudo o que via. A ferrovia fizera uma enorme diferença. Uma nova companhia, chamada De Beers, o nome do fazendeiro em cuja propriedade houvera o primeiro achado de diamantes, comprara os negócios do seu principal rival, um aventureiro pitoresco chamado Barney Barnato. A De Beers estava ativamente consolidando as centenas de concessões de exploração numa única organização. O ouro fora descoberto recentemente, não muito longe de Kimberley, com manganês e zinco. Jamie estava convencido de que isso era apenas o começo, que a África do Sul era uma verdadeira casa dos tesouros em matéria de minérios. Havia ali oportunidades espetaculares para um homem de visão.

A tarde já ia chegando ao fim quando Jamie e Margaret voltaram.

Jamie parou diante do armazém de Van der Merwe e disse:

— Eu me sentiria honrado se você e seu pai fossem meus convidados para o jantar esta noite.

Margaret ficou radiante.

— Perguntarei ao pai. Espero que ele aceite. Obrigada por um dia muito agradável, Sr. Travis.

E ela afastou-se apressadamente.

OS TRÊS COMERAM no espaçoso salão de jantar do novo Grand Hotel. Estava apinhado e Van der Merwe comentou:

— Não entendo como essas pessoas podem se dar ao luxo de comer aqui.

Jamie pegou o cardápio e examinou-o. Um bife custava uma libra e quatro xelins, uma batata estava a quatro xelins, uma fatia de torta de maçã saía por dez xelins.

— São uns ladrões — queixou-se Van der Merwe. — Umas poucas refeições aqui e um homem passa a viver à custa da caridade alheia.

Jamie ficou imaginando o quanto seria necessário para levar Van der Merwe à indigência. Tencionava descobrir. Pediram a comida. Jamie notou que Van der Merwe pediu os itens mais caros do cardápio. Margaret pediu uma sopa simples. Estava excitada demais para comer. Olhou para as suas mãos, lembrando-se do que haviam feito na noite anterior. Sentiu-se culpada.

— Posso me dar ao luxo de pagar este jantar — disse Jamie a ela, sorridente. — Pode pedir qualquer coisa que quiser.

Ela corou.

— Obrigada, mas não estou com fome.

Van der Merwe percebeu o rubor e desviou os olhos bruscamente de Margaret para Jamie.

— Minha filha é uma moça extraordinária, Sr. Travis.

Jamie assentiu.

— Concordo plenamente, Sr. Van der Merwe.

As palavras dele deixaram Margaret tão feliz que, quando o jantar foi servido, ela não foi capaz nem de tomar a sopa. O efeito que Ian Travis exercia sobre ela era incrível. Ela via significados ocultos em cada palavra e gesto dele. Se ele sorria, significava que gostava muito dela; se franzia o rosto, significava que a odiava. Os sentimentos de Margaret eram um termômetro emocional que subia e descia de um momento para outro.

— Viu alguma coisa interessante hoje? — perguntou Van der Merwe a Jamie.

— Nada de especial.

Van der Merwe inclinou-se para a frente.

— Anote as minhas palavras, senhor: esta é a região que terá o crescimento mais rápido no mundo inteiro. Um homem esperto não hesitaria em investir aqui neste momento. A nova ferrovia vai transformar este lugar numa nova Cidade do Cabo.

— Não sei, não — murmurou Jamie, com uma expressão de dúvida. — Já ouvi falar de muitas cidades que se imaginava que iam prosperar imensamente e depois definharam por completo. Não estou interessado em investir meu dinheiro numa cidade fantasma.

— Isso não vai acontecer com Klipdrift — assegurou Van der Merwe. — Estão encontrando mais diamantes a cada dia. E ouro também.

Jamie deu de ombros.

— Quanto tempo isso vai durar?

— Ninguém pode saber com certeza, é claro, mas...

— É justamente esse o problema.

— Não tome decisões apressadas — exortou Van der Merwe.

— Não gostaria de vê-lo perder uma grande oportunidade.

Jamie pensou por um momento.

— Talvez eu esteja sendo mesmo precipitado, Sr. Van der Merwe. Margaret, poderia tornar a me mostrar a região amanhã?

Van der Merwe abriu a boca para protestar, mas prontamente tornou a fechá-la. Lembrava-se das palavras do Sr. Thorenson, o banqueiro: *Ele entrou aqui e depositou 100 mil libras com a maior indiferença do mundo, Salomon. E disse que ainda virá muito mais.* A ganância levou a melhor sobre Van der Merwe.

— Claro que ela pode.

NA MANHÃ SEGUINTE, Margaret pôs o seu vestido dominical, aprontando-se para o encontro com Jamie. O pai ficou com o rosto vermelho quando a viu daquele jeito.

— Quer que o homem pense que você é alguma espécie de mulher decaída... vestindo-se assim para atraí-lo? Está cuidando de negócios, menina. Tire isso e ponha as suas roupas de trabalho.

— Mas papai...

— Faça o que estou mandando!

Margaret não discutia com ele.

— Sim, papai.

VAN DER MERWE ficou observando Margaret e Jamie se afastarem, 20 minutos depois. E perguntava-se se não estaria cometendo um erro.

JAMIE SEGUIU DESTA vez na direção oposta. Havia sinais animadores de novas construções por toda parte. *Se as descobertas de minérios continuarem,* pensou Jamie — e havia todos os motivos para se acreditar que isso aconteceria — *então se poderá ganhar mais dinheiro aqui nos negócios imobiliários do que em diamantes ou ouro. Klipdrift vai precisar de mais bancos, hotéis, bares, lojas, bordéis...* A lista era interminável. E o mesmo acontecia com as oportunidades. Jamie percebeu que Margaret o fitava fixamente. E perguntou:

— Algum problema?

— Oh, não!

Ela desviou os olhos rapidamente. Foi a vez de Jamie examiná-la. Ela estava radiante. Margaret estava consciente da proximidade dele, de sua virilidade. Jamie podia entender os sentimentos dela. Era uma mulher sem um homem.

Jamie deixou a estrada principal por volta do meio-dia e seguiu para um pequeno bosque, ao lado de um riacho. Parou sob um imenso baobá. Mandara o hotel aprontar uma cesta de piquenique. Margaret estendeu a toalha de mesa, ajeitando a comida. Havia carne fria de carneiro, galinha frita, arroz, marmelada, tangerinas, pêssegos e *soetekoekjes*, bolinhos com cobertura de amêndoa.

— Mas é um verdadeiro banquete! — exclamou Margaret. — Não mereço tudo isso, Sr. Travis.

— Merece isso e muito mais.

Margaret desviou o rosto, ocupando-se com a comida. Jamie pegou o rosto dela entre as mãos.

— Olhe para mim, Margaret.

— Oh, por favor! Eu...

Ela estava tremendo.

— Olhe para mim.

Lentamente, ela levantou a cabeça e fitou-o nos olhos. Jamie puxou-a, os lábios se encontraram. Ele apertou-a com força, comprimindo o corpo contra o dela. Depois de um momento, Margaret desvencilhou-se, sacudiu a cabeça e balbuciou:

— Oh, Deus! Não podemos... não devemos... Podemos ir para o inferno!

— Iremos para o paraíso.

— Tenho medo.

— Não há nada de que ter medo. Está vendo meus olhos? Podem ver bem dentro dos seus. E você sabe o que eu vejo, não é mesmo? Quer que eu faça amor com você. E é o que vou fazer. Não há motivo para ter medo, porque você me pertence. Sabe disso, não é mesmo? Você me pertence, Margaret. Diga isso. Eu pertenço a Ian. Vamos. Eu... pertenço... a... Ian.

— Eu pertenço... a Ian.

Os lábios voltaram a se encontrar. Jamie começou a abrir os ganchos do corpete dela. Um momento depois, Margaret estava nua, à brisa amena. Ele abaixou-a para o chão, gentilmente. E a trêmula transição da infância para a feminilidade tornou-se uma experiência intensa e emocionante, que fez Margaret sentir-se mais viva do que em qualquer outra ocasião anterior. *Vou me lembrar deste momento para sempre*, pensou ela. A cama de folhas, a brisa quente sobre o seu corpo nu, a sombra do baobá. Fizeram amor outra vez e foi ainda mais maravilhoso. Ela pensou. *Nenhuma mulher poderá amar mais alguém tanto quanto eu amo este homem.*

Depois que se esgotaram, Jamie aninhou-a em seus braços fortes e Margaret desejou poder ficar ali para sempre. Levantou o rosto para fitá-lo e sussurrou:

— Em que você está pensando?

Jamie sorriu e sussurrou em resposta:

— Que estou com uma tremenda fome.

Ela riu. Os dois se levantaram e almoçaram ao abrigo da árvore. Depois, banharam-se no córrego e deitaram-se ao sol para secarem. Jamie tornou a possuir Margaret e ela pensou: *Quero que este dia continue para sempre.*

NAQUELA NOITE, Jamie e Van der Merwe sentaram-se a uma mesa de canto no Sundowner.

— Você estava certo — anunciou Jamie. — As possibilidades aqui podem ser muito maiores do que eu imaginava.

Van der Merwe ficou radiante.

— Eu sabia que era um homem esperto demais para deixar de perceber isso, Sr. Travis.

— O que exatamente me aconselha a fazer?

Van der Merwe olhou ao redor e baixou a voz:

— Hoje mesmo recebi informações sobre um grande achado de diamantes ao norte de Pniel. Há dez áreas de concessão que ainda estão disponíveis. Podemos dividi-las. Vou aplicar 50 mil libras em cinco e você pode ficar com as outras cinco pela mesma quantia. Há diamantes por lá aos quilos. Podemos ganhar milhões da noite para o dia. O que acha?

Jamie sabia exatamente o que achava. Van der Merwe manteria as áreas lucrativas e Jamie acabaria com as outras. Além disso, Jamie era capaz de apostar a própria vida que Van der Merwe não entraria com um único xelim do seu dinheiro.

— Parece interessante — disse Jamie. — Quantos garimpeiros estão envolvidos?

— Apenas dois.

— Por que há necessidade de tanto dinheiro? — perguntou Jamie, inocentemente.

— Ah, uma pergunta inteligente! — Van der Merwe inclinou-se para a frente. — Eles conhecem o valor da área, mas não dispõem de dinheiro para explorá-la. É nisso que nós dois entramos. Damos 100 mil libras e deixamos que eles fiquem com 20 por cento do que encontrarem.

Ele deixou escapar a informação sobre os 20 por cento tão suavemente que quase passou despercebida. Mas Jamie tinha certeza de que os garimpeiros seriam roubados de seus diamantes e do dinheiro. Tudo acabaria fluindo para Van der Merwe.

— Teremos de agir depressa — avisou Van der Merwe. — Assim que a notícia se espalhar...

— Não vamos perder a oportunidade.

Van der Merwe sorriu.

— Não se preocupe. Mandarei preparar os contratos imediatamente.

Em africâner, pensou Jamie.

— E agora, Ian, quero lhe falar sobre alguns outros negócios muito interessantes...

PORQUE ERA IMPORTANTE manter seu novo sócio feliz, Van der Merwe não mais protestava quando Jamie pedia que Margaret lhe mostrasse os campos ao redor de Klipdrift. Margaret se apaixonava mais e mais por Jamie, a cada dia que passava. Ele era a última coisa em que pensava ao adormecer, a primeira em que pensava ao abrir os olhos de manhã. Jamie despertara-lhe uma sensualidade que ela nem mesmo sabia que existia. Era como se ela descobrisse de repente para que servia seu corpo. Todas as coisas que aprendera como motivo de vergonha tornaram-se dotes gloriosos para proporcionar prazer a Jamie. E a si mesma. O amor era uma terra nova e maravilhosa a ser explorada. Uma terra sensual de vales ocultos, rios de mel. Nada era suficiente.

Na vasta extensão dos campos, era fácil descobrir lugares isolados onde podiam fazer amor. E era sempre emocionante para Margaret como na primeira vez.

O antigo sentimento de culpa em relação ao pai ainda a atormentava. Salomon van der Merwe era membro da Igreja Reformada da Holanda. Margaret sabia que não haveria perdão se o pai descobrisse o que ela estava fazendo. Mesmo na comunidade rude da fronteira em que viviam, onde os homens aproveitavam qualquer prazer que se oferecesse, não haveria compreensão. Havia apenas duas espécies de mulher no mundo, as boas moças e as prostitutas. Uma boa moça não deixava que um homem a tocasse, a menos que fosse seu marido. Portanto, ela seria rotulada de prostituta. *É terrivelmente injusto,* pensava Margaret. *Dar e receber amor é bonito demais para ser um pecado.* Mas a preocupação crescente levou Margaret a finalmente levantar a questão do casamento. Estavam seguindo pela margem do Rio Vaal quando ela falou:

— Ian, você sabe quanto eu... — Ela não sabia como continuar. — Isto é, você e eu... — Em desespero, ela balbuciou: — O que você acha do casamento?

Jamie soltou uma risada.

— Sou inteiramente a favor, Margaret. Sou inteiramente a favor.

Ela acompanhou-o no riso. Era o momento mais feliz de sua vida.

NA MANHÃ DE domingo, Salomon van der Merwe convidou Jamie a acompanhá-lo e a Margaret à igreja. A Nerderduits Hervormde Kerk era um prédio grande e imponente, num arremedo de gótico, com o púlpito numa extremidade e um imenso órgão na outra. Quando eles entraram, Van der Merwe foi cumprimentado com o maior respeito.

— Ajudei a construir esta igreja — disse ele a Jamie, orgulhoso. — Sou um diácono aqui.

O serviço vibrava com o fogo do inferno. Van der Merwe mostrou-se extasiado, acenando com a cabeça ansiosamente, aceitando cada palavra do ministro.

Ele é um homem de Deus aos domingos, pensou Jamie, *enquanto no resto da semana pertence ao diabo.*

Van der Merwe sentara-se entre os dois jovens, mas Margaret estava consciente da proximidade de Jamie durante todo o serviço. *Ainda bem que o ministro não sabe o que estou pensando*, ela disse a si mesma, sorrindo nervosamente.

JAMIE FOI VISITAR o Sundowner Saloon naquela noite. Smit estava por trás do balcão, servindo drinques. O rosto dele se iluminou quando viu Jamie.

— Boa-noite, Sr. Travis. O que vai querer, senhor? O de sempre?

— Não esta noite, Smit. Preciso conversar com você. Na sala dos fundos.

— Pois não, senhor. — Smit já estava farejando dinheiro. Virou-se para seu ajudante. — Fique cuidando do bar.

A sala dos fundos do Sundowner era mínima, mas proporcionava a privacidade necessária. Tinha uma mesa redonda e quatro cadeiras, com um lampião no meio da mesa. Smit acendeu-o.

— Sente-se — disse Jamie.

Smit obedeceu.

— Em que posso ajudá-lo, senhor?

— Vim aqui para ajudar a você, Smit.

Smit ficou radiante.

— É mesmo, senhor?

— É, sim. — Jamie tirou do bolso um charuto comprido e fino e acendeu-o. — Decidi deixá-lo viver.

Uma expressão indecisa insinuou-se no rosto de Smit.

— Eu... eu não compreendo, Sr. Travis.

— Não é Travis. O nome é McGregor. Jamie McGregor. Está lembrado? Há um ano você me enviou para a morte. No estábulo. Nas mãos dos capangas de Van der Merwe.

Smit estava agora franzindo o rosto, subitamente cauteloso.

— Não sei o que...

— Cale a boca e escute.

A voz de Jamie era como um açoite. Ele podia ver as engrenagens girando na mente de Smit. Estava tentando conciliar o rosto daquele homem de cabelos brancos à sua frente com o rapaz ansioso que conhecera um ano antes.

— Ainda estou vivo e rico... rico o bastante para contratar homens para queimar este bar com você dentro. Está me acompanhando até aqui, Smit?

Smit ainda pensou em protestar ignorância, mas fitou Jamie McGregor nos olhos e percebeu o perigo. Foi por isso que disse apenas, cautelosamente:

— Sim, senhor...

— Van der Merwe lhe paga para encaminhar garimpeiros, dos quais rouba tudo o que encontra. É uma sociedade das mais interessantes. Quanto ele lhe paga?

Houve silêncio. Smit estava acuado entre duas forças poderosas. Não sabia para que lado pular.

— Quanto?

— Dois por cento — murmurou Smit, relutantemente.

— Eu lhe darei cinco por cento. Daqui por diante, vai encaminhar para mim cada garimpeiro de boas perspectivas que aparecer. Eu o financiarei. A diferença é que darei ao garimpeiro uma parte justa. E você também receberá o seu dinheiro. Você pensava realmente que Van der Merwe lhe dava dois por cento do que ganhava? Se pensava, então é um idiota.

Smit acenou com a cabeça.

— Está certo, Sr. Tra... Sr. McGregor. Aceito o acordo.

Jamie se levantou.

— Mas não de todo. — Ele inclinou-se por cima da mesa. — Está pensando em procurar Van der Merwe e relatar nossa conversa. Assim, poderia ganhar dinheiro de nós dois. Só há um problema com isso, Smit. — A voz baixou para um sussurro quando Jamie acrescentou: — Se o fizer, pode se considerar um homem morto.

Capítulo 7

JAMIE ESTAVA SE VESTINDO quando ouviu uma batida hesitante na porta. Ele prestou atenção e a batida se repetiu. Foi até a porta e abriu-a, deparando com Margaret.

— Entre, Maggie. Algum problema?

Era a primeira vez que ela aparecia em seu quarto no hotel. Margaret entrou. Mas agora que estava diante dele, encontrava a maior dificuldade em falar. Passara a noite inteira acordada, imaginando como iria transmitir-lhe a notícia. Estava com medo que ele nunca mais desejasse vê-la. Ela fitou-o nos olhos.

— Ian, vou ter um filho.

O rosto dele ficou tão impassível que Margaret se apavorou com a possibilidade de tê-lo perdido. Mas, de repente, a expressão tornou-se de tanta alegria que todas as dúvidas dela no mesmo instante se dissiparam. Ele segurou-a pelos braços e disse:

— Mas isso é maravilhoso, Maggie! Simplesmente maravilhoso! Já contou a seu pai?

Margaret recuou, alarmada.

— Oh, não! Ele... — Ela foi até o sofá vitoriano de pelúcia verde e se sentou. — Não conhece o pai. Ele... ele jamais compreenderia.

Jamie estava pondo a camisa apressadamente.

— Vamos embora. Nós lhe diremos juntos.

— Tem certeza de que tudo vai dar certo, Ian?

— Nunca tive mais certeza de qualquer coisa em toda a minha vida.

SALOMON VAN DER MERWE estava pesando carne de charque para um garimpeiro quando Jamie e Margaret entraram na loja.

— Ah, Ian! Já vou falar com você dentro de um momento. — Ele terminou de servir o freguês e encaminhou-se para Jamie.

— Como estão as coisas neste lindo dia?

— Não poderiam estar melhores — disse Jamie, na maior felicidade. — A sua Maggie vai ter um filho.

Houve um silêncio súbito e depois Van der Merwe balbuciou:

— Eu... eu não estou entendendo...

— É muito simples. Deixei-a grávida.

A cor se esvaiu do rosto de Van der Merwe. Ele virou-se de um para outro, desesperado.

— Isso... isso não é verdade, não é mesmo?

Um turbilhão de emoções conflitantes dominavam Van der Merwe. O choque terrível da filha tão preciosa perder a virgindade... ficar grávida... Seria o alvo dos risos de toda a cidade. Mas Ian Travis era um homem muito rico. E se eles casassem depressa... Van der Merwe virou-se para Jamie.

— Vão casar imediatamente, é claro.

Jamie assumiu uma expressão de surpresa.

— *Casar?* Permitiria que Maggie casasse com um garoto estúpido que deixou que você o roubasse de tudo que lhe pertencia?

A cabeça de Van der Merwe girava incontrolavelmente.

— De que está falando, Ian? Eu nunca...

— Meu nome não é Ian — disse Jamie, asperamente. — Sou Jamie McGregor. Não me reconhece? — Ele viu a expressão aturdida no rosto de Van der Merwe e acrescentou: — Não, claro que não me reconhece. Aquele garoto está morto. Você o matou. Mas não sou homem de guardar ressentimento, Van der Merwe. E por isso vou lhe dar um presente. Minha semente na barriga de sua filha.

Jamie virou-se e saiu, deixando os dois a fitá-lo, completamente atordoados.

Margaret escutara tudo numa incredulidade chocada. Ele não podia estar pensando o que acabara de dizer. *Ele a amava! Ele...* Salomon van der Merwe virou-se para a filha, dominado por uma raiva terrível.

— Sua puta! — gritou ele. — *Sua puta! Saia daqui!*

Margaret permaneceu imóvel, incapaz de absorver o significado da coisa horrível que estava acontecendo. Ian a culpara por alguma coisa que o pai fizera. Ian pensava que ela participara de alguma coisa terrível. *Quem era Jamie McGregor? Quem?*

— Saia! — Van der Merwe desferiu uma bofetada no rosto da filha. — Nunca mais quero vê-la, enquanto viver!

Margaret continuou onde estava, paralisada, o coração dando a impressão de que explodiria a qualquer momento, a respiração difícil. O rosto do pai era o de um louco. Ela virou-se e saiu correndo da loja, sem olhar para trás.

SALOMON VAN DER MERWE ficou observando-a se afastar, dominado pelo desespero. Vira o que acontecera com as filhas de outros homens que haviam se desgraçado. Eram forçadas a ficar de pé na igreja, sendo publicamente censuradas e depois exiladas da comunidade. Era uma punição apropriada e justa, exatamente o que elas mereciam. Mas a sua Margaret recebera uma educação decente, de respeito a Deus. *Como ela pudera traí-lo daquela maneira?* Van der Merwe visualizou o corpo nu da filha, com aquele homem, os dois se contorcendo no cio como animais. Ele começou a ter uma ereção.

Van der Merwe pôs um cartaz de "Fechada" na porta da frente da loja e foi para a cama, sem força de vontade para fazer qualquer coisa. Quando a notícia se espalhasse pela cidade, ele se tornaria o alvo dos escárnios. Haveria compaixão ou iriam culpá-lo pela depravação da filha? De qualquer modo, seria insuportável. Precisava cuidar para que ninguém soubesse. Mandaria a prostituta para longe de sua vista. Para sempre. Ele ajoelhou-se e rezou: *Oh, Deus, como pôde fazer uma coisa dessas comigo, seu leal servidor? Por que me abandonou? Deixe-a morrer, Senhor. Faça com que os dois morram...*

O SUNDOWNER SALOON estava apinhado com o movimento do meio-dia quando Jamie entrou. Ele foi até o balcão e virou-se para a multidão.

— Atenção, por favor! — As conversas cessaram. — Drinques por conta da casa para todo mundo!

— O que aconteceu? — perguntou Smit. — Um novo achado? Jamie riu.

— De certa forma, meu amigo. A filha solteira de Salomon van der Merwe está grávida. E o Sr. Van der Merwe quer que todos o ajudem a comemorar.

Smit sussurrou:

— Santo Deus!

— Deus não teve nada a ver com isso. Foi apenas Jamie McGregor.

UMA HORA DEPOIS, todos em Klipdrift já haviam tomado conhecimento da notícia. Como Ian Travis era na verdade Jamie McGregor e como engravidara a filha de Van der Merwe. Margaret Van der Merwe enganara a cidade inteira.

— Ela não parece desse tipo, não é mesmo?

— Mas dizem que as águas mansas correm bem depressa lá no fundo.

— Quantos homens desta cidade já terão molhado o pavio naquele poço?

— Até que ela é uma garota jeitosa. Justamente o que estou precisando.

— Por que não pede a ela? Parece que ela está dando a qualquer um que pedir.

E os homens riam.

QUANDO DEIXOU a loja naquela tarde, Salomon van der Merwe já aceitara a catástrofe terrível que se abatera sobre ele. Enviaria Margaret para a Cidade do Cabo pelo próximo trem. Ela teria o bastardo lá, não haveria necessidade que alguém em Klipdrift tomasse conhecimento de sua vergonha. Van der Merwe foi andando pela rua, carregando o seu segredo, um sorriso artificial afixado nos lábios.

— Boa-tarde, Sr. Van der Merwe. Já soube que está começando a juntar roupas de bebê.

— Boa-tarde, Salomon. Soube que terá em breve um pequeno ajudante na loja.

— Olá, Salomon. Soube que um observador de pássaros acaba de avistar uma nova espécie perto do Rio Vaal. E sabe qual é? Uma cegonha!

Salomon Van der Merwe virou-se e voltou cambaleando, quase às cegas, para a loja, entrando e trancando a porta.

NO SUNDOWNER SALOON, Jamie estava tomando uísque, escutando as conversas ao redor. Era o maior escândalo que já ocorrera em Klipdrift e a satisfação dos habitantes era intensa. *Eu gostaria que Banda estivesse aqui comigo para desfrutar este momento,* pensou Jamie. Era o pagamento pelo que Salomon van der Merwe fizera com a irmã de Banda, o que fizera com Jamie e... e com quantos outros? Mas isso era apenas uma parte do pagamento por tudo o que Salomon van der Merwe fizera, apenas o começo. A vingança de Jamie não estaria completa enquanto Van der Merwe não fosse totalmente destruído. Quanto a Margaret, não sentia a menor compaixão por ela. Margaret estava metida naquilo. O que fora mesmo que ela dissera no dia em que se conheceram? *Meu pai pode ajudá-lo. Ele sabe de tudo.* Ela era também uma Van der Merwe e Jamie destruiria os dois. Smit aproximou-se do lugar em que Jamie estava sentado.

— Posso lhe falar por um minuto, Sr. McGregor?

— O que é?

Smit limpou a garganta, embaraçado.

— Conheço dois garimpeiros que possuem dez áreas de concessão perto de Pniel. Estão produzindo diamantes, mas não dispõem de dinheiro suficiente para comprar os equipamentos necessários para uma exploração adequada. Estão procurando por um sócio. Achei que poderia estar interessado.

Jamie estudou-o atentamente.

— São os homens dos quais falou a Van der Merwe, não é mesmo?

Smit assentiu, surpreso.

— São, sim, senhor. Mas estive pensando na sua proposta e prefiro fazer negócios com o senhor.

Jamie tirou do bolso um charuto comprido e fino e Smit apressou-se em acendê-lo.

— Fale tudo.

E foi o que Smit fez.

No COMEÇO, a prostituição em Klipdrift era inteiramente fortuita. As prostitutas eram quase sempre pretas, trabalhando em bordéis imundos, em vielas escondidas. As primeiras prostitutas brancas a chegarem à cidade trabalhavam também como garçonetes nos bares. Mas à medida que os achados de diamantes aumentaram e a cidade prosperou, mais prostitutas brancas apareceram.

Havia agora meia dúzia de bordéis nos arredores de Klipdrift, barracões de madeira, com telhado de zinco. A exceção era o bordel de Madame Agnes, uma estrutura de dois andares, de aparência respeitável, na Bree Street, perto de Loop Street, a rua principal, num lugar em que as mulheres dos cidadãos respeitáveis não teriam de ser ofendidas pela necessidade de passar pela frente. Era frequentado pelos maridos dessas mulheres e por qualquer estranho na cidade que tivesse condições de pagar. Era caro, mas as mulheres eram jovens e desinibidas, valorizavam o dinheiro que se gastava. Os drinques eram servidos numa sala relativamente bem decorada. Madame Agnes tinha uma regra: nenhum freguês era jamais apressado ou roubado no troco. A própria Madame Agnes era uma ruiva jovial e robusta, de 30 e poucos anos. Trabalhara num bordel em Londres e fora atraída à África do Sul pelas histórias de dinheiro fácil a se ganhar numa cidade mineira como Klipdrift. Poupara o bastante para abrir o seu próprio bordel e os negócios haviam sido prósperos desde o começo.

Madame Agnes orgulhava-se de sua compreensão dos homens. Mas Jamie McGregor era um enigma para ela. Ele aparecia frequentemente, era generoso com seu dinheiro e sempre cordial com as mulheres. Mas parecia retraído, remoto e inacessível. Eram os olhos dele que fascinavam Agnes. Eram poços claros, profundos, estranhamente frios. Ao contrário de outros fregueses da casa, ele nunca falava de si mesmo ou de seu passado. Madame Agnes soubera horas antes que Jamie McGregor deliberadamente engravidara a filha de Salomon van der Merwe e se recusara a casar. *O miserável!*, pensou Madame Agnes. Mas ela não podia deixar de admitir que era um miserável atraente. Ficou observando Jamie agora, enquanto ele descia a escada de tapete vermelho, desejava boa-noite polidamente e ia embora.

Ao CHEGAR DE volta ao hotel, Jamie encontrou Margaret no quarto, olhando pela janela. Ela virou-se quando Jamie entrou.

— Olá, Jamie.

A voz dela era trêmula.

— O que está fazendo aqui?

— Precisava conversar com você.

— Não temos nada para conversar.

— Sei por que está fazendo isso. Odeia meu pai. — Margaret chegou mais perto dele. — Mas deve saber que eu nada sabia do que ele fez com você. Por favor... eu lhe suplico... acredite nisso. Não me odeie. Eu o amo muito.

Jamie fitou-a friamente.

— Esse é um problema seu, não é mesmo?

— Não fale assim, por favor. Você me ama...

Ele não estava escutando. Fazia novamente a terrível jornada até Paardspan, quando quase morrera... E deslocava as pedras enormes à beira dos rios, até que não se aguentava mais de pé... E milagrosamente encontrava os diamantes... Entregava a Van der Merwe e o ouvia dizer: *Não me entendeu direito, garoto. Não preciso de sócios. Estava trabalhando para mim. Vou lhe dar 24 horas para deixar a cidade.* E depois a surra brutal... Ele farejava novamente os abutres, sentia os bicos afiados rasgando sua carne... Como se fosse de muito longe, ouviu a voz de Margaret:

— Não se lembra? Eu... pertenço... a... você... Eu o amo...

Jamie emergiu do devaneio e fitou-a. *Amor.* Ele não tinha mais a menor ideia do que a palavra significava. Van der Merwe destruíra todas as emoções que existiam nele, com exceção do ódio. Era disso que vivia. Era o seu elixir, o elemento vital que o sustentava. Fora o que o mantivera vivo quando lutara com os tubarões e passara pelos recifes, quando rastejara pelo campo minado na praia de diamantes do Deserto da Namíbia. Os poetas escreviam a respeito do amor, os cantores o louvavam. Talvez fosse algo concreto, talvez existisse. Mas o amor era para os outros homens. Não para Jamie McGregor.

— Você é a filha de Salomon van der Merwe. Está com o neto dele em seu ventre. Saia daqui.

MARGARET NÃO TINHA para onde ir. Amava o pai e precisava do perdão dele, mas sabia que ele nunca a perdoaria... não podia perdoar. Transformaria a vida dela num verdadeiro inferno. Mas ela não tinha alternativa. Tinha de recorrer a alguém.

Margaret deixou o hotel e encaminhou-se para a loja do pai. Tinha a impressão que todos a olhavam. Alguns homens sorriram insinuantemente, mas ela empinou a cabeça e seguiu adiante. Hesitou por um momento ao chegar à loja, mas acabou entrando. A loja estava vazia. O pai veio dos fundos.

— Pai...

— *Você?*

O desprezo na voz dele era como um golpe físico. Van der Merwe chegou mais perto e Margaret pôde sentir o bafo de uísque.

— Quero que você saia da cidade. Agora. Esta noite. E nunca mais deve voltar. Está me entendendo? Nunca mais! — Ele tirou algum dinheiro do bolso e jogou no chão. — Pegue isso e vá embora.

— Estou com o seu neto no ventre.

— Está com o filho do demônio! — Ele chegou ainda mais perto, as mãos cerradas. — Cada vez que as pessoas a virem desfilando como uma rameira, vão pensar na minha vergonha. Mas acabarão esquecendo, depois que você for embora.

Ela fitou-o por um momento longo e desesperado, depois virou-se e cambaleou às cegas pela porta afora.

— O dinheiro, sua puta! — gritou Van der Merwe. — Esqueceu o dinheiro!

HAVIA UMA PENSÃO barata nos arredores da cidade e Margaret foi até lá, a mente em turbilhão. Ao chegar, procurou a Sra. Owens, a senhoria. A Sra. Owens era uma mulher gorducha, de rosto simpático, com 50 e poucos anos. O marido a trouxera para Klipdrift e depois a abandonara. Uma mulher mais frágil teria desmoronado, mas a Sra. Owens era uma sobrevivente. Já vira muitas pessoas em dificuldades na cidade, mas nunca alguma pessoa com um problema maior do que aquela moça de 17 anos que estava agora parada à sua frente.

— Queria falar comigo?

— Queria, sim. Estava pensando se... se não teria um emprego para mim aqui.

— Um emprego? Para fazer o quê?

— Qualquer coisa. Sou boa cozinheira. Posso servir as mesas. Arrumarei as camas. Eu... eu... — Havia desespero na voz dela. — Oh, por favor! Farei qualquer coisa!

A Sra. Owens contemplou a jovem trêmula à sua frente e seu coração se enterneceu.

— Acho que estou mesmo precisando de ajuda. Quando pode começar?

Ela percebeu o alívio intenso nos olhos de Margaret.

— Agora mesmo.

— Posso pagar apenas... — ela pensou numa cifra e aumentou-a. — Uma libra, dois xelins e 11 penies por mês, mais casa e comida.

— Está ótimo! — exclamou Margaret, profundamente grata.

SALOMON VAN DER MERWE raramente aparecia agora nas ruas de Klipdrift. Com uma frequência cada vez maior, os fregueses encontravam um cartaz de "Fechada" na porta da loja, a qualquer hora do dia. Depois de algum tempo, passaram a fazer compras em outros lugares.

Mas Salomon van der Merwe ainda ia à igreja todos os domingos. Não ia para orar, mas para exigir de Deus que reparasse a terrível iniquidade que fora despejada sobre os ombros de seu servidor obediente. Os outros paroquianos sempre haviam tratado Salomon van der Merwe com o respeito devido a um homem rico e poderoso. Agora, porém, ele podia sentir os olhares e sussurros pelas costas. A família que ocupava o banco ao lado do seu transferiu-se para outro lugar da igreja. Ele era um pária. Mas o que arrasou por completo o seu espírito foi o sermão veemente do ministro, combinando habilmente o Êxodo, Ezequiel e Levítico:

— Eu, o Senhor seu Deus, sou um Deus ciumento, transferindo a iniquidade dos pais para os filhos. Por isso, ó rameira, ouça a palavra do Senhor. Porque sua sordidez foi revelada, sua nudez foi descoberta pela prostituição com os seus amantes... E o Senhor se dirigiu a Moisés, falando: Não prostitua a sua filha, não faça com que ela se torne uma rameira. Não se permita que a terra caia diante da devassidão, não se permita que a iniquidade domine a terra...

Van der Merwe nunca mais tornou a entrar na igreja depois desse domingo.

ENQUANTO OS NEGÓCIOS de Salomon van der Merwe se deterioravam, os de Jamie McGregor prosperavam. As despesas de procura de diamantes aumentavam na medida em que as escavações se tornavam mais profundas. Os garimpeiros com concessões de exploração descobriam que não tinham condições de adquirir os equipamentos necessários. Espalhou-se rapidamente a notícia de que Jamie McGregor forneceria o financiamento que se precisasse, em troca de uma participação nas minas. Jamie investia também em negócios imobiliários, no comércio e em ouro. Era escrupulosamente honesto em todas as transações. À medida que sua reputação se espalhava, mais e mais pessoas o procuravam para fazer negócios.

Havia dois bancos na cidade. Quando um deles faliu, por causa de uma administração inepta, Jamie comprou-o. Colocou homens de confiança para operar o banco, mantendo o seu nome fora da transação.

Tudo aquilo em que Jamie tocava parecia prosperar. Era bem-sucedido e rico, além dos sonhos mais delirantes da infância. Mas isso pouco significava para ele. Avaliava seu sucesso apenas pelo fracasso de Salomon van der Merwe. A vingança **dele apenas começara.**

De vez em quando, Jamie passava por Margaret na rua. Não lhe prestava a menor atenção.

Jamie não tinha a menor ideia do efeito daqueles encontros casuais em Margaret. A visão dele deixava-a sem fôlego. Ela precisava parar, até recuperar o controle. Ainda o amava, totalmente, desesperadamente. Nada poderia jamais mudar isso. Ele usara o corpo dela para punir o pai, mas Margaret sabia que podia ter sido uma espada de dois gumes. Teria em breve o filho de Jamie. E quando ele visse o bebê, sua própria carne e sangue, haveria de casar com ela, dar um nome ao filho. Margaret se tornaria a Sra. Jamie McGregor e não queria mais nada da vida. À noite, antes de dormir, Margaret tocava na barriga estufada e sussurrava:

— Nosso filho.

Era provavelmente uma tolice pensar que ela podia influenciar o sexo, mas não queria deixar de lado qualquer possibilidade. Os homens sempre queriam um filho.

À medida que a barriga estufava, Margaret foi ficando cada vez mais assustada. Gostaria de ter alguém com quem pudesse conversar. Mas as mulheres da cidade não lhe falavam. A religião delas pregava a punição, não o perdão. Ela estava sozinha, cercada por estranhos. À noite, chorava por si mesma e pelo filho que ia nascer.

Jamie McGregor comprara um prédio de dois andares no centro de Klipdrift, usando-o como sede de seus crescentes empreendimentos. Um dia, Harry McMillan, o contador-chefe de Jamie, foi procurá-lo para uma conversa.

— Estamos fundindo as suas companhias. Precisamos de um nome para a corporação. Tem alguma sugestão?

— Vou pensar a respeito.

E Jamie pensou. Em sua mente, continuavam a ressoar os ecos do passado, espalhando-se pelo nevoeiro, na praia de diamantes do Deserto da Namíbia. Ele sabia que havia apenas um nome que desejava. Chamou o contador e disse:

— Vamos chamar a nova companhia de Kruger-Brent... Kruger-Brent Limitada.

ALVIN CORY, o gerente do banco de Jamie, foi procurá-lo.
— Os empréstimos para o Sr. Van der Merwe tornaram-se um problema. Ele está muito atrasado nos pagamentos. No passado, sempre foi um bom risco. Mas a situação dele mudou drasticamente, Sr. McGregor. Acho que devemos executar os empréstimos.
— Não.
Cory ficou surpreso.
— Ele apareceu esta manhã para tentar outro empréstimo...
— Pode dar. Dê tudo o que ele quiser.
O gerente se levantou.
— Como quiser, Sr. McGregor. Direi a ele que o senhor...
— Não lhe diga nada. Apenas dê-lhe o dinheiro.

MARGARET LEVANTAVA TODAS as manhãs às cinco horas para fazer um pão de cheiro apetitoso e biscoitos. Quando os pensionistas entravam na sala de jantar, ela servia o café da manhã, mingau de aveia, ovos com presunto, bolinhos de trigo, pão doce, bules de café quente e *naartje*. Quase todos os hóspedes da pensão eram garimpeiros, seguindo ou vindo de suas concessões. Paravam em Klipdrift pelo tempo suficiente para avaliarem seus diamantes, tomar um banho, embriagar-se e visitar um dos bordéis da cidade... geralmente nessa ordem. Quase todos eram aventureiros rudes e analfabetos.

Havia uma lei tácita em Klipdrift de que as mulheres de bem não podiam ser molestadas. Se um homem queria sexo, então que procurasse uma prostituta. Margaret van der Merwe, no entanto, era um desafio, pois não se enquadrava em qualquer categoria. As mulheres de bem que eram solteiras não ficavam grávidas. E a teoria continuava: como Margaret tivera uma fraqueza, provavelmente estava ansiosa para ir para cama com todos os outros homens. Tudo o que se precisava fazer era pedir. E os homens sempre o faziam.

Alguns garimpeiros eram diretos e clamorosos, outros insidiosos e furtivos. Margaret a todos enfrentava com uma dignidade serena. Uma noite, porém, quando a Sra. Owens se preparava para dormir, ouviu gritos partindo do quarto de Margaret, nos fundos da casa. Ela foi correndo até lá e abriu a porta. Um dos hóspedes, um garimpeiro embriagado, arrancara a camisola de Margaret e a imobilizara na cama.

A Sra. Owens atacou-o com a maior fúria. Pegou um ferro de engomar e começou a bater no garimpeiro. Ela era a metade do homem, mas isso não fazia a menor diferença. Dominada por uma raiva incontrolável, acabou deixando o garimpeiro sem sentidos. Arrastou-o para o corredor e de lá para a rua. Voltou apressadamente ao quarto de Margaret, que estava estancando o sangue que escorria dos lábios, onde o homem a mordera. As mãos dela tremiam.

— Você está bem, Maggie?

— Estou, sim. Obrigada, Sra. Owens.

Lágrimas incontroláveis afloraram aos olhos de Margaret. Numa cidade em que poucos sequer lhe dirigiam a palavra, ali estava alguém que a tratava com bondade.

A Sra. Owens contemplou a barriga estufada de Margaret e pensou: *Pobre sonhadora. Jamie McGregor jamais se casará com ela.*

O MOMENTO DO parto de aproximava. Margaret se cansava agora com a maior facilidade. O simples ato de se abaixar e tornar a levantar exigia um grande esforço. Sua única alegria era sentir o bebê se mexer. Ela e o filho estavam completamente sozinhos no mundo. Margaret lhe falava por horas a fio, descrevendo as coisas maravilhosas que a vida lhe reservara.

Uma noite, pouco depois do jantar, um garoto preto apareceu na pensão e entregou uma carta lacrada a Margaret.

— Vou ficar esperando pela resposta — avisou ele.

Margaret leu a carta uma vez, tornou a ler, agora bem devagar, antes de finalmente dizer:

— A resposta é sim.

NA SEXTA-FEIRA SEGUINTE, pontualmente ao meio-dia, Margaret chegou ao bordel de Madame Agnes. Um cartaz pendurado na porta da frente informava que o estabelecimento estava fechado. Margaret bateu à porta, ignorando os olhares surpresos dos transeuntes. Perguntava-se se não cometera um erro ao ir até ali. Fora uma decisão difícil e ela aceitara apenas por causa de sua terrível solidão. A carta dizia:

Prezada Srta. Van der Merwe:

Não é da minha conta, mas minhas meninas e eu estivemos conversando sobre a sua situação lamentável e injusta e achamos que é uma vergonha. Gostaríamos de ajudá-la e ao seu bebê. Se isso não deixá-la embaraçada; ficaríamos honradas em recebê-la para almoçar. Sexta-feira ao meio-dia seria conveniente?

Respeitosamente, Madame Agnes

P.S. Seríamos muito discretas.

Margaret estava em dúvida, imaginando se deveria ou não bater em retirada, quando a porta foi aberta por Madame Agnes. Ela pegou o braço de Margaret e disse:

— Entre, minha cara. Saia logo desse maldito calor.

Ela levou-a para a sala de estar, mobiliada com mesas, sofás e poltronas em estilo vitoriano, estofados com pelúcia vermelha. A sala fora decorada com fitas e bandeirolas. Havia até mesmo balões coloridos, só Deus sabia de onde saídos. Cartazes de papelão pendurados do teto diziam: SEJA BEM-VINDO, BEBÊ... VAI SER UM MENINO... FELIZ ANIVERSÁRIO.

Oito das meninas de Madame Agnes estavam na sala, uma variedade de tamanhos, idades e cores. Todas estavam vestidas para a ocasião, sob a orientação de Madame Agnes. Usavam vestidos recatados e não tinham qualquer pintura no rosto. Margaret pensou, admirada: *Elas parecem mais respeitáveis que a maioria das mulheres desta cidade.*

Margaret ficou olhando aturdida para a sala cheia de prostitutas, sem saber o que fazer. Alguns rostos eram familiares. Margaret já as servira, quando trabalhava na loja de seu pai. Algumas eram jovens e muito bonitas. Umas poucas eram mais velhas e um tanto gordas, os cabelos obviamente pintados. Mas todas tinham uma coisa em comum: *elas se importavam.* Eram amistosas, afetuosas e gentis, queriam fazê-la feliz.

Ficaram pairando em torno de Margaret, indecisas, com receio de dizer ou fazer a coisa errada. Não importava o que dissessem os habitantes da cidade, elas sabiam que ali estava uma dama. Tinham plena consciência da diferença entre Margaret e elas. Sentiam-se honradas com a visita e estavam determinadas a evitar que qualquer coisa pudesse estragar a festa.

— Preparamos um almoço gostoso para você, meu bem — disse Madame Agnes. — Espero que esteja com fome.

Levaram-na para a sala de jantar, onde a mesa fora posta festivamente, com uma garrafa de champanha no lugar de Margaret. Ao passarem pelo corredor, Margaret olhou para a escada que conduzia aos quartos no segundo andar. Sabia que Jamie frequentava o bordel e ficou imaginando qual das mulheres ele costumava escolher. Talvez já tivesse ido para a cama com todas. E ela tornou a observá-las, perguntando-se o que aquelas mulheres tinham que Jamie não encontrava nela.

O almoço foi um verdadeiro banquete. Começou com uma deliciosa sopa fria e salada, seguindo-se uma carpa. Depois, houve carneiro e pato, com batatas e legumes. Houve ainda um bolo de vinho com creme, queijo, frutas e café. Margaret descobriu-se a comer com apetite, divertindo-se imensamente. Estava sentada à cabeceira da mesa, com Madame Agnes à direita e Maggie, uma loura linda, que não devia ter mais que 16 anos, à esquerda. No começo, a conversa foi um tanto afetada. As meninas tinham dezenas de histórias obscenas e engraçadas para contar, mas achavam que não era do tipo que Margaret deveria ouvir. E por isso se limitaram a falar sobre o tempo, como Klipdrift estava crescendo, o futuro da África do Sul. Eram versadas em política, economia e diamantes, porque obtinham suas informações diretamente de peritos. Em determinado momento, Maggie, a loura bonita, disse:

— Jamie acaba de descobrir um novo campo de diamantes em... — A sala mergulhou subitamente num silêncio total. Ela percebeu a gafe e tratou de acrescentar, nervosamente: — É o meu tio Jamie. Ele... ele é casado com minha tia.

Margaret ficou surpresa com a onda repentina de ciúme que a invadiu. Madame Agnes mudou rapidamente de assunto. Depois que o almoço terminou, Madame Agnes se levantou e disse:

— Por aqui, meu bem.

Margaret e as meninas seguiram-na para outra sala de visitas, que Margaret não vira antes. Estava cheia de dezenas de presentes, todos lindamente embrulhados. Margaret não podia acreditar em seus olhos.

— Eu... eu não sei o que dizer...

— Abra-os — disse Madame Agnes.

Havia um berço de balanço, sapatinhos de tricô, toucas bordadas, uma manta de *cashmere*. Havia pequenos sapatos de botões, um copinho de prata, pente e escova com cabos de prata. Havia alfinetes de fralda de ouro, um chocalho de celuloide, um aro de borracha para os dentes, um cavalo de balanço preto e branco. Havia soldadinhos de chumbo, blocos de madeira coloridos. E o mais lindo de tudo: uma camisola branca e comprida para o batizado.

Era como o Natal. Estava além de qualquer coisa que Margaret pudesse ter imaginado. A solidão e infelicidade reprimidas dos últimos meses explodiram e ela desatou a chorar. Madame Agnes passou o braço pelos ombros dela e disse às suas meninas:

— Saiam.

Elas deixaram a sala em silêncio. Madame Agnes levou Margaret para um sofá. As duas ficaram sentadas ali, até que os soluços de Margaret cessaram.

— Eu... eu sinto muito — balbuciou Margaret. — Não sei o que deu em mim.

— Não se preocupe, meu bem. Esta sala já presenciou uma porção de problemas, entrando e saindo. E quer saber o que aprendi? De alguma forma, tudo acaba se resolvendo, ao final. Você e o bebê ainda vão ficar muito bem.

— Obrigada. — Margaret gesticulou para as pilhas de presentes. — Nunca poderei agradecer o bastante a você e suas amigas...

Madame Agnes apertou a mão de Margaret.

— Nem precisa. Não faz ideia do quanto as meninas e eu nos divertimos arrumando tudo isso. Não temos a oportunidade de fazer uma coisa dessas com frequência. Quando uma de nós fica grávida, é uma porra de uma tragédia. — Ela levou as mãos à boca abruptamente, para depois acrescentar: — Oh, desculpe...

Margaret sorriu.

— Quero que saiba que este foi um dos melhores dias da minha vida.

— Nós estamos realmente honradas porque nos visitou, meu bem. Para mim, você vale mais do que todas as outras mulheres desta cidade... juntas. Aquelas malditas cadelas! Sinto gana de matá-las pela maneira como estão se comportando com você. E se não se importa que eu diga, Jamie McGregor é um idiota. — Ela se levantou. — Ah, os homens! O mundo seria maravilhoso se pudéssemos viver sem os desgraçados. Ou talvez não fosse. Quem pode saber?

Margaret já recuperara o controle. Levantou também e pegou a mão de Madame Agnes.

— Jamais esquecerei, enquanto viver. E algum dia, quando meu filho estiver crescido o bastante, eu lhe contarei o que aconteceu hoje.

Madame Agnes franziu o rosto.

— Acha mesmo que deve?

Margaret sorriu.

— Acho que devo.

Madame Agnes acompanhou Margaret até a porta.

— Mandarei uma carroça entregar todos os presentes na pensão. Boa sorte para você.

— Obrigada, muito obrigada...

E Margaret se foi. Madame Agnes ficou parada na porta por um momento, observando Margaret afastar-se desajeitadamente pela rua.

Ela virou-se finalmente e gritou:

— Muito bem, meninas, vamos voltar ao trabalho.

Uma hora depois, o estabelecimento de Madame Agnes estava outra vez aberto para os negócios.

Capítulo 8

Estava na hora de acionar a armadilha. Ao longo dos seis meses anteriores, Jamie McGregor comprara as partes dos sócios de Van der Merwe em diversos empreendimentos, controlando-os agora. Mas sua obsessão era possuir os campos de diamantes de Van der Merwe no Deserto da Namíbia. Pagara cem vezes mais por aqueles campos com seu sangue e seu suor, quase com a sua vida. Usara os diamantes que lá roubara com Banda para construir um império do qual poderia esmagar Salomon van der Merwe. A missão ainda não estava concluída. E, agora, Jamie estava pronto para terminá-la.

Van der Merwe se endividara cada vez mais. Todos na cidade se recusavam a emprestar-lhe dinheiro, exceto o banco que Jamie secretamente possuía. A sua determinação ao gerente do banco continuava em vigor:

— Dê a Salomon van der Merwe tudo o que ele quiser.

O armazém de Van der Merwe quase nunca estava aberto agora. Van der Merwe começava a beber de manhã bem cedo e de tarde ia para o bordel de Madame Agnes, às vezes passando a noite ali.

Certa manhã, quando estava no balcão do açougue esperando pelo frango que a Sra. Owens encomendara, Margaret olhou pela janela e viu o pai saindo do bordel. Mal pôde reconhecer o velho

150

desgrenhado que se arrastava pela rua. *Eu fiz isso com ele! Oh, Deus, perdoe-me! Eu fiz isso com ele!*

Salomon van der Merwe não tinha a menor ideia do que estava lhe acontecendo. Sabia que, de alguma forma, embora não tivesse qualquer culpa, sua vida estava sendo destruída. Deus o escolhera — como outrora escolhera Jó — para testar a têmpera de sua fé. Van der Merwe estava convencido de que, ao final, triunfaria sobre os seus inimigos invisíveis. Tudo de que precisava era de algum tempo — tempo e mais dinheiro. Já oferecera o armazém como garantia de empréstimo, sua parte em seis pequenos campos de diamantes, até mesmo a carroça e o cavalo. E, finalmente, restava apenas o campo de diamantes de Namíbia. No dia em que ele ofereceu-o como garantia, Jamie deu o bote.

— Cobre tudo o que ele está devendo — determinou Jamie ao gerente do seu banco. — Dê-lhe 24 horas para pagar integralmente ou será executado.

— Ele não pode conseguir tanto dinheiro assim nesse prazo, Sr. McGregor. Será...

— O prazo é de apenas 24 horas.

Exatamente às quatro horas da tarde seguinte, o assistente do gerente do banco apareceu no armazém com o delegado, levando um mandado judicial para confiscar todos os bens de Salomon van der Merwe. De seu escritório, no outro lado da rua, Jamie ficou observando Van der Merwe ser despejado do armazém. O velho parou na calçada por um momento, aturdido, piscando os olhos repetidamente, sem saber o que fazer, para onde ir. Fora despojado de tudo o que possuía. A vingança de Jamie estava completa. *Mas por que será que não tenho a menor sensação de triunfo?*, perguntou-se Jamie. Estava completamente vazio por dentro. Fora destruído primeiro pelo homem que acabara de destruir.

Naquela noite, quando Jamie entrou no bordel, Madame Agnes disse:

— Já soube da notícia, Jamie? Salomon van der Merwe estourou os miolos há uma hora.

O ENTERRO FOI no cemitério lúgubre e desolado fora da cidade. Além dos coveiros, apenas duas pessoas estavam presentes: Margaret e Jamie McGregor. Margaret usava um vestido preto largo, a fim de cobrir a barriga protuberante. Parecia pálida e indisposta. Jamie estava retraído e distante, alto e elegante. Os dois ficaram em lados opostos da sepultura, observando o tosco caixão de pinho sendo baixado para a terra. Os coveiros começaram a cobrir o caixão de terra. Para Margaret, o barulho parecia dizer: *Puta!... Puta!...* Ela fitou Jamie, no outro lado da sepultura do pai. Os olhos se encontraram. O olhar de Jamie era frio e impessoal, como se ela fosse uma estranha. Margaret odiou-o naquele momento. *Você fica parado aí sem sentir nada, mas é tão culpado quanto eu. Nós o matamos, você e eu. Aos olhos de Deus, sou sua mulher. Mas somos parceiros no mal.* Ela baixou os olhos para a sepultura e viu a última pá de terra sendo lançada sobre o caixão de pinho.

— Descanse em paz — murmurou ela. — Descanse em paz.

Quando levantou os olhos, Jamie não estava mais ali.

HAVIA DOIS PRÉDIOS de madeira em Klipdrift que serviam como hospitais. Mas eram tão sujos e anti-higiênicos que mais pacientes morriam do que viviam. Os bebês nasciam em casa. Quando o momento do parto de Margaret se aproximou, a Sra. Owens chamou uma parteira preta, Hannah. O trabalho de parto começou às três horas da tarde.

— Trate de se deitar agora — determinou Hannah. — A natureza fará o resto.

A primeira pontada de dor trouxe um sorriso aos lábios de Margaret. Ia pôr seu filho no mundo e ele teria um nome. Daria um jeito para que Jamie McGregor reconhecesse o bebê. Seu filho não seria punido.

O trabalho de parto foi se prolongando, hora após hora. Quando algum pensionista entrava no quarto para observar, era prontamente despachado, aos gritos.

— Isso é pessoal — disse Hannah a Margaret. — Entre você, Deus e o demônio que a meteu nessa situação.

— Vai ser um menino? — balbuciou Margaret.

Hannah enxugou a testa de Margaret com um pano úmido.

— Eu a informarei assim que verificar o encanamento. E agora faça força. Força de verdade. Vamos, mais força!

As contrações foram ficando mais próximas, a dor parecia dilacerar o corpo de Margaret. E ela pensou: *Oh, meu Deus, alguma coisa está errada!*

— Força! — Subitamente, havia um tom de alarme na voz de Hannah. — Está virado! Eu... eu não consigo tirá-lo!

Através de uma névoa vermelha, Margaret viu Hannah se inclinar e girar-lhe o corpo. O quarto começou a se desvanecer e de repente não havia mais quarto. Ela estava flutuando no espaço, havia uma claridade intensa ao final de um túnel, alguém a chamava. Era Jamie. *Estou aqui, Maggie querida. Você vai me dar um lindo filho.* Ela não mais o odiava. Compreendeu naquele momento que nunca o odiara. Jamie voltara para ela. E foi nesse momento que ela ouviu uma voz dizer:

— Está quase acabado.

Margaret sentiu que se rasgava toda por dentro e a dor fê-la soltar um berro.

— Agora! — disse Hannah. — Está saindo!

Um segundo depois, Margaret sentiu um fluxo entre as pernas. Houve um grito triunfante de Hannah. Ela suspendeu uma massa avermelhada e disse:

— Seja bem-vindo a Klipdrift. Acaba de ganhar um menino, meu bem.

Margaret deu-lhe o nome de Jamie.

ELA SABIA QUE a notícia do bebê alcançaria Jamie rapidamente. Ficou esperando que ele a visitasse ou mandasse buscá-la. Várias semanas transcorreram, no entanto, sem que nada acontecesse. Ela resolveu enviar-lhe um bilhete. O mensageiro voltou meia hora depois. Margaret estava dominada por uma impaciência febril.

— Esteve com o Sr. McGregor?

— Estive, madame.

— E entregou-lhe a mensagem?

— Entreguei, madame.

— E o que ele disse?

O menino estava embaraçado.

— Ele disse que não tem nenhum filho, Srta. Van der Merwe.

Margaret passou o dia inteiro e a noite trancada no quarto com o bebê, recusando-se a sair.

— Seu pai está transtornado neste momento, Jamie. Ele acha que sua mãe fez alguma coisa errada. Mas você é o filho dele. E quando seu pai o conhecer, vai nos levar para viver em sua casa e vai nos amar muito. Vai ver só, querido. Tudo vai acabar bem.

Pela manhã, quando a Sra. Owens bateu à porta, Margaret abriu-a. Parecia estranhamente calma.

— Você está bem, Maggie?

— Estou, sim, obrigada. — Ela estava vestindo Jamie com uma das roupas novas. — Vou levar Jamie para passear em seu carrinho esta manhã.

O carrinho, um presente de Madame Agnes e suas meninas, era lindo. Era feito com o melhor junco, estofado com brocado importado, uma sombrinha atrás.

Margaret foi empurrando o carrinho pelas calçadas estreitas da Loop Street. Um estranho parava ocasionalmente e sorria para o bebê, mas as mulheres da cidade desviavam os olhos ou atravessavam a rua para evitar Margaret.

Margaret nem mesmo percebia. Estava procurando por uma única pessoa. Todos os dias, sempre que o tempo estava bom, ela vestia o bebê com uma das suas melhores roupas e levava-o para passear. Ao final da semana, como não encontrasse Jamie nas ruas, Margaret compreendeu que ele estava evitando-a deliberadamente. *Mas se ele não vem ver o filho, então o filho irá vê-lo,* decidiu Margaret.

Na manhã seguinte, Margaret foi encontrar a Sra. Owens na sala de visitas.

— Vou fazer uma pequena viagem, Sra. Owens. Voltarei dentro de uma semana.

— O bebê é pequeno demais para viajar, Maggie. Ele...

— O bebê ficará na cidade.

A Sra. Owens franziu o rosto.

— Aqui?

— Não, Sra. Owens, aqui não.

JAMIE MCGREGOR CONSTRUÍRA sua casa numa *kopje*, uma das colinas em torno de Klipdrift. Era um bangalô baixo, de telhado bem inclinado, com duas alas, ligadas à parte principal por largas varandas. A casa era cercada por gramados cheios de árvores, havendo também um exuberante roseiral. Nos fundos, ficavam o galpão para a carruagem e os aposentos separados para os criados. Os cuidados domésticos estavam aos cuidados de Eugenia Talley, uma formidável viúva de meia-idade, com seis filhos adultos na Inglaterra.

Margaret chegou na casa com o bebê no colo às dez horas da manhã, sabendo que naquele momento Jamie estava no escritório. A Sra. Talley abriu a porta e deparou surpresa com Margaret e o bebê. Como qualquer pessoa num raio de 200 quilômetros, a Sra. Talley também sabia quem eles eram.

— Lamento, mas o Sr. McGregor não está em casa — disse ela, fazendo menção de fechar a porta.

Margaret deteve-a

— Não vim falar com o Sr. McGregor. Vim trazer-lhe o filho.

— Lamento, mas nada sei a respeito. É melhor...

— Tenho de me ausentar por uma semana. Virei buscá-lo assim que voltar. — Margaret estendeu o bebê. — O nome dele é Jamie.

Uma expressão horrorizada estampou-se no rosto da Sra. Talley.

— Não pode deixá-lo aqui! O Sr. McGregor ficaria...

— Tem uma opção: pode levá-lo para dentro de casa ou então eu o deixarei aqui na porta. E tenho certeza de que o Sr. McGregor também não vai gostar disso.

Sem dizer mais nada, ela pôs o bebê nos braços da governanta e afastou-se.

— Espere! Não pode fazer isso! Volte aqui!

Margaret não olhou para trás. A Sra. Talley ficou parada na porta, segurando o bebê, completamente aturdida. E pensou: *Santo Deus! O Sr. McGregor vai ficar furioso!*

ELA NUNCA o vira naquele estado.

— Como pôde ser tão estúpida? — gritou Jamie. — Tudo de que precisava fazer era bater a porta na cara dela!

— Ela não me deu a menor chance, Sr. McGregor. Ela...

Em sua agitação, ele andava de um lado para outro, parando de vez em quando diante da desolada governanta.

— Eu deveria despedi-la por isso!

— Ela voltará para buscá-lo dentro de uma semana. Eu...

— Não me importo quando ela vai voltar! Tire essa criança da minha casa! Agora! Livre-se dela!

— Como sugere que eu faça isso, Sr. McGregor? — perguntou a Sra. Talley, asperamente.

— Deixe-a na cidade. Deve haver algum lugar em que poderá deixá-la.

— Onde?

— Como diabo vou saber?

A Sra. Talley olhou para o bebê em seus braços. As vozes alteadas haviam provocado o choro do bebê.

— Não há orfanatos em Klipdrift. — Ela começou a ninar o bebê, mas os gritos tornaram-se mais altos. — Alguém tem de cuidar dele.

Jamie passou as mãos pelos cabelos, num gesto de frustração.

— Mas que diabo! Está bem, está bem... Foi você quem generosamente aceitou o bebê. E agora terá de cuidar dele.

— Sim, senhor.

— E pare com esse berreiro insuportável. Quero que entenda uma coisa, Sra. Talley: mantenha esse bebê longe da minha vista. Não quero nem saber que está nesta casa. E quando a mãe vier buscá-lo, na semana que vem, não quero vê-la. Entendido?

O bebê continuava a chorar, com um vigor renovado.

— Perfeitamente, Sr. McGregor.

A Sra. Talley deixou a sala apressadamente. Jamie McGregor sentou-se, sozinho, tomando um conhaque e fumando um charuto. *Mas que mulher estúpida! Pensou que a visão do bebê derreteria meu coração, me levaria a correr para ela e dizer: Eu a amo. Amo o bebê. Quero casar com você.* Pois ele nem se dera ao trabalho de olhar o bebê. Não tinha nada a ver com ele. Não o gerara por amor, nem mesmo por desejo. Fora gerado por vingança. Ele se lembraria para sempre da expressão de Salomon van der Merwe quando lhe dissera que Margaret estava grávida. Fora o começo. E o fim fora a terra jogada sobre o caixão de pinho. Ele tinha de procurar Banda e comunicar que a missão fora cumprida.

JAMIE SENTIA UM grande vazio. *Preciso fixar novos objetivos,* pensava ele. Já estava mais rico do que se podia conceber. Adquirira centenas de hectares de terras de mineração. Comprara tudo pelos diamantes que poderiam ser encontrados e acabara possuindo ouro, platina e meia dúzia de outros minerais raros. Seu banco tinha hipotecas sobre metade das propriedades em Klipdrift, seus terrenos se estendiam da Namíbia à Cidade do Cabo. Sentia alguma satisfação com isso, mas não era suficiente. Pedira aos pais que viessem viver em sua companhia, mas eles não queriam deixar a Escócia. Os irmãos e a irmã estavam casados. Jamie mandava muito dinheiro para os pais e isso lhe proporcionava algum prazer. Mas sua vida era insípida. Anos antes, consistia em altos e baixos, sempre emocionantes. Sentia-se vivo. E estava vivo quando transpusera os recifes, ao lado de Banda, entrando na *Sperrgebiet*. Estava vivo ao rastejar pelo campo minado. Mas parecia a Jamie que há muito tempo não se sentia vivo. Não queria admitir para si mesmo que se sentia solitário.

Ele estendeu a mão novamente para a garrafa de cristal com uísque e descobriu que estava vazia. Bebera mais do que percebera ou a Sra. Talley estava ficando negligente. Jamie se levantou, o copo na mão, encaminhou-se para a despensa, onde o conhaque era guardado. Estava abrindo a garrafa quando ouviu o vagido de um bebê. *Ele! A Sra. Talley devia ter levado o bebê para os seus aposentos, que ficavam ao lado da cozinha.* Ela obedecera as ordens ao pé da letra. Ele não vira nem ouvira o bebê nos dois dias em que invadira sua casa. Jamie ouviu a Sra. Talley falando com o bebê na voz suave que as mulheres costumavam usar para acalmar as crianças pequenas.

— Sabia que você é um garotinho muito bonito? — ela estava dizendo. — Parece um verdadeiro anjo. Isso mesmo, você é um anjo.

O bebê tornou a arrulhar. Jamie foi até a porta aberta do quarto da Sra. Talley e olhou. A governanta arrumara um berço em algum lugar e o bebê estava deitado nele. A Sra. Talley debruçava-se sobre o berço, a mão do bebê a lhe segurar um dedo.

— Você é um diabinho forte, Jamie. Vai crescer e se tornar um grande... — Ela parou de falar abruptamente, surpresa, ao perceber que o patrão estava parado na porta. — Oh! — exclamou ela. — Deseja alguma coisa, Sr. McGregor?

— Não. — Ele aproximou-se do berço. — Fui incomodado pelo barulho aqui.

E Jamie viu o filho pela primeira vez. O bebê era maior do que ele imaginara. E parecia estar lhe sorrindo.

— Desculpe, Sr. McGregor. Ele é um bebê ótimo. E saudável. Estenda o dedo e poderá sentir como ele é forte.

Sem dizer mais nada, Jamie virou-se e saiu.

JAMIE MCGREGOR TINHA mais de 50 empregados, trabalhando em seus vários empreendimentos. Não havia um único empregado, do garoto que servia de mensageiro ao mais alto executivo, que não soubesse como a Kruger-Brent Ltd. adquirira seu nome. E todos se orgulhavam de trabalhar para Jamie McGregor. Ele contratara recentemente um rapaz chamado David Blackwell, o filho de 16 anos de um dos seus capatazes, um americano do Oregon que viera para a África do Sul à procura de diamantes. Quando o dinheiro de Blackwell acabara, Jamie o contratara para supervisionar uma de suas minas. O filho começara a trabalhar para a companhia num verão e Jamie o achara tão eficiente que lhe oferecera um emprego permanente. O jovem David Blackwell era inteligente, simpático, capaz de tomar iniciativas. Jamie sabia que ele podia também manter-se de boca fechada quando fosse necessário. E foi esse o motivo que o levou a escolher David para aquela missão em particular.

— David, quero que você vá à pensão da Sra. Owens. Há uma mulher vivendo lá que se chama Margaret van der Merwe.

Se David Blackwell conhecia o nome e a história, não deixou transparecer.

— Sim, senhor.

— Deve falar apenas com ela. Ela deixou o filho com a minha governanta. Quero que diga a ela para ir buscar o bebê ainda hoje, tirá-lo imediatamente da minha casa.

— Pois não, Sr. McGregor.

David Blackwell voltou meia hora depois. Jamie levantou os olhos dos documentos em cima da mesa quando ele entrou na sala.

— Infelizmente, senhor, não pude fazer o que me mandou.

Jamie ficou de pé.

— Por que não? Era um trabalho muito simples.

— A Srta. Van der Merwe não estava lá, senhor.

— Pois então trate de descobri-la.

— Ela deixou Klipdrift há dois dias. Deverá voltar dentro de cinco dias. Se quiser que eu faça mais algumas indagações...

— Não precisa. — Era a última coisa que Jamie queria. — Não tem importância. Isso é tudo, David.

— Está bem, senhor.

O rapaz retirou-se. *Maldita mulher! Quando ela voltar, terá uma surpresa e tanto. Receberá apenas o seu bebê de volta!*

NAQUELA NOITE, JAMIE jantou em casa, sozinho. Estava tomando o seu conhaque no escritório quando a Sra. Talley entrou, a fim de acertar um problema doméstico. Ela parou de repente no meio de uma frase e ficou escutando, dizendo em seguida:

— Com licença, Sr. McGregor. Ouvi Jamie chorar.

E ela deixou a sala apressadamente. Jamie bateu com o copo na mesinha ao seu lado, derramando o conhaque. *Maldito bebê! E aquela mulher ainda tivera o atrevimento de lhe dar o nome de Jamie. Ele não parecia com um Jamie. Não parecia com nada.*

A Sra. Talley voltou à sala dez minutos depois. Viu a bebida derramada e disse:

— Deseja outro conhaque, senhor?

— Não — respondeu Jamie, friamente. — O que desejo é que se lembre para quem está trabalhando. Não quero ser interrompido por causa daquele bastardo. Entendido, Sra. Talley?

— Sim, senhor.

— Quanto mais cedo for embora, esse bebê que trouxe para cá, melhor será para todos nós. Entendido?

Os lábios dela se contraíram.

— Sim, senhor. Mais alguma coisa?

— Não.

Ela virou-se para sair.

— Sra. Talley...

— Pois não, Sr. McGregor?

— Disse que o bebê estava chorando. Ele não está doente, não é mesmo?

— Não, senhor. Estava apenas molhado. Precisava trocar a fralda.

Jamie achou a ideia repulsiva.

— Isso é tudo.

Jamie teria ficado furioso se soubesse que os criados da casa passavam horas a conversar a respeito dele e de seu filho. Todos concordavam que o patrão estava se comportando de maneira irracional, mas sabiam também que a simples menção do assunto implicaria uma dispensa imediata. Jamie McGregor não era um homem que aceitasse prazerosamente qualquer conselho de alguma pessoa.

NA NOITE SEGUINTE, Jamie teve uma reunião de negócios até tarde. Fizera um investimento numa nova ferrovia. Era pequena, é verdade, estendendo-se de suas minas no Deserto da Namíbia até De Aar, onde fazia junção com a linha Cidade do Cabo-Kimberley. Mas agora seria muito mais barato transportar seus diamantes e ouro até o porto. A primeira ferrovia da África do Sul fora inaugurada em 1860, ligando Dunbar a Point. Posteriormente, novas linhas passaram a ligar a Cidade do Cabo a Wellington. As ferrovias seriam as veias de aço que permitiriam que mercadorias e pessoas fluíssem livremente pelo coração da África do Sul. Jamie tencionava ter sua parte nas ferrovias. E isso era apenas o começo do seu plano. *Depois disso, navios*, pensava Jamie. *Meus próprios navios, para transportar os minérios pelo oceano.*

Ele chegou em casa depois da meia-noite, despiu-se e deitou. Mandara um decorador de Londres projetar um quarto grande, masculino, com uma cama imensa, fabricada na Cidade do Cabo. Havia uma velha arca espanhola num canto do quarto e dois armários enormes, com mais de 50 ternos e 30 pares de sapatos. Jamie não se preocupava com roupas, mas era importante para ele que tudo ali estivesse. Passara muitos dias e noites vestindo trapos.

Ele estava começando a dormir quando ouviu um grito. Sentou-se na cama e ficou escutando. Nada. Teria sido o bebê? Talvez tivesse caído do berço. Jamie sabia que a Sra. Talley tinha um sono profundo. Seria horrível se alguma coisa acontecesse ao bebê enquanto estivesse em sua casa. Poderia se tornar responsabilidade sua. *Maldita mulher!*, pensou Jamie.

Ele pôs roupão e chinelas, atravessou a casa até o quarto da Sra. Talley. Ficou escutando, diante da porta fechada. Nada ouviu. Abriu a porta, sem fazer barulho. A Sra. Talley estava profundamente adormecida, enroscada por baixo das cobertas, roncando. Jamie foi até o berço. O bebê estava deitado de costas, de olhos arregalados. Jamie chegou mais perto, olhou atentamente. Por Deus, havia uma semelhança! Não restava a menor dúvida de que o bebê tinha a boca e o queixo de Jamie. Os olhos eram azuis agora, mas todos os bebês nasciam com olhos azuis. Observando-os, Jamie teve certeza de que ficariam castanhos. O bebê levantou as mãos, emitiu um arrulho, sorriu para Jamie. *Isso é que é um rapaz de coragem. Fica deitado aí, sem fazer qualquer barulho, sem gritar, como outros bebês já teriam feito.* Jamie examinou o bebê com toda a atenção. *É verdade, ele é mesmo um McGregor.*

Hesitante, Jamie estendeu a mão, esticando um dedo. O bebê agarrou-o com as mãos e apertou firmemente. *Ele é forte como um touro*, pensou Jamie. Nesse momento, o rosto do bebê se contraiu e Jamie sentiu um cheiro forte.

— Sra. Talley!

Ela pulou da cama, alarmada.

— O que... o que foi?

— O bebê precisa de cuidados. Será que tenho de fazer tudo por aqui?

E Jamie McGregor saiu do quarto.

— VOCÊ SABE ALGUMA coisa sobre bebês, David?

— Sob que aspecto, senhor? — perguntou David Blackwell.

— Ora, você sabe... com o que eles brincam, coisas assim...

O jovem americano disse:

— Acho que eles gostam de chocalhos quando são muito pequenos... Sr. McGregor.

— Compre uma dúzia.

— Sim, senhor.

Não havia perguntas desnecessárias. Jamie gostava disso. David Blackwell ia longe.

NAQUELA NOITE, JAMIE levava um pequeno embrulho de papel pardo quando chegou em casa. A Sra. Talley disse:

— Quero pedir desculpas por ontem à noite, Sr. McGregor. Não sei como pude ficar dormindo. O bebê devia estar gritando horrivelmente para que o senhor ouvisse em seu quarto.

— Não se preocupe com isso — disse Jamie, generosamente.

— Não tem problema, desde que alguém ouça. — Ele entregou o embrulho à governanta, acrescentando: — Dê isso ao bebê: São alguns chocalhos para ele brincar. Não deve ser agradável ficar prisioneiro daquele berço durante o dia inteiro.

— Oh, não, senhor! Ele não é um prisioneiro. Eu costumo tirá-lo do berço.

— E para onde o leva?

— Apenas para o jardim, onde posso ficar olhando.

Jamie franziu o rosto.

— Ele não me pareceu estar muito bem ontem à noite.

— Não?

— Não. A cor não está boa. Não seria bom que ele ficasse doente antes da mãe vir buscá-lo.

— Tem toda a razão, senhor.

— Talvez seja melhor eu dar outra olhada nele.

— Pois não, senhor. Devo trazê-lo para cá?

— Isso mesmo, Sra. Talley.

— Está bem.

Ela voltou poucos minutos depois, com o pequeno Jamie no colo. O bebê segurava um chocalho azul.

— A cor dele me parece boa.

— Eu posso ter me enganado. Passe-me o bebê.

Cuidadosamente, a Sra. Talley estendeu o bebê. Pela primeira vez, Jamie segurou o filho no colo. O sentimento que o dominou pegou-o completamente de surpresa. Era como se estivesse ansiando por aquele momento, vivendo para aquele momento, mesmo sem saber. Era a sua carne e sangue que tinha nos braços... seu filho, Jamie McGregor, Jr. De que adiantava construir um império, uma dinastia, ter diamantes, ouro e ferrovias, se não tinha para quem deixar tudo isso? *Que idiota tenho sido!*, pensou Jamie. Nunca lhe ocorrera, até aquele momento, o que estava faltando. Ficara cego demais por causa do ódio. Agora, olhando para o rostinho do filho, uma frieza bem no fundo dele se desvaneceu.

— Leve o berço de Jamie para o meu quarto, Sra. Talley.

TRÊS DIAS DEPOIS, quando Margaret apareceu na casa de Jamie, a Sra. Talley lhe disse:

— O Sr. McGregor está no escritório neste momento, Srta. Van der Merwe. Mas ele pediu que mandasse chamá-lo quando você viesse buscar o bebê. Deseja lhe falar.

Margaret ficou esperando na sala de visitas, com o pequeno Jamie no colo. Sentira uma tremenda saudade. Por várias vezes, durante a semana, quase perdera a determinação e voltara correndo a Klipdrift, com medo de que alguma coisa pudesse ter acontecido ao bebê, com medo que ele pudesse ter caído ou sofrido um acidente. Mas forçara-se a permanecer a distância e seu plano dera certo. Jamie queria conversar com ela! Tudo daria certo. Os três ficariam juntos.

No momento em que Jamie entrou na sala, Margaret sentiu novamente a emoção familiar. *Oh, Deus, eu o amo tanto!*, pensou ela.

— Olá, Maggie.

Ela sorriu, um sorriso afetuoso e feliz.

— Olá, Jamie.

— Quero meu filho.

O coração de Margaret se contraiu.

— Claro que você quer seu filho, Jamie. Jamais duvidei disso.

— Cuidarei para que ele receba a melhor educação possível. Ele terá tudo o que eu puder dar. E é claro que também providenciarei para que nada falte a você.

Margaret estava confusa.

— Não estou entendendo...

— Eu disse que quero meu filho.

— Pensei... você e eu...

— Não. Quero apenas meu filho.

Margaret ficou indignada.

— Pois muito bem, não deixarei que você o tire de mim.

Jamie estudou-a em silêncio por um momento.

— Está certo. Faremos um acordo. Você pode ficar aqui com Jamie. Poderá ser... a governanta dele. — Ele percebeu a expressão no rosto de Margaret. — O que você quer, afinal?

— Quero que meu filho tenha um nome — respondeu ela, veemente. — O nome do pai dele.

— Está certo. Eu o adotarei.

Margaret fitou-o desdenhosamente.

— Adotar meu filho? Nada disso. Não terá meu filho. Sinto pena de você. O grande Jamie McGregor... Com todo o seu dinheiro e poder, no fundo não tem nada. Dá pena na gente.

E Jamie ficou imóvel, enquanto Margaret se virava e deixava a casa, levando o filho dele.

Na manhã seguinte, Margaret começou a fazer preparativos para viajar para a América.

— FUGIR NÃO vai resolver coisa alguma — argumentou a Sra. Owens.

— Não estou fugindo. Vou para um lugar em que meu filho e eu possamos ter uma vida nova.

Ela não podia mais sujeitar a si mesma e o bebê às humilhações que Jamie McGregor lhes oferecia.

— Quando pretende partir?

— O mais depressa possível. Vamos pegar uma diligência até Worcester e de lá iremos de trem para a Cidade do Cabo. Economizei o bastante para podermos chegar a Nova York.

— Fica muito longe.

— Mas valerá a pena. Não chamam a América de terra das oportunidades? Pois é justamente isso de que estamos precisando.

JAMIE SEMPRE SE orgulhara de ser um homem que permanecia calmo mesmo nos momentos de intensa pressão. Agora, no entanto, ele vivia gritando com todos que estavam nas proximidades. O escritório era um tumulto constante. Nada que alguém fazia era suficiente para agradá-lo. Ele estava sempre gritando e reclamando de tudo, incapaz de se controlar. Há três noites que não dormia. Pensava a todo momento na conversa com Margaret. *Maldita seja ela!* Devia ter imaginado que ela tentaria pressioná-lo ao casamento. Era ardilosa, igual ao pai. Ele não soubera conduzir as negociações. Dissera que cuidaria dela, mas não fora específico.

Mas é claro! *Dinheiro!* Deveria ter oferecido dinheiro. Mil libras... dez mil libras... mais até...

— Tenho uma missão delicada para você — disse ele a David Blackwell.

— Pois não, senhor.

— Quero que converse com a Srta. Van der Merwe. Diga a ela que lhe estou oferecendo 20 mil libras. Ela saberá o que vou querer em troca. — Jamie preencheu um cheque. Há muito que aprendera o poder do dinheiro. — Dê isso a ela.

— Está certo, senhor.

E David Blackwell se retirou. Ele voltou 15 minutos depois, devolvendo o cheque ao patrão. Fora rasgado ao meio. Jamie sentiu que seu rosto ficava vermelho.

— Obrigado, David. Isso é tudo.

Então Margaret estava resistindo, querendo mais dinheiro. Pois muito bem, ele daria o que ela queria. Só que, desta vez, cuidaria do caso pessoalmente.

Ao final daquela tarde, Jamie McGregor foi à pensão da Sra. Owens.

— Quero falar com a Srta. Van der Merwe.

— Infelizmente, não é possível — informou a Sra. Owens. — Ela está viajando para a América.

Jamie teve a sensação de que recebera um golpe violento no estômago.

— Não pode ser! Quando ela partiu?

— Ela e o filho pegaram a diligência do meio-dia para Worcester.

O TREM PARADO na estação de Worcester estava lotado, todos os bancos e corredores ocupados por viajantes ruidosos, a caminho da Cidade do Cabo. Havia mercadores com suas mulheres, vendedores garimpeiros, pretos, soldados e marinheiros que voltavam de uma licença. A maioria estava andando de trem pela primeira vez. O clima era festivo. Margaret conseguira arrumar um lugar na janela, onde não haveria o risco de Jamie ser esmagado pela multidão. Ficou abraçando o bebê, indiferente aos que estavam ao seu redor, pensando na vida nova que teriam pela frente. Não seria fácil. Para onde quer que fosse, seria uma mulher solteira com um filho, uma afronta à sociedade. Mas encontraria um meio de assegurar que o filho tivesse a oportunidade de ter uma vida decente. Ela ouviu o condutor gritar:

— Todos a bordo!

Levantou os olhos de repente e deparou com Jamie de pé à sua frente.

— Pegue as suas coisas — ordenou ele. — Você vai saltar deste trem.

Ele ainda acha que pode me comprar, pensou Margaret.

— Quanto está me oferecendo desta vez?

Jamie olhou para o filho, dormindo serenamente no colo de Margaret.

— Estou lhe oferecendo casamento.

Capítulo 9

CASARAM-SE TRÊS DIAS depois, numa cerimônia rápida e íntima. A única testemunha foi David Blackwell.

Jamie McGregor estava dominado por emoções contraditórias durante a cerimônia de casamento. Era um homem que se acostumara a controlar e manipular os outros. Desta vez, porém, ele é que fora manipulado. Olhou para Margaret. Parada ao lado dele, ela parecia quase bonita. Jamie recordou a paixão e abandono dela. Mas era apenas uma recordação, nada mais do que isso, sem qualquer calor nem emoção. Ele usara Margaret como um instrumento de vingança e ela produzira o seu herdeiro. O ministro estava dizendo:

— Eu os declaro marido e mulher. Pode beijar sua mulher.

Jamie inclinou-se e roçou os lábios no rosto de Margaret.

— Vamos para casa — disse Jamie, pensando que o filho lá estava, à sua espera.

Chegando em casa, Jamie levou Margaret até um quarto numa das alas.

— Este é o seu quarto.

— Está bem.

— Contratarei outra governanta e porei a Sra. Talley para cuidar de Jamie. Se você precisar de alguma coisa, basta avisar a David Blackwell.

Margaret sentiu como se ele a estivesse golpeando fisicamente. Jamie estava tratando-a como se fosse uma criada. Mas isso não era importante. *Meu filho tem um nome. Isso é suficiente para mim.* Jamie não veio jantar em casa. Margaret ainda esperou por ele muito tempo, mas acabou jantando sozinha. Naquela noite, ficou acordada em sua cama, atenta a todos os ruídos na casa. Eram quatro horas da madrugada quando finalmente adormeceu. Seu último pensamento foi uma indagação: qual das mulheres do bordel de Madame Agnes que Jamie teria escolhido?

SE O RELACIONAMENTO de Margaret com Jamie permaneceu inalterável desde o casamento, as relações com os habitantes de Klipdrift passaram por uma transformação milagrosa. Da noite para o dia, Margaret passou de pária a luminar da sociedade de Klipdrift. A maioria dos habitantes dependia para a sua subsistência, direta ou indiretamente, de Jamie McGregor e da Kruger-Brent Ltd. E todos concluíram que, se Margaret van der Merwe era boa o bastante para Jamie McGregor, então também era boa para eles. Agora, quando Margaret saía com o pequeno Jamie para um passeio, era acompanhada por sorrisos e cumprimentos cordiais. Os convites eram constantes. Era convidada para chás, almoços e jantares de caridade, guindada à liderança de comitês cívicos. Quando arrumava os cabelos de maneira diferente, dezenas de mulheres da cidade imediatamente seguiam o seu exemplo. Se ela comprava um vestido amarelo, os vestidos amarelos se tornavam subitamente populares. Margaret recebia as adulações da mesma maneira como enfrentara a hostilidade, com uma serena dignidade.

JAMIE SÓ APARECIA em casa para ficar com o filho. Sua atitude em relação a Margaret permanecia distante e polida. Todas as manhãs, ao café, ela representava o papel de mulher feliz, em benefício dos criados, apesar da indiferença do homem sentado no outro lado da mesa. Mas quando Jamie saía e ela podia escapar para o seu quarto, estava invariavelmente encharcada de suor. Odiava a si mesma. Onde estava o seu orgulho? Porque Margaret sabia que ainda amava Jamie. *Sempre o amarei*, pensava ela. *Deus me ajude*.

JAMIE ESTAVA NA Cidade do Cabo, numa viagem de negócios de três dias. Ao sair do Royal Hotel, um cocheiro preto de libré aproximou-se e disse:

— Carruagem, senhor?

— Não, obrigado. Vou a pé.

— Banda achou que poderia gostar de dar um passeio.

Jamie parou e olhou atentamente para o homem.

— Banda?

— Isso mesmo, Sr. McGregor.

Jamie entrou na carruagem. O cocheiro estalou o chicote e partiram. Jamie recostou-se, pensando em Banda, sua coragem, sua amizade. Tentara muitas vezes encontrá-lo, nos últimos dois anos, mas sempre em vão. Agora, estava a caminho de um encontro com o amigo.

O cocheiro conduziu a carruagem para o porto e Jamie compreendeu no mesmo instante para onde estavam indo. Quinze minutos depois, a carruagem parou diante do armazém abandonado, onde Jamie e Banda haviam outrora planejado a aventura no Namíbia. *Como éramos tolos e temerários!*, pensou Jamie. Ele saltou da carruagem e encaminhou-se para o armazém. Banda estava à sua espera. Parecia exatamente o mesmo, só que agora se vestia de maneira impecável, de terno e gravata.

Os dois ficaram imóveis, sorrindo silenciosamente um para o outro, depois se abraçaram.

— Você parece próspero — comentou Jamie, sorrindo.

Banda assentiu.

— Não tenho me saído muito mal. Comprei aquela fazenda sobre a qual conversamos. Tenho mulher e dois filhos, cultivo trigo e crio avestruzes.

— Avestruzes?

— As penas deles estão dando muito dinheiro.

— Quero conhecer sua família, Banda.

Jamie pensou em sua família na Escócia e na saudade que sentia. Estava longe de casa há quatro anos.

— Estive tentando descobri-lo.

— Eu estava ocupado, Jamie. — Banda chegou mais perto. — Mas tinha de vê-lo para dar um aviso. Vai haver encrenca para você.

Jamie observou-o atentamente.

— Que espécie de encrenca?

— O homem que está cuidando daquele campo de Namíbia... Hans Zimmerman. Ele é mau. Os trabalhadores odeiam-no. Estão falando em largarem tudo. Se o fizerem, seus guardas vão tentar impedi-los e haverá um motim.

Jamie não desviava os olhos do rosto de Banda.

— Lembra-se que certa vez lhe mencionei um homem... John Tengo Javabu?

— Claro que lembro. Ele é um líder político. Tenho lido a respeito dele. Está querendo promover uma *donderstorm*.

— Sou um dos seguidores dele.

Jamie acenou com a cabeça.

— Entendo. Farei o que for necessário.

— Isso é ótimo. Você se tornou um homem poderoso, Jamie. Fico contente.

— Obrigado, Banda.

— E tem um filho muito bonito.

Jamie não pôde ocultar a surpresa.

— Como soube?

— Gosto de saber como estão meus amigos. Tenho de ir agora para uma reunião, Jamie. Direi aos outros que a situação em Namíbia será corrigida.

— Pode deixar que cuidarei disso imediatamente. — Jamie acompanhou o negro imenso até a porta. — Quando voltarei a vê-lo?

Banda sorriu.

— Estarei por perto. Não vai conseguir se livrar de mim com facilidade.

E Banda se foi.

VOLTANDO A KLIPDRIFT, Jamie imediatamente chamou o jovem David Blackwell.

— Houve algum problema no campo de Namíbia, David?

— Não, Sr. McGregor. — Ele hesitou por um momento. — Mas tenho ouvido rumores de que pode haver.

— O supervisor de lá é Hans Zimmerman. Descubra se ele está maltratando os trabalhadores. Se estiver, quero que ponha um paradeiro nisso. Você deve ir até lá pessoalmente.

— Partirei pela manhã.

CHEGANDO AO CAMPO de diamantes em Namíbia, David passou duas horas conversando discretamente com os guardas e trabalhadores. O que ouviu lhe provocou uma fúria intensa. Depois de descobrir tudo o que queria saber, ele foi procurar Hans Zimmerman.

Hans Zimmerman era um verdadeiro gigante. Pesava 130 quilos e tinha quase dois metros de altura. O rosto era suado, coberto de veias vermelhas. Era um dos homens mais repulsivos que David Blackwell já conhecera. Era também o mais eficiente dos supervisores contratados pela Kruger-Brent Ltd. Estava sentado a uma mesa, no pequeno escritório, quando David entrou. Zimmerman se levantou e apertou a mão de David.

— É um prazer vê-lo, Sr. Blackwell. Deveria ter avisado que estava vindo para cá.

David tinha certeza de que a notícia de sua chegada alcançara os ouvidos de Zimmerman muito antes.

— Quer um uísque?

— Não, obrigado.

Zimmerman recostou-se na cadeira e sorriu.

— O que está desejando? Por acaso não estamos produzindo diamantes suficientes para satisfazer ao patrão?

Ambos sabiam que a produção de diamantes em Namíbia era excelente. Zimmerman sempre se gabava:

— Consigo fazer os meus homens trabalharem mais que quaisquer outros da companhia.

David disse agora:

— Temos recebido algumas queixas sobre a situação aqui.

O sorriso desvaneceu-se do rosto de Zimmerman.

— Que espécie de queixas?

— Que os homens estão sendo tratados brutalmente e...

Zimmerman levantou bruscamente, com uma agilidade surpreendente. O rosto estava vermelho de raiva.

— Eles não são homens, mas apenas negros. Vocês ficam com o rabo sentado na sede e...

— Escute o que tenho a dizer — interrompeu-o David. — Não há...

— Você é que vai me escutar! Produzo mais diamantes que qualquer outro na companhia. E quer saber por quê? Porque imponho o temor de Deus nesses miseráveis.

— Em nossas outras minas, estamos pagando 59 xelins por mês e mais a comida. Você está pagando a seus trabalhadores apenas 50 xelins por mês.

— Está se queixando porque fiz um negócio melhor? A única coisa que conta é o lucro.

— Jamie McGregor não concorda. Aumente os salários.

Zimmerman disse, mal-humorado:

— Está certo. O dinheiro é mesmo do patrão.

— Soube que está havendo muito açoitamento por aqui.

Zimmerman soltou um grunhido.

— Ora, moço, não se pode machucar um nativo. A pele é tão grossa que eles nem sentem o açoite. Serve apenas para assustá-los.

— Então assustou três trabalhadores até a morte, Sr. Zimmerman.

Zimmerman deu de ombros.

— Há muitas mortes de onde eles vieram.

Ele é um animal sedento de sangue, pensou David. *E dos mais perigosos.* David olhou para o gigantesco supervisor.

— Se houver mais algum problema aqui, você será substituído.

— Ele se levantou. — Começará a tratar seus homens como seres humanos. As punições devem cessar imediatamente. Inspecionei os alojamentos dos trabalhadores. São verdadeiras pocilgas. Mande limpá-los.

Hans Zimmerman fitava-o furioso, fazendo o maior esforço para se controlar.

— Mais alguma coisa?

— Voltarei dentro de três meses. Se não gostar do que encontrar, você poderá procurar emprego em outra companhia. Bom-dia.

David virou-se e saiu. Hans Zimmerman ficou parado ali por um longo tempo, fervilhando de raiva. *Os idiotas*, pensou ele. *Uitlanders.* Zimmerman era um bôer, o pai dele fora um bôer. A terra lhes pertencia e Deus pusera os pretos ali para servi-los. Se Deus quisesse que fossem tratados como seres humanos, não faria com que tivessem a pele preta. Jamie McGregor não podia compreender isso. Mas o que se podia esperar de um *uitlander*, alguém que confraternizava com os negros? Hans Zimmerman sabia que teria de ser um pouco mais cuidadoso no futuro. Mas haveria de mostrar quem mandava em Namíbia.

A KRUGER-BRENT LTD. estava se expandindo e Jamie McGregor viajava constantemente. Ele comprou uma fábrica de papel no Canadá e um estaleiro na Austrália. Quando estava em casa, Jamie passava a maior parte do tempo com o filho, que a cada dia mais parecia com o pai. Jamie sentia um orgulho extraordinário pelo menino. Queria levá-lo em suas longas viagens, mas Margaret não permitia.

— Ele é muito pequeno para viajar. Quando estiver mais velho, poderá acompanhá-lo. Se quer ficar com ele, terá de ser aqui.

Antes que Jamie se desse conta, o filho já estava comemorando o primeiro aniversário. E logo veio o segundo. Jamie se espantava por constatar como o tempo passava depressa. Era o ano de 1887.

Para Margaret, os últimos dois anos haviam se arrastado. Jamie recebia convidados para jantar uma vez por semana e ela servia como anfitriã. Os outros homens achavam-na inteligente e espirituosa, apreciavam sua conversa. Margaret sabia que muitos homens achavam-na bastante atraente, mas é claro que não tomavam qualquer iniciativa, pois ela era a mulher de Jamie McGregor. Depois que o último convidado se retirava, Margaret perguntava:

— A noite correu bem para você?

Ao que Jamie invariavelmente respondia:

— Foi tudo bem. Boa-noite.

E ele ia desejar boa-noite ao pequeno Jamie. Poucos minutos depois, Margaret ouvia a porta da frente fechar, quando Jamie saía de casa.

Noite após noite, Margaret McGregor ficava deitada em sua cama, pensando na vida. Sabia como era invejada pelas mulheres da cidade. E isso a deixava ainda mais angustiada, pois não havia qualquer motivo para inveja. Vivia uma farsa, com um marido que a tratava pior do que faria com uma estranha. Se ao menos ele notasse que ela existia... Margaret ficava imaginando qual seria a reação de Jamie se um dia, ao café da manhã, pegasse a tigela de mingau de aveia, especialmente importada da Escócia, e despejasse sobre a cabeça dele. Podia visualizar a expressão de Jamie. A fantasia estimulou-a a tal ponto que começou a rir. Mas logo o riso transformou-se em soluços profundos e desesperados. *Não quero mais amá-lo. Não quero. Vou acabar com isso de alguma maneira, antes de ser destruída...*

POR VOLTA DE 1890, Klipdrift mais do que correspondera às expectativas de Jamie. Nos sete anos em que ele estava ali, a cidade se tornara próspera e cada vez maior, com garimpeiros chegando constantemente, de todos os cantos do mundo. Era a mesma história de sempre. Chegavam de trem, em carroças, a pé. Vinham sem nada, além dos trapos que vestiam. Precisavam de comida, equipamento, abrigo, algum dinheiro para começar. Jamie McGregor lá estava para fornecer tudo. Ele tinha participação em dezenas de minas que produziam diamantes e ouro. Sua reputação era cada vez maior. Jamie recebeu certa manhã a visita de um advogado da De Beers, o gigantesco conglomerado que controlava as minas de diamantes de Kimberley.

— O que deseja? — perguntou Jamie.

— Fui enviado para lhe apresentar uma proposta, Sr. McGregor. A De Beers quer comprar sua companhia. Diga o preço.

Foi um momento inebriante. Jamie sorriu e disse:

— Diga antes o preço da De Beers.

DAVID BLACKWELL TORNAVA-SE cada vez mais importante para Jamie. Ele via a si mesmo, como fora outrora, no jovem americano. O rapaz era honesto, inteligente e leal. Jamie fez de David seu secretário, depois assistente pessoal e finalmente, quando ele completou 21 anos, seu gerente geral.

Para David Blackwell, Jamie McGregor era um segundo pai. Quando o próprio pai de David sofreu um ataque cardíaco, foi Jamie quem providenciou o hospital e pagou os médicos. E quando ele morreu, Jamie cuidou do funeral. Nos cinco anos em que trabalhava para a Kruger-Brent International, David passou a admirar Jamie mais do que a qualquer outro homem que já conhecera. Ele estava a par do problema entre Jamie e Margaret. Lamentava profundamente a situação, porque gostava dos dois. *Mas isso não é da minha conta*, dizia David a si mesmo. *Minha obrigação é ajudar Jamie por todos os meios possíveis.*

JAMIE PASSAVA CADA vez mais tempo em companhia do filho. O garoto estava agora com cinco anos. Na primeira vez em que Jamie levou-o às minas, o garoto não falou em outra coisa durante uma semana. Eles faziam excursões, dormindo numa barraca, sob as estrelas. Jamie estava acostumado ao céu da Escócia, onde as estrelas conheciam os seus lugares certos no firmamento. Ali, na África do Sul, as constelações eram confusas. Em janeiro, Canopo brilhava intensamente lá em cima, enquanto em maio era o Cruzeiro do Sul que estava perto do zênite. Em junho, que era o inverno da África do Sul, Escorpião era a glória do céu. Era desconcertante. Mesmo assim, Jamie experimentava uma sensação muito especial quando deitava na terra quente e ficava contemplando o céu eterno, com o filho ao lado, sabendo que eles também faziam parte daquela eternidade.

Eles se levantavam ao amanhecer e caçavam para comer: perdiz, galinha-d'angola, antílope. O pequeno Jamie tinha seu próprio pônei. Pai e filho cavalgavam lado a lado pelo *veld*, evitando cuidadosamente os buracos abertos pelos tamanduás, profundos e largos o bastante para tragarem um cavalo e seu cavaleiro.

Havia perigo no *veld*. Numa excursão, Jamie e o filho acamparam à beira de um córrego e quase foram mortos por um bando de gazelas em migração. O primeiro sinal de problema foi uma tênue nuvem de poeira no horizonte. Lebres e chacais passaram correndo, cobras imensas saíram das moitas, procurando por pedras onde se esconderem. Jamie tornou a esquadrinhar o horizonte. A nuvem de poeira estava se aproximando.

— Vamos sair daqui — disse ele.

— Nossa barraca...

— Deixe tudo!

Os dois montaram imediatamente e se encaminharam para uma colina próxima. Ouviram o barulho dos cascos e logo depois avistaram a primeira linha das gazelas, estendendo-se por cinco quilômetros. Havia mais de meio milhão de animais, arrastando tudo de roldão. Árvores eram derrubadas, arbustos pulverizados. Na esteira da maré implacável, ficavam os corpos de centenas de pequenos animais. Lebres, chacais, cobras e galinhas-d'angola eram esmigalhados pelos cascos mortíferos. O ar estava povoado de poeira e barulho. Quando finalmente terminou, Jamie calculou que durara mais de três horas.

No sexto aniversário de Jamie, o pai lhe disse:

— Vou levá-lo para a Cidade do Cabo na próxima semana e mostrar como é uma cidade de verdade.

— Mamãe pode ir com a gente? Ela não gosta de caçar, mas gosta de cidades.

O pai passou a mão pelos cabelos do menino.

— Ela está muito ocupada aqui, filho. Vamos só nós dois, está bem?

O menino sentia-se perturbado por observar que a mãe e o pai pareciam distantes um do outro, mas não podia compreender.

FIZERAM A VIAGEM no vagão de trem particular de Jamie. Em 1891, as ferrovias estavam se tornando o grande meio de transporte na África do Sul, pois os trens eram baratos, cômodos e rápidos. O vagão particular de Jamie, fabricado sob encomenda, tinha 20 metros de comprimento, com quatro cabines, podendo acomodar 12 pessoas, um salão que podia ser usado como escritório, uma sala de jantar, um bar e uma cozinha plenamente equipada. As cabines tinham camas de latão, iluminação a gás e janelas amplas.

— Onde estão os outros passageiros? — perguntou o menino.

Jamie riu.

— Somos os únicos passageiros. Este trem é seu, filho.

O pequeno Jamie passou a maior parte da viagem olhando pela janela, admirando a extensão interminável de terra que passava em grande velocidade.

— É a terra de Deus — disse-lhe o pai. — Ele encheu-a com minérios preciosos para nós. Estão todos no solo, esperando para serem descobertos. O que foi encontrado até agora é apenas o começo, Jamie.

Ao CHEGAREM à Cidade do Cabo, o pequeno Jamie ficou impressionado com as multidões e os prédios imensos. Jamie levou o filho para a Companhia de Navegação McGregor. Apontou meia dúzia de navios, que estavam descarregando ou carregando no porto.

— Está vendo esses navios, filho? Eles nos pertencem.

Ao VOLTAREM A Klipdrift, o pequeno Jamie estava ansioso para relatar tudo o que vira.

— Papai é dono da cidade inteira! — exclamou ele. — Você ia adorar, mamãe. Mas vai ver tudo em pessoa da próxima vez.

Margaret abraçou o filho.

— Claro, querido.

Jamie passava muitas noites fora de casa. Margaret sabia que ele estava no bordel de Madame Agnes. Soubera que Jamie comprara uma casa para uma das mulheres, a fim de poder visitá-la particularmente. Ela não tinha meios de confirmar a notícia. Sabia apenas que tinha vontade de matar a mulher, quem quer que fosse.

A FIM DE PRESERVAR a sanidade, Margaret fez um esforço para interessar-se pela cidade. Levantou fundos para construir uma igreja nova e iniciou um serviço de ajuda a famílias de garimpeiros que sofriam necessidades. Exigiu que Jamie usasse um dos seus vagões na ferrovia para transportar de graça os garimpeiros que queriam voltar à Cidade do Cabo, sem dinheiro e sem esperança.

— Está me pedindo para jogar dinheiro fora, mulher — resmungou ele. — Que eles voltem a pé, da mesma forma como vieram.

— Eles não estão em condições de caminhar — argumentou Margaret. — E se ficarem, a cidade terá de arcar com a despesa de vesti-los e alimentá-los.

— Está certo — disse Jamie finalmente. — Mas é uma ideia das mais idiotas.

— Obrigada, Jamie.

Ele ficou observando Margaret deixar o escritório. Contra a sua vontade, não pôde deixar de sentir um certo orgulho por ela. *Margaret daria uma boa mulher para algum homem*, pensou Jamie.

A MULHER QUE Jamie instalara numa casa particular era Maggie, a prostituta bonita que sentara ao lado de Margaret por ocasião da festa que lhe fora oferecida no bordel, pouco antes do bebê nascer. Era irônico, pensava Jamie, que ela também tivesse o nome de sua mulher. Mas não eram parecidas em nada mais. Aquela Maggie era uma loura de 21 anos, um rosto petulante e um corpo exuberante... uma verdadeira fera na cama. Jamie pagara muito bem a Madame Agnes para deixá-la sair. Dava a Maggie uma mesada generosa. Jamie era muito discreto quando visitava a casa. Quase sempre o fazia à noite e certificava-se de que ninguém o observava. Na verdade, era observado por muitas pessoas, mas ninguém fazia qualquer comentário. Aquela cidade pertencia a Jamie McGregor e ele tinha o direito de fazer qualquer coisa que lhe aprouvesse.

Naquela noite em particular, Jamie não estava sentindo qualquer alegria. Fora para a casa antecipando o prazer, mas encontrara Maggie de mau humor. Ela estava na cama grande, o chambre cor-de-rosa não conseguindo esconder os seios fartos nem o triângulo dourado entre as pernas.

— Estou cansada de viver trancada nesta maldita casa — disse ela. — É como ser uma escrava ou algo parecido. Na casa de Madame Agnes pelo menos estava sempre acontecendo alguma coisa. Por que não me leva com você quando viaja?

— Já expliquei isso, Maggie. Não posso...

Ela pulou da cama e foi postar-se diante dele, numa atitude de desafio.

— Não pode uma ova! Leva seu filho para toda parte. Não sou tão boa quanto seu filho?

— Não. — A voz de Jamie estava perigosamente calma. — Não é mesmo.

Ele foi até o bar e serviu-se de um conhaque. Era o quarto, muito mais do que normalmente bebia.

— Não significo coisa nenhuma para você! — gritou Maggie. — Sou apenas um pedaço de carne!

Ela jogou a cabeça para trás, rindo desdenhosamente.

— Ah, a grande moral escotesa!

— Escotesa não. Escocesa.

— Pelo amor de Deus, quer parar de me criticar? Tudo que eu faço não é bom o bastante. Quem diabo você pensa que é? Meu maldito pai?

Jamie não aguentava mais.

— Pode voltar amanhã para a casa de Madame Agnes. Avisarei a ela que você vai voltar.

Ele pegou o chapéu e encaminhou-se para a porta.

— Não pode se livrar de mim desse jeito, seu desgraçado!

Maggie seguiu-o, dominada pela raiva. Jamie parou na porta.

— Acabei de me livrar.

Ele desapareceu pela noite. Para sua surpresa, descobriu que os passos não eram muito firmes. Talvez tivesse tomado mais do que quatro conhaques. Não tinha certeza. Pensou no corpo nu de Maggie na cama, provocando-o e depois se negando. Ela brincara com ele, afagando-o, passando a língua por seu corpo, até que ele estava na maior ansiedade. E depois ela começara a briga, deixando-o inflamado e insatisfeito.

Chegou em casa, encaminhou-se para o seu quarto. Passou pela porta fechada do quarto de Margaret. Saía luz por baixo da porta. Ela ainda estava acordada. Jamie começou subitamente a imaginar Margaret na cama, usando uma camisola transparente. Ou, talvez, nada. Lembrou como o corpo dela era sedutor, contorcendo-se por baixo do seu, sob as árvores à margem do Rio Orange. Com a bebida a impeli-lo, ele abriu a porta do quarto de Margaret e entrou. Ela estava na cama, lendo, à luz de um lampião a querosene. Levantou os olhos, surpresa.

— Jamie... aconteceu alguma coisa?

Ela usava uma camisola fina e Jamie podia ver os seios se comprimindo contra o tecido. *Oh, Deus, ela tem um corpo sensacional!* Ele começou a tirar as roupas. Margaret pulou da cama, os olhos arregalados.

— O que está fazendo?

Jamie fechou a porta e avançou para ela. Jogou-a na cama e no instante seguinte estava ao lado dela, inteiramente nu.

— Ah, Maggie, não sabe quanto estou querendo você!

Em sua confusão de embriaguez, Jamie não sabia direito qual a Maggie que desejava. Como ela resistia! Isso mesmo, era de fato uma gata selvagem. Ele riu quando conseguiu finalmente subjugá-la, imobilizando as pernas e os braços que se debatiam freneticamente. Ela se abriu de repente para ele, apertando-o e murmurando:

— Oh, Jamie querido! Preciso tanto de você...

E ele pensou: *Eu não deveria ter sido tão mesquinho com você. Pela manhã vou dizer que não precisa voltar para a casa de Madame Agnes.*

Quando Margaret acordou, na manhã seguinte, estava sozinha na cama. Podia ainda sentir o corpo forte e viril de Jamie dentro do seu, podia ouvi-lo dizendo: *Ah, Maggie, não sabe quanto estou querendo você!* Ela experimentou uma alegria intensa, total. Estava certa desde o início. Ele a amava. Valera a pena a espera, valera a pena todos os anos de angústia, solidão e humilhação.

Margaret passou o resto do dia num estado de êxtase. Tomou banho, lavou os cabelos, mudou de ideia uma dúzia de vezes sobre o vestido que mais agradaria a Jamie. Dispensou a cozinheira, a fim de preparar pessoalmente os pratos prediletos de Jamie. Pôs a mesa de jantar várias vezes, antes de sentir-se satisfeita com a arrumação das velas e flores. Queria que fosse uma noite perfeita. Jamie não apareceu em casa para jantar. E não voltou pelo resto da noite. Margaret ficou sentada na biblioteca, esperando, até três horas da madrugada, quando finalmente foi para a cama, sozinha.

Quando Jamie voltou para casa, na noite seguinte, acenou com a cabeça polidamente para Margaret e encaminhou-se para o quarto do filho. Margaret ficou olhando aturdida; depois, virou-se lentamente e contemplou-se no espelho. O espelho revelava que ela nunca estivera tão bonita. Mas quando observou mais atentamente, não pôde reconhecer os olhos. Eram os olhos de uma estranha.

Capítulo 10

— TENHO UMA NOTÍCIA maravilhosa, Sra. McGregor. — O Dr. Teeger estava radiante. — Vai ter um filho.

As palavras provocaram um choque terrível em Margaret. Ela não sabia se ria ou chorava. *Notícia maravilhosa?* Trazer outro filho para um casamento sem amor era impossível. Margaret não podia mais suportar a humilhação. Teria de encontrar uma saída. No instante mesmo em que pensava nisso, sentiu uma súbita onda de náusea, que a deixou encharcada de suor. O Dr. Teeger perguntou:

— Sente enjoo pela manhã?

— Um pouco.

Ele deu-lhe algumas pílulas.

— Tome isso. Vai ajudar. Está em excelentes condições, Sra. McGregor. Não precisa se preocupar com nada. E agora volte para casa e transmita a boa notícia a seu marido.

— É o que farei — murmurou Margaret, apaticamente.

ESTAVAM SENTADOS à mesa do jantar quando ela disse:

— Estive no médico hoje. Vou ter um filho.

Sem dizer nada, Jamie jogou o guardanapo em cima da mesa, levantou-se e saiu da sala. Foi o momento em que Margaret com-

185

preendeu que podia odiar Jamie McGregor tão profundamente quanto podia amá-lo.

Foi uma gravidez difícil e Margaret passava a maior parte do tempo na cama, fraca e cansada. Horas a fio, ficava fantasiando, imaginando Jamie a seus pés, suplicando perdão, tornando a amá-la ardentemente. Mas eram apenas fantasias. Na realidade, ela estava acuada. Não tinha para onde ir. E mesmo que pudesse partir, ele não a deixaria levar o filho.

Jamie estava agora com sete anos, um menino bonito e saudável, uma inteligência ágil, muito senso de humor. Estava mais chegado à mãe, como se, de alguma forma, sentisse a infelicidade dela. Fazia pequenos presentes para ela na escola e levava para casa. Margaret sorria e agradecia, tentava sair de sua depressão. Quando o pequeno Jamie perguntava por que o pai passava as noites fora e nunca a levava a parte alguma, Margaret respondia:

— Seu pai é um homem muito importante, Jamie, fazendo coisas importantes. E é muito ocupado.

O problema entre mim e seu pai é só meu, pensava Margaret. *Não vou permitir que Jamie odeie o pai por causa disso.*

A GRAVIDEZ DE Margaret foi ficando cada vez mais evidente. Quando saía de casa, conhecidas a paravam na rua e diziam:

— Não vai demorar muito, não é mesmo, Sra. McGregor? E vai ser um belo menino como o pequeno Jamie. Seu marido deve ser um homem muito feliz.

Pelas costas dela, as pessoas diziam:

— Pobre coitada... Deve estar desesperada por descobrir que o marido tem uma prostituta como amante.

Margaret tentou preparar o pequeno Jamie para a chegada do bebê.

— Você vai ter um irmãozinho ou uma irmãzinha, querido. Terá então alguém para brincar durante todo o tempo. Não acha que vai ser maravilhoso?

Jamie abraçou-a e disse:

— Será mais companhia para você, mamãe.

E Margaret teve de fazer um grande esforço para conter as lágrimas.

O TRABALHO DE parto começou às quatro horas da madrugada. A Sra. Talley chamou Hannah. A criança nasceu ao meio-dia. Era uma menina saudável, com a boca da mãe e o queixo do pai, os cabelos pretos encaracolados, em torno do rostinho vermelho. Margaret deu-lhe o nome de Kate. *É um nome bom e forte*, pensou Margaret. *E ela vai precisar de toda a sua força. Todos vamos. Tenho que tirar as crianças daqui. Ainda não sei como, mas vou encontrar um meio.*

DAVID BLACKWELL ENTROU abruptamente na sala de Jamie McGregor, sem bater. Jamie levantou os olhos, surpreso.

— Mas o que...

— Está havendo um motim em Namíbia.

Jamie se levantou.

— O que aconteceu?

— Um dos garotos pretos foi apanhado ao tentar roubar um diamante. Abriu um buraco no sovaco e escondeu a pedra. Como lição, Hans Zimmerman chicoteou-o na frente dos outros. O garoto morreu. Ele tinha 12 anos.

Jamie foi dominado pela raiva.

— Santo Deus! Ordenei que ninguém mais fosse açoitado em todas as minas.

— Avisei a Zimmerman.

— Livre-se do miserável.

— Não podemos encontrá-lo.

— Por que não?

— Os pretos capturaram-no. A situação escapou ao nosso controle.

Jamie pegou o chapéu.

— Fique aqui e cuide de tudo até eu voltar.

— Não creio que seja seguro ir até lá agora, Sr. McGregor. O garoto que Zimmerman matou era da tribo barolongo. Eles não perdoam e não esquecem. Eu poderia...

Mas Jamie já tinha saído.

QUANDO ESTAVA a 15 quilômetros do campo de diamantes, Jamie McGregor avistou a fumaça. Todas as cabanas do campo de Namíbia estavam em chamas. *Os idiotas!*, pensou Jamie. *Estão queimando suas próprias casas!* Quando a carruagem se aproximou, ele ouviu gritos e tiros. Em meio à confusão, guardas uniformizados estavam atirando em pretos e mulatos, que tentavam desesperadamente fugir. Os brancos estavam inferiorizados numericamente, na proporção de dez para um, mas tinham as armas.

Quando o chefe dos guardas, Bernard Sothey, viu a carruagem se aproximar, correu para Jamie McGregor e disse:

— Não se preocupe, Sr. McGregor. Vamos liquidar até o último dos desgraçados.

— Vão coisa nenhuma! — berrou Jamie. — Ordene a seus homens que parem de atirar!

— Mas como? Se nós...

— Faça o que estou mandando! — Jamie ficou observando, tremendo de raiva, enquanto uma negra tombava, sob uma saraivada de balas. — Chame seus homens.

— Como quiser, senhor.

O chefe dos guardas transmitiu as ordens a um ajudante e, três minutos depois, todos os disparos cessaram. Por toda parte, havia corpos caídos no chão.

— Se quer meu conselho, senhor — disse Sothey —, acho que devia...

— Não quero o seu conselho. Traga-me o líder deles.

Dois guardas trouxeram um jovem negro ao lugar em que Jamie estava. Ele estava algemado e coberto de sangue, mas não havia qualquer sinal de medo em seus olhos. Ele permaneceu empertigado, os olhos ardendo. Jamie recordou a palavra que Banda usara para descrever o orgulho banto: *isiko*.

— Sou Jamie McGregor.

O homem cuspiu.

— Não tive nada a ver com o que aconteceu aqui. Quero oferecer uma compensação a seus homens.

— Diga isso às viúvas.

Jamie virou-se para Sothey.

— Onde está Hans Zimmerman?

— Ainda estamos procurando-o, senhor.

Jamie percebeu o brilho nos olhos do preto e compreendeu que Hans Zimmerman não seria encontrado. Ele disse ao jovem líder dos pretos:

— Vou fechar este campo por três dias. Quero que converse com sua gente. Façam uma lista de suas queixas e irei examiná-las. Prometo que serei justo. Mudarei tudo que não estiver certo.

O homem fitou-o atentamente, com uma expressão de ceticismo.

— Haverá um novo capataz aqui e boas condições de trabalho. Mas quero que os homens voltem ao trabalho dentro de três dias.

O chefe dos guardas interveio, incrédulo:

— Vai deixá-lo ir embora? Mas ele matou alguns dos meus homens!

— Haverá uma investigação completa e...

Jamie ouviu o barulho de um cavalo se aproximando a galope e virou-se. Era David Blackwell. A presença inesperada fez soar uma campainha de alarme na mente de Jamie.

— Sr. McGregor, seu filho desapareceu — gritou David, no instante mesmo em que desmontava.

O mundo ficou de repente gelado.

METADE DA POPULAÇÃO de Klipdrift apresentou-se para ajudar na busca. Espalharam-se por toda a região ao redor, procurando nas ravinas e vales. Não havia qualquer sinal do menino.

Jamie estava desesperado. *Ele se perdeu em algum lugar, foi só isso. Vai acabar aparecendo, mais cedo ou mais tarde.*

Ele foi ao quarto de Margaret. Ela estava na cama, amamentando a filha.

— Alguma notícia, Jamie?

— Ainda não. Mas vou encontrá-lo.

Ele contemplou a filha por um momento, depois virou-se e saiu, sem dizer mais nada. A Sra. Talley entrou no quarto, retorcendo as mãos no avental.

— Não se preocupe, Sra. McGregor. Jamie é um garoto crescido. Sabe cuidar de si mesmo.

Os olhos de Margaret estavam ofuscados pelas lágrimas. *Ninguém faria mal algum ao pequeno Jamie, não é mesmo? Claro que não.* A Sra. Talley inclinou-se e tirou Kate dos braços de Margaret.

— Procure dormir.

Ela levou a menina para o outro quarto e deitou-a no berço. Kate olhava para ela, sorrindo.

— É melhor dormir um pouco também, criança. Vai ter uma vida movimentada.

A Sra. Talley saiu do quarto, fechando a porta. À meia-noite, a janela do quarto foi aberta silenciosamente. Um homem entrou no quarto. Pôs uma manta por cima da menina e tirou-a do berço. Banda foi embora, tão depressa quanto havia chegado.

FOI A SRA. TALLEY quem descobriu que Kate desaparecera. Pensou a princípio que a Sra. McGregor se levantara durante a noite e fora buscá-la. Ela foi ao quarto de Margaret e perguntou:

— Onde está a menina?

E, pela expressão de Margaret, compreendeu no mesmo instante o que acontecera.

OUTRO DIA TRANSCORREU sem que se encontrasse o menor vestígio do menino. Jamie estava à beira de um colapso. Foi procurar David Blackwell.

— Nada de ruim pode ter acontecido ao meu filho, não é mesmo?

A voz dele estava quase fora de controle. David tentou parecer convincente:

— Tenho certeza que não, Sr. McGregor.

Mas ele sabia o que acontecera. Avisara a Jamie McGregor que os bantos não perdoavam nem esqueciam e o garoto cruelmente assassinado era um banto. David estava convencido de uma coisa: se os bantos haviam sequestrado o pequeno Jamie, ele sofrera uma morte horrível. Os bantos não hesitavam em exercer sua vingança.

Jamie voltou para casa de madrugada, inteiramente esgotado. Liderara um grupo de busca formado por moradores da cidade, garimpeiros e guardas. Passaram a noite procurando em vão por todos os lugares em que o menino poderia estar.

David estava esperando quando Jamie entrou no escritório. Levantou-se no mesmo instante e disse:

— Sr. McGregor, sua filha foi sequestrada.

Jamie fitou-o em silêncio, o rosto muito pálido. Depois, virou-se e foi para o quarto.

Jamie não se deitava há 48 horas. Caiu na cama, completamente esgotado, adormecendo no mesmo instante. Estava à sombra de um baobá no meio do *veld*. A distância, um leão se aproximava. O pequeno Jamie estava sacudindo-o. *Acorde, papai. Um leão está chegando.* O animal se aproximava mais depressa agora. O filho o sacudia mais vigorosamente. *Acorde!*

Jamie abriu os olhos. Banda estava parado ao seu lado. Jamie fez menção de falar, mas Banda pôs a mão em sua boca.

— Fique quieto!

Ele permitiu que Jamie se sentasse na cama.

— Onde está meu filho?

— Está morto.

O quarto começou a girar.

— Lamento muito. Quando cheguei, já era tarde demais para detê-los. Sua gente derramou sangue banto. Meu povo exigia vingança.

Jamie enterrou o rosto nas mãos.

— Santo Deus! O que fizeram com ele?

Havia uma tristeza profunda na voz de Banda quando ele disse:

— Deixaram-no no deserto. Eu... encontrei o corpo e enterrei-o.

— Oh, não! Por favor, não!

— Tentei salvá-lo, Jamie.

Jamie acenou com a cabeça lentamente, aceitando o inevitável. E, depois, acrescentou, apaticamente:

— E minha filha?

— Eu a levei antes que eles pudessem pegá-la. Ela está de novo em seu quarto, dormindo. Nada acontecerá com ela, se você fizer o que prometeu.

Jamie ergueu a cabeça. O rosto era uma máscara de ódio.

— Cumprirei minha promessa. Mas quero os homens que mataram meu filho. Eles vão pagar pelo que fizeram.

Banda disse, calmamente:

— Então terá de matar toda a minha tribo, Jamie.

E Banda se foi.

ERA APENAS UM pesadelo, mas ela mantinha os olhos bem fechados. Sabia que, se os abrisse, o pesadelo se tornaria real e seus filhos estariam mortos. Por isso, empenhou-se num jogo. Manteria os olhos fechados, até sentir a mãozinha de Jamie na sua e ouvir a voz dele dizer:

— Está tudo bem, mamãe. Estamos aqui, sãos e salvos.

Ela estava na cama há três dias, recusando-se a falar ou receber qualquer pessoa. O Dr. Teeger veio e foi, Margaret nem mesmo percebeu. No meio da noite, Margaret ainda estava deitada na cama, de olhos fechados, quando ouviu um estrondo no quarto do filho. Abriu os olhos e escutou. Houve outro barulho. O pequeno Jamie estava de volta!

Margaret saiu da cama apressadamente e correu para o quarto do filho. Podia ouvir estranhos ruídos animais. O coração disparado, ela abriu a porta.

O marido estava caído no chão, o rosto e o corpo contorcidos Um dos olhos estava fechado e o outro arregalado, grotescamente. Ele tentou falar, mas saíram apenas sons animais, guturais. Margaret sussurrou:

— Oh, Jamie, Jamie...

O Dr. Teeger disse:

— Infelizmente, Sra. McGregor, as notícias não são boas. Seu marido sofreu um derrame grave. Há uma possibilidade de 50 por cento que ele viva. Se viver, no entanto, ficará como um vegetal. Tomarei as providências necessárias para interná-lo num sanatório particular, onde ele receberá os cuidados apropriados.

— Não.

O médico ficou surpreso.

— Não?

— Não quero saber de hospital. Ele ficará aqui.

O Dr. Teeger pensou por um momento.

— Está bem. Vai precisar de uma enfermeira. Arrumarei...

— Não quero uma enfermeira. Cuidarei de Jamie pessoalmente.

O Dr. Teeger sacudiu a cabeça.

— Não será possível, Sra. McGregor. Não faz ideia do que isso significa. Seu marido não é mais um ser humano em funcionamento. Está completamente paralítico e assim continuará, enquanto viver.

— Cuidarei dele — insistiu Margaret.

Agora, por fim, realmente, Jamie lhe pertencia.

Capítulo 11

JAMIE MCGREGOR VIVEU exatamente por um ano desde o dia em que sofreu o derrame. Foi o período mais feliz da vida de Margaret. Jamie estava totalmente desamparado. Não podia falar nem se mexer. Margaret cuidava do marido, atendia a todas as suas necessidades, mantinha-o a seu lado dia e noite. Durante o dia, empurrava-o numa cadeira de rodas para a sala de costura. Enquanto tricotava suéteres para ele, ficava lhe falando. Discorria sobre todos os pequenos problemas domésticos, com os quais ele nunca antes se preocupara. Contava como a pequena Kate estava crescendo. À noite, levava o corpo esquelético de Jamie para o seu quarto e o punha na cama gentilmente, deitando a seu lado. Havia então uma conversa unilateral, até que Margaret dormisse.

David Blackwell estava dirigindo a Kruger-Brent Ltd. De vez em quando, David aparecia na casa com documentos para Margaret assinar. Era angustiante para David ver o estado de total impotência em que Jamie estava. *Devo tudo a esse homem*, pensava David.

— Você escolheu bem, Jamie — disse Margaret ao marido. — David é um excelente homem. — Ela largou o tricô e sorriu. — Ele me lembra um pouco você. Claro que nunca houve ninguém tão esperto como você, meu querido. E nunca haverá. Era um prazer contemplá-lo, Jamie. Você era gentil e forte. E nunca teve medo de sonhar. Agora, todos os seus sonhos se converteram em realidade. A companhia está crescendo a cada dia que passa. — Ela tornou a pegar o tricô. — A pequena Kate está começando a falar. Juro que ela disse mamãe hoje de manhã...

Jamie permanecia imóvel na cadeira, um olho fixado à frente, em silêncio.

— Ela tem os seus olhos e boca. Vai ficar linda ao crescer...

Na manhã seguinte, ao despertar, Margaret descobriu que Jamie McGregor estava morto. Ela abraçou-o, apertou-o.

— Descanse em paz, meu querido. Sempre o amei muito, Jamie. Espero que saiba disso. Adeus, meu amor.

Ela estava sozinha agora. O marido e o filho haviam-na deixado. Só restavam ela e a filha. Margaret foi para o quarto da filha e contemplou Kate, adormecida no berço. *Katherine. Kate.* O nome vinha do grego, significava pura, limpa. Era um nome dado a santas, freiras e rainhas. Margaret disse em voz alta:

— O que você vai ser, Kate?

ERA UMA ÉPOCA de grande expansão na África do Sul, mas era também uma época de grande conflito. Havia uma divergência antiga no Transval entre os bôeres e os britânicos, que finalmente chegou a um impasse. Numa quinta-feira, 12 de outubro de 1899, dia do sétimo aniversário de Kate, os britânicos declararam guerra aos bôeres. Três dias depois, o Estado Livre de Orange estava sendo atacado. David tentou persuadir Margaret a pegar Kate e deixar a África do Sul. Mas Margaret recusou-se a partir.

— Meu marido está aqui.

Não houve nada que David pudesse fazer para dissuadi-la.

— Vou me juntar aos bôeres — disse David. — Acha que poderá ficar sozinha?

— Claro — respondeu Margaret. — Tentarei manter a companhia em funcionamento.

David partiu na manhã seguinte.

OS BRITÂNICOS ESPERAVAM uma guerra rápida e fácil, uma simples operação de limpeza. Iniciaram a campanha com um espírito confiante, descontraído, como se fosse um feriado. No quartel de Hyde Park, em Londres, foi realizado um jantar de despedida, com um cardápio especial, mostrando um soldado britânico a segurar uma bandeja com uma cabeça de *boar* (javali). O cardápio era o seguinte:

JANTAR DE DESPEDIDA

Para o ESQUADRÃO DO CABO
27 de novembro de 1899

Cardápio

Ostras à Blue Points
Sopa Combo
Carneiro à Mafeking
Nabos de Transval com Molho do Cabo
Faisões de Pretória
Molho Branco
Pudim de Paz
Queijo Holandês
Sobremesa
(Pede-se não jogar conchas debaixo da mesa)
Gim Holandês
Vinho de Orange

Os britânicos tiveram uma surpresa. Os bôeres estavam em seu território, eram obstinados e determinados. A primeira batalha da guerra ocorreu em Mafeking, pouco mais que uma aldeia. Pela primeira vez, os britânicos começaram a compreender o que estavam enfrentando. Mais soldados foram despachados às pressas da Inglaterra. Sitiaram Kimberley. Foi só depois de combates violentos e sangrentos que conseguiram capturar Ladysmith. Os canhões dos bôeres tinham um alcance maior. Assim, canhões de longo alcance foram retirados dos navios de guerra britânicos, levados para o interior, guarnecidos por marinheiros a centenas de quilômetros de seus navios.

Em Klipdrift, Margaret acompanhava ansiosamente as notícias de cada batalha. Todos viviam dos boatos, indo da exultação ao desespero, dependendo das notícias. Certa manhã, um dos empregados de Margaret foi procurá-la correndo e anunciou:

— Acabei de ser informado que os britânicos estão avançando para Klipdrift. Vão nos matar a todos!

— Não diga bobagem. Eles não se atreveriam a tocar-nos.

Cinco horas depois, Margaret McGregor era prisioneira de guerra. Margaret e Kate foram levadas para Paardeberg, um das centenas de campos de prisioneiros que surgiram por toda a África do Sul. Os prisioneiros ficavam num imenso descampado, cercado de arame farpado e sob a vigilância de soldados britânicos fortemente armados. As condições eram deploráveis.

— Não se preocupe, querida — disse Margaret a Kate. — Nada vai lhe acontecer.

Mas nenhuma das duas acreditava nisso. Cada dia trazia novos horrores. Elas viam as pessoas ao redor morrerem, às dezenas e centenas, as epidemias devastando o campo. Não havia médicos nem remédios para os feridos, a comida era escassa. Era um pesadelo constante, que se prolongou por quase três anos angustiantes. O pior era a sensação de total impotência e desamparo. Margaret e Kate estavam inteiramente à mercê de seus captores. Dependiam deles para comer e se abrigar, dependiam deles por suas próprias vidas. Kate vivia dominada pelo terror. Via outras crianças ao redor morrerem e tinha medo de ser a próxima. Não tinha como defender-se. Foi uma lição que jamais esqueceu. *Poder.* Quando se tinha o poder, também se tinha comida. E se tinha medicamentos. E se tinha liberdade. Ela via as outras pessoas caírem doentes e morrerem, comparando o poder à vida. *Um dia,* pensava Kate, *terei poder. E ninguém poderá fazer isso comigo outra vez.*

As batalhas encarniçadas continuaram, Belmont, Graspan, Stormberg, Spioenkop. Ao final, porém, os valentes bôeres não puderam resistir ao poderio do Império Britânico. Em 1902, depois de quase três anos de guerra sangrenta, os bôeres se renderam. Cerca de 55 mil bôeres lutaram e 34 mil soldados, mulheres e crianças morreram. O que causou uma amargura profunda nos sobreviventes foi saber que 28 mil pessoas haviam morrido nos campos de concentração dos britânicos.

No dia em que os portões do campo foram abertos, Margaret e Kate voltaram a Klipdrift. Poucas semanas depois, num domingo, David Blackwell chegou. A guerra o amadurecera, mas ainda era o mesmo David solene e pensativo em quem Margaret aprendera a confiar. David passara aqueles anos terríveis lutando e se preocupando com Margaret e Kate, sem saber se elas estavam vivas ou mortas. Ao encontrá-las sãs e salvas em casa, ele sentiu uma intensa alegria.

— Eu gostaria de ter podido proteger as duas — disse ele a Margaret.

— Tudo isso pertence ao passado, David. Devemos pensar apenas no futuro.

E o futuro era a Kruger-Brent Ltd.

Para o mundo, o ano de 1900 era uma tábua limpa sobre a qual a história seria escrita, uma nova era que prometia paz e esperança ilimitada para todos. Um novo século começara e trazia em seu bojo uma sucessão de invenções assombrosas, que reformularam a vida em todo o globo. Os automóveis a vapor e elétricos foram substituídos pelo motor de combustão. Havia submarinos e aeroplanos. A população mundial explodia para um bilhão e meio de habitantes. Era um tempo de crescer e se expandir. Durante os seis anos subsequentes, David e Margaret trataram de aproveitar todas as oportunidades.

Durante esses anos, Kate cresceu quase sem nenhuma supervisão. A mãe estava ocupada demais dirigindo a companhia, com David, para dispensar-lhe muita atenção. Ela era uma menina voluntariosa, teimosa e intratável. Uma tarde, ao voltar para casa depois de uma reunião de negócios, Margaret encontrou a filha de 14 anos no quintal enlameado, empenhada numa briga a socos com dois meninos. Margaret ficou horrorizada e murmurou:

— Oh, não! É essa a menina que vai um dia comandar a Kruger-Brent Ltd.! Que Deus nos ajude!

LIVRO SEGUNDO

Kate e David

1906-1914

Capítulo 12

KATE MCGREGOR ESTAVA trabalhando até tarde, sozinha, em sua sala na sede da Kruger-Brent International, em Johannesburgo, quando ouviu o barulho de sirenes da polícia se aproximando. Largou os documentos que estava examinando, foi até a janela e olhou. Três carros da polícia e um tintureiro estavam parando diante do prédio, com um ranger de pneus. Kate ficou observando, de rosto franzido, enquanto uma dúzia de policiais uniformizados saltavam dos carros e corriam para as entradas do prédio. Era meia-noite e as ruas estavam desertas. Kate viu o reflexo de seu rosto na janela. Aos 22 anos, era uma linda mulher, com os olhos castanho-claros do pai e o corpo cheio da mãe. Houve uma batida na porta da sala e Kate gritou:

— Entrem.

A porta se abriu e dois guardas entraram. Um deles tinha as divisas de superintendente de polícia.

— O que está acontecendo? — perguntou Kate.

— Peço desculpas por incomodá-la a esta hora, Srta. McGregor. Sou o superintendente Cominsky.

— Qual é o problema, superintendente?

— Recebemos a informação de que um assassino fugitivo entrou neste prédio, há pouco tempo.

Uma expressão chocada estampou-se no rosto de Kate.

— Entrou neste prédio?

— Isso mesmo, madame. Ele está armado e é perigoso.

Kate disse, nervosamente:

— Eu agradeceria muito, superintendente, se o encontrasse e tirasse daqui.

— É justamente o que tencionamos fazer, Srta. McGregor. Não viu ninguém nem ouviu nada suspeito?

— Não. Mas estou sozinha aqui e há muitos lugares em que uma pessoa poderia se esconder. Eu gostaria que seus homens revistassem todo o prédio.

— Vamos começar imediatamente, madame.

O superintendente virou-se e gritou para os homens no corredor:

— Espalhem-se. Comecem pelo porão e subam até o telhado.

— Ele tornou a se virar para Kate. — Alguma sala está trancada?

— Não creio. Mas se alguma estiver, eu a abrirei.

O superintendente Cominsky podia ver como ela estava nervosa e não a culpava por isso. Ela ficaria ainda mais nervosa se soubesse o quão desesperado estava o homem que eles procuravam.

— Vamos encontrá-lo, madame.

Kate pegou novamente o relatório que estava estudando, mas não foi capaz de se concentrar. Podia ouvir os policiais deslocando-se pelo prédio, de sala em sala. *Será que eles iriam encontrá-lo?* Ela sentiu um calafrio percorrer-lhe o corpo.

Os policiais avançavam devagar, revistando meticulosamente todos os possíveis esconderijos, do porão ao telhado. Cerca de 45 minutos depois, o superintendente Cominsky voltou à sala de Kate.

— Não o encontrou — disse ela, vendo a expressão dele.

— Ainda não, madame. Mas não se preocupe...

— Mas claro que estou preocupada, superintendente. Se há um assassino fugitivo neste prédio, quero que o encontre.

— E vamos encontrar, Srta. McGregor. Trouxemos cães de busca.

Um latido soou no corredor e, um momento depois, um homem entrou na sala, segurando dois imensos pastores alemães.

— Os cachorros já estiveram em todo o prédio, senhor. Revistamos tudo, menos esta sala.

O superintendente virou-se para Kate.

— Saiu desta sala em algum momento durante a última hora?

— Saí, sim. Fui consultar alguns documentos na sala de arquivo. Acha que ele poderia... — Kate estremeceu. — Eu gostaria que revistasse esta sala, por favor.

O superintendente fez um sinal e o outro homem soltou os cachorros, dando a ordem:

— Peguem!

Os cachorros ficaram frenéticos. Correram para uma porta fechada e se puseram a latir furiosamente.

— Oh, Deus! — exclamou Kate. — Ele está lá dentro!

O superintendente sacou a arma.

— Abra a porta!

Os dois homens aproximaram-se do *closet*. Um deles abriu a porta. O *closet* estava vazio. Um dos cachorros correu para outra porta, batendo nela com as patas, nervosamente.

— Para onde dá aquela porta? — perguntou o superintendente Cominsky.

— Para um banheiro.

Os dois policiais postaram-se nos lados da porta e abriram-na bruscamente. Não havia ninguém lá dentro. O homem que orientava os cachorros estava perplexo.

— Eles nunca se comportaram assim. — Os cachorros corriam freneticamente em torno da sala. — Farejaram alguma coisa. Mas onde ele está?

Os cachorros correram para a gaveta da escrivaninha de Kate e continuaram a latir.

— Aí tem a resposta. — Kate ensaiou uma risada. — Ele está na gaveta.

O superintendente Cominsky estava constrangido.

— Desculpe tê-la incomodado, Srta. McGregor. — Ele virou-se para o homem dos cachorros. — Tire esses animais daqui!

— Já vai embora?

Havia um tom de evidente preocupação na voz de Kate.

— Posso lhe garantir que está perfeitamente segura, Srta. McGregor. Meus homens revistaram cada palmo deste prédio. Tem a minha garantia pessoal de que ele não está aqui. Deve ter sido um falso alarme. Minhas desculpas.

Kate engoliu em seco.

— Não resta a menor dúvida de que sabe trazer alguma emoção para a noite de uma mulher sozinha.

KATE FICOU OLHANDO pela janela, observando o último dos carros da polícia se afastar. Depois que o veículo desapareceu, ela abriu a gaveta da escrivaninha e tirou um par de sapatos de lona, manchados de sangue. Saiu para o corredor e foi até uma porta em que estava escrito: *Particular. Acesso Permitido Somente às Pessoas Autorizadas.* Ela entrou. Nada havia na sala, além de um cofre grande, embutido na parede. Era o cofre em que a Kruger-Brent guardava seus diamantes, antes do embarque. Rapidamente, Kate discou a combinação do cofre e puxou a porta enorme. Havia dezenas de caixas de metal nas paredes do cofre, todas atulhadas de diamantes. No meio do cofre, caído no chão, estava Banda, semi-inconsciente. Kate ajoelhou-se ao lado dele.

— Eles já foram.

Banda abriu os olhos devagar e conseguiu exibir um débil sorriso.

— Se eu pudesse encontrar um meio de sair deste cofre, Kate, sabe quão rico eu ficaria?

Kate ajudou-o a se levantar. Ele estremeceu de dor quando Kate lhe tocou o braço. Ela envolvera o braço numa atadura improvisada, mas a hemorragia continuava.

— Pode pôr os sapatos?

Ela mesma os tirara antes, a fim de confundir os cães de busca que sabia que seriam trazidos. Andara pela sala com os sapatos e depois os escondera na gaveta.

— Vamos depressa — acrescentou Kate. — Precisamos sair daqui.

Banda sacudiu a cabeça.

— Irei sozinho. Se a encontrarem me ajudando, estará metida numa encrenca maior do que pode imaginar.

— Deixe que eu me preocupe com isso.

Banda correu os olhos pelo cofre.

— Quer alguma amostra? — indagou Kate. — Sirva-se à vontade.

Banda fitou-a e compreendeu que ela estava falando sério.

— Seu pai me fez essa mesma oferta, há muito tempo.

Kate sorriu.

— Sei disso.

— Não preciso de dinheiro. Apenas tenho de deixar a cidade por algum tempo.

— Como acha que vai sair de Johannesburgo?

— Darei um jeito.

— A esta altura, a polícia já deve estar bloqueando todas as saídas. Não terá a menor possibilidade de escapar.

Banda repetiu, obstinadamente:

— Darei um jeito.

Ele conseguira pôr os sapatos. Sua aparência era deplorável, com a camisa e o casaco rasgados e ensanguentados. O rosto estava vincado e os cabelos eram grisalhos. Ao fitá-lo, no entanto, Kate via o homem alto e bonito que conhecera quando era pequena.

— Eles vão matá-lo se o encontrarem, Banda. Você vai comigo.

Kate sabia que estava certa quanto aos bloqueios armados pela polícia. Todas as saídas de Johannesburgo estariam guardadas por patrulhas. A captura de Banda era uma questão de alta prioridade e as autoridades tinham ordens para encontrá-lo, morto ou vivo. As ferrovias e rodovias deviam estar sendo vigiadas.

— Espero que você tenha um plano melhor que o de seu pai, Kate.

A voz dele estava muito fraca. Kate se perguntou o quanto já perdera de sangue.

— Não fale, Banda. Poupe suas forças. Deixe tudo comigo.

Kate parecia mais confiante do que se sentia. A vida de Banda estava em suas mãos e ela não poderia suportar se alguma coisa lhe acontecesse. Ela desejou novamente, pela centésima vez, que David não estivesse longe. Mas teria de encontrar uma saída, mesmo sem ele.

— Vou buscar meu automóvel e levar para o beco — disse Kate. — Dê-me dez minutos e depois saia. A porta traseira do carro estará aberta. Entre e deite-se no chão. Haverá uma manta para você se cobrir.

— Eles vão revistar todos os carros que deixarem a cidade, Kate. Se...

— Não vamos de automóvel. Há um trem partindo para a Cidade do Cabo às oito horas da manhã. Mandei que ligassem meu vagão particular à composição.

— Vai me tirar daqui em seu vagão particular?

— Isso mesmo.

Banda conseguiu exibir um sorriso.

— Vocês, McGregors, gostam realmente de emoções fortes.

TRINTA MINUTOS DEPOIS, Kate entrou na estação ferroviária. Banda estava escondido no chão do banco traseiro, coberto por uma manta. Não haviam encontrado a menor dificuldade em passar pelas barreiras policiais na cidade. Agora, no entanto, quando o carro de Kate entrou na estação, uma luz se acendeu subitamente. Kate viu que o caminho estava bloqueado por diversos policiais. Um vulto familiar aproximou-se do carro.

— Superintendente Cominsky!

Ele ficou surpreso.

— O que está fazendo aqui, Srta. McGregor?

Kate mostrou um sorriso apreensivo.

— Vai pensar que sou apenas uma mulher fraca e tola, superintendente. Mas a verdade é que fiquei apavorada com o que aconteceu no escritório. E resolvi deixar a cidade até que encontrem esse assassino que estão procurando. Ou será que já o encontraram?

— Ainda não, madame. Mas vamos encontrar. Tenho o pressentimento de que ele está vindo para cá. Mas para onde quer que ele vá, haveremos de encontrá-lo.

— É o que espero.

— Para onde está indo?

— Meu vagão particular está num desvio ali na frente. Vou embora para a Cidade do Cabo.

— Gostaria que um dos meus homens a acompanhasse?

— Obrigada, superintendente, mas não será necessário. Agora que sei que o senhor e seus homens estão aqui, posso respirar um pouco mais aliviada.

Cinco minutos depois, Kate e Banda estavam sãos e salvos no vagão. A escuridão era total.

— Desculpe a escuridão — disse Kate —, mas acho melhor não acender nenhuma luz.

Ela ajudou Banda a deitar-se numa cama.

— Você pode ficar aqui até amanhecer. Quando sairmos, deve se esconder no banheiro.

Banda assentiu.

— Obrigado.

Kate puxou as cortinas.

— Tem um médico que possa cuidar de você quando nós chegarmos à Cidade do Cabo?

Banda fitou-a nos olhos.

— *Nós?*

— Pensou que eu fosse deixá-lo viajar sozinho e perder toda a emoção?

Banda inclinou a cabeça para trás e soltou uma risada. *Ela é bem a filha de seu pai.*

AO AMANHECER, UMA locomotiva encostou no vagão particular e levou-o para o ramal principal. O vagão foi atrelado à composição que estava partindo para a Cidade do Cabo. O vagão balançou para a frente e para trás, enquanto se fazia a conexão.

Exatamente às oito horas, o trem deixou a estação. Kate avisara que não queria ser incomodada. O ferimento de Banda estava sangrando outra vez e Kate fez um curativo. Não tivera a oportunidade de conversar com Banda desde a noite anterior, quando ele entrara meio morto em sua sala. Agora, ela disse:

— Conte-me o que aconteceu, Banda.

BANDA FITOU-A e pensou: *Por onde posso começar?* Como ele poderia explicar os *trekboers* que haviam expulsado os bantos de sua terra ancestral? Teria começado com eles? Ou teria começado com o gigante Oom Paul Kruger, presidente do Transval, que declarara num discurso perante o parlamento sul-africano "devemos dominar os pretos e fazer com que eles sejam uma raça submissa"? Ou começara com o grande construtor de impérios Cecil Rhodes, cujo lema era "a África para os brancos"? Como ele poderia resumir toda a história de seu povo numa frase? Ele encontrou uma maneira e disse:

— A polícia assassinou meu filho.

E a história saiu. O filho mais velho de Banda, Ntombenthle, participava de uma concentração política quando a polícia atacara para dissolvê-la. Alguns tiros foram disparados e o tumulto começara. Ntombenthle fora preso e na manhã seguinte encontraram-no morto na cela, enforcado.

— Declararam que foi suicídio — disse Banda a Kate. — Mas eu conhecia meu filho. Foi assassinato.

— Oh, Deus, ele era muito jovem!

Kate pensou em todas as ocasiões em que haviam brincado juntos, rido juntos. Ntombenthle fora um garoto muito bonito.

— Lamento profundamente, Banda. Mas por que a polícia está à sua procura?

— Depois que mataram meu filho, comecei o arregimentar os pretos. Eu tinha de revidar, Kate. Não podia ficar de braços cruzados, sem fazer nada. A polícia classificou-me de inimigo do Estado. Prenderam-me por um assalto que não havia cometido e fui condenado a 20 anos de prisão. Eu e mais três conseguimos fugir. Um guarda levou um tiro e morreu. E estão me culpando por isso. Mas acontece que nunca usei uma arma de fogo em toda a minha vida.

— Acredito em você. E a primeira coisa que temos de fazer agora é levá-lo para um lugar em que esteja em segurança.

— Lamento envolvê-la em tudo isso.

— Não me envolveu em nada. Você é meu amigo.

Banda sorriu.

— Sabe quem foi o primeiro branco que me chamou de amigo? Foi seu pai. — Ele suspirou. — Mas como pensa em me tirar do trem quando chegarmos à Cidade do Cabo?

— Não vamos para lá.

— Mas você disse...

— Sou mulher. Tenho o direito de mudar de ideia.

De noite, quando o trem parou na estação de Worcester, Kate determinou que o seu vagão particular fosse desligado da composição e levado para um desvio. De manhã, quando acordou, Kate foi até a cama de Banda. Estava vazia. Banda se fora. Não quisera comprometê-la ainda mais. Kate lamentou, mas tinha certeza de que ele estaria a salvo. Tinha muitos amigos para ajudá-lo. *David ficará orgulhoso de mim*, pensou Kate.

— NÃO POSSO acreditar que você possa ter sido tão estúpida! — gritou David, quando Kate voltou a Johannesburgo e contou-lhe o que acontecera. — Não apenas pôs em risco a sua segurança pessoal, mas também a própria companhia. Sabe o que a polícia teria feito se encontrasse Banda aqui?

A atitude de Kate era de desafio quando ela respondeu:

— Claro que sei. A polícia o teria matado.

David coçou a testa, na maior frustração.

— Será que não entende nada?

— Ao contrário! Entendo perfeitamente que você é frio e insensível! — Os olhos de Kate ardiam de fúria.

— Você ainda é uma criança.

Ela ergueu a mão para agredi-lo, mas David agarrou-lhe os braços.

— Kate, você tem de aprender a se controlar.

As palavras ficaram ressoando na cabeça de Kate: *Você tem de aprender a se controlar...*

Acontecera há muito tempo. Kate tinha quatro anos, travara uma briga a socos com um garoto que se atrevera a zombar dela. O garoto fugira quando David aparecera. Kate saíra atrás dele, mas David a segurara e dissera:

— Kate, você tem de aprender a se controlar. As meninas não podem brigar assim.

— Largue-me! — gritara Kate.

E David a soltara. O vestido rosa que ela usava estava enlameado e rasgado, seu rosto estava machucado.

— É melhor você se arrumar antes que sua mãe a veja nesse estado — acrescentara David.

Kate ficara olhando pesarosa para o garoto que se afastava correndo.

— Eu poderia ter dado uma surra nele, se você não tivesse interferido.

David contemplara a expressão inflamada da menina e soltara uma risada.

— É bem provável que pudesse mesmo.

Kate se acalmara e deixara que ele a pegasse no colo e levasse para casa. Ela gostava de ficar no colo de David. Gostava de tudo em David. Era o único adulto que a compreendia. Sempre que estava na cidade, David passava muito tempo em companhia dela. Em momentos de descontração, Jamie contara ao jovem David as suas aventuras em companhia de Banda. Agora, David relatava as histórias a Kate. E a menina jamais se cansava de ouvi-las.

— Fale da balsa que eles construíram.

E David contava tudo.

— Fale sobre os tubarões... Fale sobre o *mis*... Fale sobre o dia...

Kate quase não convivia com a mãe. Margaret estava absorvida demais no comando dos negócios da Kruger-Brent. E se empenhava ao máximo por Jamie. Conversava com ele todas as noites, como fizera durante o ano anterior à morte de Jamie.

— David é uma grande ajuda, Jamie. E o melhor é que ele ainda estará presente quando Kate estiver no comando da companhia. Não quero preocupá-lo, mas confesso que não sei o que fazer com aquela menina...

Kate era teimosa, voluntáriosa e impossível. Recusava-se a obedecer à mãe ou à Sra. Talley. Se escolhiam um vestido para ela usar, Kate o descartava e pegava outro. Jamais comia direito.

Sempre comia o que queria, quando queria, não havia ameaça ou tentativa de suborno que pudesse fazê-la mudar de ideia. Quando era obrigada a comparecer a uma festa de aniversário, Kate sempre encontrava meios de estragá-la. Não tinha amigas. Recusava-se a comparecer às aulas de dança, preferindo em vez disso jogar *rugby* com os garotos adolescentes. Quando finalmente começou a cursar a escola, era tão levada que Margaret tinha de visitar a diretora pelo menos uma vez por mês, a fim de persuadi-la a perdoar Kate e não expulsá-la.

— Não consigo entender essa menina, Sra. McGregor — dizia a diretora, suspirando. — Ela é muito inteligente, mas se rebela contra tudo. Não sei o que fazer com ela.

Margaret também não sabia.

A ÚNICA PESSOA que podia controlar Kate era David.

— Soube que você foi convidada para uma festa de aniversário esta tarde, Kate.

— Detesto festas de aniversário.

David se abaixava, ficando na altura dela.

— Sei que detesta, Kate. Mas o pai da menina que está fazendo aniversário é meu amigo. Vai ser horrível se você não comparecer ou não se comportar direito.

Kate fitava-o nos olhos.

— Ele é seu amigo?

— É, sim.

— Então irei à festa.

O comportamento dela na festa era impecável.

— Não sei como consegue fazer isso — dizia Margaret a David. — Parece mágica.

— Ela é apenas uma menina voluntariosa — comentava David, rindo. — Vai crescer e mudar. O importante é tomar cuidado para não quebrar seu espírito.

— Vou lhe contar um segredo, David. Na metade do tempo sinto vontade de quebrar o pescoço dela.

QUANDO ESTAVA COM dez anos, Kate disse a David:

— Quero conhecer Banda.

David ficou surpreso.

— Não será possível, Kate. A fazenda de Banda é muito longe.

— Vai me levar até lá, David, ou prefere que eu vá sozinha?

Na semana seguinte, David levou Kate à fazenda de Banda. Era uma propriedade de bom tamanho, com dois *morgens*, o equivalente a 1,62 hectare. Banda tinha uma plantação de trigo, criava ovelhas e avestruzes. As cabanas eram circulares, as paredes de lama seca. Estacas sustentavam um telhado cônico, coberto de colmo. Banda ficou observando Kate e David se aproximarem e saltarem da carruagem. Banda contemplou a menina alta e magra, de expressão compenetrada, ao lado de David. E comentou:

— Dá para se perceber de longe que você é a filha de Jamie McGregor.

— E eu compreendi de longe que você era Banda — disse Kate, solenemente. — Vim lhe agradecer por salvar a vida de meu pai.

Banda soltou uma risada.

— Alguém andou lhe contando histórias. Entre e conheça minha família.

Banda era casado com uma linda mulher dos bantos chamada Ntame. Tinham dois filhos: Ntombenthle, sete anos mais velho que Kate, e Magena, seis anos mais velho. Ntombenthle era uma miniatura do pai. Possuía as mesmas feições bonitas, o porte orgulhoso e uma imensa dignidade interior.

Kate passou a tarde inteira brincando com os dois meninos. Jantaram na cozinha pequena e impecável. David sentia-se constrangido por comer em companhia de uma família de pretos. Respeitava Banda, mas era tradicional que não houvesse confraternização entre as duas raças. Além disso, David estava preocupado com as atividades políticas de Banda. Havia informações de que ele era um discípulo de John Tenga Javabu, que estava lutando por mudanças sociais drásticas. Como os proprietários de minas não conseguiam arrumar trabalhadores nativos em quantidade suficiente, o governo impusera uma taxa de dez xelins a todos os nativos que não trabalhassem nas minas. A medida provocara distúrbios em toda a África do Sul. Ao final da tarde, David disse:

— É melhor voltarmos para casa agora, Kate. Temos uma viagem longa pela frente.

— Ainda não. — Kate virou-se para Banda. — Fale-me dos tubarões...

Desse momento em diante, sempre que David estava na cidade, Kate o obrigava a levá-la a visitar Banda e a família.

A GARANTIA DE David de que Kate haveria de mudar quando crescesse não parecia ter a menor possibilidade de se consumar. Se havia alguma diferença, era o fato de ela se tornar mais voluntariosa a cada dia que passava. Recusava-se categoricamente a participar de todas as atividades condizentes com as meninas de sua idade. Insistia em ir às minas em companhia de David, que também a levava para pescar, caçar e acampar. Kate adorava. Um dia, quando Kate e David estavam pescando no Vaal e ela pegou exultante uma truta maior do que todas as outras que ele pescara, David comentou:

— Você deveria ter nascido um garoto.

Ela virou-se para ele, irritada.

— Não diga bobagem, David. Assim eu não poderia casar com você. — David riu e ela insistiu: — Nós vamos casar de qualquer maneira.

— Receio que não, Kate. Sou 22 anos mais velho que você. Tenho idade suficiente para ser seu pai. Vai conhecer algum dia um rapaz atraente...

— Não quero um rapaz atraente, David. Quero apenas você.

— Se está falando sério, então vou lhe contar o segredo para conquistar o coração de um homem.

— Qual é? — indagou Kate, ansiosamente.

— É pelo estômago. Limpe essa truta e vamos almoçar.

KATE NÃO TINHA absolutamente a menor dúvida de que iria casar com David Blackwell. Ele era o único homem no mundo para ela.

UMA VEZ POR semana, Margaret convidava David para jantar em sua casa. De um modo geral, Kate preferia comer na cozinha, na companhia dos criados, onde não precisava se preocupar com a etiqueta. Nas noites de sexta-feira, porém, quando David aparecia, Kate sentava-se na sala de jantar. David geralmente ia sozinho, mas de vez em quando levava alguma mulher. Kate a odiava à primeira vista. Kate dava um jeito de levar David para um lado e dizia, com uma inocência simulada:

— Jamais vi cabelos com essa tonalidade de louro...

Ou então:

— Não acha que ela tem um gosto muito peculiar em matéria de vestidos?

Ou então:

— Ela já foi uma das meninas de Madame Agnes?

QUANDO KATE TINHA 14 anos, a diretora chamou Margaret e disse:

— Dirijo uma escola respeitável, Sra. McGregor. E, infelizmente, a sua Kate é uma influência extremamente nociva.

Margaret suspirou.

— O que ela fez agora?

— Está ensinando às outras meninas palavras que elas nunca tinham ouvido antes. — O rosto dela era sombrio. — E devo acrescentar, Sra. McGregor, que eu própria não tinha ouvido algumas dessas palavras. Não posso imaginar onde a menina as aprendeu.

Margaret podia. Kate aprendia com os seus amigos da rua. *Pois está na hora de acabar com tudo isso*, decidiu Margaret.

— Gostaria que conversasse com ela, Sra. McGregor. Estamos dispostas a lhe dar outra oportunidade, mas...

— Não é necessário. Tenho uma ideia melhor. Vou mandar Kate para um colégio interno longe daqui.

DAVID SORRIU QUANDO Margaret lhe contou a ideia.

— Kate não vai gostar.

— Não posso fazer nada. A diretora da escola está se queixando agora da linguagem que Kate usa. Ela aprende com os garimpeiros que está sempre seguindo. Minha filha começa a parecer com eles, a falar como eles, a cheirar como eles. Para ser franca, David, não consigo entendê-la. Não sei por que ela se comporta assim. É bonita, inteligente...

— Talvez ela seja inteligente demais.

— Mas inteligente ou não, ela vai agora para um colégio interno.

Naquela tarde, quando Kate chegou em casa, Margaret deu-lhe a notícia. Kate ficou furiosa.

— Está tentando se livrar de mim!

— Claro que não, querida. Apenas achei que seria melhor para você...

— Estou muito melhor aqui. Todos os meus amigos estão aqui. Você está tentando me separar de meus amigos.

— Se está se referindo ao rebotalho...

— Eles não são nenhum rebotalho! São tão bons quanto todas as outras pessoas!

— Não vou discutir com você, Kate. Vai para um colégio interno e está acabado.

— Vou me matar!

— Como quiser, querida. Tem uma navalha lá em cima. E se você procurar, vai encontrar vários venenos pela casa.

Kate desatou a chorar.

— Não faça isso comigo, mamãe! Por favor!

Margaret tomou-a nos braços.

— É para o seu próprio bem, Kate. Vai se tornar uma mocinha em breve. E precisará estar pronta para o casamento. Nenhum homem vai casar com uma moça que fala, se veste e se comporta como você.

— Isso não é verdade — disse Kate, soluçando. — David não se importa.

— E o que David tem a ver com isso?

— Vamos casar.

Margaret suspirou.

— Mandarei que a Sra. Talley arrume as suas coisas.

HAVIA MEIA DÚZIA de bons colégios internos ingleses para moças. Margaret concluiu que Cheltenham, em Gloucestershire, era o mais apropriado para Kate. Era uma escola afamada por sua disciplina rigorosa. O terreno em que estava situada era vasto, cercado por muros altos. Fora fundada por filhas de nobres. David mantinha relações comerciais com o marido da diretora, Sra. Keaton. Assim, não houve qualquer dificuldade para que Kate fosse matriculada na escola. Quando soube para onde estava indo, Kate tornou a explodir:

— Já ouvi falar dessa escola! É horrível! Voltarei como uma daquelas bonecas inglesas estufadas. É isso o que está querendo?

— O que eu gostaria é que você aprendesse um pouco de bons modos.

— Não preciso de bons modos. Tenho cabeça.

— Não é a primeira coisa que um homem procura numa mulher — disse Margaret, secamente. — E você está se tornando uma mulher.

— Não quero ser uma mulher! — berrou Kate. — Por que diabo não me deixa em paz?

— Não vou permitir que você use essa linguagem.

E assim as duas continuaram a discutir, até de manhã, quando chegou o momento de Kate partir. Como David estava de partida para Londres, numa viagem de negócios, Margaret pediu-lhe:

— Importa-se de levar Kate até a escola? Só Deus sabe onde ela pode parar, se for sozinha.

— Terei o maior prazer — disse David.

— Você é tão ruim quanto minha mãe! Mal pode esperar o momento de se livrar de mim!

David sorriu.

— Você está enganada. Posso esperar.

VIAJARAM NO VAGÃO particular da família de Klipdrift para a Cidade do Cabo e de lá seguiram de navio para Southampton. A viagem levou quatro semanas. O orgulho de Kate não a deixava admitir, mas estava emocionada por viajar com David. *É como uma lua de mel*, pensava ela. *Só que não somos casados. Ainda não.*

No navio, David passava muito tempo trabalhando em seu camarote. Kate ficava enroscada no sofá, observando-o em silêncio, contente por estar perto dele. Perguntou-lhe, certa ocasião:

— Não fica cansado de trabalhar com todos esses números, David?

Ele largou a pena e fitou-a.

— Não são apenas números, Kate. São histórias.

— Que tipo de histórias?

— Se souber ler, são histórias de companhias que estamos comprando ou vendendo, pessoas que trabalham para nós. Milhares de pessoas no mundo inteiro ganham o seu sustento graças à companhia que seu pai fundou.

— Sou parecida com meu pai?

— Sob muitos aspectos, é, sim. Ele era um homem obstinado e independente.

— Sou uma mulher obstinada e independente?

— Você é uma pirralha mimada. O homem que casar com você terá uma vida infernal.

Kate sorriu, sonhadora. *Pobre David...*

No salão de jantar, na última noite no mar, David perguntou:

— Por que você é tão difícil, Kate?

— Sou mesmo?

— Você sabe que é. Leva sua pobre mãe à loucura.

Kate pôs a mão sobre a dele.

— E levo você também à loucura?

O rosto de David ficou vermelho.

— Pare com isso. Não consigo entendê-la.

— Claro que entende.

— Por que não pode ser como as outras moças da sua idade?

— Prefiro antes morrer. Não quero ser como as outras.

— E Deus sabe que você não é.

— Não vai casar com ninguém até eu estar crescida o bastante para você, não é mesmo, David? Prometo que vou crescer o mais depressa possível. Só lhe peço, por favor, que não conheça ninguém que possa amar.

David ficou comovido com a ansiedade de Kate. Pegou a mão dela e disse:

— Quando eu casar, Kate, vou querer que minha filha seja exatamente como você.

Kate se levantou e disse, numa voz que ressoou por todo o salão de jantar:

— Vá para o inferno, David Blackwell!

E ela saiu do salão, furiosa, enquanto todos a fitavam, aturdidos.

Passaram três dias juntos em Londres e Kate adorou cada minuto.

— Tenho uma coisa que você vai gostar, Kate. Comprei duas entradas para *Mrs. Wiggs of the Cabbage Point*.

— Obrigada, David. Mas quero ir também ao Gaiety.

— Não pode. É uma... uma revista de *music-hall*. Não serve para você.

— Não saberei enquanto não assistir, não é mesmo?

Eles foram ao Gaiety.

KATE ADOROU LONDRES. A mistura de automóveis e carruagens, as mulheres lindamente vestidas, em rendas, tule e cetim, joias cintilantes, os homens em trajes de noite, de colete, camisas brancas. Jantaram no Ritz, fizeram uma ceia no Savoy. E quando chegou o momento de partir, Kate pensou: *Voltaremos aqui. David e eu voltaremos.*

CHEGANDO A CHELTENHAM, eles foram conduzidos ao gabinete da Sra. Keaton.

— Quero lhe agradecer por ter aceitado a matrícula de Kate — disse David.

— Tenho certeza de que vamos gostar dela. E é um prazer atender ao pedido de um amigo de meu marido.

Nesse momento, Kate compreendeu que fora enganada. Fora David quem quisera afastá-la e providenciara tudo.

Ela ficou tão furiosa e magoada que se recusou a despedir-se dele.

Capítulo 13

A CHELTENHAM SCHOOL ERA insuportável. Havia regras e regulamentos para tudo. As moças tinham de usar uniformes idênticos, até os calções de baixo. O dia na escola tinha dez horas de duração e cada minuto era organizado em termos rígidos. A Sra. Keaton comandava as alunas e professoras com mão de ferro. As moças tinham de aprender boas maneiras e disciplina, etiqueta e compostura, a fim de que pudessem um dia atrair maridos condizentes.

Kate escreveu para a mãe: "É uma maldita prisão. As moças daqui são horríveis. Só sabem falar sobre roupas e rapazes. As professoras são uns verdadeiros monstros. Mas não vão conseguir me manter aqui. Juro que vou fugir."

Ela conseguiu fugir da escola três vezes, sendo sempre apanhada e levada de volta, impenitente. Numa reunião semanal da equipe da escola, depois de uma das fugas de Kate, uma professora comentou:

— Essa menina é incorrigível. Acho que devemos mandá-la de volta para a África do Sul.

Ao que a Sra. Keaton disse:

— Estou propensa a concordar. Mas vamos encará-la como um desafio. Se conseguirmos disciplinar Kate McGregor, poderemos disciplinar qualquer outra.

E Kate permaneceu na escola.

PARA ESPANTO DAS professoras, Kate tornou-se interessada na fazenda que a escola mantinha. A fazenda tinha hortas, galinhas, vacas, porcos e cavalos. Kate passava lá todo o tempo possível. Ao saber disso, a Sra. Keaton ficou bastante satisfeita.

— Era simplesmente uma questão de paciência — disse ela às professoras. — Kate encontrou finalmente o seu interesse na vida. Ela vai casar um dia com um fazendeiro e lhe será de grande valia.

Na manhã seguinte, Oscar Denker, o homem que cuidava da fazenda, foi procurar a diretora.

— Gostaria que mantivesse longe da fazenda uma de suas alunas, que não sai de lá. O nome dela é Kate McGregor.

— Mas do que está falando? — indagou a Sra. Keaton. — Acho salutar que ela se interesse pelas coisas da fazenda.

— Mas sabe em que ela está realmente interessada? Na fornicação dos animais, se me perdoa a linguagem.

— O quê?

— Isso mesmo. Ela passa o dia inteiro observando os animais fazerem as coisas.

— Mas que diabo! — exclamou a Sra. Keaton.

KATE AINDA NÃO perdoara David por mandá-la para o exílio, mas sentia uma tremenda saudade dele. *É o meu destino estar apaixonada por um homem que odeio*, pensava ela. Kate marcava os dias em que estava longe dele, como um prisioneiro que conta quanto tempo falta até a sua libertação. Kate sentia medo de que ele fizesse alguma coisa terrível, como casar com outra mulher, enquanto ela estava prisioneira na escola. *Se ele fizer isso, vou matar os dois,* pensava Kate. *Não, matarei apenas a mulher. Vão me prender e enforcar. E quando eu estiver subindo para a forca, David vai compreender que me ama. Mas será tarde demais. Vai me suplicar para perdoá-lo. E eu direi: "Claro que o perdoo, David querido. Mas você foi tolo demais para perceber que tinha um grande amor na palma da mão. Deixou que escapasse, como um passarinho. E agora o passarinho está prestes a ser enforcado. Adeus, David." No último momento, porém, ela seria salva. David a abraçaria e depois a levaria para alguma terra exótica, onde a comida era melhor do que a maldita porcaria que serviam em Cheltenham.*

Kate recebeu um bilhete de David, informando que estava de viagem para Londres e aproveitaria para visitá-la. A imaginação de Kate se incendiou. Encontrou uma dúzia de insinuações no bilhete. *Por que ele está vindo para a Inglaterra? Para estar perto dela, é claro. Por que ia visitá-la? Porque finalmente sabia que a amava e não mais suportava ficar longe dela. Ele ia tirá-la daquele lugar horrível.* Ela mal podia controlar sua felicidade. A fantasia era tão real que Kate se despediu das colegas no dia da chegada de David.

— Meu amor veio me tirar daqui — anunciou ela.

As outras moças fitaram-na em silêncio, incrédulas. A única exceção foi Georgina Christy, que disse, desdenhosamente:

— Está mentindo outra vez, Kate McGregor.

— Espere só para ver. Ele é alto e bonito, está louco por mim.

Ao chegar, David ficou perplexo ao perceber que todas as moças observavam-no atentamente. Sussurravam e riam, desviavam os olhos quando David as fitava.

— Elas se comportam como se nunca tivessem visto um homem antes — disse David a Kate, desconfiado. — Andou falando alguma coisa a meu respeito?

— Claro que não — respondeu Kate, altivamente. — Por que eu faria isso?

Comeram no refeitório da escola e David deixou Kate a par de tudo o que acontecia em casa.

— Sua mãe manda todo o seu amor. Está esperando você para as férias de verão.

— Como ela está?

— Muito bem. Trabalhando bastante.

— A companhia está indo bem, David?

Ele ficou surpreso com o súbito interesse.

— Está, sim. Por quê?

Porque algum dia vai me pertencer e nós dois a partilharemos, pensou Kate.

— Eu estava apenas curiosa.

Ele olhou para o prato dela, ainda intacto.

— Não está comendo, Kate.

Kate não estava interessada em comida. Esperava pelo momento mágico, o momento em que David lhe diria: *Venha comigo, Kate. Você é agora uma mulher e eu a quero. Vamos casar.*

A sobremesa chegou e se foi. O café chegou e se foi. David ainda não pronunciara as palavras mágicas. Ele olhou finalmente para o relógio e disse:

— Acho melhor eu partir ou perderei o trem.

Foi só nesse momento que Kate compreendeu, horrorizada, que ele não fora buscá-la. O desgraçado ia deixá-la ali para apodrecer!

David gostara da visita a Kate. Ela era uma moça inteligente e divertida. A turbulência que outrora a caracterizava estava agora sob controle. Ele afagou afetuosamente a mão de Kate e perguntou:

— Há alguma coisa que eu possa fazer por você antes de ir embora, Kate?

Ela fitou-o nos olhos e disse, suavemente:

— Há, sim, David. Você pode me prestar um grande favor. *Suma da minha vida!*

E Kate deixou o refeitório, com extrema dignidade, a cabeça empinada. David ficou sentado, aturdido, boquiaberto.

MARGARET DESCOBRIU que sentia saudade de Kate. A filha era rebelde e voluntariosa, mas Margaret compreendia que ela era também a única pessoa viva a quem amava. *Ela será uma grande mulher,* pensava Margaret, orgulhosa. *Mas eu quero que ela tenha os bons modos de uma dama.*

Kate chegou em casa para as férias de verão.

— Como está indo na escola? — perguntou Margaret.

— Odeio a escola! É como estar cercada por uma centena de babás!

Margaret estudou a filha atentamente.

— As outras moças também se sentem assim, Kate?

— O que elas sabem das coisas? — disse Kate, desdenhosamente. — Devia conhecer as moças que estão naquela escola. Sempre viveram resguardadas. Não sabem coisa alguma a respeito da vida.

— Deve ser horrível para você.

— Não zombe de mim, por favor, mamãe. Elas nunca estiveram na África do Sul. Os únicos animais que viram estavam no jardim zoológico. Nenhuma delas jamais viu uma mina de diamantes ou uma mina de ouro.

— Pobres coitadas.

— Está bem, mamãe, está bem. Mas quando eu ficar como elas, garanto que vai se arrepender.

— Acha que vai ficar como elas?

Kate sorriu.

— Claro que não. Você está louca?

UMA HORA DEPOIS de chegar em casa, Kate já estava no quintal, jogando *rugby* com os filhos dos empregados. Margaret observou-a pela janela e pensou: *Estou desperdiçando o dinheiro. Ela nunca vai mudar.* Naquela noite, ao jantar, Kate perguntou, em tom de indiferença:

— David está na cidade?

— Está na Austrália. Mas acho que voltará amanhã.

— Ele vem jantar na noite de sexta-feira?

— Provavelmente. — Margaret estudou a filha por um momento, antes de acrescentar: — Você gosta de David, não é mesmo?

Kate deu de ombros.

— Acho que ele é simpático.

— Entendo...

Margaret sorriu interiormente, ao recordar a promessa de Kate de casar com David.

— A verdade, mamãe, é que gosto dele como um ser humano. Mas não consigo suportá-lo como um *homem*.

QUANDO DAVID CHEGOU para o jantar, na noite de sexta-feira, Kate correu para a porta a fim de recebê-lo. Abraçou-o e sussurrou em seu ouvido:

— Eu o perdoo. Oh, David, não sabe como senti saudade de você! Também sentiu saudade de mim?

Automaticamente, ele respondeu:

— Claro.

E, depois, ele pensou, espantado: *Por Deus, como senti saudade dela!* Ele jamais conhecera alguém como aquela menina. Acompanhara o crescimento dela e a cada vez que a encontrava ela era uma revelação. Estava com quase 16 anos de idade e o corpo já começara a encher. Deixara os cabelos pretos crescerem e agora caíam suavemente pelos ombros. As feições haviam amadurecido, havia nela uma sensualidade que ele não percebera antes. Estava linda, além de possuir uma inteligência ágil e uma vontade firme. *Ela será um prato cheio para algum homem*, pensou David. Ao jantar, ele perguntou:

— Como está indo na escola, Kate?

— Estou adorando. E tenho aprendido muita coisa. As professoras são maravilhosas e fiz uma porção de amigas.

Margaret permaneceu em silêncio, aturdida.

— Vai me levar às minas com você, David?

— É assim que pretende desperdiçar as suas férias?

— É, sim. Por favor, David...

— Se sua mãe disser que não há problema...

— Por favor, mãe!

— Está bem, querida. Enquanto estiver com David, sei que você estará segura.

Margaret esperava que David também estivesse seguro.

A MINA DE DIAMANTES Kruger-Brent, perto de Bloemfontein, era uma operação gigantesca, com centenas de trabalhadores a escavar, batear e separar as pedras.

— Esta é uma das mais lucrativas minas da companhia — disse David a Kate.

Eles estavam no escritório do gerente, esperando um guia para levá-los ao interior da mina. Numa parede, havia uma estante de vidro, com diamantes de todas as cores e tamanhos.

— Cada diamante possui características distintas — explicou David. — Os diamantes originais, das margens do Vaal, eram aluviais, os lados consumidos pelo atrito de séculos.

Ele está mais bonito do que nunca, pensou Kate. *Amo as sobrancelhas dele.*

— Todos esses diamantes vieram de minas diferentes, mas podem ser facilmente identificados pela aparência. Está vendo este? Pelo tamanho e tonalidade amarelada, pode-se dizer que veio de

Paardspan. Os diamantes da De Beers possuem uma superfície de aparência oleosa e são dodecaedros no formato.

Ele é muito inteligente. Sabe de tudo.

— Pode-se dizer que este é da mina de Kimberley, porque é um octaedro. Os diamantes variam do enfumaçado ao puro branco.

Fico imaginando se o gerente pensa que David é meu amante. Espero que sim.

— A cor de um diamante ajuda a determinar o seu valor. As cores são classificadas numa escala de um a dez. No alto, está a tonalidade azul-branca. No fundo está o diamante de tonalidade marrom.

Ele tem um cheiro maravilhoso. É um cheiro... um cheiro de homem. Adoro os braços e ombros dele. Gostaria...

— Kate!

Ela balbuciou, com um sentimento de culpa:

— O que é, David?

— Está prestando atenção?

— Claro que estou. — Havia indignação na voz dela. — Ouvi cada palavra.

Passaram as duas horas seguintes no interior da mina e depois almoçaram. Era a ideia de Kate de um dia maravilhoso.

QUANDO KATE VOLTOU para casa, ao final da tarde, Margaret disse:

— Gostou do passeio?

— Foi maravilhoso. A mineração é de fato uma coisa fascinante.

Meia hora depois, Margaret olhou por acaso pela janela. Kate estava no quintal, engalfinhada com o filho de um dos jardineiros.

No ano seguinte, as cartas que Kate enviava da escola eram cautelosamente otimistas. Tornou-se capitã das equipes de hóquei e lacrosse, era a líder da turma, em termos acadêmicos. Ela escreveu que, no fundo, a escola não era tão ruim assim, havia até algumas colegas que eram razoavelmente simpáticas. Pediu permissão para levar duas amigas para casa nas férias de verão. Margaret ficou deliciada. A casa voltaria a ficar movimentada, com o som de risos adolescentes. Ela mal podia esperar o momento em que Kate chegaria em casa. Todos os seus sonhos estavam agora concentrados na filha. *Jamie e eu somos o passado*, pensava Maggie. *Kate é o futuro. E que futuro brilhante e maravilhoso será!*

QUANDO KATE CHEGOU em casa, para as férias de verão, todos os rapazes de Klipdrift começaram a assediá-la. Mas Kate não estava interessada em nenhum deles. David estava na América e ela aguardava impacientemente a volta dele. Quando ele finalmente apareceu na casa, Kate foi recebê-lo na porta. Ela usava um vestido branco, com um cinto de veludo preto, que acentuava o colo sedutor. Ao abraçá-la, David ficou aturdido com a reação intensa dela. Recuou e contemplou-a. Havia alguma coisa diferente nela, um ar consciente. A expressão nos olhos não podia ser definida, mas deixava-o vagamente inquieto.

Nas poucas vezes em que David viu Kate, durante as férias, ela estava cercada por rapazes. Ele se descobriu a imaginar qual deles seria o felizardo. David teve de ir novamente à Austrália, a negócios. Quando voltou a Klipdrift, Kate já estava a caminho da Inglaterra.

NO ÚLTIMO ANO de Kate na escola, David apareceu um dia para visitá-la, inesperadamente. As visitas dele eram quase sempre precedidas por uma carta ou telefonema. Naquela vez, porém, não houvera qualquer aviso prévio.

— David! Mas que surpresa maravilhosa! — Kate abraçou-o.

— Deveria ter avisado. Eu teria...

— Vim até aqui para levá-la para casa, Kate.

Ela afastou-o, aturdida.

— Aconteceu alguma coisa?

— Sua mãe está muito doente.

Kate ficou completamente imóvel por um momento e depois murmurou:

— Vou me aprontar.

KATE FICOU CHOCADA com a aparência da mãe. Estivera com ela poucos meses antes e Margaret parecia gozar de excelente saúde. Estava agora pálida e encovada, o espírito forte se desvanecera de seus olhos. Era como se o câncer que lhe corroía o corpo também houvesse destruído a alma. Kate sentou-se no lado da cama e segurou a mão da mãe.

— Oh, mamãe, que coisa horrível!

Margaret apertou a mão da filha.

— Estou pronta para partir, querida. Acho que estou pronta desde que seu pai morreu. — Ela fitou Kate nos olhos. — Quer ouvir uma bobagem? Nunca falei isso antes a qualquer outra pessoa viva. — Ela hesitou por um instante e depois acrescentou: — Sempre me preocupei com a possibilidade de não haver ninguém para cuidar direito de seu pai. Agora, poderei fazê-lo.

MARGARET FOI ENTERRADA três dias depois. A morte da mãe abalou Kate profundamente. É verdade que já perdera o pai e um irmão, mas nunca os conhecera, eram apenas personagens de um passado anterior. A morte da mãe era real e dolorosa. Kate estava com 18 anos e de repente se descobria sozinha no mundo. A perspectiva era assustadora.

David observava-a à beira da sepultura, fazendo um grande esforço para não chorar. Quando voltaram para casa, no entanto, Kate não conseguiu mais se controlar e desatou a chorar, desconsolada.

— Ela sempre foi maravilhosa para mim, David — balbuciou ela. — E eu fui a pior das filhas.

David tentou confortá-la.

— Você sempre foi uma filha maravilhosa, Kate.

— Não fui, não. Só criei problemas para mamãe. Daria qualquer coisa para poder compensá-la. Eu não queria que ela morresse, David. Por que Deus fez isso comigo?

David ficou esperando, deixando que Kate extravasasse. Quando ela ficou mais calma, ele disse:

— Sei que é difícil acreditar agora, mas um dia a dor vai se dissipar. E quer saber o que lhe restará, Kate? Recordações felizes. Vai se lembrar de todas as coisas boas que você e sua mãe tiveram.

— Acho que tem razão. Só que neste momento está doendo demais.

Eles discutiram o destino de Kate na manhã seguinte.

— Você tem uma família na Escócia, Kate.

— Não! — disse ela, asperamente. — Eles não são a minha família. São apenas parentes. — A voz de Kate era amargurada.

— Quando meu pai queria vir para esta terra, todos escarneceram dele. Ninguém o ajudou, com exceção da mãe, que agora está morta. Não quero saber deles.

David pensou por um momento.

— Pretende terminar o ano letivo na escola? — Antes que Kate pudesse responder, ele acrescentou: — Acho que sua mãe gostaria que você concluísse o curso.

— Então é o que vou fazer. — Kate baixou os olhos para o chão, sem ver nada. — Oh, diabo!

— Sei que é mesmo horrível, Kate...

KATE TERMINOU o curso como a oradora da turma e David compareceu à cerimônia de formatura.

Seguindo de Johannesburgo para Klipdrift, no vagão particular, David disse:

— Tudo isto pertencerá a você dentro de poucos meses. Este vagão, as minas, a companhia... tudo será seu. É uma moça muito rica. Poderá vender a companhia, por milhões de libras. — Ele fitou-a nos olhos e acrescentou: — Ou pode ficar com a companhia. Terá de pensar nisso.

— Já pensei — declarou Kate, sorrindo. — Meu pai foi um aventureiro, David. Eu gostaria de poder tê-lo conhecido. Não venderei a companhia. Quer saber por quê? Porque o aventureiro deu à companhia os nomes dos dois guardas que estavam tentando matá-lo. Não foi uma ideia sensacional? Às vezes, quando não consigo dormir à noite, fico pensando em meu pai e Banda rastejando pelo *mis*, posso até ouvir as vozes dos guardas... *Kruger... Brent...* — Ela fez uma pausa, fitando David nos olhos. — Nunca venderei a companhia de meu pai, desde que você fique e continue a dirigi-la.

— Ficarei enquanto você precisar de mim.

— Resolvi me matricular numa escola de negócios.

— Uma escola de negócios?

David estava visivelmente surpreso.

— Não se esqueça de que estamos em 1910, David. Existem escolas de negócios em Johannesburgo onde aceitam mulheres.

— Mas...

— Você perguntou o que eu queria fazer com meu dinheiro. — Kate fitou-o nos olhos. — Quero ganhá-lo.

Capítulo 14

A ESCOLA DE NEGÓCIOS foi uma aventura nova e emocionante. Quando Kate seguira para Cheltenham, fora um mal necessário. Agora, porém, era diferente. Cada aula lhe ensinava algo útil, algo que a ajudaria quando estivesse dirigindo a companhia. Os cursos eram de contabilidade, finanças, comércio internacional e administração. David telefonava uma vez por semana para saber como ela estava se saindo.

— Estou adorando — disse-lhe Kate. — É de fato sensacional, David.

Um dia, ela e David estariam trabalhando juntos, até tarde da noite, sozinhos. E, numa noite assim, David se viraria para ela e diria: *Kate querida, tenho sido um tolo cego. Quer casar comigo? E, no instante seguinte, ela estaria nos braços dele...*

Mas isso teria de esperar. Até lá, tinha muito o que aprender. Resoluta, Kate concentrou-se nos estudos.

O curso durou dois anos e Kate voltou a Klipdrift a tempo de lá comemorar o seu 20° aniversário. David foi recebê-la na estação. Impulsivamente, Kate abraçou-o.

— Oh, David, estou tão feliz em vê-lo!

Ele desvencilhou-se e disse, constrangido:

— Também me sinto feliz em vê-la, Kate.

Ele estava visivelmente contrafeito.

— Algum problema?

— Não. É que... é que as moças não ficam abraçando os homens em público.

Ela fitou-o em silêncio por um momento e depois disse:

— Está bem. Prometo que não vou mais embaraçá-lo assim.

ENQUANTO SEGUIAM para casa, David estudou Kate disfarçadamente. Ela se tornara uma moça de extraordinária beleza, inocente e vulnerável. David estava determinado a não tirar proveito disso.

Na manhã de segunda-feira, Kate instalou-se em sua sala na Kruger-Brent. Era como mergulhar de repente em algum universo exótico e bizarro, que possuía os seus próprios costumes e a sua própria língua. Havia uma quantidade espantosa de divisões, subsidiárias, departamentos regionais, franquias e sucursais estrangeiras. Os produtos que a companhia fabricava ou possuía pareciam intermináveis. Havia usinas siderúrgicas, ranchos de gado, uma ferrovia, uma empresa de navegação e a base da fortuna da família: diamantes e ouro, zinco, platina e magnésio, tudo minerado 24 horas por dia, despejando-se nos cofres da companhia.

Poder.

Era quase demais para Kate poder absorver. Ela ficava sentada na sala de David, escutando-o tomar decisões que afetavam milhares de pessoas, no mundo inteiro. Os gerentes das diversas divisões faziam recomendações, mas David muitas vezes as rejeitava.

— Por que faz isso? — perguntou Kate um dia. — Eles não conhecem suas funções?

— Claro que conhecem — disse David. — Mas não é esse o problema. Cada gerente encara a sua própria divisão como o centro do mundo e é assim mesmo que deve ser. Mas alguém precisa ter uma visão global e decidir o que é melhor para a companhia. Vamos embora. Almoçaremos hoje com alguém que você precisa conhecer.

David levou Kate para a sala de jantar particular que ficava ao lado do escritório dela. Um homem ainda jovem, magro, olhos castanhos inquisitivos, estava esperando.

— Kate, esse é Brad Rogers. Brad, quero apresentá-lo à sua nova patroa, Kate McGregor.

Brad Rogers estendeu a mão.

— Prazer em conhecê-la, Srta. McGregor.

— Brad é a nossa arma secreta — explicou David. — Ele sabe tanto quanto eu sobre a Kruger-Brent. Se algum dia eu for embora, você não terá de se preocupar. Poderá contar com Brad.

Se algum dia eu for embora... O pensamento provocou uma onda de pânico em Kate. *Mas é claro que David jamais deixaria a companhia.* Kate não foi capaz de pensar em qualquer outra coisa durante o almoço. Ao final, ela nem sabia o que comera.

DEPOIS DO ALMOÇO, conversaram sobre a África do Sul.

— Vamos ter uma crise muito em breve — alertou David. — O governo acaba de impor uma taxa individual.

— O que exatamente isso significa? — perguntou Brad Rogers.

— Significa que pretos, mulatos e indianos terão de pagar duas libras para cada pessoa da família. Representa mais do que um mês de salário para eles.

Kate pensou em Banda e foi invadida por um sentimento de apreensão. A discussão passou para outros assuntos.

Kate apreciava intensamente a sua nova vida. Cada decisão envolvia milhões de libras. Os grandes negócios eram uma competição de esperteza, a coragem de apostar e o instinto de saber quando abandonar e quando insistir.

— Os negócios são como um jogo — explicou David a Kate. — As apostas são fantásticas e a competição é com profundos conhecedores. Se você quer vencer, tem de aprender a ser um mestre do jogo.

E era justamente o que Kate estava determinada a fazer. Aprender.

KATE VIVIA SOZINHA na casa imensa, apenas com os criados. Ela e David mantinham o ritual, jantando juntos às sextas-feiras. Mas quando Kate o convidava em qualquer outra noite da semana, David invariavelmente encontrava um pretexto para não ir. Durante as horas de trabalho, estavam constantemente juntos. Mas, mesmo então, David parecia ter erguido uma barreira entre eles, uma muralha que Kate era incapaz de transpor.

NO DIA EM QUE completou 21 anos, Kate recebeu todas as ações da Kruger-Brent International. Possuía agora, oficialmente, o controle da companhia.

— Vamos jantar juntos esta noite para comemorar — ela sugeriu a David.

— Lamento muito, Kate, mas tenho muito trabalho atrasado.

Kate jantou sozinha naquela noite, tentando imaginar o que estava acontecendo. *Seria ela ou seria David?* Ele devia estar cego, surdo e mudo para não perceber o que ela sentia, o que sempre sentira. Ela teria de tomar alguma providência concreta.

A companhia estava negociando a compra de uma empresa de navegação nos Estados Unidos.

— Por que você e Brad não vão a Nova York para fechar o negócio? — sugeriu David a Kate. — Será uma boa experiência para você.

Kate preferia ir junto com David, mas era orgulhosa demais para dizê-lo. Cuidaria da transação sem ele. Além do mais, nunca estivera na América e aguardava ansiosamente pela experiência.

Os acertos finais para a compra da empresa de navegação não tiveram qualquer dificuldade. Antes da viagem, David dissera a Kate:

— Já que vai à América, por que não aproveita para conhecer alguma coisa do país?

Kate e Brad visitaram subsidiárias da companhia em Detroit, Chicago, Pittsburgh e Nova York: Kate ficou impressionada com as dimensões e o dinamismo dos Estados Unidos. O ponto alto da viagem de Kate foi uma visita a Dark Harbor, Maine, numa ilha pequena e encantadora, chamada Islesboro, na Baía de Penobscot. Ela fora convidada a jantar na casa de Charles Dana Gibson, o artista. Havia 12 pessoas à mesa. E com exceção de Kate, todos possuíam casas na ilha.

— Esta ilha tem uma história interessante — disse Gibson a Kate. — Há alguns anos, os residentes costumavam chegar aqui em pequenas embarcações costeiras, saindo de Boston. Quando o barco atracava, eram recebidos por uma charrete, que os levava para suas casas.

— Quantas pessoas vivem na ilha? — perguntou Kate.

— Há cerca de 50 famílias. Reparou no farol quando a barca atracou?

— Claro.

— Há um faroleiro que vive lá com o seu cachorro. Quando um barco passa, o cachorro sai e toca o sino.

Kate riu.

— Está brincando, não é mesmo?

— Claro que não. E o mais curioso é que o cachorro é surdo como uma pedra. Encosta o ouvido no sino para sentir as vibrações.

Kate sorriu.

— Parece que vocês têm aqui uma ilha fascinante.

— Talvez valha a pena você ficar mais um pouco e dar uma volta pela ilha antes de ir embora.

Num súbito impulso, Kate disse:

— Por que não?

Ela passou a noite no único hotel da ilha, o Islesboro Inn. Pela manhã, contratou uma charrete e um cocheiro para guiá-la. Deixaram o centro de Dark Harbor, que consistia em um armazém geral, uma loja de ferragens e um pequeno restaurante. Alguns minutos depois, estavam atravessando um bosque aprazível. Kate notou que nenhuma das estradinhas sinuosas tinha nome, assim como também não havia nomes nas caixas de correspondência. Virou-se para o guia e perguntou:

— As pessoas não se perdem por aqui?

— Não. Os ilhéus sabem perfeitamente onde fica tudo.

Kate murmurou, pensativa:

— Entendo...

PASSARAM POR UM cemitério, no outro lado da ilha.

— Quer parar aqui, por favor? — pediu Kate.

Ela saltou da charrete e entrou no velho cemitério, circulando entre os túmulos.

JOB PENDLETON, MORTO EM 25 DE JANEIRO DE 1794, AOS 47 ANOS. O epitáfio era o seguinte: *Por baixo desta pedra repouso a cabeça em sono ameno. Cristo abençoou este leito.*

JANE, MULHER DE THOMAS PENDLETON, MORTA EM 25 DE FEVEREIRO DE 1802, AOS 47 ANOS.

Havia ali espíritos de outro século, de uma era há muito desaparecida. CAPITÃO WILLIAM HATCH, AFOGADO NO ESTREITO DE LONG ISLAND, EM OUTUBRO DE 1866, AOS 30 ANOS. O epitáfio dele dizia: *Enfrentou as tempestades e cruzou os mares da vida.*

Kate permaneceu no cemitério por muito tempo, desfrutando a serenidade e a paz. Voltou finalmente à charrete e seguiu em frente.

— Como é a ilha no inverno? — ela perguntou ao cocheiro.

— Muito fria. A baía costuma ficar congelada e as pessoas podem vir do continente de trenó. Mas temos agora, é claro, a barca.

Passaram por uma curva e lá embaixo, à beira d'água, havia uma linda casa, de dois andares, cercada por delfínios, rosas silvestres e papoulas. A casa era branca, com as oito janelas da frente pintadas de verde. Ao lado da porta dupla havia bancos pintados de branco e seis vasos de gerânios vermelhos. Parecia uma casa saída de um conto de fadas.

— De quem é aquela casa?

— É a velha casa dos Drebens. A Sra. Dreben morreu há poucos meses.

— Quem vive lá agora?

— Acho que ninguém.

— Sabe se a casa está à venda?

O guia virou a cabeça para olhar Kate.

— Provavelmente será comprada pelo filho de uma das famílias que já residem aqui. Os ilhéus não gostam muito de estranhos.

Era a coisa errada para se dizer a Kate. Uma hora depois, ela estava falando com o advogado que cuidava do espólio.

— Gostaria de saber se a casa Dreben está à venda.

O advogado contraiu os lábios.

— Sim e não.

— Como assim?

— Está à venda, mas já há algumas pessoas interessadas.

As velhas famílias da ilha, pensou Kate.

— Eles já fizeram alguma oferta?

— Ainda não. Mas...

— Pois estou disposta a fazer.

O advogado disse, em tom condescendente:

— É uma casa bastante cara.

— Qual é o preço?

— Cinquenta mil dólares.

— Vamos dar uma olhada.

O INTERIOR DA CASA era ainda mais encantador do que Kate imaginara. O vestíbulo aconchegante propiciava a vista do mar, através de uma parede de vidro. Num dos lados havia um imenso salão de baile e no outro uma sala de visitas, as paredes forradas de madeira, mostrando os sinais do tempo, uma vasta lareira. Havia uma biblioteca, uma cozinha grande, com fogão de ferro e um balcão de madeira, uma despensa e uma lavanderia. Lá embaixo, a casa tinha seis quartos para criados e um banheiro. Lá em cima, havia uma suíte e quatro quartos menores. Era uma casa muito maior do que Kate previra. Mas quando David e eu tivermos nossos filhos, pensou ela, precisaremos de todos esses quartos. O terreno descia até a baía, onde havia um atracadouro particular. Kate virou-se para o advogado.

— Fico com a casa.

Ela resolveu dar-lhe o nome de Cedar Hill House.

KATE FICOU ANSIOSA para voltar a Klipdrift o mais depressa possível, a fim de dar a notícia a David.

Na volta para a África do Sul, Kate estava dominada por uma intensa emoção. A casa em Dark Harbor era um sinal, um símbolo de que iria casar com David. Tinha certeza de que ele adoraria a casa tanto quanto ela.

NA TARDE EM que Kate e Brad chegaram de volta a Klipdrift, ela seguiu imediatamente para o escritório de David. Ele estava sentado à mesa, trabalhando. A visão dele fez o coração de Kate disparar. Ela não percebera até aquele momento quanto sentira saudade de David. David levantou-se no mesmo instante.

— Kate! Seja bem-vinda! — Antes que ela pudesse dizer qualquer coisa, David acrescentou: — Queria que você fosse a primeira a saber. Vou casar.

Capítulo 15

Tudo começara seis semanas antes. Num dia de intensa atividade, David recebeu um recado. Tim O'Neil, o amigo de um importante comprador de diamantes americano, estava em Klipdrift e gostaria de saber se David poderia recebê-lo, talvez jantarem juntos. David não tinha tempo a perder com turistas, mas não queria desagradar o cliente americano. Teria pedido a Kate que recebesse o visitante, só que ela estava excursionando pela América do Norte, em visita às fábricas da companhia, com Brad Rogers. *Não há jeito*, pensou David. Ele telefonou para o hotel em que O'Neil estava hospedado e convidou-o para jantar naquela noite.

— Estou com minha filha — informou O'Neil. — Espero que não se incomode se eu levá-la.

David não tinha a menor disposição de passar a noite com uma criança, mas disse, polidamente:

— Claro que não.

Ele daria um jeito para que a noite fosse bem curta. Encontraram-se no restaurante do Grand Hotel. Quando David chegou, O'Neil e a filha já estavam sentados à mesa. O'Neil era um irlandês-americano bonito, de cabelos grisalhos, 50 e poucos anos. A filha, Josephine, era a mulher mais linda que David já conhecera. Tinha 30 e poucos anos, um corpo espetacular, cabelos louros, olhos azuis. David ficou sem fôlego ao contemplá-la.

— Eu... eu lamento ter me atrasado. É que surgiu um problema de última hora.

Josephine observou divertida a reação de David à sua presença.

— Isso deve ser às vezes muito emocionante — comentou ela, com uma expressão inocente. — Meu pai me disse que é um homem muito importante, Sr. Blackwell.

— Nem tanto assim... e chame-me de David, por favor.

Ela assentiu.

— É um ótimo nome. Sugere grande força.

Antes do jantar terminar, David já chegara à conclusão de que Josephine O'Neil era muito mais que apenas uma mulher bonita. Era inteligente, possuía grande senso de humor e a habilidade de fazê-lo sentir-se à vontade. David tinha a impressão de que ela estava realmente interessada por ele. Fez-lhe perguntas a respeito dele que ninguém antes formulara. Ao final da noite, David já estava meio apaixonado por ela.

— Onde você mora? — perguntou David a Tim O'Neil.

— Em San Francisco.

— Voltará em breve? — Ele procurou fazer com que a pergunta soasse o mais indiferente possível.

— Na próxima semana.

Josephine sorriu para David.

— Se Klipdrift for tão interessante como promete, talvez eu possa convencer papai a ficar mais um pouco.

— Tenciono fazer com que seja o mais interessante possível — assegurou David. — Não gostaria de conhecer uma mina de diamantes?

— Adoraríamos — respondeu Josephine. — Obrigada.

Houvera um tempo em que David acompanhava os visitantes importantes às minas, mas há muito que já delegara esse encargo a subordinados. Agora, no entanto, ouviu-se dizer:

— Amanhã de manhã seria conveniente?

Ele tinha meia dúzia de reuniões marcadas para a manhã seguinte, mas, de repente, nenhuma delas pareceu importante.

ELE LEVOU OS O'NEILS por um poço rochoso, 400 metros abaixo da superfície. O poço tinha dois metros de largura e quatro de comprimento, dividido em quatro compartimentos, um para bombear a água, dois para içar a terra azul diamantífera e um com uma gaiola para o transporte dos mineiros.

— Sempre tive uma curiosidade — comentou Josephine. — Por que os diamantes são avaliados em quilates?

— O quilate vem da semente de alfarroba, que possui uma excepcional consistência de peso — explicou David. — Um quilate equivale a 200 miligramas.

— É fascinante, David — disse Josephine.

E ele ficou em dúvida se ela estava se referindo apenas aos diamantes. A proximidade dela era inebriante. Cada vez que olhava para Josephine, David experimentava uma emoção renovada.

— Vocês deveriam conhecer os nossos campos — disse David aos O'Neils. — Se estiverem livres amanhã, terei o maior prazer em levá-los para uma volta.

Antes que o pai pudesse dizer qualquer coisa, Josephine apressou-se em responder:

— Seria maravilhoso.

DEPOIS DISSO, DAVID encontrava-se todos os dias com Josephine e o pai. A cada dia, David sentia-se mais profundamente apaixonado. Jamais conhecera uma mulher tão encantadora.

UMA NOITE, QUANDO David chegou para buscar os O'Neils para o jantar, Tim O'Neil lhe disse:

— Estou um pouco cansado esta noite, David. Importa-se se eu não for?

David tentou disfarçar a sua satisfação.

— Claro que não. Compreendo perfeitamente.

Josephine lançou um olhar malicioso para David, prometendo:

— Pode deixar que farei tudo o que for possível para que não fique entediado.

David levou-a para o restaurante de um hotel que acabara de ser inaugurado. O restaurante estava apinhado, mas David foi reconhecido e prontamente lhe providenciaram uma mesa. Um conjunto de três músicos estava tocando música americana.

— Gostaria de dançar, Josephine?

— Adoraria.

Um momento depois, Josephine estava nos braços dele, na pista de dança. Foi um momento de magia. David comprimiu contra o seu o corpo sedutor e sentiu que ela reagia.

— Josephine, estou apaixonado por você.

Ela encostou um dedo nos lábios dele.

— Por favor, David... não...

— Por quê?

— Porque eu não poderia casar com você.

— Você me ama?

Ela sorriu, os olhos azuis faiscando.

— Sou louca por você, meu querido. Será que não pode perceber?

— Então por quê?

— Porque eu nunca poderia viver em Klipdrift. Acabaria enlouquecendo.

— Pode experimentar.

— Bem que me sinto tentada, David, mas já sei o que aconteceria. Se eu casasse com você e tivesse de viver aqui, acabaria me tornando uma verdadeira megera, não demoraria muito para que estivéssemos odiando um ao outro. Prefiro nos despedirmos assim.

— Não quero me despedir.

Ela fitou-o nos olhos e David sentiu que o corpo dela se fundia contra o seu.

— Não há qualquer possibilidade de você viver em San Francisco, David?

Era uma ideia impossível.

— O que eu faria lá?

— Vamos nos encontrar para o café da manhã. Quero que você converse com papai.

Tim O'Neil disse:

— Josephine falou-me da conversa que vocês tiveram ontem à noite. Parece que vocês dois estão com um problema. Mas eu posso oferecer a solução, se estiver interessado.

— Estou e muito.

O'Neil pegou uma pasta de couro marrom e tirou alguns projetos.

— Sabe alguma coisa a respeito de alimentos congelados?

— Infelizmente, não.

— Começaram a congelar alimentos nos Estados Unidos em 1865. O problema era transportar os alimentos por longas distâncias, sem que degelasse. Temos vagões de trem refrigerados, mas ninguém jamais encontrou uma maneira de fazer caminhões refrigerados. — Ele bateu nos projetos com as pontas dos dedos. — Até agora. Acabei de receber uma patente. Isto vai revolucionar toda a indústria alimentícia, David.

David examinou rapidamente os projetos.

— Tudo isso nada significa para mim, Sr. O'Neil.

— Não tem importância. Não estou procurando por um perito nos aspectos técnicos. Tenho muita gente para isso. O que preciso é de financiamento e de alguém para dirigir o negócio. E não se trata de um mero sonho. Já conversei com os maiores produtores de alimentos dos Estados Unidos. Todos concordam que será algo sensacional... muito maior do que pode imaginar. Preciso de alguém como você.

— A sede da companhia será em San Francisco — acrescentou Josephine.

David ficou em silêncio por algum tempo, digerindo o que acabara de ouvir.

— Disse que tem uma patente do processo?

— Exatamente. Já está tudo pronto para entrar em ação.

— Por acaso se importaria de me emprestar esses projetos para que eu mostrasse a alguém?

— Claro que não.

A PRIMEIRA COISA que David fez foi verificar quem era Tim O'Neil. Soube que O'Neil possuía uma excelente reputação em San Francisco. Fora diretor do departamento de ciências do Berkeley College e era muito respeitado. David nada sabia a respeito de congelamento de alimentos, mas tencionava descobrir tudo o que fosse possível.

— Voltarei dentro de cinco dias, querida. Quero que você e seu pai esperem por mim.

— Enquanto você quiser — disse Josephine. — Vou sentir muita saudade.

— Também sentirei saudade.

David falava mais sério do que ela podia imaginar.

DAVID SEGUIU de trem para Johannesburgo e foi procurar Edward Broderick, proprietário do maior matadouro da África do Sul.

— Quero sua opinião sobre uma coisa. — David entregou-lhe os projetos. — Preciso saber se isso pode dar certo.

— Nada sei a respeito de alimentos congelados ou caminhões refrigerados. Mas conheço algumas pessoas que sabem. Se quiser voltar esta tarde, convocarei dois técnicos para conversarem com você, David.

DAVID VOLTOU às quatro horas da tarde. Descobriu que estava nervoso, num estado de extrema incerteza, porque não sabia como queria realmente que a reunião transcorresse. Duas semanas antes, teria rido se alguém sequer lhe sugerisse que podia deixar a Kruger-Brent. Era uma parte dele. Teria rido ainda mais se alguém lhe dissesse o que acharia de se transferir para a direção de uma companhia de transporte de alimentos em San Francisco. Era um absurdo total, a não ser por um detalhe: Josephine O'Neil. Havia dois homens na sala com Edward Broderick quando David entrou:

— Dr. Crawford e Sr. Kaufman. David Blackwell.

Trocaram cumprimentos e, depois, David perguntou:

— Já viram os projetos?

Foi o Dr. Crawford quem respondeu:

— Já, sim, Sr. Blackwell. Examinamos tudo, meticulosamente.

David respirou fundo.

— E qual é a conclusão?

— É verdade que o governo americano concedeu a patente a esses projetos?

— É, sim.

— Pois quem tem essa patente, Sr. Blackwell, vai se tornar um homem muito rico.

David acenou com a cabeça, lentamente, dominado por emoções conflitantes.

— É como todas as grandes invenções, algo tão simples que a gente fica imaginando por que ninguém pensou nisso antes. Esse processo não pode falhar.

DAVID NÃO SABIA como reagir. Esperava que a decisão fosse tirada de suas mãos. Se a invenção de Tim O'Neil fosse inútil, haveria uma possibilidade de convencer Josephine O' Neil a permanecer na África do Sul. Mas o que O'Neil lhe dissera era verdade. O processo daria certo. Agora, David tinha de tomar uma decisão.

Ele não pensou em outra coisa durante a viagem de volta a Klipdrift. Se aceitasse, teria de deixar a companhia, começar tudo de novo, num negócio que não conhecia. Era americano, mas a América era uma terra estranha para ele. Ocupava um cargo importante numa das mais poderosas companhias do mundo. Adorava o seu trabalho. Jamie e Margaret McGregor sempre haviam sido muito bons com ele. E havia Kate. Gostava dela desde que era pequena. Vira-a crescer, de uma menina teimosa, de cara suja, briguenta, para uma linda mulher. A vida dela era um álbum fotográfico em sua mente. Ele podia virar as páginas e lá estava Kate aos quatro anos, aos oito, dez, até hoje... vulnerável, imprevisível...

Quando o trem chegou a Klipdrift, David já tomara uma decisão.

Deixaria a Kruger-Brent.

Ele seguiu diretamente para o Grand Hotel e foi para a suíte dos O'Neils. Josephine abriu a porta.

— David!

Ele segurou-a pelos braços e beijou-a sofregamente, sentindo o corpo dela a se comprimir contra o seu.

— Oh, David, senti uma saudade imensa! Nunca mais quero ficar longe de você.

— Não precisa — disse David, falando bem devagar. — Vou para San Francisco.

DAVID FICARA AGUARDANDO com crescente ansiedade que Kate voltasse dos Estados Unidos. Agora que tomara uma decisão, queria iniciar logo a sua vida nova, estava impaciente em casar com Josephine. E agora Kate estava de volta e David se encontrava de pé diante dela, dizendo:

— Vou casar.

Kate ouviu as palavras através de um zumbido nos ouvidos. Sentiu-se subitamente tonta e segurou-se na beira da mesa, a fim de não cair. *Quero morrer*, pensou ela. *Por favor, Deus, deixe-me morrer.* De alguma forma, extraindo forças de uma reserva de vontade lá no fundo, ela conseguiu sorrir.

— Fale-me a respeito dela, David. — Kate sentiu-se orgulhosa da calma que era capaz de aparentar. — Quem é ela?

— Chama-se Josephine O'Neil. Está visitando a África do Sul em companhia do pai. Sei que vocês duas serão amigas, Kate. Ela é uma mulher extraordinária.

— Deve ser mesmo, David, se você a ama.

Ele hesitou por um momento.

— Há mais uma coisa, Kate. Vou deixar a companhia.

O mundo estava desmoronando em cima de Kate.

— Só porque vai casar isso não significa que...

— Não é esse o problema. O pai de Josephine está iniciando um novo empreendimento em San Francisco. Eles precisam de mim.

— Então... então você vai viver em San Francisco?

— Isso mesmo. Brad Rogers pode ficar no meu lugar sem maiores problemas. E providenciaremos uma equipe de administradores para ajudá-lo, Kate. Eu... eu... acho que não preciso lhe explicar o quanto a decisão me foi difícil.

— Claro que não, David. Você deve amá-la muito. Quando posso conhecer a noiva?

David sorriu, satisfeito por constatar que Kate estava absorvendo a notícia melhor do que ele imaginara.

— Esta noite, se você estiver livre para o jantar.

— Claro que estou.

Ela não deixaria que as lágrimas aflorassem enquanto não ficasse sozinha.

OS QUATRO JANTARAM na mansão dos McGregors. Kate empalideceu no momento em que viu Josephine. *Oh, Deus! Não é de admirar que David tenha se apaixonado.* Ela era deslumbrante. Kate sentia-se desajeitada e feia só de estar na presença dela. E, para piorar a situação ainda mais, Josephine era graciosa e charmosa. E, obviamente, estava apaixonada por David. *Mas que diabo!*

Durante o jantar, Tim O'Neil falou a Kate de sua nova companhia.

— É muito interessante — comentou Kate.

— Claro que não será nada como a Kruger-Brent, Srta. McGregor. Teremos de começar bem pequenos. Mas, com a ajuda de David, estou certo de que vamos crescer.

— Com David no comando, tudo vai dar certo — assegurou Kate.

A noite foi uma agonia. No mesmo momento cataclísmico, ela perdera o homem que amava e a única pessoa indispensável à Kruger-Brent. Kate conseguiu manter a conversa e sobreviver à noite. Mas, depois, não foi capaz de recordar o que fizera ou dissera. Sabia apenas que sentira vontade de se matar cada vez que David e Josephine se falavam ou se tocavam. Voltando para o hotel, Josephine disse:

— Ela está apaixonada por você, David.

Ele sorriu.

— Kate? Você está enganada. Somos apenas amigos, desde que ela era pequena. Ela gostou muito de você.

Josephine sorriu. *Os homens são tão ingênuos...*

NO ESCRITÓRIO de David, na manhã seguinte, Tim O'Neil e David se encontraram para tratar de negócios.

— Vou precisar de dois meses para deixar tudo em ordem por aqui — disse David. — Estive pensando no financiamento que vamos precisar para começar. Se procurarmos uma das grandes companhias, seremos engolidos e ficaremos apenas com uma pequena parte das ações. A empresa não mais nos pertencerá. Acho que devemos financiar tudo pessoalmente. Calculo que precisaremos de 80 mil dólares para começar. Economizei o equivalente a 40 mil dólares. Vamos precisar de outros 40 mil dólares.

— Eu tenho 10 mil dólares — disse Tim O'Neil. — E tenho um irmão que me emprestará mais cinco mil dólares.

— Portanto, só nos faltam 25 mil dólares. Tentaremos arrumar um empréstimo de um banco.

— Eu e Josephine vamos partir para San Francisco imediatamente e aprontaremos tudo para a sua chegada.

JOSEPHINE E O PAI viajaram para os Estados Unidos dois dias depois. Kate ofereceu:

— Eles podem ir para a Cidade do Cabo no meu vagão particular, David.

— Está sendo muito generosa, Kate.

Na manhã em que Josephine partiu, David sentiu que uma parte de sua vida lhe fora arrancada. Mal podia esperar pelo momento em que iria encontrá-la em San Francisco.

AS SEMANAS SUBSEQUENTES foram aproveitadas na procura de uma equipe de administradores que pudesse apoiar Brad Rogers. Foi elaborada uma relação de possíveis candidatos. Kate, David e Brad passaram horas discutindo cada nome.

— Taylor é um bom técnico, mas não é grande coisa em matéria de administração.

— E o que acham de Simmons?

— Ele é bom, mas acho que ainda não está preparado — disse Brad. — Precisa de mais cinco anos.

— E Babcock?

— Não seria má escolha. Vamos conversar com ele.

— E Peterson?

— Não chega a ser um homem de companhia — comentou David. — Está preocupado demais consigo mesmo.

Enquanto falava, David sentia uma pontada de culpa por estar abandonando Kate. Continuaram a examinar os nomes. Ao final do mês, a relação de homens que poderiam trabalhar com Brad Rogers estava reduzida a quatro nomes. Todos estavam trabalhando no exterior e foram chamados para uma entrevista. As duas primeiras entrevistas correram muito bem.

— Ficarei satisfeita com qualquer um dos dois — assegurou Kate a David e Brad.

Na manhã em que a terceira entrevista seria realizada, David entrou na sala de Kate, muito pálido.

— Meu emprego ainda está vago?

Kate viu a expressão dele e levantou-se, alarmada.

— O que houve, David?

— Eu... eu... — David arriou numa cadeira. — Aconteceu alguma coisa.

Kate contornou a mesa e no instante seguinte estava ao lado dele.

— Conte-me tudo.

— Acabo de receber uma carta de Tim O'Neil. Ele vendeu a patente.

— O que está querendo dizer?

— Exatamente o que falei. Ele aceitou uma oferta de 200 mil dólares e *royalties* por sua patente da Three Star Meat, de Chicago. — A voz de David estava impregnada de amargura. — A companhia está querendo me contratar para administrar o serviço. Tim O'Neil diz que lamenta a inconveniência que pode ter me causado, mas explicou que não podia levantar o dinheiro necessário.

Kate fitou-o atentamente.

— E Josephine? O que ela disse? Deve ter ficado furiosa com o pai.

— Também recebi uma carta dela. Vamos casar assim que eu chegar a San Francisco.

— Mas você não vai?

— Claro que não! Antes, eu tinha alguma coisa a oferecer. Poderia ter feito uma grande companhia. Mas eles estavam com pressa demais para ganhar o dinheiro.

— Não está sendo justo quando fala em "eles", David. Não se esqueça...

— O'Neil nunca teria fechado o negócio sem a aprovação de Josephine.

— Eu... eu não sei o que dizer, David.

— Não há nada para dizer. A não ser que eu quase cometi o maior erro da minha vida.

Kate voltou para trás da mesa e pegou a relação de candidatos. Lentamente, começou a rasgá-la.

NAS SEMANAS QUE se seguiram, David dedicou-se totalmente ao trabalho, tentando esquecer a amargura e a mágoa. Recebeu várias cartas de Josephine O'Neil. Jogou-as fora, sem ler. Mas não conseguia tirá-la do pensamento. Percebendo a angústia de David, Kate limitou-se a fazê-lo saber que estaria ali, quando ele precisasse.

SEIS MESES TRANSCORRERAM desde que David recebera a carta de Tim O'Neil. Durante esse tempo, Kate e David continuaram a trabalhar juntos, viajar juntos, permanecer juntos durante a maior parte do tempo. Kate tentava agradá-lo por todos os meios possíveis. Vestia-se pensando nele, planejava coisas que sabia que agradariam a ele, fazia tudo para que a vida dele se tornasse feliz.

Até onde ela podia perceber, todos os seus esforços não estavam surtindo qualquer efeito. E, finalmente, ela perdeu a paciência.

Os dois estavam no Rio de Janeiro, examinando um novo achado mineral. Jantaram no hotel e depois foram para o quarto de Kate, onde ficaram examinando alguns relatórios, até tarde da noite. Kate vestira um quimono confortável e chinelos. Ao terminarem, David espreguiçou-se e disse:

— Já chega por esta noite. Vou me deitar.

— Não acha que já está na hora de abandonar o luto, David? — indagou Kate, calmamente.

Ele fitou-a, surpreso.

— Luto?

— Por Josephine O'Neil.

— Ela saiu da minha vida.

— Então procure se comportar como se isso fosse verdade.

— O que está querendo que eu faça, Kate? — perguntou David, bruscamente.

Kate estava agora furiosa. Furiosa com a cegueira de David, furiosa com todo o tempo desperdiçado.

— Vou lhe dizer o que eu gostaria que fizesse... beije-me.

— Como?

— Mas que diabo, David! Sou sua patroa! — Ela chegou mais perto dele. — Beije-me!

Kate comprimiu os lábios contra os dele e abraçou-o. Sentiu que ele resistia e começou a recuar. Mas, no instante seguinte, os braços de David enlaçaram-na. E ele beijou-a.

— Kate...

Ela sussurrou, contra os lábios dele:

— Pensei que nunca iria me pedir...

CASARAM-SE SEIS SEMANAS depois. Foi o maior casamento que Klipdrift já presenciara e todos sabiam que algo assim jamais tornaria a acontecer. A cerimônia foi realizada na maior igreja da cidade e depois houve uma recepção no prédio da municipalidade, com todo mundo convidado. Havia montanhas de comida e incontáveis caixas de cerveja, uísque e champanha. Músicos tocavam sem parar. A festa prolongou-se até o amanhecer. Quando o sol surgiu, David e Kate sumiram.

— Vou para casa arrumar as malas — disse Kate. — Vá buscar-me dentro de uma hora.

À TÊNUE CLARIDADE do princípio da manhã, Kate entrou sozinha na imensa mansão e subiu para o seu quarto. Aproximou-se de um quadro na parede e apertou a moldura. O quadro deslocou-se para o lado, revelando um cofre na parede. Ela abriu-o e tirou um contrato. Era da compra da Three Star Meat de Chicago por Kate McGregor. Havia também um contrato da Three Star Meat adquirindo os direitos do processo de congelamento de Tim O'Neil por 200 mil dólares. Kate hesitou por um momento, depois guardou os documentos no cofre e fechou-o. David lhe pertencia agora. Sempre lhe pertencera. E também à Kruger-Brent. Juntos, haveriam de transformá-la na maior e mais poderosa companhia do mundo.

Como Jamie e Margaret McGregor gostariam.

LIVRO TERCEIRO

Kruger-Brent Ltd.

1914-1945

Capítulo 16

ESTAVAM NA BIBLIOTECA, onde Jamie gostava outrora de se sentar, com um copo de conhaque na mão. David alegava que não havia tempo para uma verdadeira lua de mel.

— Alguém tem de cuidar da companhia, Kate.

— Está certo, Sr. Blackwell. Mas quem vai cuidar de mim?

Ela aconchegou-se no colo de David, que sentiu o calor de seu corpo, através do vestido fino. Os documentos que ele estava lendo caíram no chão. Os braços de Kate envolveram-no e David sentiu as mãos dela descerem por seu corpo. Ela comprimiu os quadris contra ele, fazendo movimentos lentos, circulares. Os documentos no chão foram esquecidos. Kate sentiu-o reagir, levantou-se e tirou o vestido. David contemplou-a, aturdido com o corpo espetacular. Como ele pudera ser cego por tanto tempo? Ela estava agora despindo-o e havia uma súbita urgência nele. Os dois estavam nus, os corpos se comprimindo. David afagou-a, os dedos roçando pelo rosto e pescoço da mulher, descendo pelos seios. Kate estava gemendo e as mãos de David desceram para a região aveludada entre as pernas dela. Os dedos acariciaram-na e Kate sussurrou:

— Quero você, David.

Eles se estenderam no tapete macio e Kate sentiu o corpo forte de David sobre ela. Houve uma arremetida longa e suave, David estava dentro dela. Kate foi acompanhando o ritmo dele. O movimento foi aumentando de intensidade, transformando-se num maremoto, Kate se elevando a píncaros cada vez mais altos, até que pensou que não conseguiria suportar o êxtase. Houve uma súbita e gloriosa explosão dentro dela, depois outra e mais outra. Ela pensou: *Morri e estou no paraíso.*

ELES VIAJARAM PELO mundo inteiro, indo a Paris e Zurique, Sydney e Nova York, sempre cuidando dos interesses da companhia, mas invariavelmente encontrando momentos para si mesmos. Conversavam até tarde da noite, faziam amor e se exploravam mutuamente, nas mentes e corpos. Kate era uma fonte de delícia inesgotável para David. Ela o despertava pela manhã para um amor frenético e pagão. Poucas horas depois, Kate estava ao lado dele numa mesa de reuniões, falando objetivamente, com pleno conhecimento dos fatos. Ela possuía uma aptidão natural para os negócios, algo muito raro, além de inesperado. Havia poucas mulheres nos altos escalões do mundo dos negócios. No começo, Kate era tratada com uma condescendência tolerante. Mas a atitude converteu-se rapidamente em respeito cauteloso. Kate sentia o maior prazer com as manobras e maquinações dos negócios. David observava-a sobrepujar homens com uma experiência muito maior. Kate tinha o instinto de uma vencedora. Sabia o que queria e como obtê-lo. *Poder.*

Encerraram a lua de mel com uma semana gloriosa em Cedar Hill House.

FOI NO DIA 28 de junho de 1914 que falaram pela primeira vez da guerra. Kate e David eram hóspedes de uma mansão rural em Sussex. Estavam na era da vida em mansões rurais e os hóspedes de fim de semana deviam se enquadrar num ritual. Os homens vestiam-se especialmente para o café da manhã, mudavam de roupa para o resto da manhã, voltavam a se trocar para o almoço, depois para o chá e finalmente se vestiam a rigor para o jantar.

— Pelo amor de Deus! — protestou David, em conversa com Kate. — Estou me sentindo como um pavão!

— Está me parecendo um lindo pavão, meu querido — disse Kate. — Quando chegar em casa, poderá desfilar nu pelo quarto.

Ele apertou-a com força em seus braços.

— Mal posso aguardar esse momento.

Naquela noite, quando estavam jantando, chegou a notícia de que Francisco Ferdinando, herdeiro do trono austro-húngaro, e sua mulher Sophie haviam sido mortos por um assassino. O anfitrião deles, Lorde Maney, comentou:

— Uma coisa horrível atirar numa mulher, não é mesmo? Mas ninguém vai entrar em guerra por causa de um pequeno país balcânico.

E a conversa deslocou-se para o críquete. Mais tarde, na cama, Kate perguntou:

— Acha que vai haver uma guerra, David?

— Só porque algum arquiduque insignificante foi morto? Claro que não.

ERA UM PALPITE errado. O Império Austro-Húngaro, desconfiando que os vizinhos sérvios haviam instigado a trama para assassinar Ferdinando, declarou guerra à Sérvia. Em outubro, quase todas as grandes potências mundiais estavam em guerra. E era uma nova espécie de guerra. Pela primeira vez, estavam sendo usados veículos mecanizados, aeroplanos, dirigíveis e submarinos. No dia em que a Alemanha declarou guerra, Kate comentou:

— Esta pode ser uma oportunidade maravilhosa para nós, David.

Ele franziu o rosto.

— Em que está pensando?

— As nações vão precisar de armas, munições...

— E não vão obter de nós — interrompeu-a David, firmemente. — Já temos negócios suficientes, Kate. Não precisamos tirar lucros do sangue dos outros.

— Não acha que está sendo um pouco dramático? Alguém precisa fabricar os armamentos.

— Enquanto eu estiver na companhia, não seremos nós. Não vamos prolongar a discussão, Kate. O assunto está encerrado.

E Kate pensou: *Está coisa nenhuma!* Pela primeira vez no casamento, eles dormiram separados. Kate pensou: *Como David pode ser um idiota idealista?*

E David pensou: *Como ela pode ser tão fria e insensível? Os negócios mudaram-na.* Os dias que se seguiram foram angustiantes para os dois. David lamentava o abismo emocional que se abrira entre eles, mas não sabia como transpô-lo. Kate era orgulhosa e obstinada demais para ceder, porque sabia que estava certa.

O PRESIDENTE WOODROW Wilson prometera manter os Estados Unidos fora da guerra. Mas quando os submarinos alemães passaram a torpedear navios de passageiros desarmados e as histórias das atrocidades alemãs se espalharam, a pressão para que os Estados Unidos ajudassem os aliados começou a aumentar. O *slogan* era simples: "Vamos fazer o mundo seguro para a democracia."

David aprendera a voar no interior da África do Sul. Quando se formou na França a Esquadrilha Lafayette, com pilotos americanos, David foi comunicar a Kate:

— Vou me alistar.

Ela ficou apavorada.

— Não! A guerra não é sua!

— Passará a ser — disse David, calmamente. — Os Estados Unidos não podem ficar de fora. Sou um americano e quero ajudar desde já.

— Mas você está com 46 anos!

— Ainda posso pilotar um avião, Kate. E eles precisam de toda e qualquer ajuda que puderem obter.

Não houve meio de Kate dissuadi-lo. Passaram os últimos dias juntos na mais absoluta paz, todas as divergências esquecidas. Amavam-se e isso era tudo o que importava. Na noite anterior à sua partida para a França, David disse:

— Você e Brad Rogers podem dirigir a companhia tão bem quanto eu, talvez até melhor.

— E se alguma coisa lhe acontecer? Eu não poderia suportar.

David abraçou-a.

— Nada vai me acontecer, Kate. Voltarei para você, com o peito coberto de medalhas.

Ele partiu na manhã seguinte.

A AUSÊNCIA DE David foi a morte para Kate. Ela levara muito tempo para conquistá-lo e, agora, em cada segundo do seu dia, havia o medo insidioso de perdê-lo. Ele estava sempre em seus pensamentos. Kate o encontrava na cadência da voz de um estranho, num riso súbito numa rua tranquila, numa frase, um cheiro, uma canção. Ele estava em toda parte. Ela escrevia-lhe cartas compridas todos os dias. Sempre que recebia uma carta de David, ela a lia interminavelmente, até que ficasse em frangalhos. David escrevia para informar que estava bem. Os alemães possuíam a superioridade aérea, mas isso mudaria em breve. Havia rumores de que a América logo estaria ajudando. Ele voltaria a escrever quando pudesse. Ele a amava.

Não deixe que nada lhe aconteça, meu querido. Eu o odiarei para sempre se deixar.

Ela tentou esquecer a solidão e angústia, absorvendo-se no trabalho. No começo da guerra, a França e a Alemanha eram as forças combatentes mais bem equipadas da Europa. Mas os aliados possuíam maiores reservas em homens, recursos e materiais. A Rússia, com o maior exército, estava mal equipada e pessimamente comandada.

— Todos eles precisam de ajuda — disse Kate a Brad Rogers.

— Precisam de tanques, canhões, munições.

Brad Rogers estava contrafeito.

— Kate, David acha que não...

— David não está aqui, Brad. Eu e você vamos decidir tudo.

Mas Brad Rogers sabia o que Kate estava realmente querendo dizer: *Eu, Kate, é que vou decidir.*

Kate não podia compreender a atitude de David em relação à fabricação de armamentos. Os aliados precisavam de armas e Kate achava que era seu dever patriótico fornecê-las. Ela conferenciou com os chefes de meia dúzia de nações amigas. Um ano depois, a Kruger-Brent estava fabricando canhões e tanques, bombas e munições diversas. A companhia fornecia trens, tanques, uniformes, canhões. A Kruger-Brent transformava-se rapidamente num dos conglomerados de maior crescimento no mundo. Ao conferir os dados mais recentes da receita da companhia, Kate comentou para Brad Rogers:

— Já viu isso? David terá de admitir que estava enganado.

ENQUANTO ISSO, a África do Sul estava em pleno turbilhão. Todos os líderes partidários haviam declarado o seu apoio aos aliados, aceitando a responsabilidade de defender a África do Sul contra a Alemanha. Mas a maioria dos africânderes se opunha ao apoio do país à Grã-Bretanha. Não podiam esquecer o passado tão depressa.

Na Europa, a guerra estava indo muito mal para os aliados. A luta na frente ocidental chegou a um impasse. Os dois lados se fixaram em posições, escavando trincheiras, que se estendiam através da França e Bélgica. Os soldados sofriam terrivelmente. A chuva enchia as trincheiras com água e lama, os ratos enxameavam. Kate sentia-se grata por David estar lutando no ar.

A 6 de abril de 1917, o presidente Wilson declarou guerra. A predição de David tornou-se realidade. A América começou a se mobilizar.

A primeira Força Expedicionária Americana, sob o comando do general John J. Pershing, começou a desembarcar na França a 26 de junho de 1917. Novos lugares entraram para o vocabulário cotidiano dos americanos: Saint-Mihiel... Château-Thierry... Meuse-Argonne... Belleau... Verdun... Os aliados transformaram-se numa força irresistível. A 11 de novembro de 1918, a guerra finalmente terminou. O mundo estava seguro para a democracia.

David voltava para casa.

Quando David desembarcou do navio de transporte de tropas, em Nova York, Kate esperava para recebê-lo. Ficaram se olhando em silêncio, imóveis, por um momento de eternidade, ignorando o barulho e a multidão ao redor. Um instante depois, Kate se encontrava nos braços de David. Ele estava mais magro, com uma aparência de cansado. Kate pensou: *Oh, Deus, como senti saudade dele!* Kate tinha mil perguntas a fazer, mas tudo podia esperar.

— Vou levá-lo agora para Cedar Hill House, David. É um lugar perfeito para você descansar.

KATE FIZERA MUITAS coisas na casa, na expectativa da chegada de David. A sala de estar grande e arejada fora mobiliada com sofás iguais, estofados com *chintz*, em padrões rosa e verde. Poltronas com o mesmo estofamento estavam agrupadas em torno da lareira. Por cima da lareira havia uma tela floral de Vlaminck, com castiçais dourados nos lados. Dois conjuntos de portas envidraçadas davam para a varanda, que se estendia por todo o comprimento da casa, em três lados, coberta por um toldo listrado. Os quartos eram arejados, a vista da enseada era espetacular. Kate levou David a percorrer a casa inteira, falando alegremente. David parecia estranhamente quieto. Quando terminaram a excursão pela casa, Kate perguntou:

— Gostou de tudo que fiz, querido?

— Está muito bonito, Kate. E, agora, sente-se. Preciso conversar com você.

Ela experimentou uma súbita angústia.

— Algum problema?

— Parece que nos tornamos fornecedores de munições para metade do mundo.

— Espere só até dar uma olhada nos livros — disse Kate. — Nossos lucros...

— Estou falando de outra coisa. Pelo que me recordo, nossos lucros já eram muito bons antes. Pensei que tivéssemos combinado que não nos envolveríamos na produção de guerra.

Kate sentiu a raiva aflorando.

— Você combinou, mas eu não. — Ela fez um esforço para se controlar. — Os tempos mudam, David. E temos de acompanhar as mudanças.

Ele fitou-a por um momento, em silêncio, antes de dizer, suavemente:

— Você mudou?

NAQUELA NOITE, deitada na cama, Kate perguntou-se se fora ela ou David quem mudara. Ela se tornara mais forte ou David ficara mais fraco? Pensou nos argumentos dele contra a fabricação de armamentos. Eram argumentos muito fracos. Afinal, alguém teria de fornecer os armamentos para os aliados. E havia um lucro enorme a se ganhar nisso. O que acontecera com o senso comercial de David? Ela sempre o considerara como um dos homens mais inteligentes que conhecia. Mas sentia agora que ela era mais capaz de dirigir a companhia do que David. Acabou passando a noite sem dormir.

Pela manhã, depois de tomarem café, Kate e David saíram para dar uma volta pelo jardim.

— É um lugar maravilhoso — comentou David. — Sinto-me contente por estar aqui.

— Sobre a nossa conversa ontem à noite, David...

— Já é fato consumado. Eu não estava e você fez o que julgava certo.

Será que eu teria feito a mesma coisa se você estivesse presente?, pensou Kate. Mas ela não disse as palavras em voz alta. Fizera tudo pelo bem da companhia. *Será que a companhia significa mais para mim do que o casamento?* Tinha medo de responder à indagação.

Capítulo 17

Os cinco anos subsequentes foram um período de extraordinário desenvolvimento, em escala internacional. A Kruger-Brent se baseara em diamantes e ouro, mas se diversificara e se expandira pelo mundo inteiro, de tal forma que o centro de suas atividades não estava mais na África do Sul. A companhia adquirira recentemente um império editorial, uma empresa seguradora e mais de 200 mil hectares de terras madeireiras. Uma noite, Kate acordou David e disse:

— Querido, vamos transferir a sede da companhia.

David sentou-se na cama, ainda tonto de sono.

— Como?

— O centro mundial dos negócios é atualmente a cidade de Nova York. É lá que deve ficar o nosso quartel-general. A África do Sul fica muito longe de tudo. Além do mais, agora que temos telefone e telégrafo sem fio, podemos nos comunicar com qualquer escritório em poucos minutos.

— Por que não pensei nisso antes? — murmurou David, voltando a dormir em seguida.

Nova York era um emocionante mundo novo. Em suas visitas anteriores, Kate sentira a vibração da cidade. Mas viver ali era como estar num turbilhão. A terra parecia girar mais depressa, tudo se movimentava num ritmo vertiginoso.

Kate e David escolheram um novo local para a sede da companhia em Wall Street. Os arquitetos começaram a trabalhar imediatamente. Kate contratou outro arquiteto para projetar uma mansão em estilo renascentista francês do século XVI, a ser construída na Quinta Avenida.

— Esta cidade é barulhenta demais — queixou-se David.

E era verdade. Ouvia-se um clamor constante em todos os cantos da cidade, dos imensos edifícios em construção. Nova York transformara-se na Meca do comércio do mundo inteiro, a sede das grandes empresas de navegação, seguros, comunicações e transporte. Era uma cidade transbordando com uma vitalidade singular. Kate adorava-a, mas podia sentir a infelicidade de David.

— Aqui está o futuro, David. Esta cidade está crescendo e vamos crescer juntos.

— Quanto mais você está querendo, Kate?

Sem pensar, ela respondeu:

— Tudo o que existe.

Ela não podia sequer compreender por que David fizera a pergunta. O nome do jogo era vencer e só se podia vencer pela derrota de todos os outros. Parecia mais do que óbvio para ela. Por que David não podia entender? David era um bom homem de negócios, mas faltava-lhe alguma coisa, uma fome, uma compulsão de conquistar, de ser o maior e o melhor. O pai de Kate tivera esse espírito e ela também o possuía. Kate não sabia exatamente quando acontecera, mas, em determinado momento de sua vida, a companhia se tornara a senhora total, enquanto ela virava uma escrava. A companhia a possuía mais do que ela possuía a companhia. Quando ela tentou explicar seus sentimentos a David, ele riu e disse:

— Você está trabalhando demais.

Ela é parecida demais com o pai, pensou David. E não sabia por que achava isso vagamente inquietante.

Como alguém podia imaginar que se estava trabalhando demais?, pensou Kate. Não havia alegria maior na vida. Era quando ela se sentia mais viva. Cada dia trazia novos problemas e cada problema era um novo desafio, um novo jogo a ser vencido. E ela era maravilhosa no jogo. Estava envolvida em algo além da imaginação. Nada tinha a ver com dinheiro ou realização pessoal, mas simplesmente com *poder*. Um poder que controlava as vidas de milhares de pessoas, em todas as partes do mundo. Assim como a vida dela fora outrora controlada. Enquanto ela tivesse poder, nunca precisaria realmente de ninguém. Era uma arma terrível, como ninguém podia imaginar.

Kate era convidada a jantar com reis, rainhas e presidentes, todos procurando o seu favor, a sua boa vontade. Uma nova fábrica da Kruger-Brent podia representar a diferença entre a pobreza e a riqueza.

PODER. A COMPANHIA estava viva, um gigante em crescimento, que tinha de ser alimentado. Havia às vezes até mesmo a necessidade de sacrifícios, pois o gigante não podia ser acorrentado. Kate podia compreender isso agora. Possuía um ritmo, uma vibração, pertencia a si mesma.

EM MARÇO, um ano depois de se mudarem para Nova York, Kate sentiu-se indisposta. David convenceu-a a procurar um médico.

— O nome dele é John Harley. É um médico jovem, de excelente reputação.

Relutantemente, Kate foi procurá-lo. John Harley era um bostoniano magro, sisudo, em torno dos 26 anos, cinco anos mais moço que Kate.

— Quero avisar antes de qualquer coisa que não tenho tempo para ficar doente — disse Kate.

— Não me esquecerei disso, Sra. Blackwell. Agora, porém, vamos examiná-la.

O Dr. Harley examinou-a. Colheu material para alguns exames e, depois, disse:

— Tenho certeza de que não é nada grave. Terei os resultados dentro de um ou dois dias. Telefone-me na quarta-feira.

NA MANHÃ DE quarta-feira, Kate telefonou para o Dr. Harley.

— Tenho boas notícias, Sra. Blackwell — disse ele, jovialmente. — Vai ter um filho.

Foi um dos momentos mais emocionantes da vida de Kate. Ela mal podia aguardar o momento de contar a David. E David também ficou emocionado, como ela nunca vira antes. Ele suspendeu-a nos braços fortes e disse:

— Vai ser uma menina. E vai ser igualzinha a você.

Ele estava pensando: *É justamente de que Kate precisa. Agora, ela passará mais tempo em casa. Esquecerá um pouco os negócios.*

E Kate estava pensando: *Será um menino. Um dia ele vai assumir o comando da Kruger-Brent.*

QUANDO O MOMENTO do parto se aproximou, Kate passou a trabalhar menos horas, mas ainda ia ao escritório todos os dias.

— Esqueça os negócios e relaxe — aconselhou David.

O que ele não podia compreender é que os negócios constituíam um relaxamento para Kate. O bebê deveria nascer em dezembro.

— Vou tentar o dia 25 — prometeu Kate a David. — Será o nosso presente de Natal.

Será um Natal perfeito, pensou Kate. Ela comandava um grande conglomerado, estava casada com o homem que amava, ia ter um filho dele. Se havia uma ironia na ordem das prioridades, Kate nem percebia.

O CORPO DE Kate estava enorme e desajeitado, cada vez era mais difícil ir ao escritório. Mas sempre que David ou Brad Rogers sugeriam que ficasse em casa, Kate respondia:

— Meu cérebro ainda está funcionando.

Dois meses antes do bebê nascer, David foi à África do Sul, numa viagem de inspeção à mina de Pniel. Deveria voltar a Nova York na semana seguinte.

Kate estava em sua mesa quando Brad Rogers entrou na sala, sem ser anunciado. Ela viu a expressão sombria dele e disse:

— Perdemos o negócio de Shannon!

— Não, Kate. Foi outra coisa. Acabei de receber a notícia. Houve um acidente. Uma explosão de mina.

Ela sentiu uma pontada de angústia.

— Onde? Foi muito grave? Alguém morreu?

Brad respirou fundo.

— Meia dúzia de pessoas. Kate... David foi uma delas.

As palavras pareciam povoar a sala, reverberar pelas paredes, tornando-se cada vez mais altas, até que era um troar em seus ouvidos, um Niágara de som que a estava sufocando. Kate sentiu que estava sendo sugada cada vez mais para o fundo, até que não podia mais respirar.

E tudo ficou escuro e silencioso.

O BEBÊ NASCEU uma hora depois, prematuro em dois meses. Kate deu-lhe o nome de Anthony James Blackwell, em homenagem ao pai de David. *Vou amá-lo por mim, meu filho, vou amá-lo também por seu pai.*

Um mês depois, a nova mansão da Quinta Avenida ficou pronta. Kate e o bebê mudaram-se para lá, acompanhados por um batalhão de criados. Dois castelos na Itália haviam sido despojados para mobiliar a casa. Era um espetáculo e tanto, com móveis italianos do século XVI, requintadamente esculpidos e assoalhos de mármore rosa, margeados com mármore vermelho. A biblioteca exibia uma magnífica lareira do século XVIII, por cima da qual estava pendurado um Holbein. Havia uma sala de troféus com a coleção de armas de David, assim como uma galeria de arte, que Kate encheu com Rembrandts, Vermeers, Velásquez e Bellinis. Havia um salão de baile e um solário, uma sala de jantar formal e um quarto de bebê ao lado do quarto de Kate. Havia inúmeros outros quartos. No amplo jardim, havia esculturas de Rodin, Augustus Saint-Gaudens e Maillol. Era um palácio à altura de um rei. *E o rei está crescendo nele*, pensou Kate, na maior felicidade.

Em 1928, quando Tony estava com quatro anos, Kate mandou-o para a escola. Era um garoto bonito e compenetrado, com os olhos castanhos e o queixo obstinado da mãe. Recebia lições de música e aos cinco anos começou a cursar uma escola de dança. Os dois passavam alguns dos seus melhores momentos em Cedar Hill House, em Dark Harbor. Kate comprou um iate de 27 metros, ao qual deu o nome de *Corsair*. Ela e Tony saíam a navegar pelas águas costeiras do Maine. Tony adorava. Mas era no trabalho que Kate encontrava o maior prazer.

Havia algo místico na companhia que Jamie McGregor fundara. Era viva, absorvente. Era o seu amor e nunca morreria num dia de inverno, deixando-a sozinha. Viveria para sempre. Ela cuidaria para que isso acontecesse. E um dia daria a companhia ao filho.

O ÚNICO ELEMENTO inquietante na vida de Kate era a sua pátria. Preocupava-se intensamente com a África do Sul. Os problemas raciais estavam aumentando e Kate sentia-se angustiada. Havia dois grupos políticos, os *verkramptes*, os intolerantes, a favor da segregação, e os *verligtes*, os esclarecidos, que queriam melhorar a situação dos negros. O primeiro-ministro James Hertzog e Jan Smuts haviam formado uma coalizão, reunindo as suas forças para a aprovação da Lei da Terra Nova. Os negros não mais podiam votar ou ser proprietários de terras. Milhões de pessoas de diferentes grupos minoritários foram também afetadas pela nova lei. As áreas que não tinham minérios, nem eram centros industriais ou portos foram reservadas para os negros, mulatos e indianos.

Kate promoveu um encontro na África do Sul com altas autoridades do governo, a quem disse:

— Isso é uma verdadeira bomba-relógio. O que estão fazendo é manter oito milhões de pessoas na escravidão.

— Não é escravidão, Sra. Blackwell. Estamos fazendo isso para o próprio bem deles.

— É mesmo? Poderia fazer o favor de me explicar?

— Cada raça tem alguma coisa com que contribuir. Se os negros se misturarem com os brancos, perderão sua individualidade. Estamos tentando protegê-los.

— Isso é um absurdo inominável — protestou Kate. — A África do Sul tornou-se um inferno racista.

— Não é verdade. Negros de outros países percorrem milhares de quilômetros a fim de virem para cá. Chegam a pagar 56 libras por um passe falso. O preto está melhor aqui do que em qualquer outro lugar do mundo.

— Então tenho pena deles.

— Os pretos não passam de crianças primitivas, Sra. Blackwell. É para o próprio bem deles.

Kate deixou a reunião frustrada e profundamente apreensiva por seu país.

Kate estava também preocupada com Banda. Ele estava constantemente no noticiário. Os jornais sul-africanos chamavam-no de *Pimpinela Escarlate* e havia uma relutante admiração em suas histórias. Ele escapava da polícia disfarçando-se como operário, motorista, zelador. Organizara um exército de guerrilha e encabeçava a lista dos mais procurados da polícia. Uma notícia no *Cape Times* informava que ele fora carregado em triunfo, nos ombros de manifestantes, pelas ruas de uma aldeia negra. Ele peregrinava de aldeia em aldeia, falando a multidões de estudantes. Mas cada vez que a polícia tomava conhecimento de sua presença, Banda prontamente desaparecia. Dizia-se que ele contava com uma guarda pessoal de centenas de amigos e partidários, dormia numa casa diferente a cada noite. Kate sabia que nada poderia detê-lo, a não ser a morte.

Ela precisava entrar em contato com Banda. Chamou um dos seus veteranos capatazes negros, um homem em quem confiava.

— William, você acha que pode encontrar Banda?

— Só se ele quiser ser encontrado.

— Tente. Quero falar com ele.

— Verei o que posso fazer.

Na manhã seguinte, o capataz disse:

— Se estiver livre esta noite, encontrará um carro à sua espera para levá-la aos campos.

KATE FOI CONDUZIDA a uma pequena aldeia, 120 quilômetros ao norte de Johannesburgo. O motorista parou diante de uma pequena casa de madeira e Kate entrou. Banda a esperava. Parecia exatamente o mesmo da última vez em que Kate o encontrara. *E ele deve estar com 60 anos de idade*, pensou Kate. Banda era um fugitivo da polícia havia muitos anos. Apesar disso, parecia sereno e calmo. Ele abraçou Kate e disse:

— Você parece mais bonita a cada vez que nos encontramos.

Ela riu.

— Estou ficando velha. Não demora muito e estarei fazendo 40 anos.

— Os anos não aparecem em você, Kate.

Eles foram para a cozinha. Enquanto Banda fazia um café, Kate disse:

— Não me agrada o que está acontecendo, Banda. Para onde estamos indo?

— A situação vai ficar ainda pior. O governo não nos permite dirigir-lhe a palavra. Os brancos destruíram as pontes que existiam entre as duas raças. E um dia eles vão descobrir que precisam dessas pontes para nos alcançar. Já temos os nossos heróis agora, Kate. Nehemiah Tile, Mokone, Richard Msimang. Os brancos fazem o que querem de nós, como gado no pasto.

— Nem todos os brancos acham que isso está certo, Banda. Você tem amigos que estão lutando para mudar as coisas. E isso vai acontecer um dia. Só que levará algum tempo.

— O tempo é como areia numa ampulheta. Escorre rapidamente.

— O que aconteceu com Ntame e Magena, Banda?

— Minha mulher e meu filho estão escondidos — disse Banda, tristemente. — A polícia ainda está muito empenhada em me descobrir.

— O que posso fazer para ajudar? Não posso ficar de braços cruzados, sem fazer nada. Dinheiro ajudará?

— Dinheiro sempre ajuda.

— Vou providenciar. E que mais?

— Reze... reze por todos nós.

Kate voltou a Nova York na manhã seguinte.

QUANDO TONY TINHA idade suficiente para viajar, Kate passou a levá-lo em viagens de negócios, durante as férias escolares. Ele gostava de museus e era capaz de passar horas a fio admirando os quadros e estátuas dos grandes mestres. Em casa, Tony fazia cópias dos quadros nas paredes, mas era tímido demais para mostrar à mãe.

Era uma companhia agradável, inteligente e divertida, havia nele uma timidez que as pessoas achavam extremamente atraente. Era sempre o primeiro da turma.

— Você vence todos eles, não é mesmo, querido?

Kate ria nessas ocasiões, apertava o filho com toda a força. E o pequeno Tony empenhava-se ainda mais a fundo para corresponder às expectativas da mãe.

Em 1936, no 12º aniversário de Tony, Kate voltou de uma viagem ao Oriente Médio. Sentira muita saudade de Tony e estava ansiosa para vê-lo. Ele estava em casa, esperando-a. Kate abraçou-o efusivamente.

— Feliz aniversário, querido! Teve um bom dia?

— Ti-tive, sim, mamãe. Foi ma-maravilhoso.

Kate recuou, aturdida. Nunca antes percebera a gagueira do filho.

— Você está bem, Tony?

— Es-estou, sim, ma-mamãe. Obrigado.

— Não deve gaguejar. Fale mais devagar.

— Es-está bem, mamãe.

A gagueira agravou-se durante as semanas subsequentes. Kate resolveu consultar o Dr. Harley. Depois de examinar Tony, John Harley disse:

— Fisicamente, não há nada de errado com o menino, Kate. Ele está sob alguma espécie de pressão?

— Meu filho? Claro que não. Como pode perguntar uma coisa dessas?

— Tony é um garoto sensível. A gagueira é muitas vezes uma manifestação física de frustração, uma demonstração da incapacidade de enfrentar as coisas.

— Está enganado, John. Tony sempre fica por cima em todos os testes de aproveitamento na escola. Ganhou três medalhas no ano passado. Foi o melhor atleta, o aluno mais brilhante, o melhor estudante de artes. Não se pode dizer que isso seja típico de um garoto que não sabe enfrentar as coisas.

Harley fitou-a em silêncio por um momento, pensativo.

— O que você faz quando Tony começa a gaguejar, Kate?

— Eu o corrijo, é claro.

— Sugiro que não faça isso. Só serve para deixá-lo ainda mais tenso.

Kate foi provocada pela raiva.

— Se Tony tem problemas psicológicos, como você parece pensar, posso lhe assegurar que não é por causa da mãe. Eu o adoro. E Tony sabe perfeitamente que o considero o garoto mais fantástico do mundo.

E era justamente esse o problema. Nenhuma criança podia viver com tamanha responsabilidade. O Dr. Harley baixou os olhos para a sua ficha.

— Vamos verificar alguns detalhes. Tony está com 12 anos, não é mesmo?

— É, sim.

— Talvez fosse melhor se ele passasse algum tempo longe de você. Poderia mandá-lo para um colégio interno particular.

Kate não disse nada, aturdida demais para falar.

— Deixe-o viver por si mesmo durante algum tempo. Só até ele terminar o curso secundário. Existem algumas escolas excelentes na Suíça.

Suíça! A perspectiva de Tony ficar longe dela era assustadora. Ele era jovem demais, ainda não estava preparado... O Dr. Harley observava-a. Kate murmurou:

— Vou pensar a respeito.

Naquela tarde, ela cancelou uma reunião de diretoria e foi mais cedo para casa. Tony estava no quarto, fazendo os deveres de casa.

— Só-só ti-tive notas boas hoje, mamãe.

— O que você acharia de ir para uma escola na Suíça, querido?

Os olhos dele se iluminaram.

— Po-posso?

SEIS SEMANAS DEPOIS, Kate embarcou Tony num navio. Ele estava a caminho do Instituto Le Rosey, em Rolle, uma pequena cidade à margem do Lago Genebra. Kate ficou parada no cais, observando, até que o navio se desprendeu dos rebocadores. *Mas que diabo! Como vou sentir saudade dele!* Ela virou-se e voltou para a limusine que a esperava, seguindo para o escritório.

KATE GOSTAVA DE trabalhar com Brad Rogers. Ele estava com 46 anos, era apenas dois anos mais velho que Kate. Haviam se tornado bons amigos, ao longo dos anos. Ela o amava por sua devoção à Kruger-Brent. Brad era solteiro e sempre tinha muitas namoradas atraentes. Mas, pouco a pouco, Kate percebeu que ele estava meio apaixonado por ela. Mais de uma vez, Brad fez comentários deliberadamente ambíguos. Mas ela preferia manter o relacionamento num nível impessoal, exclusivamente profissional. Só rompeu esse comportamento uma vez.

Brad começara a se encontrar regularmente com alguma mulher. Ficava acordado até tarde da noite e chegava para as reuniões pela manhã cansado e distraído, pensando em outras coisas. Era prejudicial à companhia. Depois que um mês transcorreu assim, com o comportamento dele se tornando ainda mais acintoso, Kate resolveu que tinha de fazer alguma coisa. Lembrou-se como David estivera prestes a deixar a companhia por causa de uma mulher. Não permitiria que isso acontecesse com Brad.

Kate planejara viajar sozinha a Paris, a fim de adquirir uma empresa de importação e exportação. No último momento, porém, pediu a Brad que a acompanhasse. Passaram o dia da chegada em reuniões e de noite foram jantar no Grande Véfour. Depois,

Kate sugeriu que Brad a acompanhasse para sua suíte no George V, a fim de examinar os relatórios sobre a nova empresa. Quando ele chegou, Kate usava um *négligé* quase transparente.

— Trouxe os relatórios que me pediu — disse Brad. — Podemos assim...

— Isso pode esperar. — Havia um convite na voz suave de Kate que levou Brad a fitá-la mais atentamente. — Eu queria ficar a sós com você, Brad.

— Kate...

Ela foi para os braços de Brad.

— Eu a desejei por tanto tempo, Kate...

— E eu a você, Brad.

Eles foram para o quarto.

Kate era uma mulher sensual, mas todo o seu vigor sexual há muito que estava controlado e canalizado para outras coisas. Ela sentia-se completamente realizada com o seu trabalho. Precisava de Brad para outras coisas.

Ele estava por cima dela e Kate abriu as pernas, sentindo a dureza dele penetrá-la. Não era agradável nem desagradável.

— Eu a amo há tanto tempo, Kate...

Ele estava agora se comprimindo contra ela, nos movimentos imemoriais. Kate pensou: *Estão pedindo demais pela maldita companhia. E vão insistir, porque sabem que eu a estou realmente querendo.*

Brad sussurrava palavras afetuosas no ouvido dela.

Posso suspender as negociações e ficar esperando que eles tornem a me procurar. Mas se eles não procurarem? Devo me arriscar a perder o negócio?

O ritmo de Brad era agora mais rápido e Kate mexeu os quadris, estendendo o corpo para a frente.

Não. Eles podem facilmente encontrar outro comprador. É melhor pagar o que estão pedindo. Poderei compensar com a venda de uma das subsidiárias.

Brad estava gemendo, num frenesi de prazer. Kate mexeu-se mais depressa, levando-o ao orgasmo.

Vou lhes dizer que resolvi aceitar a proposta.

Houve um ofego prolongado e trêmulo e depois Brad balbuciou:

— Foi maravilhoso, Kate. Você também gostou, meu amor?

— Foi o paraíso.

Ela passou a noite inteira nos braços de Brad, pensando e planejando, enquanto ele dormia. Pela manhã, quando ele acordou, Kate disse:

— Brad, aquela mulher com quem você vem saindo...

— Ei, você está com ciúme! — Ele riu, na maior felicidade. — Pode esquecê-la. Prometo que nunca mais tornarei a vê-la.

KATE NUNCA MAIS foi novamente para a cama com Brad. Como ele não pudesse entender o motivo da recusa, Kate disse:

— Não pode imaginar o quanto eu o desejo, Brad. Mas acho que não poderíamos continuar a trabalhar juntos. Ambos devemos fazer um sacrifício.

E ele foi obrigado a viver com isso.

ENQUANTO A COMPANHIA continuava a se expandir, Kate instituiu fundações de caridade, que contribuíam para universidades, igrejas e escolas. Continuou a aumentar sua coleção de arte. Adquiriu obras de mestres da Renascença e pós-Renascença, como Rafael, Ticiano, Tintoretto e El Greco, além de pintores barrocos, como Rubens, Caravaggio e Vandyck.

A coleção Blackwell era considerada a mais valiosa coleção de arte particular do mundo. Mas só era conhecida por convidados especiais. Kate não permitia que fosse fotografada nem a discutia com os jornalistas. Tinha regras rigorosas e inflexíveis a respeito da imprensa. A vida pessoal da família Blackwell era assunto proibido. É claro que era impossível controlar os rumores e especulações, pois Kate Blackwell era um enigma intrigante — uma das mulheres mais ricas e poderosas do mundo. Havia mil perguntas em relação a ela, mas poucas respostas.

KATE TELEFONOU para a diretora de Le Rosey.

— Estou ligando para saber como Tony está.

— Está indo muito bem, Sra. Blackwell. Seu filho é um estudante extraordinário. Ele...

— Não estava me referindo a isso. Queria saber... — Kate hesitou, como se relutasse em admitir que pudesse haver uma fraqueza na família Blackwell. — Estou querendo saber como está a gagueira dele.

— Não há qualquer sinal de gagueira, madame. Ele fala perfeitamente.

Kate deixou escapar um suspiro interior de alívio. Soubera desde o início que era apenas temporário, apenas uma fase. Os médicos não sabiam de nada.

Tony voltou para casa quatro semanas depois e Kate estava no aeroporto para recebê-lo. Ele estava esguio e muito bonito, Kate foi invadida por uma onda de orgulho ao contemplá-lo.

— Olá, meu querido. Como você está?

— Es-estou muito bem, mamãe. E vo-você?

NAS FÉRIAS QUE passou em casa, Tony contemplou extasiado os novos quadros que a mãe adquirira durante a sua ausência. Ficou deslumbrado com os mestres e encantado com os impressionistas franceses, Monet, Renoir, Manet e Morisot. Evocavam um mundo mágico para Tony. Ele comprou um jogo de tintas e pincéis, um cavalete, diversas telas, pôs-se a trabalhar. Achava que seus quadros eram horríveis e ainda se recusava a mostrá-los a quem quer que fosse. Como poderiam se comparar com as requintadas obras-primas?

— Um dia todos esses quadros lhe pertencerão, querido — disse-lhe Kate.

A perspectiva provocou uma sensação apreensiva no garoto de 13 anos. A mãe não compreendia. Os quadros não podiam ser realmente seus, porque nada fizera para ganhá-los. Ele possuía uma determinação inabalável em abrir o seu próprio caminho, de alguma maneira ainda indefinida. Tinha sentimentos ambivalentes em relação ao afastamento da mãe, pois tudo em torno dela era excitante. Ela era o centro de um turbilhão, dando ordens, fazendo transações incríveis, levando-o a lugares exóticos, apresentando-o a pessoas interessantes. Era uma presença formidável e Tony sentia-se extremamente orgulhoso dela. Achava que a mãe era a mulher mais fascinante do mundo. E sentia-se culpado porque era somente na presença dela que gaguejava.

Kate não tinha a menor ideia de como intimidava o filho até o dia em que, durante as férias escolares, ele perguntou:

— Mamãe, vo-você di-dirige o mundo?

Ao que ela riu e respondeu:

— Claro que não. O que o levou a fazer uma pergunta tão boba?

— To-todos os meus amigos da escola fa-falam de você. É uma coisa e tanto.

— Sou apenas uma coisa... sua mãe.

Mais do que qualquer outra coisa no mundo, Tony queria agradar a Kate. Sabia o quanto a companhia era importante para ela, o quanto a mãe esperava que ele um dia a dirigisse. Sentia-se dominado pelo pesar, porque sabia que não poderia fazê-lo. Não era isso o que tencionava fazer com a sua vida. Quando tentava explicar isso para a mãe, ela ria e dizia:

— Não diga bobagem, Tony. Você ainda é muito jovem para saber o que quer fazer com o seu futuro.

E ele se punha a gaguejar.

A ideia de tornar-se um pintor atraía Tony. Ser capaz de apreender a beleza e retratá-la para a eternidade era algo maravilhoso. Queria ir para o exterior, estudar em Paris, mas sabia que teria de abordar o assunto com a mãe cuidadosamente.

PASSAVAM MOMENTOS maravilhosos juntos. Kate era a castelã de suntuosas propriedades. Adquirira residências em Palm Beach e na Carolina do Sul, um haras no Kentucky. Ela e Tony visitaram todos esses lugares, durante as férias dele. Assistiam às regatas em Newport. Quando estavam em Nova York, almoçavam no Delmonico's, tomavam chá no Plaza e aos domingos jantavam no Luchow's. Kate gostava de corridas de cavalos e sua coudelaria tornou-se uma das melhores do mundo. Quando um de seus cavalos estava correndo e Tony se encontrava em casa, ela o levava ao hipódromo. Sentavam-se no camarote dela e Tony ficava observando admirado a mãe torcer freneticamente, até ficar rouca. Ele sabia que a emoção nada tinha a ver com dinheiro.

— A única coisa que conta é vencer, Tony. Não se esqueça disso. O importante é vencer.

Tinham momentos tranquilos e descontraídos em Dark Harbor. Faziam compras na Pendleton e Coffin, tomavam sorvete na Dark Harbor Shop. No verão, velejavam, faziam excursões a pé, visitavam galerias de arte. No inverno, esquiavam, patinavam, andavam de trenó. Sentavam-se diante do fogo da lareira da biblioteca e Kate contava ao filho todas as histórias antigas da família, sobre o avô e Banda, sobre a festa que Madame Agnes e suas meninas haviam oferecido à avó de Tony. Era uma família pitoresca, uma família de que se orgulhar.

— A Kruger-Brent Ltd. será sua um dia, Tony. Você vai dirigi-la e...

— Eu-eu não quero di-dirigi-la, mamãe. Não estou interessado nos grandes negócios ou no po-poder.

E Kate explodia:

— Seu idiota! O que sabe dos grandes negócios ou do poder? Acha que eu fico percorrendo o mundo espalhando o mal? Prejudicando as pessoas? Pensa que a Kruger-Brent é uma máquina implacável de fazer dinheiro, esmagando todo mundo que se interpõe em seu caminho? Pois vou lhe dizer uma coisa, filho. É a melhor coisa depois de Jesus Cristo. Somos a ressurreição, Tony. Salvamos centenas de milhares de vidas. Quando abrimos uma fábrica numa região ou num país dominado pela depressão, as pessoas podem construir escolas, bibliotecas e igrejas, proporcionar a seus filhos uma boa alimentação, roupas decentes e diversões. — A respiração dela era ofegante, a raiva dominava-a por completo. — Construímos fábricas nos lugares em que as pessoas estão famintas e desempregadas. Por nossa causa, elas podem levar vidas decentes, andar de cabeça erguida. Somos seus salvadores. Nunca mais me deixe ouvi-lo a desdenhar dos grandes negócios e do poder.

Tudo o que Tony pôde dizer foi:

— Des-desculpe, ma-mamãe.

E ele pensou, obstinadamente: *Vou ser um pintor.*

Quando Tony tinha 15 anos, Kate sugeriu que ele passasse as férias de verão na África do Sul. Ele nunca estivera lá.

— Não posso ir com você neste momento, Tony. Mas vai descobrir que é um lugar fascinante. Tomarei todas as providências para a viagem.

— Eu-eu estava esperando pa-passar as férias em Dark Harbor, ma-mamãe.

— Deixe para o próximo verão — disse Kate, firmemente. — Quero que vá para Johannesburgo neste verão.

Kate deu instruções cuidadosas ao superintendente da companhia em Johannesburgo e prepararam juntos um itinerário para

Tony. Cada dia foi planejado com um objetivo: fazer com que a viagem se tornasse o mais emocionante possível para Tony, a fim de fazê-lo compreender que seu futuro estava na companhia.

Kate recebia notícias diárias a respeito do filho. Ele fora levado a uma mina de ouro. Passara dois dias nos campos de diamantes. Visitara as fábricas da Kruger-Brent e fizera um safári no Quênia.

Poucos dias antes das férias de Tony terminarem, Kate telefonou para o superintendente da companhia em Johannesburgo.

— Como Tony está indo?

— Está gostando muito, Sra. Blackwell. E esta manhã chegou a me perguntar se não poderia ficar mais alguns dias.

Kate ficou profundamente satisfeita.

— Mas isso é maravilhoso! Obrigada.

Quando as férias terminaram, Tony seguiu para Southampton, na Inglaterra, onde embarcou num avião da Pan American para os Estados Unidos. Kate sempre voava pela Pan American quando possível. Isso fazia com que detestasse as outras empresas.

Kate deixou uma reunião importante para ir receber o filho no terminal da Pan American, no Aeroporto La Guardia, em Nova York, recentemente construído.

— Divertiu-se muito, querido?

— A África do Sul é uma te-terra fantástica, ma-mamãe. Sabia que me le-levaram para o Deserto da Namíbia, onde vovô roubou aqueles di-diamantes do vo-vovô Van der Merwe?

— Ele não roubou os diamantes, Tony. Simplesmente pegou o que lhe pertencia.

— Claro, claro. Seja como for, eu es-estive lá. Não tinha o *mis*, ma-mamãe. Mas ainda tem ca-cachorros, guardas e tudo o mais. — Ele sorriu. — Não me de-deram nenhuma amostra.

Kate riu, na maior felicidade.

— Eles não precisam lhe dar nenhuma amostra, querido. Tudo um dia lhe pertencerá.

— Di-diga isso a eles. Não qui-quiserem me escutar.

Ela abraçou-o.

— Mas você gostou, não é mesmo?

Kate estava imensamente satisfeita por constatar que Tony parecia finalmente entusiasmado com sua herança.

— Sa-sabe o que mais gostei?

Kate sorriu, enternecida.

— O que foi?

— As cores... Pin-pintei uma porção de paisagens por lá. De-detestei ir embora. Que-quero voltar para lá e pintar.

— Pintar? — Kate tentou parecer entusiasmada. — Parece um *hobby* maravilhoso, Tony.

— Não-não será um *hobby*, ma-mamãe. Quero ser um pintor. Te-tenho pensado muito nisso. Vou estudar em Pa-Paris. Acho que posso ter algum talento.

Kate sentiu que ficava cada vez mais tensa.

— Não vai querer passar o resto de sua vida pintando.

— Que-quero, sim, mamãe. É a única coi-coisa que realmente gosto.

E Kate compreendeu nesse momento que perdera.

ELE TEM O DIREITO de levar sua própria vida, pensou Kate. *Mas como posso deixá-lo cometer um erro tão terrível?*

Em setembro, a decisão saiu das mãos deles. A Europa entrou em guerra.

— Quero que se matricule na Escola Wharton de Finanças e Comércio — disse Kate a Tony. — Dentro de dois anos, se ainda quiser ser um pintor, terá toda a minha bênção.

Kate estava convencida de que, a esta altura, Tony já teria mudado de ideia. Era inconcebível que o filho passasse a vida a espalhar tinta por pedaços de tela, quando podia comandar o mais espetacular conglomerado do mundo. Afinal, ele era seu filho.

Para Kate Blackwell, a Segunda Guerra Mundial foi outra grande oportunidade. Havia uma escassez mundial de suprimentos e materiais militares e a Kruger-Brent estava em condições de fornecer tudo. Uma divisão da companhia providenciava equipamentos para as forças armadas, enquanto outra divisão cuidava das necessidades civis. As fábricas da companhia trabalhavam 24 horas por dia.

Kate estava convencida de que os Estados Unidos não poderiam permanecer neutros. O presidente Franklin D. Roosevelt convocou o país para se tornar o grande arsenal da democracia. A 11 de março de 1941, o Congresso aprovou a Lei dos Empréstimos de Guerra. A navegação aliada pelo Atlântico era ameaçada pelo bloqueio alemão. Os submarinos alemães atacaram e afundaram dezenas de navios aliados.

A Alemanha era um monstro que não podia ser contido, ao que parecia. Em desafio ao Tratado de Versalhes, Adolf Hitler construíra uma das maiores máquinas de guerra da história. Usando a nova técnica de *blitzkrieg*, a Alemanha atacou a Polônia, Bélgica e Holanda, em rápida sucessão. Não demorou muito para que a máquina bélica alemã esmagasse a Dinamarca, Noruega, Luxemburgo e França.

Kate entrou em ação assim que soube que os judeus que trabalhavam nas fábricas da Kruger-Brent confiscada pelos nazistas estavam sendo presos e deportados para campos de concentração. Deu dois telefonemas e na semana seguinte estava a caminho da Suíça. Quando chegou ao Hotel Baur au Lac, em Zurique, encontrou o recado de que o coronel Brinkmann desejava falar-lhe. Brinkmann fora gerente da sucursal de Berlim da Kruger-Brent. Quando a fábrica fora confiscada pelo governo nazista, Brinkmann recebera a patente de coronel e fora mantido na direção.

Ele foi procurar Kate no hotel. Era um homem magro, meticuloso, os cabelos louros impecavelmente penteados.

— É um prazer tornar a vê-la, *Frau* Blackwell. Tenho uma mensagem do meu governo. Estou autorizado a garantir-lhe que suas fábricas serão devolvidas assim que ganharmos a guerra. A Alemanha será a maior potência industrial que o mundo já conheceu e apreciamos a colaboração de todas as pessoas como a senhora.

— E se a Alemanha perder?

O coronel Brinkmann permitiu que um débil sorriso se insinuasse em seus lábios.

— Ambos sabemos que isso não pode acontecer, *Frau* Blackwell. Os Estados Unidos são sensatos ao se manterem fora do que está acontecendo na Europa. Espero que continuem assim.

— Quanto a isso, coronel, não tenho a menor dúvida. — Kate inclinou-se para a frente. — Ouvi rumores de que os judeus estão sendo enviados para campos de concentração e exterminados. Isso é verdade?

— Posso lhe assegurar que é apenas propaganda britânica. É verdade que *die Juden* estão sendo levados para campos de trabalho, mas lhe dou minha palavra como oficial que estão sendo tratados como deveriam.

Kate se perguntou o que exatamente significavam essas palavras. Tencionava descobrir.

No dia seguinte, Kate encontrou-se com um proeminente comerciante alemão chamado Otto Bueller. Era um homem na casa dos 50 anos, de aparência distinta, com uma expressão cheia de compaixão e olhos que haviam conhecido o sofrimento profundo. Encontraram-se num pequeno café perto do *banhof* *Herr* Bueller escolheu uma mesa num canto vazio.

— Fui informada que iniciou um corredor subterrâneo para ajudar a levar judeus para países neutros — disse Kate, baixinho. — Isso é verdade?

— Não, Sra. Blackwell, não é verdade. Tal atitude seria uma traição contra o Terceiro Reich.

— Também ouvi dizer que está precisando de dinheiro para movimentá-lo.

Herr Bueller deu de ombros.

— Como não existe nenhum caminho subterrâneo, não posso precisar de dinheiro para movimentá-lo, não é mesmo?

Os olhos dele se deslocavam nervosamente pelo café. Era um homem que dormia e respirava com o perigo em cada dia de sua vida.

— Eu tinha a esperança de poder prestar alguma ajuda — disse Kate, cautelosamente. — A Kruger-Brent tem fábricas em muitos países neutros e aliados. Se alguém pudesse levar os refugiados para lá, eu providenciaria para que tivessem empregos.

Herr Bueller tomou um gole do café amargo, antes de finalmente dizer:

— Nada sei a respeito dessas coisas. A política é algo perigoso hoje em dia. Mas se está interessada em ajudar alguém que passa por dificuldades, tenho um tio na Inglaterra que sofre de uma doença terrível e debilitante. As contas do médico são muito altas.

— Quanto?

— Cinquenta mil dólares por mês. O dinheiro para as despesas médicas pode ser depositado num banco de Londres e depois será devidamente transferido para um banco da Suíça.

— Pode-se providenciar.

— Meu tio ficará muito satisfeito.

Cerca de oito semanas depois, um fluxo pequeno mas constante de refugiados judeus começou a chegar aos países aliados, encontrando emprego nas fábricas da Kruger-Brent.

TONY DEIXOU OS estudos ao final do primeiro semestre. Foi ao escritório de Kate para comunicar-lhe a notícia.

— Ten-tentei, mamãe. Ju-juro que tentei. Mas to-tomei uma decisão. Quero estudar pin-pintura. Quando a gue-guerra terminar, vou para Pa-Paris.

Cada palavra era como um golpe violento para Kate.

— Sei-sei que está de-desapontada, mas tenho de levar a minha própria vi-vida. Acho que posso ser bom... bom de verdade. — Ele percebeu a expressão no rosto da mãe. — Fiz o que me pediu. Agora, tem que dar a mi-minha oportunidade. Eles me aceitaram no Ins-Instituto de Arte de Chicago.

A mente de Kate estava em turbilhão. O que Tony queria fazer era um terrível desperdício. Mas tudo o que ela pôde dizer foi:

— Quando planeja partir?

— As matrículas começam no dia 15.

— E que dia é hoje?

— Seis de de-dezembro.

No DOMINGO, 7 de dezembro de 1941, esquadrilhas de bombardeiros Nakajima e caças Zero da Marinha Imperial Japonesa atacaram Pearl Harbor. No dia seguinte, os Estados Unidos estavam em guerra. Naquela tarde, Tony alistou-se no Corpo de Fuzileiros dos Estados Unidos. Foi enviado para Quantico, Virgínia, onde se formou na Escola de Treinamento de Oficiais, de lá seguindo para o Pacífico Sul.

Kate tinha a sensação de que estava vivendo à beira de um abismo. O dia de trabalho era preenchido com as pressões da direção da companhia, mas em cada momento persistia, no fundo de sua mente, o medo de receber alguma notícia a respeito de Tony... que ele fora ferido ou morto.

A guerra com o Japão estava indo muito mal. Bombardeiros japoneses atacaram bases americanas em Guam, Midway e nas ilhas Wake. Os japoneses capturaram Cingapura em fevereiro de 1942, rapidamente capturaram a Nova Bretanha, a Nova

Irlanda e as ilhas do Almirantado e Salomão. O general Douglas MacArthur foi obrigado a evacuar as Filipinas. As poderosas forças do Eixo estavam lentamente conquistando o mundo, as sombras se tornavam mais ameaçadoras por toda parte. Kate tinha medo de que Tony pudesse cair prisioneiro de guerra e fosse torturado. Com todo o seu poder e influência, não havia nada que ela pudesse fazer, além de rezar. Cada carta de Tony era um farol de esperança, um sinal de que, poucas semanas antes, ele ainda estava vivo. "Eles nada nos contam aqui", escreveu Tony. "Os russos ainda estão resistindo? O soldado japonês é brutal, mas não se pode deixar de respeitá-lo. Ele não tem medo de morrer..."

"O que está acontecendo nos Estados Unidos? Os operários das fábricas estão realmente entrando em greve por mais dinheiro?..."

"As lanchas PT estão fazendo um trabalho maravilhoso por aqui. Esses rapazes são todos heróis..."

"Você tem muitas ligações, mamãe. Mande-nos algumas centenas de F4U, os novos caças da marinha. Sinto muita saudade..."

A 7 DE AGOSTO DE 1942, os aliados iniciaram a sua primeira ação ofensiva no Pacífico. Os fuzileiros americanos desembarcaram em Guadalcanal, nas Ilhas Salomão. E seguiram adiante, para recuperar todas as ilhas capturadas pelos japoneses.

Na Europa, os aliados tinham uma sucessão quase ininterrupta de vitórias. A 6 de junho de 1944, foi lançada a invasão aliada da Europa Ocidental, efetuada por tropas americanas, canadenses e britânicas, nas praias da Normandia. Um ano depois, a 7 de maio de 1945, a Alemanha rendeu-se incondicionalmente.

No Japão, a 6 de agosto de 1945, foi lançada sobre Hiroshima uma bomba atômica com uma força destrutiva superior a 20 mil toneladas de TNT. Três dias depois, outra bomba atômica destruiu a cidade de Nagasaki. Os japoneses renderam-se a 14 de agosto. A guerra prolongada e sangrenta finalmente terminara.

TRÊS MESES DEPOIS, Tony voltou para casa. Ele e Kate estavam em Dark Harbor, sentados no terraço, contemplando a baía, pontilhada de velas brancas.

A guerra mudou-o, pensou Kate. Havia uma nova maturidade em Tony. Ele deixara crescer um pequeno bigode, estava forte, bronzeado, bonito. Havia rugas nos olhos que antes não existiam. Kate estava convencida de que os anos no exterior haviam proporcionado ao filho tempo suficiente para reconsiderar sua decisão a respeito de não ingressar na companhia.

— Quais são os seus planos agora, filho?

Tony sorriu.

— Como eu estava dizendo, antes de ser tão bruscamente interrompido, mamãe, vou para Pa-Paris.

LIVRO QUARTO

Tony

1946-1950

Capítulo 18

Tony JÁ ESTIVERA em Paris antes, mas desta vez as circunstâncias eram diferentes. A Cidade Luz fora ofuscada pela ocupação alemã, sendo salva da destruição ao ser declarada uma cidade aberta. As pessoas haviam sofrido muito. Embora os nazistas tivessem saqueado o Louvre, Tony achou Paris relativamente intacta. Além disso, desta vez ele viveria ali, seria uma parte da cidade, ao invés de um turista. Poderia ficar no apartamento de cobertura que Kate tinha em Paris, na Avenida Marechal Foch, pois não fora danificado pela guerra. Em vez disso, alugou um apartamento sem móveis numa velha casa adaptada, por trás do Grand Montparnasse. O apartamento consistia em uma sala, um quarto pequeno e uma cozinha minúscula, que não tinha geladeira. Entre o quarto e a cozinha havia um banheiro, com uma banheira, um bidê todo manchado e um vaso sanitário, com o assento quebrado. Quando a senhoria começou a pedir desculpas, Tony prontamente interrompeu-a:

— Está perfeito.

Ele passou todo o dia de sábado no famoso mercado das pulgas. Na segunda e terça-feira excursionou por lojas que vendiam artigos de segunda mão, ao longo da Rive Gauche. Na quarta-feira, já tinha todos os móveis básicos de que precisava. Um sofá-cama, uma mesa escalavrada, duas poltronas, um armário, abajures e uma mesa de cozinha cambaia, além de duas cadeiras. *Mamãe ficaria horrorizada*, pensou Tony. Poderia ter atulhado o apartamento com antiguidades de valor inestimável, mas isso significaria *representar* o papel de um jovem artista americano em Paris. Ele pretendia *viver* o papel.

O estágio seguinte foi ingressar numa boa escola de arte. A mais prestigiosa escola de arte de toda a França era a École des Beaux-Arts de Paris. Seus padrões eram elevados e poucos americanos eram admitidos. Tony candidatou-se a uma vaga. *Eles nunca vão me aceitar*, pensou ele. *Mas se aceitarem...* Ele precisava de qualquer maneira provar à mãe que tomara a decisão correta. Apresentou três trabalhos seus e esperou quatro semanas para saber se fora aceito. Ao final da quarta semana, a *concierge* entregou-lhe uma carta da escola. Deveria se apresentar na segunda-feira seguinte.

A École des Beaux-Arts era um prédio antigo de pedra, muito grande, de dois andares, com uma dúzia de salas de aula, repletas de alunos. Tony apresentou-se ao diretor da escola, *Maître* Gessand, um homem alto, de expressão amargurada, sem pescoço, com os lábios mais finos que Tony já vira.

— Seus quadros são por demais amadores — disse ele a Tony.

— Mas prometem alguma coisa. Nossa comissão escolheu-o mais pelo que não estava nos quadros. Está entendendo?

— Não muito bem, *maître*.

— Vai compreender, com o tempo. Vai estudar com *Maître* Cantal. Ele será seu professor pelos próximos cinco anos... se você aguentar por tanto tempo.

Vou aguentar, prometeu Tony a si mesmo.

Maître Cantal era um homem baixo, totalmente calvo, a cabeça coberta por uma boina roxa. Os olhos eram castanho-escuros, o nariz imenso, os lábios grossos. Saudou Tony com as seguintes palavras:

— Os americanos são diletantes, bárbaros. Por que está aqui?

— Para aprender, *maître*.

Maître Cantal soltou um grunhido.

Havia 25 alunos na turma, quase todos franceses. Havia cavaletes espalhados pela sala e Tony escolheu um perto da janela, que dava para um bistrô de operários. Havia também pela sala diversos moldes em gesso de partes da anatomia humana, reproduzi das de estátuas gregas. Tony olhou ao redor, à procura do modelo. Não encontrou nenhum.

— Podem começar — disse *Maître* Cantal aos alunos.

— Desculpe, mas eu não trouxe minhas tintas — disse Tony.

— Não vai precisar de tintas. Passará o primeiro ano aprendendo a desenhar direito. — O mestre apontou para as reproduções de estátuas gregas. — Desenhará tudo isso. E se pensa que parece muito simples, deixe-me avisá-lo: antes do ano terminar, mais da metade de vocês estará eliminada. Passarão o primeiro ano aprendendo anatomia. O segundo ano... para aqueles que não forem eliminados... será para desenharem modelos vivos, trabalhando com óleos. No terceiro ano... e posso lhes assegurar que bem poucos restarão até lá... pintarão comigo, no meu estilo, tratando de melhorá-lo, é claro. No quarto e quinto ano encontrarão o seu próprio estilo, a sua própria manifestação. E, agora, vamos começar a trabalhar.

A turma se pôs a trabalhar.

O mestre circulava pela sala, detendo-se em cada cavalete para fazer críticas ou comentários. Ao chegar ao desenho em que Tony estava trabalhando, ele disse bruscamente:

— Não! Isso não serve. O que estou vendo é o *exterior* de um braço. Quero ver o *interior*, músculos, ossos, ligamentos. Quero saber que há sangue fluindo por baixo. Sabe como fazer isso?

— Sei, *maître*. Você pensa, vê, sente e depois desenha.

QUANDO NÃO ESTAVA na escola, Tony geralmente ficava em seu apartamento, desenhando. Podia pintar durante as 24 horas do dia. A pintura lhe proporcionava uma sensação de liberdade como nunca experimentara antes. O simples ato de sentar-se diante de um cavalete, com um pincel na mão, fazia-o sentir-se como um deus. Podia criar mundos inteiros com a mão. Podia fazer uma árvore, uma flor, uma pessoa, um universo. Era uma experiência inebriante. Nascera para isso. Quando não estava pintando, Tony percorria as ruas de Paris, explorando a cidade fabulosa. Agora era a sua cidade, o lugar em que sua arte estava nascendo. Havia duas cidades de Paris, divididas pelo Sena na Rive Gauche e na Rive Droite. Eram mundos separados. A Rive Droite era para os ricos, as pessoas que integravam o sistema tradicional. A Rive Gauche pertencia aos estudantes, aos artistas, aos que lutavam para afirmar seus sonhos. Era Montparnasse e o Boulevard Raspail, era Saint-German-des-Prés. Era o Café Flore, Henry Miller e Elliot Paul. Para Tony, era o lar. Ele passava horas a fio sentado no Boule Blanche ou La Coupole, em companhia de outros estudantes, discutindo o mundo misterioso em que viviam.

— Ouvi dizer que o diretor de arte do Museu Guggenheim está em Paris, comprando tudo o que lhe mostram.

— Digam a ele para esperar por mim!

Todos liam as mesma revistas e partilhavam-nas, porque eram caras: *Studio* e *Cahiers d'Art, Formes et Couleurs, Gazette des Beaux-Arts.*

Tony aprendera francês no Le Rosey e não teve dificuldades em fazer amizade com colegas de turma, pois todos partilhavam uma paixão comum. Ninguém sabia qual era a família de Tony e aceitavam-no como um deles. Os artistas pobres reuniam-se no Café Flore e no Les Deux Magots, no Boulevard Saint-Germain, comiam no Le Pot d'Etian, na Rue des Canettes, ou na Rue de Université. Nenhum dos outros jamais vira o interior do Lasserre ou do Maxim's.

Em 1946, os gigantes estavam exercendo a sua arte em Paris. De vez em quando, Tony avistava Pablo Picasso. Um dia, Tony e um amigo encontraram-se com Marc Chagall, um homem grande e exuberante, na casa dos 50 anos, com uma vasta cabeleira, que começava a ficar grisalha. Chagall estava sentado a uma mesa no outro lado do café, conversando com várias pessoas.

— Temos sorte em vê-lo — sussurrou o amigo de Tony. — Ele só vem a Paris raramente. Vive em Vence, perto da costa mediterrânea.

Lá estava Max Ernst, tomando um aperitivo num café com cadeiras na calçada. Lá estava o grande Alberto Giacometti, descendo a Rue de Rivoli, parecendo uma de suas esculturas, alto, magro e encarquilhado. Tony ficou surpreso porque ele tinha os pés tortos. Tony conheceu Hans Belmer, que estava adquirindo reputação com quadros eróticos de meninas que se transformavam em bonecas desmembradas. Mas provavelmente o momento mais emocionante para ele foi a ocasião em que o apresentaram a Braque. O pintor mostrou-se cordial, mas Tony estava tão emocionado que não foi capaz de dizer nada.

Os gênios futuros frequentavam as galerias de arte, estudando a concorrência. A Galeria Drousand-David estava apresentando um jovem pintor desconhecido chamado Bernard Buffet, que estudara na École des Beaux-Arts, assim como Utrillo, Soutine e Dufy. Os estudantes reuniam-se no Salon d'Automne e na Galeria Charpentier e na Galeria de Mlle. Roussa, na Rue de Seine. Passavam todos os momentos disponíveis a discutirem os rivais vitoriosos.

KATE FICOU ATURDIDA na primeira vez em que viu o apartamento de Tony. Sensatamente, não fez qualquer comentário. Mas pensou: *Mas que diabo! Como um filho meu pode viver nesta pocilga?* Em voz alta, ela disse:

— É muito simpático, Tony. Mas não estou vendo uma geladeira. Onde você guarda a comida?

— No peitoril da ja-janela.

Kate foi até a janela, abriu-a e tirou uma maçã que estava lá fora.

— Não estou comendo um dos seus modelos, não é mesmo?

Tony riu.

— Não, ma-mamãe.

Kate deu uma mordida na maçã.

— E agora me fale de seus estudos.

— Não há mu-muito o que dizer. Estamos apenas fa-fazendo desenho este ano.

— Gosta de *Maître* Cantal?

— Ele é ma-maravilhoso. O importante é sa-saber se ele gosta de mim. Só um terço da tu-turma vai pa-passar para o próximo ano.

Kate não mencionou uma única vez o ingresso de Tony na companhia.

MAÎTRE CANTAL NÃO era um homem de dispensar louvores com facilidade. O maior elogio que Tony podia receber era um relutante "Acho que já vi piores" ou "Estou quase começando a ver por baixo".

Ao final do ano, Tony estava entre os oito alunos que foram promovidos para o segundo grau. Para comemorar, Tony e os outros alunos aprovados foram a uma boate em Montmartre, embriagaram-se e passaram a noite com algumas jovens inglesas que visitavam a França.

QUANDO AS AULAS recomeçaram, Tony passou a trabalhar com óleos e modelos vivos. Era como se libertar do jardim de infância. Depois de um ano desenhando partes da anatomia, Tony sentia que conhecia todos os músculos, nervos e glândulas do corpo humano.

Aquilo não era desenhar, mas sim copiar. Agora, com um pincel na mão e um modelo vivo na frente, Tony começou a criar. Até mesmo *Maître* Cantal ficou impressionado.

— Você possui o sentimento — disse ele, relutantemente. — Devemos agora trabalhar na técnica.

HAVIA CERCA DE uma dúzia de modelos que trabalhava para a escola. Os mais usados por *Maître* Cantal eram Carlos, um rapaz que estava fazendo o curso de medicina, Annette, uma morena baixa e rechonchuda, com os cabelos públicos vermelhos e as costas cobertas por marcas de espinhas, e Dominique Masson, uma loura esguia e bonita, de feições delicadas e olhos verdes. Dominique também posava para diversos pintores famosos. Era a favorita de todos. Todos os dias, depois das aulas, os estudantes se concentravam em torno dela, tentando marcar um encontro.

— Nunca misturo os prazeres com os negócios — dizia ela. — Não seria justo, além do mais. Todos vocês já viram o que tenho a oferecer. Como posso saber o que vocês têm a me oferecer?

A conversa era sempre nesses termos joviais, mas Dominique jamais saía com qualquer aluno da escola. Ao final de uma tarde, depois que os outros estudantes já haviam saído e Tony terminava um retrato de Dominique, ela aproximou-se por trás, inesperadamente.

— Meu nariz é comprido demais.

Tony corou.

— Oh, desculpe. Vou mudar.

— Não precisa. O nariz no quadro está ótimo. Meu nariz é que é comprido demais.

Tony sorriu.

— Infelizmente, não posso fazer nada quanto a isso.

— Um francês teria dito: Seu nariz é perfeito, *chérie*.

— Gosto do seu nariz e não sou francês.

— Obviamente. Nunca me convidou para sair. Eu gostaria de saber o motivo.

Tony ficou aturdido.

— Eu... eu não sei. Acho que é porque todos os outros já a convidaram e você não saiu com ninguém.

Dominique sorriu.

— Todo mundo sempre acaba saindo com alguém. Boa-noite.

E ela se foi.

Tony passou a notar que, sempre que ficava trabalhando até tarde, Dominique se vestia e depois voltava à sala, ficando a observá-lo enquanto pintava.

— Você é muito bom — declarou ela uma tarde. — Vai ser um pintor importante.

— Obrigado, Dominique. Torço para que você esteja certa.

— Pintar é algo muito sério para você, *oui*?

— *Oui*.

— Um homem que vai ser um pintor importante não gostaria de me pagar um jantar? — Ela viu a expressão de surpresa de Tony e apressou-se em acrescentar: — Não como muito. Tenho de cuidar da silhueta.

Tony riu.

— Isso não importa. Terei o maior prazer.

Comeram num bistrô perto do Sacré-Coeur, conversaram sobre pintores e pintura. Tony ficou fascinado com as histórias de artistas famosos para os quais ela posava. Quando estavam tomando *café au lait*, Dominique disse:

— Devo-lhe dizer que você é tão bom quanto qualquer um deles.

Tony ficou extremamente satisfeito, mas limitou-se a dizer:

— Ainda tenho um longo caminho a percorrer.

Saindo do café, Dominique perguntou:

— Não vai me convidar para conhecer seu apartamento?

— Se você quiser. Infelizmente, não é grande coisa.

Ao chegarem, Dominique contemplou o pequeno e desarrumado apartamento, sacudindo a cabeça.

— Tinha razão, não é mesmo grande coisa. Quem cuida de você?

— Uma faxineira vem aqui uma vez por semana.

— Pode despedi-la. O apartamento está imundo. Não tem uma namorada?

— Não.

Ela estudou-o por um momento.

— Você é pederasta?

— Não.

— Ótimo. Seria um terrível desperdício. Arrume-me um balde com água e sabão.

Dominique começou a trabalhar no apartamento, lavando, esfregando e finalmente arrumando. Ao terminar, ela disse:

— Isso servirá, por enquanto. E agora estou precisando de um banho.

Ela entrou no pequeno banheiro, abriu a água da banheira. E gritou:

— Como você faz para caber aqui dentro?

— Levanto as pernas.

Ela riu.

— Eis aí uma coisa que eu gostaria de ver.

Ela saiu do banheiro 15 minutos depois, apenas com uma toalha na cintura, os cabelos louros molhados. Tinha um corpo lindo, os seios cheios, cintura fina, pernas compridas. Tony nunca antes a percebera como uma mulher. Ela era apenas um corpo nu para reproduzir na tela. Por mais estranho que pudesse parecer, a toalha mudava tudo. Ele experimentou um calor súbito. Dominique estava observando-o.

— Gostaria de fazer amor comigo?

— E muito.

Ela retirou a toalha, lentamente.

— Mostre-me.

TONY JAMAIS CONHECERA uma mulher como Dominique. Ela lhe dava tudo e nada pedia. Ela aparecia quase todas as noites, a fim de cozinhar para Tony. Quando saíam para jantar, Dominique insistia em irem a bistrôs baratos ou bares de sanduíches.

— Deve poupar seu dinheiro — dizia ela. — É muito difícil começar, até mesmo para um bom pintor. E você é muito bom, *chéri*.

Iam a Les Halles de madrugada, tomavam sopa de cebola em Pied de Cochon. Iam ao Musée Carnavalet e a lugares que os turistas não frequentavam, como o Cimetière Pére-Lachaise, onde estavam enterrados Oscar Wilde, Chopin, Honoré de Balzac e Marcel Proust. Visitavam as catacumbas e passaram uma semana de feriados descendo o Sena na barca de um amigo de Dominique.

Dominique era uma companhia deliciosa. Possuía um senso de humor quixotesco e ria de Tony, sempre que ele estava deprimido. Ela parecia conhecer todo mundo em Paris. Levava Tony a festas das mais interessantes, onde ele se encontrava com as personalidades mais proeminentes da época, como o poeta Paul Éluard e André Breton, que dirigia a prestigiosa Galeria Maeght. Dominique era uma fonte de constante estímulo.

— Você vai ser melhor do que todos eles, *chéri*. Acredite em mim. Eu sei.

Se Tony estava com vontade de pintar à noite, Dominique posava para ele com o maior prazer, embora tivesse passado o dia inteiro trabalhando. *Tenho muita sorte*, pensava Tony. Aquela era a primeira vez em que ele tinha certeza de que alguém o amava pelo que era, não por quem era. Era uma sensação maravilhosa. Tony tinha medo de contar a Dominique que era herdeiro de uma das maiores fortunas do mundo, receando que ela mudasse e perdessem o que tinham. Para o aniversário dela, no entanto, Tony não pôde resistir à tentação de comprar um casaco de lince russo.

— É a coisa mais linda que já vi em toda a minha vida! — exclamou Dominique, girando com o casaco pela sala. Ela parou abruptamente. — De onde foi que veio este casaco? Vamos, Tony, diga-me: onde arrumou o dinheiro para comprá-lo?

Ele já tinha preparado uma resposta.

— É quente... um casaco roubado. Comprei-o de um homenzinho que encontrei nas proximidades do Museu Rodin. Ele estava ansioso para se livrar do casaco. Não me custou mais do que custaria um bom casaco de pano em Au Printemps.

Dominique fitou-o em silêncio por um momento e depois desatou a rir.

— Pois vou usá-lo, mesmo que nós dois acabemos na prisão! — Depois, ela abraçou Tony e desatou a chorar. — Oh, Tony, seu idiota! Oh, seu idiota fantástico e querido!

A mentira valera a pena, concluiu Tony.

Dominique sugeriu uma noite que Tony fosse viver com ela. Graças ao dinheiro que ganhava na École des Beaux-Arts e posando para alguns dos mais famosos artistas de Paris, Dominique podia alugar um apartamento grande e moderno na Rue Prêtres-Saint-Severin.

— Não pode continuar a viver num lugar como este, Tony. É horrível. Venha viver comigo e não terá de pagar qualquer aluguel. Lavarei suas roupas, cozinharei para você...

— Não, obrigado, Dominique.

— Mas por quê?

Como ele podia explicar? No começo, ainda poderia ter-lhe contado que era rico, mas agora era tarde demais. Dominique acharia que fora enganada.

— Seria como viver à sua custa, Dominique. Já me deu coisa demais.

— Então vou deixar meu apartamento e virei morar aqui com você. Quero estar sempre ao seu lado.

Ela mudou-se no dia seguinte.

Havia uma intimidade tranquila e maravilhosa entre os dois. Passavam os fins de semana no campo, em pequenas hospedarias. Tony armava seu cavalete e pintava paisagens. Quando sentiam fome, Dominique abria uma toalha numa campina e arrumava o piquenique que preparara. Depois, faziam amor, prolongado, suave, terno. Tony nunca se sentira tão feliz, em toda a sua vida.

O trabalho dele estava progredindo de maneira excepcional. *Maître* Cantal levantou certa manhã um dos quadros de Tony e disse à turma:

— Olhe só para este corpo! Pode-se vê-lo respirar!

Tony mal podia esperar para contar a Dominique, naquela noite.

— E quer saber como consegui reproduzir a respiração? É porque todas as noites fico com a modelo nos braços!

Dominique riu, excitada, e depois ficou séria.

— Acho que não está precisando de mais anos na escola, Tony. Já está pronto agora. Todos na escola pensam assim, até mesmo Cantal.

O medo de Tony era o de não ser bom bastante, de ser apenas mais um pintor insignificante, que seu trabalho se perdesse na inundação de quadros produzidos aos milhares por artistas do mundo inteiro, todos os dias. Não podia suportar essa perspectiva. *O importante é vencer*, Tony. *Não se esqueça disso.*

Às vezes, quando terminava um quadro, Tony ficava exultante e pensava. *Tenho talento. Tenho realmente talento.* Em outras ocasiões, contemplava o seu trabalho e pensava: *Não passo de um maldito amador.*

Com o encorajamento de Dominique, Tony estava adquirindo uma confiança cada vez maior em seu trabalho. Concluíra quase duas dúzias de quadros seus, paisagens, naturezas-mortas. Havia um quadro de Dominique nua, sob uma árvore, o sol a lhe salpicar o corpo. Uma camisa e um casaco de homem estavam ao fundo, o espectador sabia que a mulher esperava o seu amante. Ao ver o quadro, Dominique gritou:

— Mas você precisa fazer uma exposição!

— Você está louca, Dominique. Ainda não estou pronto.

— Saiba que se engana, *mon cher.*

Ao final da tarde seguinte, quando chegou em casa, Tony descobriu que Dominique não estava sozinha. Anton Goerg, um homem magro de barriga protuberante, olhos castanhos saltados, estava com ela. Ele era o proprietário e diretor da Galeria Goerg, uma modesta galeria na Rue Dauphine. Os quadros de Tony estavam espalhados pela sala.

— O que está acontecendo aqui? — perguntou Tony.

Foi Anton Goerg quem respondeu:

— O que está acontecendo, *monsieur,* é que acho seu trabalho extraordinário. — Ele bateu de leve no ombro de Tony. — Terei a honra em fazer uma exposição dos seus quadros na minha galeria.

Tony olhou para Dominique, que o fitava, radiante.

— Eu... eu não sei o que dizer.

— Já disse tudo — declarou Goerg. — Nestas telas.

Tony e Dominique passaram metade da noite discutindo a exposição.

— Não me sinto pronto. Os críticos vão me crucificar.

— Está enganado, *chéri.* Está perfeito para você. É uma galeria pequena, somente algumas pessoas vão aparecer e julgá-lo. Não há possibilidade de ser crucificado. *Monsieur* Goerg jamais lhe ofereceria uma exposição se não acreditasse em você. Ele concorda comigo que você será um pintor muito importante.

— Está bem — disse Tony finalmente. — Quem pode saber o que vai acontecer? Talvez até eu venda um quadro.

O telegrama dizia: CHEGAREI PARIS SÁBADO. ENCONTRE COMIGO POR FAVOR PARA O JANTAR. AMOR, MAMÃE.

O primeiro pensamento de Tony, ao ver a mãe entrar no estúdio, foi: *Mas como ela é uma mulher bonita!* Kate estava com 50 e poucos anos, os cabelos naturais, pretos, entremeados de fios brancos. Transbordava vitalidade. Tony perguntara-lhe um dia por que não tornara a casar. Ao que ela respondera:

— Apenas dois homens foram importantes na minha vida, seu pai e você.

Agora, no pequeno apartamento em Paris, parado diante da mãe, Tony disse:

— É-é muito bom tornar a vê-la, ma-mamãe.

— Você está absolutamente maravilhoso, Tony. Essa barba é nova. — Ela riu e passou os dedos pela barba. — Parece um jovem Abe Lincoln. — Ela correu os olhos pelo pequeno apartamento e acrescentou: — Graças a Deus que você arrumou uma boa faxineira. Parece um lugar diferente.

Kate foi até o cavalete, onde Tony estivera trabalhando num quadro. Contemplou-o por um longo tempo. Ele ficou imóvel, aguardando nervosamente a reação da mãe.

Quando Kate falou, a voz estava muito suave:

— É brilhante, Tony, realmente brilhante.

Não havia qualquer esforço para ocultar o orgulho que ela sentia. Não podia ser enganada em matéria de arte e experimentava uma intensa exultação por descobrir como o filho era talentoso. Ela virou-se para Tony.

— Quero ver outros quadros.

Passaram as duas horas seguintes examinando as pilhas de quadros de Tony. Kate discutia cada um, meticulosamente. Não havia qualquer condescendência em sua voz. Ela fracassara na tentativa de controlar a vida dele e Tony a admirava por aceitar a derrota tão graciosamente.

— Vou promover uma exposição sua, Tony. Conheço alguns *marchands* que...

— Obrigado, ma-mamãe, mas não precisa se in-incomodar. Vou inaugurar uma ex-exposição na próxima sex-sexta-feira. Uma ga-galeria está me oferecendo.

Kate abraçou-o prontamente.

— Mas isso é maravilhoso! Qual é a galeria?

— A Ga-galeria Goerg.

— Acho que não conheço.

— É pe-pequena, mas ainda não estou pre-preparado para a Hammer ou a Wildenstein.

Ela apontou para o quadro de Dominique debaixo da árvore.

— Está enganado, Tony. Acho que isso...

A porta da frente se abriu nesse momento.

— Estou morrendo de tesão, *chéri*. Tire as... — Dominique viu Kate. — *Oh, merde!* Desculpe. Eu... eu não sabia que tinha companhia, Tony.

Houve um momento de silêncio constrangido.

— Dominique, essa é mi-minha mãe. Ma-mamãe, essa é Do-Do-minique Masson.

As duas mulheres ficaram imóveis, estudando-se.

— Como vai, Sra. Blackwell?

Kate disse:

— Estava admirando o retrato que meu filho fez de você.

O resto ficou por dizer. Houve outro momento de silêncio, prolongado e contrafeito.

— Tony já lhe contou que vai fazer uma exposição, Sra. Blackwell?

— Já, sim. É uma notícia maravilhosa.

— Pode fi-ficar para a exposição, ma-mamãe?

— Eu daria tudo para estar aqui, mas infelizmente tenho uma reunião de diretoria em Johannesburgo depois de amanhã e não poderei faltar. Eu gostaria de ter sido informada antes, pois poderia então alterar minha programação.

— Está bem, ma-mamãe. Eu compreendo.

Tony receava que a mãe pudesse dizer mais alguma coisa sobre a companhia na presença de Dominique. Mas os pensamentos de Kate estavam concentrados nos quadros.

— É importante que as pessoas certas vejam a sua exposição.

— Quem são as pessoas certas, Sra. Blackwell?

Kate virou-se para Dominique.

— As pessoas que formam a opinião pública, os críticos. Alguém como André d'Usseau. Ele deve comparecer.

André d'Usseau era o mais respeitado crítico de arte da França. Era um leão feroz, guardando o templo da arte. Uma análise sua podia fazer ou destruir um artista da noite para o dia. D'Usseau era convidado para todos os *vernissages*, mas só comparecia às mais importantes. Os donos de galerias e os artistas tremiam, esperando ansiosamente a publicação de suas críticas. Era um mestre do *bon mot* e seus sarcasmos espalhavam-se rapidamente por Paris. André d'Usseau era o homem mais odiado nos círculos de arte parisienses, assim como o mais respeitado. Seu espírito mordaz e a crítica implacável só eram tolerados por causa dos seus conhecimentos indiscutíveis. Tony virou-se para Dominique.

— Isso é que é uma ma-mamãe. — Virando-se novamente para Kate, ele acrescentou: — André d'Usseau não vai a pe-pequenas ga-galerias.

— Mas ele tem de ir, Tony. Pode torná-lo famoso da noite para o dia.

— Ou po-pode me destruir.

— Não acredita em si mesmo? — indagou Kate, observando o filho atentamente.

— Claro que ele acredita — interveio Dominique. — Mas não podemos acalentar a esperança de que *Monsieur* d 'Usseau compareça.

— Poderei provavelmente encontrar alguns amigos que o conhecem.

O rosto de Dominique se iluminou.

— Isso seria fantástico! — Ela virou-se para Tony. — *Chéri*, sabe o que significaria se ele comparecesse ao seu *vernissage*?

— A indiferença?

— Fale sério. Conheço o gosto dele, Tony. Sei do que ele gosta. Tenho certeza de que vai adorar os seus quadros.

Kate voltou a falar:

— Não vou articular a presença dele se você não quiser, Tony.

— Claro que ele quer, Sra. Blackwell.

Tony respirou fundo.

— Estou apa-apavorado! Mas que-que diabo! Va-vamos tentar!

— Verei o que posso fazer. — Kate contemplou o quadro no cavalete por um longo tempo, depois tornou a virar-se para Tony, com uma expressão triste nos olhos. — Terei de deixar Paris amanhã, filho. Podemos jantar juntos esta noite?

— Claro que sim, ma-mamãe. *Nós* estamos li-livres.

Kate virou-se para Dominique e disse, graciosamente:

— Prefere jantar no Maxim's ou...

Tony apressou-se em intervir:

— Dominique e eu co-conhecemos um bistrô ma-maravilhoso, que não fi-fica muito longe daqui.

Foram a um bistrô na Place Victoire. A comida era boa e o vinho excelente. As duas mulheres pareciam se dar muito bem e Tony sentia-se orgulhoso delas. *É uma das melhores noites da minha vida*, pensou ele. *Estou com a minha mãe e a mulher com quem vou casar.*

Kate telefonou do aeroporto, na manhã seguinte:

— Dei meia dúzia de telefonemas, Tony. Ninguém pôde me dar uma resposta definitiva em relação a André d'Usseau. Mas o que quer que aconteça, querido, estou orgulhosa de você. Os quadros são maravilhosos. Eu o amo, Tony.

— Eu tam-também a amo, ma-mamãe.

A GALERIA GOERG era apenas grande o bastante para escapar à classificação de *intime*. Duas dúzias dos quadros de Tony estavam sendo pendurados nas paredes, em preparativos frenéticos de última hora para o *vernissage*. Num aparador de mármore, havia pedaços de queijo, biscoito e garrafas de Chablis. A galeria estava vazia, a não ser por Anton Goerg, Tony, Dominique e uma jovem assistente da galeria, que se encarregava de colocar os últimos quadros em seus lugares. Anton Goerg olhou para o relógio.

— Os convites diziam sete horas. As pessoas devem começar a chegar a qualquer momento.

Tony não imaginara que pudesse ficar nervoso. *E não estou nervoso*, pensou ele. *Estou em pânico!*

— E se ninguém aparecer? — indagou ele. — E se não aparecer uma única pessoa?

Dominique sorriu, afagou-lhe o rosto.

— Neste caso, vamos comer sozinhos todo o queijo e beber o vinho.

Mas as pessoas logo começaram a chegar. Pouco a pouco, a princípio, depois em quantidades maiores. *Monsieur* Goerg estava na porta, recebendo a todos efusivamente. *Eles não me parecem compradores de quadros*, pensou Tony, sombriamente. Ele dividiu as pessoas em três categorias. Lá estavam os artistas e estudantes de arte, que compareciam a todas as exposições, a fim de avaliar a concorrência. Havia também os *marchands*, que compareciam a todas as exposições, a fim de poderem espalhar comentários desdenhosos sobre pintores em princípio de carreira. Havia ainda a chamada multidão *artística*, constituída em sua maior parte por homossexuais e lésbicas, que pareciam passar a vida às margens do mundo da arte. *Não vou vender um único quadro*, concluiu Tony.

Monsieur Goerg estava chamando Tony, do outro lado da sala. Tony sussurrou para Dominique:

— Acho que não quero conhecer nenhuma dessas pessoas. Vão me esquartejar.

— Não diga bobagem. Vieram aqui para conhecê-lo. Trate de ser simpático, Tony.

E ele foi extremamente simpático. Foi apresentado a todos, sorriu muito, disse as frases apropriadas em resposta aos elogios que lhe eram feitos. *Mas será que eram de fato elogios?*, perguntava-se Tony. Ao longo dos anos, desenvolvera-se um vocabulário nos círculos de arte para cobrir as exposições de pintores desconhecidos. Eram frases que diziam tudo e nada.

— Sente-se realmente a sua presença nos quadros...

— Nunca vi um estilo como o seu...

— Isso é que é quadro!...

— Me diz alguma coisa...

— Não poderia ter feito melhor...

As pessoas continuavam a chegar e Tony não sabia se o atrativo era a curiosidade por seus quadros ou o vinho e o queijo de graça. Até aquele momento, nenhum dos quadros fora vendido, mas o vinho e o queijo estavam sendo consumidos vorazmente.

— Seja paciente — sussurrou *Monsieur* Goerg a Tony. — Eles estão interessados. Mas, primeiro, precisam sentir o cheiro do quadro. Encontram um que gostam, voltam a todo instante para apreciá-lo. Daqui a pouco perguntam o preço. E quando morderem a isca... *voilà*! O anzol está preparado.

Tony comentou com Dominique:

— Estou me sentindo como numa pescaria.

Monsieur Goerg tornou a se aproximar de Tony, esfuziante.

— Vendemos um quadro! A paisagem da Normandia, por 500 francos!

Foi um momento de que Tony se lembraria enquanto vivesse. Alguém comprara um quadro seu! Alguém julgara o seu trabalho bom o bastante para pagar dinheiro para tê-lo, para pendurar em sua casa ou escritório, para contemplá-lo, mostrar aos amigos. Era um pouco de imortalidade. Era um meio de viver mais de uma vida, de estar em mais de um lugar ao mesmo tempo. Um artista bem-sucedido estava em milhares de casas, escritórios e museus do mundo inteiro, proporcionando prazer a milhares de pessoas, às vezes milhões. Tony tinha a sensação de que entrara no panteão de Da Vinci, Michelangelo e Rembrandt. Não era mais um amador, tornara-se um profissional. Alguém pagara por seu trabalho. Dominique aproximou-se dele, os olhos faiscando de emoção.

— Acaba de vender outro, Tony.

— Qual deles?

— O floral.

A pequena galeria estava agora repleta de pessoas, o burburinho de conversas e o retinir de copos. Mas, subitamente, reinou o silêncio. Houve sussurros, todos os olhos se viraram para a porta.

André d'Usseau estava entrando na galeria. Era um homem de 50 e poucos anos, mais alto que a média dos franceses, rosto forte, cabeleira branca. Usava chapéu e pelerine, era seguido por uma verdadeira comitiva. Automaticamente, todos na sala começaram a se afastar para dar passagem a d'Usseau. Não havia uma única pessoa entre os presentes que não soubesse quem ele era. Dominique apertou a mão de Tony, balbuciando:

— Ele veio! Está aqui!

Uma honra assim jamais acontecera antes a *Monsieur* Goerg, que estava fora de si, fazendo mesuras diante do grande homem, se desdobrando em rapapés.

— Mas que grande honra, *Monsieur* d'Usseau! Posso lhe oferecer um vinho, algum queijo?

Ao mesmo tempo que falava, *Monsieur* Goerg se censurava por não ter comprado um vinho melhor.

— Obrigado, mas vim apenas banquetear os olhos — respondeu o grande homem. — Gostaria de conhecer o artista.

Tony estava atordoado demais para se mexer. Dominique empurrou-o para a frente.

— Aqui está ele — disse *Monsieur* Goerg. — *Monsieur* André d'Usseau, este é Tony Blackwell.

Tony recuperou a voz:

— Como vai, senhor? Eu lhe agradeço por ter vindo.

André d'Usseau fez uma pequena mesura e depois encaminhou-se para os quadros nas paredes. Todos se afastaram ao seu avanço. Ele foi andando lentamente, contemplando cada quadro demoradamente. Tony tentou interpretar as reações dele, mas nada pôde descobrir. D'Usseau não franziu o rosto nem sorriu. Parou por muito tempo diante de um quadro determinado, um nu de Dominique, antes de seguir adiante. Fez uma volta completa da galeria, sem perder coisa alguma. Tony suava intensamente. Depois de terminar, André d'Usseau aproximou-se de Tony. E disse apenas:

— Estou contente por ter vindo.

Minutos depois do famoso crítico ter se retirado, todos os quadros estavam vendidos. Um novo grande pintor nascera e todos queriam participar do nascimento.

— Nunca vi nada assim — comentou *Monsieur* Goerg. — André d'Usseau esteve em minha galeria. Já pensaram nisso? Em minha galeria! Toda a Paris vai tomar conhecimento amanhã. "Estou contente por ter vindo." André d'Usseau não é um homem de desperdiçar palavras. Isso merece champanha. Vamos comemorar.

De madrugada, Tony e Dominique tiveram a sua comemoração particular. Dominique aconchegou-se nos braços dele.

— Já dormi com outros pintores antes, mas nunca alguém tão famoso como você vai ser. Todos em Paris saberão amanhã quem você é.

E Dominique estava certa.

Às CINCO HORAS da manhã, Tony e Dominique vestiram-se apressadamente e saíram para comprar a primeira edição do jornal. Acabara de chegar à banca. Tony pegou o jornal e abriu na seção de arte. A crítica da exposição dele abria a coluna de André d'Usseau. Tony leu em voz alta:

Uma exposição de um jovem pintor americano, Anthony Blackwell, foi inaugurada ontem à noite, na Galeria Goerg. Foi uma grande experiência de aprendizado para este crítico. Já compareci a exposições de muitos pintores talentosos, de tal forma que esquecera como são realmente os quadros medíocres. Mas fui forçado a lembrar ontem à noite...

Tony ficou pálido:

— Não leia mais, por favor — suplicou Dominique.

Ela tentou arrancar o jornal de Tony, mas ele gritou:

— Largue!

E continuou a ler:

A princípio, pensei que se tratasse de alguma brincadeira de mau gosto. Não podia acreditar que alguém tivesse a desfaçatez de pendurar quadros tão amadores e se atrever a chamá-los de arte. Procurei por quaisquer indícios de talento. Infelizmente, não havia nenhum. Deveriam ter pendurado o pintor ao invés dos quadros. Aconselho ansioso que o confuso Sr. Blackwell volte à sua verdadeira profissão, que só posso presumir que seja a de pintor de paredes.

— Não posso acreditar — balbuciou Dominique. — É impossível que ele não tenha visto nada. Mas que desgraçado!

Dominique começou a chorar, sentindo-se impotente e desamparada. Tony tinha a sensação de que seu peito estava cheio de chumbo. Encontrava a maior dificuldade em respirar.

— Ele viu tudo. E sabe das coisas, Dominique. Tenho certeza que sabe. — A voz de Tony vibrava de angústia. — É isso o que mais dói. Santo Deus, como pude ser tão estúpido?

Ele começou a se afastar.

— Para onde está indo, Tony?

— Não sei.

Tony vagueou ao acaso pelas ruas frias, enquanto um novo dia amanhecia, indiferente às lágrimas que lhe escorriam pelo rosto. Em poucas horas, toda Paris leria a crítica. Ele se tornaria um alvo do escárnio geral. Mas o que mais doía era o fato de ter se enganado a si mesmo. Acreditara sinceramente que tinha pela frente uma carreira como pintor. *Uma obra para a posteridade,* pensou Tony, sombriamente. *Uma obra de merda!* Ele entrou no primeiro bar aberto e começou a se embriagar, inexoravelmente.

JÁ ERAM CINCO horas da manhã seguinte quando Tony finalmente voltou ao apartamento. Dominique o esperava, desesperada.

— Onde você esteve, Tony? Sua mãe está tentando entrar em contato com você. Ela está terrivelmente preocupada.

— Leu a crítica para ela?

— Li, sim. Ela insistiu. Eu...

O telefone tocou. Dominique olhou para Tony e depois atendeu.

— Alô? Pois não, Sra. Blackwell. Ele acaba de chegar.

Ela estendeu o fone para Tony. Ele hesitou por um instante, mas acabou atendendo.

— Alô, ma-mamãe.

A voz de Kate estava impregnada de angústia:

— Tony querido, preste atenção. Posso obrigá-lo a publicar uma retratação...

— Não se tra-trata de uma transação de negócios, mamãe. É um cri-crítico expressando sua opinião. A opinião de-dele é que deve prevalecer.

— Detesto vê-lo magoado desse jeito, querido. Não creio que possa suportar...

Ela parou de falar, incapaz de continuar.

— Está tudo bem, ma-mamãe. Já aca-acabei minha aventura. Tentei e não deu cer-certo. Não te-tenho o que é necessário. É só isso. De-detesto o miserável do d'Usseau, mas ele é o me-melhor crítico de arte do mundo. Não po-posso deixar de reconhecer. Ele me salvou de co-cometer um erro terrível.

— Tony, eu gostaria que houvesse alguma coisa que pudesse dizer...

— D'Usseau já di-disse tudo. E é me-melhor que eu te-tenha descoberto agora, do que da-daqui a dez anos, não é mesmo? Te-tenho agora de sair desta ci-cidade.

— Espere por mim, querido. Deixarei Johannesburgo amanhã e voltaremos juntos para Nova York.

— Está bem.

Tony desligou e virou-se para Dominique.

— Lamento muito, Dominique. Você escolheu o homem errado.

Dominique não disse nada. Limitou-se a fitá-lo, os olhos transbordando com um profundo pesar.

NA TARDE SEGUINTE, no escritório da Kruger-Brent, na Rue Matignon, Kate Blackwell estava preenchendo um cheque. O homem sentado no outro lado da mesa suspirou.

— É uma pena. Seu filho tem muito talento, Sra. Blackwell. Poderia se tornar um pintor importante.

Kate fitou-o friamente.

— *Monsieur* d'Usseau, há dezenas de milhares de pintores no mundo. Meu filho não nasceu para pertencer à multidão. — Ela estendeu o cheque por cima da mesa, acrescentando: — Cumpriu a sua parte no acordo, estou pronta para cumprir a minha. A Kruger-Brent vai patrocinar museus de arte em Johannesburgo, Londres e Nova York. Ficará encarregado de escolher os quadros... com uma generosa comissão, é claro.

Mas muito tempo depois que D'Usseau se retirou, Kate continuou sentada à mesa, dominada por uma profunda tristeza. Amava muito o filho. Se algum dia ele descobrisse... Ela sabia que assumira um risco. Mas não podia ficar de braços cruzados e deixar que Tony jogasse fora a sua herança. Não importava o quanto isso lhe custasse, ela devia protegê-lo. A companhia tinha de ser protegida. Kate levantou, sentindo-se de repente muito cansada. Estava na hora de pegar Tony e levá-lo para casa. Iria ajudá-lo a superar a crise, a fim de que ele pudesse realizar o que nascera para fazer.

E que era dirigir a companhia.

Capítulo 19

DURANTE OS DOIS anos seguintes, Tony Blackwell sentiu-se acuado num círculo vicioso gigantesco, que não o levaria a parte alguma. Era o herdeiro aparente de um terrível conglomerado. O império da Kruger-Brent se expandira para incluir fábricas de papel, uma empresa de aviação, bancos e uma rede de hospitais. Tony aprendeu que um nome é uma chave que abre todas as portas. Há clubes, organizações e grupos sociais em que o ingresso não se conquista com dinheiro ou influência, mas com o próprio nome. Tony foi aceito como sócio do Union Club, The Brook e The Links Club. Era adulado em todos os lugares a que ia, mas sentia-se um impostor. Nada fizera para merecer tudo aquilo. Vivia à sombra gigantesca do avô e sentia que era constantemente comparado. Era injusto, pois não havia mais campos minados pelos quais pudesse rastejar, não havia guardas para dispararem contra ele, não havia tubarões a ameaçarem-no. As histórias antigas de façanhas heroicas nada tinham a ver com ele. Pertenciam a um século passado, a outra era, outro lugar, eram atos cometidos por um estranho.

Tony trabalhava duas vezes mais que qualquer outra pessoa na Kruger-Brent. Exigia o máximo de si mesmo, implacavelmente, tentando livrar-se das recordações, angustiantes demais para suportar. Escrevia para Dominique, mas as cartas eram devolvidas sem terem sido abertas. Telefonou para *Maître* Cantal, mas Dominique não mais trabalhava como modelo na escola. Ela desaparecera por completo.

Tony desempenhava suas funções com extrema habilidade, metodicamente, mas sem paixão nem amor. Se sentia um profundo vazio interior, ninguém desconfiava. Nem mesmo Kate. Ela recebia relatórios semanais sobre Tony e sentia-se satisfeita.

— Ele possui uma aptidão natural para os negócios — ela comentou para Brad Rogers.

Para Kate, as longas horas em que o filho trabalhava eram a prova de que ele amava o que fazia. Ao pensar como o filho quase desperdiçara o seu futuro, Kate tinha um sobressalto e sentia-se grata por tê-lo salvado.

EM 1948, O Partido Nacionalista estava no poder na África do Sul, impondo a segregação em todos os lugares públicos. A migração era rigorosamente controlada, as famílias eram separadas para atender às conveniências do governo. Cada negro era obrigado a levar um *bewy-shoek*, que era mais de que um simples passe, mas um verdadeiro salva-vidas, a certidão de nascimento, autorização para trabalhar, um recibo de pagamento de impostos. Controlava os seus movimentos, a sua própria vida. Havia distúrbios cada vez mais violentos na África do Sul, que eram brutalmente reprimidos pela polícia. Kate lia de vez em quando nos jornais notícias sobre sabotagem e rebeliões, com o nome de Banda sempre mencionado com destaque. Ele ainda era um líder da rebelião clandestina, apesar de sua idade. *É claro que ele haveria de lutar por seu povo,* pensava Kate. *Ele é Banda.*

KATE COMEMOROU O seu 56° aniversário a sós com Tony, em sua casa na Quinta Avenida. Ela pensou: *Esse rapaz bonito, de 24 anos, no outro lado da mesa, não pode ser meu filho. Sou jovem demais.* E Tony estava agora lhe fazendo um brinde:

— À mi-minha fantástica, ma-mamãe. Fe-feliz aniversário.

— Você deveria ter feito o brinde à sua fantástica *velha* mãe. *Em breve estarei me aposentando, mas meu filho ficará no meu lugar,* pensou Kate. *Meu filho!* Por insistência de Kate, Tony se mudara para a mansão na Quinta Avenida.

— A casa é grande demais para eu ficar sozinha nela — dissera-lhe Kate. — Poderá ficar com toda a ala leste e terá toda a privacidade que desejar.

Tony e Kate tomavam juntos diariamente o café da manhã, depois que Tony cedera, porque era mais fácil do que argumentar. O tema da conversa era sempre a Kruger-Brent. Tony ficava espantado por constatar como a mãe se importava tão intensamente com uma entidade indefinida, sem alma, um conjunto amorfo de prédios, máquinas e cifras. Onde está a magia? Com todos os incontáveis mistérios do mundo a explorar, por que alguém haveria de desperdiçar a vida acumulando riquezas, conquistando mais poder? Tony não podia compreender a mãe. Mas ele a amava. E tentava corresponder ao que a mãe esperava dele.

O VOO DA Pan American de Roma para Nova York transcorrera sem incidentes. Tony gostava da empresa. Era simpática e eficiente. Ele começou a estudar relatórios de aquisições de novas empresas no exterior, a partir do momento em que o avião decolou, recusando o jantar e ignorando as aeromoças que a todo instante lhe ofereciam drinques, travesseiros e tudo o mais que pudesse agradar ao atraente passageiro.

— Obrigado, moça, mas não estou precisando de nada.

— Se precisar de qualquer coisa, Sr. Blackwell...

— Obrigado.

Uma mulher de meia-idade, sentada ao lado do Tony, estava lendo uma revista de modas. Ao virar uma página, Tony olhou por acaso e no mesmo instante ficou paralisado. Lá estava a fotografia de uma modelo com um vestido de baile. Era Dominique. Não havia a menor dúvida. Lá estavam os malares salientes, os mesmos olhos verdes, os cabelos louros abundantes. O coração de Tony disparou.

— Com licença, mas posso ficar com essa página? — pediu Tony à mulher.

Na manhã seguinte, bem cedo, Tony telefonou para o anunciante e obteve o nome da agência de propaganda. Ligou para lá.

— Estou tentando localizar uma de suas modelos — disse ele à telefonista. — Poderia...

— Um momento, por favor.

Uma voz de homem atendeu:

— O que deseja?

— Vi uma fotografia na *Vogue* deste mês. Uma modelo anunciando um vestido de baile para as lojas Rothman. A conta é de vocês?

— É, sim.

— Pode me fornecer o nome da agência de modelos?

— Só pode ser a Agência Carleton Blessing.

O homem deu o telefone a Tony. Um minuto depois, Tony estava falando com uma mulher na Agência Blessing:

— Estou tentando localizar uma de suas modelos. O nome dela é Dominique Masson.

— Sinto muito, mas nossa política é não fornecer informações pessoais.

E a linha ficou muda. Tony ficou imóvel por um momento, olhando para o fone. Tinha de haver algum meio de entrar em contato com Dominique. Ele foi à sala de Brad Rogers.

— Bom-dia, Tony. Quer um café?

— Não, obrigado. Brad, já ouviu falar da Agência de Modelos Carleton Blessing?

— Claro que sim. Ela nos pertence.

— Como assim?

— É controlada por uma de nossas subsidiárias.

— Quando foi que a adquirimos?

— Há cerca de dois anos. Mais ou menos na ocasião em que você ingressou na companhia. Qual é o seu interesse nela?

— Estou tentando localizar uma das modelos. Trata-se de uma velha amiga.

— Não há problema. Posso telefonar e...

— Não se incomode. Pode deixar que eu mesmo farei isso, Brad. Obrigado.

Um sentimento agradável de expectativa estava se avolumando dentro de Tony.

Ao final da tarde, Tony foi ao escritório da Agência Carleton Blessing e deu o seu nome. Menos de 60 segundos depois, estava sentado no escritório do presidente, um certo Sr. Tilton.

— É uma grande honra, Sr. Blackwell. Espero que não haja qualquer problema. Nossos lucros no último...

— Não há qualquer problema. Estou interessado numa de suas modelos, Dominique Masson.

O rosto de Tilton se iluminou.

— É uma das nossas melhores modelos. Sua mãe possui um excelente olho.

Tony achou que não entendera direito.

— Poderia repetir, por favor?

— Sua mãe solicitou pessoalmente que contratássemos Dominique. Foi parte do nosso acordo quando passamos ao controle da Kruger-Brent. Está tudo em nossos arquivos. Se quiser...

— Não.

Tony não podia compreender tudo aquilo. *Por que a mãe haveria...* Depois de um longo momento, ele acrescentou:

— Poderia me fornecer o endereço de Dominique, por favor?

— Claro, Sr. Blackwell. Ela está fazendo um trabalho em Vermont hoje, mas deverá estar de volta amanhã... — ele consultou uma agenda em cima da mesa — ... amanhã de tarde.

TONY ESTAVA ESPERANDO diante do prédio de apartamentos quando um sedã preto parou e Dominique saltou. Um homem grande, de aparência atlética, carregava a mala de Dominique. Ela estacou abruptamente quando deparou com Tony.

— Tony! Mas o que... o que está fazendo aqui?

— Preciso conversar com você.

— Deixe para outra ocasião, companheiro — interveio o atleta.

— Tivemos uma tarde movimentada.

Tony nem mesmo olhou para ele.

— Diga ao seu amigo para ir embora.

— Ei, que diabo você pensa...

Dominique virou-se para o homem.

— Vá, por favor, Ben. Telefonarei para você mais tarde.

O homem hesitou por um instante, depois deu de ombros.

— Está certo.

Ele lançou um olhar furioso para Tony, entrou no carro e partiu. Dominique virou-se para Tony.

— Vamos entrar.

O apartamento era grande, dúplex, com tapetes e cortinas brancas, móveis modernos. Devia ter custado uma fortuna.

— Está indo bem — comentou Tony.

— Estou sim. Tive sorte. — Os dedos de Dominique mexiam nervosamente na blusa. — Gostaria de tomar algum drinque?

— Não, obrigado. Tentei entrar em contato com você depois que deixei Paris.

— Eu me mudei.

— Para a América?

— Isso mesmo.

— Como obteve um emprego com a Agência Carleton Blessing?

— Eu... eu respondi a um anúncio no jornal.

— Quando se encontrou com minha mãe pela primeira vez, Dominique?

— Eu... Foi no seu apartamento em Paris. Não se lembra? Nós...

— Chega de brincadeira. — Tony sentia uma raiva intensa aflorando dentro dele. — Está acabado. Nunca bati numa mulher em toda a minha vida, mas prometo que seu rosto não ficará muito propício para ser fotografado se me disser mais alguma mentira.

Dominique fez menção de falar, mas a fúria nos olhos de Tony conteve-a.

— Vou lhe perguntar mais uma vez. Quando se encontrou pela primeira vez com minha mãe?

Desta vez não houve hesitação:

— Quando você foi aceito na École des Beaux-Arts. Sua mãe providenciou para que eu me tornasse modelo lá.

Tony sentiu um calafrio no estômago, mas forçou-se a continuar:

— A fim de que eu pudesse conhecê-la?

— Isso mesmo. Eu...

— E ela lhe pagou para se tornar minha amante, fingir que me amava?

— Isso mesmo. Foi logo depois da guerra... uma época terrível, eu não tinha qualquer dinheiro. Será que não pode entender? Mas esteja certo, Tony, que eu gostava de você. Gostava de verdade...

— Quero que se limite a responder às minhas perguntas.

A fúria na voz dele deixou Dominique assustada. Era um estranho que estava diante dela, um homem capaz de uma violência incontrolável.

— Qual era o objetivo?

— Sua mãe queria que eu ficasse de olho em você.

Ele pensou na ternura de Dominique, no ato de amor — comprado e pago, cortesia de sua mãe — e sentiu-se angustiado de vergonha. Durante todo o tempo fora um fantoche da mãe, controlado, manipulado. A mãe não se importava absolutamente com ele. Não era o filho dela, mas apenas príncipe herdeiro. Tudo o que importava para ela era a companhia. Tony lançou um último olhar para Dominique, depois virou-se e saiu cambaleando do apartamento. Ela ficou olhando, os olhos marejados de lágrimas. E pensou: *Não menti a respeito de amá-lo, Tony. Não menti em relação a isso.*

KATE ESTAVA NA biblioteca quando Tony entrou, completamente embriagado.

— Eu fa-falei com Do-Dominique. Vo-vocês duas de-devem ter rido muito à mi-minha custa.

Kate ficou alarmada.

— Tony...

— Daqui por di-diante, quero que não se me-meta mais na minha vi-vida pessoal. Está me entendendo?

Ele virou-se e saiu da sala. Kate ficou observando, invadida subitamente por um terrível senso de presságio.

Capítulo 20

No DIA SEGUINTE, Tony mudou-se para um apartamento em Greenwich Village. Não havia mais jantares amenos com a mãe. Ele mantinha o relacionamento com Kate numa base impessoal, exclusivamente profissional. Kate fazia de vez em quando aberturas de conciliação, mas Tony ignorava.

Kate sentia-se angustiada. Mas estava absolutamente convencida de que fizera o que era certo para Tony. Assim como fizera outrora o que era certo para David. Tony era o único ser humano do mundo que Kate amava. Ela o observava se tornar cada vez mais isolado, retraído, mergulhado em seu mundo interior, rejeitando a todos. Ele não tinha amigos. Enquanto outrora fora cordial e extrovertido, era agora frio e reservado. Construíra ao seu redor uma muralha que ninguém podia transpor. *Tony está precisando de uma mulher para cuidar dele*, pensou Kate. *E de um filho para continuar a família. Tenho de ajudá-lo. Não posso deixar de ajudá-lo.*

BRAD ROGERS ENTROU na sala de Kate e anunciou:

— Vamos ter encrencas, Kate.

— O que aconteceu?

Ele pôs um telegrama em cima da mesa.

— O parlamento sul-africano prescreveu o Conselho dos Representantes Nativos e aprovou a Lei Comunista.

— Santo Deus! — exclamou Kate.

A lei nada tinha a ver com o comunismo. Declarava simplesmente que qualquer pessoa que discordasse da política do governo e tentasse mudá-la, de qualquer maneira, era culpada pela Lei Comunista e podia ser presa.

— É a maneira deles de destruírem o movimento de resistência dos negros — comentou Kate. — Se...

Ela foi interrompida pela secretária, informando:

— Há uma ligação internacional. É o Sr. Pierce, de Johannesburgo.

Jonathan Pierce era o diretor da companhia em Johannesburgo. Kate atendeu.

— Alô, Johnny. Como estão as coisas?

— Tudo bem comigo, Kate. Acabei de receber uma notícia que vai interessá-la.

— E qual é?

— A polícia prendeu Banda.

KATE EMBARCOU NO voo seguinte para Johannesburgo. Determinara que os advogados da companhia fizessem tudo o que fosse possível por Banda. Mas nem mesmo o poder e o prestígio da Kruger-Brent podiam ajudá-lo. Ele fora considerado inimigo do Estado e Kate receava pensar qual seria a punição que iriam aplicar-lhe. Ela devia pelo menos vê-lo e conversar, oferecer todo o apoio que pudesse.

Assim que desembarcou em Johannesburgo, Kate seguiu diretamente para o escritório e telefonou para o diretor da prisão.

— Ele está na ala de isolamento, Sra. Blackwell, não tem permissão para receber visitas. Tratando-se da senhora, no entanto, verei o que é possível fazer...

Na manhã seguinte, Kate estava na prisão de Johannesburgo, diante de Banda. Ele estava algemado e havia uma divisória de vidro grosso entre os dois. Os cabelos de Banda estavam completamente brancos. Kate não sabia o que esperar, talvez desespero, desafio. Mas Banda sorriu ao vê-la e disse:

— Eu sabia que você viria. É igualzinha a seu pai. Não pode ficar longe da encrenca, não é mesmo?

— Olhe só quem está falando! Mas que diabo! Como vamos tirá-lo daqui?

— Dentro de um caixão. É a única maneira pela qual me deixarão sair.

— Tenho uma porção de advogados caros que...

— Esqueça, Kate. Eles me pegaram de jeito. E é assim que tenho de escapar.

— De que está falando?

— Não gosto de jaulas. Jamais gostei. E ainda não construíram uma prisão em que pudessem me manter.

— Não tente fugir, Banda. Por favor. Eles o matariam.

— Nada pode me matar. Está falando com um homem que sobreviveu a tubarões, campos minados e cães de guarda. — Um brilho suave insinuou-se nos olhos de Banda. — Quer saber de uma coisa, Kate? Creio que foi a melhor época da minha vida.

Quando Kate foi visitar Banda no dia seguinte, o diretor da prisão comunicou-lhe:

— Lamento muito, Sra. Blackwell, mas tivemos de transferi-lo, por razões de segurança.

— Onde ele está?

— Não estou autorizado a revelar.

NA MANHÃ SEGUINTE, ao acordar, Kate leu a manchete do jornal que lhe foi levado com o café: LÍDER REBELDE MORTO QUANDO TENTAVA ESCAPAR DA PRISÃO. Uma hora depois, Kate estava no gabinete do diretor da prisão.

— Ele foi morto a tiros durante uma tentativa de fuga, Sra. Blackwell. Isso é tudo.

Você está enganado, pensou Kate. *Há mais, muito mais.* Banda estava morto, mas seu sonho de liberdade para seu povo também estaria morto?

Dois dias mais tarde, depois de tomar todas as providências necessárias para o enterro de Banda, Kate pegou um avião e voltou para Nova York. Olhou pela janela do avião, contemplando pela última vez a sua amada terra. O solo era vermelho, rico e fértil, nas entranhas da terra havia tesouros além dos sonhos do homem. Era uma terra eleita por Deus, que fora pródigo em sua generosidade. Mas uma maldição pairava sobre aquela terra. *Nunca mais voltarei aqui,* pensou Kate. *Nunca mais.*

UMA DAS RESPONSABILIDADES de Brad Rogers era supervisionar o Departamento de Planejamento a Longo Prazo da Kruger-Brent. Ele era brilhante em descobrir negócios que podiam se converter em aquisições lucrativas. Um dia, no princípio de maio, ele entrou na sala de Kate Blackwell e disse:

— Deparei com algo muito interessante, Kate. — Ele pôs duas pastas em cima da mesa. — Duas empresas. Se pudermos adquirir qualquer uma das duas, será um golpe sensacional.

— Obrigada, Brad. Examinarei tudo esta noite.

Kate jantou sozinha naquela noite e estudou os relatórios confidenciais de Brad Rogers sobre as duas empresas, a Wyatt Oil & Tool e a International Technology. Os relatórios eram detalhados e terminavam com as letras NIV, o código da companhia para *Não há interesse em vender.* O que significava que, para adquiri-las, haveria necessidade de mais que uma simples transação de negócios. *E vale a pena adquirir as companhias,* pensou Kate. Pertenciam a homens determinados, que as controlavam individualmente; o que eliminava qualquer tentativa de conquistar o controle acionário. Era um desafio e fazia muito tempo que Kate não enfrentava um desafio. E quanto mais pensava a respeito, mais as possibilidades atraíam-na. Tornou a estudar os balanços confidenciais. A Wyatt Oil & Tool pertencia a um texano, Charles Wyatt, possuindo poços de petróleo, uma empresa de serviços públicos e dezenas de concessões para exploração de petróleo, potencialmente lucrativas. Não restava a menor dúvida de que a Wyatt Oil & Tool seria uma extraordinária aquisição para a Kruger-Brent.

Kate concentrou sua atenção na segunda companhia. A International Technology pertencia a um alemão, conde Frederick Hoffman. Começara com uma pequena usina siderúrgica em Essen e ao longo dos anos se expandira para um vasto conglomerado, com estaleiros, fábricas petroquímicas, uma frota de petroleiros, uma divisão de computadores.

Por maior que a Kruger-Brent fosse, podia digerir apenas uma das duas companhias. E Kate sabia qual das duas tentaria adquirir. NIV, dizia o relatório.

É o que veremos, pensou Kate.

Na manhã seguinte, bem cedo, ela chamou Brad Rogers.

— Eu gostaria de saber como você obteve esses saldos confidenciais — disse ela, sorrindo. — Fale-me a respeito de Charles Wyatt e Frederick Hoffman.

Brad já estava com tudo na ponta da língua.

— Charles nasceu em Dallas. É exuberante, dirige pessoalmente o seu império, tremendamente esperto. Começou do nada, mas teve sorte na prospecção de petróleo, continuou a se expandir e agora possui metade do Texas.

— Qual é a idade dele?

— Está com 47 anos.

— Tem filhos?

— Uma filha, de 25 anos. Pelo que ouvi dizer, ela é muito bonita.

— Ela é casada?

— Divorciada.

— Vamos a Frederick Hoffman.

— Hoffman é dois anos mais moço que Charlie Wyatt. É conde, de uma eminente família alemã, com o título de nobreza vindo da Idade Média. É viúvo. O avô começou com uma pequena usina siderúrgica. Frederick Hoffman herdou-a dos pais e transformou-a na base de um vasto conglomerado. Ele foi um dos primeiros a ingressar no campo dos computadores. Possui uma porção de patentes de microprocessadores. Cada vez que usamos um computador, o conde Hoffman recebe um *royalty*.

— Filhos?

— Uma filha, com 23 anos.

— Como ela é?

— Não consegui descobrir. A família é muito retraída. Só convive com círculos íntimos. — Brad Rogers hesitou por um momento. — Provavelmente estamos desperdiçando nosso tempo, Kate. Tomei alguns drinques com altos executivos das duas companhias. Nem Wyatt nem Hoffman têm o menor interesse em vender, numa fusão ou num empreendimento conjunto. Como pode verificar pela situação financeira, eles seriam loucos se pensassem nisso.

Kate experimentava novamente a atração do desafio, compelindo-a a entrar em ação.

DEZ DIAS DEPOIS, Kate foi convidada pelo presidente dos Estados Unidos para uma reunião em Washington de eminentes líderes industriais internacionais, para discutirem a ajuda aos países subdesenvolvidos. Kate deu um telefonema e pouco depois Charlie Wyatt e Frederick Hoffman receberam convites para comparecer à conferência.

Kate formara uma imagem mental tanto do texano como do alemão e os dois corresponderam quase com exatidão às suas noções. Ela jamais conhecera um texano tímido e Charlie Wyatt não era exceção. Era um homem imenso, com quase dois metros de altura, ombros enormes, o corpo de um atleta que engordara. O rosto era largo e avermelhado, a voz alta e sonora. Apresentava-se como um bom rapaz... o que Kate sabia que não era verdade. Charlie Wyatt não construíra o seu império por sorte. Era um gênio nos negócios. Depois de conversar com ele por menos de dez minutos, Kate já sabia que ali estava um homem que não podia ser persuadido a fazer qualquer coisa que não quisesse. Era extremamente obstinado. Ninguém podia ajudá-lo, ameaçá-lo ou pressioná-lo a renunciar à sua companhia. Mas Kate descobrira o calcanhar de aquiles dele e isso era suficiente.

Frederick Hoffman era o oposto de Charlie Wyatt. Era um homem bonito, de rosto aristocrático, cabelos castanho-claros, grisalhos nas têmporas. Era escrupuloso e exibia uma cortesia antiquada. Na superfície, Frederick Hoffman era simpático e cortês. Mas Kate podia sentir que por dentro havia uma vontade de ferro.

A CONFERÊNCIA EM Washington prolongou-se por três dias e tudo correu bem. As reuniões foram presididas pelo vice-presidente americano e o presidente fez um discurso. Todos ficaram impressionados com Kate Blackwell. Era uma mulher atraente, carismática, dirigindo um vasto império que ajudara a construir. Todos ficaram fascinados, o que era justamente a intenção de Kate.

Quando se encontrou a sós com Charlie Wyatt por um momento, Kate perguntou inocentemente:

— Veio com a família, Sr. Wyatt?

— Trouxe minha filha. Ela está aproveitando para fazer algumas compras.

— É mesmo? Isso é ótimo. — Ninguém teria desconfiado que Kate não apenas sabia que ele estava acompanhado pela filha, mas também qual o vestido que ela comprara na Garfinckel's naquela manhã. — Estou oferecendo um pequeno jantar em Dark Harbor na sexta-feira. Ficaria muito satisfeita se você e sua filha fossem nossos hóspedes para o fim de semana.

Wyatt não hesitou.

— Já ouvi falar muito de sua hospitalidade, Sra. Blackwell. Terei o maior prazer em conhecê-la:

Kate sorriu.

— Ótimo. Providenciarei tudo para que possam viajar até lá amanhã de noite.

Dez minutos depois, Kate estava falando com Frederick Hoffman.

— Está sozinho em Washington, Sr. Hoffman? Ou está acompanhado por sua mulher?

— Minha mulher morreu há alguns anos — respondeu Frederick Hoffman. — Estou aqui com minha filha.

Kate sabia que eles estavam hospedados no Hay Adams Hotel, na suíte 418.

— Estou oferecendo um pequeno jantar em Dark Harbor. Teria o maior prazer se você e sua filha pudessem ser nossos hóspedes para o fim de semana.

— Eu deveria voltar para a Alemanha imediatamente. — Hoffman pensou por um momento e depois sorriu. — Mas acho que um ou dois dias a mais não fazem a menor diferença.

— Isso é maravilhoso! Tomarei todas as providências necessárias para o seu transporte.

KATE TINHA o hábito de oferecer uma festa em sua propriedade de Dark Harbor de dois em dois meses. Algumas das pessoas mais interessantes e poderosas do mundo compareciam a essas festas, que eram sempre proveitosas. Kate tencionava dar um jeito para que aquela festa fosse especialmente proveitosa. Seu problema era garantir a presença de Tony. Durante o último ano, ele raramente se dera ao trabalho de aparecer; e quando o fazia, era sempre por um instante, retirando-se logo. Desta vez, porém, era indispensável que ele ficasse. Quando Kate lhe falou do fim de semana, Tony disse bruscamente:

— Não po-posso ir. Estou de partida para o Ca-Canadá na segunda-feira e te-tenho muito trabalho a fa-fazer antes de ir.

— É muito importante, Tony. Charlie Wyatt e o conde Hoffman estarão presentes e eles...

— Sei quem eles são, ma-mamãe. Fa-falei com Brad Rogers. Não te-temos a menor possibilidade de adquirir qualquer uma das duas companhias.

— Mas quero tentar.

Ele fitou-a nos olhos e perguntou:

— Qual de-delas que está que-querendo?

— A Wyatt Oil & Tool. Pode aumentar os nossos lucros em até 15 por cento, talvez mais. Quando os países árabes compreenderem que podem controlar o mundo, vão formar um cartel e os preços do petróleo vão disparar. O petróleo vai se transformar em ouro líquido.

— E a International Te-technology?

Kate deu de ombros.

— É uma boa companhia, mas a melhor é mesmo a Wyatt Oil & Tool. É uma aquisição perfeita para nós. Preciso de você lá, Tony. O Canadá pode esperar alguns dias.

Tony detestava festas. Detestava as conversas intermináveis e tediosas, os homens que se gabavam, as mulheres vorazes. Mas negócios eram negócios.

— Está bem, mamãe.

Todas as peças estavam em seus devidos lugares.

Os Wyatts seguiram para o Maine num Cessna da companhia, pegaram a barca para a ilha e foram de limusine para Cedar Hill House. Kate estava na porta para recebê-los. Brad Rogers estava certo a respeito da filha de Charlie Wyatt, Lucy. Ela era de uma beleza extraordinária. Era alta, de cabelos pretos, olhos castanhos, feições quase perfeitas. O vestido destacava o corpo firme e sedutor. Brad informara a Kate que ela se divorciara de um rico *playboy* italiano, dois anos antes. Kate apresentou Lucy a Tony e ficou observando, à espera da reação do filho. Não houve nenhuma. Ele cumprimentou os dois Wyatts com igual cortesia e levou-os para o bar, onde um *bartender* estava esperando para servir os drinques.

— Mas que sala adorável! — exclamou Lucy. A voz dela era inesperadamente suave, sem qualquer vestígio de sotaque texano.

— Você passa muito tempo aqui?

— Não — respondeu Tony.

Ela ficou esperando que ele continuasse. Mas como nada houvesse, acrescentou:

— Foi criado aqui?

— Em parte.

Kate entrou na conversa, preenchendo habilmente o silêncio de Tony.

— Algumas das recordações mais felizes de Tony são desta casa. Mas o pobre coitado anda tão ocupado atualmente que quase não tem oportunidade de vir aqui. Não é verdade, Tony?

Ele lançou um olhar frio para a mãe e disse:

— Não. Para dizer a verdade, eu deveria estar no Ca-Canadá...

— Mas ele adiou a viagem a fim de poder conhecê-los — arrematou Kate.

— Isso me deixa muito satisfeito — disse Charlie Wyatt. — Tenho ouvido falar muito a seu respeito, filho. — O texano fez uma pausa, sorrindo, antes de acrescentar: — Não gostaria de trabalhar comigo?

— Não creio que se-seja isso o que minha mãe está querendo, Sr. Wyatt.

Charlie Wyatt tornou a sorrir.

— Sei disso. — Ele virou-se e olhou para Kate. — Sua mãe é uma mulher e tanto. Devia ter visto como ela laçou e derrubou todo mundo naquele encontro na Casa Branca. Ela...

Ele parou de falar de repente, no momento em que entravam na sala Frederick Hoffman e sua filha, Marianne. Ela era uma pálida versão do pai. Tinha as mesmas feições aristocráticas, os cabelos compridos e louros. Usava um vestido de *chiffon* todo branco. Ao lado de Lucy Wyatt, ficava completamente ofuscada.

— Posso apresentar minha filha, Marianne? — disse o conde Hoffman. — Lamento termos chegado atrasados, mas o avião ficou retido em La Guardia.

— Isso é lamentável — disse Kate.

Tony compreendeu que Kate promovera o atraso. Embarcara os Wyatts e os Hoffmans em aviões separados para a viagem ao Maine, a fim de que os texanos chegassem primeiro.

— Mas ainda estamos tomando um drinque. Não desejam alguma coisa?

— Um *scotch*, por favor — disse o conde Hoffman.

Kate virou-se para Marianne.

— E você, minha cara?

— Não quero nada, obrigada.

Os outros convidados começaram a chegar poucos minutos depois e Tony circulou entre eles, bancando o anfitrião. Com exceção de Kate, ninguém poderia imaginar como ele se sentia indiferente a qualquer festa. Mas Kate sabia que não era porque Tony se sentisse entediado. Era apenas porque ele estava alheio a tudo o que acontecia ao seu redor. Perdera o prazer pela convivência com as pessoas. Isto preocupava Kate.

Duas mesas estavam postas na sala de jantar. Kate sentou Marianne Hoffman entre um ministro do Supremo Tribunal e um senador numa das mesas, enquanto Lucy Wyatt ficava na outra mesa, à direita de Tony. Todos os homens na sala, casados e solteiros, olhavam a todo instante para Lucy. Kate observou que Lucy tentava atrair Tony para a conversa. Era evidente que a moça simpatizara com ele. Kate sorriu interiormente. Era um bom começo.

Na manhã seguinte, sábado, ao café, Charlie Wyatt disse a Kate:

— Tem um lindo iate, Sra. Blackwell. Qual é o tamanho dele?

— Não sei direito. — Kate virou-se para o filho. — Qual é o tamanho do *Corsair*, Tony?

A mãe sabia muito bem qual era, mas Tony respondeu polidamente:

— Vinte e sete metros.

— Não andamos muito de barco no Texas. Afinal, estamos sempre com pressa. E fazemos quase todas as nossas viagens de avião. — Wyatt soltou uma risada estrondosa. — Acho que talvez seja uma boa ideia experimentar um passeio de barco.

Kate sorriu.

— Eu estava mesmo querendo que me deixasse proporcionar-lhe um passeio no iate. Podemos sair amanhã.

Charlie Wyatt fitou-a com uma expressão pensativa.

— É muita generosidade sua, Sra. Blackwell.

Tony observava os dois, sem fazer qualquer comentário. O primeiro movimento acabara de ser feito e ele se perguntava se Charlie Wyatt estava a par. Provavelmente não. Era um homem de negócios esperto, mas jamais se defrontara com alguém como Kate Blackwell.

Kate virou-se para Tony e Lucy.

— Está fazendo um lindo dia. Por que vocês dois não saem para dar uma volta no barco a vela?

Antes que Tony pudesse recusar, Lucy exclamou:

— Oh, eu adoraria!

— La-lamento muito — disse Tony, bruscamente. — Estou esperando um te-telefonema internacional.

Tony podia sentir os olhos desaprovadores da mãe fixados nele. Kate virou-se para Marianne Hoffman.

— Não vi seu pai esta manhã.

— Ele está explorando a ilha. Gosta de levantar cedo.

— Ouvi dizer que você gosta de equitação. Temos um excelente estábulo aqui.

— Obrigada, Sra. Blackwell, mas vou apenas dar uma volta a pé, se não se incomoda.

— Claro que não. — Kate virou-se para Tony. — Tem certeza de que não vai mudar de ideia em relação ao passeio de barco com a Srta. Wyatt? — A voz dela era firme.

— Te-tenho certeza.

Era uma vitória pequena, mas mesmo assim era uma vitória. A batalha estava iniciada e Tony não tinha a menor intenção de perdê-la. A mãe não mais dispunha do poder para enganá-lo. Usara-o outrora como um peão e ele sabia perfeitamente que tencionava fazê-lo outra vez. Só que desta vez ela fracassaria. Kate queria a Wyatt Oil & Tool. Charlie Wyatt não queria fazer uma fusão nem vender sua companhia. Mas cada homem tinha uma fraqueza e Kate descobrira a dele: a filha. Se Lucy casasse com Tony, uma fusão se tornaria inevitável. Tony olhou para a mãe, desprezando-a. Ela armara a armadilha muito bem. Lucy não apenas era bonita, mas também inteligente e charmosa. Mas, como Tony, era também um peão naquele jogo e nada no mundo poderia induzi-lo a tocá-la. Aquela era uma batalha entre a mãe e ele próprio. Quando todos terminaram de comer, Kate se levantou.

— Antes do seu telefonema chegar, Tony, por que não mostra os jardins à Srta. Wyatt?

Não havia possibilidade de Tony recusar sem ser grosseiro.

— Está bem.

Mas a intenção dele era abreviar o passeio ao máximo. Kate virou-se para Charlie Wyatt.

— Está interessado em livros raros? Temos uma excelente coleção na biblioteca.

— Estou interessado em qualquer coisa que queira me mostrar — declarou o texano.

Quase como se só então se lembrasse disso, Kate virou-se para Marianne Hoffman.

— Deseja alguma coisa, minha cara?

— Não, obrigada, Sra. Blackwell. Por favor, não precisa se preocupar comigo.

— Não vou me preocupar.

E Tony sabia que a mãe estava falando a verdade. A Srta. Hoffman não era de qualquer serventia e por isso Kate a descartava. Fazia-o com charme e um sorriso, mas por trás havia uma determinação implacável, que Tony detestava. Lucy estava observando-o.

— Você está pronto, Tony?

— Estou, sim.

Tony e Lucy encaminharam-se para a porta. Não estavam muito longe quando Tony ouviu a mãe comentar:

— Eles não formam um lindo casal?

Os dois foram andando pelos jardins formais, na direção do atracadouro em que estava o *Corsair*. Havia hectares e mais hectares de flores de todas as cores, impregnando o ar de verão com a sua fragrância.

— Este lugar é divino — comentou Lucy.

— Também acho.

— Não temos flores assim no Texas.

— Não?

— Este lugar é calmo e pacífico.

— Também acho.

Lucy estacou abruptamente e virou-se para fitar Tony. Ele viu a raiva no rosto dela e perguntou:

— Falei alguma coisa que pudesse ofendê-la?

— Não disse nada. É isso o que acho ofensivo. Faz-me sentir como... como se eu estivesse dando em cima de você.

— E está?

Lucy riu.

— Estou, sim. E se conseguisse ensiná-lo a falar, talvez pudéssemos chegar a alguma coisa.

Tony sorriu.

— Em que está pensando? — indagou Lucy.

— Em nada.

Tony estava pensando na mãe e como ela detestava perder.

KATE ESTAVA MOSTRANDO a biblioteca revestida de carvalho a Charlie Wyatt. Havia nas prateleiras primeiras edições de Oliver Goldsmith, Laurence Sterne, Tobias Smollett e John Donne, além de um opúsculo de Ben Johnson. Havia Samuel Buder e John Bunyan, a rara edição particular de 1813 de *Queen Mab*. Wyatt circulava entre aqueles tesouros, com os olhos faiscando. Ele parou diante de uma linda edição encadernada de *Endymion*, de John Keats.

— Este é um exemplar Roseberg — comentou Charlie Wyatt.

Kate ficou surpresa.

— É, sim. Só há dois exemplares conhecidos.

— Tenho o outro.

— Eu deveria ter imaginado. — Kate soltou uma risada. — Deixei-me enganar pela sua encenação de texano tradicional.

Wyatt sorriu.

— É mesmo? É uma boa camuflagem.

— Onde estudou?

— No Colorado. Escola de Mineração. E depois em Oxford, com uma bolsa de estudos. — Ele estudou Kate por um momento. — Fui informado de que foi você quem providenciou o meu convite para a conferência na Casa Branca.

Kate deu de ombros.

— Apenas mencionei o seu nome. E eles se mostraram ansiosos por chamá-lo.

— Foi muita generosidade sua, Kate. E já que estamos sozinhos, por que não aproveita para me contar o que exatamente está querendo?

TONY ESTAVA TRABALHANDO em seu escritório particular, uma pequena sala junto ao corredor principal do primeiro andar. Estava acomodado numa poltrona quando ouviu a porta se abrir e alguém entrar. Virou-se para olhar. Era Marianne Hoffman. Antes que pudesse abrir a boca para anunciar sua presença, Tony ouviu-a soltar uma exclamação de espanto.

Ela estava olhando para os quadros na parede. Eram os quadros de Tony... os poucos que ele trouxera de seu apartamento em Paris. Aquela era a única sala da casa em que permitia que fossem pendurados. Tony ficou observando-a percorrer a sala, detendo-se diante de cada quadro. Era tarde demais para ele dizer alguma coisa.

— Não posso acreditar — murmurou ela.

Tony sentiu uma raiva súbita. Sabia que os quadros não eram tão ruins assim. Quando ele se mexeu, o couro da poltrona rangeu. Marianne virou-se e viu-o.

— Oh, desculpe! — balbuciou ela. — Não sabia que havia alguém aqui.

Tony levantou.

— Não há problema. — O tom dele era rude. Não gostava que invadissem seu santuário. — Estava procurando alguma coisa?

— Não. Estava apenas... dando uma volta pela casa. A coleção de quadros pertence a um museu.

— A não ser por estes — Tony ouviu-se a dizer.

Ela estava aturdida com a hostilidade na voz de Tony. Virou-se e tornou a olhar para os quadros. Viu a assinatura.

— Você pintou esses quadros?

— Lamento muito se não lhe agradam.

— Mas são fantásticos! — Ela se aproximou de Tony. — Não consigo entender. Se é capaz de pintar assim, como pode querer fazer outra coisa? Você é maravilhoso. Não estou querendo dizer que é bom, mas sim maravilhoso... maravilhoso de verdade.

Tony estava imóvel, sem escutar, apenas querendo que ela saísse o mais depressa possível.

— Eu queria ser uma pintora — disse Marianne. — Estudei com Oskar Kokoschka durante um ano. Mas acabei deixando, porque sabia que jamais conseguiria ser tão boa quanto queria. Mas você... — Ela tornou a virar-se para os quadros, antes de acrescentar: — Estudou em Paris?

Tony queria apenas que ela o deixasse em paz.

— Estudei.

— E largou tudo... sem mais nem menos?

— Larguei.

— É uma pena. Você...

— Ah, vocês estão aí!

Os dois se viraram. Kate estava parada na porta. Contemplou os dois por um momento, depois aproximou-se de Marianne.

— Estive procurando por você em toda parte, Marianne. Seu pai disse que você gosta de orquídeas. Deve conhecer nossa estufa.

— Obrigada — murmurou Marianne. — Estou realmente...

Kate virou-se para Tony.

— Talvez fosse melhor você ver como estão nossos outros hóspedes, Tony.

Havia um tom evidente de contrariedade na voz de Kate. Ela pegou a mão de Marianne e as duas se retiraram.

Era fascinante observar a mãe manobrar as pessoas. Tudo era feito suavemente. Nenhum movimento era desperdiçado. Começara com os Wyatts chegando mais cedo e os Hoffmans depois. Lucy sendo colocada ao lado dele em todas as refeições. As conversas particulares com Charlie Wyatt. Era tudo muito óbvio. Contudo, Tony não podia deixar de reconhecer que só era óbvio porque ele tinha a chave para o mistério. Ele conhecia a mãe e a maneira como a mente dela funcionava. Lucy Wyatt era muito atraente. Seria uma mulher maravilhosa para algum homem, mas não para ele. Não com Kate Blackwell como promotora da união. A mãe era uma desgraçada implacável e calculista. Enquanto se lembrasse disso, Tony estaria a salvo das maquinações dela. E ele se perguntava qual seria o próximo movimento da mãe.

Não precisou esperar muito para descobrir. Estavam no terraço, tomando coquetéis.

— O Sr. Wyatt teve a gentileza de nos convidar para visitar seu rancho no próximo fim de semana — disse Kate a Tony, o rosto radiante de satisfação. — Não é maravilhoso? Nunca estive antes num rancho do Texas.

A Kruger-Brent possuía um rancho no Texas, que provavelmente era duas vezes maior que o de Charles Wyatt.

— Também vai, não é mesmo, Tony? — indagou Charlie Wyatt.

— Aceite o convite, por favor — disse Lucy.

Os dois estavam pressionando-o. Era um desafio. Tony resolveu aceitar.

— Te-terei o maior prazer.

— Isso é ótimo!

Havia uma satisfação genuína no rosto de Lucy Wyatt, assim como no de Kate. *Se Lucy está planejando seduzir-me*, pensou

Tony, *está perdendo seu tempo*. A mágoa que a mãe e Dominique lhe haviam causado incutira em Tony uma profunda desconfiança de todas as mulheres, a tal ponto que agora só se relacionava com *call-girls* de alto preço. Entre todas as espécies de mulheres, eram as mais honestas. Só queriam dinheiro e não o escondiam. Pagava-se pelo que se obtinha e sempre se obtinha tudo aquilo por que se pagava. Não havia complicações, não havia lágrimas, não havia farsas.

Lucy Wyatt teria uma surpresa.

NO INÍCIO DA manhã de domingo, Tony desceu até a piscina para um mergulho. Marianne Hoffman já estava na água, usando um maiô branco. Era alta e esguia, com um corpo atraente. Tony ficou parado a contemplá-la dentro da piscina, os braços se movimentando num ritmo gracioso. Ela viu Tony e nadou em sua direção.

— Bom-dia.

— Bom-dia. Você nada muito bem.

Marianne sorriu.

— Adoro esportes. Herdei isso de meu pai.

Ela levantou-se para a beira da piscina e Tony estendeu-lhe uma toalha. Ele ficou observando, enquanto Marianne enxugava os cabelos, um pouco constrangida.

— Já tomou café? — perguntou Tony.

— Não. Fiquei sem saber se a cozinheira levantava tão cedo.

— Isto é um hotel. O serviço funciona 24 horas por dia.

Ela sorriu.

— Isso é ótimo.

— Onde você mora?

— Em Munique. Vivemos num velho *schloss*... um castelo... nos arredores da cidade.

— Onde foi criada?

Marianne suspirou.

— É uma história comprida. Durante a guerra, fui enviada para uma escola na Suíça. Depois disso, estudei em Oxford e Sorbonne. Vivi em Londres durante alguns anos. — Ela fitou-o nos olhos. — Estive em todos esses lugares. E você, por onde tem andado?

— Nova York, Maine, Suíça, África do Sul, alguns anos no Pacífico Sul, durante a guerra, Paris...

Ele parou de falar abruptamente, como se achasse que já dissera demais.

— Perdoe-me se pareço intrometida, mas não posso imaginar por que você parou de pintar.

— Não é importante — disse Tony, bruscamente. — Vamos tomar café.

COMERAM SOZINHOS no terraço, de onde se descortinava a baía deslumbrante. Era fácil conversar com Marianne. Havia nela uma profunda dignidade e uma extrema suavidade que Tony achava encantadoras. Ela não flertava, não se entregava a uma conversa ociosa. Parecia genuinamente interessada nele. Tony descobriu-se atraído por aquela mulher serena e sensível. Não podia deixar de pensar o quanto dessa atração era causada por ser algo que iria contrariar sua mãe.

— Quando vai voltar para a Alemanha?

— Na próxima semana. Vou casar.

As palavras pegaram Tony de surpresa.

— Hã... Isso é ótimo. Quem é ele?

— É um médico. Eu o conheço desde pequena.

Por que ela acrescentara isso? Teria algum significado? Num súbito impulso, Tony perguntou:

— Quer jantar comigo em Nova York?

Ela estudou-o por um momento, avaliando sua resposta.

— Eu gostaria muito.

Tony sorriu, satisfeito.

— Está combinado.

JANTARAM NUM PEQUENO restaurante à beira-mar, em Long Island. Tony queria ficar a sós com Marianne, longe dos olhos da mãe. Foi uma noite inocente. Mas Tony sabia que, se a mãe soubesse, encontraria alguma maneira de envená-la. Era apenas algo íntimo que havia entre ele e Marianne, pelo breve tempo em que durasse. Tony não queria que nada o estragasse. Estava gostando da companhia de Marianne ainda mais do que imaginara. A moça tinha um senso de humor agradável e Tony descobriu-se rindo como não acontecia desde que deixara Paris. Ela o fazia sentir-se alegre e despreocupado.

Quando vai voltar para a Alemanha?

Na próxima semana. Vou casar.

DURANTE OS CINCO dias seguintes, Tony encontrou-se muitas vezes com Marianne. Cancelou a viagem ao Canadá, sem saber direito o motivo. Pensara que fosse uma forma de rebelião contra o plano da mãe, uma pequena vingança. Mas se isso fora verdade no começo, há muito que deixara de ser. Ele se descobria cada vez mais atraído por Marianne. Adorava a honestidade dela. Era uma qualidade que já se desesperara de poder encontrar.

Como Marianne era turista em Nova York, Tony levou-a a toda parte. Subiram a Estátua da Liberdade e foram de barca a Staten Island, contemplaram a cidade do alto do Empire State Building e comeram em Chinatown. Passaram um dia inteiro no Metropolitan Museum of Art e uma tarde inteira admirando a Coleção Frick. Partilhavam os mesmos gostos. Evitavam cuidadosamente falar de coisas pessoais. Contudo, os dois estavam conscientes da intensa atração sexual. Os dias se fundiram üm no outro e logo era sexta-feira, o dia em que Tony deveria partir para o Rancho Wyatt.

— Quando voltará para a Alemanha?

— Pegaremos um avião na manhã de segunda-feira.

Não havia qualquer alegria na voz de Marianne.

TONY PARTIU PARA Houston naquela tarde. Poderia ter ido com a mãe, num dos aviões particulares da companhia, mas preferia evitar qualquer situação em que pudesse ficar a sós com Kate. Para ele, a mãe era exclusivamente uma pessoa com quem trabalhava, inteligente e poderosa, insinuante e perigosa.

Havia um Rolls-Royce à espera de Tony no Aeroporto William P. Hobby, em Houston. Ele foi conduzido ao rancho por um motorista vestindo calça Levi's e uma camisa colorida.

— A maioria das pessoas gosta de voar direto para o rancho — comentou o motorista. — O Sr. Wyatt construiu uma pista de aterrissagem. Daqui é cerca de uma hora para se chegar ao portão do rancho, depois mais meia hora até a casa-grande.

Tony achou que ele exagerava, mas descobriu que estava enganado. O Rancho Wyatt era mais uma cidade que um rancho. Passaram pelos portões e entraram numa estrada particular e levaram meia hora antes de começarem a passar pelos geradores, estábulos, currais, casas de hóspedes e bangalôs dos empregados. A casa-grande era enorme, de um único andar, parecendo se estender interminavelmente. Tony achou que era deprimentemente feio.

Kate já chegara. Ela e Charlie Wyatt estavam sentados no terraço, ao lado de uma piscina do tamanho de um pequeno lago. Estavam entretidos numa conversa animada quando Tony apareceu. Ao vê-lo, Wyatt parou de falar abruptamente. Tony sentiu que ele era o tema da conversa.

— Ora, aqui está o nosso rapaz! Fez boa viagem, Tony?

— Fiz, sim, obrigado.

— Lucy estava torcendo para que você chegasse mais cedo — comentou Kate.

Tony virou-se para a mãe.

— Es-estava mesmo?

Charlie Wyatt deu um tapa nas costas de Tony.

— Estamos promovendo um churrasco em homenagem a você e Kate. Todo mundo virá de avião.

— É muita gen-gentileza sua.

Se estão planejando me servir como prato principal, pensou Tony, *vão ficar com fome.*

Lucy apareceu, de camisa branca, *jeans* surrado e bem justo. Tony não podia deixar de admitir que ela era deslumbrante.

— Tony! Eu já estava começando a recear que você não viesse mais!

— Des-desculpe o atraso. Ti-tive de concluir alguns ne-negócios.

Lucy sorriu-lhe afetuosamente.

— Não tem importância, já que você está aqui. O que gostaria de fazer esta tarde?

— O que você tem a oferecer?

Lucy fitou-o nos olhos, dizendo suavemente:

— Qualquer coisa que você quiser.

Kate Blackwell e Charlie Wyatt ficaram radiantes.

O CHURRASCO FOI espetacular, até mesmo pelos padrões texanos. Cerca de 200 convidados chegaram em aviões particulares, Mercedes ou Rolls-Royces. Duas bandas tocavam simultaneamente em lugares diferentes. Meia dúzia de *bartenders* serviam champanha, uísque, refrigerantes e cerveja, enquanto quatro cozinheiros preparavam apressadamente a comida ao ar livre.

Havia churrasco de boi, ovelha, galinha e pato. Havia tigelas de barro com *chili*, lagostas inteiras, siris, milho cozido. Havia batatas e inhames, seis espécies de salada, biscoitos, broa de milho com mel e geleia. Quatro mesas estavam carregadas de sobremesas, tortas, bolos e pudins, uma dúzia de sorvetes diferentes, todos de fabricação doméstica. Era o mais monumental consumo conspícuo que Tony já testemunhara. Pensou que aquela era a diferença entre dinheiro novo e dinheiro antigo. O lema do dinheiro antigo era simples: *Se você tem, esconda*. O lema do dinheiro novo era outro: *Se você tem, exiba*.

Aquela era uma exibição em escala inacreditável. As mulheres usavam vestidos ousados e a ostentação de joias era ofuscante. Tony ficou observando os convidados se empanturrarem, chamando ruidosamente velhos amigos. Tinha a impressão de estar presenciando algum ritual insensato e decadente. Cada vez que se virava, descobria-se diante de um garçom carregando uma bandeja com caviar, patê ou champanha. Parecia-lhe que havia tantos criados quanto convidados. Ele prestou atenção às conversas ao redor.

— Ele veio de Nova York para me vender uma porção de coisas e eu disse: Está perdendo seu tempo, moço. Não se faz um bom negócio de petróleo ao leste de Houston...

— É preciso tomar cuidado com esse pessoal de fala macia. É só chapéu, sem nenhum gado...

Lucy apareceu ao lado de Tony.

— Não está comendo. — Ela observava-o atentamente. — Alguma coisa errada, Tony?

— Claro que não. Está tudo bem. É uma festa e tanto.

Ela sorriu.

— Ainda não viu nada, companheiro. Espere só até os fogos de artifício.

— Fogos de artifício?

— Isso mesmo. — Ela tocou no braço de Tony. — Desculpe a cena de multidão. Nem sempre é assim. Papai queria impressionar sua mãe. — Lucy fez uma pausa, sorriu e acrescentou: — Mas amanhã todos eles já terão ido embora.

E eu também, pensou Tony, sombriamente. Fora um erro ter vindo. Se a mãe queria a Wyatt Oil & Tool tão desesperadamente, que encontrasse outra maneira de consegui-la. Os olhos de Tony esquadrinharam a multidão, à procura da mãe. Avistou-a no meio de um grupo de admiradores. Ela era linda. Estava com quase 60 anos, mas parecia dez anos mais moça. Não havia rugas no rosto, o corpo era esguio e firme, graças à ginástica e massagens diárias. Era disciplinada consigo mesma, assim como também o era com tudo ao seu redor. Tony não podia deixar de admirá-la.

Para um espectador casual, Kate Blackwell dava a impressão de estar se divertindo intensamente. Conversava com todos os convidados, ria jovialmente. *Ela está detestando cada momento desta festa*, pensou Tony. *Mas não há nada que ela não seja capaz de suportar para conseguir o que quer.* Ele pensou em Marianne e no quanto ela teria detestado aquela orgia absurda. Sentiu-se de repente angustiado ao pensar nela.

Vou casar com um médico. Eu o conheço desde pequena.

Meia hora depois, quando Lucy foi procurá-lo, Tony já estava voltando para Nova York.

ELE LIGOU PARA Marianne de uma cabine telefônica no aeroporto.

— Preciso falar com você.

Não houve hesitação.

— Está bem.

Tony não conseguira tirar Marianne Hoffman dos pensamentos. Passara muito tempo sozinho, mas não se sentira solitário. Ficar longe de Marianne, no entanto, era uma solidão, a sensação de que uma parte dele estava faltando. Estar com ela era um prazer, uma celebração da vida, uma expulsão das sombras horríveis que o atormentavam. Tinha o pressentimento aterrador de que estaria perdido se perdesse Marianne. Precisava dela, como jamais precisara de qualquer outra pessoa em toda a sua vida.

Marianne foi encontrá-lo no apartamento dele. Quando ela entrou, Tony sentiu uma fome que pensara estar morta há muito tempo. Contemplando-a, compreendeu que a fome também existia nela. E não havia palavras para descrever o milagre.

Ela foi para os braços dele. A emoção que os dominou foi como uma onda irresistível, que os arrebatou numa explosão gloriosa, uma erupção, um contentamento além das palavras. Estavam flutuando juntos numa maciez de veludo que não conhecia tempo nem lugar, na glória deslumbrante e magia um do outro. Depois, ficaram estendidos, exaustos, abraçados, os cabelos sedosos de Marianne espalhados sobre o rosto dele.

— Vou casar com você, Marianne.

Ela pegou o rosto dele entre as mãos, fitou-o nos olhos.

— Tem certeza, Tony? — A voz dela era suave. — Só que há um problema, querido.

— Seu noivado?

— Não. Vou rompê-lo. Sua mãe.

— Ela não tem nada a ver com...

— Deixe-me acabar, Tony. Ela está planejando o seu casamento com Lucy Wyatt.

— Esse é o plano dela. — Tony tornou a abraçá-la. — O meu plano está aqui.

— Ela vai me odiar, Tony. Não quero que isso aconteça.

— Você sabe o que eu quero?

E o milagre recomeçou.

Passaram-se mais de 48 horas antes que Kate Blackwell recebesse notícias de Tony. Ele desaparecera do Rancho Wyatt sem dar qualquer explicação, sem se despedir, voltando a Nova York. Charlie Wyatt ficara aturdido e Lucy furiosa. Kate apresentara desculpas constrangidas e embarcara no avião da companhia de volta a Nova York, naquela mesma noite. Ao chegar em casa, telefonou para o apartamento de Tony. Ninguém atendeu. E também não atenderam no dia seguinte.

Kate estava no escritório quando a linha particular em sua mesa tocou. Já sabia quem era, antes mesmo de atender.

— Você está bem, Tony?

— Estou, sim, ma-mamãe.

— Onde você está?

— Na mi-minha lua de mel. Marianne Hoffman e eu casamos ontem. — Houve um silêncio prolongado. — Ainda está ao telefone, ma-ma-mãe?

— Estou, sim.

— Po-poderia dar os parabéns, desejar muita fe-felicidade ou qualquer outra das fra-frases habituais.

Havia uma amargura zombeteira na voz de Tony.

— Claro, Tony, claro. Eu lhe desejo muitas felicidades, filho.

— Obrigado, ma-mamãe.

E a linha ficou muda. Kate repôs o fone no gancho e apertou um botão do interfone.

— Pode vir até aqui, por favor, Brad?

Quando Brad Rogers entrou na sala, Kate anunciou:

— Tony acaba de telefonar.

Brad observou o rosto de Kate e disse:

— Essa não! Não me diga que você conseguiu!

— Tony conseguiu. — Kate sorriu. — Estamos com o império Hoffman no colo.

Brad Rogers arriou numa cadeira.

— Não posso acreditar. Afinal, sei como Tony pode ser teimoso. Como conseguiu convencê-lo a casar com Marianne Hoffman?

— Era muito simples. — Kate suspirou. — Bastou empurrá-lo na outra direção.

Mas ela sabia que fora a direção certa. Marianne seria uma mulher maravilhosa para Tony, iria dissipar as trevas que existiam nele.

Lucy sofrera uma histerectomia.

Marianne lhe daria um filho.

Capítulo 21

SEIS MESES DEPOIS que Tony e Marianne se casaram, a companhia Hoffman foi absorvida pela Kruger-Brent. A assinatura formal do contrato foi realizada em Munique, em consideração a Frederick Hoffman, que iria dirigir a subsidiária da Alemanha. Tony ficara surpreso com a docilidade com que a mãe aceitara o casamento. Ela não tinha o hábito de perder graciosamente. Por isso, ele estranhara quando ela se mostrara cordial com Marianne, ao voltarem da lua de mel nas Bahamas, dizendo a Tony que estava muito satisfeita com o casamento. O que mais espantara Tony fora o fato dos sentimentos dela parecerem genuínos. Era uma reviravolta rápida demais, que não condizia com Kate. Tony chegara à conclusão de que talvez não compreendesse a mãe tão bem quanto pensava.

O casamento foi um sucesso extraordinário desde o começo. Marianne preenchia uma necessidade que Tony há muito sentia e todos ao redor perceberam a mudança nele... especialmente Kate.

Quando Tony fazia viagens de negócios, Marianne sempre o acompanhava. Divertiam-se juntos, riam juntos, gostavam sinceramente da companhia um do outro. Observando-os, Kate pensava, feliz: *Fiz o que era melhor para o meu filho.*

Foi Marianne quem conseguiu superar o abismo entre Tony e a mãe. Ao voltarem da lua de mel, Mariane disse:

— Quero convidar sua mãe para jantar.

— É melhor não. Você não a conhece, Marianne. Ela...

— Quero conhecê-la. Por favor, Tony...

Ele não queria, mas acabou cedendo. Tony estava preparado para uma noite desagradável, mas acabou tendo uma surpresa. Kate se mostrou comoventemente feliz pelos dois. Na semana seguinte, convidou-os para jantar em sua casa, o que depois se tornou um ritual semanal.

Kate e Marianne tornaram-se amigas. Falavam-se pelo telefone várias vezes por semana, almoçavam juntas pelo menos uma vez por semana.

Haviam combinado um almoço no Lutèce. No momento em que Marianne entrou, Kate compreendeu que alguma coisa estava errada.

— Eu gostaria de tomar um *scotch* duplo, por favor — disse Marianne ao *maître*. — Com gelo apenas.

De um modo geral, Marianne tomava apenas vinho.

— O que aconteceu, Marianne?

— Fui procurar o Dr. Harley.

Kate sentiu uma súbita pontada de alarme.

— Não está doente, não é mesmo?

— Não. Estou bem. Mas...

E toda a história saiu aos borbotões. Começara poucos dias antes.

Marianne não estava se sentindo muito bem e marcara uma consulta com John Harley...

— Você parece bastante saudável — disse o Dr. Harley, sorrindo. — Qual é a sua idade, Sra. Blackwell?

— Estou com 23 anos.

— Algum precedente de doença cardíaca na família?

— Não.

Ele estava tomando anotações.

— Câncer?

— Não.

— Seus pais estão vivos?

— Meu pai está. Minha mãe morreu num acidente.

— Já teve caxumba?

— Não.

— Sarampo?

— Tive. Aos dez anos.

— Coqueluche?

— Não.

— Alguma operação?

— Amígdalas. Quando eu tinha nove anos.

— Além disso, nunca esteve hospitalizada por qualquer motivo?

— Não. Isto é... estive uma vez. Por pouco tempo.

— Para quê?

— Eu integrava a equipe de hóquei da escola e desmaiei durante uma partida. Acordei num hospital. Fiquei lá apenas dois dias. Não foi nada de mais grave.

— Sofreu algum ferimento durante a partida?

— Não. Eu apenas desmaiei.

— Quantos anos tinha na ocasião?

— Estava com 16 anos. O médico disse que era provavelmente algum distúrbio glandular da adolescência.

John Harley inclinou-se para a frente.

— Quando acordou, lembra-se se sentia alguma fraqueza em qualquer dos lados do corpo?

Marianne pensou por um momento.

— Para dizer a verdade, senti, sim. No lado direito. Mas desapareceu em poucos dias. Nunca tive mais nada, desde então.

— Teve dor de cabeça? A vista ficou toldada?

— Tive, sim. Mas tudo isso desapareceu também. — Ela estava começando a ficar alarmada. — Acha que tenho algum problema grave, Dr. Harley?

— Não tenho certeza. Gostaria de fazer alguns exames... apenas como precaução.

— Que espécie de exames?

— Gostaria de fazer um angiograma cerebral. Mas não precisa ficar preocupada. E podemos fazer imediatamente.

Três dias depois, Marianne recebeu um telefonema do Dr. Harley, pedindo que fosse procurá-lo. John Harley estava esperando-a no consultório.

— Já solucionamos o mistério.

— Alguma coisa grave?

— Não. O angiograma mostrou que teve um pequeno derrame, Sra. Blackwell. Foi um pequeno aneurisma, o que é muito comum nas mulheres... especialmente na adolescência. Um pequeno vaso sanguíneo no cérebro se rompeu, deixando escapar uma quantidade mínima de sangue. Foi a pressão que causou as dores de cabeça e a visão toldada. Felizmente, essas coisas se curam por si mesmas.

Marianne estava imóvel, escutando, a mente empenhada em reprimir o pânico.

— O que... o que tudo isso significa exatamente? Pode acontecer de novo?

— É bastante improvável. — Ele sorriu. — A menos que esteja planejando participar novamente na equipe de hóquei, pode levar uma vida absolutamente normal.

— Tony e eu gostamos de andar a cavalo e jogar tênis. Isso...

— Desde que não exagere, não há problema. Pode fazer tudo, do tênis ao sexo. Não há problema.

Ela sorriu, aliviada.

— Graças a Deus.

Quando Marianne se levantou, John Harley acrescentou:

— Há uma coisa, Sra. Blackwell. Se você e Tony estão planejando ter filhos, eu os aconselharia a adotar.

Marianne ficou gelada.

— Você disse que eu estava perfeitamente normal.

— E está. Infelizmente, a gravidez aumenta muito o volume vascular. E durante as últimas seis ou oito semanas de gravidez, há um aumento adicional na pressão sanguínea. Com o precedente do aneurisma, o fator de risco seria inaceitavelmente alto. Não apenas seria perigoso... poderia ser fatal. As adoções são muito fáceis hoje em dia. Posso dar um jeito...

Mas Marianne não estava mais escutando. Só ouvia a voz de Tony: *Quero ter uma filha, que se pareça exatamente com você.*

— ... NÃO PUDE MAIS suportar — disse Marianne a Kate. — Saí correndo do consultório e vim diretamente para cá.

Kate fez um tremendo esforço para não deixar que seus sentimentos transparecessem. Era um golpe terrível. Mas tinha de haver um meio. Havia sempre um meio. Ela conseguiu exibir um sorriso e disse:

— Ora, fiquei com medo que fosse algo muito pior!

— Mas Tony e eu queremos tanto ter um filho!

— Marianne, o Dr. Harley é um alarmista. Você teve um problema sem maior importância há muitos anos e Harley está tentando convertê-lo em algo de grandes proporções. Sabe como os médicos são. — Ela pegou a mão de Marianne. — Está se sentindo bem, não é mesmo, querida?

— Eu me sentia muito bem até que...

— Pronto, aí está. Não vai começar agora a ter desmaios, não é mesmo?

— Não.

— Porque está tudo acabado. Ele próprio disse que essas coisas se curam por si mesmas.

— Ele disse que os riscos...

Kate suspirou.

— Cada vez que uma mulher fica grávida, Marianne, há sempre um risco. A vida está repleta de riscos. Não concorda que o importante na vida é decidir quais são os riscos que valem a pena assumir?

— Claro. — Marianne pensou por um momento e acabou tomando uma decisão. — Você tem razão. Não vamos dizer nada a Tony. Só serviria para deixá-lo preocupado. Vamos guardar o nosso segredo.

Kate pensou: *Eu poderia muito bem matar John Harley por apavorá-la desse jeito.*

— Será o nosso segredo, Marianne — arrematou Kate.

MARIANNE ENGRAVIDOU três meses depois. Tony ficou emocionado. Kate estava triunfante. O Dr. Harley ficou horrorizado.

— Vou providenciar imediatamente um aborto — disse ele a Marianne.

— Não, Dr. Harley. Estou me sentindo bem. Vou ter o filho.

Depois que Marianne a informou da consulta, Kate foi ao consultório do Dr. Harley, furiosa.

— Como se atreve a sugerir à minha nora que faça um aborto?

— Kate, eu disse a ela que poderia morrer se levasse a gravidez até o final.

— Você não pode saber disso com certeza. Nada vai acontecer com Marianne. Pare de alarmá-la.

OITO MESES DEPOIS, às quatro horas da madrugada, num dia no início de fevereiro, o trabalho de parto de Marianne começou.

prematuramente. Os gemidos despertaram Tony. Ele começou a se vestir, apressadamente.

— Não se preocupe, querida. Vou levá-la imediatamente para o hospital.

As dores eram terríveis.

— Depressa, por favor!

Marianne se perguntou se deveria contar a Tony as conversas com o Dr. Harley. Chegou à conclusão que não. Kate estava certa. A decisão fora dela. A vida era tão maravilhosa que Deus não deixaria que alguma coisa lhe acontecesse.

Tudo já estava pronto quando Tony e Marianne chegaram ao hospital. Tony foi conduzido a uma sala de espera, enquanto Marianne era levada a uma sala de exames. O obstetra, Dr. Mattson, verificou a pressão de Marianne. Franziu o rosto, tornou a verificá-la. Levantou os olhos e disse à enfermeira:

— Leve-a para a sala de operações... depressa!

TONY ESTAVA NA máquina automática de vender cigarros, no corredor do hospital, quando uma voz às suas costas disse:

— Ora, ora, é o nosso Rembrandt!

Ele reconheceu o homem que acompanhava Dominique na frente do prédio de apartamentos dela. Como fora mesmo que ela o chamara? Ben. O homem olhava agora fixamente para Tony, com uma expressão de antagonismo. Ciúme? O que Dominique lhe teria contado? Foi nesse momento que Dominique apareceu. Ela disse a Ben:

— A enfermeira falou que Micheline está no centro de tratamento intensivo. Voltaremos...

Ela viu Tony e parou de falar abruptamente. Virou-se para ele e disse:

— Tony! O que está fazendo aqui?

— Minha mulher está tendo um filho.

— Foi sua mãe quem arrumou tudo? — indagou Ben.

— O que está querendo insinuar com isso?

— Dominique me contou que sua mãe arruma tudo para você, filhinho.

— Pare com isso, Ben!

— Por quê? Não é a verdade, meu bem? Não foi o que você me contou?

Tony virou-se para Dominique.

— Do que ele está falando?

— Não é nada importante. Vamos embora, Ben.

Mas Ben estava se divertindo com a situação.

— Gostaria de ter uma mãe como a sua, companheiro. Você quer uma linda modelo para trepar e ela prontamente providencia. Quer fazer uma exposição de quadros em Paris, ela dá um jeito. Quer...

— Você está doido.

— Estou mesmo? — Ben virou-se para Dominique. — Ele não sabe?

— Não sei o quê? — indagou Tony.

— Nada, Tony.

— Ele disse que minha mãe arrumou a exposição em Paris. É uma mentira, não é mesmo? — Ele percebeu a expressão de Dominique. — Não é?

— Não — respondeu Dominique, relutantemente.

— Está querendo dizer que ela teve de pagar a Goerg... para exibir meus quadros?

— Ele gostou realmente dos seus quadros, Tony.

— Conte a ele a história do crítico de arte — insistiu Ben.

— Já chega, Ben! — Dominique virou-se para ir embora, mas Tony segurou-a pelo braço.

— Espere um pouco! O que há com ele? Minha mãe também providenciou para que ele comparecesse à exposição?

— Isso mesmo.

A voz de Dominique baixara para um sussurro.

— Mas ele detestou os meus quadros.

Dominique podia perceber a angústia na voz dele.

— Não, Tony, ele não detestou. André d'Usseau disse à sua mãe que você poderia se tornar um grande artista.

E ele teve de encarar o inacreditável.

— Minha mãe pagou a d'Usseau para me destruir?

— Não para destruí-lo. Ela achava que estava fazendo isso para o seu próprio bem.

A enormidade do que a mãe fizera era atordoante. *Tudo o que ela lhe dissera era mentira. Ela jamais tivera a intenção de deixá-lo levar sua própria vida.* E André d'Usseau! Como um homem poderia se vender daquela maneira? Mas é claro que Kate saberia o preço de qualquer homem. Wilde podia estar se referindo a Kate quando falara de alguém que sabia o preço de tudo, mas não conhecia o valor de nada. Tudo sempre fora pela companhia. E a companhia era Kate Blackwell. Tony virou-se e saiu às cegas pelo corredor.

NA SALA DE OPERAÇÕES, os médicos estavam lutando desesperadamente para salvar a vida de Marianne. A pressão dela estava alarmantemente baixa, as batidas cardíacas eram irregulares. Ela recebera oxigênio e uma transfusão, mas tudo era inútil. Marianne estava inconsciente, de uma hemorragia cerebral, quando o primeiro bebê nasceu. E estava morta três minutos depois, quando a segunda gêmea nasceu.

TONY OUVIU UMA voz a chamá-lo:

— Sr. Blackwell!

Ele virou-se. O Dr. Mattson estava a seu lado.

— Ganhou filhas gêmeas, Sr. Blackwell, bonitas e saudáveis.

Tony viu a expressão nos olhos dele.

— Marianne... ela está bem, não é mesmo?

O Dr. Mattson respirou fundo.

— Lamento profundamente. Fizemos tudo o que era possível. Ela morreu...

— Ela o quê? — Era um grito. Tony agarrou o Dr. Mattson pelas lapelas do casaco e sacudiu-o. — Está mentindo! Ela não está morta!

— Sr. Blackwell...

— Onde ela está? Quero vê-la!

— Não pode ir lá agora. Estão preparando-a...

Tony berrou:

— Você a matou, seu desgraçado! Você a matou!

Ele começou a agredir o médico. Dois internos adiantaram-se apressadamente e seguraram os braços de Tony.

— Controle-se, Sr. Blackwell.

Tony se debatia como um louco.

— Quero ver minha mulher!

O Dr. John Harley aproximou-se do grupo.

— Podem largá-lo — disse ele. — E deixem-nos a sós.

O Dr. Mattson e os internos se afastaram. Tony estava chorando, incontrolavelmente.

— John, eles ma-mataram Marianne. Assassinaram mi-minha mulher.

— Ela está morta, Tony, o que lamento profundamente. Mas ninguém a assassinou. Eu disse a ela, há muitos meses, que poderia morrer se assumisse a gravidez.

Levou algum tempo para que Tony absorvesse as palavras.

— De que está falando?

— Marianne não lhe contou? Sua mãe não lhe disse nada?

Tony fitava-o fixamente, uma expressão aturdida nos olhos.

— Minha mãe?

— Ela achou que eu estava sendo alarmista. Aconselhou Marianne a assumir a gravidez. Lamento muito, Tony. Já vi as gêmeas. São lindas. Você não gostaria...

Mas Tony já estava se afastando.

O MORDOMO DE Kate abriu a porta para Tony.

— Bom-dia, Sr. Blackwell.

— Bom-dia, Lester.

O mordomo viu a aparência desgrenhada de Tony.

— Está tudo bem, senhor?

— Está, sim. Pode me providenciar uma xícara de café, Lester?

— Pois não, senhor.

Tony ficou observando o mordomo encaminhar-se para a cozinha.

Agora, Tony, ordenou a voz em sua cabeça.

Isso mesmo, agora. Tony virou-se e foi para a sala de troféus. Seguiu até a estante em que estava a coleção de armas e olhou para a exposição refulgente de instrumentos de morte.

Abra a estante, Tony.

Ele abriu. Escolheu um revólver e abriu o tambor, a fim de certificar-se que a arma estava carregada.

Ela está lá em cima, Tony.

Tony virou-se e começou a subir a escada. Sabia agora que não era culpa de sua mãe o fato de ser a própria encarnação do mal. Ela estava possuída e ele tinha a obrigação de curá-la. A companhia lhe dominara a alma e Kate não era responsável pelo que fazia. Sua mãe e a companhia haviam se tornado uma única coisa; e quando ele a matasse, a companhia morreria.

Ele estava diante da porta do quarto de Kate.

Abra a porta, ordenou a voz.

Tony abriu a porta. Kate estava se vestindo diante de um espelho quando ouviu a porta se abrir.

— Tony! Mas o que...

Ele apontou o revólver cuidadosamente e começou a apertar o gatilho.

Capítulo 22

O DIREITO DE PRIMOGENITURA, a prioridade do primeiro filho a nascer ao título ou propriedade da família, está profundamente enraizado na história. Entre as famílias reais da Europa, uma alta autoridade costuma estar presente por ocasião do nascimento de um possível herdeiro de uma rainha ou princesa, a fim de não haver controvérsias no direito de sucessão, caso sejam gêmeos. O Dr. Mattson tomara a precaução de registrar qual a gêmea que nascera primeiro.

Todos concordavam que as gêmeas Blackwells eram os bebês mais lindos que já tinham visto. Eram saudáveis e excepcionalmente ativas. As enfermeiras do hospital a todo instante encontravam um pretexto para ir vê-las. Parte do fascínio, embora nenhuma das enfermeiras o admitisse, se devia às histórias misteriosas que circulavam a respeito da família das gêmeas. A mãe morrera por ocasião do parto. O pai das gêmeas desaparecera e havia rumores que assassinara a própria mãe, mas ninguém era capaz de confirmá-los. Nada saíra nos jornais, a não ser uma pequena notícia de que Tony Blackwell sofrera um colapso nervoso por causa da morte da mulher e estava internado. Quando a imprensa tentara interrogar o Dr. Harley, ele se limitara a dizer:

— Não tenho nada a declarar.

Os últimos dias haviam sido um verdadeiro inferno para John Harley. Enquanto vivesse, ele haveria de recordar a cena que encontrara ao chegar ao quarto de Kate, depois de um telefonema frenético do mordomo. Kate estava caída no chão, em coma, com ferimentos a bala no pescoço e no peito, o sangue se derramando pelo tapete branco. Tony vasculhava os armários, destruindo as roupas da mãe com uma tesoura.

O Dr. Harley examinou Kate rapidamente e pediu uma ambulância pelo telefone. Voltou para junto de Kate, ajoelhou-se ao seu lado, sentiu-lhe o pulso fraco e irregular. O rosto dela começava a ficar arroxeado. Ela estava entrando em estado de choque. Ele aplicou-lhe uma injeção de adrenalina e bicarbonato de sódio.

— O que aconteceu? — perguntou o Dr. Harley.

O mordomo estava encharcado de suor.

— Eu... eu não sei. O Sr. Blackwell pediu-me para providenciar-lhe um café. Eu me encontrava na cozinha quando ouvi os disparos. Subi correndo e descobri a Sra. Blackwell no chão, como está agora. O Sr. Blackwell, parado ao lado dela, dizia: "Não vai mais poder fazer-lhe mal, mamãe. Eu a matei." E, depois, ele foi para o armário e começou a cortar os vestidos.

O Dr. Harley virou-se para Tony.

— O que está fazendo, Tony?

Um corte selvagem num vestido.

— Estou ajudando mamãe. Estou destruindo a companhia. Foi ela quem matou Marianne.

E ele continuou a cortar os vestidos. Kate foi levada às pressas para a ala de emergência de um hospital particular que pertencia à Kruger-Brent. Recebeu quatro transfusões durante a operação para extração das balas.

Houve necessidade de três enfermeiros vigorosos para meter Tony na ambulância. Ele só ficou quieto depois que o Dr. Harley aplicou-lhe uma injeção. A polícia apareceu e o Dr. Harley convocou Brad Rogers para resolver tudo. Por meios que o Dr. Harley não podia compreender, não houve qualquer notícia sobre a tentativa de assassinato nos meios de comunicação.

O Dr. Harley foi ao hospital visitar Kate, que estava no centro de tratamento intensivo. As primeiras palavras dela foram sussurradas:

— Onde está meu filho?

— Está sendo bem-cuidado, Kate. Ele está bem.

Tony fora levado para um sanatório particular, em Connecticut.

— Por que ele tentou me matar, John? Por quê?

A angústia na voz dela era insuportável.

— Ele a culpa pela morte de Marianne.

— Mas isso é absurdo!

John Harley não fez qualquer comentário.

Ele a culpa pela morte de Marianne.

Muito tempo depois do Dr. Harley ter se retirado, Kate ainda estava pensando no que acontecera, recusando-se a aceitar aquelas palavras. Amara Marianne, porque ela fazia Tony feliz. *Tudo o que sempre fiz foi por você, meu filho. Todos os meus sonhos foram por você. Como pôde não compreender isso?* E, no entanto, Tony a odiara a ponto de tentar matá-la. Ela foi dominada por uma agonia tão intensa que queria morrer. Fizera o que era certo. Eles estavam enganados. Tony era um fraco. Todos eram fracos. O pai dela fora fraco demais para suportar a morte do filho. A mãe fora fraca demais para enfrentar a vida sozinha. *Mas eu não sou fraca,* pensou Kate. *Posso enfrentar qualquer coisa. Vou viver. Hei de sobreviver. A companhia vai sobreviver.*

LIVRO QUINTO

Eve e Alexandra

1950-1975

Capítulo 23

KATE RECUPEROU-SE EM Dark Harbor, deixando que o sol e o mar a curassem.

Tony estava internado num sanatório particular, onde poderia receber os melhores cuidados possíveis. Kate trouxera psiquiatras de Paris, Viena e Berlim. Mas depois que todos os exames haviam sido concluídos, o diagnóstico fora o mesmo: o filho dela era um esquizofrênico homicida e um paranoico.

— Ele não reage a drogas ou tratamento psiquiátrico e é violento. Temos de mantê-lo sob vigilância.

— Que espécie de vigilância? — indagou Kate.

— Ele está numa cela acolchoada. E na maior parte do tempo temos de mantê-lo numa camisa de força.

— Isso é mesmo necessário?

— Sem isso, Sra. Blackwell, ele mataria qualquer pessoa que se aproximasse.

Ela fechou os olhos, desesperada. Não era do seu Tony, tão suave e gentil, que estavam falando. Era de um estranho, alguém possuído. Ela abriu os olhos.

— Não se pode fazer nada?

— Não, se não conseguirmos alcançar sua mente. Nós o estamos mantendo sob o efeito de drogas. Mas no momento em que o efeito passa, ele volta a se tornar maníaco. Não podemos prolongar esse tratamento indefinidamente.

Kate manteve-se empertigada:

— O que sugere, doutor?

— Em casos similares, descobrimos que remover uma pequena parte do cérebro produz resultados extraordinários.

Kate engoliu em seco.

— Uma lobotomia?

— Isso mesmo. Seu filho ainda será capaz de funcionar sob todos os aspectos, só que não terá mais distúrbios emocionais.

Kate ficou imóvel, a mente e o corpo gelados. O Dr. Morris, um jovem médico da Clínica Menninger, rompeu o silêncio:

— Sei como deve ser uma decisão difícil, Sra. Blackwell. Se prefere pensar mais um pouco...

— Se é a única coisa que vai acabar com o tormento dele — disse Kate —, então pode fazer a operação.

FREDERICK HOFFMAN queria as netas.

— Vou levá-las para a Alemanha.

Kate tinha a impressão de que ele envelhecera 20 anos desde a morte de Marianne. Sentia pena dele, mas não tinha a menor intenção de abrir mão das filhas de Tony.

— Elas precisam dos cuidados de uma mulher, Frederick. Marianne haveria de querer que fossem criadas aqui. Mas poderá visitá-las quantas vezes quiser.

E ele foi finalmente persuadido.

AS GÊMEAS FORAM para a casa de Kate e toda uma ala foi preparada para acomodá-las. Kate entrevistou várias governantas e acabou contratando uma jovem francesa chamada Solange Dunas.

Kate deu à primeira menina que nascera o nome de Eve e à outra o nome de Alexandra. Eram idênticas, não havia qualquer possibilidade de distingui-las. Vê-las juntas era como contemplar uma imagem num espelho. Kate sentia-se maravilhada com o duplo milagre que Marianne e o filho haviam produzido. As duas eram espertas, reagiam prontamente aos estímulos. Mas mesmo depois de umas poucas semanas, Eve já parecia mais amadurecida que Alexandra. Eve foi a primeira a engatinhar, andar e falar. Alexandra seguiu-a rapidamente, mas desde o início Eve estava na liderança. Alexandra adorava a irmã e tentava imitá-la em tudo. Kate passava o máximo de tempo possível com as netas. Elas faziam com que se sentisse jovem. E Kate pôs-se a sonhar novamente. *Um dia, quando eu estiver bastante velha e prestes a me aposentar...*

KATE OFERECEU UMA festa no primeiro aniversário das gêmeas. Os bolos de aniversário eram idênticos e havia dezenas de presentes, de amigos, funcionários da companhia e empregados da casa. A segunda festa de aniversário seguiu-se quase imediatamente. Kate não podia acreditar como o tempo passava depressa, como as gêmeas estavam crescendo num instante. Ela já era capaz de discernir mais claramente as diferenças de personalidades. Eve, mais forte, era mais ousada, enquanto Alexandra, mais meiga, contentava-se em seguir a liderança da irmã. *Sem mãe nem pai*, pensava Kate, *é uma bênção que elas tenham uma à outra e se amem tanto.*

Na noite anterior ao quinto aniversário, Eve tentou matar Alexandra.

Está escrito no Gênesis, 25: 22-23:

Os filhos lutavam no ventre dela...
E o Senhor lhe disse: Duas nações há no teu ventre, dois povos, nascidos de ti, se dividirão; um povo será mais forte que o outro e o mais velho servirá ao mais moço.

No caso de Eve e Alexandra, Eve não tinha a menor intenção de servir à irmã mais moça.

Eve odiava a irmã há tanto tempo quanto podia lembrar. Sentia uma raiva silenciosa quando alguém pegava Alexandra no colo, afagava-a ou dava um presente. Eve sentia que estava sendo roubada. Queria tudo para si mesma... todo o amor e todas as coisas bonitas que cercavam as duas. Mas não podia sequer ter um aniversário só seu. Odiava Alexandra por se parecer com ela, vestir-se como ela, roubar a parte do amor da avó que lhe pertencia. Alexandra adorava Eve e Eve a desprezava por isso. Alexandra era generosa, ansiosa para renunciar a seus brinquedos e bonecas, o que provocava um desdém ainda maior de Eve. Eve nada partilhava. O que era seu, pertencia-lhe com exclusividade. Mas não era suficiente. Ela queria tudo o que Alexandra possuía.

À noite, sob o olhar vigilante de Solange Dunas, as meninas diziam suas orações em voz alta. Mas Eve sempre acrescentava uma prece silenciosa, pedindo a Deus que matasse Alexandra. Como as preces não fossem atendidas, Eve chegou à conclusão de que teria de resolver o problema pessoalmente. Faltavam apenas uns poucos dias para o quinto aniversário delas e Eve não podia suportar a perspectiva de partilhar outra festa. A irmã estaria roubando *seus* amigos, *seus* presentes. Ela precisava matar Alexandra imediatamente.

NA NOITE ANTERIOR ao aniversário, Eve deitou na cama, mas não dormiu. Quando tinha certeza de que todos na casa estavam dormindo, ela foi à cama de Alexandra e acordou-a, sussurrando:

— Alex, vamos à cozinha para ver os nossos bolos de aniversário.

Alexandra murmurou, sonolenta:

— Todo mundo está dormindo.

— Não vamos acordar ninguém.

— *Mademoiselle* Dunas não vai gostar. Porque não deixamos para olhar os bolos de manhã?

— Porque eu quero olhar agora. Vai comigo ou não?

Alexandra esfregou os olhos, afugentando o sono. Não tinha qualquer interesse em ver os bolos de aniversário, mas não queria magoar os sentimentos da irmã.

— Está bem, vou com você.

Alexandra saiu da cama e pôs os chinelos. As duas usavam camisolas rosa de náilon.

— Vamos embora — disse Eve. — E não faça qualquer barulho.

— Está bem.

Saíram do quarto na ponta dos pés, atravessaram o corredor comprido, passaram pela porta fechada do quarto de *Mademoiselle* Dunas, desceram a escada dos fundos, que terminava na cozinha. Era uma cozinha enorme, com dois imensos fogões a gás, seis fornos, três geladeiras e um *freezer* embutido.

Eve encontrou numa das geladeiras os bolos de aniversários, preparados pela Sra. Tyler, a cozinheira. Num deles estava escrito "Feliz Aniversário, Alexandra" e no outro "Feliz Aniversário, Eve".

No ano que vem, pensou Eve, *na maior felicidade, haverá apenas um bolo de aniversário.*

Eve tirou o bolo de Alexandra da geladeira e colocou no cepo de madeira no meio da cozinha. Abriu uma gaveta e tirou um pacote de velas coloridas de aniversário.

— O que está fazendo? — perguntou Alexandra.

— Quero ver como vai ficar com todas as velas acesas.

Eve começou a ajeitar as velas na cobertura do bolo.

— Acho que não devia fazer isso, Eve. Vai estragar o bolo. A Sra. Tyler ficará zangada.

— Ela não vai se importar. — Eve abriu outra gaveta e tirou duas caixas de fósforos grandes. — Venha me ajudar.

— Quero voltar para a cama.

Eve ficou furiosa.

— Está bem, volte para a cama, sua gatinha medrosa. Farei tudo sozinha.

Alexandra hesitou.

— O que você quer que eu faça?

Eve entregou-lhe uma das caixas de fósforos.

— Comece a acender as velas.

Alexandra tinha medo do fogo. As duas haviam sido advertidas várias vezes sobre o perigo de brincar com fósforos. Conheciam as histórias de horror sobre as crianças que haviam desobedecido a essa regra. Mas Alexandra não queria desapontar Eve. Assim, obedientemente, começou a acender as velas. Eve observou-a por um momento, antes de dizer:

— Não está acendendo as que estão no outro lado, sua boba.

Alexandra inclinou-se para alcançar as velas no outro lado do bolo, de costas para Eve. Rapidamente, Eve riscou um fósforo e encostou-o nos outros da caixa que segurava. Quando pegaram fogo, Eve largou a caixa aos pés de Alexandra. O fundo da camisola de Alexandra se incendiou. Um instante se passou antes que Alexandra percebesse o que estava acontecendo. Ao sentir as primeiras pontadas de dor nas pernas, ela olhou para baixo e gritou:

— Socorro! Socorro!

Eve olhou para a camisola em chamas por um momento, aturdida com a extensão de seu sucesso. Alexandra estava parada diante dela, imóvel, paralisada pelo medo.

— Não se mexa! — disse Eve. — Vou buscar um balde com água.

Ela saiu apressadamente para a copa, o coração batendo forte de alegria assustada.

FOI UM FILME de horror que salvou a vida de Alexandra. A Sra. Tyler, a cozinheira, fora levada ao cinema por um sargento de polícia, cuja cama ela partilhava de vez em quando. Naquela noite em particular, o filme era tão cheio de cadáveres e corpos mutilados que a Sra. Tyler não pôde mais suportar. No meio de uma decapitação, ela disse:

— Tudo isso pode ser normal em seu dia de trabalho, Richard, mas para mim já é demais.

Relutantemente, o sargento Richard Dougherty deixou o cinema com ela.

Chegaram à mansão Blackwell uma hora mais cedo do que o previsto. No momento em que abriu a porta dos fundos, a Sra. Tyler ouviu os gritos de Alexandra. Ela e o sargento Dougherty entraram correndo. Contemplaram a cena horrorizados e prontamente entraram em ação. O sargento avançou para Alexandra e arrancou-lhe a camisola em chamas. As pernas e os quadris estavam empolados, mas o fogo não alcançara os cabelos nem a frente do corpo. Alexandra caiu no chão, inconsciente. A Sra. Tyler encheu uma panela grande com água e despejou sobre as chamas que se estendiam pelo chão.

— Chame uma ambulância — ordenou o sargento Dougherty.

— A Sra. Blackwell está em casa?

— Deve estar lá em cima, dormindo.

— Vá acordá-la.

Quando a Sra. Tyler acabava de telefonar, chamando a ambulância, soou um grito na copa. Eve entrou correndo na cozinha, segurando um balde com água e chorando histericamente.

— Alexandra está morta? — gritou Eve. — Ela está morta?

A Sra. Tyler pegou Eve no colo, a fim de acalmá-la.

— Não, querida. Ela está bem. E vai ficar boa.

— A culpa foi minha — choramingou Eve. — Ela queria acender as velas do bolo de aniversário. Eu não deveria ter deixado.

A Sra. Tyler afagou Eve.

— Está tudo bem. E não deve se culpar pelo que aconteceu.

— Os fósforos ca-caíram da minha mão. E Alex pegou fogo. Foi ho-horrível.

O sargento Dougherty olhou para Eve e disse, com uma compaixão genuína:

— Pobre criança...

— ALEXANDRA TEVE queimaduras em segundo e terceiro graus nas pernas e nas costas — disse o Dr. Harley a Kate. — Mas ela vai ficar boa. Podemos fazer coisas espantosas com as queimaduras atualmente. Mas podia ter sido uma terrível tragédia.

— Sei disso. — Kate vira as queimaduras de Alexandra e ficara horrorizada. Ela hesitou por um instante, mas acabou acrescentando: — John, acho que estou mais preocupada com Eve.

— Eve ficou ferida?

— Não fisicamente. Mas a pobre criança se culpa pelo que aconteceu. Está tendo pesadelos terríveis. Nas últimas três noites, tive de niná-la até que voltasse a dormir. Não quero que isso se torne ainda mais traumático. Eve é muito sensível.

— As crianças superam essas coisas num instante, Kate. Se houver mais algum problema, avise-me e recomendarei um bom terapeuta infantil.

— Obrigada, John.

EVE ESTAVA profundamente transtornada. A festa de aniversário fora cancelada. *Alexandra roubou-me até isso*, pensou ela, amargurada.

Alexandra recuperou-se inteiramente, sem quaisquer marcas de cicatrizes. Eve superou o seu sentimento de culpa com uma facilidade extraordinária. Kate havia lhe assegurado:

— Acidentes podem acontecer com qualquer pessoa, querida. Não deve se culpar.

Eve não se culpou. Em vez disso, culpou a Sra. Tyler. Por que ela teve de aparecer e estragar tudo? Afinal, fora um plano perfeito.

O SANATÓRIO EM que Tony estava internado ficava numa região aprazível de Connecticut. Kate ia visitá-lo uma vez por mês. A lobotomia fora bem-sucedida. Não havia mais o menor vestígio de agressividade em Tony. Ele reconhecia Kate e sempre lhe perguntava polidamente por Eve e Alexandra. Mas não demonstrava o menor interesse em vê-las. Não se interessava por muita coisa. Parecia feliz. *Não, feliz não*, corrigia-se Kate. *Contente. Mas contente... para fazer o quê?* Kate perguntou ao Sr. Burger, o diretor do sanatório:

— Meu filho não faz absolutamente nada durante o dia inteiro?

— Faz, sim, Sra. Blackwell. Ele passa horas a fio sentado, pintando.

O filho, que poderia possuir o mundo, ficava sentado a pintar. Kate tentou não pensar no desperdício, naquela inteligência brilhante perdida para sempre.

— O que ele pinta?

O diretor ficou embaraçado.

— Ninguém consegue imaginar.

Capítulo 24

DURANTE OS DOIS ANOS seguintes, Kate ficou extremamente preocupada com Alexandra. Não podia haver a menor dúvida de que a menina era propensa a acidentes. Durante as férias de verão, passadas na propriedade da família nas Bahamas, Alexandra quase se afogou, quando brincava com Eve na piscina. Só foi salva pela intervenção imediata de um jardineiro. No ano seguinte, quando as duas faziam um piquenique em Palisades, Alexandra escorregou da beira de um penhasco, só se salvando por agarrar-se a um arbusto que crescera na encosta da montanha.

— Eu gostaria que você tomasse conta de sua irmã — disse Kate a Eve. — Parece que ela não sabe cuidar de si mesma, como acontece com você.

— Sei disso — declarou Eve, solenemente. — Pode deixar que tomarei conta dela, vovó.

Kate adorava as duas netas, só que de maneira diferente. Elas estavam agora com sete anos de idade, eram igualmente lindas, com cabelos louros compridos e sedosos, feições delicadas, os olhos dos McGregors. Eram iguais na aparência, mas as personalidades eram totalmente diferentes. A gentileza de Alexandra fazia Kate se lembrar de Tony, enquanto Eve era mais como ela, obstinada e autossuficiente.

Um motorista levava-as para a escola no Rolls-Royce da família. Alexandra sentia-se constrangida pelo fato das colegas verem-na de carro e motorista. Eve ficava deliciada. Kate dava uma mesada semanal a cada uma e determinava que registrassem seus gastos. Invariavelmente, o dinheiro de Eve acabava antes do final da semana. Ela pedia emprestado a Alexandra. Mas aprendeu a adulterar as contas, a fim de que a avó não descobrisse. Mas Kate sabia e tinha de fazer um esforço para reprimir um sorriso quando examinava as contas. A neta tinha apenas sete anos e já era criativa em sua contabilidade!

No começo, Kate ainda acalentara um sonho secreto de que um dia Tony se recuperasse, deixasse o sanatório e voltasse à Kruger-Brent. À medida que o tempo foi passando, no entanto, o sonho lentamente se desvaneceu. Tony podia deixar o sanatório para visitas curtas, acompanhado por um enfermeiro, mas nunca mais seria capaz de participar do mundo exterior.

Corria o ano de 1962. Enquanto a Kruger-Brent prosperava e se expandia, as exigências de nova liderança se tornavam mais prementes. Kate comemorou seu 70º aniversário. Seus cabelos estavam agora inteiramente brancos, mas ainda era uma mulher extraordinária, vigorosa, empertigada, transbordando de vitalidade. Mas sabia que o desgaste do tempo haveria de atingi-la. Tinha de se preparar. Era preciso salvaguardar a companhia para a família. Brad Rogers era um bom administrador, mas não era um Blackwell. *Tenho de esperar até que as gêmeas possam assumir.* Ela pensava nas últimas palavras de Cecil Rhodes: "Tão pouco feito... tanto a fazer."

As gêmeas estavam com 12 anos, entrando na adolescência. Kate passava o máximo de tempo que podia em companhia delas.

Agora, porém, começou a dedicar uma atenção ainda maior a elas. Era chegado o momento de tomar uma decisão importante.

Na semana da Páscoa, Kate e as gêmeas voaram para Dark Harbor, num avião da companhia. As meninas conheciam todas as residências da família, exceto a de Johannesburgo. Entre todas, a predileta era Dark Harbor. Gostavam da liberdade e isolamento da ilha. Adoravam velejar, nadar, praticar esqui aquático. Dark Harbor lhes oferecia todas essas coisas. Eve perguntou se podia levar colegas da escola, como já fizera no passado. Desta vez, porém, Kate não permitiu. A avó, aquela presença poderosa e imponente, que aparecia e desaparecia a todo instante, largando um presente ali, um beijo no rosto mais adiante, com advertências ocasionais sobre o comportamento de mocinhas, queria ficar a sós com as netas. As meninas sentiram que alguma coisa diferente estava acontecendo. A avó fazia todas as refeições com elas. Levava-as para passear de barco e nadar, até mesmo saíam a cavalo juntas. Kate controlava o seu cavalo com a segurança de uma amazona experiente.

As meninas ainda pareciam espantosamente idênticas, duas beldades louras. Mas Kate estava menos interessada nas semelhanças e mais nas diferenças. Sentada na varanda, observando-as concluírem uma partida de tênis, Kate resumiu-as mentalmente. Eve era a líder, Alexandra a seguidora. Eve era obstinada, Alexandra era flexível. Eve era uma atleta natural, Alexandra ainda era propensa a acidentes. Apenas poucos dias antes, quando as duas saíram juntas num pequeno barco a vela, com Eve ao leme, uma lufada mais forte de vento atingira a vela, virando-a subitamente e jogando-a contra a cabeça de Alexandra. Ela fora lançada ao mar e quase se afogara. Outro barco que estava nas proximidades ajudara Eve a salvar a irmã. Kate se perguntava se todas essas coisas não estariam relacionadas com o fato de Alexandra ter nascido três minutos depois de Eve. Mas as razões não importavam. Kate já tomara sua decisão. Estava investindo seu dinheiro em Eve e era uma aposta de dez bilhões de dólares. Encontraria um marido perfeito para Eve. E, quando ela se aposentasse, Eve dirigiria a Kruger-Brent. Alexandra teria uma vida de riqueza e conforto. Poderia ser ótima na administração das instituições de caridade que Kate criara. Isso mesmo, era a atividade perfeita para Alexandra. Ela era uma criança meiga e generosa.

A PRIMEIRA PROVIDÊNCIA para consumar o plano de Kate foi arrumar uma escola apropriada para Eve. Kate escolheu a Briarcrest, uma excelente escola na Carolina do Sul.

— Minhas duas netas são maravilhosas — disse Kate à Sra. Chandler, a diretora. — Mas vai descobrir que Eve é a mais esperta. É uma menina extraordinária e tenho certeza de que vai providenciar para que ela aproveite ao máximo o curso que fará aqui.

— Todas as nossas alunas sempre tiveram o máximo proveito do curso, Sra. Blackwell. Já falou de Eve. O que pode dizer a respeito da irmã?

— Alexandra? É uma menina adorável. — A intenção era obviamente pejorativa. Kate se levantou. — Tenciono verificar os progressos delas constantemente.

A diretora sentiu que tais palavras eram uma advertência.

EVE E ALEXANDRA adoraram a nova escola, particularmente Eve. Ela gostava da liberdade de estar longe de casa, de não ter de prestar contas de seus atos à avó e a Solange Dunas. As regras em Briarcrest eram rigorosas, mas não incomodavam Eve, que sempre fora muito hábil em contornar todos os regulamentos. A única coisa que a perturbava era o fato de Alexandra também estar na escola. Quando soubera que iria para Briarcrest, Eve suplicara:

— Por favor, vovó, posso ir sozinha?

Ao que Kate respondera:

— Não, querida. Acho melhor que Alexandra vá com você.

Eve ocultara o seu ressentimento.

— Como achar melhor, vovó.

Ela sempre se mostrava polida e afetuosa na presença da avó. Sabia onde estava o poder. O pai era doido, internado num sanatório. A mãe estava morta. Era a avó quem controlava o dinheiro. Eve sabia que eram muito ricas. Não tinha ideia de quanto dinheiro havia, mas sabia que era muito... o suficiente para comprar todas as coisas bonitas que ela queria. Só havia um problema: Alexandra.

UMA DAS ATIVIDADES prediletas das gêmeas em Briarcrest era a aula de equitação pela manhã. Quase todas as meninas possuíam o seu próprio cavalo e Kate também presenteara as gêmeas com animais, no 12º aniversário delas. Jerome Davis, o instrutor de equitação, observava as alunas circularem com os cavalos sob controle, pulando uma barreira de 30 centímetros, depois de 60 centímetros e finalmente de um metro. Davis era um dos melhores instrutores de equitação do país. Vários de seus antigos discípulos haviam conquistado medalhas de ouro em competições. Ele era muito eficiente em reconhecer jovens que andavam a cavalo naturalmente, quase uma segunda natureza. Era o que acontecia com Eve Blackwell, uma aluna nova. Ela não precisava pensar no que estava fazendo, como segurar as rédeas ou se posicionar na sela. Ela e seu cavalo formavam uma entidade única, voando por cima dos obstáculos. Os cabelos dourados de Eve esvoaçavam ao vento, numa visão fascinante. *Nada vai deter essa menina*, pensava o Sr. Davis.

Tommy, o jovem cavalariço, preferia Alexandra. O Sr. Davis observou Alexandra encilhar seu cavalo, preparando-se para a sua vez. Alexandra e Eve usavam fitas de cores diferentes na manga, a fim de que ele pudesse distingui-las. Eve ajudava Alexandra a aprontar o cavalo, enquanto Tommy estava ocupado com outra aluna. Davis foi chamado a atender um telefonema no prédio principal. O que aconteceu em seguida, foi uma questão de grande confusão.

Pelo que Jerome Davis pôde determinar depois, Alexandra montou em seu cavalo, deu uma volta pela pista e depois avançou para o primeiro obstáculo. Inexplicavelmente, o cavalo recuou e empinou, jogando Alexandra contra uma parede. Ela ficou inconsciente e foi por pouco que os cascos do cavalo enfurecido não atingiram seu rosto. Tommy levou Alexandra para a enfermaria, onde o médico da escola diagnosticou uma concussão branda.

— Não tem nada quebrado, não tem nada de mais grave — declarou ele. — Amanhã de manhã, com toda certeza, ela poderá levantar e voltar a andar a cavalo.

— Mas ela poderia ter morrido! — gritou Eve.

Eve recusou-se a deixar a cabeceira de Alexandra. A Sra. Chandler ficou comovida, pensando que nunca antes vira tanta devoção numa irmã.

Quando o Sr. Davis conseguiu finalmente pegar o cavalo de Alexandra e tirou a sela, descobriu que a manta por baixo estava cheia de sangue. Levantou-a e encontrou um pedaço de metal de uma lata de cerveja, que fora comprimido contra o lombo do cavalo pela sela. Comunicou o fato à Sra. Chandler, que imediatamente iniciou uma investigação. Todas as moças que estavam nas proximidades do estábulo foram interrogadas.

— Tenho certeza de que a pessoa que fez isso estava apenas querendo pregar uma peça — comentou a Sra. Chandler. — Mas as consequências poderiam ter sido trágicas. Quero o nome da moça culpada.

Como ninguém se apresentasse, a Sra. Chandler conversou com todas em seu gabinete, uma de cada vez. Todas negaram qualquer conhecimento do que acontecera. Quando chegou a vez de Eve ser interrogada, ela parecia estranhamente contrafeita.

— Tem alguma ideia de quem poderia ter feito isso com sua irmã? — perguntou a Sra. Chandler.

Eve baixou os olhos para o tapete e murmurou:

— Prefiro não dizer...

— Então viu alguma coisa?

— Por favor, Sra. Chandler...

— Alexandra poderia ter sido gravemente ferida, Eve. A moça que fez isso deve ser punida, a fim de que não torne a acontecer.

— Não foi uma das moças.

— Como assim?

— Foi Tommy.

— O cavalariço?

— Isso mesmo, Sra. Chandler. Eu o vi. Pensei que ele estava apenas apertando a cilha. Mas tenho certeza de que ele não fez por mal. Alexandra sempre lhe dá uma porção de ordens e acho que ele queria apenas dar uma lição a ela. Oh, Sra. Chandler, eu gostaria que não tivesse me obrigado a contar. Não quero deixar ninguém numa encrenca.

A pobre criança estava à beira da histeria. A Sra. Chandler contornou a mesa e passou o braço pelos ombros dela.

— Está tudo bem, Eve. Fez bem em me contar. E agora trate de esquecer o assunto. Tomarei as providências necessárias.

Na manhã seguinte, quando as moças chegaram ao estábulo, havia um novo cavalariço para atendê-las.

POUCOS MESES DEPOIS, houve outro incidente desagradável na escola. Várias moças foram surpreendidas fumando maconha e uma delas acusou Eve de fornecer e vender. Eve negou, furiosa. A Sra. Chandler efetuou uma busca e encontrou maconha escondida no armário de Alexandra.

— Não posso acreditar que ela tenha feito isso — declarou Eve, categórica. — Alguém pôs a maconha no armário dela. Tenho certeza.

A diretora enviou um relato do incidente a Kate, que admirou a lealdade de Eve em defesa da irmã. Ela era de fato uma McGregor.

NO 15º ANIVERSÁRIO das gêmeas, Kate levou-as para a sua propriedade na Carolina do Sul, onde ofereceu uma festa espetacular. Não era cedo demais para que Eve começasse a conhecer os rapazes apropriados e todos os solteiros convenientes foram convidados para a festa.

Os rapazes estavam numa idade difícil, em que ainda não se interessavam seriamente pelas moças. Mas Kate providenciou para que se estabelecessem relacionamentos e se formassem amizades. Entre aqueles rapazes, podia estar o homem do futuro de Eve, o homem do futuro da Kruger-Brent.

Alexandra não gostava de festas, mas sempre fingia estar se divertindo, a fim de não desapontar a avó. Eve adorava festas. Gostava de se enfeitar, de ser admirada. Alexandra preferia ler e pintar. Passava horas contemplando os quadros do pai em Dark Harbor, desejando tê-lo conhecido antes que ficasse doente. O pai aparecia em casa nos feriados, em companhia do enfermeiro, mas era impossível fazer algum contato com ele. Era um estranho cordial, que fazia tudo para agradar, mas não tinha o que dizer. O avô, Frederick Hoffmann, vivia na Alemanha, mas estava doente. As gêmeas raramente o viam.

EVE FICOU GRÁVIDA em seu segundo ano na escola. Estava pálida e apática há várias semanas, perdendo algumas aulas pela manhã. Quando começou a ter períodos frequentes de náusea, foi enviada para a enfermaria e examinada. A Sra. Chandler foi convocada às pressas.

— Eve está grávida — disse o médico.

— Mas... mas é impossível! Como uma coisa dessas pode ter acontecido?

O médico respondeu suavemente:

— Presumo que da maneira tradicional.

— Mas ela é apenas uma criança!

— Acontece que essa criança vai ser mãe.

Eve recusou-se bravamente a falar, insistindo:

— Não quero criar problemas para ninguém.

Era o tipo de resposta que a Sra. Chandler esperava de Eve.

— Eve, querida, deve me contar o que aconteceu.

Eve acabou cedendo:

— Fui violentada.

E ela desatou a chorar. A Sra. Chandler ficou chocada. Comprimiu o corpo trêmulo de Eve contra o seu e indagou:

— Quem foi?

— O Sr. Parkinson.

O professor de inglês.

Se tivesse acontecido com qualquer outra moça que não Eve, a Sra. Chandler não teria acreditado. Joseph Parkinson era um homem tranquilo, com mulher e três filhos. Era professor em Briarcrest havia oito anos e seria o último homem de quem a Sra. Chandler poderia desconfiar. Ela chamou-o a seu gabinete e compreendeu no mesmo instante que Eve dissera a verdade. Ele sentou-se diante dela, os músculos do rosto se contraindo nervosamente.

— Sabe por que mandei chamá-lo, Sr. Parkinson?

— Acho que sim.

— O problema está relacionado com Eve.

— Era o que eu imaginava.

— Ela diz que você a violentou.

Parkinson fitou a diretora com uma expressão de incredulidade.

— Eu a violentei? Ora essa, se alguém foi violentado só pode ter sido eu!

A Sra. Chandler disse, desdenhosamente:

— Entende o que está dizendo? Aquela criança...

— Ela não é uma criança! — A voz de Parkinson estava impregnada de raiva. Ele limpou o suor do rosto. — Ela é um verdadeiro demônio. Passou o semestre inteiro sentada na primeira fila com o vestido levantado. Depois das aulas, ia me procurar e fazia uma porção de perguntas tolas, enquanto se esfregava em mim. Não a levei a sério. E uma tarde, há cerca de seis semanas, ela apareceu na minha casa, quando minha mulher e meus filhos não estavam... — Ele parou de falar abruptamente, desatou a chorar, balbuciando: — Não pude evitar...

Eve foi levada ao gabinete da diretora. Estava muito controlada. Fitou o Sr. Parkinson nos olhos e foi ele quem desviou primeiro. Lá estavam também a Sra. Chandler, sua assistente e o chefe de polícia da pequena cidade em que ficava a escola. O chefe de polícia disse, gentilmente:

— Quer nos contar o que aconteceu, Eve?

— Pois não, senhor. — A voz de Eve estava calma. — O Sr. Parkinson disse que queria conversar comigo sobre a última prova de inglês. Pediu-me que fosse à sua casa numa tarde de domingo. Estava sozinho em casa. Disse que queria me mostrar uma coisa no quarto. Subi com ele. Obrigou-me a deitar na cama e...

— É mentira! — gritou Parkinson. — Não foi assim que aconteceu! Não foi assim...

Kate foi chamada e a diretora explicou-lhe a situação. Ficou resolvido que, no interesse de todos, o incidente seria abafado. O Sr. Parkinson foi demitido da escola e concederam-lhe um prazo de 48 horas para deixar o estado. Foi providenciado discretamente um aborto para Eve.

Kate comprou a hipoteca da escola, que pertencia a um banco local, executando-a. Ao saber da notícia, Eve suspirou.

— Sinto muito, vovó. Eu gostava realmente daquela escola.

Poucas semanas depois, assim que Eve se recuperou da operação, ela e Alexandra foram matriculadas no L'Institute Fernwood, uma escola suíça para moças, perto de Lausanne.

Capítulo 25

HAVIA UM FOGO ardendo tão intensamente em Eve que não podia ser apagado. Não era somente o sexo, que constituía apenas uma pequena parcela. Era uma ânsia de viver, uma necessidade de fazer tudo, de ser tudo. A vida era um amante e Eve sentia a compulsão desesperada de possuí-la, com tudo o que havia em si. Tinha ciúme de todos. Ia ao balé e odiava a bailarina, porque ela própria não podia estar no palco, dançando e conquistando os aplausos dos espectadores. Queria ser cientista, cantora, cirurgiã, piloto, atriz. Queria fazer tudo e fazer melhor que todos os outros já tinham feito. Queria tudo e não podia esperar.

No outro lado do vale em que ficava L'Institute Fernwood, havia uma escola militar. Quando Eve estava com 17 anos, quase todos os alunos e metade dos professores de lá já haviam mantido relações com ela. Eve tinha ligações indiscriminadamente, mas agora tomava as precauções apropriadas, pois não tinha a menor intenção de ficar grávida outra vez. Eve gostava do sexo, mas não era o ato propriamente dito que a atraía, mas sim o poder que lhe proporcionava. Era ela quem estava no controle. Exultava com as expressões suplicantes dos rapazes e homens que queriam levá-la para a cama e fazer-lhe amor. Gostava de provocá-los e observar o desejo deles se avolumar. Gostava de ouvir as promessas mentirosas que eles faziam a fim de possuí-la. Mas, acima de tudo, Eve gostava do poder que tinha sobre os corpos deles. Podia levá-los à ereção com um beijo e fazê-los murchar com uma palavra. Não precisava deles, eles é que precisavam dela. Controlava-os totalmente e era uma sensação inebriante. Em poucos minutos, podia avaliar as forças e fraquezas de um homem. Chegou à conclusão de que os homens eram uns tolos, todos eles, sem exceção.

Eve era linda e inteligente, herdeira de uma das maiores fortunas do mundo. Já recebera mais de uma dúzia de pedidos de casamento, a sério. Mas não estava interessada. Os únicos rapazes que a atraíam eram aqueles que gostavam de Alexandra.

Num baile na escola, numa noite de sábado, Alexandra conheceu um jovem e atencioso estudante francês, chamado René Mallot. Ele não chegava a ser bonito, mas era inteligente e sensível. Alexandra achou-o maravilhoso. Combinaram um encontro na cidade, no sábado seguinte.

— Às sete horas — disse René.

— Estarei esperando.

Naquela noite, no quarto, Alexandra falou a Eve de seu novo amigo.

— Ele não é como os outros rapazes. É tímido e gentil. Vamos ao teatro no sábado.

— Está gostando muito dele, não é mesmo, irmãzinha?

Alexandra ficou corada.

— Acabei de conhecê-lo, mas ele parece... Ora, você sabe.

Eve recostou-se na cama, as mãos cruzadas atrás da cabeça.

— Não, não sei. Diga-me tudo. Ele tentou levá-la para a cama?

— Eve! Ele não é desse tipo de rapaz. Já falei... ele é... é muito tímido...

— Ora, ora, minha irmãzinha está apaixonada.

— Claro que não estou! E agora estou desejando não ter lhe contado!

— Pois estou contente que tenha contado — disse Eve, sinceramente.

Quando Alexandra chegou ao teatro, no sábado seguinte, não viu René em parte alguma. Ficou esperando na esquina por mais de uma hora, ignorando os olhares dos transeuntes, sentindo-se uma tola. Finalmente jantou sozinha num pequeno café e voltou à escola, desesperada. Eve não estava no quarto que elas partilhavam. Alexandra ficou lendo até a hora de dormir e depois apagou as luzes. Eram quase duas horas da madrugada quando ouviu Eve entrar.

— Já estava ficando preocupada com você — sussurrou Alexandra.

— Encontrei-me com alguns amigos. Como foi a sua noite... divina?

— Foi horrível. Ele nem mesmo se dignou a aparecer.

— É uma pena — disse Eve, compreensiva. — Mas você deve aprender a não confiar nos homens.

— Será que aconteceu alguma coisa com ele?

— Claro que não, Alex. Acho que provavelmente ele encontrou alguém de quem gostava mais.

Claro que foi isso, pensou Alexandra. Ela não estava surpresa. Não tinha ideia do quanto era bonita, não sabia o quanto era admirável. Passara a vida inteira à sombra da irmã. Adorava-a e por isso parecia-lhe certo que todos se sentissem atraídos por Eve. Sentia-se inferior a Eve, mas nunca lhe ocorrera que a irmã alimentara cuidadosamente esse sentimento, desde que eram crianças.

HOUVE OUTROS INCIDENTES assim. Os rapazes de quem Alexandra gostava pareciam reagir a ela, mas depois inexplicavelmente se afastavam. Num fim de semana, ela encontrou inesperadamente com René, numa rua de Lausanne. Ele aproximou-se apressadamente dela e disse:

— O que aconteceu? Você prometeu que me telefonaria.

— Telefonar para você? De que está falando?

Ele recuou, subitamente cauteloso.

— Eve?

— Não. Sou Alexandra.

René ficou vermelho.

— Eu... eu... desculpe. Tenho de ir embora.

E ele se afastou rapidamente, deixando Alexandra atordoada, na maior confusão. Naquela noite, quando Alexandra lhe contou o incidente, Eve deu de ombros e disse:

— Ele não passa de um tolo. Você está muito melhor sem ele, Alex.

APESAR DE SEU sentimento de profunda conhecedora dos homens, havia uma fraqueza masculina que Eve ignorava. O que quase se tornou a sua desgraça. Desde o princípio dos tempos que os homens se gabavam de suas conquistas e os alunos da escola militar não eram diferentes. Conversavam sobre Eve Blackwell com admiração e espanto.

— Quando ela acabou comigo, eu nem podia me mexer...

— Nunca pensei que pudesse existir uma mulher assim...

— Ela tem uma cona que fala por si mesma...

— Ela é uma verdadeira fera na cama...

Como pelo menos duas dúzias de alunos e meia dúzia de professores estavam louvando os talentos libidinosos de Eve, não demorou muito para que isso se tornasse um dos segredos mais difundidos da escola. Um dos professores da escola militar comentou o assunto com um professor de L'Institute Fernwood, que por sua vez comunicou à Sra. Collins, a diretora. Foi iniciada uma investigação discreta, que acabou resultando numa confrontação entre a diretora e Eve.

— Acho que seria melhor para a reputação desta escola se você fosse embora imediatamente.

Eve fitou aturdida a Sra. Collins, como se a diretora tivesse enlouquecido.

— Mas do que está falando?

— Estou falando do fato de você estar indo para a cama com metade da academia militar, enquanto a outra metade está na fila, aguardando ansiosamente.

— Nunca ouvi mentiras tão horríveis em toda a minha vida. — A voz de Eve tremia de indignação. — Não pense que não vou comunicar isso a minha avó. Quando ela souber...

— Vou poupar-lhe o trabalho — disse a diretora. — Preferia evitar o constrangimento para L'Institute Fernwood. Mas se você não for embora discretamente, tenho uma lista de nomes que tenciono despachar para sua avó.

— Eu gostaria de ver essa lista!

A Sra. Collins entregou a lista a Eve, sem fazer qualquer comentário. Era uma lista comprida. Eve examinou-a e verificou que pelo menos sete nomes estavam faltando. Ficou em silêncio, pensando rapidamente. Ergueu finalmente o rosto e disse, altivamente:

— É evidente que se trata de alguma conspiração contra a minha família. Alguém está tentando pressionar minha avó, por meu intermédio. Para não deixar que isso aconteça, prefiro ir embora.

— Uma decisão das mais sensatas — disse a Sra. Collins, secamente. — Um carro a levará ao aeroporto pela manhã. Passarei um telegrama para sua avó, comunicando que está indo para casa. Está dispensada.

Eve encaminhou-se para a porta. Lembrou-se de uma coisa no meio do caminho, virou-se e perguntou:

— E minha irmã?

— Alexandra pode ficar.

QUANDO ALEXANDRA voltou ao dormitório, depois da última aula, encontrou Eve fazendo as malas.

— O que está fazendo?

— Vou para casa.

— Para casa? No meio do semestre?

Eve virou-se para encarar a irmã.

— Alex, será que não percebe que esta escola é pura perda de tempo? Não estamos aprendendo nada aqui. Estamos apenas deixando passar o tempo.

Alexandra ficou espantada.

— Eu não sabia que você pensava assim, Eve.

— Pois é o que estou pensando todos os dias, há um ano. Só continuei nesta escola por sua causa. Você parecia estar gostando muito.

— E estou. Mas...

— Lamento muito, Alex. Não posso falar mais nada. Quero voltar a Nova York. Quero ir para casa, que é o lugar a que nós pertencemos.

— Já falou com a Sra. Collins?

— Há poucos minutos.

— E como ela recebeu a notícia?

— Como esperava que ela recebesse? Ficou desesperada... com medo de que minha decisão prejudique a reputação da escola. Suplicou-me para ficar.

Alexandra sentou-se na beira da cama.

— Não sei o que dizer...

— Não precisa dizer nada. Isso nada tem a ver com você.

— Claro que tem. Se você se sente infeliz aqui... — Uma pausa. — Você provavelmente está certa, Eve. É uma tremenda perda de tempo. Quem precisa aprender a conjugar os verbos latinos?

— Isso mesmo. E quem se importa com Aníbal ou seu maldito irmão Asdrúbal?

Alexandra foi até o armário, tirou sua mala e pôs em cima da cama.

Eve sorriu.

— Eu não ia pedir que você fosse embora também, Alex, mas fico contente porque vamos voltar para casa juntas.

Alexandra apertou a mão da irmã.

— Eu também fico.

Eve disse, em tom despreocupado:

— Vamos fazer uma coisa. Enquanto eu termino de arrumar as malas, você liga para vovó e avisa que vamos embarcar num avião amanhã. Diga a ela que não suportamos esta escola. Está bem?

— Claro. — Alexandra hesitou por um instante. — Mas acho que ela não vai gostar.

— Não se preocupe com a velha — disse Eve, confiante. — Posso controlá-la.

E Alexandra não tinha motivo para duvidar disso. Eve era perfeitamente capaz de fazer o que bem quisesse com a avó. *Mas, também, como se pode recusar alguma coisa a Eve?*, pensou Alexandra.

Ela foi dar o telefonema.

KATE BLACKWELL TINHA amigos, inimigos e associados nos negócios nos mais altos postos. Há alguns meses que rumores inquietantes vinham chegando a seus ouvidos. Preferira ignorá-los a princípio, julgando que não passavam de manifestações de inveja. Mas os rumores persistiram. Eve estava se encontrando demais com os rapazes de uma academia militar na Suíça. Eve fizera um aborto. Eve estava sendo tratada de uma doença venérea.

Assim, foi com algum alívio que Kate soube que as netas estavam voltando para casa. Tencionava descobrir a verdade a respeito daqueles rumores horríveis.

KATE ESTAVA ESPERANDO no dia em que as moças chegaram. Levou Eve para a sala de estar ao lado de seu quarto e disse:

— Tenho ouvido algumas histórias horríveis. Quero saber por que vocês foram expulsas da escola.

Os olhos dela se cravavam fixamente nos da neta.

— Não fomos expulsas — respondeu Eve. — Alex e eu resolvemos deixar a escola.

— Por causa de alguns incidentes com rapazes?

— Por favor, vovó, prefiro não falar a respeito.

— Mas terá de falar. O que você andou fazendo?

— Eu não fiz nada. Foi Alex que...

Eve parou de falar abruptamente. Mas Kate estava implacável.

— Alex o quê?

— Não a culpe, por favor, vovó. Tenho certeza de que ela nada pôde fazer para evitar. Alex gosta de brincadeiras infantis, fingindo ser eu. Eu não sabia de nada, até que as outras moças começaram a falar. Parece que ela andou saindo... com muitos rapazes...

Eve calou-se, embaraçada.

— Fingindo ser você? — Kate estava aturdida. — E por que não acabou com isso?

— Eu tentei, vovó — murmurou Eve, visivelmente angustiada.

— Ela ameaçou se matar. Oh, vovó, acho que Alex é um pouco... instável. Se algum dia conversar sobre isso com Alex, tenho medo do que ela poderá fazer.

Havia uma agonia indescritível nos olhos marejados de lágrimas de Eve. Kate sentiu um aperto no coração pela infelicidade da neta.

— Não chore, querida. Não vou dizer nada a Alexandra. O caso ficará entre nós duas.

— Eu... eu não queria que você soubesse — soluçou Eve. — Oh, vovó, eu sabia que isso iria deixá-la muito magoada...

MAIS TARDE, DURANTE o chá, Kate observou Alexandra atentamente. *Ela é linda por fora e podre por dentro*, pensou Kate. Já era terrível o fato de Alexandra estar envolvida em várias ligações sórdidas, mas pior ainda era tentar lançar a culpa na irmã. Kate estava angustiada.

DURANTE OS DOIS anos seguintes, enquanto terminava os estudos na escola da Srta. Porter, com Alexandra, Eve foi muito discreta. Ficara assustada com o fato de ter sido quase descoberta. Não queria que nada pusesse em risco o seu relacionamento com a avó. A velha não podia durar muito tempo, pois já estava com 79 anos. E Eve queria ser a herdeira principal da avó.

PARA O 21º ANIVERSÁRIO das netas, Kate levou-as a Paris e comprou-lhes guarda-roupas completos na Coco Chanel.

Num pequeno jantar em Le Petit Bedouin, Eve e Alexandra conheceram o conde Alfred Maurier e sua mulher, a condessa Vivien. O conde era um homem de aparência distinta, na casa dos 50 anos, cabelos grisalhos e o corpo disciplinado de um atleta. A mulher era atraente, com uma reputação de anfitriã internacional.

Eve não teria prestado maior atenção a qualquer dos dois, se não fosse por um comentário que ouviu alguém fazer para a condessa:

— Não sabe como a invejo e a Alfred. Formam o casal mais feliz que conheço. Há quanto tempo estão casados? Já tem 25 anos?

— Vamos fazer 26 anos de casados no próximo mês — respondeu Alfred, pela mulher. — E provavelmente sou o único francês, em toda a história, que nunca foi infiel.

Todos riram, com exceção de Eve. Durante o resto do jantar, ela estudou o conde Maurier e a mulher. Eve não podia imaginar o que o conde via naquela mulher flácida de meia-idade, com um pescoço cheio de pelancas. O conde Maurier provavelmente jamais soubera o que era fazer amor de verdade. A gabolice dele era uma estupidez. O conde Alfred Maurier era um desafio.

No dia seguinte, Eve telefonou para o escritório de Maurier.

— Aqui é Eve Blackwell. Provavelmente não se lembra de mim, mas...

— Como eu poderia esquecer de você, menina? É uma das lindas netas da minha amiga Kate.

— Fico lisonjeada por saber que se lembra, conde. Perdoe-me por incomodá-lo, mas fui informada de que é um profundo conhecedor de vinhos. Estou planejando um jantar de surpresa para vovó. — Eve soltou uma risada pesarosa. — Sei o que quero servir, mas nada conheço sobre vinhos. Gostaria de saber se não quer fazer a gentileza de me aconselhar.

— Será um prazer — disse ele, lisonjeado. — Tudo depende do que você vai servir. Se vai começar com um peixe, um bom Chablis seria...

— Desculpe, mas acho que não conseguirei me lembrar de tudo. Não poderia se encontrar comigo, a fim de podermos conversar pessoalmente? Se estivesse livre para almoçar hoje...

— Por uma velha amiga, sempre posso dar um jeito.

— Oh, isso é maravilhoso!

Eve repôs o fone no gancho, lentamente. Seria um almoço que o conde não esqueceria, pelo resto de sua vida.

Encontraram-se no Lasserre. A conversa sobre vinhos foi rápida. Eve escutou impacientemente o discurso tedioso do conde e acabou interrompendo-o abruptamente:

— Estou apaixonada por você, Alfred.

O conde parou no meio de uma frase.

— Como?

— Eu disse que estou apaixonada por você.

Ele tomou um gole do vinho.

— Um vinho de uma boa safra. — Ele afagou a mão de Eve.

— Todos os bons amigos devem se amar.

— Não estou falando sobre esse tipo de amor, Alfred.

O conde fitou Eve nos olhos e compreendeu qual era exatamente o tipo de amor a que ela estava se referindo. O que o deixou terrivelmente nervoso. Aquela moça tinha 21 anos e ele já estava na meia-idade, um homem casado e feliz. Não podia compreender o que pensavam as moças modernas. Sentia-se inquieto, sentado diante dela, ouvindo-a falar. E estava ainda mais inquieto porque ela era provavelmente a moça mais linda e desejável que já conhecera. Ela usava uma saia pregueada bege e uma suéter verde-clara, que revelava os contornos dos seios cheios. Não usava sutiã e o conde podia perceber os mamilos enrijecidos. Ele olhou para o rostinho inocente, sem saber o que dizer.

— Você... você nem mesmo me conhece...

— Sonho com você desde que era pequena. Imaginava um homem numa armadura brilhante, alto, bonito...

— Infelizmente, minha armadura está um pouco enferrujada. Eu...

— Por favor, não ria de mim. Quando o vi no jantar ontem à noite, não pude desviar os olhos de você. E não consigo pensar em qualquer outra coisa. Não tenho dormido. Não consigo afastá-lo dos meus pensamentos por um momento sequer.

O que era quase verdade.

— Eu... eu não sei o que dizer Eve. Sou um homem feliz no casamento e...

— Ah, não sabe como invejo sua mulher! Ela é a mulher mais afortunada do mundo. E me pergunto se ela sabe disso, Alfred.

— Claro que ela sabe. Eu estou sempre lhe dizendo.

Ele sorriu nervosamente, sem saber como mudar de assunto.

— Ela realmente o aprecia, Alfred? Sabe como você é um homem sensível? Preocupa-se com a sua felicidade? Eu me preocuparia.

O conde estava ficando cada vez mais constrangido.

— Você é uma moça linda e um dia vai encontrar o seu cavaleiro de armadura brilhante, sem estar enferrujada. E quando isso acontecer...

— Já o encontrei e quero ir para a cama com ele.

Ele olhou ao redor, com receio de que alguém pudesse ter ouvido.

— Por favor, Eve!

Ela inclinou-se para a frente.

— É tudo o que peço. A recordação vai durar pelo resto da minha vida.

O conde disse, firmemente:

— É impossível. Você está me colocando numa situação embaraçosa. As moças não devem sair por aí fazendo convites aos estranhos.

Lentamente, os olhos de Eve se encheram de lágrimas.

— É isso o que você pensa de mim? Que eu saio por aí... Só conheci um único homem, em toda a minha vida. Estávamos noivos, íamos casar. — Ela não se deu ao trabalho de remover as lágrimas. — Ele era gentil e amoroso. Morreu num acidente, quando escalava uma montanha. Vi acontecer. Foi horrível.

O conde Maurier pôs a mão sobre a dela.

— Sinto muito.

— Você me lembra ele. Quando o vi, foi como se Bill tivesse voltado. Se quiser me dar só uma hora do seu tempo, nunca mais voltarei a incomodá-lo. Nunca mais terá de me ver outra vez. Por favor, Alfred!

O conde ficou olhando para Eve em silêncio, por um longo tempo, avaliando sua decisão.

Mas, afinal, ele era francês.

PASSARAM A TARDE num pequeno hotel na Rue Sainte-Anne. Em toda a sua experiência anterior ao casamento, o conde Maurier jamais fora para a cama com uma mulher como Eve. Ela era um furacão, uma ninfeta, um verdadeiro demônio. Sabia demais. Ao final da tarde, o conde Maurier estava completamente esgotado. Enquanto se vestiam, Eve perguntou:

— Quando voltaremos a nos ver, querido?

— Telefonarei para você.

Ele não queria tornar a ver aquela mulher. Havia algo nela que era assustador... quase diabólico. Era o que os americanos chamavam apropriadamente de *bad news*, más notícias. Ele não tinha a menor intenção de envolver-se ainda mais com ela.

O assunto teria terminado ali, se eles não fossem vistos saindo do hotel por Alicia Vanderlake, que servira com Kate Blackwell num comitê de caridade, no ano anterior. A Sra. Vanderlake era uma arrivista social e aquilo era um presente caído dos céus. Vira nos jornais fotografias do conde Maurier e da mulher, assim como fotografias das gêmeas Blackwells. Não sabia qual das gêmeas era, mas isso não tinha importância. A Sra. Vanderlake sabia qual era o seu dever. Consultou o seu caderninho de endereços e encontrou o telefone particular de Kate Blackwell. O mordomo atendeu.

— *Bonjour.*

— Eu gostaria de falar com a Sra. Blackwell, por favor.

— A quem devo anunciar?

— A Sra. Vanderlake. É um assunto pessoal.

Um minuto depois, Kate Blackwell estava ao telefone.

— Quem está falando?

— Aqui é Alicia Vanderlake, Sra. Blackwell. Tenho certeza que se lembra de mim. Servimos juntas num comitê no ano passado e...

— Se está querendo um donativo, ligue para...

— Não é isso — disse a Sra. Vanderlake, apressadamente. — É um assunto pessoal. Relacionado com sua neta.

Kate Blackwell a convidaria para um chá e conversariam sobre o assunto, de mulher para mulher. Seria o início de uma profunda amizade.

— O que há com minha neta?

A Sra. Vanderlake não tinha a menor intenção de falar pelo telefone sobre o que vira, mas o tom inamistoso de Kate Blackwell não lhe deixou alternativa.

— Achei que era meu dever informá-la que há poucos minutos vi sua neta saindo de um hotel com o conde Alfred Maurier. Era evidente que tiveram um encontro secreto, pois saíram furtivamente.

A voz de Kate era gelada:

— Acho difícil acreditar. Qual das minhas netas era?

A Sra. Vanderlake soltou uma risada de indecisão.

— Eu... eu não sei. Não sou capaz de distingui-las. Mas ninguém é, não é mesmo? Foi...

— Obrigada pela informação.

E Kate desligou. Ela ficou imóvel, digerindo a informação que acabara de receber. Haviam se encontrado na noite anterior, ao jantar. Kate conhecia Alfred Maurier há 15 anos e o que acabara de saber não condizia com ele, era totalmente inconcebível. Mas na verdade os homens eram suscetíveis. E se Alexandra tivesse resolvido levá-lo para a cama... Kate pegou o telefone outra vez e disse à telefonista:

— Quero fazer uma ligação para a Suíça. L'Institute Fernwood, em Lausanne.

QUANDO EVE VOLTOU para casa, ao final da tarde, estava afogueada de satisfação, não porque desfrutara o sexo com o conde Maurier, mas por causa de sua vitória sobre ele. *Se pude tê-lo com tanta facilidade*, pensava Eve, *posso ter qualquer um. Posso possuir o mundo inteiro.* Ela entrou na biblioteca e deparou com Kate.

— Olá, vovó. Como foi o seu dia?

Kate estudou por um momento a linda neta.

— Infelizmente, não foi muito bom. E o seu?

— Fiz algumas compras, mas não encontrei nada que realmente quisesse. Já me comprou tudo. Você sempre...

— Feche a porta, Eve.

Alguma coisa na voz de Kate acionou uma campainha de alarme. Eve fechou a pesada porta de carvalho.

— Sente-se.

— Algum problema, vovó?

— É você quem vai me dizer. Ia convidar Alfred Maurier para participar desta conversa, mas achei melhor poupar a todos nós dessa humilhação.

O cérebro de Eve estava em turbilhão. *Era impossível! Não havia qualquer possibilidade de alguém ter descoberto a sua aventura com Alfred Maurier.* Ela o deixara apenas uma hora antes.

— Eu... eu não sei do que está falando, vovó.

— Pois então deixe-me falar claramente. Você passou a tarde na cama com o conde Maurier.

As lágrimas afloraram aos olhos de Eve.

— Eu... eu esperava que nunca descobrisse o que o conde fez comigo, porque ele é seu amigo. — Ela fez um esforço para manter a voz firme. — Foi horrível. Ele me telefonou, convidou para almoçar, deixou-me embriagada e...

— Cale-se! — A voz de Kate era como um açoite. Os olhos estavam impregnados de repulsa. — Você é desprezível.

Kate passara a hora mais angustiante de sua vida, tendo descoberto a verdade a respeito da neta. Podia ouvir novamente a voz da diretora dizendo: *Sra. Blackwell, as moças sempre serão moças. Se uma delas tem uma ligação discreta, não é da minha conta. Mas Eve era tão abertamente promíscua que, para o bem da escola...*

E Eve culpara Alexandra.

Kate começara a recordar os acidentes. O fogo, quando Alexandra quase morrera. A queda de Alexandra do penhasco. Alexandra caindo do barco, quase se afogando. Kate podia ouvir a voz de Eve relatando como fora "violentada" por seu professor de inglês: *O Sr. Parkinson disse que queria conversar comigo sobre a última prova de inglês. Pediu-me que fosse à sua casa numa tarde de domingo. Estava sozinho em casa. Disse que queria me mostrar uma coisa no quarto. Subi com ele. Obrigou-me a deitar na cama e...*

Kate lembrara o incidente da maconha em Briarcrest, quando Eve fora acusada de vender maconha e a culpa acabara recaindo em Alexandra. Eve não culpara Alexandra; ao contrário, ela a defendera. Era a técnica de Eve... ser a vilã e bancar a heroína. Ela era muito esperta.

Kate contemplou agora o monstro de cara de anjo que estava à sua frente. *Projetei todos os meus planos para o futuro em torno de você. Escolhi você para assumir um dia o controle da Kruger-Brent. Era você que eu amava e respeitava.* Kate disse:

— Quero que deixe esta casa. Nunca mais quero tornar a vê-la.

Eve empalidecera.

— Você é uma meretriz. Acho que até isso eu poderia aceitar. Mas é também falsa e astuciosa, uma mentirosa psicopata. E isso é uma coisa que não posso aceitar.

Tudo estava acontecendo depressa demais. Eve disse, desesperada:

— Vovó, se Alexandra andou lhe contando mentiras a meu respeito...

— Alexandra não sabe de nada. Acabei de ter uma longa conversa com a Sra. Collins.

— E isso é tudo? — Eve forçou um tom de alívio em sua voz.

— A Sra. Collins me odeia porque...

Kate sentiu-se subitamente muito cansada.

— Não vai adiantar, Eve. Não vai mais. Está acabado. Já chamei meu advogado. Vou deserdá-la.

Eve sentiu que seu mundo desmoronava.

— Não pode fazer isso. Como... como eu vou viver?

— Terá uma pequena mesada. Daqui por diante, viverá a sua própria vida. Poderá fazer qualquer coisa que lhe aprouver. — A voz de Kate estava mais dura. — Mas se algum dia eu souber de algum escândalo envolvendo-a, se desgraçar de alguma forma o nome Blackwell, sua mesada será cancelada para sempre. Entendido?

Eve fitou a avó nos olhos e compreendeu que desta vez não haveria escapatória. Uma dúzia de desculpas aflorou a seus lábios, mas morreu ali.

Kate levantou-se e disse, a voz trêmula:

— Não creio que isso possa significar alguma coisa para você, mas quero que saiba que acabei de fazer a coisa mais difícil de toda a minha vida.

Kate virou-se e saiu da sala, empertigada.

KATE ESTAVA SENTADA em seu quarto, sozinha, a luz apagada, perguntando-se por que tudo saíra errado.

Se David não tivesse morrido e Tony pudesse conhecer o pai...

Se Tony não quisesse ser um pintor...

Se Marianne tivesse vivido...

Se. Uma palavra de duas letras, sinônimo de inutilidade.

O futuro era argila, a ser moldado dia a dia, mas o passado era um leito rochoso, imutável. *Todos a quem amei me traíram*, pensou Kate. *Tony. Marianne. Eve. Sartre disse muito bem: O inferno está nas outras pessoas.* Ela não sabia quando o sofrimento acabaria.

Se Kate estava dominada pela angústia, Eve estava dominada pela raiva. Tudo o que fizera fora se divertir na cama por uma ou duas horas, mas a avó se comportara como se ela tivesse cometido algum crime inominável. *A cadela antiquada!* Não, antiquada não. *Senil!* Era isso. A avó estava senil. Eve arrumaria um bom advogado e faria com que o novo testamento fosse anulado nos tribunais. O pai e a avó eram loucos. Ninguém iria deserdá-la. A Kruger-Brent era sua companhia. Quantas vezes a avó não lhe dissera que a companhia lhe pertenceria um dia? E Alexandra! Durante todo o tempo, Alexandra ficara prejudicando-a, sussurrando só Deus sabia que venenos nos ouvidos da avó. Alexandra queria a companhia para si mesma. O mais terrível é que agora provavelmente a teria. O que acontecera naquela tarde já era terrível por si mesmo, mas a perspectiva de Alexandra assumir o controle da companhia era insuportável. Eve pensou: *Haverei de encontrar um meio de impedi-la. Não posso permitir que isso aconteça.* Ela fechou a mala e foi procurar a irmã.

Alexandra estava no jardim, lendo. Levantou os olhos quando Eve se aproximou.

— Alex, decidi voltar a Nova York.

Alexandra ficou surpresa.

— Agora? Vovó está planejando um cruzeiro pela costa da Dalmácia na próxima semana. Você...

— Quem se importa com a costa da Dalmácia? Estive pensando muito em tudo. Acho que está na hora de eu ter o meu próprio apartamento. — Eve sorriu. — Já estou crescida agora. E por isso vou arrumar um apartamento pequeno e divino. E se você for boazinha, eu a deixarei passar uma noite lá de vez em quando.

É o tom certo, pensou Eve. *Amistoso, mas sem exagero. Não a deixe perceber coisa alguma.* Alexandra estava estudando a irmã, com uma expressão preocupada.

— Vovó já sabe?

— Contei esta tarde. É claro que ela detestou a ideia, mas acabou compreendendo. Eu queria arrumar um emprego, mas ela insistiu em me dar uma mesada.

— Quer que eu vá com você?

Ah, mas que desgraçada hipócrita! Primeiro ela a forçava a deixar a casa e agora fingia que queria acompanhá-la. *Mas eles não vão se livrar tão facilmente da pequena Eve. Ainda vão se ver comigo, todos eles.* Ela teria o seu próprio apartamento, encontraria algum decorador fabuloso para arrumá-lo, teria a liberdade total de fazer o que bem lhe aprouvesse. Podia convidar todos os homens que quisesse para visitar o apartamento, eles poderiam passar a noite. Seria realmente livre, pela primeira vez em sua vida. Era uma perspectiva inebriante.

— Você é muito gentil, Alex, mas prefiro ficar sozinha por algum tempo.

Alexandra ficou olhando para a irmã em silêncio, experimentando uma terrível sensação de perda. Seria a primeira vez em que ficariam separadas.

— Mas vamos continuar a nos encontrar sempre, não é mesmo?

— Claro que vamos — respondeu Eve. — Mais do que você imagina.

Capítulo 26

CHEGANDO A NOVA YORK, Eve foi para o pequeno apartamento que lhe fora determinado. Brad Rogers telefonou uma hora depois.

— Sua avó telefonou de Paris, Eve. Ao que parece, houve algum problema entre vocês duas.

— Não foi nada demais. — Eve soltou uma risada. — Foi apenas uma pequena desavença de família...

Ela já estava prestes a se lançar numa defesa elaborada, quando compreendeu que isso seria perigoso. Dali por diante, teria de ser muito cuidadosa. Nunca precisara se preocupar com dinheiro. Estava sempre à disposição. Agora, era um dos seus maiores problemas. Não tinha ideia de quanto seria a sua mesada. E pela primeira vez na vida, Eve sentiu medo.

— Ela já lhe contou que vai fazer um novo testamento? — perguntou Brad.

— Já sim. Fez um comentário a respeito.

Eve estava decidida a manter o controle.

— Acho melhor conversarmos pessoalmente. Segunda-feira às três horas da tarde está bom?

— Está ótimo, Brad.

— Na minha sala. Combinado?

— Estarei lá.

CINCO MINUTOS ANTES das três horas, Eve entrou no prédio da Kruger-Brent. Foi cumprimentada com toda deferência pelo agente de segurança e pelo ascensorista. *Todo mundo me conhece*, pensou Eve. *Sou uma Blackwell.* O elevador levou-a ao andar executivo. Um momento depois, estava sentada na sala de Brad Rogers.

Brad ficara surpreso quando Kate lhe telefonara para comunicar que ia deserdar Eve. É que sabia o quanto Kate gostava daquela neta em particular, quais os planos que tinha para ela. Brad não podia imaginar o que acontecera. De qualquer forma, não era da sua conta. Se Kate quisesse discutir o assunto com ele, então haveria de fazê-lo. Sua função era executar as ordens dela. Ele sentiu um momento de compaixão por aquela linda moça à sua frente. Kate não era muito mais velha quando ele a conhecera. E ele próprio também não era. Agora, ele era um velho tolo de cabeça grisalha, ainda esperando que um dia Kate Blackwell compreendesse que havia alguém que a amava profundamente. Ele disse a Eve:

— Tenho alguns documentos para você assinar. Se quiser ler antes e...

— Não será necessário.

— É importante que você compreenda, Eve. — Brad começou a explicar. — Pelo testamento de sua avó, você é a beneficiária de um fundo de investimento irrevogável, que no momento vale mais de cinco milhões de dólares. A critério dela, todo o montante do fundo pode lhe ser entregue em qualquer momento, entre os 21 e 35 anos de idade. — Ele limpou a garganta, antes de acrescentar: — Ela decidiu que você só receberá o dinheiro aos 35 anos.

Era uma bofetada na cara.

— A partir de hoje, você receberá 250 dólares por semana.

Mas isso era impossível! Um vestido decente custava muito mais. Não havia a menor possibilidade de ela viver com 250 dólares por semana. Aquilo estava sendo feito para humilhá-la. E aquele desgraçado provavelmente estava de conluio com a avó. Estava sentado por trás daquela mesa grande a se divertir, rindo à custa dela. Eve sentiu vontade de pegar o peso de papel imenso, de bronze, que estava em cima da mesa, esmagando-o na cara de Brad. Quase podia sentir os ossos se esmigalhando sob sua mão. Brad continuou:

— Você não terá contas correntes nas lojas, não poderá comprar a crédito usando o nome Blackwell. Deverá pagar à vista tudo o que comprar.

O pesadelo estava ficando cada vez pior.

— Se houver qualquer escândalo envolvendo seu nome, publicado em jornal ou revista, americano ou estrangeiro, a mesada será cancelada. Entendido?

— Entendido.

A voz de Eve era um sussurro quase inaudível.

— Você e sua irmã Alexandra eram beneficiárias de um seguro de vida de sua avó, no valor de cinco milhões de dólares para cada uma. A sua apólice foi cancelada esta manhã. Ao final de um ano, se sua avó estiver satisfeita com o seu comportamento, a mesada será dobrada. — Brad hesitou por um momento. — Há uma condição final.

Ela quer me ver pendurada em público pelos polegares.

— Qual é?

Brad Rogers estava visivelmente embaraçado.

— Sua avó não quer tornar a vê-la nunca mais, Eve.

Pois eu quero vê-la mais uma vez, sua velha desgraçada. Quero vê-la morrendo na maior agonia.

A voz de Brad penetrou pelo caldeirão em ebulição que era a mente de Eve:

— Se tiver algum problema, deve telefonar para mim. Ela não quer que você entre outra vez neste prédio nem que visite qualquer das propriedades da família.

Brad ainda tentara dissuadir Kate de adotar tal atitude:

— Ela é sua neta, Kate, a mesma carne e osso. Está tratando-a como se ela fosse uma leprosa.

— Ela é uma leprosa.

E a discussão terminara. Agora, Brad acrescentou, constrangido:

— Acho que já tratei de tudo. Alguma pergunta, Eve?

— Não.

Ela estava em estado de choque.

— Se você assinar estes documentos...

Dez minutos depois, Eve estava outra vez na rua. Havia um cheque de 250 dólares na sua bolsa.

NA MANHÃ SEGUINTE, Eve procurou um corretor imobiliário, em busca de um apartamento. Em suas fantasias, imaginara uma linda *penthouse* dando para o Central Park, os cômodos brancos, com móveis modernos, um terraço em que poderia receber seus convidados. Mas a realidade foi um golpe atordoante. Não havia *penthouses* disponíveis na Park Avenue para quem tinha uma renda de 250 dólares por semana. Ela só encontrou um apartamento-estúdio de um só cômodo, em Little Italy, com um sofá que se transformava em cama, um buraco que o corretor eufemisticamente classificou de "biblioteca", uma *kitchenette* e um banheiro pequeno, com os ladrilhos sujos.

— É o melhor que você tem? — perguntou Eve.

— Não. Também tenho uma mansão de 20 cômodos na Sutton Place, por meio milhão de dólares, mais a manutenção.

Seu filho da puta!, pensou Eve.

MAS O DESESPERO de verdade só invadiu Eve na tarde seguinte, quando se mudou. O apartamento era uma verdadeira prisão. O quarto de vestir que tinha em casa era maior do que aquele apartamento inteiro. Ela pensou em Alexandra desfrutando toda a vasta mansão na Quinta Avenida. *Por que não conseguira queimar Alexandra até a morte? Chegara bem perto!* Se ela tivesse morrido e Eve fosse a única herdeira, as coisas seriam muito diferentes. A avó não teria se atrevido a deserdá-la.

Mas se Kate Blackwell pensava que Eve estava disposta a renunciar à herança tão facilmente, então não conhecia a neta. Eve não tinha a menor intenção de tentar viver com 250 dólares por semana. Havia cinco milhões de dólares que lhe pertenciam, guardados num banco. Mas aquela velha miserável estava lhe impedindo o acesso a esse dinheiro. *Tem de haver um meio de me apoderar desse dinheiro. E vou descobri-lo.*

A solução surgiu no dia seguinte.

— EM QUE POSSO servi-la, Srta. Blackwell? — perguntou Alvin Seagram, com toda deferência.

Ele era vice-presidente do National Union Bank e estava disposto a fazer praticamente qualquer coisa. Qual o destino generoso que lhe encaminhara aquela moça? Se ele pudesse obter a conta da Kruger-Brent, até mesmo uma parte, sua carreira iria subir como um foguete.

— Tenho algum dinheiro num fundo — explicou Eve. — Cinco milhões de dólares. Por causa das cláusulas do fundo, não posso tomar posse do dinheiro antes de completar 35 anos de idade. O que parece estar muito longe neste momento.

Eve sorriu e o banqueiro acompanhou-a.

— Tem toda razão de pensar assim, na sua idade. Você tem... 19 anos?

— Já estou com 21 anos.

— E no esplendor de sua beleza, Srta. Blackwell, se me permite dizê-lo.

Eve sorriu recatadamente.

— Obrigada, Sr. Seagram.

Ia ser mais simples do que ela imaginara. *O homem é um idiota.* Ele podia sentir a aproximação entre os dois. *Ela simpatizou comigo.*

— Como exatamente podemos ajudá-la, Srta. Blackwell?

— Eu estava querendo saber se seria possível tomar um dinheiro adiantado por conta do meu fundo. Estou precisando do dinheiro agora mais do que vou precisar no futuro. Estou noiva, vou casar em breve. Meu noivo é engenheiro, está trabalhando em Israel, não voltará aos Estados Unidos por mais três anos.

Alvin Seagram era todo simpatia.

— Compreendo perfeitamente.

O coração dele estava disparado. *Claro que podia atender ao pedido dela.* Todos os dias se concedia empréstimos por conta de fundos de investimentos. E depois que ele a atendesse, Eve Blackwell enviaria outras pessoas da família, que seriam também atendidas. Depois disso, não haveria como detê-lo. Entraria para a diretoria executiva do National Union. Talvez um dia se tornasse o presidente do conselho de administração. E deveria tudo à loura deslumbrante que estava sentada no outro lado da mesa.

— Não há qualquer problema — assegurou Alvin Seagram a Eve. — É uma transação muito simples. Deve compreender que não podemos emprestar a quantia inteira, mas podemos imediatamente pôr um milhão à sua disposição. Isso seria satisfatório?

— Claro — respondeu Eve, fazendo um esforço para não deixar transparecer a sua exultação.

— Claro. E agora, se fizer a gentileza de me fornecer os detalhes do fundo...

— Pode entrar em contato com Brad Rogers, na Kruger-Brent. Ele fornecerá todas as informações de que precisar.

— Vou telefonar para ele imediatamente.

Eve levantou-se.

— Quanto tempo vai demorar para resolver tudo?

— Não mais que um ou dois dias. Cuidarei de tudo pessoalmente.

Ela estendeu a mão.

— É muito gentil.

No momento em que Eve se retirou, Alvin Seagram pegou o telefone.

— Quero falar com o Sr. Brad Rogers, na Kruger-Brent.

O simples nome provocou-lhe um calafrio de satisfação que subiu pela espinha.

Dois dias depois, Eve voltou ao banco e foi conduzida ao gabinete de Alvin Seagram. Ele foi logo dizendo:

— Infelizmente, Srta. Blackwell, não poderemos atendê-la.

Eve não podia acreditar.

— Não estou entendendo. Disse que era uma operação muito simples e...

— Lamento muito, mas é que eu não estava a par de todos os fatos.

Ele podia recordar nitidamente a conversa com Brad Rogers:

— Há de fato um fundo de cinco milhões de dólares em nome de Eve Blackwell. Seu banco pode perfeitamente adiantar uma parte do dinheiro. Mas devo adverti-lo que Kate Blackwell consideraria tal decisão como um ato hostil.

Não havia necessidade que Brad Rogers explicasse quais poderiam ser as consequências. A Kruger-Brent tinha amigos poderosos em toda parte. E se esses amigos começassem a retirar seu dinheiro do National Union, Alvin Seagram não precisava nem adivinhar o que aconteceria com a sua carreira.

— Lamento muito — ele repetiu para Eve. — Não há nada que eu possa fazer.

Eve fitou-o, terrivelmente frustrada. Mas não deixaria que aquele homem soubesse quanto fora profundo o golpe que lhe aplicara.

— Obrigada por seu interesse. Há outros bancos em Nova York. Bom-dia.

— Srta. Blackwell, não há um único banco no mundo inteiro que poderá lhe emprestar dinheiro contra o fundo.

ALEXANDRA ESTAVA ATURDIDA. No passado, a avó sempre deixara patente, por incontáveis meios diferentes, que a predileta era Eve. Agora, da noite para o dia, tudo mudara. Ela sabia que alguma coisa terrível acontecera entre Kate e Eve, mas não tinha a menor ideia do que poderia ter sido. Sempre que Alexandra tentava levantar o assunto, a avó dizia:

— Não há o que conversar. Eve escolheu a sua própria vida.

Alexandra também não conseguiu arrancar nenhuma informação de Eve.

Kate Blackwell começou a passar cada vez mais tempo em companhia de Alexandra, o que a deixava intrigada. Não apenas estava na presença da avó, como já acontecia antes, mas se tornara uma parte integrante da vida dela. Era como se a avó a estivesse vendo pela primeira vez. Alexandra tinha a estranha impressão de que estava sendo avaliada.

Kate estava de fato vendo a neta pela primeira vez. Como já se enganara amargamente uma vez, estava duas vezes mais cautelosa em formar uma opinião a respeito da gêmea de Eve. Passava todos os momentos possíveis com Alexandra, sondava, interrogava, escutava.

Ao final, sentiu-se satisfeita.

Não era fácil conhecer Alexandra. Ela era muito mais retraída que Eve. Alexandra possuía uma inteligência ágil e ativa. Sua inocência, combinada com a beleza, fazia com que se tornasse ainda mais cativante. Sempre recebera incontáveis convites para festas, jantares e teatro, mas agora era Kate quem decidia quais os que deveriam ser aceitos e os que seriam recusados. O fato de um pretendente ser aceitável não era suficiente. O que Kate procurava era um homem que fosse capaz de ajudar Alexandra a comandar a dinastia que ela fundara. Mas ela não comentava essas coisas com Alexandra. Haveria tempo suficiente para falar, quando encontrasse o homem certo para a neta. Às vezes, nas horas solitárias da madrugada, quando não conseguia dormir, Kate pensava em Eve.

EVE ESTAVA INDO muito bem. A confrontação com a avó afetara tanto o seu ego que por algum tempo, não muito, esquecera algo muito importante: como era atraente para os homens. Na primeira festa para que foi convidada, depois de se mudar para o seu próprio apartamento, ela forneceu seu telefone a seis homens, quatro deles casados. Menos de 24 horas depois, todos os seis já a haviam procurado. Desse dia em diante, Eve compreendeu que não teria de se preocupar com dinheiro. Era cumulada de presentes, joias caras, quadros e, muitas vezes, até dinheiro.

— Acabei de encomendar um novo armário e o cheque da minha mesada ainda não chegou. Poderia me ajudar, querido?

Os homens nunca se importavam.

Quando saía em público, Eve cuidava para estar sempre acompanhada por homens solteiros. Era à tarde que se encontrava com os casados, em seu apartamento. Eve era muito discreta. Cuidava para que o seu nome não aparecesse nas colunas de mexericos. Mas não era porque estivesse preocupada com o cancelamento da mesada, mas sim porque estava determinada a fazer com que a avó voltasse um dia a procurá-la, rastejando. Kate Blackwell precisava de uma herdeira para assumir a Kruger-Brent. E Eve pensava, exultante: *Alexandra não tem condições para ser qualquer outra coisa senão uma estúpida dona de casa.*

Uma tarde, folheando o último número de *Town and Country*, Eve deparou com uma fotografia de Alexandra dançando com um homem atraente. Eve ficou olhando não para Alexandra, mas sim para o homem. E compreendeu que seria um desastre para os seus planos se Alexandra casasse e tivesse um filho.

Ela ficou olhando para a fotografia por um longo tempo.

Ao longo de um ano, Alexandra telefonara para Eve regularmente, chamando-a para almoçar ou jantar. Eve sempre recusara, inventando alguma desculpa. Agora, Eve decidiu que já estava na hora de ter uma conversa com a irmã. E convidou Alexandra para ir a seu apartamento.

Alexandra ainda não estivera no apartamento e Eve preparou-se para a compaixão dela. Mas Alexandra limitou-se a dizer:

— É encantador, Eve. Muito aconchegante, não é mesmo?

Eve sorriu.

— Está me servindo. Eu queria uma coisa *intime*.

Ela empenhara joias e quadros em quantidade suficiente para poder mudar-se para um apartamento melhor. Mas Kate saberia e haveria de querer saber de onde viera o dinheiro. Por enquanto, a palavra de ordem ainda era *discrição*.

— Como está vovó, Alex?

— Está bem. — Alexandra hesitou. — Não sei o que aconteceu entre vocês duas, Eve, mas se eu puder ajudar em alguma coisa...

Eve suspirou.

— Ela não lhe contou?

— Não. Prefere não falar no assunto.

— Não posso culpá-la por isso. A pobre querida provavelmente se sente muito culpada. Conheci um jovem médico maravilhoso.

Íamos casar. E fomos para a cama. Vovó descobriu. Mandou que eu saísse de casa, disse que não queria me ver nunca mais. Acho que nossa avó é muito antiquada, Alex.

Ela observou a expressão de consternação no rosto de Alexandra.

— Isso é terrível, Eve! Mas vocês dois devem procurar vovó. Tenho certeza que ela...

— Ele morreu num acidente de avião.

— Oh, Eve! Por que não me contou tudo isso antes?

— Estava envergonhada demais para contar a qualquer pessoa, até mesmo a você. — Ela apertou a mão da irmã. — E você sabe que sempre lhe contei tudo.

— Deixe-me falar com vovó. Explicarei a ela...

— Não! Tenho orgulho demais. Quero que me prometa que nunca vai falar sobre isso com vovó. Nunca!

— Mas tenho certeza que ela...

— Prometa!

Alexandra suspirou.

— Está bem.

— Pode estar certa de que sou muito feliz aqui. Posso entrar e sair quando me agrada. E isso é sensacional.

Alexandra contemplou a irmã, pensando que sentia muita saudade de Eve. Passando o braço pelos ombros de Alexandra, Eve disse:

— Mas já chega de falar de mim. Conte-me o que está acontecendo em sua vida. Já conheceu o seu Príncipe Encantado? Aposto que sim.

— Não.

Eve estudou a irmã. Era a sua própria imagem e estava determinada a destruí-la.

— Mas vai encontrar, querida.

— Não tenho pressa. Resolvi que chegou o momento de começar a ganhar a vida. Conversei a respeito com vovó. E na próxima semana vou me encontrar com o diretor de uma agência de propaganda para tratar de um emprego.

Almoçaram num pequeno bistrô perto do apartamento de Eve, que insistiu em pagar. Não queria nada da irmã. Quando estavam se despedindo, Alexandra disse:

— Eve, se precisar de algum dinheiro...

— Não seja tola, querida. Tenho mais do que o suficiente.

Alexandra insistiu:

— Mesmo assim, se alguma vez faltar, pode ficar com tudo o que tenho.

Eve fitou a irmã nos olhos e disse:

— Estou contando com isso. — Ela sorriu. — Mas não estou precisando de nada, Alex.

Ela não queria migalhas. Tencionava ficar com o bolo inteiro. A questão era uma só: como haveria de consegui-lo?

HAVIA UMA FESTA de fim de semana em Nassau.

— Não será a mesma coisa sem você, Eve. Todos os seus amigos estarão presentes.

Quem estava telefonando era Nita Ludwig, uma moça que Eve conhecera na escola na Suíça. Eve pensou nas perspectivas. Conheceria novos homens. A atual safra já estava se tornando cansativa.

— Parece que vai ser muito divertida, Nita. Pode contar comigo.

Naquela tarde, ela empenhou uma pulseira de esmeraldas que ganhara na semana anterior de um executivo de seguros apaixonado, um homem com mulher e três filhos. Comprou algumas roupas de verão na Lord & Taylor e uma passagem de ida e volta para Nassau. Embarcou no avião na manhã seguinte.

OS LUDWIGS OCUPAVAM uma vasta mansão, à beira do mar. A casa principal tinha 30 cômodos e o menor deles era ainda maior que todo o apartamento de Eve. Ela foi conduzida a seu quarto por uma criada de uniforme, que arrumou suas coisas. Depois de se lavar, Eve desceu para se encontrar com os demais convidados. Havia 16 pessoas na sala de estar e todos tinham uma coisa em comum: eram ricos. Nita Ludwig acreditava firmemente na teoria de "vinho da mesma pipa". Aquelas pessoas sentiam a mesma coisa em relação às mesmas coisas. Sentiam-se à vontade uns com os outros, porque todos falavam a mesma língua. Partilhavam as recordações dos melhores colégios internos e das melhores universidades, as mansões suntuosas, iates, jatos particulares e problemas fiscais. Um colunista apelidara-os de *jet set*, uma classificação que desdenhavam publicamente e apreciavam em particular. Eram os privilegiados, os poucos eleitos, apartados dos outros por um deus discriminador. Que o resto do mundo acreditasse que o dinheiro não podia comprar tudo. Aquelas pessoas sabiam a verdade. O dinheiro comprava-lhes beleza, amor e luxo, além de um lugar no paraíso. E Eve fora excluída de tudo isso pelo capricho de uma velha intolerante. *Mas não por muito tempo*, pensava Eve.

Ela entrou na sala de estar e as conversas cessaram. Numa sala cheia de mulheres bonitas, Eve era a mais linda. Nita levou Eve para cumprimentar os amigos antigos e apresentá-la às pessoas que ainda não conhecia. Eve mostrou-se charmosa e encantadora, avaliando cada homem, selecionando seus alvos. Quase todos os homens mais velhos eram casados, mas isso tornava tudo ainda mais fácil.

Um homem calvo, de calça axadrezada e camisa esporte havaiana, aproximou-se dela.

— Aposto que já está cansada de ouvir as pessoas dizerem que é linda, meu bem.

Eve recompensou-o com um sorriso afetuoso.

— É algo que nunca me canso de ouvir, Sr...

— Peterson. Podem me chamar de Dan. Você devia ser uma estrela de Hollywood.

— Infelizmente, não tenho talento suficiente para ser uma atriz.

— Mas aposto que tem uma porção de outros talentos.

Eve sorriu, enigmaticamente.

— Nunca saberá enquanto não experimentar, não é mesmo, Dan?

Ele passou a língua pelos lábios.

— Está aqui sozinha?

— Estou.

— Meu iate está ancorado na baía. Não poderíamos fazer um pequeno cruzeiro amanhã?

— Seria maravilhoso.

Ele sorriu.

— Não sei por que nunca nos encontramos antes. Conheço sua avó, Kate, há muitos anos.

O sorriso permaneceu no rosto de Eve, mas exigindo agora um esforço muito maior.

— Vovó é maravilhosa — disse ela. — Mas agora acho melhor nos juntarmos aos outros.

— Claro, meu bem. — Ele deu uma piscadela para Eve. — Não se esqueça de amanhã.

DESSE MOMENTO EM diante, ele não conseguiu ficar a sós outra vez com Eve. Ela evitou-o no almoço e depois pegou emprestado um dos carros que havia na garagem para os hóspedes e foi à cidade. Passou pela Torre do Barba Negra e pelo maravilhoso Jardim Ardastra, onde havia incontáveis flamingos. Parou à beira do cais e ficou observando os barcos pesqueiros descarregarem as tartarugas gigantes, lagostas, peixes tropicais e incontáveis conchas de cores brilhantes, que seriam polidas e vendidas aos turistas.

A baía estava serena e o mar faiscava como diamante. Além das águas, Eve podia ver a curva em crescente da Paradise Island. Uma lancha estava deixando o cais na praia. Quando aumentou a velocidade, o vulto de um homem subitamente elevou-se pelo céu, em sua esteira. Era uma visão surpreendente. Ele parecia suspenso de uma barra de metal, presa a uma vela azul, o corpo comprido e esguio enfrentando o vento. Eve ficou observando, fascinada, enquanto a lancha passava pela enseada e o vulto no ar chegava mais perto. A lancha aproximou-se e fez uma curva fechada. Por um instante, Eve vislumbrou o rosto moreno e bonito do homem no ar. Um momento depois, ele sumiu.

ELE ENTROU NA sala de estar de Nita Ludwig cinco horas depois. Eve teve a impressão de que ele estava ali porque o desejara. Sabia que ele apareceria. De perto, ele era ainda mais bonito. Tinha 1,90m de altura, o rosto bronzeado, feições perfeitas, olhos pretos, corpo esguio e atlético. Ao sorrir, revelou dentes brancos e impecáveis. E sorriu para Eve quando Nita o apresentou.

— Esse é George Mellis. Eve Blackwell.

— Mas você pertence ao Louvre! — exclamou George Mellis, a voz meio rouca, profunda, com um vestígio de um sotaque indefinível.

— Vamos, querido — disse Nita. — Quero apresentá-lo aos outros convidados.

Ele acenou para dispensá-la.

— Não precisa se incomodar. Acabei de conhecer todo mundo.

Nita olhou para os dois, com uma expressão pensativa.

— Está bem. Se precisar de alguma coisa, basta me chamar.

Ela afastou-se.

— Não acha que foi um pouco grosseiro com ela? — disse Eve.

Ele sorriu.

— Não sou responsável pelo que digo ou faço. Estou apaixonado.

Eve riu.

— Estou falando sério. Você é a coisa mais linda que já vi em toda a minha vida.

— Eu estava pensando a mesma coisa em relação a você.

Eve não se importava que aquele homem tivesse ou não dinheiro. Estava fascinada. E havia algo mais que apenas a aparência. Havia nele um magnetismo, uma impressão de poder, que a excitava. Nenhum homem jamais a afetara daquela maneira.

— Quem é você?

— Nita já lhe disse. George Mellis.

— Quem é você?

— Ah, sim, está querendo saber no sentido filosófico. O verdadeiro eu. Infelizmente, não há nada de pitoresco para contar. Sou grego. Minha família cultivava azeitonas e outras coisas.

Aquele Mellis! Os produtos Mellis podiam ser encontrados em todas as mercearias e supermercados da América.

— Você é casado?

Ele sorriu.

— Você sempre é direta assim?

— Não.

— Não sou casado.

A resposta proporcionou uma inesperada sensação de prazer a Eve. Só de olhar para ele deixava Eve com vontade de possuí-lo, ser possuída.

— Por que não apareceu no almoço?

— Quer saber a verdade?

— Quero.

— É muito pessoal.

Eve esperou.

— Estava ocupado, convencendo uma moça a não cometer suicídio.

Ele falou em tom indiferente, como se isso fosse uma ocorrência comum.

— Espero que tenha conseguido.

— E consegui, pelo menos por enquanto. Espero que você não seja do tipo suicida.

— Não sou. E espero que você também não seja.

George Mellis riu.

— Eu a amo... amo de verdade.

Ele pegou o braço de Eve e o contato fê-la estremecer.

ELE PASSOU a noite inteira ao lado de Eve, concentrando todas as suas atenções nela, indiferente aos outros. Tinha mãos compridas e delicadas, que estavam constantemente fazendo coisas por Eve: trazendo um drinque, acendendo um cigarro, tocando-a discretamente. A proximidade deixava o corpo dela em fogo e Eve estava ansiosa pelo momento em que ficariam a sós. Pouco depois da meia-noite, quando os hóspedes começaram a se retirar para os seus aposentos, George Mellis perguntou:

— Qual é o seu quarto?

— No final do corredor do norte.

Ele acenou com a cabeça, os olhos sondando os dela.

EVE DESPIU-SE, TOMOU um banho e pôs o *négligé* preto transparente que aderia ao corpo. Era uma hora da madrugada quando houve uma batida discreta na porta. Ela foi abrir e George Mellis entrou. Ele contemplou-a, os olhos se enchendo de admiração.

— *Matia mau*, você faz a Vênus de Milo parecer uma megera.

— Tenho uma vantagem sobre ela — sussurrou Eve. — Tenho os braços.

Ela enlaçou George Mellis e puxou-o de encontro ao seu corpo. O beijo fez alguma coisa explodir dentro dela. Os lábios se encontraram, ela sentiu a língua dele explorando sua boca. E balbuciou:

— Oh, Deus...

Ele começou a tirar o casaco e Eve ajudou-o. Um momento depois, ele estava sem a calça e a cueca, inteiramente nu diante dela. Era o físico mais glorioso que Eve já vira. E estava ereto.

— Depressa — murmurou Eve. — Faça amor comigo.

Ela foi para a cama, o corpo em fogo. Ele ordenou:

— Vire-se. Quero o seu rabo.

Eve fitou-o, surpresa.

— Eu... eu não...

Ele desferiu-lhe uma bofetada no rosto. Eve ficou chocada.

— Vire-se.

— Não.

Ele tornou a bater, com mais força. O quarto começou a girar diante dos olhos dela.

— Não, por favor...

Ele bateu outra vez, brutalmente. Eve sentiu que as mãos fortes dele a viravam, levantando-a de joelhos.

— Pelo amor de Deus, pare ou vou gritar!

Ele bateu com o braço em sua nuca e Eve começou a perder a consciência. Vagamente, sentiu que ele erguia seus quadris. Ele abriu-lhe as nádegas e o corpo comprimiu-se contra o dela. Eve abriu a boca para gritar, mas conteve-se a tempo, apavorada com o que ele poderia fazer-lhe.

— Por favor, você está me machucando...

Ela tentou desvencilhar-se, mas ele segurava-a firmemente pelos quadris, tornando a arremeter, penetrando-a, rasgando-a com seu pênis enorme. A dor era insuportável.

— Não, não! — balbuciou Eve. — Pare com isso! Pelo amor de Deus, pare!

Ele continuou a se mover, cada vez mais fundo, mais depressa. A última coisa de que Eve se lembrou foi de um gemido selvagem que saiu do fundo dele e pareceu explodir nos ouvidos dela.

Quando ela recuperou os sentidos e abriu os olhos, George Mellis estava sentado numa cadeira, vestido, fumando um cigarro. Ele aproximou-se da cama e afagou-lhe o rosto. Eve se encolheu ao contato.

— Como se sente, querida?

Eve tentou sentar, mas a dor era grande demais. Tinha a sensação de que fora rasgada por dentro.

— Seu animal...

A voz dela era um sussurro rouco. Ele riu.

— Fui gentil com você.

Eve fitou-o com uma expressão incrédula. Ele sorriu.

— Posso às vezes ser muito rude. — Ele afagou os cabelos dela. — Mas eu a amo e por isso fui gentil. Você vai acabar se acostumando. *Hree-se' e-moo*. Prometo.

Se tivesse uma arma naquele momento, Eve o teria matado.

— Você é louco!

Ela viu o brilho surgir nos olhos dele, as mãos se cerrarem. Experimentou nesse instante um terror intenso. Ele era mesmo louco. Eve apressou-se em dizer:

— Não falei sério. É apenas porque... nunca experimentei nada assim antes. Por favor, eu gostaria de dormir agora.

George Mellis fitou-a fixamente por um longo momento e depois relaxou. Levantou-se e foi até a cômoda onde Eve deixara as joias. Havia ali uma pulseira de platina e um colar de diamantes. Ele pegou o colar, examinou-o e depois guardou no bolso.

— Vou guardar isso como lembrança.

Eve estava com medo de abrir a boca para protestar.

— Boa-noite, querida.

Ele tornou a se aproximar da cama, inclinou-se e beijou-a gentilmente nos lábios.

Eve esperou que ele saísse e depois deixou a cama, o corpo ardendo de dor. Cada passo era uma agonia. Foi só depois de trancar a porta do quarto que ela se sentiu novamente segura. Não sabia se conseguiria alcançar o banheiro e por isso tornou a cair na cama, esperando que a dor diminuísse. Não podia acreditar na enormidade da raiva que sentia. Ele a brutalizara. Podia imaginar o que fizera com a tal moça que queria cometer suicídio.

Eve ficou consternada quando conseguiu finalmente ir ao banheiro e contemplou-se no espelho. O rosto estava cheio de equimoses das pancadas, um dos olhos estava quase fechado, de tão inchado. Ela encheu a banheira com água quente e entrou, como um animal ferido, deixando que a água quente atenuasse a dor. Ficou deitada ali por um longo tempo. Finalmente, quando a água começava a esfriar, ela saiu da banheira e deu alguns passos, hesitante. A dor diminuíra, mas ainda era terrível: Ela passou o resto da noite acordada, com medo de que ele pudesse voltar.

QUANDO SE LEVANTOU, ao amanhecer, constatou que os lençóis estavam manchados com o seu sangue. Haveria de fazer com que ele pagasse por isso. Ela foi para o banheiro, andando com todo cuidado, tornou a encher a banheira com água quente. O rosto estava ainda mais inchado, as equimoses estavam lívidas. Ela mergulhou uma toalha na água fria e encostou no rosto e no olho. Ficou deitada na banheira, pensando em George Mellis. Havia algo desconcertante no comportamento dele, que nada tinha ver com o sadismo. E Eve compreendeu subitamente o que era. O colar. Por que ele o levara?

EVE DESCEU DUAS horas depois, juntando-se aos outros hóspedes para o café da manhã, embora não sentisse o menor apetite. Precisava conversar de qualquer maneira com Nita Ludwig.

— Santo Deus, Eve! — exclamou Nita. — O que aconteceu com seu rosto?

Eve sorriu, tristemente.

— A coisa mais ridícula do mundo. Acordei no meio da noite com vontade de ir ao banheiro e não me dei ao trabalho de acender a luz. Entrei direto numa de suas portas.

— Não quer que um médico dê uma olhada em seu rosto?

— Não há necessidade. Está apenas um pouco machucado. — Eve olhou ao redor. — Onde está George Mellis?

— Foi jogar tênis. É um dos nossos melhores tenistas. Pediu para avisá-la que a veria no almoço. Acho que ele está gostando de verdade de você, querida.

— Fale-me a respeito dele — pediu Eve, em tom indiferente. — Conte-me quem é.

— George vem de uma longa linhagem de gregos ricos. É o filho mais velho, podre de rico. Trabalha numa firma de corretagem de títulos de Nova York, a Hanson & Hanson.

— Não está no negócio da família?

— Não. Provavelmente detesta azeitonas. E com a fortuna Mellis, ele nem precisa trabalhar. Calculo que ele só trabalha para ocupar o seu tempo. — Ela sorriu e acrescentou: — Mas tem as noites sempre ocupadas.

— É mesmo?

— George Mellis é o solteiro mais cobiçado por aqui, querida. As mulheres estão sempre ansiosas para arriar a calcinha para ele. Todas se imaginam como a futura Sra. Mellis. Para ser franca, se meu marido não fosse tão ciumento eu também gostaria de passar uma noite com George. Não acha que ele é um animal e tanto?

— Tem toda a razão.

GEORGE MELLIS AVANÇOU pelo terraço, onde Eve estava sentada, sozinha. Contra a sua vontade, ela sentiu uma pontada de medo. Ele aproximou-se e disse:

— Bom-dia, Eve. Você está bem? — O rosto dele exibia uma preocupação genuína. Tocou gentilmente no rosto machucado de Eve. — Você é linda, minha querida.

Ele puxou uma cadeira e sentou-se a cavaleiro, diante dela, gesticulando para o mar cintilante.

— Já viu algo tão bonito?

Era como se a noite anterior jamais tivesse ocorrido. Eve ficou escutando George Mellis, sentindo outra vez o intenso magnetismo que ele irradiava. Mesmo depois do pesadelo por que passara, ela ainda podia senti-lo. Era inacreditável. *Ele parece um deus grego. Pertence a um museu. E pertence também a um hospício.*

— Tenho de voltar a Nova York esta noite — disse George Mellis. — Onde poderei encontrá-la?

— Acabei de mudar — disse Eve rapidamente. — Ainda não tenho telefone. Ligarei para você.

— Está certo, querida. — Ele sorriu. — Gostou mesmo da noite passada, não é mesmo?

Eve não podia acreditar em seus ouvidos.

— Tenho muitas coisas para lhe ensinar, Eve.

E eu também tenho uma coisa para lhe ensinar, Sr. Mellis, prometeu Eve a si mesma.

ASSIM QUE VOLTOU para casa, Eve telefonou para Dorothy Hollister. Em Nova York, onde uma parte considerável da imprensa cobria as idas e vindas do chamado *beautiful people*, Dorothy era a grande fonte de informações. Fora casada com um *socialite*. Quando ele se divorciara, por causa de sua secretária de 21 anos, Dorothy Hollister fora obrigada a trabalhar. Arrumara um emprego que condizia perfeitamente com seus talentos: tornara-se uma colunista de mexericos. Como conhecia todas as pessoas no meio sobre o qual escrevia e como todos acreditavam que ela merecia confiança, poucas pessoas lhe ocultavam seus segredos.

Se alguém podia informar a Eve quem era realmente George Mellis, só podia ser Dorothy Hollister. Eve convidou-a para almoçar em La Pyramid. Dorothy era uma mulher corpulenta, de rosto cheio, cabelos pintados de vermelho, voz alta e rouca, riso estrondoso. Estava carregada de joias... todas falsas. Depois que pediram, Eve disse:

— Estive nas Bahamas na semana passada. Foi maravilhoso.

— Eu já sabia. Tenho a lista de convidados de Nita Ludwig. A festa foi divertida?

Eve deu de ombros.

— Encontrei uma porção de velhos amigos. E conheci um homem interessante... — ela fez uma pausa, franzindo o rosto. — George alguma-coisa. Creio que é Miller. Ele é grego.

Dorothy Hollister riu, uma risada sonora, que podia ser ouvida por toda a sala.

— Mellis, minha cara. George Mellis.

— Isso mesmo, Mellis. Você o conhece?

— Já o vi. E pensei que fosse me transformar numa coluna de sal. A aparência dele é fantástica.

— Qual é a história dele, Dorothy?

Dorothy Hollister olhou ao redor e depois inclinou-se para a frente, dizendo, em tom confidencial:

— Ninguém sabe disso e espero que você não espalhe. George é a ovelha negra da família. A fortuna da família vem da produção de alimentos. Eles são ricos até não poder mais, minha cara. George deveria assumir o controle dos negócios, mas meteu-se em tantas encrencas com garotas, rapazes e cabras, pelo que sei, que o pai e os irmãos acabaram se cansando e trataram de deportá-lo do país.

Eve absorvia atentamente cada palavra.

— Deixaram o pobre coitado sem um dracma sequer e por isso ele teve de trabalhar para sustentar-se.

Então fora por isso que ele levara o colar!

— Mas é claro que ele não precisa se preocupar. Um dia desses, George vai casar com alguma mulher muito rica. — Ela fitou Eve nos olhos. — Não está interessada, querida?

— Claro que não.

Mas Eve estava mais do que interessada. George Mellis podia ser a chave que ela estava procurando. A chave para a sua fortuna.

NA MANHÃ SEGUINTE, Eve telefonou para ele, na firma de corretagem em que trabalhava. George reconheceu a voz dela no mesmo instante.

— Estava quase enlouquecendo de tanto esperar pelo seu telefonema, Eve. Vamos jantar juntos esta noite e...

— Não. Vamos almoçar amanhã.

Ele hesitou por um instante, surpreso.

— Está bem. Eu deveria almoçar com um cliente, mas vou cancelar.

Eve não acreditava que fosse um cliente.

— Venha ao meu apartamento. — Eve forneceu o endereço.

— Estarei esperando-o ao meio-dia e meia.

— Estarei lá.

Ela percebeu o tom de satisfação na voz dele. Mas George Mellis ia ter uma surpresa.

ELE CHEGOU COM 30 minutos de atraso e Eve compreendeu que esse era o padrão dele. Não se tratava de uma grosseria deliberada, mas sim de indiferença, da certeza de que as pessoas sempre ficariam esperando por ele. Seus prazeres sempre estariam à disposição, esperando quem quisesse desfrutá-los. Com seu charme imenso e tanta beleza, o mundo lhe pertencia. A não ser por uma coisa. Ele era pobre. E esse era o seu ponto vulnerável. George correu os olhos pelo apartamento, avaliando o valor de tudo o que continha.

— Um apartamento muito simpático. — Ele avançou para Eve, com os braços estendidos. — Pensei em você em cada minuto.

Ela esquivou-se ao abraço.

— Espere um pouco. Tenho algo para lhe dizer, George.

Os olhos pretos de George se fixaram nos dela.

— Conversaremos depois.

— Vamos conversar agora. — Eve falou devagar, incisivamente. — Se algum dia me tocar daquele jeito outra vez, vou matá-lo.

Os lábios dele se contraíram num meio sorriso.

— Que brincadeira é essa?

— Não é uma brincadeira. Estou falando sério. Tenho uma proposta de negócio a lhe fazer.

Havia uma expressão de perplexidade no rosto dele.

— Chamou-me aqui para falar de negócios?

— Isso mesmo. Não sei quanto você consegue ganhar enganando as velhas tolas e levando-as a comprar ações e outros títulos. Mas tenho certeza de que não é suficiente.

O rosto dele se contraiu de raiva.

— Você ficou doida? Minha família...

— Sua família é rica... mas você não é. Minha família é rica... mas eu não sou. Estamos na mesma canoa furada, querido. Mas sei de um meio que pode transformá-la num iate.

Eve ficou imóvel, observando a curiosidade dele levar a melhor sobre a raiva.

— É melhor contar logo o que está pensando.

— É muito simples. Fui deserdada de uma vasta fortuna. O que não aconteceu com minha irmã Alexandra.

— E o que isso tem a ver comigo?

— Se você casasse com Alexandra, a fortuna seria sua... isto é, nossa.

— Lamento, mas nunca pude suportar a ideia de me amarrar a alguém.

— Acontece que isso não é problema. Minha irmã sempre foi propensa a acidentes.

Capítulo 27

A AGÊNCIA DE PROPAGANDA Berkley & Mathews era a rainha da Madison Avenue. Seu faturamento anual superava os faturamentos combinados das duas concorrentes mais próximas, principalmente porque a sua conta principal era a Kruger-Brent e suas dezenas de subsidiárias espalhadas pelo mundo. Mais de 75 executivos de contas, redatores, diretores de arte, fotógrafos, ilustradores e homens de mídia trabalhavam na conta da Kruger-Brent. Assim, não foi surpresa que, quando Kate Blackwell telefonou para Aaron Berkley e perguntou se não podia arrumar um emprego para sua neta Alexandra na agência, o pedido fosse imediatamente atendido. Se Kate Blackwell assim o desejasse, eles provavelmente teriam colocado Alexandra como presidente da agência.

— Creio que minha neta está interessada em ser redatora — informou Kate a Aaron Berkley.

Berkley assegurou a Kate que por acaso havia naquele momento uma vaga de redator e que Alexandra podia começar a trabalhar no momento em que desejasse.

Ela foi trabalhar na segunda-feira seguinte.

POUCAS AGÊNCIAS DE propaganda da Madison Avenue estão de fato localizadas na Madison Avenue. Mas a Berkley & Mathews era uma exceção. A agência possuía um prédio grande e moderno na esquina da Madison com a Rua 57. Ocupava oito andares do prédio e alugava os demais. A fim de economizarem um salário, Aaron Berkley e seu sócio, Norman Mathews, decidiram que Alexandra Blackwell substituiria uma redatora júnior que fora contratada seis meses antes. A notícia espalhou-se rapidamente. Houve uma indignação geral quando o pessoal soube que a moça despedida seria substituída pela neta da maior cliente da agência. Sem que nenhum deles sequer conhecesse Alexandra, houve o consenso de que ela não passava de uma garota mimada, que provavelmente iria se instalar ali para espioná-los.

Quando Alexandra se apresentou ao trabalho, foi conduzida ao escritório amplo e moderno de Aaron Berkley. Tanto Berkley como Mathews estavam à espera para cumprimentá-la. Os dois sócios eram bem diferentes. Berkley era alto e magro, com uma vasta cabeleira branca, enquanto Mathews era baixo, atarracado, completamente calvo. Mas tinham duas coisas em comum. Eram publicitários brilhantes, responsáveis por algumas das mais famosas campanhas de publicidade da última década. E eram tiranos absolutos. Tratavam os empregados como escravos. Estes só suportavam o tratamento porque qualquer pessoa que trabalhasse na Berkley & Mathews podia trabalhar em qualquer agência de propaganda do mundo. Era a melhor base de treinamento que podia haver.

Também presente no escritório, quando Alexandra chegou, estava Lucas Pinkerton, um vice-presidente da agência, um homem sorridente, de atitudes subservientes e olhos frios. Pinkerton era mais jovem que os sócios sêniores. Mas o que carecia em idade, compensava com uma atitude implacável com os homens e mulheres que trabalhavam sob as suas ordens. Aaron Berkley acomodou Alexandra numa poltrona confortável.

— O que deseja, Srta. Blackwell? Um café? Chá?

— Nada, obrigada.

— Então, veio trabalhar conosco como redatora...

— Agradeço muito a oportunidade que está me oferecendo, Sr. Berkley. Sei que tenho muito o que aprender, mas prometo que vou me esforçar ao máximo.

— Não há necessidade — disse Norman Mathews prontamente, para logo se corrigir: — Isto é... um aprendizado desse gênero não pode ser precipitado. Pode demorar o tempo que for necessário.

— Tenho certeza de que se sentirá muito feliz aqui — acrescentou Aaron Berkley. — Vai trabalhar com os melhores profissionais de propaganda do país.

UMA HORA DEPOIS, Alexandra estava pensando: *Eles podem ser os melhores, mas certamente não são os mais amistosos.* Lucas Pinkerton apresentara Alexandra à equipe e por toda parte a recepção fora gelada.

Todos a cumprimentaram e depois encontraram apressadamente outras coisas para fazer. Alexandra podia sentir o ressentimento deles, mas não tinha a menor ideia do motivo. Pinkerton levou-a a uma sala de reuniões enfumaçada. Numa das paredes, havia uma estante repleta de prêmios. Uma mulher e dois homens estavam sentados à mesa, fumando um cigarro atrás do outro. A mulher era baixa e atarracada, cabelos cor de ferrugem. Os homens tinham 30 e poucos anos, eram pálidos, de expressões atormentadas. Pinkerton disse:

— Esta é a equipe de criação com que você vai trabalhar. Alice Koppel, Vince Barnes e Marty Bergheimer. Esta é a Srta. Blackwell.

Os três ficaram olhando fixamente para Alexandra.

— Vou deixá-la aqui para se conhecerem. — Pinkerton virou-se para Vince Barnes. — Espero a nova campanha do perfume na minha mesa amanhã de manhã. Providencie para que a Srta. Blackwell tenha tudo de que precisar.

E ele saiu. Vince Barnes perguntou a Alexandra:

— De que você precisa?

A pergunta pegou Alexandra de surpresa.

— Eu... eu acho que preciso aprender tudo sobre propaganda.

Alice Koppel disse, suavemente:

— Pois veio ao lugar certo, Srta. Blackwell. Estamos morrendo de vontade de bancar os professores.

— O negócio não é brincadeira — disse Marty Bergheimer.

Alexandra estava aturdida.

— Fiz alguma coisa para ofender vocês?

Marty Bergheimer respondeu:

— Não, Srta. Blackwell. O problema é que estamos sob uma tremenda pressão. Estamos trabalhando numa campanha de perfume e até agora o Sr. Berkley e o Sr. Mathews não gostaram de nada que fizemos

— Tentarei não ser um estorvo — prometeu Alexandra.

— Isso seria maravilhoso — disse Alice Koppel.

O RESTO DO DIA não foi melhor. Não houve um único sorriso. Uma colega de trabalho fora sumariamente despedida por causa daquela cadela rica e haveriam de fazê-la pagar por isso.

Ao final do primeiro dia de trabalho, Aaron Berkley e Norman Mathews foram à pequena sala designada para Alexandra, a fim de verificar se ela estava bem. O gesto não passou despercebido aos colegas de trabalho de Alexandra.

TODOS NA AGÊNCIA se tratavam pelo primeiro nome... e a exceção era Alexandra. Ela era Srta. Blackwell para todo mundo.

— Alexandra — dizia ela.

— Está bem.

E na próxima vez em que lhe dirigiam a palavra, era "Srta. Blackwell".

ALEXANDRA ESTAVA ansiosa para aprender e dar alguma contribuição. Participava de todas as reuniões de criação, em que o pessoal procurava ideias para novas campanhas. Observava os diretores de arte criarem novos *layouts*. Via Lucas Pinkerton recusar os textos que eram apresentados para sua aprovação. Ele era um homem rude, mesquinho, e Alexandra sentia pena dos redatores que sofriam sob o seu tacão. Alexandra descobriu-se a ir de um andar para outro, em reuniões com chefes de departamentos, clientes, sessões de fotografia, definições de estratégia. Mantinha a boca fechada, escutava e aprendia. Ao final da primeira semana, tinha a sensação de que já estava ali há um mês. Chegava em casa exausta, não do trabalho, mas da tensão que sua presença parecia provocar. Quando Kate lhe perguntava como estava indo o trabalho, Alexandra respondia:

— Tudo bem, vovó. É muito interessante.

— Tenho certeza de que vai se sair bem, Alex. Se tiver algum problema, basta falar com o Sr. Berkley ou o Sr. Mathews.

Era a última coisa que Alexandra tencionava fazer.

NA SEGUNDA-FEIRA seguinte, Alexandra foi trabalhar determinada a encontrar um meio de resolver seu problema. Havia intervalos pela manhã e à tarde para o café e a conversa era então descontraída e jovial.

— Já soube o que aconteceu na National Media? Algum gênio queria chamar a atenção para o ano espetacular que tiveram e resolveu publicar o balanço no *New York Times* em vermelho!

— Lembra-se daquela promoção de uma empresa aérea *Leve Sua Mulher de Graça*? Foi um sucesso, até que a empresa resolveu enviar cartas de agradecimento às mulheres. E recebeu uma inundação de cartas das mulheres, querendo saber com quem seus maridos haviam viajado. Eles...

Alexandra entrava e a conversa prontamente cessava.

— Quer um café, Srta. Blackwell?

— Obrigada, mas posso me servir.

Havia silêncio, enquanto Alexandra se servia na máquina automática de café. Quando ela se retirava, a conversa recomeçava:

— Já soube da confusão da campanha da Pure Soup? A modelo de cara angelical que eles usaram era uma estrela do cinema pornô...

AO MEIO-DIA, Alexandra disse a Alice Koppel:

— Se você estiver livre para o almoço, acho que poderíamos...

— Lamento, mas já tenho um compromisso.

Alexandra olhou para Vince Barnes.

— Também tenho — disse ele.

Ela olhou para Marty Bergheimer.

— E eu também.

Alexandra ficou transtornada demais para almoçar. Estavam fazendo com que ela se sentisse uma pária, o que começou a deixá-la furiosa. Não tencionava desistir. Haveria de encontrar um meio de alcançá-los, fazer com que soubessem que, apesar do nome Blackwell, era um deles. Comparecia às reuniões e escutava Aaron Berkley, Norman Mathews e Lucas Pinkerton censurarem o pessoal de criação, que estava apenas tentando fazer o seu trabalho da melhor maneira possível. Alexandra tinha pena deles, mas não queriam a sua compaixão. O que ela também não queria.

Alexandra esperou três dias, antes de tentar de novo. Disse a Alice Koppel:

— Falaram-me de um pequeno restaurante italiano sensacional aqui perto...

— Não gosto de comida italiana.

Ela virou-se para Vince Barnes.

— Estou de dieta.

Alexandra olhou para Marty Bergheimer.

— Vou a um restaurante chinês.

Alexandra ficou vermelha. Ninguém queria ser visto em sua companhia. Pois que todos eles vão para o inferno! Ela já estava cansada. Fizera tudo o que era possível para criar amizade, mas todas as vezes fora repelida rudemente. Trabalhar ali fora um erro. Encontraria emprego em outra parte, numa empresa que não tivesse qualquer vínculo com sua avó. Largaria a agência no final da semana. *Mas vou fazer com que todos se lembrem da minha passagem por aqui*, pensou Alexandra, sombriamente.

À UMA HORA da tarde, na quinta-feira, todos haviam saído para o almoço, com exceção da recepcionista, na mesa telefônica. Alexandra ficou. Já observara que havia interfones nas salas dos executivos, ligando-os com os diversos departamentos. Se um executivo queria falar com um subordinado, só precisava apertar o botão com o nome do funcionário na caixa do interfone. Alexandra entrou nas salas vazias de Aaron Berkley, Norman Mathews e Lucas Pinkerton, passando a hora seguinte a trocar todos os cartões. No começo da tarde, Lucas Pinkerton apertou o botão com o nome do chefe de criação e berrou:

— Levante esse rabo da cadeira e venha até aqui! Agora!

Houve um momento de silêncio e depois Norman Mathews esbravejou:

— O que foi que disse?

Pinkerton ficou olhando para o aparelho, completamente aturdido.

— Sr. Mathews?

— Acertou em cheio! E você tire esse rabo da cadeira e venha até aqui! Agora!

Um minuto depois, um redator apertou um botão do aparelho e disse:

— Tenho um texto aqui para você descer.

A voz de Aaron Berkley bradou:

— Você tem o quê?

Foi o início do pandemônio. Foram necessárias quatro horas para consertar a confusão que Alexandra criara... e foram as melhores quatro horas que os funcionários da Berkley & Mathews já haviam desfrutado. A cada vez que um novo incidente ocorria, todos gritavam de alegria. Os executivos eram chamados para ir comprar cigarros e consertar uma válvula defeituosa no banheiro. Aaron Berkley, Norman Mathews e Lucas Pinkerton reviraram a agência de alto a baixo, tentando descobrir o culpado. Mas ninguém sabia de nada.

A única pessoa que vira Alexandra entrar nas diversas salas era Fran, a recepcionista. Mas ela detestava os patrões mais do que a Alexandra e por isso limitou-se a dizer:

— Não vi ninguém.

Naquela noite, quando estava na cama com Vince Barnes, Fran relatou o que acontecera. Ele sentou-se na cama.

— Foi a garota Blackwell? Essa não!

Na manhã seguinte, quando Alexandra entrou em sua sala, encontrou Vince Barnes, Alice Koppel e Marty Bergheimer à espera. Os três fitaram-na em silêncio e Alexandra perguntou:

— Algum problema?

— Nenhum, Alex — disse Alice Koppel. — Estávamos apenas querendo saber se você não gostaria de nos acompanhar no almoço. Conhecemos uma espelunca italiana sensacional perto daqui...

Capítulo 28

DESDE BEM PEQUENA Eve Blackwell sabia de sua capacidade de manipular as pessoas. Antes, sempre fora um jogo para ela. Agora, no entanto, era terrivelmente sério. Fora tratada vergonhosamente, privada de uma vasta fortuna que por direito lhe pertencia, pelas maquinações da irmã e da avó vingativa. Haveria de fazer com que as duas pagassem caro por isso. O pensamento provocava um prazer tão intenso em Eve que quase a levava ao orgasmo. As vidas delas estavam agora em suas mãos.

Eve elaborou seu plano cuidadosamente, meticulosamente, definindo cada movimento. No começo, George Mellis fora um conspirador relutante.

— É perigoso demais — alegava ele. — Não preciso me envolver em algo assim. Posso arrumar todo o dinheiro de que necessito.

— Como? — indagava Eve, desdenhosamente. — Trepando com uma porção de mulheres de cabelos azuis? É assim que pretende passar o resto da sua vida? O que acontecerá quando engordar um pouco e surgirem rugas nos olhos? Nunca mais terá uma oportunidade como esta, George. Se quiser me ajudar, nós dois poderemos possuir um dos maiores conglomerados do mundo. Está me entendendo? Seremos os donos!

— Como pode saber que seu plano dará certo?

— Porque sou a maior especialista do mundo na minha avó e na minha irmã. Pode estar certo de que não vai falhar.

Eve parecia confiante, mas tinha restrições a George Mellis. Ela sabia que poderia fazer a sua parte, mas não tinha certeza se George seria capaz de fazer a dele. Ele era instável e não havia margem para erro no plano. Um único engano e todo o plano estaria perdido.

— Tome logo a sua decisão, George. Vai ou não aceitar?

Ele estudou-a por um longo tempo, antes de dizer:

— Está bem, aceito. — Ele aproximou-se de Eve e afagou-lhe os ombros, murmurando, em voz rouca: — Quero ir até o fundo.

Eve sentiu um tremor de expectativa sexual percorrer-lhe o corpo.

— Está certo. Mas será à minha maneira.

ESTAVAM NA CAMA. Nu, ele era o animal mais magnífico que Eve já vira. E também o mais perigoso, o que contribuía para aumentar sua excitação. Eve tinha agora a arma para controlá-lo. Mordiscou-lhe o corpo, descendo lentamente, provocando-o, até deixar o pênis totalmente rígido, a pique de estourar.

— Foda-me, George.

— Vire-se.

— Não. À minha maneira.

— Não gosto assim.

— Sei disso. Gostaria que eu fosse um garotinho de rabo apertado, não é mesmo, querido? Mas não sou. Sou uma mulher. Vamos, monte em cima de mim.

Ele montou e penetrou-a.

— Não consigo gozar assim, Eve.

Ela riu.

— Não se preocupe com isso, querido. Eu consigo.

Ela começou a mexer os quadris, arremetendo contra ele, sentindo que a penetrava cada vez mais fundo. Teve um orgasmo depois do outro, enquanto observava a frustração dele aumentar. George tinha vontade de machucá-la, fazê-la gritar de dor, mas não se atrevia.

— Outra vez! — ordenou Eve.

E ele arremeteu com o corpo contra o dela, até fazê-la gemer de prazer.

— Ahn... Já chega, por enquanto.

Ele saiu e estendeu-se ao lado dela. Estendeu a mão para os seios.

— Agora é a minha...

Eve disse, bruscamente:

— Vista-se!

George se levantou, tremendo de frustração e raiva. Eve continuou na cama, observando-o pôr as roupas, com um sorriso tenso no rosto.

— Foi um bom menino, George. Está na hora de receber sua recompensa. Vou lhe entregar Alexandra.

DA NOITE PARA o dia, tudo mudara para Alexandra. O que deveria ter sido o seu último dia na Berkley & Mathews transformara-se num triunfo. Passara de pária a heroína. A história de sua aventura espalhou-se por toda a Madison Avenue.

— Você virou uma figura lendária — comentou Vince Barnes, sorrindo.

Agora, ela era um deles.

Alexandra gostava de seu trabalho, particularmente das reuniões de criação, que se realizavam todas as manhãs. Sabia que não era aquilo o que desejava fazer pelo resto de sua vida, mas também não tinha certeza do que queria. Recebera pelo menos uma dúzia de pedidos de casamento e sentira-se tentada por um ou dois. Mas alguma coisa faltava. Ainda não encontrara o homem certo. Na manhã de sexta-feira, Eve telefonou, convidando Alexandra para almoçar.

— Há um novo restaurante francês que acaba de ser inaugurado. Já me disseram que a comida é deliciosa.

Alexandra ficou exultante em ter notícias da irmã. Andava preocupada com Eve. Telefonava-lhe duas ou três vezes por semana, mas Eve não estava em casa ou então se encontrava ocupada demais para encontrá-la. Assim, embora tivesse um compromisso, Alexandra disse agora:

— Vai ser maravilhoso almoçar com você.

O RESTAURANTE ERA elegante e caro, o bar estava repleto de fregueses esperando por mesa. Eve tivera de usar o nome da avó para conseguir uma reserva. O que a deixou irritada. E ela pensou: *Esperem só. Um dia ainda vão me suplicar para comer neste restaurante miserável.* Eve já estava sentada quando Alexandra chegou. Ficou observando a irmã, enquanto o *maître* a conduzia à mesa. Experimentou a estranha sensação de que estava observando a si mesma a se aproximar da mesa. Eve recebeu a irmã com um beijo no rosto.

— Você está deslumbrante, Alex. O trabalho deve fazer-lhe muito bem.

Pediram a comida e depois passaram a falar das respectivas vidas.

— Como está o trabalho? — perguntou Eve.

Alexandra relatou a Eve tudo o que lhe estava acontecendo. Eve ofereceu a Alexandra uma versão cuidadosamente editada de sua própria vida. No meio da conversa, Eve levantou os olhos abruptamente. George Mellis estava parado ao lado da mesa. Olhava para as duas, momentaneamente confuso. *Ei, ele não sabe quem sou eu!* compreendeu Eve.

— George! — disse ela.

Ele virou-se para ela, aliviado.

— Eve!

— Mas que surpresa agradável! — Ela acenou com a cabeça para Alexandra. — Acho que não conhece minha irmã. Alex, quero lhe apresentar George Mellis.

George pegou a mão de Alexandra e disse:

— Encantado.

Eve dissera que a irmã era gêmea, mas não lhe ocorrera que eram idênticas. Alexandra olhava fixamente para George, fascinada.

— Não quer nos acompanhar? — convidou Eve.

— Eu bem que gostaria. Mas, infelizmente, estou atrasado para um compromisso. Em outra ocasião, não recusarei. — Ele olhou para Alexandra. — E espero que seja o mais breve possível.

As duas ficaram observando-o se afastar.

— Deus do céu! — exclamou Alexandra. — Quem é ele?

— É um amigo de Nita Ludwig. Conheci-o numa festa que ela ofereceu.

— Fiquei louca ou ele é mesmo tão maravilhoso quanto estou pensando?

Eve riu.

— Ele não é o meu tipo, mas as mulheres parecem achá-lo muito atraente.

— E como é! Ele é casado?

— Não. Mas não é porque as mulheres não estejam tentando, querida. George é muito rico. Pode-se dizer que ele tem tudo: beleza, dinheiro, posição social.

E Eve, habilmente, mudou de assunto. Quando ela pediu a conta, o *maître* informou que o Sr. Mellis já cuidara disso.

ALEXANDRA NÃO conseguiu deixar de pensar em George Mellis. Na tarde de segunda-feira, Eve telefonou para ela e disse:

— Parece que você está fazendo sucesso, querida. George Mellis me ligou, querendo saber seu telefone. Posso dar?

Alexandra ficou surpresa ao descobrir que estava sorrindo.

— Se você tem certeza que não está interessada...

— Já lhe disse que ele não é o meu tipo, Alex.

— Então não me importo se você der o meu telefone.

Conversaram por mais alguns minutos e depois Eve desligou. Repôs o fone no gancho e olhou para George, que estava estendido na cama, a seu lado, nu.

— Ela concordou.

— Quando?

— Assim que eu lhe disser.

ALEXANDRA TENTOU esquecer que George Mellis iria telefonar-lhe. Quanto mais tentava afastá-lo dos pensamentos, no entanto, mais pensava nele. Jamais se sentira particularmente atraída por homens bonitos, pois descobrira que quase todos eram egocêntricos. Mas George Mellis, pensava Alexandra, parecia diferente. Havia nele algo de irresistível. O simples contato de mão dele deixara-a excitada. *Você está louca*, disse ela a si mesma. *Viu o homem apenas por dois minutos.*

Ele não ligou naquela semana e as emoções de Alexandra foram da impaciência à frustração e raiva. *Ao diabo com ele!*, pensou Alexandra. *Com certeza encontrou outra. Ótimo!*

Quando o telefone tocou, ao final da semana seguinte, e Alexandra ouviu a voz sonora e rouca dele, toda a sua raiva dissipou-se, como num passe de mágica.

— Aqui é George Mellis. Nós nos encontramos rapidamente, quando estava almoçando com sua irmã. Eve disse que você não se importaria se eu lhe telefonasse.

— Ela falou que você poderia telefonar — disse Alexandra, procurando imprimir um tom de indiferença à voz. — Por falar nisso, obrigada pelo almoço.

— Você merece um banquete. Merece um monumento.

Alexandra riu, satisfeita com a extravagância dele.

— Não gostaria de jantar comigo uma noite dessas?

— Ora... eu... está certo. Seria ótimo.

— Isso é maravilhoso! Se você dissesse que não, eu teria me matado!

— Por favor, não faça isso — disse Alexandra. — Eu detesto comer sozinha.

— Eu também. Conheço um pequeno restaurante na Mulberry Street. O Mattoon's. É pouco conhecido, mas a comida...

— O Mattoon's? Eu o adoro! É o meu restaurante predileto!

— Você já conhece? — Havia surpresa na voz dele.

— E muito!

George olhou para Eve e sorriu. Não podia deixar de admirar a habilidade dela. Eve informara-o de todos os gostos e aversões de Alexandra. George Mellis sabia de tudo o que havia para saber a respeito da irmã de Eve.

Quando George finalmente desligou, Eve pensou: *Já começou.*

Foi a noite mais encantadora da vida de Alexandra. Uma hora antes de George Mellis aparecer, ela recebeu uma dúzia de balões rosa, com uma orquídea. Alexandra estava dominada pelo receio de que sua imaginação pudesse tê-la levado a esperar demais. Mas no instante em que tornou a ver George Mellis, todas as suas dúvidas se dissiparam. Sentiu novamente o magnetismo irresistível dele. Tomaram um drinque na casa e depois seguiram para o restaurante.

— Quer dar uma olhada no cardápio? — perguntou George. — Ou posso pedir por você?

Alexandra tinha os seus pratos prediletos ali, mas queria agradar a George.

— Por que você não pede?

Ele escolheu um dos pratos prediletos de Alexandra. Ela teve a sensação inebriante de que George podia ler seus pensamentos. Comeram alcachofras recheadas, vitela ao Mattoon, uma especialidade da casa. Também comeram salada, que George misturou na própria mesa, com extrema habilidade.

— Você cozinha? — perguntou Alexandra.

— É uma das paixões da minha vida. Minha mãe ensinou-me. Ela era uma cozinheira extraordinária.

— É muito chegado à sua família, George?

Ele sorriu e Alexandra pensou que era o sorriso mais atraente que já vira em toda a sua vida.

— Sou um grego. O mais velho de três irmãos e duas irmãs. Gostamos muito uns dos outros. — Uma expressão de tristeza insinuou-se nos olhos dele. — Deixá-los foi a coisa mais difícil que já fiz na vida. Meu pai e meus irmãos suplicaram-me que ficasse. Tínhamos um negócio grande e achavam que eu era necessário lá.

— E por que não ficou?

— Provavelmente vai achar que sou um tolo, mas prefiro encontrar o meu próprio caminho. Sempre foi difícil para mim aceitar presentes dos outros e a empresa era um presente que vinha do meu avô, por intermédio de meu pai. E não quero saber disso. Meus irmãos podem ficar com a minha parte.

Alexandra admirou-o profundamente nesse momento. George acrescentou, suavemente:

— Além do mais, eu nunca a teria conhecido se tivesse ficado na Grécia.

Alexandra sentiu que estava corando.

— Nunca foi casado?

— Não. Já fui noivo algumas vezes, mas sempre senti, no último momento, que alguma coisa estava errada. — Ele inclinou-se para a frente, a voz ansiosa. — Bela Alexandra, vai me julgar antiquado, mas quando eu casar será para sempre. Uma mulher é o suficiente para mim. Por isso, terá de ser a mulher certa.

— Acho que isso é maravilhoso, George.

— E você? Já esteve apaixonada alguma vez?

— Não.

— O que é um infortúnio para alguém, mas afortunado para...

O garçom apareceu nesse momento com a sobremesa. Alexandra estava morrendo de vontade de pedir a George que concluísse a frase, mas ficou com medo de fazê-lo.

Alexandra jamais se sentira tão à vontade com alguém. George Mellis parecia genuinamente interessado nela. Assim, Alexandra descobriu-se a falar de sua infância, sua vida, as experiências que guardava e prezava.

George Mellis orgulhava-se de ser um profundo conhecedor das mulheres. Sabia que as mulheres bonitas eram geralmente as mais inseguras, pois os homens se concentravam na beleza, fazendo com que se sentissem objetos, ao invés de seres humanos. Quando George estava com uma mulher bonita, jamais se referia à sua aparência. Fazia a mulher sentir que estava interessado pela mente dela, seus sentimentos, que era uma alma irmã, partilhando os mesmos sonhos. Era uma experiência extraordinária para Alexandra. Ela falou a George de Kate e Eve.

— Sua irmã não vive com você e sua avó?

— Não. Ela... Eve queria ter o seu próprio apartamento.

Alexandra não podia imaginar por que George Mellis não se sentira atraído pela irmã. Qualquer que fosse o motivo, porém, Alexandra sentia-se grata. Durante o jantar, ela percebeu que todas as mulheres no restaurante olhavam para George. Mas ele não olhou ao redor, não desviou os olhos dela por um momento sequer. Enquanto tomavam café, George disse:

— Não sei se você gosta de *jazz*, mas há um clube na St. Marks Place, o Five Spot...

— Onde Cecil Taylor toca!

Ele ficou surpreso.

— Já esteve lá?

— Muitas vezes! — Alexandra riu. — Eu o adoro! É incrível como partilhamos os mesmos gostos.

George murmurou:

— Só pode ser algum milagre...

Foram escutar o piano fascinante de Cecil Taylor, que povoava a sala com seus arpejos. De lá, foram para um bar na Bleecker Street, onde os fregueses bebiam, comiam pipocas, jogavam dardos e escutavam boa música de piano. Alexandra ficou observando George disputar uma partida de dardos com uns fregueses habituais da casa. O homem era bom, mas não teve qualquer chance. George jogou com uma concentração quase assustadora. Era apenas um jogo, mas ele empenhou-se como se fosse uma questão de vida ou morte. *Ele é um homem que tem de vencer,* pensou Alexandra.

Eram duas horas da madrugada quando saíram do bar. Alexandra detestou, porque representava o fim da noite.

George sentou-se ao lado de Alexandra, no Rolls-Royce com motorista que alugara. Não disse nada. Apenas ficou olhando para ela. A semelhança entre as duas irmãs era espantosa. Gostaria de saber se os corpos também são iguais. Ele visualizou Alexandra na cama em sua companhia, contorcendo-se e gritando de dor.

— Em que está pensando? — perguntou Alexandra.

Ele virou o rosto, a fim de que ela não pudesse perceber coisa alguma por seus olhos.

— Vai rir de mim.

— Prometo que não.

— Não a culparia se risse. Acho que sou considerado como um *playboy.* Sabe qual é a vida... passeios de iate e festas, todo o resto.

— Sei, sim.

Ele fixou os olhos escuros nos de Alexandra.

— Acho que você é a única mulher que pode mudar tudo isso. Para sempre.

Alexandra sentiu que seu coração disparava.

— Eu...eu não sei o que dizer.

— Por favor, não diga nada.

Os lábios dele estavam bem perto dos dela e Alexandra estava preparada. Mas ele não seguiu adiante. *Não faça qualquer avanço,* advertira Eve. *Pelo menos não na primeira noite. Se o fizer, vai se tornar mais um de uma longa sucessão de Romeus, morrendo de vontade de pôr as mãos nela e em sua fortuna. Deixe que ela tome a iniciativa.*

Por isso, George Mellis limitou-se a segurar a mão de Alexandra, até que o carro parou diante da mansão Blackwell. George acompanhou Alexandra até a porta da frente. Ela virou-se e disse:

— Não tenho palavras para expressar o quanto gostei desta noite.

— Foi como pura magia para mim.

O sorriso de Alexandra era intenso o bastante para iluminar a rua.

— Boa-noite, George.

E ela entrou em casa.

QUINZE MINUTOS DEPOIS, o telefone de Alexandra tocou.

— Sabe o que acabei de fazer? Telefonei para minha família. Falei sobre a mulher maravilhosa com quem estive esta noite. Durma bem, minha adorável Alexandra.

Ao desligar, George Mellis pensou: *Depois que nos casarmos, ligarei para a minha família. E mandarei todos eles à merda.*

Capítulo 29

ALEXANDRA NÃO TEVE mais notícias de George Mellis. Não naquele dia, no seguinte ou no resto da semana. Cada vez que o telefone tocava, ela corria para atender, mas sempre ficava desapontada. Não podia imaginar o que saíra errado. A todo momento, reconstituía mentalmente a noite. *Acho que você é a única mulher que pode mudar tudo isso. Para sempre. Telefonei para minha família e falei sobre a mulher maravilhosa com quem estive esta noite.* Alexandra aventou uma porção de motivos para ele não telefonar.

Ofendera-o de alguma maneira, sem perceber.

Ele gostara demais dela, mas estava com medo de se apaixonar e tomara a decisão de nunca mais vê-la.

Ele chegara à conclusão que ela não era o seu tipo.

Ele sofrera um acidente terrível e estava inconsciente em algum hospital.

Ele estava morto.

Quando não pôde mais suportar, Alexandra ligou para Eve Forçou-se a uma conversa amena por um minuto inteiro, antes de finalmente indagar:

— Eve, por acaso teve ultimamente alguma notícia de George Mellis?

— Não. Pensei que ele fosse convidá-la para jantar.

— E jantamos juntos... na semana passada.

— E não teve notícias dele desde então?

— Não.

— Ele está provavelmente ocupado.

Ninguém fica tão ocupado assim, pensou Alexandra. Em voz alta, ela disse:

— Provavelmente.

— Esqueça George Mellis, querida. Há um canadense muito atraente que eu gostaria que você conhecesse. Ele possui uma empresa aérea e...

Depois de desligar, Eve recostou-se, sorrindo. Gostaria que a avó pudesse saber como planejara tudo com perfeição.

— EI, QUE BICHO a mordeu? — perguntou Alice Koppel.

— Desculpe — murmurou Alexandra.

Ela estava se mostrando brusca com todo mundo naquela manhã. Há duas semanas que não tinha notícias de George Mellis e estava furiosa... não com ele, mas consigo mesma, por não ser capaz de esquecê-lo. Ele nada lhe devia. Eram estranhos que haviam partilhado uma noite e ela estava se comportando como se esperasse que tudo acabasse em casamento. George Mellis poderia ter qualquer mulher no mundo. Por que haveria de escolhê-la?

Até mesmo a avó já percebera que ela andava extremamente irritada.

— O que há com você, menina? Estão obrigando-a a trabalhar demais na agência?

— Não, vovó. É que... não tenho dormido muito bem ultimamente.

E quando ela dormia, tinha sonhos eróticos com George Mellis. *Mas que diabo!* Ela gostaria que Eve nunca o tivesse apresentado.

ELA RECEBEU O telefonema na agência, na tarde seguinte.

— Alex? George Mellis.

Como se ela não pudesse reconhecer a voz profunda dele, que ouvia constantemente em seus sonhos!

— Alex? Está me ouvindo?

— Estou, sim.

Ela estava dominada por emoções confusas. Não sabia se ria ou chorava. Ele era um egocêntrico insensível e Alexandra nunca mais queria vê-lo.

— Eu queria telefonar para você antes, Alex, mas estive em Atenas e cheguei há poucos minutos.

O coração de Alexandra se derreteu.

— Esteve em Atenas?

— Isso mesmo. Lembra daquela noite em que jantamos juntos?

Alexandra se lembrava.

— Na manhã seguinte, meu irmão Steve telefonou... Meu pai sofreu um infarto.

— Oh, George! — Ela sentiu-se culpada por ter pensado coisas horríveis a respeito dele. — Como ele está?

— Vai ficar bom, graças a Deus. Mas tive a sensação de que estava sendo esquartejado. Ele pediu-me que voltasse à Grécia e assumisse o negócio da família.

— E você vai?

Alexandra estava prendendo a respiração.

— Não.

Ela deixou o ar escapar dos pulmões.

— Sei agora que o meu lugar é aqui. Não se passou um dia ou mesmo uma hora em que eu não tenha pensado em você. Quando posso vê-la?

Agora!

— Podemos jantar esta noite.

Ele sentiu-se tentado a indicar outro dos restaurantes prediletos de Alexandra. Em vez disso, porém, indagou:

— Onde gostaria de jantar?

— Em qualquer lugar. Não importa. Gostaria de jantar aqui em casa?

— Não.

Ele ainda não estava preparado para conhecer Kate. *O que quer que faça, fique longe de Kate Blackwell por enquanto. Ela é o seu maior obstáculo.*

— Irei buscá-la às oito horas.

Alexandra desligou, beijou Alice Koppel, Vince Barnes e Marty Bergheimer, dizendo:

— Vou ao cabeleireiro. Verei vocês amanhã.

Eles ficaram observando-a sair apressadamente do escritório e Alice Koppel comentou:

— É um homem.

Jantaram no Maxwell's Plum. Um *maître* levou-os pelo bar apinhado, em formato de ferradura, subindo a escada para o salão de jantar. Eles fizeram os pedidos.

— Pensou em mim enquanto eu estava longe? — perguntou George.

— Pensei. — Alexandra achava que devia ser totalmente sincera com aquele homem, tão franco e vulnerável. — Quando os dias foram passando sem que recebesse qualquer notícia sua, pensei que alguma coisa horrível pudesse ter acontecido. Entrei em pânico. Acho que não conseguiria aguentar por mais um dia.

Nota dez para Eve, pensou George. Ela lhe dissera: *Fique firme. Eu lhe direi quando deve telefonar.* Pela primeira vez, George teve a impressão de que o plano iria realmente dar certo. Até aquele momento, não se atrevera a acreditar de verdade na possibilidade de controlar a incalculável fortuna Blackwell. Fora apenas um jogo em que ele e Eve estavam empenhados. Olhando agora para Alexandra, sentada à sua frente, com os olhos transbordando de adoração, George Mellis compreendeu que não era mais um jogo. Alexandra lhe pertencia. Era o primeiro estágio do plano. Os outros podiam ser perigosos, mas haveria de superá-los, com a ajuda de Eve.

Estamos metidos nisso até afim, George. E vamos partilhar tudo meio a meio.

Mas George Mellis não acreditava em sociedade. Quando tivesse o que queria, depois que se livrasse de Alexandra, então daria um jeito em Eve. O pensamento proporcionou-lhe imenso prazer.

— Você está sorrindo — comentou Alexandra.

Ele pôs a mão sobre a dela e o contato incendiou Alexandra.

— Estava pensando em como é bom ficarmos juntos. Em qualquer lugar. — Ele meteu a mão no bolso e tirou uma caixa de joia. — Trouxe uma coisa da Grécia para você.

— Oh, George...

— Abra, Alex.

Dentro da caixa havia um colar de diamantes.

— É lindo!

Era o mesmo colar que ele tirara de Eve. Pode dar a ela com toda a segurança, dissera Eve. *Ela nunca viu esse colar.*

— É demais, George.

— Nada é demais para você. Vou gostar de vê-la com esse colar.

— Eu... — Alexandra estava tremendo. — Obrigada.

Ele olhou para o prato dela.

— Você não comeu nada.

— Não estou com fome.

George tornou a perceber a expressão nos olhos dela e experimentou outra vez a sensação inebriante de poder. Já vira aquela mesma expressão nos olhos de muitas mulheres, lindas, feias, ricas, pobres. Usara a todas. De um jeito ou de outro, haviam lhe dado alguma coisa. Mas aquela iria lhe dar mais do que todas as outras juntas.

— O que você gostaria de fazer?

A voz de George era um convite. Alexandra aceitou, com simplicidade e franqueza.

— Quero estar com você.

GEORGE MELLIS TINHA todo o direito de sentir-se orgulhoso de seu apartamento. Era de extremo bom gosto, decorado por amantes agradecidos, tanto mulheres como homens, que haviam tentado comprar sua afeição com presentes caros, conseguindo sempre, pelo menos temporariamente.

— É um apartamento adorável! — exclamou Alexandra.

George aproximou-se dela e virou-a lentamente, deixando o colar de diamantes faiscar na iluminação indireta da sala.

— É todo seu, querida.

Ele beijou-a, gentilmente, aumentando depois a intensidade. Alexandra mal percebeu quando ele a levou para o quarto, decorado em tons de azul, com móveis masculinos, de muito bom gosto. No meio do quarto havia uma cama imensa. George tornou a abraçar Alexandra e descobriu que ela estava tremendo.

— Você está bem, *kale'mou*?

— Eu... eu estou um pouco nervosa.

Ela estava apavorada com a possibilidade de desapontar aquele homem. Respirou fundo e começou a desabotoar o vestido. George sussurrou:

— Deixe-me fazer isso.

Ele começou a despir a loura deslumbrante parada à sua frente, lembrando-se das palavras de Eve: *Controle-se. Se machucar Alexandra, se ela descobrir o porco que você realmente é, nunca mais tornará a vê-lo. Está entendendo? Guarde os punhos para as suas putas e os seus garotinhos bonitos.*

Assim, George despiu Alexandra ternamente, contemplando-lhe a nudez. O corpo dela era exatamente igual ao de Eve, lindo, cheio, maduro. Ele sentiu um desejo quase irresistível de machucar aquela pele branca e delicada. Agredi-la, sufocá-la, fazê-la gritar. *Se machucar Alexandra, ela nunca mais tornará a vê-lo.*

Ele despiu-se e puxou Alexandra de encontro ao seu corpo. Ficaram parados por um momento, fitando-se nos olhos. Depois, gentilmente, George levou Alexandra para a cama, começou a beijá-la, lentamente, ternamente, a língua e os dedos explorando cada parte do corpo, até que ela ficou incapaz de esperar por mais um momento sequer.

— Oh, por favor! — suplicou Alexandra. — Agora! Agora!

Ele montou-a e Alexandra mergulhou num êxtase quase insuportável. Ela finalmente ficou imóvel nos braços dele e suspirou.

— Oh, meu querido! Espero que tenha sido maravilhoso para você também!

— Foi, sim — mentiu ele.

Alexandra apertou-o com força e chorou. Não sabia por que estava chorando, apenas que estava grata por toda a glória e alegria.

— Calma, calma... — murmurou George. — Tudo é maravilhoso. E era mesmo.

Eve ficaria orgulhosa dele.

EM TODAS AS ligações amorosas, sempre há incompreensões, ciúmes, pequenas mágoas e desavenças. Mas tal não acontecia no romance entre George e Alexandra. Sob a orientação meticulosa de Eve, George podia habilmente controlar todas as emoções de Alexandra. Ele conhecia os medos, fantasias, paixões e aversões de Alexandra, estava sempre preparado para dar exatamente de que ela precisava. Sabia o que a fazia rir, sabia o que a fazia chorar. Alexandra estava emocionada e encantada com o ato de amor, mas George sentia-se frustrado. Quando estava na cama com Alexandra, escutando os gritos animais dela, o excitamento daquela mulher levava-o a uma intensidade febril. Tinha vontade de maltratá-la, fazê-la gritar, suplicar por misericórdia, a fim de chegar ao seu próprio orgasmo. Mas sabia que destruiria tudo se fizesse isso. A frustração dele aumentava cada vez mais. Quanto mais faziam amor, mais sentia desprezo por Alexandra.

Havia determinados lugares em que George sabia que podia encontrar satisfação, mas precisava ser cauteloso. De madrugada, ele frequentava bares de solteiros e discotecas de *gays*, pegando viúvas solitárias procurando por uma noite de conforto, rapazes homossexuais famintos de amor, prostitutas sequiosas de dinheiro. George levava-os para hotéis miseráveis no West Side, Bowery e Greenwich Village. Jamais voltava ao mesmo hotel duas vezes e certamente não teria boa acolhida. Seus parceiros sexuais geralmente eram encontrados inconscientes ou semiconscientes, os corpos machucados, muitas vezes cobertos por queimaduras de cigarro.

George evitava masoquistas. Eles gostavam da dor que lhes infligia e isso tirava o seu prazer. Tinha de fazer com que gritassem e suplicassem por misericórdia, como o pai o fizera gritar e suplicar por misericórdia quando era pequeno. A punição pelas menores infrações eram surras que muitas vezes deixavam-no inconsciente. George tinha oito anos quando o pai o surpreendera com o filho de um vizinho, ambos nus. O pai o espancara até que o sangue escorresse dos ouvidos e nariz. Para ter certeza de que o menino nunca mais tornaria a pecar, o pai comprimira um charuto aceso contra o pênis de George. A cicatriz na pele acabara desaparecendo, mas a cicatriz lá no fundo de seu ser se tornara infeccionada.

George Mellis possuía a natureza ardente e arrebatada de seus ancestrais helênicos. Não podia suportar o pensamento de ser controlado por quem quer que fosse. Aguentava a humilhação que Eve Blackwell lhe infligia somente porque precisava dela. Quando tivesse a fortuna Blackwell nas mãos, tencionava puni-la, até que ela suplicasse que a matasse. O encontro com Eve fora a coisa mais afortunada que já lhe acontecera na vida. *Sorte para mim*, pensava George. *Azar para ela.*

ALEXANDRA SE ESPANTAVA sempre por constatar como George sabia que flores lhe enviar, que discos comprar, que livros poderiam agradá-la. Quando a levava a um museu, mostrava-se emocionado com os mesmos quadros que ela amava. Alexandra achava incrível como os gostos eram idênticos. Procurava por um único defeito em George Mellis e não conseguia encontrar. Ele era perfeito. Alexandra foi ficando cada vez mais ansiosa que Kate o conhecesse.

Mas George sempre encontrava uma desculpa para evitar a apresentação a Kate Blackwell.

— Ora, querido, tenho certeza de que você vai adorá-la. Além do mais, quero exibi-lo.

— Não tenho a menor dúvida de que ela é maravilhosa — dizia George, timidamente. — Mas estou apavorado com a possibilidade de que ela não me considere bom o bastante para você.

— Mas que bobagem! — A modéstia dele deixava Alexandra comovida. — Vovó vai adorá-lo.

— Vamos esperar mais um pouco. Assim que eu tiver adquirido um pouco mais de coragem.

ELE DISCUTIU o problema com Eve uma noite. Ela pensou um pouco e depois decidiu:

— Está certo. Você terá de enfrentar o contato, mais cedo ou mais tarde. Mas terá de tomar um cuidado extremo. Ela é uma cadela, mas muito esperta. Não a subestime em nenhum momento. Se ela desconfiar que você está atrás de alguma coisa, vai cortar-lhe o coração em pedacinhos e dar para os cachorros comerem.

— Mas por que precisamos dela? — indagou George.

— Porque se você fizer alguma coisa para que Alexandra passe a antagonizá-la, estaremos perdidos.

ALEXANDRA NUNCA se sentira tão nervosa. Iam jantar juntos pela primeira vez, George, Kate e Alexandra. Ela rezava para que nada saísse errado. Mais do que qualquer outra coisa no mundo, queria que George e a avó gostassem um do outro. Queria que a avó compreendesse como George era maravilhoso e queria que George apreciasse Kate Blackwell.

Kate nunca vira a neta tão feliz. Alexandra conhecera alguns dos solteiros mais cobiçados do mundo, mas nenhum deles a interessara. Kate tencionava examinar meticulosamente o homem que tanto cativara a sua neta. Tinha muitos anos de experiência com caçadores de dotes e não ia permitir que um deles enganasse Alexandra.

Estava aguardando ansiosamente um encontro com o Sr. George Mellis. Tinha a impressão de que ele estava relutante em conhecê-la e se perguntava o motivo.

Kate ouviu a campainha da porta da frente e, um minuto depois, Alexandra entrou na sala de estar, acompanhada por um estrangeiro alto, de beleza clássica.

— Vovó, este é George Mellis.

— Finalmente — disse Kate. — Já estava começando a pensar que queria me evitar, Sr. Mellis.

— Ao contrário, Sra. Blackwell. Não faz ideia do quanto eu aguardava ansiosamente por este momento.

Ele quase disse "É mais bonita do que imaginei pelas palavras de Alex", mas conteve-se a tempo. *Tome cuidado, George. Nada de lisonjas. É como uma capa vermelha para a velha.*

Um mordomo entrou na sala, preparou os drinques e retirou-se discretamente.

— Sente-se, por favor, Sr. Mellis.

— Obrigado.

Alexandra sentou-se ao lado dele no sofá, de frente para a avó.

— Soube que tem saído frequentemente com a minha neta.

— O que tem sido um grande prazer para mim.

Kate observava-o atentamente através de seus olhos castanho-claros.

— Alexandra me disse que trabalha numa firma de corretagem.

— É verdade.

— Para ser franca, Sr. Mellis, acho estranho que queira trabalhar como um assalariado, quando poderia estar comandando o lucrativo negócio da família.

— Vovó, eu expliquei que...

— Eu gostaria de ouvir tudo diretamente do Sr. Mellis, Alexandra.

Seja polido, mas não se intimide diante dela, pelo amor de Deus! Se demonstrar o menor sinal de fraqueza, ela vai estraçalhá-lo.

— Sra. Blackwell, não tenho o hábito de discutir a minha vida pessoal. — Ele hesitou por um instante, como se estivesse tomando uma decisão. — Contudo, nas circunstâncias, acho que... — Ele fez outra pausa, fitando Kate Blackwell nos olhos. — Sou um homem muito independente. Não aceito caridade. Se eu tivesse fundado a Mellis & Cia, estaria hoje dirigindo-a. Mas a firma foi fundada por meu avô e desenvolvida por meu pai. Não precisa de mim. Tenho três irmãos que são perfeitamente capazes de dirigi-la. Prefiro ser um assalariado, até encontrar alguma coisa que possa fazer pessoalmente e orgulhar-me disso.

Kate acenou com a cabeça, lentamente. Aquele homem não era absolutamente o que esperara. Estava preparada para um *playboy*, um caçador de dotes, do tipo que vinha perseguindo suas netas desde que podia se lembrar. Mas aquele homem parecia ser diferente. E, no entanto, havia nele algo desconcertante, que Kate não podia definir. Ele parecia quase perfeito demais.

— Soube que sua família é muito rica.

Ela tem de acreditar que você é podre de rico e está perdidamente apaixonado por Alex. Seja charmoso. Mantenha o controle e conseguirá tudo.

— O dinheiro é uma necessidade, é claro, Sra. Blackwell. Mas há uma centena de coisas que me interessam mais.

Kate conferira o balanço da Mellis & Cia. Segundo o relatório da Dun & Bradstreet, o faturamento era superior a 30 milhões de dólares.

— É muito ligado à sua família, Sr. Mellis?

O rosto de George se iluminou.

— Talvez até demais. — Ele permitiu que um pequeno sorriso se insinuasse em seus lábios. — Temos um ditado em nossa família, Sra. Blackwell. Quando um de nós corta o dedo, todos os outros sangram. Mantemos um contato permanente.

Há mais de três anos que George não falava com qualquer pessoa da família. Kate acenou com a cabeça, com uma expressão de aprovação.

— Acho muito importante as famílias serem unidas.

Kate olhou para a neta. Havia uma expressão de adoração no rosto de Alexandra. Por um momento fugaz, ela lembrou-se de si mesma e de David, há muito e muito tempo, quando estavam apaixonados. Os anos não haviam ofuscado a recordação do que ela sentira. Lester entrou na sala.

— O jantar está servido, madame.

A CONVERSA DURANTE o jantar parecia mais descontraída, mas as perguntas de Kate eram sempre objetivas. George estava preparado para a pergunta mais importante, quando ela chegou, inesperadamente:

— Gosta de crianças, Sr. Mellis?

Ela está desesperada por um bisneto. Quer isso mais do que qualquer outra coisa no mundo.

George virou-se para Kate, com uma expressão de surpresa.

— Se gosto de crianças? Mas o que é um homem sem filhos? Quando eu casar, minha pobre mulher ficará muito ocupada. Na Grécia, o valor de um homem é medido pelo número de filhos que gerou.

Ele parece genuíno, pensou Kate. Mas é preciso tomar muito cuidado. Mandarei amanhã que Brad Rogers faça um levantamento da situação financeira pessoal dele.

ANTES DE SE DEITAR, Alexandra telefonou para Eve. Tinha informado à irmã que George jantaria na casa naquela noite.

— Mal posso esperar para saber de tudo, querida — dissera Eve. — Deve me telefonar assim que ele sair. Vou querer um relatório completo.

E, agora, Alexandra estava fazendo o relatório.

— Acho que vovó gostou muito dele.

Eve sentiu um *frisson* de satisfação.

— O que ela disse?

— Fez uma porção de perguntas pessoais a George. Ele saiu-se muito bem.

Então, ele soubera se comportar.

— E quando os pombinhos vão casar?

— Eu... Ele ainda não me pediu, Eve, mas acho que não demora a acontecer.

Eve podia perceber a felicidade na voz da irmã.

— E vovó vai aprovar?

— Tenho certeza que sim. Ela vai verificar a situação financeira pessoal de George, mas estou convencida de que isso não será problema.

O coração de Eve disparou. Alexandra estava dizendo:

— Você sabe como vovó é cautelosa.

— Claro que sei.

Eles estavam perdidos. A menos que ela pudesse pensar em alguma coisa, o mais depressa possível.

— Mantenha-me informada, Alex.

— Claro. Boa-noite.

Eve desligou e imediatamente ligou para George Mellis. Ele ainda não chegara em casa. Eve passou a telefonar a cada dez minutos, até que ele atendeu.

— Você pode arrumar um milhão de dólares imediatamente, George?

— De que diabo está falando?

— Kate vai verificar a sua situação financeira.

— Ela sabe o quanto vale a minha família e...

— Não estou falando de sua família, mas de você. Eu lhe disse que ela não é nenhuma tola.

Houve um momento de silêncio.

— Onde poderei arrumar um milhão de dólares?

— Tenho uma ideia — disse Eve.

QUANDO CHEGOU AO escritório, na manhã seguinte, Kate disse a seu assistente:

— Peça a Brad Rogers para fazer uma verificação da situação financeira pessoal de George Mellis. Ele trabalha para a Hanson & Hanson.

— O Sr. Rogers só voltará à cidade amanhã, Sra. Blackwell. Pode esperar ou...

— Amanhã está bom.

EM MANHATTAN, na Wall Street, George Mellis estava sentado à sua mesa, na corretora Hanson & Hanson. A bolsa estava em funcionamento e a sala imensa era um tumulto de barulho e atividade. Havia 225 empregados trabalhando na sede da firma, todos num ritmo febril, entre corretores, analistas, contadores, operadores e representantes de clientes. A única exceção era George Mellis. Ele estava imóvel em sua mesa, dominado pelo pânico. O que estava prestes a fazer poderia levá-lo à prisão, se falhasse. Mas se desse certo, seria o dono do mundo.

— Não vai atender o telefone?

Um dos companheiros estava parado ao lado dele e George compreendeu que seu telefone estava tocando há... há quanto tempo? Devia se comportar normalmente, sem fazer qualquer coisa que pudesse provocar suspeitas. Ele pegou o telefone e disse, sorrindo para o colega:

— George Mellis falando.

George passara a manhã executando as ordens de compra e venda, mas os pensamentos estavam concentrados no plano de Eve para roubar um milhão de dólares. *É muito simples, George. Você só precisa tomar emprestado alguns certificados de ações por uma noite. Pode devolver pela manhã e ninguém jamais saberá.*

Cada corretora tinha milhões de dólares em ações e outros títulos em seus cofres, à disposição dos clientes. Alguns certificados de ações tinham o nome do dono, mas a maioria era ao portador, tendo apenas um código para identificar o possuidor. Os certificados não eram negociáveis, mas George também não tencionava vendê-los. Sua ideia era outra. Na Hanson & Hanson, os certificados eram guardados num vasto cofre no sétimo andar. O local era vigiado por um guarda armado, que ficava diante de um portão de ferro, que só podia ser aberto por um cartão de plástico codificado. George Mellis não dispunha de um cartão assim. Mas conhecia alguém que tinha.

Helen Thatcher era uma viúva solitária, na casa dos 40 anos. Tinha um rosto simpático e um corpo relativamente atraente, além de ser uma cozinheira admirável. Estivera casada por 23 anos e a morte do marido abrira um vazio em sua vida. Precisava de um homem para cuidar dela. Seu problema era que a maioria das mulheres que trabalhavam na Hanson & Hanson era mais jovem e mais atraente. Ninguém jamais convidava Helen para sair. Ela trabalhava no departamento de contabilidade, no andar acima de George Mellis. Desde a primeira vez que vira George, Helen decidira que ele seria um marido perfeito para ela. Convidara-o meia dúzia de vezes para jantar em seu apartamento e insinuara que poderia servir algo mais que a comida. Mas George sempre encontrara uma desculpa.

Naquela manhã, o telefone de Helen tocou e ela disse:

— Contabilidade, Sra. Thatcher.

A voz de George Mellis soou no ouvido dela:

— Helen? Aqui é George.

A voz dele era insinuante e Helen sentiu-se emocionada.

— O que deseja, George?

— Tenho uma pequena surpresa para você. Pode descer até a minha sala?

— Agora?

— Isso mesmo.

— Estou no meio...

— Se está muito ocupada, não tem importância. Pode esperar.

— Não, não... Descerei imediatamente.

O telefone de George estava tocando outra vez. Ele ignorou. Pegou alguns papéis e encaminhou-se para os elevadores. Olhando ao redor para certificar-se de que ninguém o observava, passou pelos elevadores e subiu pela escada dos fundos. Chegando ao andar superior, teve a precaução de verificar se Helen deixara a sala, depois entrou calmamente, como se tivesse algo a tratar ali. Se fosse apanhado... Mas não podia pensar nisso. Abriu a gaveta do meio, onde sabia que Helen guardava o cartão de plástico codificado que possibilitava o acesso ao cofre. Lá estava. Ele pe-

476

gou, pôs no bolso, saiu da sala e desceu a escada apressadamente. Quando chegou à sua mesa, Helen já estava ali, olhando ao redor, à sua procura.

— Desculpe — disse George. — Chamaram-me para resolver um pequeno problema.

— Não tem importância. Qual é a surpresa?

— Um passarinho me contou que hoje é seu aniversário. E quero levá-la para almoçar.

Ele observou a expressão no rosto dela. Ela estava indecisa entre contar-lhe a verdade e perder a oportunidade do almoço.

— É... é muita gentileza sua. Eu adoraria almoçar com você.

— Então está combinado. Vamos nos encontrar no Tony's, à uma hora da tarde.

Ele poderia ter acertado tudo pelo telefone, mas Helen Thatcher estava emocionada demais para pensar nisso. George ficou observando-a se afastar. Assim que ela sumiu, ele entrou em ação. Tinha muito o que fazer, antes de devolver o cartão de plástico. Pegou o elevador para o sétimo andar e encaminhou-se para a área de segurança. O guarda postado estava diante da porta de ferro. George inseriu o cartão de plástico e a porta se abriu. Quando ele entrou, o guarda comentou:

— Creio que nunca o vi por aqui antes.

O coração de George disparou. Ele sorriu.

— Não deve mesmo ter visto. Não costumo aparecer por aqui. Mas um dos meus clientes resolveu de repente que quer ver os seus certificados de ações. Tenho de apanhá-los. Só espero que isso não me ocupe a tarde inteira.

O guarda sorriu, compreensivo.

— Boa sorte.

Ele ficou observando George entrar no cofre. Era uma sala de concreto, com cinco por dez metros. George foi para os armários à prova de fogo e abriu as gavetas de aço. Havia ali centenas de certificados de ações negociadas na bolsa de Nova York. A quantidade de ações representada para cada certificado estava impressa, variando de uma a 100 mil. George examinou rapidamente os certificados. Escolheu certificados de ações de companhias importantes, no valor aproximado de um milhão de dólares. Guardou no bolso interno do paletó, fechou a gaveta e voltou para o lugar em que estava o guarda.

— Foi bem rápido — comentou o guarda.

George sacudiu a cabeça.

— Os computadores estão registrando os números errados. Terei de consertar tudo amanhã.

— Esses malditos computadores ainda vão acabar com a gente — murmurou o guarda.

Quando voltou à sua mesa, George descobriu que estava encharcado de suor. *Mas tudo correu bem até agora.* Ele pegou o telefone e ligou para Alexandra.

— Querida, eu queria vê-la e a sua avó esta noite.

— Pensei que tinha um compromisso de negócios para esta noite, George.

— Eu tinha, mas cancelei. Tenho algo muito importante a lhe dizer.

EXATAMENTE À UMA hora da tarde George estava na sala de Helen Thatcher, repondo o cartão de plástico na gaveta, enquanto ela o esperava no restaurante. Ele queria desesperadamente ficar com o cartão, pois precisaria dele novamente, mas sabia que cada cartão que não era devolvido à noite era invalidado pela companhia na manhã seguinte. Dez minutos depois da uma hora, George estava almoçando com Helen Thatcher. Ele pegou a mão dela e disse, fitando-a nos olhos:

— Acho que devemos nos encontrar com mais frequência. Está livre para almoçar amanhã?

Ela ficou radiante.

— Oh, George, claro!

NAQUELA TARDE, quando saiu do escritório, George Mellis estava levando certificados de ações no valor de um milhão de dólares.

ELE CHEGOU à mansão Blackwell pontualmente às sete horas e foi conduzido à biblioteca, onde Kate e Alexandra o esperavam.

— Boa-noite — disse George. — Espero que não esteja incomodando, mas precisava falar com as duas. — Ele virou-se para Kate. — Sei que é muito antiquado da minha parte, Sra. Blackwell, mas gostaria de lhe pedir a mão de sua neta em casamento. Amo Alexandra e creio que ela também me ama. Mas ficaríamos muito felizes se nos desse a sua bênção. — Ele meteu a mão no bolso do paletó, tirou os certificados de ações e largou em cima da mesa, diante de Kate. — Estou dando a ela um milhão de dólares como presente de casamento. Ela não precisará do seu dinheiro. Mas ambos precisamos de sua bênção.

Kate olhou para os certificados de ações que George espalhara descuidadamente pela mesa. Ela conhecia todas as companhias. Alexandra aproximou-se de George, os olhos brilhando.

— Oh, querido! — Ela virou-se para a avó, os olhos suplicantes. — E então, vovó?

Kate contemplou os dois. Era impossível negar. Por um breve instante, ela invejou-os.

— Vocês têm a minha bênção.

George sorriu e aproximou-se de Kate.

— Posso?

Ele beijou-a no rosto.

PELAS DUAS HORAS seguintes, eles conversaram animadamente sobre os planos para o casamento.

— Não quero um casamento grande, vovó — disse Alexandra.

— E não precisamos disso, não é mesmo?

— Concordo plenamente — declarou George. — O amor é uma questão particular.

Ao final, decidiram-se por uma cerimônia íntima, presidida por um juiz.

— Seu pai virá para o casamento? — perguntou Kate.

George riu.

— Não conseguiria mantê-lo longe. Meu pai, meus três irmãos e minhas duas irmãs estarão aqui.

— Estou ansiosa para conhecê-los.

— Tenho certeza de que vai gostar deles.

Os olhos de George voltaram a se fixar em Alexandra. Kate ficou comovida com toda a noite. Estava emocionada pela neta, satisfeita porque ela encontrara um homem que a amava tanto. *Devo me lembrar de dizer a Brad que não precisa se preocupar com o levantamento financeiro de George*, pensou Kate. Antes de ir embora, quando ficou a sós com Alexandra, George disse, como se aquilo não tivesse grande importância:

— Não creio que seja uma boa ideia ficar com um milhão de dólares em títulos na casa. Vou guardar no meu cofre por enquanto.

— Está certo — disse Alexandra.

George pegou os certificados e guardou-os no bolso do paletó.

GEORGE REPETIU na manhã seguinte o mesmo processo com Helen Thatcher. Enquanto ela descia para vê-lo ("Tenho uma coisa para mostrar a você"), George estava na sala dela, pegando o cartão de plástico. Deu-lhe uma echarpe de Gucci ("Um presente de aniversário atrasado") e confirmou o almoço. O acesso ao cofre desta vez foi mais fácil. Ele repôs os certificados de ações, devolveu o cartão de plástico à gaveta e foi se encontrar com Helen Thatcher num restaurante próximo. Ela estendeu-lhe a mão e disse:

— George, por que eu não preparo um bom jantar para nós dois esta noite?

Ao que George respondeu:

— Não vai ser possível, Helen. Vou me casar.

TRÊS DIAS ANTES do casamento, George chegou à mansão Blackwell com uma expressão desesperada.

— Acabo de receber uma notícia terrível — disse ele. — Meu pai sofreu outro infarto.

— Que coisa horrível! — exclamou Kate. — Ele vai ficar bom?

— Passei a noite inteira falando com a minha família pelo telefone. Acham que ele vai escapar. Mas é claro que não poderá comparecer ao casamento.

— Podemos ir a Atenas na lua de mel e encontrá-los — sugeriu Alexandra.

George afagou o rosto dela.

— Tenho outros planos para a nossa lua de mel, *matia mou*. Nada de família, apenas nós dois.

O CASAMENTO FOI realizado na sala de estar da mansão. Havia menos de uma dúzia de convidados, entre os quais Alice Koopel, Vince Barnes e Marty Bergheimer. Alexandra suplicara à avó que deixasse Eve comparecer à cerimônia, mas Kate mostrou-se intransigente.

— Sua irmã nunca mais será bem recebida nesta casa.

Os olhos de Alexandra encheram-se de lágrimas.

— Está sendo cruel, vovó. Eu amo vocês duas. Será que não pode perdoá-la?

Por um instante, Kate sentiu-se tentada a revelar toda a história da deslealdade de Eve. Mas conteve-se.

— Estou fazendo o que acho melhor para todos.

Um fotógrafo documentou a cerimônia e Kate ouviu George pedir-lhe que tirasse cópias extras, a fim de enviar para a família. *Mas que homem atencioso!*, pensou Kate. Depois do bolo cortado, George sussurrou para Alexandra:

— Querida, acho que vou precisar desaparecer por cerca de uma hora.

— Algum problema?

— Claro que não. Mas só pude convencer o pessoal do escritório a me dar férias para a lua de mel com a promessa de concluir um trabalho para um cliente importante. Não vou demorar. Nosso avião só vai partir às cinco horas.

Alexandra sorriu.

— Volte depressa. Não quero partir para a nossa lua de mel sem você.

Quando George chegou ao apartamento de Eve, ela estava esperando-o, metida num *négligé* transparente.

— Gostou do seu casamento, querido?

— Gostei, sim, obrigado. Foi uma cerimônia íntima, mas elegante. E não houve qualquer problema.

— Sabe por que, George? Por minha causa. Jamais se esqueça disso.

Ele fitou-a nos olhos, murmurando:

— Não esquecerei.

— Somos parceiros até o fim.

— Claro.

Eve sorriu.

— Ora, ora, então você está casado agora com a minha irmãzinha...

George olhou para o relógio.

— Isso mesmo. E tenho de voltar.

— Ainda não.

— Por que não?

— Porque você vai fazer amor comigo primeiro, querido. Quero trepar com o marido da minha irmã.

Capítulo 30

EVE PLANEJARA a lua de mel. Sairia muito cara, mas ela dissera a George:

— Não pode se preocupar com as despesas.

Ela vendera três joias que ganhara de um admirador ardente e dera o dinheiro a George.

— Não pode imaginar como estou grato, Eve. Eu...

— Pode deixar que recuperarei tudo.

A LUA DE MEL foi a própria perfeição. George e Alexandra ficaram em Round Hill, na Baía de Montego, ao norte da Jamaica. O saguão do hotel era um pequeno prédio todo branco, no meio de duas dúzias de lindos bangalôs particulares, que desciam pela encosta até o mar azul e transparente. Os Mellis ficaram no bangalô de Noel Coward, com uma piscina própria e uma criada para preparar o café da manhã, que eles comiam na sala de jantar aberta. George alugou um pequeno barco e saíam para velejar e pescar. Nadavam, liam, jogavam gamão e faziam amor. Alexandra fazia tudo o que podia imaginar para agradar a George na cama. Quando o ouvia gemer, no auge do ato de amor, ela ficava emocionada por ser capaz de proporcionar-lhe tanto prazer.

No quinto dia, George disse:

— Tenho de ir a Kingston a negócios, Alex. A firma tem uma sucursal lá e pediram-me que verificasse como estão as coisas.

— Está bem. Irei com você.

Ele franziu o rosto.

— Eu adoraria levá-la, querida, mas acontece que estou esperando um telefonema de Nova York. Você terá de ficar aqui para anotar o recado.

Alexandra ficou desapontada.

— A recepção não pode anotar?

— É importante demais. Não posso confiar neles.

George alugou um carro e seguiu para Kingston. Chegou ao final da tarde. As ruas da cidade enxameavam de turistas pitorescamente vestidos, desembarcados dos navios de cruzeiro, fazendo compras. Kingston é uma cidade comercial e industrial, com refinarias, imensos entrepostos e uma grande indústria de pesca. Mas é também uma cidade de lindos prédios antigos, museus e bibliotecas.

Mas George não estava interessado em nada disso. Estava dominado por uma necessidade desesperada, que vinha se acumulando há várias semanas e tinha de ser satisfeita. Ele entrou no primeiro bar que encontrou e falou com o *bartender*. Cinco minutos depois, George estava subindo a escada de um hotel ordinário, em companhia de uma prostituta preta de 15 anos. Passou duas horas com ela. George deixou o quarto sozinho, pegou o carro e voltou para Montego, onde Alexandra informou que o telefonema urgente não chegara.

Na manhã seguinte, os jornais de Kingston noticiaram que um turista espancara e mutilara uma prostituta, deixando-a quase morta.

Na Hanson & Hanson, os sócios seniores estavam discutindo George Mellis. Houvera queixas de diversos clientes sobre a maneira como ele vinha cuidando das contas. Já se tomara a decisão de despedi-lo. Agora, no entanto, a situação mudara.

— Ele se casou com uma das netas de Kate Blackwell — disse um sócio sênior. — Isso muda tudo.

Outro acrescentou:

— Tem toda a razão. Se conseguirmos conquistar a conta Blackwell...

A ganância no ar era quase palpável. Decidiram que George Mellis merecia outra oportunidade.

Quando Alexandra e George voltaram da lua de mel, Kate disse-lhes:

— Eu gostaria que viessem morar aqui comigo. Esta casa é enorme e não haveria problemas. Eu...

George interrompeu-a:

— É muita gentileza sua, mas acho melhor que Alexandra e eu tenhamos a nossa própria casa.

Ele não tinha a menor intenção de viver sob o mesmo teto com a velha, espionando cada movimento seu.

— Posso entender — disse Kate. — Nesse caso, permita que pelo menos eu compre uma casa para vocês. Será o meu presente de casamento.

George abraçou Kate.

— Está sendo muito generosa. — A voz dele estava impregnada de emoção. — Alex e eu aceitamos, agradecidos.

— Obrigada, vovó. Vamos procurar uma casa não muito longe.

— Isso mesmo — concordou George. — Queremos ficar perto o bastante para vigiá-la. Afinal, não se pode facilitar com uma mulher tão atraente!

UMA SEMANA DEPOIS, eles encontraram uma casa antiga, perto do parque, a uma dúzia de quarteirões da mansão Blackwell. Era uma casa encantadora, de três andares, com um quarto principal, dois quartos de hóspedes, aposentos para os criados, uma cozinha imensa, sala de jantar, sala de estar e biblioteca.

— Terá de cuidar sozinha da decoração — disse George a Alexandra. — Estou ocupado demais com os clientes.

A verdade é que George quase não parava no escritório e dedicava bem pouco tempo aos clientes. Seus dias eram ocupados com outros assuntos mais interessantes. A polícia estava recebendo uma interminável sucessão de queixas de garotos e garotas de programa, assim como de mulheres solitárias que frequentavam bares de solteiros. As vítimas descreviam o agressor como um homem bonito e refinado, de origem estrangeira, possivelmente latino. Os que estavam dispostos a examinar os arquivos fotográficos da polícia não eram capazes de chegar a uma identificação positiva.

EVE E GEORGE estavam almoçando num pequeno restaurante no centro, onde não havia a menor possibilidade de serem reconhecidos.

— Você precisa convencer Alex a fazer um novo testamento, sem que Kate saiba.

— E como posso conseguir isso?

— Vou-lhe explicar, querido...

NA NOITE SEGUINTE, George encontrou-se com Alexandra para jantar no Le Plaisir, um dos melhores restaurantes franceses de Nova York. Ele chegou quase meia hora atrasado. Pierre Jourdan, o dono, acompanhou-o até a mesa em que Alexandra esperava.

— Desculpe, meu anjo — disse George, ofegante. — Estive reunido com meus advogados e sabe como eles são. Fazem com que tudo seja complicado.

— Algum problema, George?

— Não. Apenas fiz um novo testamento. — Ele pegou as mãos dela. — Agora, se alguma coisa me acontecer, tudo o que tenho lhe pertencerá.

— Querido, eu não quero...

— Não é grande coisa, em comparação com a fortuna Blackwell. Mas é suficiente para mantê-la confortavelmente.

— Nada vai acontecer com você. Nunca.

— Claro que não, Alex. Mas às vezes a vida nos reserva surpresas. Não é agradável pensar nessas coisas, mas não acha que devemos estar sempre preparados para tudo?

Ela ficou pensativa por um momento.

— Não devo também fazer um novo testamento?

— Para quê?

George parecia surpreso.

— Você é meu marido. Tudo o que tenho lhe pertence.

Ele retirou a mão.

— Alex, não estou absolutamente interessado no seu dinheiro.

— Sei disso, George. Mas você está certo. É melhor planejar, estar sempre preparado para tudo o que possa acontecer — Os olhos dela se encheram de lágrimas. — Sei que sou uma idiota, mas me sinto tão feliz que não posso pensar sequer na possibilidade de alguma coisa acontecer com algum de nós. Vamos continuar juntos para sempre.

— Claro que vamos.

— Conversarei com Brad Rogers amanhã sobre a mudança do meu testamento.

George deu de ombros.

— Se é isso o que deseja, querida... — Depois, como se tivesse uma ideia súbita, ele acrescentou: — Pensando bem, talvez seja melhor que o meu advogado cuide de tudo. Ele está a par dos meus bens. Pode coordenar tudo.

— Como você quiser. Vovó acha...

George acariciou o rosto dela.

— Vamos deixar sua avó fora disso. Eu a adoro, mas não acha que devemos guardar para nós os nossos assuntos pessoais?

— Tem razão, querido. Nada direi a vovó. Poderia marcar um encontro para eu conversar com o seu advogado amanhã?

— Lembre-me de ligar para ele. E agora vamos comer. Estou faminto. Que tal começarmos por siri?

UMA SEMANA DEPOIS, George encontrou-se com Eve, no apartamento dela.

— Alex já assinou o novo testamento? — perguntou Eve.

— Esta manhã. Ela herda a sua parte da companhia no aniversário, na próxima semana.

NA SEMANA SEGUINTE, 49 por cento das ações da Kruger-Brent foram transferidos para Alexandra. George telefonou para Eve, dando a notícia.

— Isso é maravilhoso! — exclamou Eve. — Venha até aqui esta noite. Vamos comemorar.

— Não posso. Kate está oferecendo uma festa de aniversário para Alex.

Houve um momento de silêncio.

— O que vão servir?

— Como diabo vou saber?

— Descubra.

E Eve desligou.

CERCA DE 45 minutos depois, George ligou novamente para Eve.

— Não sei por que está tão interessada no cardápio, já que não foi convidada para a festa. Mas vai ser *Coquille Saint-Jacques*, *Chateaubriand*, salada, *brie*, *cappuccino* e um bolo de aniversário, com o sorvete predileto de Alex, Napolitano. Satisfeita?

— Claro, George. Eu o verei esta noite.

— Não vai dar, Eve. Não há a menor possibilidade de eu sair no meio da festa de Alex...

— Encontre um jeito.

Mas que desgraçada! George desligou e olhou para o relógio. *Que todos fossem para o inferno!* Ele tinha um encontro com um cliente importante, que já adiara duas vezes. E agora estava atrasado. Sabia que a direção da firma só não o despedia porque casara com uma Blackwell. Não podia fazer nada que pusesse em risco a sua posição. Criara uma imagem para Alexandra e Kate e era indispensável que nada a destruísse. Mas em breve não precisaria mais delas.

Mandara um convite de casamento para o pai, mas o velho nem mesmo se dignara responder. Não houvera sequer uma palavra de parabéns. *Nunca mais quero vê-lo*, dissera o pai. *Você está morto, entendeu? Morto.* Pois o velho teria uma surpresa. O filho pródigo ia ressuscitar.

A FESTA DO 23º aniversário de Alexandra foi um grande sucesso. Havia 40 convidados. Ela pedira a George que convidasse alguns de seus amigos, mas ele alegara:

— A festa é sua, Alex. Vamos receber apenas os seus amigos.

A verdade era que George não tinha amigos. Era um solitário, dizia a si mesmo, orgulhosamente. As pessoas que dependiam das outras eram fracas. Ele observou Alexandra soprar as velas do bolo e formular um desejo silencioso. Sabia que o desejo o envolvia e pensou: *Deveria desejar uma vida mais longa, querida.* Não podia deixar de admitir que Alexandra era uma presença deslumbrante. Usava um vestido branco de *chiffon*, com sandálias prateadas e um colar de diamantes, presente de Kate. As pedras grandes, em forma de pera, estavam presas numa corrente de platina, faiscando à luz das velas.

Kate olhou para os dois e pensou: *Ainda me lembro do nosso primeiro aniversário, quando David pôs esse colar no meu pescoço e disse o quanto me amava.*

E George pensou: *Esse colar deve valer no mínimo 150 mil dólares.*

George percebera que, durante a noite, várias convidadas de Alexandra fitavam-no abertamente, sorrindo num convite insinuante, tocando-o enquanto conversavam. *Putas cheias de tesão*, pensou ele desdenhosamente. Em outras circunstâncias, ele poderia se sentir tentado a arriscar. Mas não com as amigas de Alexandra. Talvez elas não se queixassem a Alexandra, mas era possível que procurassem a polícia. E tudo estava correndo tão bem que não podia se expor a riscos desnecessários. Um minuto antes das dez horas, George foi postar-se perto do telefone. Quando o telefone tocou, ele atendeu prontamente.

— Alô?

— Sr. Mellis?

— Isso mesmo.

— Aqui é o seu serviço de recados telefônicos. Pediu que ligasse às dez horas.

Alexandra estava ali perto. George olhou para ela e franziu o rosto.

— A que horas ele ligou?

— É o Sr. Mellis?

— Isso mesmo.

— Deixou instruções para ligarmos às dez horas, senhor.

Alexandra estava ao lado dele.

— Está certo — disse George ao telefone. — Avise que estou a caminho. Irei encontrá-lo no Pan Am Clipper Club.

George bateu o telefone.

— O que aconteceu, querido?

Ele virou-se para Alexandra.

— Um dos sócios idiotas está de partida para Cingapura e esqueceu no escritório alguns contratos que não pode deixar de levar. Tenho de ir buscá-los e entregar a ele, antes do avião decolar.

— Agora? — Alexandra estava visivelmente consternada. — Não pode arrumar outra pessoa para fazer isso?

— Sou o único em quem eles confiam. — George suspirou. — Fica-se até pensando que sou a única pessoa capaz em todo o escritório. — Ele passou o braço pelos ombros dela e acrescentou: — Lamento muito, querida. Mas não me deixe estragar sua festa. Continue a se divertir. Voltarei o mais depressa possível.

Ela conseguiu sorrir.

— Ficarei com saudade.

Alexandra ficou observando-o sair, depois correu os olhos pela sala, verificando se todos os convidados estavam se divertindo.

E se perguntou o que Eve estaria fazendo no dia do seu aniversário.

Eve ABRIU a porta para George entrar.

— Você conseguiu sair! É um homem muito esperto.

— Não posso ficar, Eve. Alex está...

Ela pegou-lhe a mão.

— Venha, querido. Tenho uma surpresa para você.

Eve levou-o para a pequena sala de jantar. A mesa estava posta para dois, com uma linda prataria, cristais, velas acesas no meio.

— Para que isso?

— É o meu aniversário, George.

— É isso mesmo. Eu... eu... Desculpe, mas não lhe trouxe um presente.

Eve afagou-lhe o rosto.

— Trouxe, sim, querido. Vai me dar depois. Sente-se.

— Obrigado, mas não posso comer mais nada. Acabei de jantar.

— Sente-se.

Não havia qualquer inflexão na voz dela. George fitou-a nos olhos e sentou-se.

O jantar consistia em *Coquille Saint-Jacques*, *Chateaubriand*, salada, *brie*, *cappuccino* e um bolo de aniversário, com sorvete Napolitano. Eve sentou-se no outro lado da mesa, observando George fazer o maior esforço para engolir a comida.

— Alex e eu sempre partilhamos tudo — disse ela. — Esta noite, vou partilhar o jantar de aniversário dela. Mas no próximo ano haverá apenas uma de nós para ter uma festa de aniversário. Chegou o momento, querido, de minha irmã sofrer um acidente. Depois disso, a pobre vovó vai morrer de dor. E tudo será nosso, George. E, agora, vamos para o quarto. Quero meu presente de aniversário.

George estava receando aquele momento. Era um homem forte e vigoroso, mas Eve dominava-o, fazia com que se sentisse impotente. Ela obrigou-o a despi-la lentamente e depois tirou as roupas dele, levando-o a uma ereção.

— Aí está, querido. — Ela montou em cima dele, começou a se mexer, devagar. — Ah, como é gostoso... Não pode gozar, não é mesmo, meu pobre coitado? E sabe por quê? Porque é um anormal. Não gosta das mulheres, não é mesmo, George? Gosta apenas de machucá-las. Gostaria de me machucar, não é mesmo? Diga que gostaria de me machucar.

— Eu gostaria de matá-la.

Eve riu.

— Mas não vai fazê-lo, porque quer possuir a companhia tanto quanto eu... Nunca vai me machucar, George. Se alguma coisa me acontecer, um amigo meu entregará uma carta à polícia contando tudo.

George não acreditou nisso.

— Está blefando.

Eve passou a unha comprida e afiada pelo peito dele.

— Só há um meio de você descobrir, não é mesmo?

E ele compreendeu subitamente que Eve estava dizendo a verdade. Jamais conseguiria livrar-se dela. Eve sempre estaria presente para atormentá-lo, escravizá-lo. Não podia suportar a perspectiva de ficar à mercê daquela desgraçada pelo resto de sua vida. E alguma coisa dentro dele explodiu. Uma cortina vermelha baixou diante dos olhos e a partir daquele instante não soube mais o que fazia. Era como se alguém fora dele o estivesse controlando. Tudo aconteceu em câmera lenta. Lembrou-se de ter empurrado Eve, de puxar as pernas dela, de ouvir os seus gritos. Estava batendo em alguma coisa sem parar e a sensação era indescritivelmente deliciosa. Todo o seu ser era invadido por uma satisfação intensa. *Ah, esperei tanto tempo por isso!* Em algum lugar, muito longe, alguém estava gritando. A cortina vermelha começou a se dissipar, lentamente. Ele olhou para baixo. Eve estava estendida na cama, coberta de sangue. O nariz estava quebrado, o corpo coberto por equimoses e queimaduras de cigarro, os olhos fechados. A mandíbula estava fraturada e ela balbuciava pelo canto da boca:

— Para com isso... pare... pare...

George sacudiu a cabeça para desanuviá-la. Quando apreendeu a realidade da situação, foi dominado pelo pânico. Não havia qualquer possibilidade de explicar o que fizera. Jogara tudo fora. Tudo mesmo!

— Eve?

Ela abriu um olho inchado.

— Médico... chame... um... médico... — disse, cada palavra provocando-lhe uma pontada de dor. — Harley... John Harley...

Tudo o que George Mellis disse ao telefone foi:

— Eve Blackwell sofreu um acidente. Pode vir imediatamente?

O Dr. John Harley entrou no quarto, olhou para Eve, viu o sangue espalhado pela cama e paredes.

— Santo Deus! — Ele verificou o pulso de Eve, virou-se para George e disse: — Chame a polícia. E diga que estamos precisando de uma ambulância.

Em meio ao nevoeiro de dor, Eve balbuciou:

— John...

John Harley inclinou-se sobre a cama.

— Você ficará boa. Vamos levá-la para o hospital.

Ela estendeu a mão, encontrou a dele.

— Polícia não...

— Tenho de comunicar uma coisa assim. Eu...

Ela apertou a mão dele.

— Não... polícia não...

O médico olhou para as fraturas, as queimaduras de cigarro pelo corpo.

— Não tente falar.

A dor era insuportável, mas Eve estava lutando por sua vida.

— Por favor... — pediu, levando muito tempo para pronunciar as palavras. — Particular... vovó nunca... me perdoaria... não chame... a polícia... atropelamento...

Não havia tempo para discutir. O Dr. Harley foi para o telefone e discou.

— Aqui é o Dr. Harley. — Ele forneceu o endereço de Eve. — Quero uma ambulância imediatamente. Procure o Dr. Keith Webster e peça-lhe para se encontrar comigo no hospital. Avise que é uma emergência. Prepare uma sala de operações. — Ele escutou por um momento e depois acrescentou: — Foi um atropelamento. O motorista fugiu.

Ele bateu o telefone. George balbuciou:

— Obrigado, doutor.

O Dr. Harley virou-se para o marido de Alexandra, com uma expressão de extrema repugnância. George se vestira apressadamente, mas os nós dos dedos estavam esfolados, as mãos e o rosto salpicados de sangue.

— Não me agradeça. Estou fazendo isso pelas Blackwells. Mas com uma condição. Que você concorde em procurar um psiquiatra.

— Não preciso...

— Então vou chamar a polícia, seu filho da puta! Não está em condições de ficar à solta!

O Dr. Harley tornou a estender a mão para o telefone.

— Espere! — George pensava rapidamente. Quase estragara tudo, mas agora, milagrosamente, recebia uma segunda oportunidade. — Está bem. Vou procurar um psiquiatra.

A distância, eles ouviram o gemido de uma sirene.

ELA ESTAVA SENDO conduzida por um túnel comprido e luzes coloridas se acendiam e apagavam. O corpo parecia leve e ela pensou: *Posso voar, se quiser.* Tentou mexer os braços, mas alguma coisa os imobilizava. Abriu os olhos e descobriu que avançava em grande velocidade por um corredor branco, numa maca, empurrada por dois enfermeiros de túnicas e toucas verdes. *Estou estrelando uma peça*, pensou Eve. *Mas não consigo me lembrar das minhas falas. Quais são elas?* Quando tornou a abrir os olhos, estava numa sala grande e branca, numa mesa de operações. Um homem pequeno e magro, em uniforme de cirurgião, estava inclinado sobre ela.

— Meu nome é Keith Webster. Vou operá-la.

— Não quero ficar feia — balbuciou Eve, encontrando a maior dificuldade para falar. — Não me deixe... ficar feia.

— Não vai ficar — prometeu o Dr. Webster. — E agora vou pô-la para dormir. Relaxe.

Ele fez um sinal para o anestesista.

GEORGE CONSEGUIU lavar o sangue e limpar-se, no banheiro de Eve. Mas soltou uma imprecação quando olhou para o relógio. Eram três horas da madrugada. Esperava que Alexandra estivesse dormindo. Mas encontrou-a à espera quando entrou na sala de estar.

— Oh, querido! Eu estava desesperada! Você está bem?

— Estou, Alex.

Ela aproximou-se dele e abraçou-o.

— Já ia chamar a polícia. Pensei que alguma coisa terrível tivesse acontecido.

E aconteceu mesmo, pensou George.

— Levou os contratos para o homem?

— Contratos? — George lembrou subitamente. — Ah, sim... Claro que levei.

Era algo que parecia ter acontecido há muitos anos, uma mentira do passado distante.

— Por que demorou tanto?

— O avião atrasou. E ele quis que eu ficasse lhe fazendo companhia. Fiquei esperando que ele partisse a qualquer momento e depois já era muito tarde para ligar para você. Desculpe.

— Está tudo bem, agora que você está aqui.

George pensou em Eve, sendo levada na maca. Com a boca retorcida e fraturada, ela balbuciara:

— Vá... para... casa... nada... aconteceu...

E se Eve morresse? Ele seria preso por homicídio. Se Eve sobrevivesse, estaria tudo bem, continuaria como antes. Eve o perdoaria, porque precisava dele.

George ficou acordado pelo resto da noite. Estava pensando em Eve, na maneira como ela gritara e suplicara misericórdia. Sentiu os ossos dela se fraturarem sob os seus punhos, sentiu o cheiro de carne queimada. Nesse momento, esteve muito perto de amá-la.

FOI MUITA SORTE que John Harley conseguisse obter os serviços de Keith Webster para Eve. O Dr. Webster era um dos mais eminentes cirurgiões plásticos do mundo. Tinha um consultório na Park Avenue e uma clínica particular na região inferior de Manhattan, especializando-se em cuidar dos que haviam nascido desfigurados. As pessoas que iam à sua clínica pagavam apenas o que podiam. O Dr. Webster estava acostumado a tratar de casos de acidente, mas ficou chocado ao ver pela primeira vez o rosto avariado de Eve. Já vira fotografias dela em revistas e ficou furioso por ver tanta beleza desfigurada.

— Quem é o responsável por isso, John?

— Foi um atropelamento, Keith.

Keith Webster soltou um grunhido.

— E depois o motorista parou para despi-la e apagar o cigarro no traseiro dela? Qual é a verdadeira história?

— Lamento, mas não posso falar a respeito. Pode remendá-la?

— É o que costumo fazer, John... remendar todos eles.

ERA QUASE MEIO-DIA quando o Dr. Webster finalmente disse a seus assistentes:

— Acabamos. Podem levá-la para o centro de tratamento intensivo. E chamem-me imediatamente, a qualquer sinal de alguma complicação.

A operação levara nove horas.

EVE DEIXOU O CTI 48 horas depois. George foi ao hospital. Tinha de ver Eve, falar com ela, certificar-se de que não estava tramando alguma vingança terrível contra ele.

— Sou o advogado da Srta. Blackwell — disse ele à enfermeira de plantão. — Ela pediu-me que viesse. Ficarei no quarto só por um momento.

A enfermeira contemplou-o com evidente admiração e disse:

— Ela não deve receber visitas, mas não haverá mal algum se entrar por alguns minutos.

Eve estava num quarto particular, deitada de costas, envolta por ataduras, diversos tubos presos a seu corpo. As únicas partes visíveis do rosto eram os olhos e os lábios.

— Olá, Eve.

— George...

A voz era um sussurro quase inaudível. George teve de se inclinar para escutar.

— Você... não contou a Alex?

— Claro que não. — Ele sentou-se na beira da cama. — Vim porque...

— Sei por que veio... vamos... seguir em frente...

George experimentou um profundo alívio.

— Lamento muito, Eve. Lamento sinceramente. Eu...

— Mande alguém ligar para Alex... avisar que viajei... volto daqui a algumas semanas...

— Está bem.

Dois olhos injetados estavam fixados nele.

— George... faça-me um favor...

— Qual é?

— Morra na maior agonia.

Ela dormiu. Quando acordou, o Dr. Keith Webster estava ao seu lado.

— Como está se sentindo?

A voz dele era gentil, tranquilizante.

— Muito cansada... O que... o que há comigo?

O Dr. Webster hesitou. As radiografias mostravam um afundamento do malar, comprimindo o músculo temporal. Assim, ela não podia abrir nem fechar a boca sem sentir dor. O nariz estava quebrado. Havia duas costelas fraturadas e queimaduras de cigarro na parte posterior e nas solas dos pés.

— O quê? — insistiu Eve.

O Dr. Webster disse, tão gentilmente quanto possível:

— Teve afundamento do malar. Seu nariz estava quebrado. A arcada óssea do olho foi deslocada. Há pressão sobre o músculo que abre e fecha a boca. Havia queimaduras de cigarro. Mas já tratamos de tudo.

— Quero um espelho — balbuciou Eve.

Era a última coisa que ele permitiria.

— Lamento, mas estamos em falta.

Eve estava com medo de fazer a pergunta seguinte:

— Como... como vou ficar depois que tirar as ataduras?

— Vai ficar sensacional. Exatamente como era antes de sofrer o acidente.

— Não acredito.

— Vai ver só. E agora quer me contar o que aconteceu? Preciso apresentar um relatório à polícia.

Houve um longo silêncio.

— Fui atropelada por um caminhão.

O Dr. Keith Webster se perguntou novamente como alguém podia tentar destruir aquela frágil beldade. Mas há muito que já deixara de tentar compreender os caprichos da raça humana e sua capacidade para a crueldade.

— Vou precisar de um nome — disse ele, gentilmente. — Quem fez isso?

— Mack.

— O sobrenome?

— Mack apenas.

O Dr. Webster estava perplexo com a conspiração de silêncio. Primeiro John Harley, agora Eve Blackwell.

— Em casos de agressão criminosa, Srta. Blackwell, sou obrigado por lei a comunicar à polícia.

Eve pegou a mão dele e apertou-a.

— Por favor... se minha avó ou minha irmã souberem... isso as mataria... Se comunicar à polícia... os jornais vão saber. Não deve fazer isso... por favor...

— Não posso comunicar que foi um atropelamento. As mulheres não costumam sair pelas ruas sem roupas.

— Por favor!

Ele fitou-a, cheio de compaixão.

— Poderia ter tropeçado e rolado pela escada de sua casa.

Eve apertou a mão dele com mais força.

— Foi exatamente o que aconteceu...

O Dr. Webster suspirou.

— Foi o que pensei.

O DR. WEBSTER visitava Eve todos os dias, aparecendo em algumas ocasiões até duas ou três vezes no mesmo dia. Levava flores e pequenos presentes da loja que havia na clínica. A cada dia, Eve lhe perguntava, ansiosamente:

— Fiquei deitada aqui durante o dia inteiro. Por que ninguém está fazendo nada?

— Minha parceira está trabalhando em você.

— Sua parceira?

— A Mãe Natureza. Por baixo dessas ataduras de aparência horrível, você está se recuperando de maneira extraordinária.

A intervalos de poucos dias, ele removia as ataduras e examinava o rosto.

— Quero um espelho — suplicava Eve.

Mas a resposta dele era sempre a mesma:

— Ainda não.

Era a única companhia que Eve tinha e ela passou a aguardar as visitas com ansiedade. Ele era um homem sem nada de atraente, baixo e magro, cabelos cor de areia escassos, olhos castanhos míopes, piscando a todo instante. Mostrava-se iníbido na presença de Eve e isso a divertia imensamente.

— Já casou alguma vez? — perguntou ela um dia.

— Não.

— Por que não?

— Eu... eu não sei. Acho que não daria um bom marido. Estou sempre atendendo a chamados de emergência.

— Mas deve ter uma amante.

Ele estava corando.

— Bom...

— Conte-me tudo.

— Não tenho nenhuma mulher fixa.

— Aposto que todas as enfermeiras são loucas por você.

— Não é verdade. Infelizmente, não sou do tipo mais romântico.

Para dizer o mínimo, pensou Eve. E, no entanto, quando ela falava de Keith Webster com as enfermeiras e os internos, que entravam no quarto para efetuarem várias indignidades em seu corpo, todos se referiam a ele como se fosse alguma espécie de deus.

— O homem é um verdadeiro fazedor de milagres — disse um interno. — Não há nada que ele não possa fazer com um rosto humano.

Falavam do trabalho dele com crianças deformadas. Mas quando Eve interrogou-o a respeito, Keith Webster evitou o assunto, dizendo apenas:

— Infelizmente, o mundo julga as pessoas pela aparência. Tento ajudar os que nasceram com deficiências físicas. Pode fazer uma grande diferença em suas vidas.

Eve estava aturdida com ele. Não estava fazendo aquilo por dinheiro nem pela glória. Era totalmente altruísta. Ela jamais conhecera alguém assim e se perguntava o que o motivava. Mas era uma curiosidade inútil. Não tinha qualquer interesse por Keith Webster, exceto pelo que ele podia fazer por ela.

QUINZE DIAS DEPOIS de internada, Eve foi transferida para uma clínica particular no interior do estado.

— Vai ficar mais confortável lá — assegurou o Dr. Webster.

Eve sabia que era muito longe para que ele viajasse para visitá-la, mas Keith Webster ainda continuava a aparecer todos os dias.

— Não tem outros pacientes?

— Não como você.

CINCO SEMANAS DEPOIS que Eve entrou na clínica, Keith Webster removeu as ataduras. Virou a cabeça dela de um lado para outro e perguntou:

— Sente alguma dor?

— Não.

— Alguma contração?

— Não.

O Dr. Webster virou-se para a enfermeira.

— Traga um espelho para a Srta. Blackwell.

Eve foi invadida por um medo súbito. Há semanas que ansiava pela oportunidade de se contemplar num espelho. Mas agora que o momento chegara, estava apavorada. Queria o seu próprio rosto, não o rosto de uma estranha. Quando o Dr. Webster entregou-lhe o espelho, ela balbuciou.

— Estou com medo...

— Pode se olhar — disse ele, gentilmente.

Eve levantou o espelho lentamente. Era um milagre! Não havia absolutamente qualquer mudança. Era o seu rosto. Procurou por sinais de cicatrizes. Não havia. Os olhos dela se encheram de lágrimas. Levantou os olhos e disse:

— Obrigada.

Ela inclinou-se para dar um beijo em Keith Webster. Devia ser um beijo ligeiro de agradecimento, mas sentiu os lábios sôfregos dele nos seus. Ele desvencilhou-se, subitamente embaraçado.

— Eu... eu fico contente que você esteja satisfeita...

Satisfeita?

— Todos estavam certos. Você é fazedor de milagres.

Ele disse, timidamente:

— Foi fácil, com o material que eu tinha para trabalhar.

Capítulo 31

GEORGE MELLIS FICARA profundamente abalado pelo que acontecera. Chegara perigosamente perto de destruir tudo o que queria. George não percebera plenamente antes como o controle da Kruger-Brent era importante para ele. Sempre se satisfizera em viver dos presentes de mulheres solitárias. Mas agora estava casado com uma Blackwell e tinha ao seu alcance uma companhia muito maior do que qualquer coisa que seu pai já concebera. *Olhe para mim, papai. Estou vivo novamente. Possuo uma companhia maior que a sua.* Não era mais um jogo. Ele sabia que seria capaz de matar para obter o que queria.

George devotava-se a criar a imagem do marido perfeito. Passava todos os momentos possíveis com Alexandra. Tomavam juntos o café da manhã, ele a levava para almoçar fora, fazia questão de chegar cedo em casa. Nos fins de semana, iam para a casa de praia que Kate Blackwell possuía em East Hampton, Long Island. Ou voavam para Dark Harbor no Cessna 620 da companhia. Dark Harbor era o lugar predileto de George. Ele adorava a velha casa, com suas lindas antiguidades e quadros de valor inestimável. Vagueava pelos cômodos amplos. *Tudo isso em breve será meu*, pensava ele. Era um sentimento inebriante.

George era também o genro perfeito. Dispensava a maior atenção a Kate. Ela estava com 81 anos, era presidente do conselho de administração da Kruger-Brent, uma mulher extraordinariamente forte, cheia de vitalidade. George providenciara para que ele e Alexandra jantassem com Kate uma vez por semana. Telefonava e conversava com a velha constantemente. Estava cuidadosamente projetando a imagem de um marido apaixonado e um genro atencioso.

Ninguém haveria de desconfiar que ele seria capaz de assassinar duas pessoas que tanto amava.

O SENSO DE satisfação de George Mellis foi bruscamente destruído por um telefonema do Dr. John Harley.

— Já marquei uma consulta sua com um psiquiatra, o Dr. John Templeton.

George imprimiu à voz um tom insinuante:

— Isso não é mais necessário, Dr. Harley. Acho...

— Não quero saber o que você acha. Temos um acordo... não comunico nada à polícia e você consulta um psiquiatra. Se quer romper o acordo...

— Claro que não — disse George apressadamente. — Se é isso o que quer, não há problema.

— O telefone do Dr. Templeton é 555-3161. Ele está esperando a sua ligação. Hoje.

E o Dr. Harley desligou. *O maldito intrometido*, pensou George, furioso. A última coisa do mundo de que ele precisava era perder tempo com um psiquiatra. Mas não podia correr o risco do Dr. Harley denunciá-lo à polícia. Ligaria para o Dr. Templeton, iria procurá-lo uma ou duas vezes e o assunto estaria encerrado.

EVE TELEFONOU PARA George, no escritório:

— Já estou em casa.

— Você está... — George estava com medo de perguntar. — Você está bem?

— Venha ver pessoalmente. Esta noite.

— É difícil para mim escapar neste momento. Alex e eu...

— Às oito horas.

ELE MAL PODIA acreditar: Eve estava parada à sua frente, parecendo tão linda como sempre. George estudou o rosto dela atentamente, sem encontrar qualquer vestígio do terrível castigo que lhe infligira.

— É incrível! Você... está parecendo exatamente a mesma!

— Ainda estou linda, não é mesmo, George?

Ela sorriu, um sorriso de gata traiçoeira, pensando no que planejava fazer com ele. George era um animal, não devia viver. Ele pagaria integralmente pelo que fizera. Só que ainda não. Ela ainda precisava dele. Os dois ficaram imóveis, sorrindo um para o outro.

— Eve, não tenho palavras para dizer o quanto lamento...

Ela levantou a mão.

— Não vamos falar sobre isso. O assunto está encerrado. Nada mudou.

Mas George podia lembrar que alguma coisa mudara.

— Recebi um telefonema de Harley. Ele combinou para que eu consultasse um maldito psiquiatra.

Eve sacudiu a cabeça.

— Não vai fazer isso. Diga a ele que você não tem tempo.

— Já tentei. Se eu não for, ele vai apresentar um relatório à polícia sobre... o acidente.

— Oh, diabo!

Eve ficou em silêncio por um momento, pensando.

— Quem é ele?

— O psiquiatra? Um cara chamado Peter Templeton.

— Já ouvi falar nele. Tem uma boa reputação.

— Não se preocupe. Posso ficar deitado no divã por 50 minutos sem dizer nada. Se...

Eve não estava prestando atenção. Uma ideia lhe ocorrera. E estava explorando-a. Virou-se para George.

— Talvez isso seja a melhor coisa que poderia acontecer.

PETER TEMPLETON TINHA 30 e poucos anos, pouco mais de 1,80m de altura, ombros largos, feições bem definidas e olhos azuis inquisitivos. Parecia mais um atleta do que um médico. Naquele momento, estava franzindo o rosto diante de uma anotação em sua agenda: *George Mellis — genro de Kate Blackwell*.

Os problemas dos ricos não despertavam o menor interesse de Peter Templeton. A maioria dos seus colegas ficava deliciada quando tinha pacientes de grande proeminência social. Quando começara a praticar, Peter Templeton tivera a sua cota de ricos. Mas rapidamente descobrira que era incapaz de condoer-se dos problemas deles. Tivera viúvas ricas em seu consultório esbravejando por não terem sido convidadas para algum evento social, financistas ameaçando cometer suicídio porque haviam perdido dinheiro na bolsa, matronas gordas que não paravam de comer. O mundo estava repleto de problemas e Peter Templeton havia muito que já decidira que esses não eram os problemas que estava interessado em ajudar a resolver.

George Mellis. Peter concordara relutantemente em recebê-lo, somente por causa do respeito que tinha pelo Dr. John Harley.

— Eu preferia que o encaminhasse para outro, John — dissera Peter Templeton. — Estou com a agenda lotada.

— Encare como um favor pessoal a mim, Peter.

— Qual é o problema dele?

— Isso é seu departamento. Sou apenas um velho médico de roça.

— Está certo. Mande-o me telefonar.

Agora, ele estava ali. O Dr. Templeton apertou o botão do interfone em sua mesa.

— Mande o Sr. Mellis entrar.

Peter Templeton já vira fotografias de George Mellis nos jornais e revistas, mas não estava preparado para a vitalidade exuberante do homem. Ele dava um novo sentido à palavra *carisma*. Trocaram um aperto de mão e Peter disse:

— Sente-se, Sr. Mellis.

George olhou para o divã.

— Ali?

— Onde se sentir mais à vontade.

George sentou-se na cadeira no outro lado da mesa. Olhou para Peter Templeton e sorriu. Pensara que deveria temer aquele momento, mas mudara de ideia depois da conversa com Eve. O Dr. Templeton seria seu aliado, sua testemunha.

Peter estudou o homem à sua frente. Quando os pacientes apareciam pela primeira vez, geralmente ficavam nervosos. Alguns disfarçavam com bravatas, outros se mostravam calados, loquazes ou defensivos. Mas Peter não podia perceber qualquer sinal de nervosismo naquele homem. Ao contrário, ele parecia estar se divertindo. *Curioso*, pensou Peter.

— O Dr. Harley me disse que você está com um problema.

George suspirou.

— Receio estar com dois.

— Por que não me fala a respeito deles?

— Sinto-me envergonhado. Foi por isso que... insisti em procurá-lo. — Ele inclinou-se para a frente e acrescentou, ansiosamente: — Fiz uma coisa que nunca antes me acontecera, doutor. Bati numa mulher.

Peter esperou.

— Estávamos discutindo, apaguei por completo. E quando voltei a mim... descobri que havia batido nela. — A voz tremeu ligeiramente. — Foi horrível.

A voz interior de Peter Templeton dizia-lhe que já sabia qual era o problema de George Mellis. Ele gostava de bater em mulheres.

— Foi em sua mulher que bateu?

— Minha cunhada.

Peter já encontrara notícias em jornais e revistas a respeito das gêmeas Blackwells, fotografias em que compareciam a acontecimentos sociais. Peter podia recordar que eram idênticas e de uma beleza extraordinária. Então, aquele homem batera na cunhada. Peter achou que o caso era um tanto interessante. E também achou interessante o fato de George Mellis falar como se tivesse lhe dado apenas um ou dois tapas. Se isso fosse verdade, John Harley não teria insistido para que Peter recebesse Mellis.

— Disse que bateu nela. Machucou-a?

— Para ser franco, machuquei-a muito. Como lhe falei, doutor, apaguei por completo. Quando voltei a mim... nem pude acreditar.

Quando voltei a mim. A defesa clássica. Não fui eu quem fez isso, mas meu subconsciente.

— Tem alguma ideia do que causou essa reação?

— Tenho vivido sob uma terrível tensão ultimamente. Meu pai está gravemente doente. Sofreu diversos infartos. Estou profundamente preocupado com ele. Somos uma família muito unida.

— Seu pai está aqui?

— Ele vive na Grécia.

Então era mesmo aquele Mellis.

— Você disse que tinha dois problemas.

— Isso mesmo. Minha mulher, Alexandra...

George parou de falar.

— Está com problemas conjugais?

— Não no sentido que está imaginando. Nós nos amamos muito. É que... — Ele hesitou. — Alexandra não tem passado muito bem ultimamente.

— Fisicamente?

— Emocionalmente. Ela está constantemente deprimida. E vive falando em suicídio.

— Ela já procurou ajuda profissional?

George sorriu tristemente.

— Ela se recusa.

É uma pena, pensou Peter. *Algum médico da Park Avenue está sendo privado de uma fortuna.*

— Já conversou a respeito com o Dr. Harley?

— Não.

— Como ele é o médico da família, sugiro que o procure para tratar do assunto. Se ele achar necessário, recomendará um psiquiatra.

George Mellis disse, nervosamente:

— Não quero que Alexandra pense que a estou discutindo pelas costas. Receio que o Dr. Harley iria...

— Não há problema, Sr. Mellis. Telefonarei para ele.

— EVE, ESTÁ numa encrenca — disse George, bruscamente. — E numa encrenca das grandes.

— O que aconteceu?

— Fiz exatamente o que você me disse. Falei que estava preocupado com Alexandra, que ela anda com mania de suicídio.

— E daí?

— O filho da puta vai ligar para John Harley e discutir o problema!

— Oh, Deus! Não podemos deixar!

Eve pôs-se a andar de um lado para outro. Estacou abruptamente.

— Está certo. Cuidarei de Harley. Tem outra consulta marcada com Templeton?

— Tenho.

— Não falte.

EVE FOI PROCURAR o Dr. Harley no consultório, na manhã seguinte. John Harley gostava da família Blackwell. Vira as meninas crescerem. Testemunhara a tragédia da morte de Marianne e o atentado contra Kate, a internação de Tony num sanatório. Kate sofrera muito. E, depois, houvera a discórdia entre Kate e Eve. Ele não podia imaginar o que a causara, mas também não era da sua conta. Sua obrigação era manter a família fisicamente saudável. Quando Eve entrou no consultório, o Dr. Harley contemplou-a atentamente e disse:

— Keith Webster fez um trabalho fantástico!

O único sinal era uma pequena cicatriz vermelha na testa, quase imperceptível. Eve disse:

— O Dr. Webster vai remover a cicatriz dentro de um mês.

O Dr. Harley afagou o braço de Eve.

— Contribuí para torná-la ainda mais bonita, Eve. Estou bastante satisfeito. — Ele apontou para uma cadeira. — Em que posso servi-la?

— Não vim procurá-lo por minha causa, John. O problema é Alex.

O Dr. Harley franziu o rosto.

— Ela está com algum problema? Alguma coisa relacionada com George?

— Oh, não! George está se comportando perfeitamente. Na verdade, é George quem está preocupado com ela. Alex vem agindo de maneira estranha ultimamente. Anda muito deprimida. Até falando em suicídio.

O Dr. Harley fitou Eve nos olhos e declarou, taxativamente:

— Não acredito. Alexandra não é desse tipo.

— Sei disso. Também não acreditei e por isso tratei de procurá-la. Fiquei chocada com a mudança que houve nela. Alex está numa profunda depressão. Estou realmente preocupada, John. E não posso procurar vovó para falar a respeito. Foi por isso que vim procurá-lo. Precisa fazer alguma coisa. — Os olhos de Eve ficaram marejados de lágrimas. — Perdi minha avó e não suportaria perder também minha irmã.

— Há quanto tempo isso está acontecendo?

— Não tenho certeza. Pedi a ela que viesse conversar com você. Alex recusou a princípio, mas finalmente consegui persuadi-la. Precisa ajudá-la.

— É claro que ajudarei. Mande ela vir aqui amanhã de manhã. E procure não se preocupar, Eve. Existem alguns medicamentos novos que fazem verdadeiros milagres.

O Dr. Harley acompanhou-a até a porta do consultório. Gostaria que Kate não fosse tão inflexível. Afinal, Eve era uma pessoa que estava sempre preocupada com a família.

VOLTANDO AO APARTAMENTO, Eve cuidadosamente removeu a cicatriz vermelha na testa, com um pouco de creme.

NA MANHÃ SEGUINTE, às dez horas, a recepcionista do Dr. Harley anunciou:

— A Sra. George Mellis está aqui, doutor.

— Mande-a entrar.

Ela entrou lentamente, insegura. Estava pálida, com olheiras escuras. John Harley pegou-lhe a mão e disse:

— É ótimo tornar a vê-la, Alexandra. E agora me diga: que história é essa de que você anda com problemas?

A voz dela era muito baixa:

— Sinto-me uma tola em incomodá-lo, John. Tenho certeza que não há nada de errado comigo. Se Eve não tivesse insistido eu nem teria vindo. Estou me sentindo muito bem, fisicamente.

— E emocionalmente?

Ela hesitou.

— Não tenho dormido muito bem.

— E que mais?

— Vai pensar que sou uma hipocondríaca...

— Sei que não é, Alexandra.

Ela baixou os olhos.

— Estou me sentindo deprimida durante todo o tempo. Muito ansiosa... e cansada. George faz tudo para me tornar feliz, inventa coisas para fazermos juntos, lugares para irmos. O problema é que não sinto vontade de fazer nada, não quero ir a lugar nenhum. Tudo parece... irremediável.

Harley absorvia cada palavra, estudando-a atentamente.

— Mais alguma coisa?

— Estou... eu tenho pensado em me matar. — A voz dela era tão baixa que quase não dava para ouvir. — Acha que estou ficando louca?

Ele sacudiu a cabeça.

— Não, não está absolutamente ficando louca. Já ouviu falar de anedonia?

Ela sacudiu a cabeça.

— É um distúrbio biológico que causa os sintomas que você descreveu. É bastante comum e há alguns medicamentos novos que tornam o tratamento muito fácil. Esses medicamentos não têm efeitos secundários e são bastante eficazes. Vou examiná-la, mas tenho certeza que nada encontraremos de errado.

Depois que o exame foi concluído e ela estava novamente vestida, o Dr. Harley disse:

— Vou lhe dar uma receita para Wellbutrin. É parte de uma nova geração de antidepressivos... uma das novas drogas maravilhosas.

Ela ficou observando, apaticamente, enquanto ele preenchia a receita.

— Quero que volte a me procurar dentro de uma semana. Até lá, pode me telefonar, de dia ou de noite, se tiver algum problema

Ele entregou a receita.

— Obrigada, John. Só espero que esse remédio acabe com o sonho.

— Que sonho?

— Pensei que tivesse contado. É o mesmo sonho todas as noites. Estou num barco, venta muito, ouço o mar me chamando. Vou até a amurada, olho para baixo e me vejo na água, afogando...

Ela deixou o consultório do Dr. Harley. Saindo para a rua, encostou-se no prédio e respirou fundo, várias vezes. *Consegui!*, pensou Eve, exultante. *Fiz o que precisava!* Ela jogou a receita fora

Capítulo 32

KATE BLACKWELL ESTAVA cansada. A reunião se prolongara por tempo demais. Ela correu os olhos pelos três homens e três mulheres da diretoria executiva. Todos pareciam viçosos, transbordando de vitalidade. *Então, não é a reunião que foi prolongada demais*, pensou Kate. *Eu é que já estou me prolongando por tempo demais. Vou fazer 82 anos. Estou ficando velha.* O pensamento deixou-a deprimida, não porque tivesse algum medo de morrer, mas porque ainda não estava pronta. Recusava-se a morrer até que a Kruger-Brent tivesse alguém da família Blackwell para dirigi-la. Depois de um amargo desapontamento com Eve, Kate tentara basear seus planos futuros em Alexandra.

— Sabe que farei qualquer coisa por você, vovó, mas não estou interessada em me envolver com a companhia. George seria um excelente executivo...

Brad Rogers estava agora lhe perguntando:

— Você concorda, Kate?

A pergunta arrancou Kate de seu devaneio. Ela olhou para Brad com um profundo sentimento de culpa.

— Desculpe, Brad. Qual foi mesmo a pergunta?

— Estávamos falando da fusão da Deleco.

A voz era paciente. Brad Rogers andava preocupado com Kate Blackwell. Nos últimos meses, ela ficava devaneando durante as reuniões da diretoria executiva. E no momento em que Brad Rogers chegava à conclusão de que ela estava ficando senil, Kate apresentava alguma ideia sensacional, que fazia os outros se perguntarem por que eles não pensaram naquilo antes. Ela era uma mulher espantosa. Brad pensou na breve ligação amorosa entre os dois, há tanto tempo, perguntando-se mais uma vez por que terminara tão abruptamente.

ERA A SEGUNDA visita de George Mellis a Peter Templeton.

— Houve muita violência em seu passado, Sr. Mellis?

George sacudiu a cabeça.

— Não. Detesto a violência.

Vamos, seu filho da puta intrometido, anote isso. O juiz sumariante vai lhe perguntar.

— Disse que sua mãe e seu pai jamais o castigaram fisicamente.

— Isso mesmo.

— Diria que era uma criança obediente?

Cuidado. Há alguma armadilha por aqui.

— Acho que se pode dizer que me situava na média.

— A criança média geralmente é punida em um momento ou outro por violar as regras do mundo adulto.

George exibiu um sorriso desdenhoso.

— Acho que nunca violei as regras.

Ele está mentindo, pensou Peter Templeton. *Por quê? O que está querendo esconder?* Ele recordou a conversa que tivera com o Dr. Harley, depois da primeira sessão com George Mellis.

— Ele disse que bateu na cunhada, John, e...

— Bateu nela? — A voz de John Harley estava impregnada de indignação. — Foi um verdadeiro massacre, Peter. Houve afundamento do malar, nariz e três costelas quebradas, ele queimou as nádegas e solas dos pés com cigarros.

Peter Templeton sentira uma onda de náusea invadi-lo.

— Ele não me falou nisso.

— O que não é de surpreender. Eu disse a ele que o denunciaria à polícia, se não procurasse você.

Peter lembrara as palavras de George: *Sinto-me envergonhado. É por isso que insisti em procurá-lo.* Então ele mentira também a respeito disso.

— Mellis contou que a mulher está sofrendo de depressão, fala constantemente em suicídio.

— Isso eu posso confirmar. Alexandra me procurou há poucos dias. Receitei Wellbutrin. Estou bastante preocupado com ela. Qual é a sua impressão de George Mellis?

— Ainda não sei, John. Mas tenho o pressentimento de que ele é muito perigoso.

O DR. KEITH WEBSTER não conseguia tirar Eve Blackwell dos pensamentos. Ela era uma verdadeira deusa, irreal e intocável. Era exuberante, expansiva e animada, enquanto ele era tímido, insípido e apático. Keith Webster jamais casara, porque nunca encontrara uma mulher que julgasse apagada o bastante para ser sua mulher. Crescera com uma mãe dominadora e um pai fraco e atormentado. O impulso sexual de Keith Webster era fraco e o pouco que havia era sublimado no trabalho. Agora, no entanto, começou a sonhar com Eve Blackwell. Pela manhã, ao recordar os sonhos, sentia-se embaraçado. Ela estava completamente curada e não havia motivo para que continuasse a vê-la. Contudo, ele sabia que tinha de vê-la de qualquer maneira. Telefonou para o apartamento dela.

— Eve? Aqui é Keith Webster. Espero não estar incomodando. Eu... hã... estive pensando em você outro dia e ... queria saber como você está indo.

— Estou bem, obrigada, Keith. E você, como vai?

Havia uma insinuação de zombaria na voz dela.

— Estou bem, obrigado. — Houve silêncio. Ele recorreu a toda a sua coragem. — Acho que você provavelmente está ocupada demais para almoçar comigo.

Eve sorriu para si mesma. Ele era um homenzinho deliciosamente tímido. Seria divertido.

— Eu adoraria, Keith.

— É mesmo? — Ela percebeu o tom de surpresa na voz do médico.

— Quando, Eve?

— Que tal amanhã?

— Está marcado.

Ele falou bem depressa, antes que Eve pudesse mudar de ideia.

EVE GOSTOU DO almoço. O Dr. Keith Webster comportou-se como um colegial apaixonado. Deixou cair o guardanapo no chão, derramou vinho, derrubou um vaso de flores. Observando-o, Eve pensou, divertida: *Ninguém poderia imaginar que ele é um cirurgião brilhante.* Quando o almoço terminou, Keith Webster perguntou, timidamente.

— Poderíamos... poderíamos nos encontrar assim outra vez?

Eve respondeu, com uma expressão inocente:

— É melhor não, Keith. Tenho medo de acabar me apaixonando por você.

Ele corou intensamente, sem saber o que dizer. Eve afagou-lhe a mão.

— Jamais o esquecerei.

Keith tornou a derrubar o vaso de flores.

JOHN HARLEY ESTAVA almoçando na cantina do hospital quando Keith Webster apareceu.

— John, prometo que guardarei o segredo, mas eu me sentiria muito melhor se você me contasse a verdade sobre o que aconteceu com Eve Blackwell.

Harley hesitou por um instante, depois deu de ombros.

— Está bem. Foi o cunhado dela, George Mellis.

E Keith Webster sentiu que estava agora partilhando uma parte do mundo secreto de Eve.

GEORGE MELLIS estava impaciente.

— O dinheiro existe, o testamento foi mudado. Que diabo estamos esperando?

Eve estava sentada no sofá, as pernas enroscadas por baixo do corpo, observando-o andar de um lado para outro.

— Quero terminar o negócio logo de uma vez, Eve.

Ele está perdendo o controle e a coragem, pensou Eve. Ele era como uma serpente enroscada para o bote. Muito perigoso. Ela cometera um erro com ele, espicaçando-o em demasia, o que quase lhe custara a vida. Não tornaria a cometer o mesmo erro.

— Concordo com você, George. Acho que chegou o momento.

Ele parou de andar.

— Quando?

— Na semana que vem.

A SESSÃO ESTAVA quase terminando e George Mellis não mencionara a mulher uma única vez. Agora, subitamente, ele disse:

— Estou preocupado com Alexandra, Dr. Templeton. A depressão dela parece estar ainda pior. Ela passou a última noite falando em se afogar. Não sei o que fazer.

— Conversei com John Harley. Ele receitou um remédio novo para ela e acha que isso ajudará bastante.

— Espero que sim, doutor — disse George, ansiosamente. — Eu não suportaria se alguma coisa acontecesse a ela.

Peter Templeton, os ouvidos sintonizados para as palavras que não chegavam a ser pronunciadas, teve a sensação inquietante de que estava presenciando uma farsa. Havia uma violência letal naquele homem.

— Sr. Mellis, como descreveria os seus relacionamentos passados com as mulheres?

— Eu diria que foram normais.

— Alguma vez ficou furioso com alguma delas, perdeu o controle?

George Mellis percebeu para onde aquelas perguntas estavam levando.

— Nunca. — *Sou esperto demais para você, doutor.* — Já lhe disse que não acredito na violência.

Foi um verdadeiro massacre, Peter. Houve afundamento do malar, nariz e três costelas quebradas, ele queimou as nádegas e solas dos pés com cigarros...

— Às vezes — disse Peter — para algumas pessoas a violência proporciona uma válvula de escape necessária, uma descarga emocional.

— Posso entender perfeitamente. Tenho um amigo que gosta de espancar prostitutas.

Tenho um amigo. Um sinal de alarme.

— Fale-me a respeito do seu amigo.

— Ele odeia prostitutas. Elas estão sempre tentando roubá-lo. Assim, depois que termina, ele bate um pouco nelas... só para ensinar uma lição.

George olhou para o rosto de Peter e não viu qualquer sinal de desaprovação. Estimulado, continuou a falar:

— Lembro de uma ocasião em que nós dois estávamos na Jamaica. A pequena prostituta negra levou-o para um quarto de hotel. Depois de tirar a calcinha, ela disse que queria mais dinheiro. — George sorriu. — Ele deu uma surra nela. Aposto que ela nunca mais vai tentar um golpe desses com ninguém. *Ele é psicopata*, concluiu Peter Templeton. Claro que não existe nenhum amigo. Ele está se gabando, escondendo-se por trás de um *alter ego*. O homem era megalomaníaco e extremamente perigoso. Peter decidiu que era melhor ter outra conversa com John Harley, o mais depressa possível.

Os DOIS SE encontraram para almoçar no Harvard Club. Peter Templeton estava numa situação difícil. Precisava obter todas as informações que pudesse a respeito de George Mellis, sem violar as regras de sigilo no relacionamento entre médico e paciente.

— O que pode me dizer a respeito da mulher de George Mellis? — ele perguntou a Harley.

— Alexandra? Ela é adorável. Cuidei dela e da irmã Eve desde que eram pequenas. — Ele soltou uma risada. — A gente ouve falar de gêmeas idênticas, mas nunca se compreende o que isso realmente significa até vê-las juntas.

— Elas são idênticas?

— Ninguém jamais pôde distingui-las. Elas costumavam fazer brincadeiras com isso quando eram pequenas. Lembro de uma ocasião em que Eve estava doente e precisava tomar uma injeção. Acabei aplicando a injeção em Alexandra. — Harley tomou um gole do drinque. — É simplesmente espantoso. Elas já estão crescidas agora e ainda não sou capaz de distingui-las.

Peter pensou por um momento.

— Você disse que Alexandra foi procurá-lo porque andava pensando em suicídio.

— Isso mesmo.

— Como sabe que era Alexandra, John?

— É muito fácil. Eve ainda tem uma pequena cicatriz na testa, da cirurgia a que se submeteu depois da surra que levou de George Mellis.

Então aquele era um beco sem saída.

— Ah, sim.

— Como está indo com Mellis?

Peter hesitou, sem saber o quanto podia dizer.

— Ainda não o alcancei. Ele está se escondendo por trás de uma fachada. Estou tentando destruí-la.

— Tome cuidado, Peter. Se quer minha opinião, o homem é louco.

John Harley estava se lembrando de Eve estendida na cama, numa poça de sangue.

— As duas irmãs são herdeiras de uma grande fortuna, não é mesmo?

Agora foi a vez de John Harley hesitar.

— É um assunto particular da família, Peter, mas a resposta é não. A avó deserdou Eve. Alexandra vai herdar tudo.

Estou preocupado com Alexandra, Dr. Templeton. A depressão dela parece estar pior. Não para de falar em se afogar. Eu não suportaria se alguma coisa acontecesse com ela.

Parecia a Peter Templeton que era a encenação clássica para um assassinato... se não fosse pelo fato de George Mellis ser pessoalmente herdeiro de uma grande fortuna. Não havia motivo para que ele matasse alguém por dinheiro. *Está imaginando coisas, Peter.*

UMA MULHER ESTAVA se afogando no mar frio e ele tentava nadar em sua direção, mas as ondas eram muito grandes. Ela afundava e tornava a subir nas ondas. *Aguente firme*, ele gritou. *Já estou chegando.* Ele tentava nadar mais depressa, mas os braços e pernas estavam pesados como chumbo. Viu-a afundar outra vez. Quando chegou ao lugar em que ela desaparecera, olhou ao redor e avistou um enorme tubarão branco avançando em sua direção. Peter Templeton acordou. Acendeu a luz e ficou sentado na cama, pensando no sonho.

Na manhã seguinte, bem cedo, telefonou para o tenente-detetive Nick Pappas.

NICK PAPPAS ERA um homem imenso, com 1,90m de altura e pesando quase 150 quilos. Como muitos criminosos podiam confirmar, não havia um único grama de gordura. O tenente Pappas trabalhava na divisão de homicídios, no distrito mais elegante de Manhattan. Peter conhecera-o vários anos antes, quando prestara depoimento como especialista em psiquiatria num julgamento de homicídio. Ele e Pappas tornaram-se amigos. A paixão de Pappas era o xadrez e encontravam-se uma vez por mês para jogar. Nick atendeu o telefone.

— Homicídios. Pappas.

— Sou eu, Peter.

— Meu amigo! Como vão os mistérios da mente?

— Ainda estou tentando decifrá-los, Nick. Como vai Tina?

— Muito bem. Em que posso ajudá-lo?

— Preciso de informações. Ainda tem ligações com a Grécia?

— Se tenho? — Pappas soltou um gemido. — Ainda tenho uma centena de parentes por lá e todos precisam de dinheiro. E o mais estúpido de tudo é que eu mando. Talvez você devesse me analisar.

— É tarde demais, Nick. Você é um caso perdido.

— É justamente isso o que Tina vive me dizendo. Qual é a informação de que precisa?

— Já ouviu falar de George Mellis?

— A família dos alimentos?

— Isso mesmo.

— Ele não chega a estar na minha seara, mas sei quem é. O que há com ele?

— Eu gostaria de saber se ele tem dinheiro.

— Você deve estar brincando. A família dele...

— Estou me referindo a dinheiro pessoal.

— Vou verificar, Peter. Mas será pura perda de tempo. Os Mellis são ricos até não poder mais.

— Por falar nisso, se pedir a alguém para interrogar o pai de George Mellis, avise para tomar cuidado. O velho sofreu vários infartos.

— Está certo. Vou ver o que posso descobrir, Peter. Farei um pedido pelo telex.

Peter recordou o sonho.

— Importa-se de telefonar, Nick? E hoje ainda?

Havia um tom diferente na voz de Pappas quando ele indagou:

— Há alguma coisa que gostaria de me contar, Peter?

— Não há nada para contar. Quero apenas satisfazer a minha curiosidade. Pode me cobrar o telefonema.

— Claro que vou cobrar... e também o jantar que vai me oferecer para contar toda a história.

— Combinado.

Peter Templeton desligou. Sentia-se um pouco melhor.

KATE BLACKWELL NÃO estava se sentindo bem. Estava à sua mesa, falando ao telefone, quando sentiu o ataque súbito. A sala começou a girar. Ela segurou-se na mesa, até que tudo endireitasse. Brad entrou na sala. Viu a palidez dela e perguntou:

— Você está bem, Kate?

Ela largou a mesa.

— Tive apenas uma pequena vertigem. Mas não foi nada importante.

— Há quanto tempo não faz um *checkup*?

— Não tenho tempo para essas bobagens, Brad.

— Pois trate de encontrar tempo. Vou mandar Annette marcar uma consulta com John Harley.

— Mas que diabo, Brad! Pare de se preocupar, está bem?

— Vai procurá-lo?

— Se isso for suficiente para que você pare de me amolar.

NA MANHÃ SEGUINTE, a secretária de Peter Templeton informou:

— O detetive Pappas está na linha um.

Peter atendeu.

— Alô, Nick.

— Acho melhor termos uma conversinha, meu amigo.

Peter sentiu uma súbita ansiedade.

— Conversou com alguém a respeito de Mellis?

— Falei com o velho Mellis diretamente. Em primeiro lugar, ele nunca sofreu um ataque cardíaco em toda a sua vida. Em segundo lugar, declarou que, para ele, o filho George está morto. Deserdou-o há alguns anos. Quando perguntei o motivo, o velho desligou. Liguei então para um velho companheiro na polícia de Atenas. O seu George Mellis é uma beleza. A polícia o conhece muito bem. Ele goza batendo em meninas e meninos. Sua última vítima, antes de deixar a Grécia, foi um veadinho de 15 anos. Encontraram o corpo dele num hotel e ligaram-no a Mellis. O velho andou comprando algumas pessoas e George sumiu da Grécia. Para sempre. Isso o satisfaz?

Mais do que satisfazia; deixava Peter apavorado.

— Obrigado, Nick. Fico lhe devendo.

— Nada disso, companheiro. Esta eu vou cobrar. Se o seu garoto está à solta novamente, é melhor você me contar.

— Contarei assim que puder, Nick. Dê lembranças minhas a Tina.

Peter desligou. Tinha muito em que pensar. George Mellis iria aparecer ao meio-dia.

O Dr. John Harley estava no meio de um exame quando a recepcionista informou:

— A Sra. George Mellis está aqui, doutor. Não tem consulta marcada e eu disse que sua agenda...

John Harley interrompeu-a bruscamente:

— Leve-a para a minha sala.

O rosto dela estava mais pálido que na vez anterior, as olheiras mais fundas e escuras.

— Lamento aparecer assim de repente, John, mas...

— Não tem importância, Alexandra. Qual é o problema?

— Tudo. Estou... estou me sentindo horrível.

— Tem tomado o Wellbutrin regularmente?

— Tenho.

— E ainda se sente deprimida?

As mãos dela estavam cerradas.

— É pior que a depressão. É... estou me sentindo desesperada. Como se não tivesse mais controle sobre qualquer coisa. Não consigo mais aguentar. Estou com medo... estou com medo de fazer alguma coisa horrível.

O Dr. Harley disse, tranquilizadoramente:

— Não há nada de fisicamente errado com você. Aposto minha reputação nisso. É tudo emocional. Vou mudar o medicamento. Nomifensine. É muito eficaz. Vai notar uma mudança em poucos dias. — Ele escreveu a receita e entregou. — Se não se sentir melhor até sexta-feira, quero que me telefone. Talvez eu possa encaminhá-la a um psiquiatra.

Meia hora depois, de volta a seu apartamento, Eve removeu o creme claro do rosto e limpou as manchas por baixo dos olhos.

O ritmo estava acelerando.

George Mellis estava sentado diante de Peter Templeton, sorridente e confiante.

— Como está se sentindo hoje?

— Muito melhor, doutor. Essas sessões têm me ajudado muito mais do que pode imaginar.

— É mesmo? De que maneira?

— Acho que só por falar com alguém. Não é o princípio em que se baseia a Igreja católica? A confissão?

— Fico contente por saber que as sessões têm sido úteis. E sua mulher está se sentindo melhor?

George franziu o rosto.

— Infelizmente, não. Ela esteve novamente com o Dr. Harley, mas continua a falar em suicídio, com uma insistência cada vez maior. Estou pensando em levá-la para algum lugar. Acho que ela precisa de uma mudança.

Peter teve a impressão de que aquelas palavras eram estranhamente sinistras. Mas não poderia ser sua imaginação?

— A Grécia é um ótimo lugar para se descansar — comentou Peter. — Por que não a leva até lá, para conhecer sua família?

— Ainda não. Todos estão morrendo de vontade de conhecer Alex. — George sorriu. — O único problema é que papai, sempre que nos encontramos, fica tentando me convencer a voltar e assumir o negócio da família.

Foi nesse momento que Peter Templeton compreendeu que Alexandra Mellis estava realmente em perigo.

MUITO TEMPO DEPOIS de George Mellis ter se retirado, Peter Templeton ainda estava sentado à mesa, examinando suas anotações. Finalmente pegou o telefone e discou.

— Quero que me faça um favor, John. Pode descobrir para onde George Mellis levou a mulher na lua de mel?

— Posso responder agora mesmo. Apliquei-lhes algumas injeções antes de partirem. Eles foram para a Jamaica.

Tenho um amigo que gosta de espancar prostitutas... Lembro-me de uma ocasião em que nós dois estávamos na Jamaica. A pequena prostituta levou-o para um quarto de hotel. Depois de tirar a calcinha, ela disse que queria mais dinheiro... Ele deu uma surra nela. Aposto que nunca mais ela vai tentar um golpe desses com ninguém.

Mesmo assim, não havia prova de que George Mellis estivesse planejando matar a mulher. John Harley já verificara que Alexandra Mellis estava com mania de suicídio. *Não é problema meu,* Peter tentou dizer a si mesmo. Mas sabia que era problema seu.

PETER TEMPLETON TIVERA de se esforçar muito para poder estudar. O pai era zelador de uma escola numa cidade pequena, em Nebraska. Mesmo com uma bolsa de estudos, Peter não pudera cursar uma das grandes faculdades de medicina. Formara-se na Universidade de Nebraska e dedicara-se à psiquiatria. Fora bem-sucedido desde o começo. Seu segredo era o fato de gostar realmente das pessoas. Preocupava-se com o que lhes acontecia. Alexandra Mellis não era uma paciente, mas já estava envolvido com ela. Era uma peça que faltava do quebra-cabeça e encontrá-la pessoalmente poderia ajudar a resolver o mistério. Ele consultou a ficha de George Mellis, verificou o telefone da casa e ligou para Alexandra Mellis. Uma criada chamou-a ao telefone.

— Sra. Mellis, meu nome é Peter Templeton. Sou...

— Sei quem é, doutor. George já me falou a seu respeito.

Peter ficou surpreso. Seria capaz de apostar que George Mellis jamais o mencionaria à mulher.

— Gostaria de encontrá-la. Podemos almoçar juntos?

— É alguma coisa com George? Algum problema?

— Não é nada demais. Achei apenas que poderia ser útil se tivéssemos uma conversa.

— Está certo, Dr. Templeton.

Marcaram um encontro para o dia seguinte.

SENTARAM-SE A UMA mesa de canto no La Grenouille. Desde o momento em que Alexandra entrou no restaurante, Peter não foi mais capaz de desviar os olhos dela. Ela se vestia com simplicidade, saia e blusa brancas, delineando o corpo, uma única fieira de pérolas em torno do pescoço. Peter procurou sinais do cansaço e depressão que o Dr. Harley mencionara. Não havia nenhum. Se Alexandra percebeu o exame meticuloso de Peter, não deixou transparecer.

— Meu marido está bem, não é mesmo, Dr. Templeton?

— Está, sim.

Ia ser muito mais difícil do que Peter imaginara. Ele estava andando numa corda bamba. Não tinha o direito de violar o relacionamento médico-paciente, mas ao mesmo tempo achava que Alexandra Mellis devia ser alertada. Depois de pedirem, Peter disse:

— Seu marido contou por que está me consultando, Sra. Mellis?

— Contou, sim. Ele está sob uma pressão intensa. Os colegas da firma de corretagem em que ele trabalha descarregaram quase todas as responsabilidades em seus ombros. E George é muito consciencioso, como provavelmente já sabe, doutor.

Era incrível! Ela ignorava totalmente a agressão à irmã. *Por que não lhe contaram?*

— George me disse que tem se sentido muito melhor depois que passou a ter alguém com quem pudesse discutir seus problemas. — Ela presenteou Peter com um sorriso gracioso. — Fico muito satisfeita porque o está ajudando, doutor.

Mas como ela era inocente! Era evidente que idolatrava o marido. O que Peter tinha a dizer poderia destruí-la. Como ele podia informar que o marido era um psicopata, que assassinara um pederasta de 15 anos, fora banido pela família e espancara brutalmente a irmã dela? Mas, por outro lado, como ele podia *não dizer*?

— Deve ser ótimo ser psiquiatra — comentou Alexandra. — Pode-se ajudar uma porção de pessoas.

— Às vezes podemos ajudar, mas outras vezes não.

A comida chegou. Conversaram enquanto comiam. A comunicação entre os dois era fácil. Peter descobriu-se encantado com ela. E ficou subitamente embaraçado, ao perceber que estava começando a sentir inveja de George Mellis.

— Estou gostando muito do almoço — disse Alexandra finalmente —, mas queria me ver por algum motivo, não é mesmo, Dr. Templeton?

O momento da verdade chegara.

— Exatamente. Eu...

Peter fez uma pausa. As palavras seguintes poderiam destruir a vida dela. Comparecera ao almoço determinado a revelar suas suspeitas e sugerir que o marido fosse internado numa instituição especializada. Agora que conhecera Alexandra, no entanto, descobrira que não era tão simples assim. Pensou de novo no que George Mellis dissera: *Ela não está melhor. É a mania de suicídio que me preocupa.* Peter achava que nunca vira uma pessoa mais feliz e mais normal. Seria o resultado do medicamento que estava tomando? Pelo menos podia falar sobre isso.

— John Harley me disse que está tomando...

A voz de George Mellis trovejou nesse momento:

— Aí está você, querida! Liguei para casa e me disseram que estava aqui! — Ele virou-se para Peter. — É um prazer vê-lo, Dr. Templeton. Posso acompanhá-los?

E a oportunidade se perdeu.

— Por que ele queria conhecer Alex? — perguntou Eve.

— Não tenho a menor ideia — respondeu George. — Graças a Deus que ela deixou um recado, informando onde estava, para o caso de eu procurá-la. Quando soube que estava com Peter Templeton, fui até lá o mais depressa possível.

— Não estou gostando...

— Mas pode estar certa de que não houve mal maior. Interroguei-a depois e ela me contou que não conversaram sobre nada em particular.

— Acho melhor executarmos logo o nosso plano.

George Mellis sentiu uma emoção quase sexual ao ouvir tais palavras. Estava esperando há muito tempo.

— Quando?

— Agora.

Capítulo 33

As vertigens estavam ficando cada vez piores e as coisas começavam a se misturar na mente de Kate. Ficava sentada à sua mesa pensando na proposta de uma fusão e de repente compreendia que a fusão ocorrera dez anos antes. Foi ficando assustada. E, finalmente, resolveu aceitar o conselho de Brad Rogers e procurar John Harley.

Há muito tempo que o Dr. John Harley tentava convencer Kate Blackwell a fazer um *checkup* e ele procurou aproveitar plenamente a oportunidade. Examinou-a meticulosamente. Depois de terminar, pediu que ela ficasse esperando em sua sala. John Harley estava preocupado. Kate Blackwell era extraordinariamente alerta para a sua idade, mas havia sinais inquietantes. Não restava a menor dúvida de que havia um endurecimento das artérias, o que explicava as vertigens ocasionais e a debilidade da memória. Ela deveria ter se aposentado há muitos anos. Apesar disso, continuava a se apegar tenazmente à companhia, não querendo entregar o comando a ninguém. *Mas quem sou eu para falar?*, pensou ele. *Eu também deveria ter me aposentado há muitos anos.*

Agora, com os resultados dos exames à sua frente, John Harley disse:

— Eu gostaria de estar no seu estado, Kate.

— Pode acabar com a conversa fiada, John. Qual é o meu problema?

— A idade, principalmente. Há um pequeno endurecimento das artérias e...

— Arteriosclerose?

— É esse o termo médico? — indagou o Dr. John Harley. — Mas qualquer que seja, você está.

— E é grave?

— Para a sua idade, é absolutamente normal. Todas essas coisas são relativas.

— Pode me dar alguma coisa para acabar com essas malditas vertigens? Detesto desmaiar numa sala cheia de homens. Depõe contra o meu sexo.

— Creio que não haverá problema. Quando vai se aposentar, Kate?

— Quando tiver um bisneto para assumir a companhia.

Os dois velhos amigos, que se conheciam há tantos e tantos anos, avaliaram-se através da mesa. John Harley nem sempre concordara com Kate, mas sempre admirara a coragem dela. Como se estivesse lendo os pensamentos dela, Kate suspirou.

— Sabe qual foi um dos maiores desapontamentos da minha vida, John? Eve. Eu gostava muito daquela menina. Queria entregar-lhe o mundo, mas ela nunca se importou com qualquer outra pessoa além de si mesma.

— Está enganada, Kate. Eve se preocupa muito com você.

— Uma ova que ela se preocupa!

— Estou em condições de saber. Ainda recentemente... — Harley escolheu cuidadosamente as palavras — ... ela sofreu um terrível acidente. Quase morreu.

O coração de Kate disparou.

— Por que... por que não me contou antes?

— Ela não permitiu. Estava tão preocupada com você que me obrigou a jurar que nada contaria.

— Oh, Deus! — A voz de Kate era um sussurro rouco e agoniado. — Ela... ela está bem?

— Agora está.

Kate ficou com o olhar perdido no espaço.

— Obrigada por me contar, John... muito obrigada.

— Vou escrever a receita para as pílulas que você vai tomar, Kate.

Quando acabou de escrever a receita, ele levantou os olhos. Kate Blackwell já se fora.

EVE ABRIU A PORTA e ficou aturdida. A avó estava parada ali, empertigada como sempre, não permitindo que qualquer sinal de fragilidade aparecesse.

— Posso entrar? — perguntou Kate.

Eve deu um passo para o lado, incapaz de absorver o que estava acontecendo.

— Claro...

Kate entrou e olhou ao redor do pequeno apartamento, mas não fez qualquer comentário.

— Posso me sentar?

— Desculpe. Sente-se, por favor. Estou confusa... Deseja alguma coisa? Chá, café, qualquer coisa?

— Não, obrigada. Você está bem, Eve?

— Estou, sim, obrigada.

— Estou vindo do consultório do Dr. John. Ele me disse que você sofreu um terrível acidente.

Eve observou a avó cautelosamente, sem saber o que estava para acontecer.

— É verdade...

— Ele disse que você... quase morreu. E que não quis permitir que ele me contasse, porque não queria que eu me preocupasse.

Então era isso. Eve estava agora em terreno mais firme.

— Isso mesmo, vovó.

— O que mostra que você... que você se preocupa — murmurou Kate, a voz subitamente embargada.

Eve começou a chorar, de alívio.

— Claro que me preocupo com você, vovó. Sempre me preocupei.

Um instante depois, Eve estava nos braços da avó. Kate apertou Eve com força, comprimiu os lábios contra a cabeça loura em seu colo. E, depois, sussurrou:

— Tenho sido uma tola. Pode me perdoar? — Kate pegou um lenço e assoou o nariz. — Fui dura demais com você. Não poderia suportar se alguma coisa lhe acontecesse.

Eve afagou a mão coberta de veias azuis da avó.

— Estou bem agora, vovó. Está tudo bem.

Kate estava de pé, piscando os olhos para conter as lágrimas.

— Vamos começar tudo de novo? — Ela levantou Eve. — Tenho sido teimosa e intransigente, como meu pai. Mas vou me corrigir. E a primeira providência que vou tomar será a de incluí-la novamente em meu testamento, que é o lugar a que pertence.

O que estava acontecendo era bom demais para ser verdade!

— Eu... eu não me importo com o dinheiro. Só me importo com você.

— Mas você é minha herdeira... você e Alexandra. As duas constituem a única família que tenho.

— Estou muito bem de vida, vovó, mas se isso a fizer feliz...

— Vai me fazer muito *feliz*, querida. Mas muito feliz mesmo. Quando pode voltar para casa?

Eve hesitou, por um instante apenas.

— Acho que seria melhor eu continuar aqui. Mas poderei vê-la quantas vezes quiser. Oh, vovó, não pode imaginar como tenho me sentido solitária!

Kate pegou a mão da neta.

— Pode me perdoar?

Eve fitou-a nos olhos e disse, solenemente:

— Claro que posso perdoá-la.

No MOMENTO EM que Kate se retirou, Eve serviu-se de uma dose dupla de *scotch*, acrescentou um pouco de água e arriou no sofá, a fim de reconstituir a cena inacreditável que acabara de ocorrer. Tinha vontade de gritar de alegria. Ela e Alexandra eram agora as herdeiras exclusivas da fortuna Blackwell. E seria muito fácil livrar-se de Alexandra. Era com George Mellis que Eve estava preocupada. Ele se tornara de repente um estorvo.

— Houve uma mudança nos planos — disse Eve a George. — Kate resolveu me incluir novamente no testamento.

George parou no meio do ato de acender um cigarro.

— É mesmo? Meus parabéns.

— Se alguma coisa acontecesse com Alexandra agora, pareceria suspeito. Por isso, vamos deixar para cuidar disso mais tarde quando...

— Mais tarde, infelizmente, não me convém.

— Como assim?

— Não sou estúpido, querida. Se alguma coisa acontecer com Alexandra, eu herdarei as ações dela. Você está querendo me tirar de cena, não é mesmo?

Eve deu de ombros.

— Digamos que você é uma complicação desnecessária. Estou disposta a fazer um trato com você. Providencie o divórcio e assim que eu estiver de posse do dinheiro, vou lhe dar...

Ele riu.

— Você é muito engraçada. Mas não adianta, meu bem. Nada mudou. Alex e eu temos um encontro marcado em Dark Harbor na noite de sexta-feira. E pretendo comparecer.

ALEXANDRA FICOU NA maior alegria quando soube da reconciliação entre Eve e a avó, comentando:

— Agora somos outra vez uma família!

O TELEFONE.

— Alô? Espero não estar incomodando, Eve. Aqui é Keith Webster.

Ele começara a telefonar para ela duas a três vezes por semana. A princípio, o seu ardor desajeitado divertira Eve. Ultimamente, porém, ele estava se tornando cada vez mais inconveniente.

— Não posso falar com você agora — disse Eve. — Estou de saída.

— Oh, desculpe... Não vou atrasá-la. Só estou telefonando por que tenho duas entradas para o espetáculo de equitação na próxima semana. Como você gosta muito de cavalos, pensei...

— Sinto muito, mas provavelmente não estarei em Nova York na próxima semana.

— Entendo... — Eve podia perceber o desapontamento profundo na voz dele. — Mas talvez possamos sair na outra semana. Comprarei entradas para o teatro. Que peça gostaria de ver?

— Já assisti a todas — disse Eve, bruscamente. — E agora tenho de sair correndo.

Eve desligou. Estava na hora de se vestir. Ia se encontrar com Rory McKenna, um jovem ator que vira numa peça fora da Broadway. Ele era cinco anos mais moço e parecia um garanhão insaciável. Eve visualizou os dois na cama e sentiu uma súbita umidade entre as pernas. A noite seria maravilhosa.

A CAMINHO DE CASA, George Mellis parou para comprar flores para Alexandra. Estava com um ânimo exuberante. Era uma deliciosa ironia que a velha tivesse incluído Eve de volta no testamento. Mas isso nada mudava. Depois do acidente de Alexandra, ele cuidaria de Eve. Já estava tudo providenciado. Na sexta-feira, Alexandra estaria esperando por ele em Dark Harbor.

— Só nós dois, querida — suplicara ele, beijando-a. — Livre-se de todos os criados.

PETER TEMPLETON NÃO conseguia afastar Alexandra Mellis dos pensamentos. Podia ouvir o eco das palavras de George Mellis: *Estou pensando em levá-la para algum lugar. Acho que ela precisa de uma mudança.* Todos os instintos diziam a Peter que Alexandra estava em perigo. Contudo, estava impotente para agir. Não podia procurar Nick Pappas com suas suspeitas. Não tinha qualquer prova.

NO OUTRO LADO da cidade, em sua sala na Kruger-Brent, Kate Blackwell estava assinando um novo testamento, deixando a sua fortuna para as duas netas.

NO INTERIOR DO estado de Nova York, Tony Blackwell estava parado diante do seu cavalete, no jardim do sanatório. O quadro no cavalete era uma confusão de cores, do tipo que uma criança sem talento podia fazer. Tony recuou para contemplá-lo e sorriu de satisfação.

SEXTA-FEIRA: 10:57 da manhã.

No Aeroporto La Guardia, um táxi parou diante do terminal da Eastern Airlines. Eve Blackwell saltou. Ela entregou uma nota de 100 dólares ao motorista.

— Ei, dona, não tenho troco. Não tem uma nota menor?

— Não.

— Então terá de esperar o troco lá dentro.

— Não tenho tempo. Vou pegar o próximo voo para Washington. — Eve olhou para o relógio Baume & Mercier no pulso e tomou uma decisão. — Pode ficar com o troco.

Eve entrou célere no terminal. Andou apressadamente para o portão de partida em que estava escrito Ponte Aérea para Washington.

— Quero uma passagem para Washington — disse Eve, ofegante. O homem olhou para o relógio por cima de sua cabeça.

— Perdeu este avião por dois minutos. Está decolando neste momento.

— Mas tenho de embarcar nesse avião! Vou me encontrar... Será que não pode fazer nada?

Ela estava quase em pânico.

— Fique calma, dona. Tem outro avião dentro de uma hora.

— Mas é... Oh, diabo!

O homem observou-a recuperar o controle.

— Está bem, vou esperar. Há algum café por aqui?

— Não, madame. Mas tem uma máquina automática de café no corredor.

— Obrigada.

Ele ficou contemplando Eve se afastar e pensou: *Mas que mulher! Invejo o cara com quem ela vai se encontrar com tanta pressa.*

Sexta-feira, duas horas da tarde.

Será uma segunda lua de mel, pensou Alexandra. A perspectiva a excitava. *Livre-se de todos os criados. Vamos ficar só nós dois, meu anjo. Teremos um fim de semana maravilhoso.* E, agora, Alexandra estava saindo de casa, a caminho de Dark Harbor, onde se encontraria com George. Ela estava atrasada. Tivera um compromisso para o almoço e demorara mais do que planejara. Ela disse à criada:

— Vou partir agora. Voltarei na manhã de segunda-feira.

O telefone começou a tocar no momento em que Alexandra chegou à porta da frente. *Estou atrasada*, pensou ela. *Que o telefone toque à vontade.* E ela saiu apressadamente.

Sexta-feira, sete horas da noite.

George Mellis repassara interminavelmente o plano de Eve. Não tinha uma única falha. *Haverá uma lancha à sua espera em Philbrook Cove. Leve-a para Dark Harbor, cuidando para que ninguém o veja. Amarre-a à popa do* Corsair. *Saia com Alexandra para um passeio de barco ao luar. Quando estiver longe, pode fazer o que bem quiser, George... contanto que não deixe qualquer vestígio de sangue. Jogue o corpo no mar, entre na lancha, deixe o* Corsair *à deriva. Volte na lancha para Philbrook Cove, depois pegue a barca de Lincolnville para Dark Harbor. Vá de táxi para a casa. Arrume algum pretexto para fazer o motorista entrar com você, a fim de que os dois possam constatar que o* Corsair *não está no atracadouro. Depois de anunciar que Alexandra desapareceu, você deve chamar a polícia. Eles jamais encontrarão o corpo de Alexandra. A correnteza vai levá-lo para alto-mar. Dois médicos eminentes vão testemunhar que foi um possível suicídio.*

Ele encontrou a lancha atracada em Philbrook Cove, à sua espera, de acordo com o plano.

George atravessou a baía sem acender as luzes, aproveitando o luar para se orientar. Passou por diversas embarcações ancoradas sem ser notado e chegou ao atracadouro da propriedade Blackwell. Desligou o motor e prendeu um cabo à popa do *Corsair*.

Ela estava falando ao telefone, à sua espera, quando George entrou na sala. Acenou para ele, cobriu o fone com a mão e murmurou:

541

— É Eve. — Ela escutou por um momento. — Tenho de desligar agora, Eve. Meu querido acaba de chegar. Eu a verei no almoço, na próxima semana.

Ela desligou, levantou-se e foi abraçar George.

— Chegou mais cedo. O que me deixa muito satisfeita.

— Fiquei com tanta saudade de você que larguei tudo e vim o mais depressa possível.

Ela beijou-o.

— Eu o amo.

— Eu também a amo, *matia mau*. Livrou-se dos criados?

Ela sorriu.

— Só nós dois estamos em casa. E adivinhe o que fiz? Uma *moussaka* para você!

George passou os dedos de leve pelos mamilos, fazendo se projetarem contra a blusa de seda.

— Quer saber em que estive pensando durante a tarde inteira, naquele escritório sufocante? Em dar um passeio de barco com você. O vento está bom. Por que não passeamos durante uma ou duas horas?

— Se você quiser. Mas minha *moussaka* está...

Ele pôs a mão no seio dela.

— O jantar pode esperar. Eu não posso.

Ela riu.

— Está bem. Vou trocar de roupa. Não levarei um minuto.

— Se demorar, pode estar certo de que vou apressá-la.

George subiu, pôs uma calça esporte, uma suéter e um par de sapatos de solas de borracha. Agora que o momento chegara, estava dominado por uma sensação de intensa expectativa, um excitamento que era quase uma explosão.

— Estou pronta, querido.

George virou-se. Ela estava na porta, de calça preta, uma suéter, sapatos de lona. Os cabelos louros compridos estavam presos por uma fita azul. *Mas como ela é linda!*, pensou George. Parecia quase uma pena desperdiçar tanta beleza.

— Eu também estou — disse ele.

ELA VIU A LANCHA presa na popa do iate.

— Para que isso, querido?

— Há uma pequena ilha no fundo da baía que sempre tive vontade de explorar. Iremos até lá na lancha, a fim de não ficarmos preocupados com as rochas.

George soltou os cabos e acionou o motor, afastando-se lentamente do atracadouro. Virou o iate para o vento e hasteou as velas. O *Corsair* arremeteu para a frente. George seguiu na direção do mar aberto. Depois de passarem pelo quebra-mar, o vento aumentou de intensidade, o iate começando a balançar.

— É maravilhoso! — gritou ela. — Não sabe como estou feliz, querido!

Ele sorriu.

— Também estou.

Estranhamente, George Mellis sentia o maior prazer por constatar que Alexandra estava feliz, por saber que ela morreria feliz. Ele esquadrinhou o horizonte, a fim de certificar-se que não havia outras embarcações nas proximidades. Havia apenas um tênue brilho de luzes a distância. Estava na hora.

George ligou o piloto automático, esquadrinhou uma última vez o horizonte vazio e depois encaminhou-se para a amurada de sotavento, o coração começando a bater forte de excitação.

— Alex! Venha dar uma olhada nisso!

Ela aproximou-se, contemplou a água fria e escura.

— Venha para mim.

A voz de George era áspera, incisiva. Ela foi para os braços dele. George beijou-a nos lábios, os braços envolvendo-a, apertando-a. Sentiu que o corpo dela relaxava. Ele flexionou os músculos e começou a levantá-la, na direção da amurada. Subitamente, ela estava se debatendo.

— George!

Ele levantou-a ainda mais alto, sentiu que ela tentava se desvencilhar. Mas ele era muito mais forte. Ela estava agora quase na amurada, esperneando freneticamente. George preparou-se para jogá-la no mar. E foi nesse instante que sentiu uma dor intensa no peito. Seu primeiro pensamento foi: *Estou tendo um infarto*. Abriu a boca para falar e o sangue esguichou. Baixou os braços e olhou para o peito, aturdido. O sangue saía de um buraco ali. George levantou os olhos e viu-a parada à sua frente, com uma faca ensanguentada na mão, sorrindo.

O último pensamento de George Mellis foi: *Eve...*

Capítulo 34

Eram dez horas da noite quando Alexandra chegou à casa em Dark Harbor. Telefonara para George várias vezes, mas ninguém atendera. Esperava que ele não ficasse zangado com o seu atraso. Fora uma confusão estúpida. Ao final da tarde, quando Alexandra estava saindo de casa, o telefone tocara. Ela pensara: *Estou atrasada. Que o telefone toque à vontade.* E saíra para pegar o carro. A criada viera correndo atrás dela.

— Sra. Mellis! É sua irmã. Ela diz que é urgente.

Quando Alexandra atendera, Eve dissera:

— Estou em Washington, querida. E tenho um problema horrível. Preciso me encontrar com você imediatamente.

— Estou de partida para Dark Harbor, onde vou me encontrar com George. Mas voltarei na segunda-feira de manhã e...

— Não pode esperar, Alex. — Eve parecia desesperada. — Quer se encontrar comigo no Aeroporto La Guardia? Chegarei no avião das cinco horas.

— Eu bem que gostaria, Eve. Mas prometi a George...

— É uma emergência, Alex. Mas se você está muito ocupada...

— Está bem. Ficarei esperando por você.

— Obrigada, querida. Eu sabia que podia contar com você.

Eve lhe pedia um favor tão raramente que ela não podia recusar. Pegaria um avião mais tarde para seguir até a ilha. Ela ligara para George no escritório, a fim de informá-lo que se atrasaria. Mas ele não estava. Alexandra deixara um recado com a secretária. Uma hora depois, pegara um táxi para La Guardia, a tempo de esperar o voo das cinco horas procedente de Washington. Mas Eve não estava no avião. Alexandra esperara por duas horas, sem que houvesse qualquer sinal de Eve. Não sabia onde poderia encontrar Eve em Washington. Finalmente, como não havia mais nada que pudesse fazer, Alexandra pegara um avião para a ilha. Agora, ao se aproximar da Cedar Hill House, ela viu que estava totalmente às escuras. Mas, àquela altura, George já deveria ter chegado. Alexandra foi de cômodo em cômodo, acendendo as luzes.

— George?

Não havia o menor sinal dele. Ela telefonou para sua casa em Manhattan. A criada atendeu.

— O Sr. Mellis está aí?

— Não está, não, Sra. Mellis. Ele disse que os dois passariam o fim de semana fora.

— Obrigada, Marie. Ele deve ter se atrasado por algum motivo.

Tinha de haver uma razão lógica para a ausência de George. Obviamente, surgira algum problema de última hora e a diretoria pedira que George resolvesse, como sempre acontecia. Mas ele devia estar chegando. Alexandra ligou para Eve.

— Eve! Mas o que aconteceu?

— Eu é que pergunto: o que houve com você? Fiquei esperando no Kennedy e como você não aparecesse...

— Kennedy? Mas você disse La Guardia!

— Não, querida. Eu falei Kennedy.

— Mas... — Não tinha mais importância. — Desculpe, Eve. Devo ter entendido mal. Você está bem?

— Estou agora. Mas passei por momentos infernais. Envolvi-me com um homem que é um político importante em Washington. Ele é ciumento demais e... — Eve riu. — Mas não posso entrar em detalhes pelo telefone. A companhia telefônica acabaria tirando os nossos aparelhos. Contarei tudo na segunda-feira.

— Está bem — disse Alexandra, aliviada.

— Espero que se divirta no fim de semana, querida. Como está George?

— Ele não está aqui. — Alexandra fez um esforço para manter a voz sob controle. — Deve ter ficado retido com algum negócio e não pôde me telefonar.

— Ele deve estar aparecendo por aí. Boa-noite, querida.

— Boa-noite, Eve.

Alexandra desligou e pensou: *Seria ótimo se Eve encontrasse um homem realmente maravilhoso. Alguém tão bom e gentil como George.* Ela olhou para o relógio. Eram quase 11 horas. Àquela altura, ele não podia deixar de ter tido uma oportunidade de telefonar. Alexandra ligou para a corretora. Ninguém atendeu. Telefonou para o clube de George. O Sr. Mellis não aparecera por lá. Por volta da meia-noite, Alexandra estava alarmada. À uma hora da madrugada, estava em pânico. Não sabia o que fazer. Era possível que George tivesse saído com um cliente e não houvesse uma oportunidade de telefonar. Ou talvez ele fosse obrigado a viajar para algum lugar e não pudera avisá-la antes de partir. Havia alguma explicação simples. Se ligasse para a polícia e George aparecesse de repente, estaria bancando a tola.

Alexandra telefonou para a polícia às duas horas da madrugada. Não havia um destacamento policial em Islesboro. A delegacia mais próxima era no condado de Waldo. Uma voz sonolenta disse:

— Departamento do Xerife do Condado de Waldo. Sargento Lambert falando.

— Aqui é a Sra. George Mellis, da Cedar Hill House.

— Pois não, Sra. Mellis. — A voz estava instantaneamente alerta. — Em que posso servi-la?

— Para dizer a verdade, não sei muito bem. Meu marido deveria se encontrar comigo aqui no princípio da noite, mas... mas ainda não apareceu.

— Entendo.

Havia uma porção de implicações naquela frase. O sargento conhecia pelo menos três motivos para que um marido estivesse fora de casa às duas horas da madrugada: louras, morenas e ruivas.

— Ele não poderia ter se atrasado a negócios em algum lugar, Sra. Mellis?

— Ele... ele geralmente telefona.

— Deve saber como são essas coisas, Sra. Mellis. As pessoas se descobrem às vezes em situações nas quais não podem falar. Tenho certeza de que receberá notícias dele dentro em breve.

Alexandra estava se sentindo uma tola. Claro que a polícia não podia fazer nada. Lera em algum lugar que uma pessoa tinha de estar desaparecida por 24 horas antes que a polícia começasse a procurá-la. E é claro que George não estava desaparecido, mas apenas atrasado.

— Tem razão, sargento. Desculpe tê-lo incomodado.

— Não foi nada, Sra. Mellis. Aposto que ele vai aparecer na primeira barca da manhã, às sete horas.

MAS GEORGE NÃO estava na barca das sete horas nem na seguinte. Alexandra tornou a telefonar para a casa em Manhattan. George não estava lá.

Um pressentimento de desastre começou a invadir Alexandra. George sofrera um acidente, estava internado em algum hospital, gravemente doente ou morto. Se ao menos não tivesse havido a confusão no aeroporto com Eve... Talvez George tivesse chegado em Cedar Hill House, descoberto que ela não estava ali e ido embora. Mas isso acarretava muitas coisas inexplicáveis. Ele deixaria um bilhete. Poderia ter surpreendido ladrões, fora atacado ou sequestrado. Alexandra revistou a casa, cômodo por cômodo, procurando alguma pista. Estava tudo intacto. Ela desceu para o atracadouro. O *Corsair* estava ali, devidamente atracado.

Ela tornou a telefonar para o Departamento do Xerife do Condado de Waldo. O tenente Philip Ingram, um veterano de 20 anos de polícia, estava de plantão naquela manhã. Ele já sabia que George Mellis não passara a noite em casa. Fora o tópico principal das conversas na delegacia naquela manhã, quase todas irreverentes. Ele disse agora a Alexandra:

— Não houve qualquer sinal de seu marido, Sra. Mellis? Está bem. Irei até aí pessoalmente.

Ele sabia que seria pura perda de tempo. O marido provavelmente estava se distraindo em outra cama. *Mas quando Blackwells chamam, os camponeses vão correndo*, pensou ele ironicamente. Seja como for, ela era uma mulher simpática. Ingram já a encontrara algumas vezes, ao longo dos anos.

— Voltarei dentro de uma hora ou pouco mais — avisou ele ao sargento.

O TENENTE INGRAM escutou a história de Alexandra, revistou a casa e o atracadouro. Concluiu que Alexandra Mellis estava com um problema nas mãos. George Mellis ficara de se encontrar com ela em Dark Harbor na noite anterior, mas não aparecera. Embora não fosse problema seu, o tenente Ingram sabia que não haveria mal algum em ajudar uma pessoa da família Blackwell. Telefonou para o aeroporto na ilha e para o terminal da barca em Lincolnville. George Mellis não usara nenhuma das duas instalações nas últimas 24 horas.

— Ele não chegou a Dark Harbor — disse o tenente a Alexandra.

E como isso deixava a situação? Por que o homem teria desaparecido? Na opinião abalizada do tenente nenhum homem em seu juízo perfeito largaria voluntariamente uma mulher como Alexandra.

— Vamos verificar nos hospitais e ne... — Ele se controlou a tempo. — E outros lugares. Darei um aviso geral para procurarem-no.

Alexandra estava tentando controlar suas emoções, mas ele podia perceber o esforço que isso exigia.

— Obrigada, tenente. Não preciso lhe dizer o quanto ficarei grata por tudo o que fizer.

— É o meu trabalho — disse o tenente Ingram.

VOLTANDO À DELEGACIA, o tenente Ingram começou a ligar para hospitais e necrotérios. As respostas foram negativas. Não havia qualquer comunicação de acidente envolvendo George Mellis. A providência seguinte do tenente Ingram foi telefonar para um repórter amigo no *Maine Courier*. Depois disso, o tenente emitiu um boletim de pessoa desaparecida.

Os jornais da tarde publicaram a notícia com destaque: MARIDO DE HERDEIRA BLACKWELL DESAPARECIDO.

PETER TEMPLETON TOMOU conhecimento da notícia por intermédio do detetive Nick Pappas.

— Peter, lembra que há pouco tempo me pediu para obter algumas informações sobre George Mellis?

— Claro que lembro.

— Pois ele acaba de cometer um ato de sumiço.

— Ele fez o quê?

— Desapareceu, sumiu.

Pappas esperou, enquanto Peter digeria a informação.

— Ele levou alguma coisa? Dinheiro, roupas, passaporte?

— Nada. De acordo com as notícias que recebemos do Maine, o Sr. Mellis simplesmente se desmanchou no ar. Você é o analista dele. Pensei que poderia ter alguma ideia do motivo que levou o nosso garoto a fazer uma coisa dessas.

Peter disse, com toda sinceridade:

— Não tenho a menor ideia, Nick.

— Se pensar em alguma coisa, trate de me telefonar. Esse caso vai dar o que falar.

— Está certo, Nick.

MEIA HORA DEPOIS, Alexandra Mellis ligou para Peter Templeton. Ele pôde perceber a estridência do pânico na voz dela.

— Eu... George desapareceu. E ninguém parece saber o que aconteceu com ele. Pensei que ele poderia ter-lhe dito alguma coisa que servisse de pista ou... — Ela não pôde continuar.

— Lamento, Sra. Mellis, mas não tenho a menor ideia do que possa ter acontecido.

— Oh!

Peter gostaria de ter algum meio de poder confortá-la.

— Se me lembrar de alguma coisa, eu lhe telefonarei. Onde poderei encontrá-la?

— Estou em Dark Harbor agora, mas voltarei a Nova York ao final da tarde. Ficarei na casa da minha avó.

Alexandra não suportava a perspectiva de ficar sozinha. Já falara pelo telefone com a avó por diversas vezes, naquela manhã. E Kate lhe dissera:

— Tenho certeza de que não há motivo para se preocupar, querida. Ele provavelmente teve de fazer alguma viagem de negócios e esqueceu de avisar.

Mas nenhuma das duas acreditava nisso.

EVE ACOMPANHOU PELA televisão a notícia do desaparecimento de George. Mostraram fotografias do exterior da Cedar Hill House, assim como fotografias de Alexandra e George logo depois da cerimônia de casamento. Havia um *close* de George, olhando para cima, de olhos arregalados. Fez Eve se lembrar da expressão de surpresa no rosto dele, pouco antes de morrer. O locutor da televisão disse:

— Não há indícios de ação criminosa e não houve pedido de resgate. A polícia especula que George Mellis possivelmente sofreu um acidente e pode estar com amnésia.

Eve sorriu de satisfação. Jamais encontrariam o corpo. Fora levado para alto-mar pela correnteza. Pobre George. Ele seguira o plano dela ao pé da letra. Só que ela mudara o plano. Fora de avião para o Maine e alugara uma lancha em Philbrook Cove, reservada para "um amigo". Em seguida, alugara outra lancha, num cais próximo, seguira para Dark Harbor e ficara esperando George. Ele não desconfiara de nada. Ela tivera o cuidado de limpar o convés, antes de voltar com o iate ao atracadouro. Depois disso, fora muito simples rebocar a lancha alugada de George de volta ao cais, devolver a sua própria lancha, pegar o avião de volta a Nova York e aguardar o telefonema que sabia que Alexandra faria.

Fora um crime perfeito. A polícia certamente iria classificá-lo como um desaparecimento misterioso. O locutor estava dizendo:

— As outras notícias...

Eve desligou a televisão. Não queria chegar atrasada ao encontro com Rory McKenna.

Às SEIS HORAS da manhã seguinte, um barco de pesca encontrou o corpo de George Mellis preso no quebra-mar, na entrada da baía de Penebscot. Os primeiros noticiários de rádio e televisão disseram que fora afogamento e morte acidental. Mas novas informações foram chegando e o teor das notícias mudou. O gabinete do médico-legista informou que os ferimentos considerados a princípio como mordidas de tubarão eram na verdade marcas de uma faca. Os jornais vespertinos já estavam proclamando: SUSPEITA DE HOMICÍDIO NA MORTE MISTERIOSA DE GEORGE MELLIS... MILIONÁRIO MORTO A FACADAS.

O TENENTE INGRAM estava estudando as cartas de maré da noite anterior. Ao terminar, recostou-se na cadeira, com uma expressão aturdida. O corpo de George Mellis teria sido arrastado para alto-mar, se não ficasse preso no quebra-mar. O que deixava o tenente aturdido era o fato do corpo ter sido arrastado pela correnteza que vinha da direção de Dark Harbor. Onde George Mellis supostamente não estivera.

O DETETIVE NICK PAPPAS pegou um avião e foi ao Maine, a fim de conversar com o tenente Ingram.

— Acho que meu departamento pode lhe dar alguma ajuda neste caso — disse Nick. — Temos algumas informações interessantes sobre os antecedentes de George Mellis. Sei que o caso está fora da nossa jurisdição. Mas se pedisse a nossa cooperação, teríamos o maior prazer em oferecê-la, tenente.

Nos vinte anos em que o tenente Ingram estava no Departamento do Xerife do Condado de Waldo, o único caso mais vibrante ocorrera quando um veranista embriagado atirara na cabeça de um alce que estava pendurada na parede de uma loja local. O assassinato de George Mellis era uma notícia de primeira página e o tenente Ingram sentia que ali estava a sua oportunidade de fazer o seu nome. Com um pouco de sorte, poderia levar a um cargo de detetive no Departamento de Polícia de Nova York, onde estava a ação de verdade. Agora, ele olhou para Nick Pappas e murmurou:

— Não sei...

Como se estivesse lendo os pensamentos dele, Nick Pappas disse:

— Não estamos procurando por crédito. Vai haver muita pressão neste caso e seria mais fácil para nós se pudéssemos encerrá-lo o mais depressa possível. Eu poderia começar com informações sobre os antecedentes de George Mellis.

O tenente Ingram concluiu que nada tinha a perder.

— Está bem. Negócio fechado.

ALEXANDRA ESTAVA NA cama, sob o efeito de sedativos. A mente se recusava obstinadamente a aceitar que George fora assassinado. Como era possível? Não havia absolutamente qualquer motivo no mundo para que alguém o matasse. A polícia falara num ferimento a faca, mas estava enganada. Só podia ter sido algum acidente. *Ninguém haveria de querer matá-lo... Ninguém haveria de querer matá-lo...* O soporífero que o Dr. Harley lhe dera finalmente dominou-a. Ela dormiu.

EVE FICARA ABALADA com a notícia de que o corpo de George fora encontrado. *Mas talvez fosse até melhor assim. Afinal, ela estava lá, na ilha.*

Kate estava sentada ao lado de Eve no sofá, na sala de estar. A notícia fora um tremendo choque para ela.

— Por que alguém haveria de querer matar George?

Eve suspirou.

— Não sei, vovó, simplesmente não sei. Mas estou angustiada pela pobre Alex.

O TENENTE PHILIP Ingram estava interrogando o atendente da barca Lincolnville-Islesboro.

— Tem certeza que nem o Sr. Mellis nem sua mulher pegaram a barca na tarde de sexta-feira?

— Não viajaram no meu turno, Phil. Falei com o homem da manhã, que também não viu nenhum dos dois. Eles devem ter chegado de avião.

— Só mais uma pergunta, Lew. Algum estranho atravessou na barca na sexta-feira?

— Você sabe muito bem que nenhum estranho aparece na ilha nesta época do ano. Pode haver alguns turistas no verão... mas em novembro? De jeito nenhum.

O tenente Ingram foi conversar com o administrador do aeroporto de Islesboro.

— George Mellis não veio de avião, Phil. Só pode ter chegado na barca.

— Lew disse que não o viu.

— Mas ele não poderia ter vindo a nado, não é mesmo?

— E a Sra. Mellis?

— Ela chegou aqui no seu Beechcraft por volta das dez horas. Pedi a meu filho Charley que a levasse de carro até Cedar Hill.

— E como a Sra. Mellis estava se comportando?

— É estranho você perguntar isso. Ela estava muito nervosa. Até mesmo meu garoto percebeu. Geralmente ela é calma, sempre tem uma palavra simpática para todo mundo. Mas naquela noite estava com a maior pressa.

— Só mais uma pergunta. Algum estranho chegou de avião naquela tarde ou de noite? Alguma cara que você não conhecia?

Ele sacudiu a cabeça.

— Não, Phil. Só o pessoal de sempre.

Uma hora depois, o tenente Ingram estava ao telefone, falando com Nick Pappas:

— O que descobri até agora deixa tudo ainda mais confuso. Na noite de sexta-feira, a Sra. Mellis chegou à ilha em seu avião particular, por volta das dez horas. Mas o marido não estava com ela. E ele não veio em outro avião nem de barca. Não há coisa alguma para comprovar que ele esteve na ilha naquela noite.

— A não ser a correnteza.

— Isso mesmo.

— Quem quer que o matou provavelmente jogou o corpo de um barco, calculando que a correnteza o levaria para alto-mar. Já examinou o *Corsair*?

— Já, sim. Não há qualquer sinal de violência, nenhuma mancha de sangue.

— Eu gostaria de levar um perito para dar uma olhada. Você se importaria?

— Claro que não, desde que você se lembre do nosso trato.

— Não vou esquecer. Até amanhã.

NICK PAPPAS E uma equipe de peritos chegaram na manhã seguinte. O tenente Ingram acompanhou-os até o atracadouro dos Blackwells onde estava o *Corsair*. Duas horas depois, um perito disse:

— Parece que acertamos na mosca, Nick. Há algumas manchas de sangue na parte inferior da amurada de sotavento.

Naquela tarde, o laboratorio da polícia confirmou que as manchas eram do mesmo tipo de sangue de George Mellis.

A delegacia da "aristocracia" de Manhattan ficou mais movimentada do que habitualmente. Diversas prisões por tráfico de entorpecentes enchiam as celas além da sua capacidade, além da multidão normal de bêbados, prostitutas e autores de atentados ao pudor. O barulho e o mau cheiro disputavam a atenção de Peter Templeton, enquanto era conduzido à sala do tenente-detetive Nick Pappas.

— Oi, Peter. Foi muita gentileza sua ter aparecido.

Pelo telefone, Pappas dissera:

— Está me devendo, companheiro. Apareça na minha sala às seis horas ou mandarei uma turma da SWAT para buscá-lo.

Quando o guarda que o conduzira saiu, Peter perguntou:

— Qual é o problema, Nick? O que o está aporrinhando?

— Quer mesmo saber? É muito simples: alguém foi esperto demais. Sabe o que temos agora? Um morto que desapareceu de uma ilha na qual nunca esteve.

— Isso não faz sentido.

— Eu é que sei, companheiro. O operador da barca e o cara que dirige o aeroporto juram que não viram George Mellis na noite em que ele desapareceu. A única outra maneira pela qual ele poderia chegar à ilha seria de lancha. Verificamos todas as pessoas que alugam lanchas na área. E nada descobrimos.

— Talvez ele não tenha aparecido em Dark Harbor naquela noite.

— O laboratório confirma a presença dele. Encontraram provas de que Mellis esteve na casa, tirou o terno e vestiu a roupa de velejar com que foi encontrado.

— Ele foi morto na casa?

— No iate. E o corpo foi jogado no mar. Quem o fez pensou que a correnteza levaria o corpo até a China.

— Mas como...

Nick Pappas levantou a mão.

— A vez é minha. Mellis era seu paciente. Deve ter conversado com ele a respeito da mulher.

— O que ela tem a ver com isso?

— Tudo. É a minha primeira suspeita, a segunda e a terceira.

— Você está louco.

— Ei, pensei que os analistas nunca usassem palavras como louco.

— Nick, o que o leva a pensar que Alexandra Mellis matou o marido?

— Ela estava no local e tinha um motivo. Chegou à ilha tarde da noite, com uma desculpa esfarrapada, de que ficara esperando a irmã no aeroporto errado.

— E o que diz a irmã?

— O que esperava que ela dissesse? Afinal, elas são gêmeas. Sabemos que George Mellis esteve na casa naquela noite, mas a mulher jura que não o viu. É uma casa grande, Peter, mas não tão grande assim. Além disso, a Sra. Mellis deu folga a todos os criados pelo fim de semana. Quando lhe perguntei o motivo, ela disse que fora ideia de George. Mas é claro que George não pode negar.

Peter ficou em silêncio por um momento, pensando rapidamente.

— Você disse que ela possuía um motivo. Qual é?

— Você tem uma memória curta. Já esqueceu que foi você mesmo quem me lançou na pista? Ela era casada com um psicopata, que só encontrava a satisfação sexual agredindo quem quer que levasse para a cama. Provavelmente ele estava espancando-a regularmente. Digamos que ela decidiu que não queria mais brincar. Pediu o divórcio. Ele não quis dar. Por que deveria? Conseguira o que queria. Ela não se atreveria a levá-lo aos tribunais, pois isso resultaria num tremendo escândalo. Ela não tinha alternativa. Precisava matá-lo.

Pappas recostou-se na cadeira, enquanto Peter perguntava:

— O que está querendo de mim?

— Informações. Almoçou com a mulher de Mellis há dez dias. — Ele apertou o botão de um gravador em cima da mesa.

— Vamos começar a gravar, Peter. Fale-me do almoço. Como Alexandra Mellis se comportou? Estava tensa? Furiosa? Histérica?

— Nunca vi uma mulher mais tranquila e tão feliz no casamento, Nick.

Nick Pappas lançou-lhe um olhar furioso e desligou bruscamente o gravador.

— Não brinque comigo, meu amigo. Estive com o Dr. John Harley esta manhã. E soube que ele está dando um medicamento a Alexandra Mellis para evitar que ela cometa suicídio.

O DR. JOHN Harley ficara bastante perturbado pela conversa com o tenente Pappas. O detetive fora direto ao ponto:

— A Sra. Mellis consultou-o recentemente em termos profissionais?

— Desculpe, mas não posso discutir os problemas de meus pacientes.

— Está certo, doutor. Compreendo perfeitamente. São velhos amigos. E prefere manter tudo abafado. Não posso fazer nada. — Nick se levantara. — É um caso de homicídio. Estarei de volta dentro de uma hora para tomar o seu depoimento oficialmente, graças a um mandado judicial. E quando descobrir o que quero saber, revelarei tudo aos jornais.

— Sente-se. — Nick Pappas sentara-se. — Alexandra vem tendo problemas emocionais ultimamente.

— Que espécie de problemas emocionais?

— Estava sofrendo uma depressão profunda. E falava em cometer suicídio.

— Ela falou em usar uma faca?

— Não. Disse que sonhava repetidamente em se afogar. Receitei Wellbutrin. Ela voltou a me procurar e disse que parecia não estar fazendo efeito. Receitei Nomifensine. E não sei se ajudou ou não.

Nick Pappas ficara em silêncio por um longo tempo, ordenando os pensamentos.

— Mais alguma coisa?

— Isso é tudo, tenente.

MAS HAVIA MAIS e a consciência de John Harley o atormentava. Abstivera-se deliberadamente de informar a agressão brutal de George Mellis a Eve Blackwell. Parte de sua preocupação era pensar que deveria ter comunicado o incidente à polícia na ocasião. Mas, acima de tudo, o Dr. Harley queria proteger a família Blackwell. Não podia saber se havia alguma relação entre a agressão a Eve e o assassinato de George Mellis, mas o instinto lhe dizia que era melhor não levantar o assunto. Tencionava fazer tudo o que fosse possível para proteger Kate Blackwell.

QUINZE MINUTOS DEPOIS que ele tomara a decisão, a enfermeira avisou:

— O Dr. Keith Webster está na linha dois, doutor.

Era como se a consciência o estivesse espicaçando. Keith Webster disse:

— Eu gostaria de conversar com você esta tarde, John. Está livre?

— Darei um jeito. A que horas?

— Que tal às cinco horas?

— Está combinado, Keith. Até lá.

Então o problema não seria facilmente contornado! Às cinco horas, o Dr. Harley abriu a porta de sua sala para Keith Webster.

— **Quer um drinque?**

— **Não, obrigado, John. Não bebo. Desculpe incomodá-lo** desse jeito.

John Harley tinha a impressão que Keith Webster estava invariavelmente pedindo desculpas por alguma coisa, sempre que se encontravam. Era um homenzinho manso, inofensivo, ansioso para agradar... como um cachorrinho esperando que alguém lhe afagasse a cabeça. Era incrível para John Harley que um homem tão apagado pudesse ser um cirurgião tão brilhante.

— O que deseja de mim, Keith?

Keith Webster respirou fundo.

— Queria falar sobre... sobre a surra que George Mellis deu em Eve Blackwell.

— E qual é o problema?

— Você sabia que ela quase morreu?

— Claro que sabia.

— Mas o incidente nunca foi comunicado à polícia. Tendo em vista o que aconteceu... o assassinato de Mellis e tudo o mais... eu estava pensando que talvez devesse comunicar à polícia.

Pronto! Parecia não haver qualquer meio de se esquivar ao problema.

— Deve fazer o que julgar mais certo, Keith.

— Sei disso. Mas não me agrada a ideia de fazer alguma coisa para magoar Eve Blackwell. Ela é uma pessoa muito especial.

O Dr. Webster observava-o cautelosamente.

— Tem razão, ela é mesmo especial.

Keith Webster suspirou.

— O único problema, John, é que vou ficar numa situação terrível se me calar agora e a polícia mais tarde descobrir.

Nós dois ficaremos, pensou John Harley. Mas ele via uma possível saída.

— Não é provável que a polícia descubra, não é mesmo? Eve certamente não vai contar e você reconstruiu-a com perfeição. A não ser por aquela pequena cicatriz, ninguém saberia que ela ficou desfigurada.

Keith Webster piscou os olhos, aturdido.

— Que cicatriz?

— A pequena cicatriz vermelha na testa. Ela me disse que você ia removê-la dentro de um ou dois meses.

O Dr. Webster estava piscando muito depressa agora. Deve ser um tique nervoso, concluiu o Dr. Harley.

— Eu não... Quando viu Eve pela última vez?

— Ela esteve aqui há dez dias, para falar de um problema da irmã. Para dizer a verdade, a cicatriz era a única maneira pela qual eu poderia determinar que era Eve e não Alexandra, já que as duas são idênticas.

Keith Webster acenou com a cabeça, lentamente.

— É verdade. Já vi fotografias da irmã de Eve nos jornais. A semelhança é espantosa. E você diz que a única maneira de distingui-las era a cicatriz na testa de Eve da operação que realizei?

— Isso mesmo.

O Dr. Webster ficou em silêncio por um momento, mastigando o lábio inferior.

— Talvez seja melhor eu não procurar a polícia por enquanto, John. Vou pensar mais um pouco a respeito.

— Creio que é a atitude mais sensata, Keith. As duas moças são maravilhosas. Os jornais estão insinuando que a polícia acha que Alexandra matou George, mas isso é impossível. Lembro-me quando elas eram pequenas...

O Dr. Webster não estava mais prestando atenção.

KEITH WEBSTER DEIXOU o consultório do Dr. Harley imerso em seus pensamentos. Claro que não deixara nenhuma cicatriz naquele rosto bonito. Mas John Harley vira uma cicatriz. Era possível que Eve estivesse com uma cicatriz de outro acidente, posterior. Mas então por que mentira? Não fazia sentido.

Ele examinou o problema por todos os ângulos, repassando as diferentes possibilidades. E pensou, ao chegar a uma conclusão: *Se estou certo, isso vai mudar completamente a minha vida...*

Na manhã seguinte, Keith Webster telefonou para o Dr. Harley.

— Desculpe incomodá-lo, John. Mas você disse que Eve Blackwell foi procurá-lo para falar da irmã Alexandra?

— Isso mesmo.

— E depois da visita de Eve, Alexandra por acaso foi procurá-lo?

— Foi, sim. Esteve no meu consultório no dia seguinte. Mas por que pergunta?

— Por curiosidade apenas. Pode me contar qual o motivo da visita da irmã de Eve?

— Alexandra estava numa depressão profunda. E Eve tentava ajudá-la.

Eve fora espancada e quase morta pelo marido de Alexandra. O homem fora agora assassinado e era Alexandra quem estava sendo culpada.

Keith Webster sempre soubera que não era brilhante. Na escola, tinha de se esforçar ao máximo para conseguir passar de ano. Era o alvo constante das brincadeiras dos colegas. Não era um atleta nem um bom aluno, não era capaz de se confraternizar com os outros. Era completamente apagado. A própria família ficou surpresa quando Keith Webster conseguiu entrar na faculdade de medicina. E quando resolveu se tornar cirurgião, nem os colegas nem os professores imaginavam que pudesse ser competente, muito menos um dos grandes. Mas ele surpreendera a todos. Havia nele um talento que beirava ao gênio. Era como um refinado escultor a fazer sua magia com carne viva, ao invés de argila. Não demorara muito para que a reputação de Keith Webster se espalhasse. Apesar do sucesso, no entanto, ele não fora capaz de superar o trauma da infância. No fundo, ainda era o garoto que aborrecia a todos, de quem as meninas riam.

QUANDO FINALMENTE FEZ contato com Eve, as mãos de Keith estavam molhadas de suor. Ela atendeu o telefone ao primeiro toque da campainha:

— Rory?

A voz era baixa e insinuante.

— Não. Aqui é Keith Webster.

— Hã... Como vai?

Ele percebeu a mudança na voz dela.

— Bem, obrigado. E você?

— Vou muito bem.

Keith podia sentir a impaciência dela.

— Eu... eu gostaria de falar com você.

— Não estou recebendo visitas. Se lê os jornais, deve ter sabido que meu cunhado foi assassinado. Estou de luto.

Ele enxugou as mãos na calça.

— É sobre isso que preciso lhe falar, Eve. Tenho informações que você deve saber.

— Que tipo de informações?

— Prefiro não falar pelo telefone.

Ele quase podia ouvir a mente de Eve funcionando.

— Está certo. Quando?

— Agora, se for conveniente.

EVE ABRIU A PORTA quando ele chegou ao apartamento, meia hora depois.

— Estou muito ocupada. Sobre o que está querendo me falar?

— Sobre isto.

Keith abriu o envelope pardo que tinha na mão, tirou uma fotografia e estendeu para ela, hesitante. Era uma fotografia da própria Eve. Ela ficou perplexa.

— E daí?

— É uma fotografia sua.

— Dá para perceber — disse Eve, bruscamente. — E qual é o problema?

— Foi tirada logo depois da sua operação.

— E daí?

— Não há nenhuma cicatriz na sua testa, Eve.

Ele observou a mudança que se processou no rosto dela.

— Sente-se, Keith.

Ele sentou-se diante dela, na beira do sofá. Não conseguia desviar os olhos dela. Já vira muitas mulheres bonitas em sua clínica, mas Eve Blackwell fascinava-o totalmente. Jamais conhecera alguém como ela.

— Acho melhor me contar o que está pensando.

Keith começou pelo início. Falou de sua conversa com o Dr. Harley e da misteriosa cicatriz. Enquanto falava, ele observara os olhos de Eve. Estavam impassíveis. Quando Keith Webster terminou, Eve disse:

— Não sei o que está pensando. Mas o que quer que seja, está perdendo seu tempo. A cicatriz não passava de uma brincadeira com minha irmã. Foi só isso. Agora, se já acabou, tenho muito o que fazer.

Ele continuou sentado.

— Desculpe incomodá-la, mas achei que deveria conversar com você antes de procurar a polícia.

Keith percebeu que tinha agora a atenção total dela.

— E por que iria procurar a polícia?

— Tenho a obrigação de comunicar a agressão de George Mellis a você. E há essa história da cicatriz. Não posso compreendê-la, mas tenho certeza de que você poderá explicar tudo à polícia.

Eve sentiu a primeira pontada de medo. Aquele homenzinho horrível e estúpido à sua frente não tinha a menor ideia do que realmente acontecera, mas sabia o suficiente para levar a polícia a fazer perguntas.

George Mellis fora um visitante frequente do apartamento dela. A polícia poderia provavelmente encontrar testemunhas que o tinham visto. Ela mentira sobre a sua presença em Washington na noite do assassinato de George. Não tinha um álibi. Não lhe passara pela cabeça que poderia precisar. Se a polícia soubesse que

George quase a matara, passaria a ter um motivo. Todo o mistério começaria a ser deslindado. Ela precisava silenciar aquele homem.

— O que você quer? Dinheiro?

— Não.

Eve viu a indignação no rosto dele.

— O que então?

O Dr. Webster baixou os olhos para o tapete, o rosto vermelho de embaraço.

— Eu... eu gosto muito de você, Eve. Detestaria se alguma coisa ruim lhe acontecesse.

Ela forçou um sorriso.

— Nada vai me acontecer, Keith. Não fiz nada de errado. Pode estar certo que nada disso tem qualquer relação com o assassinato de George Mellis. — Ela se inclinou e pegou a mão dele. — Agradeceria se você esquecesse tudo isso. Está bem?

Ele pôs a outra mão sobre a dela e apertou-a.

— Eu bem que gostaria, Eve. Juro que gostaria. Mas haverá um inquérito judicial no sábado. Sou médico. É meu dever prestar depoimento e dizer tudo o que sei.

Keith viu o alarme aparecer nos olhos dela.

— Não precisa fazer isso!

Ele afagou-lhe a mão.

— Preciso, sim, Eve. Tenho a obrigação, prestei um juramento. Só há uma coisa que poderia me impedir de fazer isso.

Keith observou-a engolir avidamente a isca.

— O que é?

A voz dele era muito suave:

— Um marido não pode ser obrigado a prestar depoimento contra a mulher.

Capítulo 35

O CASAMENTO FOI REALIZADO dois dias antes do inquérito judicial. Foram casados por um juiz de paz, numa cerimônia particular. A mera ideia de estar casada com Keith Webster deixava Eve arrepiada, mas ela não tinha alternativa. O imbecil pensa que continuarei casada com ele. Assim que o inquérito judicial fosse encerrado, ela obteria uma anulação do casamento e estaria tudo acabado.

O TENENTE-DETETIVE Nick Pappas estava com um problema. Tinha certeza que sabia quem matara George Mellis, mas não podia provar. Confrontava-se com uma conspiração de silêncio em torno da família Blackwell que não conseguia romper. Conversou sobre o problema com seu superior, capitão Harold Cohn, veterano da polícia, que começara patrulhando as ruas e fora subindo pelos escalões do departamento. Cohn escutou o relato de Pappas em silêncio e depois disse:

— É tudo fumaça, Nick. Você não tem a menor prova. Ririam de nós no tribunal.

— Sei disso. — O tenente Pappas suspirou. — Mas estou certo.

— Ele ficou em silêncio por um momento, pensando. — Importa-se que eu fale com Kate Blackwell?

— Para quê?

— Digamos que se trata de uma pescaria. Ela controla a família. Pode ter alguma informação que ela própria ignora.

— Terá de tomar muito cuidado.

— Tomarei.

— E vá com calma, Nick. Não se esqueça de que ela está muito velha.

— É justamente com isso que estou contando.

A reunião foi realizada naquela tarde, no escritório de Kate. Nick Pappas calculou que Kate devia estar na casa dos 80 anos, mas a idade não lhe pesava tanto. Não apresentava a tensão que o detetive sabia que ela devia estar sentindo. Sempre fora reservada e agora via o nome Blackwell tornar-se uma fonte de especulação e escândalo.

— Minha secretária disse que desejava me falar a respeito de um assunto urgente, tenente.

— Isso mesmo, madame. Vai haver um inquérito judicial amanhã sobre a morte de George Mellis. Tenho motivos para acreditar que sua neta está envolvida no assassinato.

Kate ficou rígida.

— Não é possível.

— Por favor, Sra. Blackwell, preste atenção ao que tenho a dizer. Toda e qualquer investigação da polícia sempre começa com a questão do motivo. George Mellis era um sádico, interessado apenas na fortuna de sua neta. — Ele percebeu a reação no rosto dela, mas continuou assim mesmo. — Casou com sua neta por isso. Calculo que a espancou algumas vezes. E quando Alexandra pediu o divórcio, ele recusou. A única maneira que sua neta tinha de livrar-se dele era matá-lo.

Kate fitava-o fixamente, muito pálida.

— Comecei a procurar por provas que confirmassem a minha teoria. Sabíamos que George Mellis esteve em Cedar Hill House antes de desaparecer. Só há duas maneiras de ir do continente a Dark Harbor: de avião ou pela barca. Segundo o gabinete do xerife local, George Mellis não usou nenhuma das duas. Não creio em milagres e achei que Mellis não era o tipo de homem que pudesse andar sobre a água. A única possibilidade restante era a de ele ter arrumado um barco em algum ponto da costa. Comecei a investigar todos os lugares onde se alugam barcos. Encontrei o que procurava em Gilkey Harbor. Às quatro horas da tarde do dia em que George Mellis foi assassinado, uma mulher alugou uma lancha ali e disse que um amigo iria pegá-la mais tarde. Pagou em dinheiro, mas teve de assinar o recibo de aluguel. Usou o nome Solange Dunas. Isso significa alguma coisa para a senhora?

— Ela foi a governanta que cuidou das crianças na infância. Voltou à França há muitos anos.

Pappas acenou com a cabeça, uma expressão de satisfação no rosto.

— Em outro lugar, não muito longe, a mesma mulher alugou outra lancha. Levou-a na mesma hora. Só voltou três horas depois. Também assinou o recibo como Solange Dunas. Mostrei nos dois lugares uma fotografia de Alexandra. Todos a reconheceram, mas não puderam garantir com certeza absoluta, porque a mulher que alugou as lanchas era morena.

— Então o que o faz pensar...

— Ela usava uma peruca.

Kate disse, tensamente:

— Não acredito que Alexandra tenha matado o marido.

— Eu também não, Sra. Blackwell. Foi a irmã dela, Eve.

Kate Blackwell estava imóvel como uma estátua de pedra.

— Alexandra não poderia tê-lo feito. Verifiquei todos os movimentos dela no dia do crime. Ela passou a primeira parte do dia em Nova York com a senhora, depois seguiu diretamente para a ilha de avião. Não poderia ter alugado as duas lanchas. —

Nick Pappas inclinou-se para a frente. — Mas a mulher era igual a Alexandra e assinou os recibos como Solange Dunas. Só podia ser Eve. Comecei a investigar o motivo possível. Mostrei uma fotografia de George Mellis a moradores do prédio de apartamentos em que Eve vive. Descobri que Mellis era um visitante frequente. O zelador do prédio me contou que numa noite em que Mellis lá esteve Eve foi espancada quase até a morte. Sabia disso?

— Não.

A voz de Kate era um sussurro quase inaudível.

— Mellis foi o culpado. Está de acordo com os antecedentes dele. E esse foi o motivo de Eve: vingança. Ela atraiu-o a Dark Harbor e assassinou-o. — Ele olhou para Kate e sentiu uma pontada de culpa por estar se aproveitando daquela velha. — O álibi de Eve é que estava em Washington naquele dia. Deu uma nota de 100 dólares ao motorista do táxi que a levou ao aeroporto, a fim de que ele não se esquecesse. E fez o maior estardalhaço por ter perdido o avião da ponte aérea para Washington. Mas não creio que ela tenha ido a Washington. Acho que ela pôs uma peruca preta e pegou um voo comercial para o Maine, onde alugou as lanchas. Matou Mellis, jogou o corpo no mar, atracou o iate, rebocou a lancha extra até o ponto de aluguel, que a esta altura já estava fechado.

Kate fitou-o em silêncio por um longo momento, antes de dizer, bem devagar:

— Então todas as suas provas são circunstanciais?

— Isso mesmo. — Pappas estava pronto para dar o bote. — Preciso de provas concretas para o inquérito. Conhece sua neta melhor do que qualquer outra pessoa no mundo, Sra. Blackwell. Quero que me conte tudo que possa ser útil.

Kate pensou rapidamente e tomou uma decisão.

— Creio que posso lhe dar algumas informações para o inquérito.

O coração de Nick Pappas começou a bater mais depressa. Dera um tiro no escuro e estava acertando o alvo. A velha cedera. Inconscientemente, ele inclinou-se para a frente.

— Que informações, Sra. Blackwell?

Kate falou bem devagar, incisivamente:

— No dia em que George Mellis foi assassinado, tenente, minha neta Eve e eu estivemos juntas em Washington.

Ela viu a expressão de surpresa no rosto do policial. *Mas como você é tolo!,* pensou Kate Blackwell. *Acreditou realmente que eu ia lhe oferecer uma Blackwell em sacrifício? Que eu ia permitir que a imprensa se banqueteasse com o nome Blackwell? De jeito nenhum. Punirei Eve à minha maneira.*

O veredicto do inquérito foi de morte nas mãos de atacante ou atacantes desconhecidos.

PARA SURPRESA e gratidão de Alexandra, Peter Templeton compareceu ao tribunal.

— Só estou aqui para lhe dar apoio moral — disse ele.

Peter achou que Alexandra estava resistindo admiravelmente, mas a tensão transparecia no rosto e olhos dela. Durante o recesso, ele levou-a para almoçar no Lobster Pound, um pequeno restaurante à beira da baía, em Lincolnville.

— Quando tudo isso acabar — disse Peter —, acho que seria bom se você fizesse uma viagem, fosse para bem longe por algum tempo.

— Tem razão. Eve até já me chamou para viajar com ela. — Os olhos de Alexandra estavam impregnados de angústia. — Ainda não posso acreditar que George esteja morto. Sei que aconteceu, mas... mas ainda parece irreal.

— É a maneira da natureza amortecer o choque, até que a dor se torne suportável.

— Não faz o menor sentido. Ele era um homem tão bom...
Você passou algum tempo com ele, conversaram muito. George
não era maravilhoso?

— Era, sim — murmurou Peter.

— QUERO UMA anulação, Keith — disse Eve.

Keith Webster piscou os olhos várias vezes, surpreso.

— Por quê?

— Ora, Keith, não pode ter pensado que eu continuaria casada
com você.

— Claro que pensei. Você é a minha mulher, Eve.

— O que está querendo? O dinheiro Blackwell?

— Não preciso de dinheiro, querida. Ganho muito bem. Posso
lhe dar tudo o que quiser.

— Já lhe disse o que quero. A anulação do casamento.

Ele sacudiu a cabeça, com uma expressão triste.

— Infelizmente, não posso concordar.

— Então vou pedir o divórcio.

— Não creio que seria aconselhável. Na verdade, Eve, nada
mudou. A polícia ainda não descobriu quem matou seu cunhado.
Portanto, o caso continua aberto. Não há prescrição em homicídio.
Se você se divorciasse de mim, eu seria obrigado...

Ele ergueu as mãos, num gesto desamparado.

— Você fala como se eu o tivesse matado.

— E foi mesmo você, Eve.

A voz dela era desdenhosa:

— Como pode saber?

— É a única explicação para você concordar em casar comigo.

Ela fitou-o nos olhos, com uma profunda repulsa.

— Seu desgraçado! Como pode fazer uma coisa dessas comigo?

— É muito simples. Eu a amo.

— Pois eu o odeio! Sabia disso? Eu o desprezo!

Ele sorriu, tristemente.

— Eu a amo muito.

A viagem com Alexandra foi cancelada.

— Vou para Barbados em lua de mel — disse Eve à irmã. Barbados fora ideia de Keith.

— Eu não vou! — dissera-lhe Eve, veemente. A ideia de uma lua de mel com ele era repulsiva.

— Vai parecer estranho se não tivermos uma lua de mel — murmurara ele, timidamente. — E não queremos que as pessoas comecem a fazer perguntas embaraçosas, não é mesmo, querida?

ALEXANDRA COMEÇOU A se encontrar com Peter Templeton para almoçar uma vez por semana. No começo, ela queria falar a respeito de George e não havia mais ninguém com quem pudesse fazê-lo. Depois de vários meses, no entanto, Alexandra admitiu para si mesma que gostava imensamente da companhia de Peter Templeton. Havia nele uma segurança de que ela precisava desesperadamente. Peter era sensível a seus ânimos, era inteligente e divertido.

— Quando eu era interno, saí para atender meu primeiro chamado em casa em pleno inverno. O paciente era um velho frágil, de cama com uma tosse terrível. Eu ia examinar-lhe o peito com o estetoscópio. Mas como não queria provocar um choque do frio, resolvi esquentar primeiro o estetoscópio. Coloquei-o no radiador, enquanto examinava a garganta e os olhos do velho. Peguei então o estetoscópio e encostei no peito dele. O velho pulou da cama como um gato escaldado. A tosse desapareceu, mas a queimadura levou duas semanas para sarar.

Alexandra riu. Era a primeira vez que ria, em muito e muito tempo.

— Podemos nos encontrar de novo na próxima semana? — perguntou Peter.

— Seria ótimo.

A LUA DE MEL de Eve foi muito melhor do que ela imaginara. Por causa de sua pele muito branca e sensível, Keith tinha medo de pegar sol. Assim, Eve ia sozinha à praia todos os dias. Nunca ficava sozinha por muito tempo. Era cercada por banhistas fascinados, vagabundos de praia, magnatas, *playboys*. Era como ter à disposição um banquete suntuoso. A cada dia, Eve escolhia um prato diferente. Apreciava as aventuras sexuais duas vezes mais por saber que o marido estava lá em cima, na suíte, à sua espera. Ele não era capaz de satisfazê-la. Fazia tudo o que era possível para agradá-la. Se Eve manifestava um desejo, era prontamente atendido. Ela fazia tudo o que podia pensar para insultá-lo, irritá-lo, revoltá-lo, a fim de provocar o repúdio e a separação. Mas o amor dele era inabalável. A ideia de fazer amor com Keith era repulsiva e Eve sentia-se grata pelo fato da libido dele ser bem fraca.

OS ANOS ESTÃO começando a me pesar, pensava Kate Blackwell. Haviam sido muitos, sempre plenos e ricos.

A Kruger-Brent precisava de mão forte no comando. Precisava de alguém com o sangue Blackwell. Não há ninguém para continuar depois que eu me for, pensava Kate. *Houve muito trabalho, planejamento e luta pela companhia. E para quê? Para que estranhos assumam um dia o controle. Mas que diabo! Não posso permitir que isso aconteça!*

UMA SEMANA DEPOIS de voltarem da lua de mel, Keith disse:

— Desculpe, querida, mas tenho de voltar ao trabalho. Há muitas operações marcadas. Você vai ficar bem durante o dia, sem a minha companhia?

Eve teve de fazer um esforço para não rir.

— Tentarei.

Keith saía de casa bem cedo, antes de Eve acordar. Quando ela entrava na cozinha, descobria que ele fizera o café e deixara tudo arrumado para o desjejum dela. Keith abriu uma conta bancária generosa para Eve, mantendo-a permanentemente abastecida. Ela gastava o dinheiro a rodo. Enquanto ela estivesse se divertindo, Keith sentia-se feliz. Eve comprava presentes caros para Rory, com quem passava quase todas as tardes. Ele praticamente não trabalhava.

— Não posso aceitar qualquer papel — queixava-se Rory a Eve. — Poderia prejudicar a minha imagem.

— Compreendo perfeitamente, querido.

— Compreende mesmo? Mas que diabo você sabe sobre o teatro? Afinal, nasceu com uma colher de prata enfiada no rabo!

Eve tratava de comprar mais um presente para apaziguá-lo. Ela pagava o aluguel de Rory e comprava-lhe roupas para as entrevistas. Pagava também os jantares dele em restaurantes elegantes, onde poderia ser visto por produtores importantes. Queria ficar ao lado dele 24 horas por dia, mas havia o seu marido. Eve chegava em casa às sete ou oito horas da noite. Keith estava na cozinha, preparando o jantar, com um avental de "Beije a Cozinheira". Jamais perguntava onde ela estivera.

DURANTE O ANO seguinte, Alexandra e Peter Templeton continuaram a se encontrar, com uma frequência cada vez maior. Cada um se tornara uma parte importante na vida do outro. Peter acompanhava Alexandra quando ela ia visitar o pai no sanatório e isso fazia com que a angústia se tornasse mais fácil de suportar. Peter conheceu Kate uma noite, quando foi buscar Alexandra.

— Quer dizer que você é médico, hem? Já enterrei uma dúzia de médicos e continuo viva. Sabe alguma coisa de negócios?

— Não muito, Sra. Blackwell.

— É uma firma individual?

— Não.

— Não sabe mesmo de nada. Está precisando de um bom advogado fiscal. Vou marcar um encontro para você conversar com o meu. A primeira providência dele será transformá-lo numa firma individual e...

— Obrigado, Sra. Blackwell, mas me saio muito bem como estou.

— Meu marido também era um homem obstinado. — Kate virou-se para Alexandra. — Convide-o para jantar aqui. Talvez eu possa meter um pouco de bom senso nele.

Ao saírem, Peter comentou:

— Sua avó me detesta.

Alexandra riu.

— Ao contrário, ela gosta de você. Devia ver como vovó se comporta com as pessoas que detesta.

— Como ela iria reagir se eu lhe dissesse que quero casar com você, Alex?

Ela ficou radiante.

— Oh, Peter, nós duas ficaríamos muito felizes!

KATE ACOMPANHARA COM o maior interesse os progressos do romance de Alexandra com Peter Templeton. Gostava do jovem médico e chegou à conclusão de que ele daria um bom marido para Alexandra. Mas, no fundo, ela era uma negociante. Agora, sentada ao lado da lareira, diante dos dois, ela mentiu:

— É uma surpresa total para mim. Sempre esperei que Alexandra casasse com um executivo que assumisse o comando da Kruger-Brent.

— Não se trata de uma proposta de negócios, Sra. Blackwell. Alexandra e eu queremos casar.

— Por outro lado — continuou Kate, como se não tivesse havido qualquer interrupção — você é um psiquiatra. Sabe como funcionam as mentes e as emoções das pessoas. Provavelmente seria um excelente negociador. Eu gostaria que entrasse na companhia. Poderia...

— Não — disse Peter, firmemente. — Sou um médico. Não estou interessado em entrar nos negócios.

— Não se trata de "entrar nos negócios" — disse Kate, bruscamente. — Não estamos falando de alguma mercearia. Você vai ingressar na família e preciso de alguém...

— Sinto muito. — O tom de Peter era incisivo. — Não vou me envolver com a Kruger-Brent. Terá de encontrar outra pessoa para isso.

Kate virou-se para Alexandra.

— O que você tem a dizer?

— Quero qualquer coisa que faça Peter feliz, vovó.

— Mas que terrível ingratidão! Os dois estão sendo muito egoístas. — Kate suspirou. — Mas está bem. Quem pode saber? Talvez algum dia vocês mudem de ideia. — Ela fez uma pausa, antes de acrescentar, inocentemente: — Planejam ter filhos?

Peter riu.

— É uma questão muito pessoal. Tenho a impressão de que é uma grande manipuladora, Sra. Blackwell. Mas Alex e eu vamos viver as nossas vidas. E nossos filhos... se os tivermos farão a mesma coisa.

Kate sorriu, insinuantemente.

— Eu não gostaria que fosse de outra maneira, Peter. Sempre adotei a regra inflexível de não interferir nas vidas dos outros.

DOIS MESES DEPOIS, quando Alexandra e Peter voltaram da lua de mel, ela estava grávida. Ao saber da notícia, Kate pensou: *Ótimo. Será um menino...*

EVE ESTAVA NA cama, observando Rory sair do banheiro, inteiramente nu. Ele tinha um corpo bonito, esguio e forte. Eve adorava a maneira como ele fazia amor com ela. Ela não se cansava nunca. Desconfiava que Rory podia ter outras mulheres, mas sentia medo de perguntar, de dizer qualquer coisa que pudesse aborrecê-lo. Chegando à cama, ele passou um dedo pela pele de Eve, logo abaixo dos olhos, dizendo:

— Está ficando com algumas rugas, meu bem. Mas até que são atraentes.

Cada palavra era como uma punhalada, recordando a diferença de idade entre os dois, o fato de que ela estava com 25 anos. Tornaram a fazer amor. Mas, pela primeira vez, Eve estava pensando em outra coisa.

Eram quase nove horas quando Eve chegou em casa. Keith estava fazendo uma carne assada no forno. Beijou-a no rosto.

— Olá, querida. Fiz um dos seus pratos prediletos. Teremos...

— Keith, quero que você tire estas rugas.

Ele piscou os olhos, aturdido.

— Que rugas?

Ela apontou para a área em torno dos olhos.

— Estas rugas.

— São as linhas do riso, querida. Eu as adoro.

— Mas eu não! Detesto!

— Pode estar certa, Eve, de que não são...

— Pelo amor de Deus, tire essas rugas! Não é isso o que você faz para ganhar a vida?

— É, sim. Mas... Está bem, querida, se isso a faz feliz.

— Quando?

— Dentro de seis semanas. Estou com uma programação cheia e...

— Não sou uma das suas malditas pacientes! Sou sua mulher e quero que faça a operação agora! Amanhã!

— A clínica está fechada aos sábados.

— Pois então abra!

Mas como ele era estúpido! Eve estava ansiosa para livrar-se dele. E haveria de fazê-lo. De um jeito ou de outro. Muito em breve.

— Vamos para o quarto por um momento.

Keith conduziu-a ao quarto de vestir. Sentou-a numa cadeira diante de uma luz forte, examinou-lhe o rosto meticulosamente. Num instante, passou de um homenzinho insignificante para um brilhante cirurgião. Eve pôde sentir a transformação. Lembrou-se do trabalho milagroso que Keith fizera em seu rosto. Aquela operação podia parecer desnecessária para Keith, mas ele estava enganado. Era vital. Eve não podia suportar a perspectiva de perder Rory. Keith apagou a luz forte e disse:

— Não há problema. Farei a operação pela manhã.

Os DOIS FORAM à clínica na manhã seguinte.

— Geralmente conto com a ajuda de uma enfermeira, Eve. Mas isso não será necessário com uma intervenção tão pequena.

— Já que vai me operar, bem que pode aproveitar e fazer alguma coisa com isto — disse Eve, puxando a pele do pescoço.

— Se você assim deseja, querida, está certo. Vou lhe dar uma coisa para dormir, a fim de não sentir o desconforto. Não quero que meu amor sofra qualquer dor.

Eve observou-o encher uma seringa e habilmente aplicar-lhe a injeção. Não se importaria de sentir dor. Estava fazendo aquilo por Rory. O querido Rory. Ela pensou no corpo rígido dele, na expressão em seus olhos quando a queria... Eve resvalou para o sono.

Despertou numa cama, no quarto dos fundos da clínica. Keith estava sentado numa cadeira, ao lado da cama.

— Como foi?

A voz de Eve estava engrolada de tanto sono.

— Correu tudo bem — respondeu ele, sorrindo.

Eve acenou com a cabeça e tornou a mergulhar no sono.

KEITH ESTAVA PRESENTE quando ela acordou de novo, muito mais tarde.

— Vamos deixar as ataduras por mais alguns dias. Você ficará aqui, onde poderá ter os cuidados necessários.

— Está bem.

Keith examinava-a todos os dias, acenava com a cabeça.

— Perfeito.

— Quando poderei ver?

— Deve estar tudo cicatrizado na sexta-feira.

Eve pediu à enfermeira-chefe que instalasse um telefone particular no quarto. A primeira ligação foi para Rory.

— Ei, meu bem, por onde você andou? — disse ele. — Estou morrendo de tesão.

— Eu também, querido. Ainda estou presa numa maldita convenção médica na Flórida, mas estarei de volta na próxima semana.

— É melhor voltar mesmo.

— Sente saudade de mim?

— E como!

Eve ouviu-o sussurrar perto do telefone.

— Há alguém aí com você, Rory?

— Claro. Estamos fazendo uma pequena bacanal. — Rory adorava piadas. — E agora tenho de desligar.

A linha ficou muda. Eve ligou para Alexandra e ficou escutando, entediada, a irmã falar emocionada sobre a sua gravidez.

— Também estou ansiosa — disse-lhe Eve. — Sempre quis ser tia.

Eve raramente falava com a avó. Surgira entre as duas uma frieza que Eve não podia entender. Mas ela voltará a ser como antes, pensava Eve.

Kate jamais perguntava por seu marido e Eve não a culpava por isso, já que ele era um homem insignificante. Talvez um dia Eve persuadisse Rory a ajudá-la a livrar-se de Keith. E, com isso, Rory ficaria preso a ela para sempre. Era incrível que Eve pudesse cornear o marido todos os dias e ele não desconfiasse ou não se importasse. Mas graças a Deus que ele tinha talento para alguma coisa. As ataduras seriam definitivamente retiradas na sexta-feira.

EVE ACORDOU CEDO na manhã de sexta-feira e ficou esperando por Keith, impacientemente.

— Já é quase meio-dia — queixou-se ela. — Onde diabo você se meteu?

— Desculpe, querida. Passei a manhã inteira numa operação e...

— Não estou interessada nessas coisas. Tire logo essas ataduras. Quero ver como fiquei.

— Está bem.

Eve sentou-se na cama e ficou imóvel, enquanto ele removia habilmente as ataduras de seu rosto. Keith recuou para estudá-la e ela viu a satisfação nos olhos dele.

— Perfeito.

— Dê-me um espelho.

Ele saiu do quarto apressadamente e voltou um momento depois com um espelho de mão.

Eve levantou o espelho lentamente e contemplou seu reflexo. Soltou um grito.

EPÍLOGO

Kate

1982

Capítulo 1

Parecia a Kate que a roda do tempo estava girando mais depressa, acelerando os dias, o inverno se fundindo com a primavera, o verão com o outono, até que todas as estações e os anos pareciam se misturar numa só coisa. Ela estava agora na casa dos 80 anos. Oitenta e quantos? Esquecia às vezes a idade exata. Podia suportar a ideia de envelhecer, mas não a de ficar velha e desleixada. Tomava o maior cuidado com a aparência. Quando se contemplava no espelho, via uma mulher arrumada, empertigada, orgulhosa e indomável.

Ainda ia ao escritório diariamente, mas era apenas um gesto, uma artimanha para afugentar a morte. Comparecia a todas as reuniões de diretoria, mas as coisas já não eram mais tão claras como antes. Todos ao seu redor pareciam falar depressa demais. O mais terrível era que a mente de Kate costumava lhe pregar peças. O passado e o presente estavam constantemente se misturando. O mundo dela se contraía, tornava-se cada vez menor.

Se havia algo a que se apegava, uma força compulsiva que a mantinha viva, era a sua convicção inabalável de que alguém da família devia um dia assumir o comando da Kruger-Brent. Ela não tinha a menor intenção de permitir que alguém de fora assumisse o que Jamie McGregor, Margaret, ela e David haviam construído, lutando por tanto tempo, com tanto empenho e muito sofrimento. Eve, em quem Kate por duas vezes depositara tantas esperanças, era uma assassina. E estava grotesca. Kate não precisara puni-la. Já vira Eve uma vez. O que fora feito com ela já era punição suficiente.

EVE TENTARA COMETER suicídio no dia em que vira seu rosto no espelho. Engolira todo um vidro de pílulas para dormir. Mas Keith lhe bombeara o estômago e a levara para casa, vigiando-a atentamente. Quando ele ia para o hospital, havia enfermeiras para vigiá-la, dia e noite.

— Por favor, deixe-me morrer — suplicara Eve ao marido. — Por favor, Keith! Não quero viver assim.

— Você me pertence agora. E eu sempre a amarei.

A imagem do seu rosto estava gravada no cérebro de Eve. Convenceu Keith a dispensar as enfermeiras. Não queria que ninguém a visse.

Alexandra apareceu várias vezes, mas Eve recusou-se a recebê-la. As compras eram deixadas do lado de fora da porta, a fim de que ninguém a visse. A única pessoa que a via era Keith. Ele era, no final das contas, a única pessoa que restava a Eve. Era o seu vínculo com o mundo. Eve sentia pavor de que ele a deixasse, de ficar sozinha sem nada além de sua feiura... sua insuportável feiura.

Todas as manhãs, às cinco horas, Keith se levantava para ir ao hospital ou à clínica. Eve sempre se levantava antes, a fim de preparar o café da manhã. Preparava o jantar todas as noites. Quando ele se atrasava, Eve ficava apreensiva. *E se ele tivesse arrumado outra mulher? E se não voltasse para ela?*

Ao ouvir a chave na porta, ela corria para abri-la, jogando-se nos braços dele e apertando-o com força. Jamais sugeria que fizessem amor, pois tinha medo que ele pudesse recusar. Mas quando Keith fazia amor com ela, Eve sentia que ele estava sendo maravilhosamente generoso. Houve uma ocasião em que ela perguntou, timidamente:

— Já não me puniu o bastante, querido? Não vai endireitar o meu rosto?

Keith contemplou-a e disse, orgulhoso:

— Nunca mais poderá ser reparado.

À MEDIDA QUE o tempo foi passando, Keith tornou-se mais exigente, mais autoritário, até que Eve acabou se transformando numa escrava, atendendo-lhe a todos os caprichos. A feiura a prendia a ele mais fortemente do que grilhões de ferro.

ALEXANDRA E PETER tiveram um filho, Robert, um menino inteligente e bonito. Fazia Kate lembrar-se de Tony quando era pequeno. Robert estava agora com quase oito anos, era precoce para a sua idade. *Mas muito precoce mesmo*, pensava Kate. *Um menino extraordinário.*

TODOS OS MEMBROS da família receberam o convite no mesmo dia: A SRA. KATE BLACKWELL SOLICITA A HONRA DE SUA PRESENÇA NA COMEMORAÇÃO DE SEU 90º ANIVERSÁRIO, EM CEDAR HILL HOUSE, DARK HARBOR, MAINE, A 24 DE SETEMBRO DE 1982, ÀS OITO HORAS. TRAJE A RIGOR.

Ao receber o convite, Keith olhou para Eve e disse:

— Vamos.

— Oh, não! Não posso. Vá você sozinho. Eu...

— Nós dois vamos.

TONY BLACKWELL ESTAVA no jardim do sanatório, pintando, quando um companheiro aproximou-se.

— Uma carta para você, Tony.

Tony abriu o envelope e um sorriso vago insinuou-se em seu rosto.

— Isso é ótimo — murmurou ele. — Adoro festas de aniversário.

PETER TEMPLETON estudou o convite.

— Não posso acreditar que ela já esteja com 90 anos. É de fato uma mulher espantosa.

— Também acho. — Alexandra fez uma pausa, antes de acrescentar, pensativa: — E quer saber de uma coisa ótima? Robert recebeu o seu próprio convite, endereçado diretamente a ele.

Capítulo 2

Os convidados há muito que já haviam partido, de barca ou avião. A família estava reunida na biblioteca de Cedar Hill. Kate contemplou os que estavam na sala, um a um, com extraordinária lucidez. Tony, o vegetal sorridente e vagamente amistoso que tentara matá-la, o filho que oferecera tanta promessa e esperança. Eve, a assassina, que poderia possuir o mundo, se não fosse dominada pelo mal. Era irônico, pensou Kate, que a terrível punição dela fosse infligida pelo homenzinho insignificante com quem casara. E havia também Alexandra. Linda, afetuosa e gentil... o mais amargo de todos os desapontamentos. Ela colocara a sua própria felicidade antes dos interesses da companhia. Não estava interessada na Kruger-Brent e escolhera um marido que se recusava a ter qualquer envolvimento com a companhia. Eram ambos traidores. Todo o sofrimento do passado fora a troco de nada? *Não*, pensou Kate. *Não vou permitir que termine assim. Nem tudo foi desperdiçado. Construí uma dinastia orgulhosa. Um hospital em Cape Town tem o meu nome. Construí escolas e bibliotecas, ajudei o povo de Banda.* A cabeça de Kate começava a doer. A sala ia se enchendo lentamente de fantasmas. Jamie McGregor e Margaret, muito bonita, Banda a lhe sorrir. E o querido e maravilhoso David, e braços estendidos. Kate sacudiu a cabeça para desanuviá-la. Ainda não estava pronta. Em breve, pensou ela. *Muito em breve.*

HAVIA MAIS UM membro da família na sala. Kate virou-se para o bisneto tão bonito e disse:

— Venha até aqui, querido.

Robert aproximou-se e pegou-lhe a mão.

— Foi uma linda festa de aniversário, vovó.

— Obrigada, Robert. Fico contente que você tenha gostado. Como está indo na escola?

— Só tiro notas boas, como você me falou. Sou o primeiro da turma.

Kate olhou para Peter.

— Devia mandar Robert para a Wharton School, quando chegar o momento. É a melhor...

Peter riu.

— Será que você nunca desiste, Kate querida? Robert vai fazer exatamente o que quiser. Ele possui um talento musical extraordinário e quer ser um músico clássico. Vai escolher a sua própria vida.

— Você está certo. — Kate suspirou. — Sou uma velha e não tenho o direito de interferir. Se ele quer ser um músico, então é isso o que deve ser. — Ela virou-se para o menino, os olhos brilhando de amor. — Não posso prometer nada, Robert, mas vou tentar ajudá-lo. Tenho um amigo que é muito ligado a Zubin Mehta...

Este livro foi composto na tipografia Minon Pro
Regular, em corpo 11/15, e impresso em papel
off-white no Sistema Cameron da
Divisão Gráfica da Distribuidora Record.